张翎，浙江温州人。1983年毕业于复旦大学外文系。1986年赴加拿大留学，分别在加拿大的卡尔加利大学及美国的辛辛那提大学获得英国文学硕士和听力康复学硕士。现定居于多伦多市，在一家医院的听力诊所任主管听力康复师。

　　20世纪90年代中后期开始在海外写作并发表作品。主要作品有长篇小说《邮购新娘》（台湾版名《温州女人》）、《交错的彼岸》、《望月》（海外版名《上海小姐》），中短篇小说集《雁过藻溪》、《盲约》、《尘世》等。曾获第七届十月文学奖（2000），第二届世界华文文学优秀散文奖（2003），首届加拿大袁惠松文学奖（2005），第四届人民文学奖（2006），第八届十月文学奖（2007），《中篇小说选刊》双年度优秀小说奖(2008)。其小说多次入选各种转载本和年度精选本。中篇小说《羊》、《雁过藻溪》和《余震》曾分别进入中国小说学会2003年度、2005年度和2007年度排行榜。

金山

GOLD
MOUNTAIN
BLUES

张翎·著

北京出版集团公司

北京十月文艺出版社

图书在版编目（CIP）数据

金山／张翎著.—北京：北京十月文艺出版社，2009.5

ISBN 978-7-5302-0976-9

Ⅰ.金…　Ⅱ.张…　Ⅲ.长篇小说—中国—当代　Ⅳ.
I247.5

中国版本图书馆 CIP 数据核字（2009）第 052386 号

加拿大知识产权办公室国际版权注册号1063560，侵
权必究

十月长篇小说创作丛书

金 山

JINSHAN

张 翎 著

*

北 京 出 版 集 团 公 司

北 京 十 月 文 艺 出 版 社　出版

（北京北三环中路 6 号）

邮政编码：100120

网　址：ｗｗｗ.ｂｐｈ.ｃｏｍ.ｃｎ

北京时代新经典图书发行有限公司发行

新 华 书 店 经 销

三河市三佳印刷装订有限公司印刷

*

700×990　16 开本　29.5 印张　18 插页　480 千字

2009 年 7 月第 1 版　2009 年 9 月第 2 次印刷

ISBN 978-7-5302-0976-9／I · 947

定价：29.80元

质量监督电话：010-58572393

序

与我先前的大部分作品不同,《金山》并不是心血来潮之作。《金山》的最初一丝灵感,其实萌动在二十多年前。只是当时我并不知道,这丝灵感需要在岁月的土壤里埋藏潜伏如此之久,才最终破土长出第一片绿叶。

那是在 1986 年。

那年夏天我离开渐渐热闹起来的京城,忐忑不安地踏上了加拿大的留学之旅。至今尚清晰地记得那年九月的一个下午,青天如洗,树叶色彩斑斓,同学开着一辆轰隆作响的破车,带我去卡尔加里城外赏秋。行走在铺满落叶的路径上,几乎不忍听见脚下那些辉煌生命的最后裂响。习惯了江南绵长秋季的人,很难想象在洛基山高寒地带,秋和冬的交接常常就是在一场雨中完成的。骄阳是一种假象,其实冬天已经浅浅地伏在每一片落叶之下,随时准备狙击不知乡情的外来客。

许多年后回想起那次郊游,烙在我脑子里的鲜明印记,竟不是关于秋景的。那天行到半路的时候,我们的车胎爆裂了。在等待救援的百无聊赖之中,我开始不安分地四下走动起来。就是这时,我发现了那些三三两两地埋在野草之中,裹着鸟粪和青苔的墓碑。我拨开没膝的野草,有些费劲地认出了墓碑上被岁月侵蚀得渐渐模糊起来的字迹。虽然是英文,从拼法上可以看出是广东话发音的中国名字。有几块墓碑上尚存留着边角残缺的照片,是一张张被南中国的太阳磨砺得黧黑粗糙的脸,高颧骨,深眼窝,看不出悲喜,也看不出年龄。年龄是推算出来的。墓碑上的日期零零散散地分布在 19 世纪的后半叶和 20 世纪初——他们死的时候都还年青。

我突然明白了,他们是被近代史教科书称为先侨、猪仔华工或苦力的那群人。

在大洋那头以芭蕉为背景的村落里,他们曾经有过什么样的日子?在决定背井离乡走向也许永远没有归程的旅途时，他们和年迈的母亲，年青的妻子，或许还有年幼的孩子，有过什么样刻骨铭心的诀别？当经历了"浮动地狱"之称的海上航程，终于踏上被淘金客叫做"金山"的洛基山脉时，他们看到的是怎样一片陌生的蛮荒？

疑惑一个又一个地浮涌上来。被秋阳熨拂得十分妥帖平整的心情，突然间生出了一些皱褶。

其实，我是可以写一本书的，一本关于这些在墓碑底下躺了将近一个世纪的人的书。

在回家的路上，我对自己说。

可是最初的这丝感动很快被应接不暇的生活需要所吞啮，无声无息地销蚀在日复一日为安身立命所做的种种烦琐的努力之中。在这之后的十几年里，我完成了两个相互毫无关联的学位，尝试过包括热狗销售员、翻译、教师、行政秘书以及听力康复医师在内的多种职业，在多个城市居住过，搬过近二十次家。记忆中似乎永远是手提着两只裹着跨省尘土的箱子，行色匆匆地走在路上。然后停下步子，把两个箱子的行装，拓展成一个屋子的杂乱。然后再把一个屋子的杂乱，削减成两个箱子的容量，再次上路。关于华工小说的书写计划，偶尔也会浮上心头，尤其是当我在电视上看到温哥华1907 年排亚大暴乱周年纪念活动，或是在报纸上读到国会讨论人头税赔偿方案的新闻时。可是这样的感动如同被风泛起的一片叶子，在水面轻轻地翻过一个身，就重新沉落在水底。

直到 2003 年夏天。

那个夏天我受邀参加海外作家回国采风团，来到了著名的侨乡，四邑之一的广东开平。就在那里，我第一次看到了后来成为联合国世界文化遗产的碉楼。这些集碉堡和住宅为一体的特殊建筑群，是清末民初出洋捞生活的男人们将一个一个铜板省出水来寄回家盖的，为了使他们留在乡里的女人和孩子们免受绑匪和洪涝之苦。出洋的男人散布在世界的各个角落，盖出来的碉楼也就不可避免地带了他们歇脚的那个国家的特色。罗马式的窗楣里，镶嵌着岭南特色的灰雕。巴洛克式复杂纷繁的门框边上，放置的是广东人世世代代焚香祭拜的祖先神龛。哥特式的尖顶被当地的泥瓦匠削平了，只留下一串低矮滑稽的廊柱，中间有一些黑色的圆孔 —— 是用来放置枪支的洞眼。抹去后人加给它们的种种传奇浪漫色彩，这些楼宇不过是一个动荡多灾颠沛流离的时代留在南中国土地上的荒诞印记。

当我看见那些楼宇被粉饰一新地拿出来招徕观光客时，我依稀听见了历史在层层新漆的重压之下发出无声的抗议。短暂的新奇感很快过去，接踵而来的是一种深深的失望。就在我正要决定回旅馆的时候，我们的领队通过关系找到了一把进入一座尚未被后人的油漆刷和水泥刀碰触过的旧碉楼的钥匙。听到这个消息我的心凶猛地跳了起来，跳得一街都听得见。我似乎预见到我将与一样我尚无法叫出名字的东西发生一次重要的碰撞。

那天在八月尾，无比炎热，穿过由厚厚的芭蕉败叶铺就的荒地时，蚊子开始了暮色之前的第一轮进攻，我裸露在夏装之外的胳膊和腿上很快爬满了粉红色的叮痕。这不过是一次小小的预演 —— 碉楼里的蚊子比它们野外的同胞们凶猛百倍。楼很旧了，不住人，只有几样残留的家具，样式和颜色都属于另一个朝代。墙上挂着一些泛黄的字画，据说是女主人在等候出洋丈夫的漫长岁月里所作。走上三楼时，我看见了一个深红色的梨木大衣柜 —— 红在这里只是一种由习惯而衍生出来的想象，其实最初的颜色早已褪失在岁月的流水之中，只留下一片混混沌沌的黄褐。我并没有期待它藏有玄机，因为这座楼早已被它最后一拨主人废弃几十年了。可是当我被好奇的天性驱使打开那扇吱呀作响的柜门时，我却怔住了。

里边有一件衣服，一件女人的衣服。

是夹袄。长袖，斜襟，宽滚边，依稀看得出是粉红色，袖口襟边和下摆用金线绣了些大朵大朵的花 —— 也许是牡丹，也许是芍药。衣衫挂得歪歪斜斜，一只袖子胡乱地塞在衣兜里，仿佛女主人是在一片仓促之中脱下锦衣换上便装走的。我把袖子从衣兜里扯出来，却意想不到地扯出了另一片惊异 —— 原来这件夹袄的袖筒里藏着一双长筒玻璃丝袜。袜子大约洗过多水，早已失却了经纬交织的劲道，后跟上有一个洞眼，一路挂丝到裆下。我用食指抚着那个洞眼，突然感觉有一股酥麻，如微弱的电流从指尖颤颤地传到头顶。

是她在呼唤我吗，这件衣服的主人？

裹在这件年代久远的绣花夹袄里的，是一个什么样的灵魂呢？这些被金山伯留在故乡的女人们，过的是什么样的日子呢？在日复一日年复一年的隔洋守候中，她们心里，有过什么样的期盼和哀怨呢？

一件褪了色的旧衣，一双挂了丝的袜子，又一次拨动了我作为小说家那根灵感的弦。我强烈感觉到，我写《金山》的时候快要到了。

我被这种感觉又追了两年。我对这个题材又爱又恨，爱是因为它给了我前所未有的感动，恨是因为我知道这是一项扒人一层皮的巨大工程，无论是在时间还是在精力上，几乎都不是我这个作为听力康复医师的兼职作家能够驾驭的。这本书和现代都市小说的书写方式有着极大的不同，它所涵盖的故事发生在一个巨大的历史框架里，而且它牵涉到的每一个细节都很难从现代生活里简单地找到依据。必须把屁股牢牢地黏在椅子上，把脚实实地踩在地上，把心静静地放在腔子里，把头稳稳地缩在脖子中，准备着久久不吭一声地做足案头研究 —— 极有可能会在这样长久的寂寞中被健忘的文坛彻底忘却。

我被这个前景吓住了，于是便把这个庞大的写作计划往后推了又推。在这中间，我发表了第三部长篇小说《邮购新娘》和《雁过藻溪》《余震》等几部中短篇小说，并获得了一系列的文学奖。可是，那些墓碑下锦衣里的灵魂，在我每一部小说完成之后的短暂歇息空当里，在我端着奖杯脚步开始有了云里雾里的感觉时，一次又一次地猝然出手，把我的安宁撕搅得千疮百孔。

终于有一天，我被那些灵魂驱赶得无处藏身，只好忍无可忍百般不情愿地迈出了研究考察之旅的第一步。

在这样一段尘封多年且被人遮掩涂抹过的历史里寻找突破口，如同在坚硬的岩石表层凿开一个洞眼般困难。由于当年的华工大都是文盲，修筑太平洋铁路这样一次人和大自然的壮烈肉搏，几乎完全没有当事人留下的文字记载。铁路以后的先侨历史开始有了一些零散的口述资料，然而系统的历史回顾却必须借助于大量的书籍查考。除了两次去开平、温哥华和维多利亚实地考察之外，我的绝大部分研究，是通过几所大学东亚图书馆的藏书及加拿大联邦和省市档案馆的存档文献和照片展开的。同样一段历史，中西两个版本的回溯中却有着一些意味深长的碰撞和对应。当我一头扎进深潭般的史料里时，我惊奇地发现，我对这段历史的一些固有概念被不知不觉地动摇和颠覆了。我突然意识到一个几世纪前就被航海家们证明了的真理：地球原来是圆的。 于是，我决定摒弃某些熟稔而舒适的概念和口号，进入一种客观平实的人生书写。 我不再打算叙述一段弘大的历史，而把关注点转入一个人和他的家族命运上。 在这个枝节庞大的家族故事里，淘金和太平洋铁路只是背景，种族冲突也是背景（我在这里小心地回避了"种族歧视"这个字眼，因为我觉得这是一个把复杂的历史社会现象概念化简单化了的字眼，正如西方现代医学爱把许多找不到答案的症状笼统简单地归类为忧郁症一样），人头税和排华法也是背景，二战和土改当然更是背景，真正的前景只是一个在贫穷和无奈的坚硬生存状态中抵力钻出一条活路的方姓家族。

在收集资料的过程里，我发现了一张抵埠华人的合影。 那张照片的背景是在维多利亚市的轮船码头，时间大约是 19 世纪末。 这样的照片在我手头有很多张，没有确切的日期，也没有摄像人的名字，只有一些后人加上去的模模糊糊语焉不详的文字说明。 可是这张照片却突然吸引了我的眼球，因为我注意到在众多神情疲惫的过埠客里，有一个戴着眼镜的年青人。 这副眼镜如引信，瞬间点燃了我的灵感，想象力如炸药爆响，飞出了灿烂的火星。 那个在我心目中孕育了多年的小说主人公方得法，就在即将出世的那一刻里改变了他的属性。 除了坚忍刚烈忠义这些预定的人物特质之外，我决定剥除他的无知，赋予他知识，或者说，赋予他对知识的向往。 一个在乱世中背井离乡的男人，当他用知识打开的眼睛来巡视故土和他乡时，那会是一种何等的疮痍。

我原来以为一旦做好案头考察，动笔的过程大约是行云流水的 —— 一如我从前的小说创作。 可我却又一次落入了自己设置的圈套之中。 我对重塑历史真实的艰难有了充分的设想和准备，可是我并没有意识到细节重塑的艰难。 我向来认为好细节不一定保证产生好小说，可是好小说却是绝对离不开好细节的。 我无法说服自己将就地使用没有经过考察根基薄弱的细节。

四十多万字的写作有无数的细节，每一个都像刘翔脚下的百米栏一样让人既兴奋又胆战心惊。 我需要知道电是什么时候在北美广泛使用的；我需要了解粤剧历史中男全班和女全班的背景；我需要知道肥皂是什么时候来到广东寻常百姓家的；我需要知道唱机是什么时候问世的，最早的唱片公司叫什么名字；我需要了解 1910 年前后的照相机是什么样子的，一次可以照多少张照片；我需要明白 20 世纪初的广东碉楼里使用的是什么枪支，可以连发多少颗子弹，等等等等。这些惊人数量的细节，使得我的写作变得磕磕绊绊起来。有时为一个三两行字的叙述，我必须在网上书本里和电话上消耗几个晚上的时间。筋疲力尽的我开始诅咒自己，为什么要踩进这样深的一潭烂泥淖。改变心境的妙方常常是一场热水澡或一部好莱坞轻松烂片。之后我又继续坐到电脑前，将一个个丰润的夜晚渐渐熬瘦。

写完《金山》最后一个字的时候，是 2008 年 12 月中旬，离圣诞只有一周了。我像猫一样伸了一个巨大的懒腰，心里却没有以往小说杀青时特有的兴奋。那是一个极为寒冷的周六下午，肥硕的雪花伸出冰冷的舌头，在我的窗玻璃上舔出一个又一个多角的唇印，街上的圣诞音乐磨去了寒风的尖锐棱角，一片从未有过的安宁如水涌上心头：那些长眠在洛基山下的孤独灵魂，已经搭乘着我的笔生出的长风，完成了一趟回乡的旅途 —— 尽管是在一个世纪之后。

愿这些灵魂安息。

近年来，海归已经成了不独属于科技界和商界的时髦名词。我的海外文友中，已有数位决定常住国内。每次听到他们在国内文坛上云起风生的动静，我便抱怨自己为何选择久居在这个遥远而多雪的他乡，以致错过了大洋那头的热闹和精彩。放下《金山》书稿的那天，我突然意识到，上帝把我放置在这块安静到几乎寂寞的土地上，也许另有目的。他让我在回望历史和故土的时候，有一个合宜的距离。这个距离给了我一种新的站姿和视角，让我看见了一些我原先不曾发觉的东西，我的世界因此而丰富。这个距离让我丢失了许多，却也得着了一些。

我想借此书一角感谢维多利亚大学地理系教授和加拿大勋章获得者黎全恩博士，他对唐人街及华人历史的深入研究使我在书写《金山》的过程中深深得益。也感谢关宗耀医生，在香茗的氤氲暖气中我曾出神地听他讲述过他在开平村落里度过的童年故事。那些故事给了我好奇的天性以无比欢愉的享受 —— 但愿我喋喋不休的问题没有让他腻烦。约克大学的徐学清教授和多伦多大学的吴小燕博士，在我的写作过程中给予了许多帮助，使我可以安然地享受这两所名校的图书馆资源，来构建华工历史研究的框架。暨南大学文学院院长王列耀教授和他可爱的研究生们，曾两次陪同我到开平考察，并为我安排了一切生活上的便利。我的文友少君先生，曾像一个真正的绅士一样，在我的乡野考察途中陪伴关照我。 江门五邑大学的侨史研究专家张国雄、谭金花教授，在百忙之中带我参观了当地的华侨华人博物馆 —— 那些藏品使我再次意识到，历史是存活在许多人重叠交错的记忆中的。 我多年的老友张雁女士和她手下的名报《环球华报》，以及加华作协的一群作家朋友们，为我在温哥华和维多利亚的考察提供了诸多方便。 不列颠哥伦比亚大学的 Henry Yu 教授在印第安土著文化与华人文化的交融研究上，给了我很多的启迪和灵感。 我所尊敬的长辈曾昭俨先生和黄经华女士，为小说的初稿作过仔细的校对。 温哥华文坛大姐刘慧琴女士的先辈曾是早期来加拿大的华工，她对家族往事的追忆丰富了我小说中的一些细节。 还有许多我无法一一列名的朋友们，慷慨地为我提供了碉楼的照片和相关信息。

我更是深深感激我的家人在我写作《金山》的过程中给予我精神上的支持和时间上的慷慨付出，没有他们我很难孤独地走完那些漫长的似乎永远也走不到头的黑隧道。

PREFACE

The idea did not occur just last year. Nor the year before.

The idea came to me in the very first fall when I arrived in Calgary, Canada, from Beijing, China – September of 1986, to be more exact.

It was a sunny afternoon. Leaves were turning a prism of colors for a final desperate show of life before winter killed them. We, my friends and I, were driving around the outskirts of the city to catch a last glimpse of autumn when we had a flat tire. While waiting for assistance, I started to explore the surroundings. It was then that I noticed them, the tomb stones, scattered among the knee-high grass and covered by moss and bird droppings. Most of them had Chinese names carved on them, some with fading pictures revealing a portion of the faces, young but weathered, with harsh cheekbones, hardly any smiles. Dates on the stones, ranging from the second part of 19th century to the first part of 20th century, quickly led to the conclusion that these people died very young, possibly of unnatural causes. It didn't take long for me to realize that they were the early Chinese settlers, or rather, the coolies, as they had once been called.

What kind of lives did they lead in villages of southern China? Whom did they leave behind when they decided to come to the "Gold Mountain", a term they used to describe the wilderness of North America where gold deposits were discovered? What kind of dreams did they hold when they embarked on the harsh journey across the Pacific, not knowing whether they would ever return? What did they see when they first set their feet on the Rockies?

These questions started to form in my mind, dense and heavy. Of course I did not know that they would haunt me for many long years to come.

A book. I could write a book about these people. I should. I told myself on my way home that day.

For the next seventeen years I flirted with the idea of such a book which time and again failed to materialize. I was too busy. There were too many things deserving my immediate attention ‑ two academic degrees, a career as an audiologist, a right man to marry, a house I could call my own, a comfortable life in Canada, just to name a few. The idea of a Gold Mountain book got pushed down to the bottom of my things-to-do list. Every now and then, it would re-surface, especially when I read in the news about the anniversary of the Vancouver riot in 1907, or the "Head Tax" compensation debate in the parliament, but I suppressed it as quickly as it appeared.

Then in the fall of 2003, an unexpected opportunity presented itself to me. I was invited, together with a group of Chinese writers residing overseas, to tour one of the villages in Kaiping County, Canton, China, known for its unique residential dwellings called "Diao Lou", literally translated as "fortress homes". These houses were built, with the money the coolies sent home from overseas, to protect the women and children they left behind from harm of nature, as well as harm of men, as this area was susceptible to flooding and bandits in those days. Since the coolies were scattered all around the world, the style of the fortress homes bore clear marks of the country where the money came from. One could easily detect baroque, Roman and Victorian characteristics weirdly moulded into southern Chinese architectural expression, not exactly a piece of eye candy.

Through the help of a smart local resident, we were able to slip into a fortress home not yet remodelled for public display. On the third floor of the house, we found an old wooden closet. Little did we expect to see anything inside, as the house had been abandoned for decades. To my great surprise, I found a woman's dress in a vague resemblance of pink, embroidered with golden peonies half faded in color, full of moth holes. Taking out a sleeve tucked into the pocket, I uncovered yet another surprise ‑ a pair of pantyhose was hidden in the sleeve. They looked thread thin from repeated washing, with a huge run spreading from the heel all the way up to where the legs part. While my fingers were tracing the run, I was struck with a sudden surge of energy, much like electrical current. I could hear my heart pumping in my chest, loud as thunder, as I stood there, quivering with awe.

What kind of woman was she who owned this pair of pantyhose almost a century ago? Had she been the mistress of the household? On what occasion would she wear this elaborate dress? Was she lonely, with her husband away toiling in the Gold Mountain trying to make enough money so that she could afford such expensive things?

Once again I felt the urge to find out the answers to my questions.

Another two years would pass before I finally committed myself to writing this Gold Mountain book, an interval allowing me to complete my third novel "Mail-Order Bride" and several novellas.

It was a consuming journey digging into the rock-hard crust of history. I traveled to Victoria, Vancouver and villages in Kaiping, China, trying to find any people with knowledge, direct or indirect, of the era of my book. I frequented archives at all levels, both in person and through internet, as well as university and public libraries. I found myself shaken with anticipation whenever I spotted a special collection on this subject, or heard a friend mention someone who was the offspring of a Pacific Railway builder. I spent many a sleepless night thinking about a better way to find the answers to my questions haunting me for so long. However, I never really found the answers. Instead, I found stories. From endless pages of books and many a conversation with descendants of Chinese coolies, stories started to surface, stories of people who braved the ocean to come to a wild land called British Columbia, leaving their aging parents, newly wed wives or young children behind, to pursue dreams of wealth and prosperity that quickly eluded them; stories of parties filled with champagne and cheers to celebrate the last railroad spike driven in while the builders, the Chinese coolies, were not even once mentioned; stories of husbands and wives separated by Head Tax, Chinese Exclusion Act as well as a vast span of ocean, yet keeping their marriages alive for decades because of a strong common will to build a future for their children; and stories of a lengthy journey of two races finally becoming reconciled after a century of distrust and rejection.

The actual writing was not any easier. My train of thoughts was constantly interrupted and distracted by my addiction to accuracy, accuracy of historical fact, and accuracy of detail. To find out a particular style of camera used in 1910's, for example, I would surf the net for nights in a roll which yielded just a brief mention of two sentences in my book. For information about pistols popular at the turn of century, I would engage my friends with military background in endless discussions until they absolutely dreaded my phone calls. I finally came to the realization that I was a hopeless perfectionist - something my friends had told me long before.

It was a cold December afternoon in 2008, a week before Christmas, when I stood up from my computer desk, stretching out my fatigued body with a sigh of relief - I finally had completed my book entitled "Gold Mountain Blues". Snow started falling. With Christmas music permeating the air, and juicy white snowflakes kissing my windowpanes with a gentle laziness, I felt the kind of peace that I had not known for a long while. I knew that I had accomplished a mission - I had given voice to a group of people buried in the dark abyss of ambiguity for more than a century, silent and forgotten.

I would like to take this opportunity to thank professor David Lai of University of Victoria, a member of Order of Canada for his outstanding achievements in investigative work on the history of Chinatowns, who generously let me share his research on early Chinese immigrants in Canada; Dr. James Kwan whose fascinating childhood tales in Kaiping village have given my inquisitive mind great pleasure - I hope I did not bore him to death with my endless questions; professor Xueqing Xu at York University and Dr. Helen Wu at University of Toronto for letting me share their access to university libraries which helped to build the frame work of my research; professor Lieyao Wang at Jinan University and his lovely graduate students for taking me to tour the villages in Kaiping and arranging for my accommodation there; my writer friend Shao Jun for accompanying me, like a true gentleman, on the above tour; professor Guoxiong Zhang and professor Selia Tan of Wuyi University for sharing with me their in-depth knowledge of the contents of the Museum of Overseas Chinese; my long-term friend Yan Zhang and her well-known newspaper "The Global Chinese Press" as well as Chinese Canadian Writers' Association for facilitating my research in Vancouver and Victoria; professor Henry Yu of University of British Columbia for sharing his knowledge in native Indian subjects; Mr. Ian Zeng and Mrs. Jinghua Huang for proofreading my first draft; Ms. Lily Liu, a well-published author herself, for sharing with me stories of her coolie ancestors; and many other friends who kindly offered me photos and information on related subjects. Last but definitely not least, I'd like to thank my family for constant emotional support without which I could not have endured the difficult and sometimes despairing journey of writing such an expansive book.

God bless you all!

Ling Zhang

目录

喜鹊喜，贺新年，
阿爸金山去赚钱；
赚得金银千万两，
返来买房又买田。

——广东童谣

方得法家族图谱

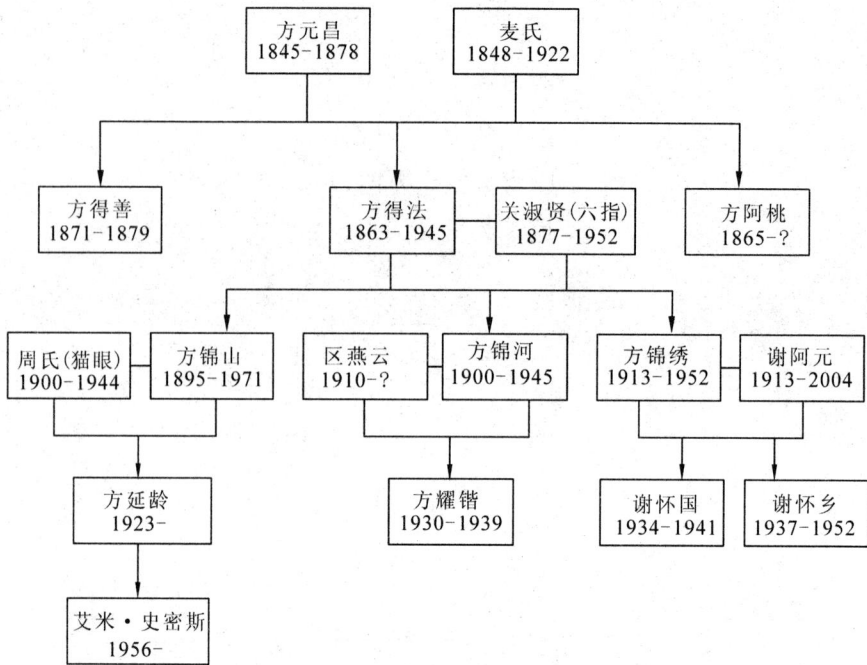

```
        方元昌              麦氏
      1845-1878          1848-1922
                    │
    ┌───────────────┼────────────────────────┐
    │               │                         │
  方得善          方得法    关淑贤(六指)         方阿桃
1871-1879      1863-1945   1877-1952        1865-?
                    │
  ┌─────────────────┼──────────────────────┐
  │                 │                      │
周氏(猫眼)  方锦山   区燕云   方锦河   方锦绣   谢阿元
1900-1944 1895-1971 1910-? 1900-1945 1913-1952 1913-2004
     │                 │               │        │
   方延龄            方耀锴           谢怀国    谢怀乡
   1923-           1930-1939        1934-1941 1937-1952
     │
 艾米·史密斯
   1956-
```

引　子

公元 2004 年，中国广东

当栗色头发棕色眼睛的艾米拨开喧嚷的人流，在那块写着"方延龄女士"的牌子跟前站定时，接机的人吃了一惊，对看了一下，满眼都是问号：怎么来了个洋人？

接机的是一老一少两个人，都是侨办的。少的是司机小吴，老的是处长欧阳云安。小吴还嫩，不知道怎么藏掖惊讶，只是慌慌地问："你，你，你是……"话出了口，才突然明白过来自己说的是英文。没容小吴把那句烂英文抖嗦明白，艾米就点了点头，说我是。话虽短，却听得出是地道的汉语。小吴、欧阳这才略略放了些心，一左一右地夹着艾米进了机场的停车坪。

虽才是五月，天却已经大热了。艾米见惯了温哥华温吞水似的阳光，只觉得广州的太阳长满了小钩子，一钩一钩地啄得她遍体生疼。便急急地钻进那辆黑色的奥迪轿车，一边等着空调呼呼地喘上些冷气来，一边扯了张手纸揩着额上的油汗。

"多远？"艾米问欧阳。

"不远，车顺，也就两个来小时。"

"文件都准备好了吗？我们到了就签，晚上还能赶回广州吧？"

"你不想在那里住一晚，明天再清点一下屋里的旧物？"

"不用了，其实找个人帮忙，打几个箱子，海运回去就行了。"

欧阳愣了一愣，半晌，才说："那楼几十年没人进去过了，好些摆设，还是建楼时的样式，也算是文物了，需要你亲自清点过。除了牵涉到绝对隐私的内容，希望屋里的旧物都能留下来做陈设品，当然你可以拍照留念——

合同里都有说明。"

艾米叹了口气，说那就只好住一夜了，旅馆订了吗？司机小吴从前座探过头来，说早订了，是镇上最好的一家，当然不能和广州比，倒是蛮干净的，有温泉，还可以上网。艾米就不吭声了，只是拿了一本书一下一下地扇着头上的汗。

车里突然安静了下来，欧阳就没话找话地说："我们王主任从去年春天就等着你回来，要亲自宴请你的。后来听说你病了，行程推了又推。等了这么久，终于把你等到了，王主任却去了俄罗斯出差，留下话来，要你等他回来。方得法的后裔，也就剩了你这一支，找你找得真不容易呀。"

艾米听了忍不住扑哧一笑，说你们王主任等的那个方延龄，不是我，是我妈。我妈还病着，才派了我来的。说着就从皮包里掏出一张名片来，递给欧阳。名片上面写的全是英文，欧阳倒是看得懂的：

　　艾米·史密斯
　　　　不列颠哥伦比亚大学
　　　　社会学系教授

欧阳将艾米的名片在手掌心轻轻地拍打了几下，说难怪啊难怪。艾米说难道我有我妈那么老了吗？欧阳嘿嘿地笑，说那倒不是，我只是奇怪方延龄怎么不想去她阿人（开平方言：祖母）的坟上拜一拜。

艾米愣了一愣，才想起临行前母亲塞给她的那包东西。

其实早在一年多前，方延龄就收到了开平来的信。信是官方写来的，盖着市政府的朱红印章，说的是方家旧居的事。信上说：方家旧居是当地最老的碉楼之一，正在申报世界文化遗产，要清理装修开辟成景点，供人旅游观赏。所以恳求方家后人回来一趟，签订一纸协议书，把旧居交给当地政府托管。

云云云云。

延龄很小的时候曾经跟随父母回乡，在那座楼里居住过两年。那时毕竟年幼，本来就淡薄的印象，再遭七八十年的岁月冲洗过一番，就更模糊得难以拼拾。方家在老家早就没有亲人了，再加上"托管"两个字，总让人觉得有些强取豪夺的嫌疑，所以延龄把信团了一团就扔进了垃圾桶，说都不曾与人说起过。

没想到开平那头倒很有几分耐心，又接着来了好几封信，还打过数次越洋电话——也不知道是怎么找到的电话号码。

"将近百年的古迹，你忍心看着就这样灰飞烟灭？公家拿过去，照着老样子给你修理了，留着给后人作纪念。你不花一分钱，一两力，所有权还是你的，岂不两全其美？"

同样的话在耳膜上擦磨的次数多了，渐渐地就擦出些和暖的意思来。延龄的心刚刚动了一动，就生了一场大病，床上一躺，便躺去了一年多。

延龄的身体如一棵树，在七十九岁之前一直是枝青叶茂的，连个虫斑也不曾有过。可是过了七十九岁，便像突然遭遇了一场飓风，嘎啦一声就折断了，中间毫无过渡。

延龄是在七十九生日那天病倒的。那日延龄邀了几个平日的麻将搭子，一起去意大利餐厅吃过了自助餐，又回家来搓起了麻将。延龄年青的时候，看见她阿妈和姐妹队们打麻将，就烦得头皮发麻。到老了，交的几个朋友竟然都是麻将搭子。那天艾米没来。女儿不在跟前的时候，延龄就放开了胆子闹，大口抽烟大口喝酒，喝得高了，就吆三喝四地耍酒疯，直到半夜才收了摊。睡下了，早上就没起得了床，是中风。

延龄病后，突然就不会说熟常的话了。延龄从小上的是公立学校，后来跟的男人也都是番仔（洋人），在家里在工作场所，说的都是滴溜溜的英文。谁知一场中风，就像有一只蛮不讲理的小手，在她脑子里胡乱地搅过一番，竟将她的英文一把抹没了。那日在医院，延龄醒过来，听着医生护士跟她说话，却是一脸无辜的茫然。后来开口说话，咿咿唔唔的，谁也听不懂。都以为是语言中枢受了影响，一直到好多天之后，艾米才听出来，她阿妈说的原来是荒腔走板的广东话——那是小时候她听见外公在家里说的话。

延龄中风之后，性情大变。出院后，转进了一家康复医院，几个月后又转进了一家养老院。每到一处，无不大吵大闹。艾米花了九牛二虎之力，新近才替她转进了一家华人开的养老院，话语通了，情景似乎得了些缓解。

一日艾米正给学生上着课，突然接到养老院的紧急电话，说老太太出了事。艾米匆匆丢下学生赶了过去，只见老太太被一根皮带绑在轮椅上，眼泪鼻涕抹了一脸一身。护士说老太太早上起来，就不停地嚷嚷说来不及来不及了。护士问什么来不及了，老太太呜噜了几声，护士没听懂，老太太就抢起拐棍，朝着护士劈头盖脸打过去。

"我们无法接受这样的病人——为护士和其他病人的安全着想。"

院长对艾米说。

艾米见老太太的身子一梗一梗地在轮椅里挣扎着，唇边满是白沫，仿佛是一尾拴在草绳上挣着最后一口气的鱼，便忍不住蹲在地上号啕大哭起来："上帝呀，你叫我拿你怎么办？"

老太太一辈子从没见过女儿这么哭过，给吓了一跳，突然安静了下来。半响，才摊开手掌，对艾米说：你，去。

老太太的手心是一封信，一封盖着大红印章、被捏得起了潮的中国来信。

艾米从头到尾看了几遍，才看明白了老太太的意思。叹了一口气，说好，我去，不过你得答应不能再和护士闹。老太太咧嘴笑了一笑，露出一口屎黄的烟牙。

"闹也不要紧，别指望我带你回家。我直接就给你开到精神病院。我治不了你，有人治你。"艾米恶狠狠地说。

"能给转个单人房间吗？把她和其他病人隔离开来，配一个特殊护理。费用我来出。一个月，再观察一个月，等我从中国回来，再做决定，好吗？"

艾米换了副厚颜无耻的笑脸央求院长。

那日艾米是一路诅咒着走出养老院的。那日艾米丝毫没有注意到温哥华的春意已经很是浓郁了，脚下的草地在一场雨后骤然间厚了一层，月季在雪白的院墙上爬出星星点点触目惊心的猩红，树枝间有鸟在尖厉地鸣叫。母亲方延龄的身子在轮椅里越缩越小，小得仿佛是一只被风随意吹落的满是褶皱的坚果。

路途比欧阳说的远了许多，一路上都在建房修路，坑坑洼洼地颠到村边，就是傍晚了。艾米觉得一身的骨头，都颠散在车里了。

一路进村，只见墙上到处是五颜六色的广告，都是优惠侨汇服务之类的——是各家银行储蓄所贴的。艾米问他们是在抢客户吗？欧阳说这么大的油水，不抢怎么行？这一带随便抓条狗都有亲戚在外洋。从前是水客巡城马（早年为华侨传送侨汇的人），挑着筐篮挨村送银信（夹带侨汇的信件），如今是电子汇款。行头变了，内里没变。

艾米皱了皱眉头，说你在讲中文吗？我怎么听不懂。什么水啊马的。

欧阳对艾米眨了眨眼，说看来你已经开始对这里的事情产生兴趣了。艾米说我对世界上所有的社会学现象感兴趣，这里和那里并没有区分。

方家碉楼不在路边，车子开不进去，众人只好都下了车走路。

路是一条小路，在一座废弃的厂房边上，大约很久没有人走过了，全是无人照看自生自灭的野芭蕉，焦黄的腐叶在地上铺成厚厚一层的土。太阳虽然还是明晃晃的，蠓虫却早已在草间嘤嗡作响，隔着衣裳将艾米身上咬出大大小小的包来。

欧阳将随身带的风油精递给艾米抹上，一边就骂出来迎迓的村干部："早就通知下来有人要来，也不知道把路铲一铲？一天到晚只知道赚钱，心思一点也不肯放在别的事上。"

村干部挨了骂，也不回嘴，只嘿嘿地笑。回头看见一群抱着孩子的妇人，在远远地厮跟着看热闹，就黑皮黑脸地吼了一句："看什么看？识不识丑呀？"妇人们唧唧呱呱地笑了起来，却依旧不远不近地跟着。

"开放这么多年了，你阿妈和你外公，就没有想过要回来看看？"欧阳问艾米。

"阿妈说外公死的时候，正是中加建交。外公有几个朋友，都打听怎么办签证回去。外公跟阿妈说过，回去不得。"

"为什么？"欧阳问。

艾米站定了，直直地看了欧阳一眼，说我还等着你告诉我到底是为什么呢。

欧阳无话，半晌，才说："那个时候别说人全疯了，就是水，也跟着疯了。这个村里有条小河，那一年下了一场雨就泛出岸来——百年都没有过的。"

"有没有好一点的解释？别忘了我是研究社会学的。"艾米冷冷地说。

"当然有，现在不是说的时候。顺便告诉你，我是学华侨史的，多少和你有些关联。"

司机小吴便插进来，说史密斯女士，我们欧阳处长和你一样，也是教授，是专门研究碉楼历史的，被我们侨办借得来，处理碉楼的事。

艾米吃了一惊，却没有放在脸上，只问："那你一定知道，在这个寸土寸金的地方，为什么会这样荒凉？"

欧阳微微一笑，说你想听教科书的版本呢，还是口述历史的版本？

艾米也微微一笑，说两个吧，两个版本都想听。

"教科书会告诉你，这块地受工业污染太严重，不适合种植庄稼，所以就废弃了。"

"那另外一个版本呢？"

"另一个版本会说，这里经历过某些历史事件之后，有一些超自然的异常现象，所以没有人愿意在这里盖屋建房。"`

"你是说，这里闹鬼？"

欧阳摇了摇头，说我什么也没说，当然，你有权利对口述历史作出任何解释。

艾米哈哈大笑，觉得这个姓欧阳的半老头子还有那么点意思。在这里住上一两夜，也许不是那么乏味的一件事。

磕磕绊绊地走到路尾，就到了那座楼跟前。楼原是无遮无挡的，很远就看见了。只是走到尽跟前，才真正觉出了老旧。朝南，是五层的水泥洋楼，楼的四面都贴了飞檐。窗极多，却极是细窄，又风化得走了形，便像是满墙炸开的炮弹孔。每一处门窗上都装了铁条——粗粗地裹了多层的锈。顶层的屋檐下立了一圈罗马式的小廊柱，柱身和窗框上都雕满了花纹——却早已模糊不清了。

欧阳搬了一块石头垫在脚下，站上去，从公文包里找出几张报纸，来刮拭门上的青苔和鸟屎。终于刮出几个石雕的字来："得贤居"。字体是瘦金书，深陷的笔画部分还隐隐地现着一丝粉色——当年大约是明艳的朱红。

就去开门。门是一扇窄铁门，外头围了一圈铁栏栅。栏栅上了三道锁，一道在头顶，一道在脚底，还有一道在中间。欧阳说这叫天锁地锁和中锁。天锁和地锁都是从内里开出来的机关，并未上闩，一推就推开了。只有中锁才是实实在在的一把铁锁。锁本来就有手掌大小，又锈得大出了好几圈。欧阳问村干部要钥匙，村干部说好几十年没人进去过了，哪还有什么钥匙？主人家来了，正好叫主人家自己砸锁。小吴便去路边找了块尖角的石头，递给艾米。锁实在是老旧了，砸了两下就断了。门反倒结实些，颤了几颤才裂开来一条缝。嘎的一声从门缝里飞出一只黑糊糊的鸟来，翅膀几乎刮到了艾米的额。艾米双腿一软坐到了地上，两手捧着心口，仿佛心已经落到了掌上。

那个村干部脸色就有些变化，小声问欧阳：她祭，祭过祖吗？欧阳说你怕什么？她祖宗等了那么久，看见她回来，高兴都来不及呢。祭祖是明天的事，还没到上坟的时候呢。

村干部说我，我抽根烟，就待在门口不肯进来，由着欧阳领艾米进了屋。

跨过门槛，艾米清晰地听见尘粒在鞋底下碾碎的声响。窗上的玻璃已经碎裂了，傍晚的老阳肆无忌惮地奔涌而进，满屋扬着金色的飞尘。艾米在飞尘里站定了，才渐渐看清了屋里的摆设。其实屋里的全部摆设，也只有屋角一口裂了一条大缝的水缸。

"这一层是厨房和下人的房间。主人的起居卧室，都在楼上。"欧阳说。

两人就去找楼梯。

楼梯塌陷了多处，看上去像是一条烂得露出了底里的肉肠。欧阳和艾米小心翼翼地寻找着可以下脚的地方。终于摸索着上了二楼。楼上靠正墙的地方摆着一张油漆褪尽了的木案，案上有两坨圆东西。艾米走近了，才看出是香炉。炉是铜的。铜老了，满身长着肥厚的绿锈，像是女人走了形的腰身。墙上有一块凹陷之处，立着一尊观世音菩萨像。其实那尊像已经被砸去了头和肩膀，只有那根捻了莲花的手指，叫人依旧生出关于慈悲的种种联想。菩萨像边上刻着一副对联，油漆剥落了，隐隐地还剩几个字：

烛×生成××花
×烟×出×安宅

观世音菩萨底下，是一块完全褪却了油漆的牌位，大半边已经被漏进来的雨水腐蚀尽了，只剩下靠右处的几行字尚可辨：

显廿×世祖
考　迪才方府君

姚　翁氏×安人

"这是当年你们家拜祖宗神灵的地方。"欧阳说。

地上横七竖八地扔了几条木板，看上去像是一堆拆毁了的旧家具。艾米用脚翻了几翻，并无所得，却捂了嘴呵呵地咳嗽起来——是灰尘。欧阳抽出一根棍子来递给艾米看。棍子有些像笛子，却比笛子粗长些，身上钉了一条细链子，中间有一个大凸圆嘴。艾米噗噗地吹了吹上头的灰，便显露出底下浑黄的花纹来——像是枝叶缠绕的青藤。用手指弹了弹，却弹出些铮铮的脆响来，原来不是竹器。

"这是大烟枪，象牙雕的，价值连城。"欧阳说。

第一章

金山梦

同治十一年—光绪五年（公元 1872 年—1879 年），广东开平和安乡自勉村

广东开平和安乡境内有个村叫自勉村，听上去新鲜时髦，实际上是一两百年的老村名了。据说在乾隆年间，有两兄弟带着妻儿老少从安南逃荒至此，开荒垦田，养牛养猪，十几年时间里修出了一片安身立命的地方。大哥临死时，嘱咐全家要勤力自勉，于是就有了这个村名。

到了同治年间，自勉村已经是个百十来户人家的大村落了。村里住着一个大姓，一个小姓。大姓是方，小姓为区。方姓是安南人的后裔，而区姓则是从福建迁徙过来的外人。两姓人家多以耕种为生。方姓人家种的是相连的大块地，区姓人家是后来人，种的就是从大块地的边缘上开发出来的小块新地。到后来，方姓和区姓开始通婚，方家的女儿嫁了区家的儿子，区家的儿子娶了方家的女儿，人成了亲家，田产也开始混淆起来。渐渐的，新来后到大姓小姓的区别就有些模糊起来。当然，这模糊也只是一时的模糊。等到有些事情生出来，便叫那模糊又刀锋似的清晰起来——那是后话。

自勉村村头有一条小河，村尾是一片矮坡，中间是一片低洼之地。那地经过多时的垦种，肥力丰厚。若逢风调雨顺之年，农产是足够叫一村两姓老少糊口的。若遇旱涝之年，卖儿女为奴的事情，也屡有发生。

自勉村的人，除了耕种，也做些别的杂事，比如养猪种菜，绣花织布。少许自家食用，大多是带到圩上卖了补贴家用的。自勉村几乎家家养猪养牛，可是自勉村的屠夫却只有一个，那就是方得法的阿爸方元昌。

方元昌祖上三代都是屠夫。方得法断了奶，刚能在地上站稳的时候，就已经光着屁股蹲在地上看他阿爸劏猪，白刀子进红刀子出一丁点儿也不惊怕。

方元昌就对村人夸口："我杀猪最多杀出十里二十里，将来我家阿法能杀出千里万里。"方元昌的牛皮吹对了一半，是千里万里的那一半，却不是杀猪的那一半，因为还没轮到方得法操刀的时候，方元昌就死了。

方元昌家里，一代比一代穷。在方元昌阿爸手里，还有几亩薄田。到了方元昌这一代，却只能租了几亩小地种着。那地里的年成，交完租子之后，就够一家人吃半碗饭。剩下那半碗，是要靠他杀猪宰牛来挣的。在自己村里给方姓族亲杀宰，只能赚一副半副下水。给不沾亲带故的区姓村人和他村的人杀宰，才能得着一两个小钱。所以方元昌家的那半碗饭，不是总能指望得上的。要靠天，靠牲口，还要靠黄历——吉日多的月份里，婚嫁盖屋的人多，挨刀的牲畜也多些。

同治十年起，连续两年大旱。村口的小河，干得只剩了一摊淤泥，太阳一偏，便有黑压压一片的蚊蝇，云似的在河滩上飞——鱼虾却绝了迹。地像等奶的孩子似的咧着口子，巴巴地等着雨，雨却迟迟不来。那两年年成不好，杀猪的人也少，方元昌的日子，越发地拮据了起来。

方元昌命运的转机，是在同治十一年的一个圩日。

那天方元昌一大早起来，杀了一头已经养了一年多的猪。那头猪他原想养到年底做腊肉用的，可是他等不及了，他家的锅已经好久没沾过油星了。不仅他等不及，猪也等不及了——猪已经瘦得只剩了一个骨架。他杀完猪，留下猪头猪尾猪舌猪下水，却将猪身猪腿大卸八块，留了到圩上卖。方元昌想卖完猪肉，回来时带上几个莲蓉饼。方元昌的小儿子方得善后天满周岁。酒摆不起，饼总得分几个给近邻的。

临出门时，方元昌的老婆麦氏拿了几张荷叶将猪肉轻轻遮起来，省得一路蝇子叮咬。又在菩萨像前烧了一炷香，保佑天不要太快热起来——再新鲜的猪肉，也是禁不起辣日头晒的。方元昌都走到门口了，又听见麦氏在身后嘟囔："红毛他妈六十大寿请吃酒，我的纱裙让虫子咬得都是洞。"方元昌听出来老婆是想让他卖了猪肉带块布料回来，心里一股火嗖地蹿起来，卸下肩上的扁担，朝着女人就抢过去：

"他家有金山客，你家有吗？一天只知道学人家吃的穿的。"

麦氏嗷地叫了一声，布袋似的软倒在地上。儿子方得法走过来，拽住了扁担，往他阿爸手里杵了一杵，不轻也不重。方元昌依旧恶眉恶眼的，声色却已经有些虚软。挑了扁担往外走的时候，额上竟有了汗。阿法是方元昌的长子，刚九岁，身子没长开，还是细细的一长条。话少，眼神却是定定的，看人时能把人看出一个洞来。对这个儿子，方元昌不知怎的隐隐有些怕。

方元昌躲过了几只饿狗的纠缠，挑着担子赤脚走上了村里那条沙泥小路。路过村口那条小河时他走了下去，因为他看见河滩的石头缝里竟然聚了一小汪水。他舀了一捧洗了把脸。水被他搅乱了，脸映在乱了的水里，眼睛鼻子被水推来操去，一会儿在脸里，一会儿在脸外。他挪了挪嘴想笑，嘴很厚也很重，竟挪不动。额角被水浸过，渐渐凉了下去，心里也清醒些了。他知道他打麦氏的原因，不是因为一条纱裙，而是因为红毛。

红毛是他的远房堂兄，因长得高鼻凹眼，有几分像洋番，就得了个红毛的外号，本名倒不大有人记得了。小时候他和红毛一起去塘里捉过鱼虾，田里摸过泥鳅，瓜地里偷过别人家的瓜菜。红毛虽然比他大几岁，却很是憨蠢，做不得头，从来就是跟在他后头听他摆布的人。就是这样一个人，几年前娶了村里一个区姓人家的女儿，那家有个表亲在金山，红毛就糊里糊涂地跟着上了船。

村里关于红毛的传说很多。有人说红毛在深山老林里淘金，那地方的水用木桶接住了，毒太阳底下晒干了就结成了金沙。也有人说前几年金山闹瘟疫，红毛拿厚布捂了嘴，去帮洋番背死尸，背一个是一块大洋。也有人说红毛给麻风病院送粥，一碗粥三个铜板。众人拿了这话去问红毛他阿妈，红毛他阿妈不说是也不说不是，只是一味地笑。一村的人到底也不知道红毛在金山做的是什么事。可是大家都知道红毛发了财了，月月往家寄银信。红毛的阿妈收了银信，说起话来时时有几分不知头重脚轻的样子。别人受得了，他方元昌受不了。因为他方元昌是知根知底地了解红毛的，他知道红毛拉完屎连屁股也擦不干净，偷瓜连青熟也分不清楚。

可是红毛成了富人，他却依旧在干着那半碗饭的苦差使。

那天方元昌眉心百结地挑着担子，走上了赶圩的路途，当时他绝对没有想到从这里拐出去，他将拐入一条他完全没有预料到的歧路。他简单清贫的屠夫生活，将在那个下午画上一个巨大的句号。而他的家人，也将随着他从低贱的泥尘里瞬间攀上富贵的巅峰。

方元昌紧赶慢赶到镇上时，却发现人流稀稀落落的，很是冷清。今日是个大圩日，平常这个日子是人挤人鞋踩鞋的日子。问了几个小贩，才知道昨晚镇里闹盗匪，把一个大户人家刮台风似的扫劫了一遍，还杀了两口人。今晨官兵巡查来了，众人皆胆战心惊，便都躲在家里不愿出门。

路已经赶了，也不能回去，方元昌只好将担子歇在路边，等运气。到了中午，也才卖出了一副猪手和一块里脊。眼看着太阳高高地升在头顶，知了一声一声地在耳膜上钻着孔，竹筐里的肉渐渐地变了颜色，方元昌捶胸顿足一遍又一遍地骂自己命衰。早知如此，还不如把这头猪腌了，至少一家人还能闻着几个月的油星。

正骂着，街上突然跑过来两个身着短打的黑脸汉子，神色慌张地塞了一个包袱在他手中，低声说："兄弟你好生替我看着，哪儿也别动，等过一两个时辰就回来取——自有你的好处。"方元昌眼力好，早看见那两人腰间鼓鼓囊囊地别了凶器。嘴里说不得话，身子却只是瑟瑟地抖。看着那两人飞也似的钻进了一条窄巷，只觉得一股热气顺着大腿蠕蠕地爬下来，过了半晌才知道尿了裤子。

方元昌紧紧捏着沉甸甸的一个包袱，守在路边，直等到日头渐渐低矮下去，夜风起来，赶圩的人四下散尽，仍不见那两个黑脸汉子回来。回头看看四下无人，忍不住将那包袱扒开一个角，偷偷地瞄了一眼。那一看，眼睛一黑，就差点儿瘫软在地上。

是一包码得齐齐整整的金元宝。

方元昌将包袱咚的一声扔进箩筐，拿猪肉盖严了，把斗笠低低地压到鼻尖上，转身就一颠一拐地溜进了一条小路。

方元昌到家的时候，已经将近半夜了。三个儿女都睡下了，只有妻子麦氏还守着门等他。麦氏正坐在灶前的条凳上晾脚。天旱水紧，麦氏隔十天半月才洗一次脚。麦氏洗起脚来是件挺麻烦的事，光解裹脚布就得花上半天时间。自勉村的女子，自古就跟着男人下田下水，所以多些是天足。而麦氏是从新会娶过来的，五岁就裹了脚。麦氏一边晾着脚，一边绣着花。麦氏绣的是女人的帽边，黑底粉花，是小朵小朵的夹竹桃——准备到下个圩日去卖的。麦氏舍不得油，一盏灯捻得如同一星豆子，蹙着眉心才勉强看得清手里的一根针。听见狗咬，就扔了手里的针线，踮着裸脚出去开门。

方元昌一头是汗地走进来，只见麦氏的裹脚布死蛇似的蜷曲在条凳上，一屋都是浑浊的馊汗味，便捂着鼻子打了个惊天动地的喷嚏。放下担子，一屁股坐在地上，两眼发直，任麦氏拿眼睛勾来勾去，却只是不说话。

麦氏见筐里的猪肉并没有卖出去多少，知道今天运衰，只当方元昌是犯愁，想劝，也不敢劝，只好去屋里拿了一条汗巾出来给男人擦汗。

"明天，让阿弟去广州，给你买条纱裙。"

方元昌转了转眼珠子，有气无力地说。

方元昌从一文不名的穷小子，发达到显赫一方的大户，只花了半天的工夫。而从显赫一方的大户，破落到一文不名的穷小子，却花了五六年时间。

方元昌用那笔飞来之财买田置地，盖起了三进的大院。他看不上乡里的泥水匠，着人专门去福建重金聘请了名匠来盖房。墙是没有一丝杂色的红砖，瓦是绿琉璃，地是大块大块的青石。三进的布局一模一样，天井，正堂，偏堂，东厢，西厢。正堂是见客喝茶的地方，偏堂是书房。他方元昌虽然认不得几个字，却是要他的儿子们都读书认字的。方家宅院的布局，他心里早有定意。第二进和第三进是留着将来给两个儿子成家时住的。所以两进的边墙上，都预留了偏门。万一妯娌之间不相和，也可以各自分门出入。当然，那时他完全没有预料到，他的这些精心设想，后来被现实证明是毫无必要的。

自勉村的人眼界浅，从没见过这样的院房，竟比有金山客的人家，还要气派几分。落成的时候，全村的人在院外围了一圈又一圈，看着方元昌领着他的儿女们把鞭炮炸得一街鸡飞狗跳。红毛阿妈也混在围观的人里，站得远远的，却是无话。

方家的地，现在是雇了佃户在种。方元昌时时还替人劏猪宰牛，不为下水，也不为工钱，却只因为手痒。方元昌要是几天不出门，夜里睡觉就会听见挂在墙上的各式刀具飕飕作响。刀一响，方元昌就睡不安稳了，第二天起来，必要挨门挨户地打听，问谁家要杀牲了。村里人见他待着无聊，便连杀鸡杀鸭也喊他过来试刀，他倒是欢欢喜喜地应承。

方家大院里现在住了五六个长工家丁使唤丫头，田里的粗活，屋里的精细活，都不劳麦氏操心了。麦氏常年辛劳惯了，一时歇不下来，每日便加紧管教女儿阿桃针线女红——是预备着将来嫁个好婆家的。小儿子阿善刚会走路，还不到读书的年龄，每日不过在院中撵鸡斗狗地疯玩。大儿子阿法不用劳作了，送去了私塾念书。

其实自勉村里就有一个姓丁的老人，是从外村入赘到一户区姓人家的。这位丁先生识字断文，平日在村里给人代写书信春联祭幛，也教几个孩子念书识字。可是方元昌看不上丁先生的穷酸样子，便托了人四下帮阿法物色合适的先生。后来在乡里找到了一位欧阳明先生。这位欧阳先生年岁不大，虽两经乡试未能中举，却熟读诗书。不仅古书读得渊博，也曾跟着广州城里的一位耶稣教士学过西学，可谓学贯中西。在乡里办了一个私塾，只教几个得意门生，一般愚顽之辈概不理会。且学费极贵，大有姜太公钓鱼的样式——却正合了方元昌之意。方元昌托了熟人将阿法带去给欧阳先生过目，欧阳上下看了阿法几眼，只说了一句可惜了，便不再有话。阿法从此日行十几里路去欧阳先生那里上课，风雨无阻。

方元昌家的日子如一把慌乱之中堆架起来的柴禾，借着一阵无故飞来的好风，嗖地燃起了一片红猎猎的火。只是可惜，这把火短短地烧了几年，就灭了。

是因为方元昌染上了鸦片瘾。

方元昌抽大烟，是极考究的那种抽法。方家大院头进的正堂已经被改装成方元昌的烟室。烟室的屏风，是四幅苏州丝绣的花鸟虫鱼。烟榻烟几烟箱烟枕，都是清一色的雕花红梨木。烟枪是从缅甸进口的上好象牙枪，烟土则是东印度公司出品的甲等货色。

现在麦氏伺候方元昌的功夫已经很精到了，她总能在丈夫烟瘾到来的那一刻把烟泡烧停当，妥妥帖帖地递到丈夫手中。烟枕的高度，脚榻的摆法，下烟点心的种类搭配，都早已谙熟在心。待方元昌在烟榻上一躺下，五碟点心已经梅花似的开在了烟几上。通常是牛肉干，叉烧，绿豆糕，芝麻饼，莲蓉酥，再搭一杯牛乳。平常烟具总是擦拭得油光铮亮，齐齐整整地摆在烟箱之内，等候用武之时。

眼看着银子水也似的从烟枪里流走，麦氏并不是不心疼。但是麦氏有自己的算盘。方元昌向来是个血气盛旺之人，在家里待不住，总在外边吃酒打架闹事。与其让他在外头闯祸，倒不如用一根烟枪将他拴在家里。况且，她不伺候他，他完全可以到外头买一个妾侍，专门来伺候他的烟瘾。有钱人家的男人，过的就是这样的日子。

过足烟瘾之后的方元昌，是脾气最好的男人。三十岁不到的人，笑起来时已经有了一丝接近于慈祥的神情。说话缓慢温文，甚至有那么一丁点的机智幽默。他让麦氏换上各式从广州买来的衣裙鞋帽珠翠，前后左右地转着身子让他观赏。有时在烟室里，当着丫鬟家丁的面。有时在自己的屋里，关上了门窗。这时候他用的就不光是眼睛了，他的手也跟着不安分起来。麦氏扭扭捏捏东躲西藏，脸上浮起久违了的桃红，仿佛又回到了年青荒唐的日子。

鸦片如同一张精良的砂纸，磨平了方元昌个性中狂躁不安的棱角，也磨平了大千世界的种种粗粝之处。于是，世界看他，他看世界，都温顺平和起来。当他略带慈祥机智的目光扫过芸芸众生时，他并不知道遥隔千里的慈禧太后老佛爷，正在风雨飘摇的紫禁城里费尽心机地补衲着洋枪洋炮之下残存的大清江山；他也不知道近在咫尺，他的佃户长工家丁，正如一只只绿眼炯炯的饿鼠，以各种方法偷偷地搬运他田里家里的财富。

遇到他饱足了烟瘾，儿子阿法又从私塾下学回家的时候，他就会招呼儿子坐到他身边，从烟几上的点心碟子里掰一块芝麻饼绿豆糕放到儿子的手上，温言细语地问儿子今天欧阳先生教了些什么？练没练字？他虽然没有读过几天书，但他却愿意看别人读书。其实他很早就看出来了，他的这个儿子是块读书的料。也许哪天，他儿子也能考上个举人。王侯将相宁有种乎？他绞尽脑汁地回想他看过的戏文里，有没有屠夫的儿子进了三甲，上金銮殿朝见天子的故事——却始终想不起来。

阿法看着烟榻上零星铺开的烟具，默不作声，眉宇之间结着硕大一个愁字。方元昌早已习惯了儿子的这种表情，这个孩子从生下那天起，看上去就不像是个孩子。方元昌又掰了一块牛肉干在牛乳里蘸软了，塞到阿法的嘴里，轻轻地问："儿啊，你说阿爸对你可好？"

阿法咽下哽在喉咙口的肉丝，说："阿爹，欧阳先生说夷人卖给我们烟土，就是想吃垮我们的精神志气。民垮了，国就垮。"这回轮到方元昌说不得话了。半晌，才摸了摸儿子的头，说："阿爸还能撑多少年呢？方家的日子，到底还是要靠你的。你不抽烟土，咱家就还有救。这个家，阿爸迟早是要交给你的。"

阿法叹了一口气，说欧阳先生讲的，若当今皇上能亲政，便能定出一个以夷制夷的法子……方元昌一下子警醒过来,一把捂住了阿法的嘴:"欧阳先生说这个话,不怕杀头啊。国家的事咱们布衣百姓管不了,阿爸只是要你把家管好了就是。"

方元昌对儿子方得法前程的种种设想,在还没有来得及完全铺展开来的时候,就不得不匆匆收场了。在他得到那笔意外之财的六年之后,他就因吸食过量鸦片而死在了烟榻上。后来回想起来,他也算是死得幸运的,因为他即便不死,那也可能是他的最后一口烟了。方家的田产,那时几乎已经变卖完了。家里几样值钱的家私首饰,都已送进了当铺。只剩下一座青砖大院,也早有债主排队等候着了。

就这样,十五岁的方得法一夜之间成了一家之主。

方元昌死后半年,红毛从金山回来了。

阿法是在田里插秧的时候听见这个消息的。

此时方元昌留下的家宅已经卖出了一大半,只留了前头的一进。方家从原先变卖给人的田产中又租了几亩回来种,主要的劳动力是阿法。麦氏是个小脚女人,做不得田里的活,可是麦氏也有一手绝活。麦氏织的五锦细布,一乡之内无人可比。麦氏在那样的布上穿上珠子,绣上金丝银线的花,做成围裙鞋面帽子背带,带到圩上去卖,有时也能卖回几个小钱。村里婚丧寿诞四件大事,也有人喊麦氏过去织布绣花。麦氏去了,并不收工钱,只和那家换工,让那家的青壮劳力,农忙时过来帮手田里的活。

方元昌刚死的那个冬天,二儿子方得善得了羊癫疯,正吃着饭,突然从凳子上栽下来,咬断了一截舌头。醒过来,神志就有些恍惚。后来在田边地头,在床上桌上,在茅坑里,说犯就犯,毫无先兆。麦氏终日织绣,用眼过度,又为儿子的病急火攻心,就得了烂眼症。麦氏的眼睛肿得几乎看不见眼珠子,四周眼眶翻卷,涂满眵目糊子,看上去像是一团面上戳了两个肉红窟窿,便做不得女红了。方家的天整个地塌了下来,压在了阿法一个人身上。

为了给阿善治病,麦氏将女儿阿桃作了个贱价,卖给了二十里外的一户人家。

阿桃卖的是死契,由族里的老人做证画押签约:

立帖人方麦氏今有女仔一名唤亚桃，送与西村陈亚严为婢，即日收到礼金五十大洋作为了断。由交割之日起，不得再与方家联系。倘有山高水深，各安天命，无得异言。空口无凭，特立此据为证。

戊寅年十一月初五

阿桃去的那家，开着一个小染坊。男主人五十八岁了，娶了三房妻妾，却没有一个子嗣。虽然有几个小钱，家底终算不得十分殷实，娶不起更多的妾，便低价买了穷人家的女子进门，半是做婢半是做妾。麦氏几年来教给女儿的许多针线女红绝技，至此也算是喂了狗，因为阿桃过去那户人家只是当个粗使丫头。

阿桃离家时才十三岁，并不十分懂事。麦氏怕她不肯去，就骗她说是去赶圩，其实是和陈家人约好了在镇上见面接手。出门前麦氏装了两个鸡蛋放在阿桃的手巾里，阿桃很久没吃过鸡蛋了，就问阿法和阿善也有吗？麦氏说这是单给你的。阿桃剥了壳，连蛋黄都来不及嚼碎就吞了下去。喉咙口鼓了一个大包，急急地拿口水咽，却半天也送不下去，额上爆出一条蚯蚓似的青筋。还想再吃，刚敲了一条缝，又放了回去，说留给阿善吃吧，阿善小。麦氏从怀里悄悄掏出一个银元，说阿桃你收紧了，谁也别给看。阿桃把银元紧紧地攥在手心，湿湿地攥出了汗。半天，才问这么多钱，我去圩上买什么呢？麦氏说你想买什么就买什么。阿桃想了想，才说阿妈我去镇上那个耶稣教士的药房，给你买一瓶洗眼睛的药水。剩下的我再买四块核桃酥，阿法一块，我一块，阿善两块。阿桃是老二，夹在阿法和阿善中间，比阿法小两岁，比阿善大六岁，阿善是阿桃背在身上带大的，所以阿桃待阿善，一半像阿姐，一半像阿妈。麦氏背过身去，说仔啊，你吃了，全吃了，谁也别给留——眼泪早流了一脸。

到了圩上，麦氏见了陈家的人，就推说上茅房，要阿桃跟陈家阿婶先逛几步，自己便转身走了。走出几步，又躲在墙角，遥遥看着阿桃被那个妇人扯着一步三回头地走远了，只觉得心给剜走了一块，身子轻得踩不住路了。

一路昏昏沉沉地回了家，天就傍黑了。也不生火煮饭，却只坐在灶前发怔。阿法从外边回来，问阿桃呢，一天没见了。麦氏却不说话。又问了几遍，才咬牙切齿地说："我身上的肉，我剜了喂狗了。"阿法这才知道今生今世是见不着阿妹了。扔了水碗，跑出门来，蹲在路边哭了起来。自勉村的人很多年后仍能清晰地记得那天阿法的哭声。其实那天阿法的哭声并不大，很隐忍的，像一只奄奄一息的狗发出的那种断断续续的呜呜。这几年日子过得煎熬，自勉村的人见的眼泪听的哭声多了，自勉村的人心硬如铁。可是那天众人还是被阿法哭红了眼圈。

第二天阿法去辞别欧阳先生。欧阳先生正趴在桌上写字，听了阿法的话，就把狼毫扔了，墨汁溅了一桌。"病入膏肓啊，病入膏肓。"欧阳先生说。阿法知道先生说的不是自己。

后来欧阳就挑了几本诗书，叫阿法带在身边。"我虽不能教你了，书却总还是要读的。"阿法摇摇头，说先生你若有种田养牲畜的书，倒是可以给我几本。欧阳无语。

那天从欧阳先生那里回来，阿法饭也不吃，就早早地睡下了。半夜麦氏被一阵窸窸窣窣老鼠啃稻草似的声音惊醒，披衣起来，看见阿法点着豆子似的一盏灯，在撕字纸。麦氏不识字，却也知道那是阿法的描红字帖和课本。那是阿法在欧阳先生那里用过的东西，一直舍不得扔，一年一年地就攒了厚厚的一沓。麦氏想夺，哪里夺得过——早撕得如同风飘絮。麦氏心里反而踏实了，知道阿法终于认了命。

从那以后阿法就一心做起了田里的活。

那日阿法正在田里插秧，和他搭手的是麦氏换工过来的帮工。村人的秧都早插完了，他因等帮工延误了几天。早春的水很凉，两脚插在湿泥里一会儿就麻了。他不太会农活，在家境好的那几年里，他与土地疏远了。现在又回到田里，田不认得他了。田一下子就觉出了他的外行，田开始欺负他。他觉得他的小腿和腰是铁丝连成的，每弯一次腰，铁丝就要在他的身上挣断一次。铁丝断在肉里，不是钝痛，而是尖锐的刺痛。帮工身手麻利地赶在他前面，株是株行是行很是平直，而他插的那几行却歪歪扭扭的很是难看。他想着母亲的眼疾弟弟的病，觉得有十条百条的蚂蟥在心里腻腻歪歪地爬过。直起身子看天，天阴沉沉的如一床旧棉絮，从头顶一路蒙到地脚。即使没有太阳，他也知道离天黑还早得很。

这样的日子过到哪一天是头呢？

十五岁的叹息已经有了重量，落到水田里，溅起一圈一圈的水波纹。

"金山伯，金山伯回来了！"

他猛然看见一群孩子从田埂上惊惊乍乍地跑过。

孩子们身后跟着十几个挑夫，抬着五六个箱子进了村。箱子是樟木的，半人高，四角钉了银晃晃的铁皮。两人抬，扁担在中间低矮了下去，发出吱吱扭扭的声响。

"阿盛家的红毛回来了，是来娶亲的。"帮工说。

红毛这是第二次娶亲。娶的是填房。

红毛十数年前娶过一房亲，女人怀着三个月身孕的时候，他就去了金山。后来女人死了，是难产，大人孩子都没有保住。

红毛这次娶的女人关氏，才十四岁，有几分姿色。红毛在金山住了这么久，看女人的眼光和自勉村的人就有些不同。红毛不喜欢女人缠足，红毛喜欢身材高挑丰满的女人，红毛希望女人多少识几个字。红毛阿妈把红毛来信中提到的这些要求一一说给媒婆听的时候，媒婆有些作难。天足的女人在乡里倒还能找到，可是南国的女子个子都娇小，难得有人高马大的身材，更难得的是既身材丰满又识字的。好在媒婆终于找到了关家。

关家阿爸是个没落秀才，靠在一个财主家里教书为生。家境虽然清贫，子女却都识字断文。关家的这个女儿不仅生辰八字与红毛很是般配，关家的女儿还具有红毛所说的全部特征。于是红毛很是开心，决定盛宴全村。

红毛婚宴的那一天，阿法正在田里间苗。间完苗，天色已经渐渐暗了，便去河边洗了洗泥脚。坐在河边，遥遥看见村子那头模模糊糊的一片红光，仿佛是烧了一排的天火，知道是喜宴上的灯笼。放下裤腿，掸了掸身上的泥，家也懒得回，就直接去吃喜酒。

喜酒摆在露天，阿法细细地数过了，整整三十席。除了鸡鸭水产，每一席上都有半只金灿灿的烤乳猪。阿法的这一席上，坐的都是少年人，个个饿得两眼生绿，乳猪呼地一下就抢没了。阿法手快，藏了一块偷偷递给弟弟阿善。阿善舍不得一气吃完，就捏在手心，一小口一小口地咬着吃，肥油顺着手腕流下来，便伸了舌头去舔。看着阿善吃得跟个街头的乞丐似的，阿法想骂，话到嘴边又咽了回去——自从阿爸死后，方家就没有再尝过一次肉星味。

酒是自家酿的米酒，是红毛的妈几个月前就酿下等儿子回来的。一开坛，还没开喝，酒气就将人醉倒了一片。红毛捧着个大海碗，摇摇晃晃地一桌一桌劝酒。那天红毛穿了一件宝蓝色锦缎长袍，通身绣着金如意，斜肩挎着一条系成大花的红绸，瓜皮帽正中镶了一颗晶莹透亮的玉，玉上雕的是龙凤呈祥。那晚红毛双颧飞红，汗水在凹陷的眼窝里存成一个浅浅的池塘，舌头大得仿佛要掉出嘴巴。脸上的皱纹胡乱地扭动着，每一个方向扭出来的都是笑意。

到了阿法这一桌，都是小辈，阿法算是孩子里的头，就率众人给红毛行礼。邻桌大人过来拦了，说理他呢，他今天当新郎官比狗还小，你拜他做什么？有人指着阿法阿善说，这是元昌留下的儿子。红毛摸了摸阿善的头，说你阿爸啊，你阿爸，脑瓜子这么好的一个人，谁想得到呢。就从兜里掏出两个小盒子来，放到阿法阿善的手中。

阿法打开来凑近了看，里边装的像是黑豆，却又比黑豆大些圆些，也更黑一些。拈一块放在嘴里，咬一口，咯嘣一声，吓了一跳，以为牙齿掉了。再看，才知道原来里头还藏着一块杏仁。那黑豆是甜的，又甜得有些怪腻，却说不出来是什么个怪腻法。

在后来的日子里，当阿法自己也到了金山，在金山街上的店铺里，他还会多次见到这种黑豆。那时他才会知道这东西叫朱古力。

其实那晚在红毛的喜宴上，阿法早已喝过酒了。不是人劝的，却是自己喝的。这是阿法平生第一次喝酒。酒如一根细细的火绳，从舌尖慢慢溜到喉咙，再慢慢钻进肚腹。酒在肚腹里待不住，过了一会儿，就慢慢地爬到脑袋里。爬到脑袋里的酒和藏在肚腹里的酒不同，爬到脑袋里的酒已经在攀缘的过程里积攒了些气力。爬到脑袋里的酒攒足了气力，就在脑袋里轰地炸出个大火球。阿法觉得自己的身子缩得如同一只水母，从那个火球炸出的窟窿里爬了出去，轻轻地软软地浮在半空。天虽然还够不着，地却是远了。他浮在离地很远的地方，云遮雾障地看着那一桌又一桌阑珊的酒席，和那个被酒令撕碎了的村庄。

这时他觉得红毛给他的那些黑豆和他肚腹里残存的米酒开始厮杀起来，

将他的肠和胃一段一段地绞断。他倏地抛开众人，飞奔到路边的野地里，撩起布衫，褪下裤子，翻江倒海地拉了一泡稀屎，臭味差一点把他熏得背过气去。赶紧扯过一张芭蕉叶擦过了，又踢了几个土块把秽物盖了。酒就醒了，身子从半空中落下来，实实在在地落回到地上。

夜宴的喧闹在很远的身后，身边只有夜风扫过树梢，树叶子在窸窸窣窣地相互摩搓。池塘里有蛙在高声鼓噪，咕哇咕哇地扯得他心烦。他拾了一块石子扔过去，咚的一声，蛙立时静了，却有宿鸟从塘边惊飞而起，满天便都是凌乱的翅膀。云散了，天是墨蓝的一片好天，星星如炬，从头顶一路亮到地极。

星星落下去的那个地方，就是金山吗？金山到底是个什么样的地方，能让红毛伯变成这样体面的人呢？红毛伯那六个沉甸甸的大木箱里，是否装的都是金山来的金子？

阿法坐在路边迷迷糊糊地睡了过去。

后来觉得身子被什么东西拱了一拱，就醒了。以为是舔屎的饿狗，回头一看，身后却站着一个一两岁光景的小女孩，正傻傻地望着他笑。女孩穿着一件红缎长袍，戴了一顶红帽子，帽子两边绣着一簇一簇的芍药——穿着面相都眼生得很。阿法想起村人讲的鬼怪故事，浑身汗毛便立了起来，惊出一身冷汗。站起来朝女孩身后看了一眼，模模糊糊地看见了一条黑影。知道鬼原是没有影子的，才放了心，问你是谁家的女仔？

女孩不说话，只是把两只手塞在嘴里，嘴边便流出一条长长的口涎。阿法从兜里摸出刚才红毛给的黑豆，放了一颗在女孩嘴里，女孩牙也没长全，咬不动，却吱吱地吮着，口涎里渐渐地有了颜色。吮完了，又伸手讨，阿法觉得那手长得有些奇怪，仔细一看，女孩的拇指旁边长出了一条弯弯的枝桠——原来是个六指。

这时阿法听见了人声，有人提了灯笼急匆匆地跑过来了——是红毛家的下人黄嫂。黄嫂一把抓住女孩，拍着胸脯叫皇天，说六指呀六指，你倒是长脚了，一眼没看住你就跑了。喜酒还没吃完就把你给弄丢了，我怎么跟新郎官交代？阿法就问黄嫂这孩子是红毛家的人吗？怎么先前没见过？黄嫂就笑，说先前不是，现在是了。这是新娘子的亲妹子，生下来就是个六指。她阿爸阿妈怕她将来嫁不出去，养不起，就当作陪嫁跟着她姐姐过来这边了。阿法就笑，说我红毛伯有钱，不怕养不起一个六指。

黄嫂牵着六指走，六指走几步，停几步，频频回头看阿法，双眸如珠，一路黑黑闪闪。

这女仔长大了，还不知是个什么样的人精呢。

阿法心想。

红毛这次回来在村里住了一年有余，一直等关氏平安生下了一个儿子，才动身返回金山。

红毛这次不是一个人上路，红毛带上了一个伴。

红毛的伴是方元昌的儿子方得法。

去金山的想法是阿法看见红毛的挑夫抬着沉甸甸的金山箱走进村子的时候就产生了的，只不过那时候的想法还是一个很朦胧的想法。阿法把这个朦胧的想法独自在心里揣了很久，几乎揣出水揣出泥垢来。后来阿法被这个不成团也不成型却无所不在的想法撑得几乎爆炸，终于忍不住找了一趟欧阳明先生。

欧阳先生问阿法你知道金山的日子是怎么样的？阿法摇头，说红毛伯不怎么肯说。阿法顿了一顿，又说金山的日子我虽然不知道，我却看见过红毛伯的风光了。这里的日子我倒是知道的，就是一条路走到黑了。欧阳先生拍案而起，说我要的就是你这句话。这边的日子是黑到底了，那边的日子你至少还可以拼它个鱼死网破。欧阳先生的一句话，一下子将那个不成团也不成型的模糊想法捏成了团，揉成了型。阿法就有了主张。

剩下就是上路的盘缠了。阿法用自家剩下的那半边宅院做抵押，借得一百个大洋。阿法提着一个包着大洋的手巾包走进红毛家里的时候，红毛叹了一口气，说我若不叫你相跟着，你阿妈准说我不看顾元昌的儿子。罢了，罢了，你要不怕苦，就跟我走吧。

走的那天，阿法起得很早。行装早就准备好了，只是一个包袱，里边有三双布鞋，五双厚布袜，几件日常衣裳，还有几罐咸鱼，准备着船上下饭用的。鞋袜都是麦氏一夜一夜地熬着做出来的。麦氏的眼睛烂得快瞎了，针脚便歪歪斜斜地很是疏赖。红毛说金山天冷，这边的鞋子过不得冬，到那边反正得买皮靴，就别费神做鞋了。麦氏只是不信。麦氏把鞋子做得宽宽松松的，塞得进三双布袜。麦氏不相信天底下还有什么地方能冷过三双厚布袜的。

那天阿法三更就醒了。踹了踹脚底下，弟弟阿善兔子似的蜷着身子，睡得死沉。自从得了羊癫疯之后，阿善白天黑夜地渴睡，似乎永远也睡不醒。阿法又踹了一脚，这一脚就有了些力度。阿善哼了一声，翻了个身，又睡了过去。阿法只好将那床青花薄被子往阿善身下掖了掖，就轻手轻脚地起了床。当时阿法完全没有想到，他和阿善的永别，就是在这一刻开始的。他的船还没有抵达金山，阿善就死了。阿善是在打猪草的时候，犯羊癫疯跌下坡来摔死的。很多年后回想起来，阿法还会为那个早上没有叫醒阿善说上最后几句话而后悔不已。

阿法探着了放在床头的包袱，摸索着下了床。走到门口的时候他绊了一跤，踩在一团柔软的东西上。那团东西动了动，发出些鼻息的声响。借着灶火的微光，他看出那是阿妈在擦眼泪。阿妈已经把绿豆糕热在锅里，给他上路吃。

"阿法你去把油灯点上。"阿妈擤着鼻子瓮声瓮气地吩咐他。

"天快亮了，我看得见。"阿法不动身。

其实阿法是不愿看见阿妈的脸。他奇怪阿妈那烂得只剩下两个小孔的眼睛里怎么会蓄得下这么多的泪水。他有时觉得阿妈像一头老水母，用眼泪来把他牢牢地吸附在她的哀怨之中。他知道，就在今天，他只要把脚再抬高一点，跨出大门，走下那五级石阶，阿妈的眼泪再也吸附不住他，他就在她的哀怨里无份了。

"阿法，点灯。"阿妈的声音突然严厉了起来。

阿法点着了灯。阿妈扶着门框站了起来，伸出一根指头来，近近地指着阿法的脸，说："你，跪下，给你阿爸。"

阿法在方元昌的像前跪了下来，穿着单裤的膝盖立刻觉出了青砖地的坚硬和阴冷。父亲在昏黄的油灯里显得虚肿倦怠，昏昏欲睡。父亲似乎抬不动眼皮，父亲现在管不了他了。

眼泪毫无防备地涌了上来。阿法把袖口团成一个小团，塞进嘴里，咬了一会儿，终于熬过了那阵哽咽。

"阿爸，家里的田交给阿叔耕种，靠你保佑了。"

"阿爸，儿子去金山，无论是贫是富，是生是死，都要回来的。你坟前的香火永远不会断。"

母亲就跪在阿法身边。母亲糊满了鼻涕的浓重呼吸如一把小葵扇，在阿法的脸颊上来回扑扇。母亲的小脚像两只倒扣的笋尖，在宽大的布衫底下轻轻颤动。

"他阿爸，你管着阿法，到天边你也管着他。就是死，你也不能叫他沾上烟土。今生今世，他若沾上这个瘾念，他就不能顶你的姓，他永远也别想再回这个家。"

阿法走出大院，天已经青白起来了。邻人的鸡在笼子里憋了一夜，此刻正敞着大步在田边疾走，寻食着刚刚醒来的虫子。有两只半大不小的愣头鸡公正在争夺一条大青虫，你推我攘地都不肯松口，翅膀支棱得如同四把铁刷子。阿法捡了块土坷垃将两个冤家轰散了，唧唧呱呱地飞了一地的鸡毛。远处已经传来吱吱扭扭的水车声——那是赶早的人想在日头起来之前浇地。

阿法在田边摘了一株狗尾巴草，草湿湿地沾着露水。露水是老天的眼泪——阿法想起了阿妈的话。阿法把草搓成细细的一条绳，通进鼻子里，噗的一声打了个惊天动地的喷嚏。只觉得身上的每一根筋每一条脉每一块肉都疏通了，十六年的混沌污浊憋屈都随着一腔的鼻涕流了下去，通身明净清朗。

走到红毛家时，红毛一家人和红毛雇的挑夫，都已经候在门口了。红毛是见过世面的人，红毛的行囊就和阿法的很有些不同。挑夫担子的两头，各挑的是一只油光铮亮的藤箱。红毛的寡母用手遮在额上，远远地看着日头计算着时辰。红毛的妻关氏刚刚坐完月子，额上还包着头巾，一手抱着婴儿，一手牵着六指，在和红毛低声说着话。看到阿法，就不说了，只是把婴儿的两只手合在一处，说拜拜你阿爸，阿爸去金山。话没说完，嗓子就裂了许多条缝。婴儿定定地瞪着红毛，突然哇地哭了起来，直哭得额上暴出青筋。关氏摇来摇去地哄，又塞了个指头到嘴里吮着，才勉强哄住了。

关氏拿腿搡了搡六指，说昨晚教你的，怎么说来着？六指这一年里长高了许多，却是瘦，脖子胳膊都像细绳，在风里摇摇晃晃。关氏催了好几遍，她才低着头，嗫嗫地说："两位阿哥去金山，早去早回，多寄银子。"

一伙人都咕咕地笑了起来，说便宜了阿法这小子，他哪是你阿哥？别看他长得人高马大，论辈分他是你侄子。六指臊得转身跑进了屋里，再也不肯出来。

三人就上了路。

挑夫肩上有担子，慢不得，一路跑得飞快。阿法和红毛远远地跟在后面。日头渐渐地高了起来，露水晒干了，路上就有些细碎的飞尘。池塘里的荷花已经长出了尖尖的细角，水车不知何时停了，知了也还没开声，除了踢踏的脚步，四野很是安静。

"红毛伯，金山那个地方，真的遍地是金子吗?"阿法问。

蛙立时静了，却有宿鸟从塘边惊飞而起，满天便都是凌乱的翅膀。

第二章
金山险

光绪五年—光绪七年（公元 1879 年—1881 年），加拿大英属哥伦比亚省（卑诗省）

> 维多利亚市民昨天下午云集在码头观赏一幅奇景——"马德里"号轮船在三时十五分左右抵港，船上运载了三百七十八名大清国民。 这艘轮船的始发地是香港，因怀疑有天花病例而在檀香山搁浅一个多月，才辗转抵达维多利亚。 这是有史以来最大的一次中国潮。 尽管英属哥伦比亚省议会数次提出过对中国劳工附加人头税并限制其受雇场所的议案，仍然有越来越多的黄种劳工源源不断地涌入此地。 这批被称为"猪仔"的苦力，在被形容为"浮动地狱"的底舱里经历了数月的漫长旅途，忍受了污浊的空气、恶劣的食品和风浪的多重折磨，看上去普遍贫血，肮脏，衣裳褴褛。 他们的队伍里看不到一个女人和孩子。 虽然是清一色的男人，却都留有长长的辫子，有的直直地垂挂在身后，有的绕成几圈缠在头上。 每个人的肩上都有一根在他们的语言里叫作"扁担"的扁平状竹竿，竿子两头挂着竹筐，里边装的是他们的全部行囊。 他们神情麻木，步履踉跄，毫无"天朝子民"的风采，怪异的衣着和周围的环境形成十分强烈的对比。 看热闹的人群中有小孩朝他们扔石头，但很快被维持秩序的警察所制止。
>
> 《维多利亚殖民报》 1879 年 7 月 5 日

方得法走上甲板的时候，只觉得眼前一片雪白。他知道那是阳光。他不是没有见过阳光，他只是没有见过这样的阳光，如一把新磨的刀，直直地割向他的眼睛。即使闭着眼，他也能觉出刀刃搁在眼皮上的那种锐利。他的盘缠是典了住宅凑的，每一个铜板都得数着花。所以他和红毛买的，都是底舱的船票。底舱陷在水底下，白天黑夜是一个模样。在这样的船舱里待久了，他有些不认得太阳了。太阳也欺生。

阿法猜想现在该是夏天了。离家的时候，太阳还是轻软的，远没有这样的劲道。在香港耽搁了一阵子，又在海上漂了这么多天，他身边没有黄历，只能每天睡觉时用指甲在扁担上画一道印痕来记日。船靠岸的时候，他细细地数过了扁担上的印痕，一共是九十七道。也就是说，他离开家或是整整一百天，或是一百零一天，或是一百零二天了。船刚开到海面，他就开始晕船，吐得像一只软壳蟹，趴在舱底动弹不得。后来又打起了摆子，冷一阵热一阵，昏睡了好几天。众人都说活不了了，红毛甚至给他换了上路的衣裳——照船上的规矩，途中死的人一律就地海葬。没想到他竟活了过来。醒来之后他问旁边的人他究竟昏睡了几天，有人说三天，有人说四天，有人说五天。所以他离家的具体日子，便永远只能是个大约的数目了。

下船之前阿法换上了一套干净衣服，就是红毛原先准备送他上路的那一套。衣服是离家前阿妈让村口的裁缝肥仔给做的，用的是织得最密的蓝土布，袖口和膝盖都预先盖了五六层补丁——阿妈是预备着让他长长远远地穿下去，一直穿到他回家的日子。补丁沉甸甸硬邦邦的，穿在身上咣啷咣啷地有些像盔甲。他就骂肥仔不知道省布，把袖子裤腿做得那么宽长。红毛拍了拍阿法的肩，说你小子从鬼门关走了一遭又回来了，怨不得别人。阿法这才明白原来是自己瘦了这么许多。

船靠了岸，却久久上不得岸。传下话来，说是等人。人终于来了，是在一个时辰之后。有三个，皆穿白衣戴白手套，嘴上捂了一块白布。白布捂去了大半张脸，口鼻都不见了，眼却是看得见的，深深地掉在眼窝里，灰蓝灰蓝的，像是溪底被水磨旧了的一粒鹅卵石。阿法先前在镇上见过几个耶稣教士，长的也是这个模样，所以倒也没有觉得十分怪异。

那三人将甲板上的人群分成了两排，叫众人摊开双手个挨个地站好，脸对脸眼对眼，雄鸡打架的样式。红毛对阿法飞了个眼色，阿法明白是要他记住不管谁问话，都要说自己是十八岁。却是无人问话。三人中有一个矮个子直直地朝阿法走过来，打开一个小皮箱，取出几样锃光闪亮的铁物什来。阿法还没来得及看清楚是什么物什，耳朵就被那人揪住了，凉凉地捅进了一根东西。矮子将那东西搅屎似的在他耳朵里搅了几搅，才抽了出来。阿法痒得打了个哆嗦。那人又将他的眼皮捻了上去，凑得近近地看他的眼睛。阿法瞅见那人的瞳仁正正地对在他的眼睛上，如同两点蓝荧荧的鬼火，模样很是吓人。那人终于松了手，却忘了把眼皮翻回去。阿法狠命地眨了几次眼，才将眼皮翻了回去，却像是留了一把沙子在里头，刺刺啦啦的，便流了一眼的泪。

后来那人又撬他的嘴，拿了一片木板压在他的舌根上。阿法只觉得喉咙一阵发紧，哇的一声泛上一股浑水，忍不住吐了一口——满嘴便都是酸臭味。

那矮子扯过一团棉花，擦了擦溅在袖子上的唾沫星子，就来脱阿法的衣服，在他肚皮和胸脯上捏捏打打起来。阿法怕痒，从小和弟弟阿善打架，阿善论力气自然打不赢他，可是阿善只要凑近他呵呵地吹几口气，他就笑得浑身瘫软。这回阿法当然不敢笑，阿法只是一味地将身子越缩越紧，紧得像一块石卵。那矮个一颗花白的头正正地垂在阿法的胸前，头发很是稀疏，头顶上有一块粉红色的癫痫疤，疤正中又生出鼓鼓的一粒黑痣，像是女人的奶头。阿法忍着笑，直忍得身子乱颤起来。

矮子敲过了肚皮，便将阿法扳过身去，背朝着他靠墙站好，就来松阿法的裤带。阿法不防，裤子一朵花似的滑落在甲板上，露出细棍似的两条光腿。矮子扒开阿法的两爿屁股朝中间看了几眼，便把裤子松松地提了上去交还给阿法。阿法还没来得及紧裤带，那人又将阿法转回来对着自己，一手探进了阿法的裤裆，把阿法两腿之间的那团皱巴巴的东西掏出来，摊在手心翻来覆去地察看。矮子的手滑滑腻腻的，阿法觉出自己的那团物件在矮子的手心里渐渐地蛤蟆似的鼓胀了起来，最后鼓胀成一条铁硬的棍子。阿法从来没有见过自己的那个物件长成这么大个，只觉得一船人的眼睛都火油灯似的照在那条铁棍上，照得他浑身煎烫难熬，便一时慌臊憋屈得想哭。

终于都完了事，矮子也不叫阿法穿衣服，却朝船尾一个高个子点了点头。高个子从地上捡起一根长蛇似的物什，对着阿法走过来。阿法还来不及躲闪，就觉得心窝子里一阵发麻——原来是一股冷水对着他的胸腔直直地射来。阿法在河里塘里井里都见过水，可是就没有见过蛇肚子里能存下这么多水，只觉得新奇，竟也顾不上害怕。只听见红毛在对面冲着他大喊："消毒的水，杀你身上的虫子。"长蛇终于吐腻了水，阿法捡起衣服，半湿半干地穿上了，心想待会儿得问问红毛，"消毒"到底是什么意思。

一船的人潮水似的涌上了岸，各自由接应的人领着，渐渐消散在街巷里。码头上围观的人也散了，只剩了几个孩子，依旧不远不近地跟着，嘴里喊着chink chink China monkey。阿法虽听不懂洋文，却也猜得出不是句好话，便紧跟着红毛，低着头挑着箩筐，高一脚低一脚目不斜视地顾自赶路。在海上走了几个月，猝然踏到岸上，依旧是水里浪里的感觉，软软地漂浮着，总也踩不踏实。

日头渐渐地低落下去，天边溅起几片血团似的云。夜风起来，竟有了几分凉意。阿法蹲下身来将裤脚扎紧了，心想这真是到金山了。家那边的风不是这样的。家那边的风是圆软的一团，擦着碰着了，都留不下痕迹。金山的风长着边长着角，刮着了，不小心就蹭掉一层皮。

这时路上突然响起了一阵叮咛的铃声，阿法抬头看了一眼，原来迎面过来了一驾马车。马是一匹高头大马，皮毛乌黑生亮，四蹄粗壮，踏地铮然有声。马鞍是暗红色的，绣着金花。赶马的是个老头，穿一身黑色洋装，头上戴着一顶圆筒似的黑帽。马车里坐了两个年青女人，穿了一红一蓝两件衣裙，都是紧身的，腰身掐成细细一握，裙摆宽长得如同两把半撑的雨伞。女人戴着帽子，帽檐上插了几根羽毛。阿法忍不住一路回头追着那马车看，心想那帽子上的毛像是山鸡尾巴上的毛呢。家那边的人若打着山鸡，拔了毛也是顺手一扔了事的。只有教私塾的欧阳先生，才会拿来插在笔筒里当景致。金山的女人竟然拿了山鸡的毛插在头顶上，倒是不难看呢。

回过神来，才发现红毛远远地歇在路边等自己，就紧赶了几步追上了。红毛瞅着他，问金山的女人好看吗？阿法还生船上那个矮子的气，只是不吭声。红毛就笑，说看吧看吧，让你在城里看足稀奇。过两天说不定进山干活，就卵也看不着了。

后来阿法也跟着红毛管下船的那个地方叫城里。很久以后阿法才明白，这个被他们笼统地叫做城里的地方，原来是有名字的。这名字挺拗口，叫维多利亚，听说是英国女王的名字。

那天阿法跟红毛还有邻村的十几个人是赶路去一个开平人的庄口的。庄口是他们在金山歇脚吃饭互通信息的地方。红毛去庄口，是去打听城里和山里挣钱的行情。而阿法却不是。找挣钱的门路是红毛的事，他只要跟紧了红毛就行，天塌下来有红毛顶着。而阿法去庄口的目的却很简单，就是喝口热水吃碗饱饭，然后找个人替他剃一剃胡须。一个航程三个月，上船的时候，他还是一个一脸光溜的孩子。下船的时候，他却是一个满脸黑须的大人了。

他错过了一个季节。一个循序渐进的成长季节。

转眼天就凉了下来。金山城里靠海，天凉也是慢慢地凉起来的，先是从一早一晚两头开始，中间依旧是和暖的。渐渐地，两头越来越长，把中间吞食了，天就真正冷了。

阿法从家里带来的单裤，出门遭风一吹，就仿佛是一层薄纸糊的。伸手捏一把，才知道是穿了裤子的。红毛搜罗了一件满是洞眼的破布褂，撕成条子，用粗针缝衲成长片，教阿法拿了裹在腿上——从脚尖一路裹到膝盖。早上起床一圈一圈地缠上去，晚上睡觉再一圈一圈地拆下来，跟他阿妈麦氏的裹脚布似的，散着一股馊味，却是和暖了许多。

虽然冷日子难熬，阿法还是盼着日子能再冷一些。夏天阿法和红毛他们二十几个乡人去给人清了几个月的场——是一片方圆几十公顷的荒地，由他们砍树烧草平土，预备着下年盖大厂房。砍下的树木堆积如山，主人家懒得搬运，就都送给了清场的工人。众人拿来烧作了炭，装成麻袋，挨门挨户叫卖。天热时难卖，就等着天寒能卖个好价钱。清场所得的工钱，除了交房租饭钱，阿法一个不剩地寄回了家。阿妈在等着他的钱赎回住宅。典当的期限是一年。阿法的钱得长了腿飞跑，才能赶得上那一年的死限。买田还是很后来的想法，现在阿法连一条田埂也不敢想。现在阿法只想阿妈能有一片瓦遮头盖脸。

阿法白天出去卖炭，晚上回来就睡在阔麦隆街上的春成杂货铺里。阔麦隆街上住的都是唐人，春成杂货铺的老板是赤坎人关春成。阿成有一前一后两间平房，前面一间卖杂货，后面一间铺了两张床板，租给十二个人住。一张床板五尺宽，侧身蜷腿个挨个横着躺，正好可以睡下六个人。若有人睡得太死，翻身平躺开来，脚就悬了空，露在床板外头。若是两个人同时平躺开来，那就有热闹看了。有一天阿法早上醒来，发现自己躺在地上——是让人给挤下来的。

阿法和红毛在春成的铺子里已经住了半年了，吃住都包，一个月是十块洋元。阿法一个月才挣二十多块洋元，原是舍不得，也偷偷打听过多次，知道那是唐人街最平的屋租了，便只好作罢。

那日阿法卖完炭，回来比平时晚了些，一瘸一瘸地进了门。阿法从家带来的布鞋，早已穿漏了底，里头垫了两层厚油布，脚上又裹着布条，鞋就紧了，硌脚。众人已经吃过饭了，剩了一碗米粥一条腌鱼和两个鸡爪在锅里。阿法扒了鞋子，坐在床板上凑合着把粥喝了，就来解脚上的布条——却是解不开。原来脚磨破了，又结了痂，痂粘连在布上，硬扯开了，便一脚是血。

阿成端了一盆温水过来，叫阿法洗脚。阿法的脚沾一下水，就咝地皱一下眉。阿成说红番（印第安人）做的皮靴真好，比屁还轻，里头不知缝的是什么鬼毛，暖得像烧了炭，一百年也穿不烂。一袋炭可以换一双，阿法你这脚过不了金山的冬了。阿法在心里暗暗算着一袋炭可以卖多少钱，嘴上却不吱声。

床板上黑压压地坐了一群人，剔牙的剔牙，搓脚皮的搓脚皮，抽烟的抽烟，只有红毛枕着一把破胡琴，躺在角落里，盯着天花板发愣。夏天抵埠的时候，红毛曾去北边探过淘金的行情。结果听说一路到最北的山里，金都已经淘尽了，连先前扔了的沙屎，都已经被人再淘过了两三轮。红毛找不到路子，半路折回了金山城。回来的路上捡到了这把胡琴，当了件宝贝收起来，时不时地拉几段粤曲小调解闷。

众人便拿他取笑，说红毛有人说你在开瑞埠替人淘金，淘着一块拳头大的金块，藏在裤裆里，连夜逃出山来，有这事吗？红毛骂了声丢你老母，我有拳头大的金块还住阿成这鸟屋？众人说那你娶老婆的排场是怎么来的？听说光鸡就宰了上百只哩。红毛说攒了十来年的钱哩，都省出水来了，还不兴宰几只鸡啊？众人只是不信，都拥过来，要脱红毛的裤子，说让我们看看你裤裆里有没有金块。红毛左推右挡，终于杀开一条血路，提着裤子站起来，说阿法你替我写封信吧，再不写老婆要跟人跑了。

便有人急急地捻亮了油灯，碾了一砚墨，铺开纸，将毛笔洗过了递在阿法手里。一屋子人里头，也只有阿法念过几年私塾，认得几个字墨。众人的家书，自然都由阿法代笔。阿法接过笔来，在砚台上润尖了，等候着红毛开口。红毛抓头挠腮了半天，才说了一句"阿妈和龙仔都好吗？"众人便起哄，说不行不行，怎么不问老婆好不好？想妈想儿子是假的，谁不知道你最想的是老婆。红毛也不理睬，只催阿法快写。

"前次托北村的关九叔带去的二十元银票，收到没有？"

阿法还没落笔，红毛就骂："丢，银票收着了也不回个字，懒得你脚底生蛆了？"阿法说就这样写吗？红毛说写，就这样写。阿法就笑，说你还是都说完了我再一气写，省得你一会儿又变。

红毛又想了一会儿，才说："我还住阿成家，没生病。以后寄银票回去，你给我仔细管着，金山猪仔满街都是，人多活少，冬天下雪卵都没得做。你在家看好阿妈和龙仔。你妹六指，不得偷懒，要派她多干活。"

阿法听了又笑，说六指才多大呀？三岁的孩子能做什么了不得的事？红毛呸了一口，说三岁怎么了？我三岁还跟我阿爸抓过泥鳅呢。你再给我写：我走前村东湿眼来家里借过三斗米，你脚勤一些去催一催。他衰人屋里卵都没有一个，真催不回来就等一等，省得他投河吊颈。阿妈的腰疼病，金山有帖好药，下回有人回去带过去，你熬给阿妈喝。

阿法问红毛都说完了吗？红毛说完了完了，阿法就在纸上洋洋洒洒地写道：

淑德吾妻：

　　别来无恙？家中各人是否都平安？甚念。前次托北村关九叔带去的二十元银票，想必已经收到。我住址依旧，身心皆安，否念。金山天渐寒，谋生不易，寄去银两望仔细筹划，节省开支。母亲龙儿和六指，皆烦你殷勤照看。村东湿眼家欠的三斗米，你不必催。母亲腰疾，已寻得良方，不日即托人带回。遥致冬安！
　　　　夫红毛　庚辰年一月十九　于金山城里

阿法写完了信，封了口，把笔一扔，掩嘴打了个惊天动地的哈欠。铺主阿成端了一碗茶过来，说阿法你提提神，就着笔墨现成，给我也写一封。我老母的信，我两个月都没回了。阿法衣服也不脱，颓然躺倒在床板上，说改天再说吧，我困了。红毛一边收拾砚台纸笔，一边骂丢你老母，识几个字就端身架呢。红毛还没骂完，阿法那头已经呼呼地睡着了。众人便叹气，说也该困了，早上五点就出门，这会儿才回来，靴子也没得一双，脚都烂出骨了。

便捻灭了油灯，都躺下了。却睡不着，就东一搭西一搭地扯着闲话。有人说番摊（赌馆）巷尽里头的那家鸦片馆前些日子进来一个鬼妹（白人女子），黑衣黑帽黑裙，长得那个标致，把老板吓了一跳。也说不通话，不知道该怎么招呼。谁知那鬼妹自己在烟榻上熟门熟路地躺下了，也不用人伺候，对着烟灯，一手托枪，一手拿签，上泡，团弄，扎眼，抽完了起身就走。第二天还来。天天如此，定点来，抽完一泡就走。听说有记者跟着，写了窗户大的一篇文章，登在金山洋报上呢。众人就啧啧叹奇，说你给打听个时间，我们也去睇睇，这鬼妹抽大烟到底是什么样子的。又有人说听庄口的阿周讲，松仔的案子前天上庭了，判下罪来，罚了三十大洋，坐监一个月。坐监是要剪辫子的，松仔抱着法院的柱子死活不肯走，牙齿都磕掉了一个。众人嘴里的那个松仔，是新会人，在番摊巷茶楼门前卖烟糖瓜子。早前在街上放炮仗，惊翻了一匹洋番的马，被人告上了法庭。

便都唏嘘起来。就有人问，你说我们大清国的皇上，知不知道我们在金山受的气？众人说知道了又管屁用？大清国的法管不了金山的法。再说，就算是皇上知道了，派使者骑马坐船，几个月才到金山呢。那松仔该剪辫子也早剪完了，哪等得及呢？红毛说听阿周讲李鸿章李大人请了神人，做了个叫电报的东西，从大清国到金山，几个时辰就到了。众人问电报是长腿还是长翅膀的，怎么比鸟还飞得快呢？红毛说你们懂个球，那电报比几十头鸟加起来都要快。黑暗中只听见阿法扑哧地笑了一声，众人说阿法你原来没睡着呀？笑什么啊，你？阿法却不做声。

红毛就叹气，说我老婆要是能坐上电报就好了。一屋人里头，只有红毛还算是半个新郎倌。众人就取笑，问红毛你是想那事了吧？从前在家，和你老婆一天做几回？红毛只嘿嘿地笑。逼急了，才说没数过哩，想做就做呗。荒了这些年了，还不兴补一补？众人来了兴致，又问他老婆身上是肉多还是骨头多？红毛说丢，肉不多骨头也不多，就是水多哩。众人就笑得叽叽嘎嘎的。这时睡在阿法身边的阿林突然惊叫起来："阿法你个衰仔，硬硬地顶我疼呢。"众人越发笑得前仰后翻的。

红毛拍了拍床板，说睡了睡了，看这个天明天兴许下雪，早起好卖炭呢。

众人便渐渐地安静了下来。半晌，又听见红毛翻了个身，说大家合伙凑一袋炭，到红番那里换双靴子给阿法。从前叫私塾的先生写春联，也是要送鸡蛋麻饼的。

众人都不吱声，就算是同意了。

阿法大大地睁着眼睛，瞪着一屋的黑暗。看久了，就看出了黑暗原来也是有破绽的。他其实已经很熟悉这些破绽了。比方说壁角的那片黄晕，是老鼠偷米的时候咬透的一个洞。窗户边上那片淡淡的白，是挡光用的那条被单又破了一个口子。从那些破绽里他猜出了外边是个大月亮夜。他也猜出了有这样月亮的夜该是怎么样地清冷。这是他在金山的第一个冬天，他不知道这样的冬天还会持续多久。他只知道河都已结了冰，进山的路也已封冻了，现在捕不了鱼，种不了菜，也运不了货。堆积如山的炭袋已经低矮下去了，如果这样的冷天再持续十天半月，炭就要卖完了。接下去还有什么路呢？

他问过红毛，红毛说你细鬼大瞎操心，跟着我就是了，总有活路的。可是阿法知道这回连红毛也没有路了，因为他看见红毛今天早晨把原想寄回家的十五元银票，又放回了鞋底里。红毛在给自己留着退路。

可是阿法没有退路。阿法身后有阿妈的两只烂眼，那烂眼像虎也像狼，咬着阿法的腿肚子。阿法只能闭着眼睛抵力向前疯跑。

阿法那是在逃命，逃自己的命。

金山城里的唐人街这几年渐渐有了点扩张的意思，从阔麦隆街一路横过去，越过道格拉斯街和士多街，沿路都是唐人的店铺住家。就连再北一些的菲士佳街，也有了零星的唐人屋。把这些街叫作街是因为找不到别的名称，实际上它们不过是几条既没有行人道也没有下水沟的泥路。其实把它们叫作泥路也还是一种抬举，因为那些叫做路的地方，通常都很窄。在最窄之处，路这面的店铺把箩筐货架略微推出一尺半尺，然后搬张板凳坐到摊前，遇到路那面那家人从屋里走出来，这家伸出胳膊，就可以接到那家递过来的烟。两人丝毫不用提高嗓门，便可以隔街自如地扯起唐人街的飞短流长。

唐人街在城里的低洼之处。若把整个维多利亚城比作一只炒菜的镬，那么唐人街就是镬底的那个圆坑。天一下雨，全城的水都往坑底涌流。再清的水在泥坑里打过一个滚，立刻就变了颜色。

泥路的两旁密密麻麻地盖了屋，都是薄板钉的，大多是平房，也偶有两层的。不管是高的还是矮的，看上去都像工棚，墙上的木板和木板之间裂着大大小小的缝。带着泥的雨水从门缝墙缝流进屋里，将墙壁床腿舔上一层黑，屋里的人就只好脱了鞋子，卷上裤腿，赤脚走路。用不着走多少步，腿也就黑了。待天放晴，水退下去了，屋里只剩了一层淤泥。当然泥也不是纯粹的泥，泥里时常埋有菜叶鱼骨鸡蛋壳，脱了帮的破鞋子，有时还有死老鼠。这样内容丰富的泥粘在人的鞋底上，从一间屋带到另外一间屋，从一条街走到另一条街，于是整个唐人街的颜色和气味就非常地复杂起来了。

不过唐人街里也不全是破烂。比如菲士佳街上就有一座砖房，虽然是矮矮的单层房，那砖却是敦敦厚厚的砖，那瓦也是实实在在的瓦。太阳往上一照的时候，居然有些龇牙咧嘴的光亮。还比如士多街上也有一座楼，扁扁正正的，像一只横躺在地上的老刀牌香烟盒。那门是常年关闭的，仿佛在哑守着一段私密。门前没有任何摊铺，墙角也没有抽烟挠背晒太阳的闲人，门上更找不着一言半语的招牌。只是可惜，唐人街里这两幢略微平头齐脸拿得出手一些的房子，都不是给人住的，至少不是给活人住的。

菲士佳街上的那幢平房，是给神仙住的。神仙的名字叫谭公。谭公是广东四邑人的神祇，而唐人街是四邑人的唐人街，所以谭公庙也就顺理成章地成为唐人街的神仙庙。每年四月初八是谭公寿辰，唐人街就和圩日一样热闹。烧香进供的，舞龙舞狮的，唱戏卖小吃的，都在谭公庙前聚集。就连洋人，也被那喧闹情不自禁地引了进来。洋人的脚踩进唐人街，不是为了谭公，却纯粹是为了看热闹。至于那热闹的缘由，与他们隔了十万八千里，他们是不需也不屑知道的。

士多街上的那幢扁楼是停尸房，不过里边停的不是棺木，却是层层叠叠的木头匣子。每一个匣子里，都藏着一副完好的骨殖。那骨殖属于一个至少死了七年的人，是从金山各地运送到维多利亚，在此地汇齐了等候着香港的船期的。盒子上工整地记了姓名，籍贯，生卒年月，而且都编了号。这些编了号的灵魂，静静地躺卧在暗无天日的匣子里，引颈期盼着四邑方向吹来的季风。和谭公庙不同，停尸房是整个唐人街默契地持守着的一个秘密，一个如珍珠含在蚌壳里那样严实包裹着的秘密。若不是几年前的一场大火，把这个独属于唐人街的秘密借风传给了外边的世界，没有人会猜到这个貌似库房的屋子里，保存着的是一种名叫灵魂的货物。

这天唐人街放半天假，所有的店铺都关了门。这天不是年节，也不是谭公的寿辰。这天香港的轮船到了。那几百个在匣子里等候了很久的灵魂，终于要踏上四邑的归程了。唐人街要送他们上路。

唐人街如此郑重地为他们送行，是因为唐人街伤心。唐人街的伤心，还不完全是伤心。唐人街的伤心里头，还夹杂着许多复杂的因素。唐人街的伤心里，藏着一些负疚。那些编了号的匣子，刚开始的时候都是一些有血有肉的活人。那些有血有肉的人从这个码头走下船来，就走散了。唐人街没有看管好他们，唐人街把他们丢失在匣子里了。唐人街的伤心里头，也还有一丝兔死狐悲的意思。那些有血有肉的人都是带了许多的故事来，又带了许多的故事走的。匣子盖一关，就把他们的故事生硬地切断了，半截留在世上，半截关在匣里。世上的那半段，从这张嘴传到那张嘴，传到最后，已经被传得面目全非了。而匣子里的那半截，却是再也无人知晓了。送他们上路的人，为他们无从知晓的半截故事伤悲，却不知道什么时候属于自己的那些故事，也会被那个黑匣子切成两截。

阿法今天也放假。阿法现在在春成杂货铺对过的新源洗衣馆当帮工。阿法每天要去轮船码头，到抵埠的船上收集海员的脏衣服，装进大麻袋里，用扁担挑回洗衣房，第二天洗完熨妥再挑回船去。有时一天来回好几趟。洗衣房里有三个帮工，都不识英文。阿法也不识，可是阿法知道怎么用英文数数，所以阿法就成了唯一一个和海员打交道的人了。麻袋装得很饱涨，跟铁坨一样硬实，把扁担压成一张弯弓。阿法的身子像是驮了一块大扁石的螳螂，低低地在地上匍匐爬动，一爬就是一天。衣馆一周七天都开，从不放假，阿法的肩膀渴想这样的歇息已经很久了。

阿法对那些匣子并不陌生。事实上，阿法甚至亲手参与过其中某些匣子的制作过程。阿法的房东春成杂货铺的老板阿成，有一个堂弟就是几年前死的，葬在城郊的墓地里。那日阿成喊了红毛和阿法，去墓地掘棺捡骨。捡骨是要在下葬七年之后，是因为尸身需要七年才能腐烂销蚀。掘棺那日，三人都用烧酒浇在布上，蒙了口鼻。尸骨掘出来，颜色有些黄褐，像放过了气的象牙。用布蘸着烧酒仔细擦洗过了，才有些白净起来。阿成和红毛把擦洗干净了的骨头在地上摆好，拼拢，一根不差地齐全了，才叫阿法把骨头再一根一根地收到木头匣子里。大的在下，小的在上，摆在最上面的是一截干枯得如同隔年蚕丝般的发辫。那骨头收拾得极是干净，一根筋都看不着，仿佛从来就没有和一个有血有肉的躯体发生过任何关系。

阿法收骨的时候，发现阿成堂弟的小腿骨一边粗一边细，粗的那边，长着黑黑的一块斑记。以为没洗干净，就拿指甲去抠，抠来抠去却抠不出个名目来。阿成说这条腿给打断过，躺了三个月才起身。阿法问谁打的？红毛使了个眼色，阿法没看见，依旧不依不饶地追着问。问得阿成烦了，就骂你多大一个人，什么卵事都要问。便将瓶里剩的烧酒咚咚两口喝完了，把空瓶子远远地扔了。瓶子一路顺畅地沿着山坡滚下来，滚了许久才撞上一块山岩，闷闷地撞碎了，一山都是嘤嗡的回音。阿法闭了嘴，将匣子钉死了，封上金漆，一边听阿成口述，一边在匣盖上写下姓名籍贯生卒年月。写完了，才醒悟过来，阿成的这个堂弟死的时候，才刚过了二十二岁生日。

红毛问阿法怕不怕？阿法说不怕。红毛说这骨头烂得卵都没有了，丢在街上狗都不舔一口。阿成叹了一口气，说红毛将来给我捡骨的就是你了。阿成过年就四十三了，是一伙人里最老的一个。红毛说谁给谁捡还说不准呢。又推了推阿法，说你个衰仔，将来我的骨，总是你送回去的。我带你出来，你送我回去，欠债的还钱。

阿法模模糊糊地嗯了一声，算是应承。这声应承几乎没有经过心，就直接从嘴里出去了。阿法那时还不知道这声应承的重量。阿法还太年青，阿法在金山的路才开了一个头。死亡之类的话题像石片，只能浅浅地在他心里打个漂，溅起一两团瞬间即逝的水波纹，却沉不到他的心里。他的心思意念现在日日夜夜地想着挣钱的事。他现在恨不得能有三双眼睛四只手，快快地学会衣馆的每一个操作细节。迟迟早早他会开一家自己的衣馆的，六个帮工，两套人马，日夜连轴转的那种。屋檐下挂一对灯笼，门面上写着大大的红漆招牌。名字他都想好了，就叫竹喧洗衣行，取自王维的诗句"竹喧归浣女，莲动下渔舟"。那是他跟欧阳先生读书时得来的佳句。这样的名字别说洋人不懂，就连他的同伴也不懂。不过只要他自己懂就行了。

这天唐人街每家店铺住户门前都摆出了香案和供果。街心另设一大供案，上面摆着百果糕饼鸡鸭和烤得金灿灿的乳猪，左右各有一个铜炉，是烧纸钱用的。远远望去，一街烟蒙雾罩。午正时分——是看黄历择下的吉时，令官一声吆喝，乐班开动。十个琴师皆着白袍，胡琴身上也缠了白布。颤颤间，十把胡琴拉出一股惊天动地的呜咽。那呜咽尖处如钩，哑处如锤，在人心中掏捣出阵阵凄惶。一曲未了，天色大变，一阵阴风突然将纸炉里的钱灰裹挟而起，旋成一根柱子，越卷越细，越卷越高，最后尖立如针，经久不散。

众人大惊失色。令官毕竟年长几岁，见过些世面，赶紧在纸钱炉前跪了下来，大声说："父老乡亲客死他乡，虽有万般冤屈，今日终得回归故里，上谒高堂，下见儿女。求赐云开风散之吉时，一魂归家，万魂安宁。"说罢，又率众人当街跪下祝拜。罢了，抬头时，灰柱已散，风也住了。

停尸房前，八匹蒙古种壮马，拉着四驾马车，也是一身素缟，听得一声令起，便驮着沉甸甸几百个木匣，朝着码头缓缓走去。听得马蹄渐行渐远，最后化成一线粉尘，人群中便有人撩起袖子擦眼睛。

"那人是拿了茶叶和红番换靴子，短了人斤两，叫人给打的。"回家的路上，红毛对阿法说。

"谁?"阿法问。

"阿成的堂弟。"

光绪七年—光绪十三年（公元 1881 年—1887 年），加拿大英属哥伦比亚省（卑诗省）

今日下午约五百名来自大清国的劳工乘搭汽轮从维多利亚和新西敏士两地出发去慕迪港，他们是太平洋铁路工程队的一部分。经过与联邦政府的十年拉锯战，太平洋铁路的修筑工程目前终于得以全面铺展。为了最大限度地节省开支，总设计师安德东克先生已经通过劳工承包商从广东和旧金山两地招募了五千多名中国劳工，并且还将有几千人在未来的几个月内陆续抵达。这个数字里还没有包括在此地加入施工队的零散中国人。 太平洋铁路沿莎菲河谷一带多为崇山峻岭，且皆是坚硬无比的花岗岩石，全部地基需要靠手工开凿。 据介绍，单单从耶鲁镇到利顿镇之间十七英里处就需要开凿十三条隧道，其中一段一里半的路途甚至需要连开四条隧道。 这批苦力将承担其中最危险的工段，展开一番肉与石头的较量。

修筑工程队里，以爆破山石者日薪为最高，大约4元。 五金打磨者居次，约3元5角。 筑桥木匠3元。 泥水匠2元5角至3元。 伐木工人2元左右。 而普通劳力日薪仅得1元7角5分。 这批劳工中虽偶有身型硕健者，但矮小瘦弱者居多。 有一些甚至看上去像尚未发育完全的儿童，虽然他们的出生文件上都表明已超过十八周岁。 这些工人抵达工地后将以三十人编组，每组有一铁路公司委派的工头，并配备一名厨子，一名登记员。

登记员的职责是记工并担任工人与工头之间的联系。 除了登记员以外，这批工人几乎完全不懂英文，有关方面对于他们是否能正确理解施工指令持有怀疑。 他们特有的长发辫将是施工过程中的另一安全隐患。 记者曾就此问题采访过太平洋铁路公司，公司的回答是：中国人认为发辫是皇帝和父母的神圣施予，具有和生命一样重要的意义。 基于大英帝国宪法对基本人权的保护，没有人可以强迫这批中国人剪去他们看上去既滑稽又愚蠢的发辫。 于是他们将带着他们的发辫和米袋走向一条未卜之路。

新西敏士《不列颠哥伦比亚人报》1881年4月7日

夜宿的帐篷很简单，七根树枝，两张帆布。树枝是雪杉或者白桦，砍下来，削去枝叶，留下主干，三根交叉叠立在左，三根交叉叠立在右，中间横搁一根略粗一些的，上面搭上两张帆布。帆布的接口处是用结渔网的粗线缝合的，用的是兽骨针——都是跟红番学的。

帐篷两侧，入夜都烧着火堆。火堆整夜不灭，夜里起来解手的，随手就添了柴。厨子五更就起来了。厨子起来不用从头生火，只将余火捅热了，架上新柴，便可以煮水煮粥，待帐篷里的人一睁眼粥就现成了。山里生火是为了驱寒，照明，煮食，还有壮胆——在开山的人到来之前，山里曾是野兽的天下。

帐篷简单，是因为十天半月就要迁一次营地。人跟着工程走，工程有多快，人就得走多快。有的时候人还得走在工程前头，工程未到，人先到了。迁营时卷上帐篷和席子，把米袋和水桶往运输队的马背上一搁，就走路。树枝是不用带走的，山里有的是树，随手砍来就可用。每迁一次营地，阿法就用兽骨针在帐篷布的边角上缝一个叉。现在帐篷上已经有六个叉了。

阿法一大早就被红毛的琴声吵醒了，红毛的琴声咿咿呀呀地把阿法的脑袋锯出一片一片的肉屑。阿法扒开横亘在他身上的阿林的腿，爬出帐篷外，咚地扔了块石子过去。琴嘎的一声停了下来，红毛骂道我拉的是嫁女的喜调哩，你不让我拉你一辈子讨不上老婆。

夜里下过雨，帐篷漏水，把阿法的裤脚湿了半边。阿法把裤脚上的水拧干了，天上就开出了日头花。阳光被浓密的树林撕成细细碎碎的条子，一地都是湿漉漉的树影。一夜之间，林里爆出了一层白花花的蘑菇，小的如钮扣，大的如盘碗。一株蘑菇上歇着一只花皮松鼠，大约是刚出生的，只有半个手掌大小，皮毛稀疏，两个眼睛却黑亮如豆。阿法捡了一根树枝来逗，竟不知害怕，只是拿鼻子一咻一咻地来闻。阿法撩起裙子对着蘑菇哗哗地撒了一泡隔宿的长尿，松鼠一惊，竖起尾巴沙沙地蹒跚而逃。阿法忍不住哈哈大笑。

黄毛也醒了，伸了个懒腰，从树后慢慢地走了出来，跷起后腿，在树根上撒了一泡尿，又用爪子耙了耙，林子里就弥漫开一股浓重的骚味。

黄毛是一只无主的野狗，从慕迪港下岸的时候就跟上了他们，扔了几次也没有扔掉。后来有人说进了山有只狗也好壮胆，黄毛就留了下来。

黄毛撒过了尿，摇着尾巴伸出湿爪子搭住阿法的腿，就来舔阿法，哈喇子热热地流了阿法一手。黄毛是只混血狼狗，个头极高，伸直身体几乎能够上阿法的肩膀。阿法推了几次，才把黄毛硬推开了，就过来问厨子早上吃什么。厨子说烤薯仔（土豆）白粥再加咸鱼。阿法说天天是薯仔，顿顿是薯仔，尿的尿都是薯仔味，就不能变个花样吗？厨子说你知足吧，现在还有薯仔，万一封了山你连卵都没得吃。阿法说卵都没得吃也不吃薯仔。厨子紧了脸说运输队带进山的只有薯仔，你把我宰了也变不出花样来煮给你吃。

众人起身吃了早饭，登记员就来传工头的话：今天全天都处理碎石。前两天炸开的石方，需要人工一筐一筐地背到坡上，再倒进谷底。三十个人分了三组，每组十人。一组碎石，一组装筐，还有一组背石上坡。红毛和阿法都在碎石组，阿林分在搬运组。阿林上路，红毛说你脚踩实了，这鬼山崖掉下去鹰都叼不起来。阿林说熟行熟路的了，你别触我霉头。

　　碎石组要把石头破碎到可以装进筐里的尺寸。有的石头直接就可以用榔锤砸碎，有的石头太大，必须用铁钎敲裂之后再一一破碎。破大石头的时候，红毛和阿法搭档，阿法掌钎，红毛抡锤。阿法的手很快就震裂了，只好扯了褂子的内里布叠成几层垫在虎口上。血把布块洇染成一坨硬疙瘩，回到营地里泡到水里洗过，晾在火堆上烤干了，第二天再接着用。虎口上的裂痕，歇过一宿，略微长拢了些，第二天一开工又重新裂开。渐渐地，裂口越来越粗，就长不拢了，石屑尘土落进去，脏黑如垄沟。

　　红毛见了，劝阿法去红番那里买一双麂皮手套，里头缝了厚厚的兽毛的。阿法听说要三块钱一双，就死活不肯。红毛叹气，说干两天活不吃不喝不搵野老婆，才够买一双手套。丢佢老母，这红番也起贼心了，把个价钱涨得天一样高。

　　阿法不说话，心里突然就有了主意。木工泥水五金，阿法一样也不会。阿法从前在家时，只会种田。其实连种田，也是不咸不淡的新手。碎石运石，一天累到死，也只能挣一元七角五分。铁路一动工，万物都金贵起来，挣的总也赶不上花的。照这个速度，哪年哪月才能置上田产呢？阿妈说不定就等不到那一天了。

　　阿法的机遇是在五天以后来临的。

　　那时阿法和他的乡人已经在新营地里驻扎了整整两天，登记员的记工本上各人名下的工时却都还是空白。因为爆破失利，隧道没有炸通，所有的后期工序都无法进行。

　　炸山的炸药是硝化甘油，可是谁也不会用这样文绉绉的名字来叫它，所有的人都叫它黄水。黄水装在瓶子里的时候，看上去有些像柠檬汁，清宁淡雅，甚至有几分妩媚。谁也不会想到它可以轻而易举地削平一座山头。黄水的脾气还很大，需要片刻不懈的殷勤伺候。若有一丝闪失，不小心洒落一滴在地上，若遇上热天，与岩石发生碰撞，便能顷刻之间硝烟弥漫。在安全炸药还没有问世的时候，黄水是太平洋铁路施工队的唯一选择。

　　这条隧道在崖上，必须爬过一段乱石坡才能抵达。第一个上去的工人是工头钦点的，是几百个人中最有爆破经验的。可是那人在爬最后一截坡的时候，却踩上了一块悬空的岩石，失脚掉下了深涧。轰隆隆的一阵浑响——不是炸药，却是跟着他滚下崖去的乱石。人和黄水瓶都如一片树叶，在水面上打了个漂就不见了。

第二个工人顺利地爬过了高坡，在接近隧道的地方被一块乱石崴了脚。只见他的蓝布褂子像折了翅的鹞子一样飘了一飘，整片山崖就抖动了起来。当众人从漫天的尘土中清醒过来时，他们发现彼此的嘴巴都在滑稽地挪动着，却没有一丝声音——他们的耳朵都被震聋了。

洋番工头把脚下的乱石踢了个满天飞。不用登记员解释，众人都懂他在骂娘。却没有人接应。没有第三个人愿意上坡送死。

当天没有。

第二天也没有。

第三天早上众人的饭里多了一枚鸡蛋。集合的时候工头在闷头抽烟。工头坐在一块石头上，众人排成一圈站着，把工头矮矮地围在中间。工头抽了很久的烟，一根没抽完，就直接接在下一根的屁股上，身边已经胡乱地丢了一圈半长不短的烟蒂。众人突然发现年青青的工头头顶竟有些稀了。工头是众人的官，可是工头之上，还有别的工头。工头管得了众多的工人，工头却管不了那少少几个的工头。每天的进度是个死数，两天没完成进度，还有第三天。可是第三天一天就得当成三天使了。若是第三天还没有完成进度，下一天就得当成四天使了。渐渐地，众人就觉得工头其实也是个苦差使。

后来工头终于把烟头扔了，站起来指了指登记员，说："你，告诉他们。"

人群裂开了一条缝，登记员走进来，眼睛盯着鞋尖，有点结巴地说：他，他说谁把炸药成功放进岩洞引爆，就，就可以申请老，老婆来金山，包一张船票。

四周一片寂静，静得可以听得见风在树枝之间撩拨，蛾子在草叶底下扇动着翅翼。阿法的指尖轻轻地颤了一颤。阿法自己还没有觉得，红毛却觉得了。红毛飞快地拽住了阿法的手腕。红毛那天的指头像蟹钳，尖锐，野蛮，毫无松懈之意，阿法听见自己的骨头在咝咝啦啦地碎裂。"我有老婆你没有。"红毛贴着阿法的耳根说。

"你，告诉那个鬼佬，他要是说话不算数，我杀他老母。"红毛对登记员说。

登记员把红毛的话传了一些给工头听，却又没有传全。登记员的嘴巴是一张砂纸一把锉刀，合乎时宜地锉去了来往话语的毛刺，工头脸上的皱纹渐渐游走成一团接近于笑意的和蔼。

红毛带上黄水瓶和装了火药的锡管，朝坡上走去。阿林跟了两步，叫了声红毛你踩实了。红毛回头笑笑，说别肉酸了，就等着你嫂子来给你煮皮蛋粥吧。阿法也想说句什么，可是阿法的那句话太大，梗在喉咙里半天出不来，眼看着红毛走远了。

红毛走路的样子很怪，像一只跛了脚的羚羊，一只脚长，一只脚短。短的那只钉子似的扎在地上，长的那只远远地伸出去，在地上画着圈。阿法看出来了，红毛是在探石头的虚实。红毛走得极慢，却很扎实，慢慢地，就走到了山洞口。红毛的青布褂子在洞外闪了一闪，就不见了。阿法在心里暗暗地数着数。

一，二，三，四，五。红毛这会儿该把黄水瓶放妥了。

六，七，八，九，十。红毛这会儿该把锡管放进瓶子里了。

十一，十二，十三，十四，十五。红毛这会儿该把锡管铺到洞口了。

阿法数到五十的时候，红毛依旧没有动静。众人有些慌张起来，有人说快去把狗喊来进洞看看。话音未落，闷闷的一声响，像是一个没有放痛快的屁，山洞里飞出了一团东西——一听就知道炸药炸了，却没炸好。

硝烟稍稍落下去些，阿法和阿林就冲上崖去，将红毛抬了下来。红毛的半边脸烧黑了，看上去有些古怪——原来是一只耳朵没了。原先长耳朵的地方，现在只是一个铜钱大小边缘模糊的洞，有血正汩汩地从里头涌出来。阿法扯下身上的褂子捂在洞眼上，捂了一会儿，褂子就湿透了。红毛的身子软得如同没了骨头，阿法慌慌地喊登记员："快，快叫工头备马找医生。"除了运输队之外，工地里只有工头有马，其余的人都徒步。

登记员走过去和工头说话。登记员的话很短，一句就说完了，工头的话却很长，啰啰嗦嗦地讲了很久。众人就有些不耐烦起来："还放什么屁，人命关天。"登记员走过来，嚅嚅地说："他说最近一百里以内都没有医生。再说，和承包商谈好的，伤病自理，公司不负责任。合同里都写得清清楚楚……"

登记员的话只说了半截，就咽了回去，因为他看见阿法站起来，朝自己走来。阿法走得很近了，近得他看见了阿法手中的斧子。阿法的斧子是砍树搭帐篷的斧子，斧刃上已经有了几个口子，可是砍起树来依旧顺手。

"下坡就有红番的部落，有土医。"阿法说。登记员身子有些哆嗦起来，因为登记员看见了阿法的眼睛。阿法的眼睛里有光。那光他从前在山里也是见过的，在开春时节。饿了一个冬天的棕熊，出山的时候就是这个样子。

登记员走回去，跟工头传了阿法的话。工头斜眼看了看阿法，咿里呜噜地又说了许多的话。这次登记员就没有翻译。登记员知道他的口舌最多只能砂平话语里的毛刺，他却是无法砂平锋刃的。这边是刀，那边也是刀。倒在这边是死，倒在那边也是死。反正是死，不如就死在自己乡人手里吧。登记员走过来，对阿法说，你想怎么办就怎么办吧，我不管你们了。

阿法拨开登记员，走到工头面前。阿法缓缓地举起了斧头。阿法的斧头几乎贴住了工头的鼻子。阿法的斧头早上刚刚砍过树枝，斧刃上还残留着树脂的清香。工头开始向后退却，可是来不及了。人群像蝗虫一样地围了过来，将他俩围在尽中间。圈子越围越小，工头感到了空气的压迫，太阳穴在一蹦一蹦地跳动，眼珠子仿佛随时要爆出眼眶。

"医生。马上。你。"

阿法一字一顿地说。过了一会儿工头才明白过来阿法说的是英文，当然是很蹩脚的英文。

"阿法，别跟他废话。剁了他。咱们命贱，两条半换他一条，也值。"人群中有人在高声喊话。

工头突然弯下腰，从靴子里飞快地掏出一样东西来，抵在阿法的腰上。那东西钝钝的，有点笨拙，不像是件利器。阿法一下子觉出了那是手枪。谁也没想到工头有枪。阿法的斧子咚地掉在了地上。空气一下子脆薄得如同一张玻璃，每个人的手里都牵了一个角，谁也不敢乱动，怕失手打碎了。

工头呜噜地说了一句话，就将阿法挡在自己身前，慢慢地朝前走去。人群如水在他面前分开，又在他身后合拢。呼吸沉重如风，却没有人说话。

一直到两人渐渐走远了，人们才在草丛里找到了面如土灰的登记员。登记员的裤子湿了，一边的裤脚还在淅淅沥沥地滴着尿。

"他，他说和阿法去找，找医生。"登记员的嘴唇抖了半天，才抖完了一句话。

两刻钟后，红番部落的土医骑马来了，带来了止血消炎的草药。

阿法扯了扯登记员的袖子："你，跟他说，把东西拿过来。"

"什么东西？"

"黄水瓶。"

登记员吃了一惊："你，要上去？"

"你告诉他，我不要船票，我要银票。"

登记员走过去，把话传给工头。这回登记员的话很长很啰嗦，而工头的话很短。工头的话短得只有一个字。这个字，用不着登记员传，谁都听明白了。

这个字是："yes"。

阿法把黄水瓶绑在腰上，又把锡管绕成圈扛在肩上，就上了路。走过人群的时候，他听见了叹息，却没有人劝他。

"一样是死，还是死个没有老婆孩子的吧。"

上坡的时候阿法学了红毛的样子走路，一只脚长，一只脚短。一只脚定位，一只脚探虚实。只是阿法比红毛年青，阿法的步子比红毛轻也比红毛快。那天那半面的山崖遭了数回创伤，新炸开的山石如妇人裸露的胸脯白得瘆人，阿法的身影像一只黑色的蛾子在岩石的褶皱里跳过来飞过去。到达洞口的时候，阿法甚至回过头来对着人群招了招手，像是招呼，也像是诀别。

一会儿阿法就从洞里露出头来。阿法下山的脚步极快，完全失去了上山时的节奏感。阿法甚至没有时间来探脚下岩石的虚实。阿法那天的两脚仿佛是离开了他的身体在狂乱地飞奔。可是阿法的脚步再快，也没有快过锡管里的火药。阿法刚跑出几步路，山崖就像一张软饼那样地塌了下来。

"成了。"工头喃喃地说。工头的语气里并没有预期的欢喜。三条半人命，一条隧道。即使在他以数字作为基数的惯常思维方式里，他也不能确定这是不是一条合理的方程式。

况且，他其实真有点喜欢那个看上去毛毛躁躁，甚至有点羞涩的中国小伙子的。

这天半夜，全营地的人都被黄毛的狂吠惊醒了。厨子起来小解，呵斥了黄毛几声，顺手丢了块吃剩的米饼过去，黄毛不接，却叼住厨子的裤脚不放。厨子捡了根树枝来抽，黄毛也不躲，依旧哀哀地嚎。厨子顺着狗吠的方向看去，突然发现离帐篷七八步远的地上，躺着一团黑糊糊的东西。

厨子走过去踢了一脚，那东西哼哼地呻吟了一声——原来是个人。

厨子捻亮马灯，照见了一团灰黑的肉。肉动了一动，露出两排粉红色的牙龈——是阿法。

"银，银票……"阿法断断续续地说。

铁路修到艾默利镇的时候，厨子的预言应验了。

向来极少结冻的莎菲河，这年冬天突然结上了一层厚厚的冰。运输队的水路被切断了，营地的米袋飞快地瘪了下去。铁路停工，几百名工人被困在了营地里。

这几天厨子煮饭变得很是费时起来了。先将几勺米在火上熬出稀薄的米粥，再把盛米粥的锅放在帐篷外头冻成铁硬的稠米饭，然后再加上三倍四倍的水，重新熬回米粥，然后再冻成米饭。如此三番之后，几勺米就变成了一大锅饭，人人都能盛上一碗。只是这样的米饭在胃里待不住。刚吃下去的时候饱胀得似乎要爆裂，走两步路放一个屁，就又前心贴后心地饿了。

薯仔早吃完了。头两天还有一两条细如手指的咸鱼下饭，后来就只有半勺盐。到第四天，盐也用尽了，就只剩下一天一顿的清寡水饭。再后来厨子把洗锅的水倒出来，分了些米汤在各人的碗里，说各人看自己的命吧，就扔了勺。

众人都知道这是最后一口饭食了，可是没有人说话。饥饿的时候连叹息也耗费力气。他们的力气不再是用斤两来计算的了，现在衡量他们力气的单位是钱。现在他们在努力节省每一钱的力气，等候着陆路运输队的到来。陆路运输队的马帮，从最近的一个小镇出发，最快还需要三天才能抵达营地。那是夏天的速度。在有冰雪的冬天，也许是四天，也许是五天，也许是永远。

阿法的贴身衣裳口袋里，还藏着那张一百元的银票。阿法还没有机会把它寄给阿妈。刚拿到银票的时候，阿法害怕晚上睡得太沉，衣服会被人剥去，就把藏了银票的衣服脱下来，叠成小小一个方块，垫在脑袋底下睡觉。银票在反复折叠的过程里渐渐失去了新气，已经起了潮湿的毛边。阿法枕着这张银票入睡，一次又一次地梦见那张小小的纸片已经变成了一亩又一亩的田，那种傍水避风，泛着黑色的油光，无论种什么都能疯长的田。

渐渐地，阿法的梦就变了内容。阿法不再梦见田地。阿法的梦里只有宴席，一桌又一桌，从村这头一路铺到村那头。醒来的时候阿法还能清晰地记得每一道菜的每一个细节，包括颜色，包括形状，包括味道，甚至包括盛菜的器皿和器皿上的花纹。后来阿法就不再有梦了。阿法甚至任凭那张银票随意地放在枕边，懒得看上一眼了。因为阿法知道这张几乎搭上了他性命的银票，现在已经成了一张一无所用的废纸，甚至用来擦屁股也擦不齐全。

喝过米汤之后阿法昏昏地睡了过去，又很快醒了过来，是痛醒的。阿法觉得有一万条细虫子，正在啃咬着他的肠子。他甚至听见了虫子蠕动时的沙沙声响。如果此刻把他的肠子剖出来晾在日头底下，他相信那上头一定有无数个筛孔一样的洞眼。他还觉得全身都紧，紧得仿佛是裹在一件铁衣里，每一根筋每一块骨头每一丝肉都缩得小了几寸。他知道这种感觉有个名字，就叫寒冷。

他缓缓地爬出帐篷。外头是一个阴天，太阳只是一个关于光和影的想象。树上的雪还没来得及化完，又结成了冰棱，枝桠在风中舞动，发出沉重的撞击声。柴烧完了，炭火在哔剥声中延续着最后一口气。没有人有力气去砍柴添火。

阿法觉得腰上被什么东西拱了一拱，回头一看原来是黄毛。黄毛走起路来像一阵风，轻得悄无声息。阿法将手伸过去，放在黄毛肚皮上。黄毛怏怏地抬了抬后腿，撒了几滴尿，就止住了。从前在营地干活，阿法冷得实在受不了的时候，看见黄毛撒尿，就把手伸过去接着黄毛的尿取暖。渐渐地，黄毛就懂了阿法的心思，有了尿也憋着，等阿法伸手过来再撒。可是现在黄毛已经好几天没有进食了，胃里空空的，连尿也越来越少了。阿法手上裂了许多口子，遭狗尿一淋，疼得钻心。便甩了甩手，一脚把黄毛踹开了。黄毛呜地叫了一声，抖了抖身上的雪，又贱贱地挨过来，把脑袋拱在阿法怀里。

黄毛瘦得只剩了一层皮，肚子松松地垂挂在地上，如同一片搓了又搓的尿脬，肋骨历历可数。阿法撸了撸黄毛头上的几根疏毛，心咕咚一跳，突然就有了一个主意。

阿法站起来，去帐篷里拿出了他那把砍树的斧子。

黄毛你反正也是饿死，不如救我们一救吧。

阿法喃喃地说。

阿法扬起斧子的时候，看见黄毛眼中闪过一丝惊恐。可是黄毛没有跑。黄毛只是微微地挪动了一下，把身体松松地摊平在地上，仿佛正要享受一场饱食之后的酣睡。

阿法的斧子在半空中停了一停，终于落在了黄毛的脖子上。一股污血喷泉似的飞了出来，在雪地上烫出一串洞眼。黄毛的眼睛睁得大大的，阿法在里头看见了山峦，树木，天空。阿法蹲下身来，抹了抹黄毛的眼睛。黄毛的舌头哆嗦了一下，舔了舔阿法的手，身子便如布袋一样地扁塌了下去。黄毛的眼睛始终没有闭上，山峦树木和天空却渐渐地浑浊起来。阿法觉得脸上刺刺地生痒，拿手背一抹，才知道是眼泪。

一个时辰之后，林子里慢慢飘出些肉香。阿法舀了一碗漂了两片薄肉的汤，端过去给红毛。红毛的伤口至今没有愈合，一直流脓血，裂开的皮肉里开始发出阵阵恶臭。阿法扶红毛起来喝汤，没盐没油的狗肉甚是腥膻，红毛勉强喝了一口，那汤像一条多头的蛇，从他的鼻腔口腔喉腔里四下窜逃了出来，他便惊天动地地咳嗽了起来。咳一声，脸皮扯动一下，伤口就刀似的剐他一下。他忍不下那痛，就哇哇地吼了起来。吼了几声，突然叫阿法，天黑得这么快，点灯呀。阿法说大白天，点什么灯。红毛手里的筷子咚地掉了下去，说黑啊，什么也看不着。阿法看见红毛的两个眼睛定定的，如两颗磨旧了的玻璃珠子，突然明白红毛瞎了。

赶紧扶着红毛躺了回去。

红毛躺下了，还想咳，却没有气力了，一口气憋在喉咙里，上不去也下不来，把一扇胸脯憋得如风箱似的拉扯着。阿法狠狠拍打了几下，方好些。

红毛突然拽住了阿法的手，说我们家龙仔将来结婚，你做阿叔的要来撑排场。阿法就笑，说红毛伯你睡糊涂了，你家龙仔论辈分是我阿弟，我怎么成他叔啦？再说，你儿子才几岁，刚脱下尿布，你就着急娶亲的事了？红毛吁了一声，不说话。阿法掰开红毛的手，发现那指头根根肿得如棒槌，知道是缺青菜瓜果的缘故，却不知红毛捱不捱得过这个冬了。

夜里醒来，阿法看见红毛靠着柱子半坐着，两眼如萤火生光。阿法吃了一惊，问你撒尿吗？我扶你出去。红毛摇了摇头，却转过身来，贴着阿法的耳根，说了一句话。红毛的声音细若游丝，阿法没听清楚，又问了一次。这次听清楚了，红毛说的是"胡琴"。阿法问你要胡琴干吗？深更半夜的。红毛说给你了，琴。便又呵呵地咳了起来，却不再说话。

红毛是那天晚上死的。早上有人醒来时闻见帐篷里有一股臊臭，发现是红毛尿了床。正想推他，却发觉他的身体已经硬了。

几个人七手八脚地抽了一张席子将红毛裹了，抬出了帐篷。外边雪下得塌了天似的，雪片肥重厚实，打在脸上砰然有声。面对面站着，彼此竟看不清眉目鼻口。无法挖坑，只好将席子草草扎了一道绳子，放在一棵树下，拿几块石头压住，等雪住了再做打算。

众人高一脚低一脚地回到帐篷，说这个天气尿泡尿也冻冰，红毛在那里搁个十天半月也烂不了。阿林一边收拾红毛的脏衣物，一边叹气，说谁知能活下几个呢，等几天一气埋了也好，省得一个一个挖坑。这话不说的时候，真相如同隔着一张纸，虽然知道在那儿，却总觉得还是模糊遥远。这话一说出来，就像在那纸上捅出了一个窟窿，真相近近地逼到了眼前，再也无法躲闪。便都躺下了，忽然觉出了宽松——那是红毛腾出来的位置。一个人活着的时候只占了小小一片地方，一曲腿一侧身就挤下了。死了却留下如此一片谁也填不满的空白。众人听着林涛如万面渔鼓从头顶轰隆扫过，只觉得颤颤地惊心。

昨日没喝过那碗狗肉汤的时候，人原本已经饿得麻木了。那碗汤还没来得及经过嘴巴就直接进了肠胃，虽然只够把肠胃湿过一遭，却把那饥饿的感觉生生地激活了。想睡，却是烧心烧肺地难受。睡不着，也不敢闭眼，生怕这一眼闭过去，像红毛一样，再也醒不回来了。厨子躺了一会儿，突然坐起来，说吃雪去，吃雪去，听说只要有水在肚子里，十天半月都饿不死。

众人哄的一声都坐了起来，狗似的爬出了帐篷，伸出爪子趴在地上刨雪吃。吃得肚子如行将爆裂的瓜，站起来，撒一泡尿，再接着吃。如此三番之后，走路的样子就有些蹒跚了。回到帐篷躺下，依旧是饿，却是饱肚的饿了。

撑不住，便都昏昏地睡了过去。

阿法是第一个醒过来的。阿法是被邻近帐篷里发出的一种奇怪的响声惊醒的。那响声有点像风扫过竹林的声音，也有点像绳子舞过半空的声音。过了一会儿阿法才醒悟过来那是哨子。

"马帮！马帮！"

有人在狂喊。

雪一停，阿法就带了人去埋红毛。

刨开雪，发现捆席子的绳子已经被咬断了。席子散开着，红毛的一只手缺了两根指头。还有一根指头断了，却还连着一层皮。

阿法将席子重新卷过，捆紧了，就招呼众人刨坑。地冻得很是硬实，镐子砸上去像敲在铁板上丁当作响。挖了半晌，挖出一身腥汗，才挖出浅浅的一个坑。将席卷扔进去，几锹土就盖全了。阿法突然又把土刨开，将席子拖出来，挪了个方向，再埋了一次。众人不解，只有阿林看出来了，说是向东，一直望过去就是唐山（中国）了。怕再有野兽来刨，就抬了些石头过来，在土堆上面搭了个台，插上条树枝做记号。阿法觉得树枝不牢靠，一阵风就吹没了，就想在旁边的雪杉树干上刻一个名字。

阿法拿来了斧头，正要刻，才突然想起自己只知道红毛姓方，却不知道他的正式名字的。问了众人，竟没有一个人知道。只好用斧子歪歪斜斜地在树身上刻下了方红毛三个字。

刻完了字，阿法怔怔地在树前站着，半晌，才说红毛伯你等着，七年过后我来收你的骨。说完才猛然记起那年在域多利（维多利亚）红毛曾讲过要自己送骨回乡的话，谁知那竟是一语成谶呢。

可是红毛伯你却已经不是全尸了。

阿法在红毛的坟堆前倾金山倒玉柱地跪了下来。

太平洋铁路像一条青蛇，先向北再向东，沿着莎菲河谷一路蜿蜒，在洛基山的肚腹里咬出一个大洞。青蛇一寸一寸地向前爬行，营地也一次又一次地跟着蛇的行迹迁移。不知不觉之间，阿法已经在帐篷角上缝了六十多个叉了。

当阿法刚在帐篷角上缝完第六十八个叉时，就看见登记员急急地走过来，说工头要召见。众人正蹲在地上稀里呼噜地喝粥，听了这话却都不动弹，说天王老子叫也得把肚子先填饱。登记员瞪了众人一眼，说又没叫你，只叫他。登记员说的那个他，就是阿法。众人便说阿法工头是叫你再背一趟黄水瓶吧？这回一百元银票可不够了，早不是那年的行情了。阿林说丢，你想背黄水都没得背了，隧道都掏完了，就等着合轨了，还炸什么卵呀。众人说指不定是看你黄水背得好，要把老婆给你哩。阿法你还是童子鸡吧？第一口就叼上一条大毛虫哩。

阿法一路走，一路还听见众人的笑声一片一片刺叶草似的贴在他的背上，很是瘙痒。

工头的帐篷在百十步之外的坡上。从坡下望上去，远远地，阿法就看见了几匹拴在树上的马，都备了鞍，便猜想工头们今天要出门。阿法站在帐篷外，一边等着登记员进去通报，一边看着马低头喝水。阿法一眼就认出了自己工头的那匹马，是一匹两三岁的小青马，还没过足玩性，正炝着蹶子甩着尾巴，把一桶水喝得满地开花。阿法走过去，用手指做梳子，一下一下地梳着马背上的毛。马惬意地眯起眼睛，用脖子蹭着阿法的手背，口里发出扑哧的声响。

登记员叫阿法进去。

工头的帐篷和阿法的帐篷也没什么区别，只不过阿法的帐篷住十个人，工头的帐篷住三个人，都是工头，各管着不同的人马。阿法进去的时候，帐篷的马灯捻得雪亮，工头们正在闷不作声地玩纸牌。桌子是没有的，牌桌是两个摞在一起的铺盖卷。地上胡乱地扔了些酒瓶子。从前在春成杂货铺住的时候，就听阿成讲过，洋人喝的酒有个怪名字，叫威什么鸡，有股怪味。这回阿法自己闻着了，像是沤馊了的烂鞋子。那味钻进鼻孔，痒得阿法要打喷嚏，却咬着牙根硬忍住了。时辰尚早，太阳刚洗白了树的尖梢，工头们却已经喝得鼻尖上冒起红泡，铺盖卷也没有打开过——像是喝了一夜的样子。阿法知道营地的规矩是工作时间里严禁喝酒的，正奇怪工头怎么今天开了禁，只见工头把手里的牌刷地拢成一沓，指了指登记员，说你，出去。登记员和阿法同时吃了一惊——平日工头的话都是通过登记员传的，工头从来不直接和工人讲话。

登记员喏喏地退了出去，留了阿法一个人在帐篷里，等着工头悠悠地把一局牌打完了。工头这一局大概输了，脸色有些难看，额上的皱纹深黑如木雕。工头站起来，拎过墙角的一个麻袋，对阿法说了一句话。工头说这句话的时候，皱纹复杂地挪动起来，阿法吃不准是生气讨厌还是伤感。阿法跟着工头做了四五年的事，工头的英文说得慢一些的时候，阿法不用登记员也能听懂四五分。工头说的这句话是：

"这个，给你。"

阿法打开系麻袋的绳子，发现里边是锅巴片。自从上次的大饥荒之后，运输队供应的主食就变成了少量的米，大量的锅巴——都是从香港进口的。锅巴压成了扁片，切成一尺见方一张的，经过干燥之后，比同样分量的米轻得多，运输队的一次运货量就增大了许多。而且锅巴本身已经是煮熟了的，紧急情况下立等可吃。安营下来泡上水，煮饭煮粥也都容易。

阿法用眼睛粗略地估摸了一下，那一袋锅巴至少有一百张。平常食品都是由运输队送到营地交给各组的厨子保管，从不直接交给工人的。阿法以为自己听错了，便指了指麻袋，又指了指自己，问："给，我吗？"

工头点了点头。

"铁路，快，修完了，你们，解散了。解散，懂吗？就是，就是……"工头两手在空中挥了一挥，做了个四下散开的手势，阿法突然就明白了。

"什么，时候？"

"现在。"

工头的马。工头的铺盖。工头的酒。这些似乎毫无关联的细节如一些碎纸片，在阿法脑里飞来飞去，渐渐拼成了一幅意义清晰的图画。电闪雷鸣间，阿法明白了，他们这一营的人，即将被抛弃在这荒野之中了。

"每个人，都，有这个吗？"阿法指了指麻袋。

"不，只有你。"工头戳了戳阿法的心口，说。

"合同，合同……"

阿法原本想问"合同上说好的遣散费呢？"可是阿法的英文远不够用。阿法最后说出来的，只是反反复复的"合同"两个字。

工头听懂了。工头也有话说，可是工头最后说出来的，却也只有反反复复的几个字：

"对不起啊，对不起。"

阿法狂奔出帐篷，对等在门口的登记员说，快，快去喊人，所有的人。

登记员看了一眼跟出门来的工头，不敢动身。

"你还怕他个卵？他们要就地遣散我们了。再不去，一营的人，都要饿死了。快！"阿法狠狠踢了登记员一脚，登记员跟跟跄跄地跑下坡去。

三个工头之间激烈地争吵了起来，阿法虽然听不懂，却依稀猜得出来是那两个在埋怨这一个节外生枝。三个人吵了一会儿，也没吵出个名堂来，便都进去拎了铺盖卷出来，横在马背上。正要跨上马去，阿法从兜里掏出一个瓶子，拦在马前，说你敢动一步，我就把它砸了。我一条命换你三条命，值了。

三个工头一个字也没听懂阿法的话。可是他们都不需要听懂。他们不约而同地看见了阿法手里的那个瓶子，在早晨的阳光里泛出灿灿的黄色。他们脸上的血如沙滩上的水，刷的一声漏了下去，露出底下斑驳的苍脊。

山下慢慢地涌上一团密集的黑云。是人，是全营地十几个帐篷里的几百个中国人。举着锹。举着锤。举着镐。举着钎。举着斧。举着锥。举着棍。举着烧菜的铲。举着舀汤的勺。举着一切可以舞动起来的工具。黑云在刚开始时只是一团懒散的水汽，黑云在涌动的过程里渐渐聚积起热量，黑云在抵达山坡的时候已经是奔涌的热流了。

跑在最前面的是阿林。阿林手里举着一把刀，那种削薯仔皮切白菜帮的刀——是阿林从厨子手里抢来的。阿林的裤脚被树枝挂破了，散开的布片在风中飞舞如鹞翅。

"丢你老母，阿爷替你卖了几年的命，一声不吭就想把我们甩了。"

阿林揪住工头的衣襟，一刀砍了过去。工头躲闪了一下，阿林身子一偏，没站稳，顺着坡滚了下去，撞在一棵矮树上。树枝挂住了阿林裤子上的破口，阿林站了几次也站不起来，便一把扯下了裤腿。光着一条腿的阿林再次冲上来的时候，头发如钢针根根耸立，两眼眦裂，眼白流了一脸。

阿林的刀再次举起来的时候，他隐隐看见人群中有一只黑豹从地上飞跃而起，擒住了他的手腕。他拿刀的手微微地颤了一颤，因为他看清了那是阿法。可是来不及了，他的刀已经带着凶猛的惯性落了下来。

阿法觉得有人在他的脸上掴了一掌，他下意识地闭了一下眼睛。等他睁开眼睛的时候，他突然发现他的头顶悬着一颗猩红的鸭蛋。过了一会儿，他才明白那是太阳。他慢慢地看清了树林和人群。树林和人群在慢慢地旋转，每一条枝桠每一片叶子每一张脸都只有一种颜色，就是描红本上的那个朱红。

"阿法，阿法！"人群里发出一阵惊叫。更多的人拥上来，有的来扶阿法，有的来抓工头。

"站住，谁动一步我炸死谁！"

阿法靠在树干上，举起了手里的黄水瓶。所有的手臂瞬间凝固在半空，所有的狂吼枯竭在喉咙口，萎缩成一丝惊讶的叹息。

"这是太平洋铁路总公司的决定，杀了他三个人也不管用。从这里走回城里，最少一两个月的路程，没有供养我们要全部饿死。先扣住他两个人，留一个下山发电报给总部，不送供养给我们就不放 ……"

阿法没说完，就头重脚轻地倒了下去。

三天之后运输队驮着重重的麻袋赶到了营地，每一个劳工都分到了八十张锅巴片。衣衫褴褛的人群背着粮袋和工具袋，像一队黄色的虫蚁蠕动在秋声渐起的树林之间，开始了从荒野向都市的漫长迁移。

阿法昏昏沉沉地睡在工头的马背上。阿法的伤口很长也很深，从左额一直延伸到右嘴角。阿法其实还是可以走路的，可是工头坚持要阿法坐在自己的马上。工头要把阿法送上大路。

"你差一点送了我的命，你也差一点为我送了命。咱俩扯平了，谁也不欠谁。"工头叫登记员传话给阿法。

"他，叫什么名字？"阿法问登记员。阿法现在只能用一边的嘴说话，声音哼哼的像蚊虫。

"瑞克·亨德森。"

分手的时候工头从马背上抽出一根木杖递给阿法，是红番人做的硬木杖，头上雕了一只龇牙咧嘴的老鹰。工头拍了拍阿法的肩，说小伙子，也许我们还会见面。阿法挂着木杖下了地，立刻觉出了脚下的虚软。

希望永远不要再见到你。

阿法心想。

可是阿法没有把这句话说出来。阿法说出来的却是另一句话：

"也许，瑞克，也许。"

阿法上了路，走出没多远，突然听见橐橐的马蹄声，是工头又从原路绕了回来。

"硝化甘油是严格控制的，你是从哪里拿到的？"工头问阿法。

阿法忍不住呵呵地笑了。阿法的嘴唇厚厚地翻肿着，笑起来面目狰狞。

"那是马尿，你的马。"

当阿法背着一长一短两个布袋，穿越几乎没有人烟的荒林朝都市走来的时候，他并不知道，在一个叫克拉克列奇的小镇上，最后一颗道钉刚刚被砸进枕木。太平洋铁路终于和中部东部的铁路合轨，形成一条横蠕过加拿大胸脯的大动脉。盛大的庆功宴席正在香槟酒的开瓶声中展开序幕，穿着黑色燕尾服的人们在酒杯撞击声的间歇里高声谈笑，照片和新闻正化为铅印字画，飞快地爬上各式报刊的头条栏目。

阿法也不知道，在所有的照片和新闻中，没有人提起修铁路的唐人。

一个也没有。

春成杂货铺的老板阿成一大早起来，还没开店门，就招呼伙计出来挂灯笼。灯笼是一对，都是去年挂过的，在阁楼上闲置了一年，落了些灰。伙计脱下围裙掸了几掸，便露出底下几个描金的字来，一行是"年年有余"，另一行是"岁岁平安"。伙计个子矮，站在凳子上也够不着墙上的钉子，只好拿了根竹竿往上挑。挑了几回终于挂上了，便有一丝稀薄的喜庆顺着门窗流下来，百般不情愿地淌到了街上。

伙计啪啪地抖着围裙，空气里立时飞满了灰色的尘粒。

"阿成叔，今天进多少年货？"

伙计嘴里的年货，是指芝麻饼绿豆糕莲蓉酥之类的点心，装在礼盒里上面贴一张红纸的送节礼物。这种东西存不住，阿成自己不做，都是从糕饼铺里进的货。

阿成掐着指头算了一算，说五盒，各是五盒吧。

伙计吃了一惊，问一个年节才进五盒？够吗？阿成说五盒要是都卖出去，你就烧香拜你老母吧。你没看见满街都是从铁路上下来的人？饭都没得吃，还吃饼？

阿成看着伙计挑着箩筐咚咚地上了街，才回屋去慢吞吞地把铺门开了，将杂货一样一样地摆了出来。抬头望天，云压得很是低厚，仿佛一举手就能搋着一个角。阿成知道云上压着的都是雪，就等着风把天吹破一个口子，好呼呼地往下倾倒。那一倒也许是一天，也许是一季，谁也说不好。

天还早，这样的冷天里没有人会起个大早来他的店铺的。他用不着着急。

其实，他的店里已经很久没有进鲜货了。腊月天，新鲜蔬菜瓜果早就绝迹了。摆在铺面上的几个苹果，还都是秋天剩下来的，干缩得比橘子还小，皮皱得如同老婆子的脸。南货倒还有几样，也都是秋天进的货，一直没有卖出去。连向来走得最快的茶叶和香烟，也渐渐走不动了。茶叶还好说，是装了锡纸封在木盒子里头的，还能存上一年半载。香烟最怕发霉，阿成只好用布包了搁在米袋里吸潮。

生意越来越难做了。

太平洋铁路已经修了五年了，越修越远。火车带来的商机和人流还没来得及形成，铁路造成的垃圾却已经朝着城市汹涌地流泻过来。一支完全没有准备的失业队伍，一夜之间出现在维多利亚唐人街上。这些人如老鼠一样四下窜动，寻找栖身的角落，在人和人之间的缝隙里取食取暖。

阿成的店铺开始不断地失窃。一个鸡蛋。一根黄瓜。一包米粉。一块薯仔。甚至一包针线。阿成后来把摆在门口的货物全部搬进了屋里，把后门和侧门都堵死了，只开了一扇前门。每一个走进他店铺的人，必须从他的眼皮底下经过。可是即使这样，他的东西还是不停地在他的眼皮底下消失。他简直无法相信这些窃贼竟具有如此天衣无缝的技艺。其实阿成不懂，饥饿是最精良的师傅，饥饿在一天里教会一个人的技艺，远胜过饱足的一生。

阿成的生意越来越难做的另一个原因，是他的洋番主顾也在渐渐消失。

这几年城里吃饭的人越来越多，饭碗里的东西却越来越少。原先吃一碗饭的，现在只吃得到半碗。原先吃半碗饭的，现在只吃得到几粒米。原来吃几粒米的，现在连一粒也吃不上了。城里人想来想去，突然觉得都是脑后拖着一条辫子的中国人惹的祸害。报上说中国人是那叫一碗饭变成半碗饭变成几粒米，几粒米变成空碗的缘由。于是就有人鼓动着不要和中国人做生意。有几个胆大妄为的年青人，记下了和中国人做生意的人的名字，夜里用石灰水在人家的墙上刷上了记号。被刷了记号的人家，走在街上的时候挨着人的白眼，做生意的时候突然有了各样的磕磕绊绊。于是，渐渐地，就很少有洋番进阿成的店铺了。

这天阿成还没把箩筐都摆置妥当，就进来了第一个客人。

阿成当时正蹲在地上干活，所以阿成只看见了那人的脚。阿成一看那人的脚，就知道那人是从铁路上下来的。那人穿着一双破得几乎脱了帮的靴子，靴头却还是完好的，因为上面钉了一块铁片。那人的裤腿上满是焦黑的洞眼——是火星蹦烧出来的。后来阿成渐渐往上看去，就看见了那人的身子。那人穿一件青布对襟大褂，补了大块大块的补丁。补丁补得很生硬，针脚粗得如同爬了蛆。两个肩上都扛着布袋，一个长，一个短。短的那个像走远路的粮袋，很瘪。长的那个是饱实的，却看不出装的是什么。阿成再往上看，就看见了那人的脸。阿成看到那人的脸时，手上的米酒瓶子咚的一声掉在地上，跌了个粉碎。

那人的脸上有一条疤，从左边的眉毛一路延伸到右边的嘴角。疤虽然不再流脓淌水，却在腊月的风里干裂着，像犁尖耙开的田地。

那人对阿成说给口粥喝吧，饿了一天了。那人说这话的时候，口气温文，甚至带了一丝微笑。可是刀疤却死活不肯和那人的表情合作，刀疤别别扭扭地在那里碍着事。刀疤使温文变成了威严。刀疤使微笑变成了狰狞。

阿成捡拾玻璃碎片的手开始哆嗦。阿成真正想说的话是：粥？毛都不会给你一根。阿成在唐人街看见太多乞讨的人了，可是这个人和其他的乞儿不同，阿成不敢造次。阿成最后吭吭哧哧地说出口的话是，菲，菲士佳街上，中，中华会馆，有照应。你交，交过会费吧？阿成知道每一个抵埠的华人都在中华会馆交过两个洋元的会费，所以这是一句大概不会惹祸上身的话。

那人听了哈哈大笑起来，笑声震得窗框颤颤地抖。

"阿成你连你阿爷都不认得了？跟我唱戏文哪？"

阿成吃了一大惊，再抬头，将那张脸仔仔细细地看过了几遍，依稀看出点名目来，说你你你是那个那个……

那人放下肩上的布袋，用脚尖从柜台底下熟门熟路地钩了张板凳出来，坐下，说我就是那个那个阿法。

　　阿成嘴张了一张，半天没有合拢。

　　"阿法你个鼻屎大的仔，长这么高了。这脸上，是谁个害你呀？"

　　阿法说没哪个害的，修铁路的人，能活着回来就是祖宗保佑了。阿成就问红毛和阿林同你是一路走的，那两个呢？阿法说红毛没了。阿成问怎么没的？阿法说还能怎样？不是摔死炸死，就是饿死病死。红毛命衰，样样都摊上了。阿成问那阿林呢，也没了？阿法说不知道阿林是死是活，两人原是一路从沙旺那走回来的，走到慕迪港的时候走散了，粮袋里只剩了几片锅巴了。不过两人先前就说定了的，万一走散了，都在阿成店铺里会合。

　　阿成吃了一大惊，说沙旺那一路走过来，得走多少天呀？阿法说旧年秋天出发的，出发的时候是一百五六十个人，走到慕迪港就只剩九十多了。鞋子都走烂了三双。就问阿成铺里还招租不？阿成说招是招的，不过不是那年的价了，包吃包住，现在是四个洋元一个星期。阿法就骂阿成黑心，阿成说这几年物价怎么个涨法，你也不是不知道。我们是无爪螃蟹，没有别的本事，只能守着铺子收几个租子过日子。

　　阿法就卸下了肩上的长布袋，递给阿成，说这是红毛的胡琴，先放你这里，将来是要带回唐山的。我先在你这里住下，这个星期的租，你宽限我几天。给我一口粥喝，我今天就去找工。

　　阿成去锅底刮了一片剩饭，用温水泡软了，又从瓦罐里夹了几片咸菜，给阿法端过去，脸皮就有些紧了起来。

　　"阿法不是我阿成不看顾乡人，每天跟我说这话的人实在太多了。找工？你上街走一走，看看街上有多少闲人。你没看见中华会馆发的通告，让四邑的乡人都不要再来金山搵饭吃了？金山铁路修完了，就没有猪仔的活路了。我不能留你住下。我若不留你，咱两个一先一后死，我若留了你，咱两个一起死。"

　　阿法不说话，只是低头吃着饭。阿法吃得很慢，几乎是一粒一粒地在数着碗里的米。阿法已经啃了好几个月的硬锅巴，阿法对米饭的感觉几乎有些陌生了。阿法不知道这顿饭到下顿饭中间到底有多长的间隔，也许是一天，也许是一个星期，也许是一个月，也许是永远。他想把米饭的温软感觉久久地保持下去。可是他最终还是吃完了。他把最后一片咸菜叶子埋在舌头底下，腌盐的腥咸味道随着口水弥漫过舌根舌尖上膛，一直溢到嘴角，他才依依不舍地咽了下去。

他放下饭碗，抓起他的长布袋和短布袋，朝阿成鞠了个躬，就朝着街上走去。

街上起着风。风从每一个角落里翻噪过来，在街心聚集。阿法身上的每一丝头发每一根骨头都感受着风的捆击。云已经裂开了口子，不过从口子里涌流出来的不是阳光，而是雪。一朵一朵肥厚湿润的雪花，落到地上的就成了灰浊的一团。阿法抬头看天，发现一整爿天都是灰浊的，这才明白雪原来在还没有落下的时候，就已经脏了。

阿法刚走到街心，就听见身后有一阵拖拖沓沓的声响，他知道那是鞋底粘在泥地上的声响。他回过头来，看见阿成在追他。阿成追上了他，从怀里掏出一个黄纸包，纸包上贴了一条红纸。阿成把纸包放进阿法的短布袋里，说这是伙计刚进的货。好歹熬过年底，开春就好了。唐人街没活路，到洋番地盘上碰碰运气。一找到工就回来，我租给别人四个洋元一周，租你三块五。

阿法从来没想到他对这个叫维多利亚的城市的了解，竟是以这样一种方式展开的。

在这之前他只认识唐人街。

唐人街是他的天，他的地，他睡觉的床，吃饭的碗，撒尿拉屎的桶。唐人街是他放置嘴巴身体和各种念想的地方。除了唐人街他不知道这个金山城里还有别的地盘。

现在他才知道唐人街不过是金山城里的一个角落。这个叫维多利亚的金山城，在他跑出去修铁路的那几年里，一下子从一个细仔长成了个青壮少年人。从轮船码头开始一路下去，每一条街每一个弄堂里，新房子都跟雨后林子里的蘑菇一样地冒了出来。小小巧巧的，或是青砖，或是红砖的墙。瓦的颜色那就丰富多了，有朱红，石青，石绿，青灰，褐石，甚至还有炭黑。进门总有台阶，台阶底下种了各样的花草。有一次阿法认真地琢磨过那些花草，发觉竟没有一样是他认得的——原来一方水土养一方物。台阶之上就是门和窗。门上常常挂着一个花环，窗上却总覆盖着亚麻布的窗纱，窗纱后头是隐约晃动的人影。若是掌灯时节，那人影投在灯影里，便比白日清晰了些。在阿法极其有限的认知中，他也明白这些房子和唐人街的房子是很有些不同的。这些房子让他想起饱足温暖昏昏欲睡之类的字眼。

阿法现在渐渐地熟知了这些挂着亚麻布窗纱的房子和窗纱后边的人。每天日头升到树枝分杈处的时候，是屋子里的女主人露面的时候——是送男人和孩子出门。男人自然是做工，孩子自然是上学堂。阿法看见女主人走到门前的马车道上，弯下被长裙箍得几乎折断了的细腰，在她男人和孩子的脸上鸡啄米似的啄了一啄，马车才笃笃地动了蹄。后来阿法才知道女人的这一啄有个说法，叫"亲吻"。到日头升到树尖的时候，就是午饭的时候了。男人和孩子都不回家，所以女主人的午饭很是简单，通常是一片面包，一个甜圈饼，再加一杯红茶。到日头开始往下走的时候，窗纱后头的人才真正忙碌起来了——那是厨子在准备晚餐的时候。阿法现在几乎可以八九不离十地猜出这家人晚餐吃的是什么，来了几个客人。

阿法是从垃圾里猜测出来的。

吃完晚饭是用人扔垃圾的时候。垃圾的内容很丰富，有生了芽的薯仔，软烂了的西红柿，长了黑斑的白菜帮，鱼头鱼尾鱼鳃，没咬干净的肉骨头，留了一个底的鱼子酱罐头。有时还有半截发了霉的面包。如果有客人来，阿法甚至能找到小半瓶喝剩的葡萄酒。

阿法把这样的垃圾收拾进他的短布袋，再走回唐人街的时候，所有的店铺也就关门了。阿法在黑墨墨的窄街上夜鼠一样窜行，熟门熟路地摸到春成杂货铺的后门。那里有一片遮雨的挡檐。阿法在挡檐下坐了，掏出布袋里的内容，放到炉子上煨。整个唐人街，也只有阿成把煮完饭的炉子放在屋外。灭了火的炉子煮不熟东西，却刚够把东西煨暖。阿法等不及把东西煨透，就吞咽了下去。现在阿法的肠胃和骡马一样强壮，经得起冷热生熟的几面夹击。

阿法吃过了，把布褂脱下盖在身上，就靠在墙角睡着了。阿法的觉说重也重，说轻也轻。重能重到刮风下雨也不睁眼，轻能轻到第一声鸡鸣就把他惊动了。阿法要在整个唐人街还没醒来的时候悄悄地离开，不留一点蛛丝马迹。

可是有一天，阿法却没有回到唐人街过夜。

那天阿法在城里游荡的时候有了一个新的发现。这个发现其实是跟他的肠胃状况密切相关的，所以很难说清哪一样是因，哪一样是果。

那天当阿法在码头西边的一条小街上漫无目的地行走着的时候，突然听见了一丝声响。那时街道刚刚从午睡中醒来，满街都散发着与醒来相关的声响。可是阿法在充耳的街音中一下子听出了那一个小小的声音。那是一种他从小就听熟了的声音，已经刀一样刻在他的记忆中，任凭岁月的流水在上面冲刷多少个来回也不会模糊。

那是鸡在奔跑寻食的声音。

阿法的肠胃本来已经在腐菜烂叶的浸润中变得很是清寡起来了，可是那个声音突然唤醒了浅浅地潜伏在清寡之下的凶猛欲望。欲望如蚂蚁如蚯蚓如酒蛆从千疮百孔的肠胃里蠕爬出来，阿法的每一根指头每一块筋骨都发出了响亮的震颤。本来阿法的欲望完全可以停留在震颤的阶段，本来阿法会和任何一个别的日子一样，背着他搜罗的腐菜烂叶回到春成杂货铺那个漆黑的充溢着污水恶臭的后门，带着一个也许与鸡肉相关的憧憬进入梦乡的。可是一个突发的意外突然打乱了他的常规步履。

他看见一只肥胖的麻花母鸡，把身子挤成一个扁片从篱笆的破口钻出来，蹒跚地朝着街上跑来。

那天阿法的手仿佛脱离了阿法的脑子在独立行事。其实阿法的手岂止是脱离了阿法的脑子，阿法的手似乎也脱离了阿法的身子。阿法的脑子和身子遥遥地无助地看着阿法的手敏捷地抓住了那只母鸡，将两个翅膀往后一扭。母鸡仿佛吃了蒙汗药似的木木呆呆地被他放进了布袋。那是他小时候帮阿妈抓不肯归窝的鸡时使用的惯常伎俩，他很惊奇过了这些年他依旧谙熟此道。

在他收紧布袋口的时候，他突然看见了篱笆后头的一双眼睛。一双长着密集睫毛的湖水般清蓝的眼睛。那双眼睛盯着他看了一会儿，睫毛抖了一抖，湖水便渐渐地浑浊了起来。

"妈咪，贼！"

阿法听见了一声尖叫。门嘎啦一声开了，跑出了两个人。一个女人，一个男人。

阿法本来可以抓起布袋就跑的，这几年他的腿脚已经在荒林山路里练得轻捷如鹿了。可是他却像布袋里那只反拧着翅膀的母鸡那样，木呆呆地停在了原地。因为他看见了男人手里的一根铁棍，正在阳光里闪着森黑的光。

那是一杆猎熊的枪。

两个人渐渐地朝他逼近过来，他甚至清晰地听见了他们讲话的声音。他听不懂他们的全部对话，可是他却隐约听懂了几个词。他听见女人在说"警察……"。他听见男人在说"不，不要"，"教训"。他看见男人挥了挥手叫女人回屋。过了一会儿女人又出来了，一只手拎着一把水壶，另一只手提着一只竹篮。

阿法被这两个男女押着，走过人烟渐渐厚密起来的街市。他不用回头，就知道他的身后拖着一支越滚越大的队伍。"黄猴！黄猴！"那是孩子们的叫声。大人没有加入，也没有制止。大人只是沉默着。沉默像一片浓郁的黑云，覆盖了许多更为复杂的情绪。

人群在一片空地上停了下来。空地上有一根木柱，上面挂着一盏路灯。举枪的男人放下手里的枪，拿过女人手里的绳子，把阿法摁在地上，捆在了柱子上。确切地说，是把阿法的辫子捆在了柱子上。男人把绳子捆了一个异常结实的死结，然后就在女人的竹篮里翻东西。

女人的竹篮里内容很丰富，男人翻了几翻，翻出一个铁盒。男人打开盒盖，捻出几枚铁钉，在掌心呸地吐了一口唾沫，开始在绳子上敲钉子。男人敲钉子的时候仿佛使出了全身的力气，木柱和绳子在锤子的重击下发出尖锐的呻吟。男人敲完钉子，又拔了拔阿法的辫子——纹丝不动。这才拾起地上的枪，对女人点了点头。

女人走过来，从竹篮里掏出一个旧木碗，放在阿法跟前，在碗里倒了满满一碗水。倒完水，两人便扔下人群走了。走了几步，女人又跑回来，在地上掷了一把剪子。

过了一会儿，阿法和围观的人群不约而同地醒悟了过来。

原来阿法和他的性命之间，间隔的是一条辫子。

也就是说，阿法如果想逃命，或者任何人想救阿法逃命，只有一个法子，就是剪断阿法的辫子。

碗里的水只是暂时缓延了这个过程。

意识到这一点时，人群里发出一声低沉的叹息。这一声叹息的涵义极为复杂，惊讶只是其中的一个层次。

夜色像一支蘸满水墨的狼毫，徐徐地涂抹过来，树木街道房屋开始模糊消失。空气中充满了肥腻的湿气，仿佛随手一抓，就能抓住一把水。水汽渐渐地凝聚成了雨。开始时是细碎的雨雾，后来是星星点点的雨滴，再后来就成了一条一条的雨柱，最后是一片一片的雨帘，刀似的砍在地上，将地砍得满目疮痍。

雨刚落到阿法身上时他还没有感觉到疼，疼是后来的事。他几乎渴盼着雨能下大一些，再大一些。雨把围观的人惊鸟似的驱散了，满街都是踢踢踏踏的脚步声。借着雨的掩护，阿法坐在地上撒了长长的一泡尿。这泡尿他已经忍了很久了，本来想一直忍到回唐人街的。当他被绑到这根柱子上时，他脑子里涌上的第一个想法，就是该怎么处置这一泡几乎要撑破他身体的尿。

雨竟意想不到地解救了他。

温热的尿液隔着裤子流下来，在地上淌成一个腥臊的圆圈。绷了很久的身体彻底松软下来，阿法立刻感到了饿——昨天一整天，他只吃了两个鸡蛋大小的烂薯仔。想象着那只几乎到手的麻花母鸡蹲在他肠胃里的感觉，阿法的肚子山崩地裂似的蠕动了起来。又觉得即使是那样一只肥硕的鸡，也只能占满一个小小的角落。他不知道还有什么东西能充填他肚子里那个被饥饿不停地开凿扩充出来的空间。

后来他感到了疼，雨打在身上的疼。他觉得他的整个身体不过是一张稀薄的皮囊，雨正在上面一下一下地凿着洞眼。他略微一呼吸，每一个洞眼都在咝咝地冒着疼痛。

他终于忍不下那样的疼痛了。

他朝东跪了下来。他想磕头，可是他的辫子绑得很紧，紧得仿佛要把他的头皮整个掀起。他只好双手合十，仰脸望天。

"皇上，列祖列宗，我方得法只能苟活了……"他喃喃地说。

然后他捡起了地上的剪刀。

街上的人听见了一声长啸。

有过狩猎经验的男人都不约而同地吃了一惊——那是一种冬天原野里饿了一季的狼才会发出的吼声。那声长啸穿云裂石，街道颤了一颤，大雨骤然停住，浮云开处，露出一天星斗。

阿法扔下剪刀站起身来，远处传来一阵噼噼啪啪的声响。那声响是跟着风飘过来的，风势强的时候清脆如热锅上的崩豆，风势弱的时候低闷如蛤蟆在水底鼓泡——却是不绝于耳。

半晌，阿法才醒悟过来，这是唐人街迎新岁的爆竹。

阿法偷偷地摸回到春成杂货铺的后门，在雨檐下坐了。阿法脱下被雨湿成了一块硬板的裤子，拧干了，又穿回来，身子抖得如同风中的叶子。还好，阿成的炉子还剩了一丝苟延残喘的温热。他挨着炉子坐下，才发现他把短布袋丢了。长布袋还在，里边的胡琴却已经湿透了。蛇皮泡得翻卷开裂，琴筒里灌满了水。

阿法把琴筒翻过来倒水，突然听见了噶啷一声，里头倒出一样东西来。阿法用手一接，手心落了一块石头。

阿法的心狂野地跳了起来，跳得满街都听得见。

当阿法的手指触摸到这块石头的纹理时，他立刻就知道这是一块什么石头。

这是一块金子。

这是红毛淘金的时候偷藏下来的金子。

难怪红毛一直寸步不离地带着这把胡琴。红毛以这样的方式把这块金子藏了这么些年。那晚在营地里红毛其实已经告诉了自己，可是自己没仔细听。

这天凌晨春成杂货铺的人被一阵奇怪的呜咽声惊醒。铺主阿成披衣起床，捻亮马灯下得楼来，开了后门，发现一个浑身湿透头上蒙了一个布袋的人，正坐在他家的柴堆上，拉锯一样地拉着一把破胡琴，尖锐的吱呀在他的耳膜上割出一道道渗血的划痕。

"大年初一怎么也得赏我一碗粥吧，最好是热的。"

那人对阿成咧嘴一笑，牙齿撞得格格生响。

光绪十三年（公元 1887 年）端午节，一家新洗衣馆在维多利亚市开张。这家衣馆开在唐人街的尽边缘上，一只脚踩在唐人的地盘里，一只脚踩在洋番的地盘里。

和城里居多的衣馆相比，这家衣馆很有些不同。

首先是店名的不同。城里的衣馆名字取得很随意，通常都是以户主命名，比方"阿洪洗衣房"，"黄阿元衣馆"，"龙二洗烫店"等等。可是这家店铺却有一个奇怪的名字，叫"竹喧洗衣行"。

再则是摆设的不同。这家衣馆的门外，挂着两盏宫灯，上面细细地描着些花草虫鸟。宫灯不亮的时候是羞涩内敛的红，点上灯的时候，那红就很是张扬起来了，映得一街氤氲生暖。推门进去，屋里两面墙上都贴了字画。东墙贴的是水墨西施浣纱，西墙贴的是一幅草书："竹喧归浣女，莲动下渔舟。"若不是柜台上堆积如山的衣服和木案上搁的那个烧炭的熨斗，进门的人还以为是走进了一家私塾学堂或是字画铺。

这家衣馆的注册户主是法兰克·方。

衣馆开张的前一个月，开平自勉村的麦氏从一个巡城马手里，接到了一封盼望已久的银信。信里是一张三百美金的赤纸（支票，英文 cheque 的广东话谐音）。信很短，还涂改过几处。麦氏不识字，拿去给村里开私塾的丁先生看。丁先生就念给麦氏听：

> 母亲大人敬禀：儿旧年在金山生计艰难，未有银信寄回家来，劳母亲仰颈企盼。今年偶发小财，特寄美金三百元，收到后即复信以免挂念。其中一百五十元乃红毛伯所托，盼立即转交其家，供龙仔读书之用。其余留与母亲家用。儿在金山一切平安勿念。

这是自阿法走后麦氏收到的最大一笔钱。麦氏用这笔钱赎回了后面两进的宅院，并托阿法的叔叔购得几亩地雇人耕种。

第三章

金山约

公元 2004 年，广东开平

"得贤居 1913 年建成，是这一带建得最早的碉楼之一。当时建楼所用的水泥云石玻璃厨厕用具，都是你太外公方得法从温哥华经香港万里海运回来的。虽然工匠请的都是当地人，可都是严格按照设计图施工的。连窗沿门檐上的灰雕花纹设计，都是你太外公亲自选定的。"欧阳对艾米说。

"你太外公寄来了非常详细的设计图纸，整个建筑过程耗费了近两年的工时和一万五千港纸——这在当时是天价。因为建楼借了巨债，他没有盘缠回家监工，是楼建成了以后他才回来的。"

艾米摇摇头，说很遗憾，如果有人问我的意见，我会说这座楼是我看见过的最不伦不类的建筑物——通风是极少的几个优点之一。

"建这样的楼，第一是为了防贼防匪，第二是为了防水——自勉村是一片低洼地，一场雨可以淹死一村的鸡狗。与这两个目的相比，所有其他的想法都是微不足道的。当时因为你们家出了一件性命关天的大事，你太外公不得不仓促决定建楼——建筑风格上你不能苛求一个没有真正读过几天书的乡下人。"

"出了什么事？"

"你没听你外公说过？"

"我很少见到外公。我母亲很小就从家里出走，和我外公一般说不上三句话就翻脸，而且其中有一句一定是粗话。"

"你呢？是不是也很小就离开家，和你妈说不上三句话？"

艾米怔了一怔，说你怎么知道？欧阳呵呵地笑了，笑得一嘴是牙，说要不你怎么会对你家的历史一无所知?

艾米也笑了,说欧阳先生,在你的诱导之下,我对我们家族历史的兴趣,正在以蜗牛的速度慢慢增长。

欧阳领着艾米走进了二楼的卧室。

"这座楼是五层楼,乡里人那时从来没见过楼房,据说有一个泥瓦匠盖到四层就再也不敢往上盖了,说再往上走就能摸到雷公大佬的春古蛋了。"

艾米没听懂,问春古蛋是什么东西?欧阳说抱歉,这是其实不该说给女士听的话。艾米一下子就懂了,也忍不住笑。

"这座楼除了顶楼的阳台是搁置枪支武器的,下面的五层都是住宅。天井设在中间,围着天井四个方向都有房间,是一模一样的布局:两个过道,一间堂屋,两间卧室,一间储藏室。

"最底下一层是厨房,也是用人的住房。这一层是你太外公的老母亲和你太外婆婆媳两个住的,佛像和祖宗灵位都放在这一层——是让老太太省去爬楼之苦。你太外公从加拿大回乡里小住的时候,也住在这层。

"第三层是你太外公的叔叔一家住。第四层是你太外公的女儿,也就是你外公的妹妹一家住的。这个妹妹和你外公相差了近二十岁,是方得法三个子女中唯一一个出生在得贤居的。第五层原来一直空着,后来你外公的弟弟回乡娶了亲,他的妻子和孩子就住在那里。"

艾米掩嘴打了一个长长的哈欠。

欧阳说这么多的信息,也难为你了。是不是先去旅馆住下来,明天再来?艾米连连说不要不要,早办完了早回去,那边还有一大摊子的事等我。

艾米走进屋里,看见屋里只有一张床,一个衣橱。床是旧式的红花梨木床,四根柱子都雕着花。红在这里只是一种惯性导致的想象,其实颜色早已褪尽了,只有雕花的凹陷处,还有隐隐一丝的黄褐。艾米踮着屁股在床沿上小心翼翼地坐了下来,顺着床柱上的龙凤雕花一路摸上去,就摸到了龙嘴里含着的那颗木珠。艾米的手指轻轻一抹,指尖上就有了一层灰尘。艾米把沾了灰的指头举到眼前细细地看了看,暗想灰尘也有年纪吗?若这灰尘还是几十年前的灰尘,它该亲眼见过一屋的颜色是怎样渐渐走失的。

"我太外公,是在这里结婚的吗?"艾米问。

"当然不是。得贤居完工时,你太外公的大儿子,也就是你外公,已经出洋到金山了。连你小外公，也已经十三岁了。"欧阳说。

床上铺着一张席子，席面已经被虫子蛀得千疮百孔。席是软席，缝缀席片的绳子已经散断了，席子便如一尾剔了骨头的鱼，松松软软地趴在床板上。艾米轻轻地揭开了一个角，发现里头露出细细一截的竹棍。抽出来一看，原来是一把绢扇。绢面泛着黄，是年岁的黄。可是在那样的底色之上还有另外一种黄，那是更深的边缘模糊的黄——大约是水迹。扇面上画着画，似乎是山水亭榭，却是过于模糊，看不清细节了。画上题的字，尚能依稀看出些笔画。艾米的中文到这个时候就有些吃力了。欧阳摘下老花镜放到扇子上，放大了一个一个字地辨认，终于依稀猜到了两行字：

×将玉砚笔中情
寄与金山×里人

"你太外婆的手书！"

欧阳大叫了起来，声气里全是惊喜。

"她是画家？"艾米问。

"她岂止是画家，她也是当年乡里最能折腾的女人。这种女人如果出现在你的研究论文里，就会有另外一个名字，叫妇解分子。当然，如果一百多年前就有妇解分子的话。"

艾米哦了一声，沉吟半晌，才说：欧阳，我的兴趣，被你提起来了，终于。

艾米站起身来，就去开衣橱。

衣橱和木床是配就的一套，也是红梨木的，门上安了一面穿衣镜，镜框上雕着和床柱相似的龙凤花纹。只是镜面蒙上了一层斑驳的水锈，看上去是一片隔山隔水的恍惚。艾米打开柜门，里面空空的只有一件女人的夹袄，缝着宽布边，领边袖口下摆绣了花。花大概是牡丹茶花之类的，大朵而张扬，颜色却是一团乌蒙蒙的黄。艾米禁不住感叹，世上有哪一样东西能敌得过岁月的砂磨？再热烈鲜明的色彩，在一百年的风尘里走过一遭，最终也只剩下如此不明不白的一片混沌。

艾米掀开夹袄的衣襟，突然发现里头掖着一只玻璃丝袜。艾米抽出丝袜，只见小腿上破了一个洞。洞刚开始只是芝麻大的一点，一路抽丝上去，在腿根上却爆开一片巴掌大的稀疏。艾米想象着太外婆穿着这样的玻璃丝袜行走在狭窄的乡间小道时的情景，忍不住抿嘴一笑。艾米把那件敞着怀的夹袄从衣架上取下来，放在自己身上比了一比，袄子合宜地覆盖了她身上的每处凹凸——便猜想太外婆大约是个高挑丰满的妇人。这样高挑丰盈的女人走在一堆被亚热带的日头晒得黝黑矮小的乡人中间，是低眉敛目呢，还是昂头挺胸？

艾米把玻璃丝袜塞回到夹袄里，就去扣衣襟上的纽扣。扣是盘花扣，是缎料子卷成细卷，再层层叠叠地缝缀在一处的，做工很是繁琐。陈年的针脚早已松散了，艾米把眉眼鼻子揪成一团，贴在衣襟上，动作十分小心。

突然，艾米的手指僵在了半空，定格为一朵形状古怪的兰花。因为艾米抬头的时候，看见铺满水锈的玻璃镜面上，出现了一双眼睛。

那是一双脱离了面孔而独立存在的眼睛。幽黑。哀怨。闪烁不定。

眼睛对艾米眨了一眨，艾米只觉得有一股寒气，从指尖爬上来，一路攀缘上脊梁，身上的汗毛，根根竖立如针。

艾米匆匆将衣服塞回到衣橱里去，拉了欧阳就走。"我们先去旅馆，明天再回来。"

到了楼下，艾米一头钻进车里，将下巴顶在膝盖上，身子缩成一团，两手乱颤。欧阳就问是不是时差上来了？我看你需要休息。艾米摇头，说我不需要休息，但是需要酒。欧阳说正好晚上侨办领导给你接风，酒大大地有。

艾米在镇上最豪华的一家宾馆住下，洗漱过了，就跟着欧阳去赴宴。宴会就设在宾馆里，自然是很排场的。众领导给艾米斟了葡萄酒，啰啰嗦嗦地致了些欢迎辞。没等领导把套话说完，艾米就说不要这个酒，不过瘾，我要威士忌，加石头的。众人没听懂，欧阳就对伺酒的小姐说她要加冰块的威士忌。小姐果真就端了一杯艾米要的酒，艾米也不等劝，一仰脖子就喝了下去。那晚的菜很是丰盛，鲍鱼，海螺，石斑，乳猪，乳鸽，都是各样的时鲜。艾米却不怎么动筷，只是一口一口地喝酒。两杯下去，话就轻了，毫无阻拦地飘出嘴来。

便扯了欧阳的袖子，说听我妈讲我太外婆全家都是死在得贤居的，是这样吗？欧阳点了点头，艾米又问是怎么死的？欧阳说喝酒喝酒，我们喝接风酒。艾米说是不是不适宜在这里讲？你不用顾左右而言他。欧阳看着众领

原来阿法和他的性命之间，间隔的是一条辫子。

导，神情就有些尴尬。这时招待小姐走过来，说大堂有个人要找加拿大来的方延龄女士。艾米听见了，噌地站了起来，说谁找我吗？我去看看。也不等众人回话，就噔噔地去了。欧阳便一路小跑着跟了过去。

大堂里有一个老头，正坐在轮椅里等他们。老头已经老得没有一根头发眉毛，面皮皱得如同千层饼，两个眼睛里蒙了厚厚一层的白雾，眼角堆着一汪金灿灿的眵目糊。老头迎着人声转过身来，想站，却站不起来，只好用手掌啪啪地拍着轮椅扶手，撕裂了嗓子喊道："五十几年了，我就不信你们姓方的真就一个也不回来。"推轮椅的是个黑脸汉子，冷眼看着，却不劝。

欧阳说阿元公她不是方延龄，方家的事和她没关系。老头耳背，没听真，却伸出手来，一把拽住了艾米的袖子。"言而无信，你们方家言而无信，把锦绣和她妈抛下了。你还我锦绣，你还我怀乡。"老头呜呜地哭了起来，眼泪鼻涕蹭了艾米一袖。欧阳赶紧喊了保安过来，生拉硬扯地把老头推开了。

艾米惊魂未定，一口酒泛上来，便蹲在地上呕呕地吐了起来——只吐得涕泪交流。终于吐干净了，才颤颤地站起来，问谁是锦绣？欧阳说是你的姑婆，你外公的妹妹。又问这个老头是谁？说是锦绣的丈夫。

艾米叹了一口气，说欧阳我们到底还要扰乱多少人的平静？

欧阳也叹了一口气，说假如你太外公当年娶的是另外一个女人，也许方家就不会有那么多的故事。其实，最早给方得法定下的女人，并不是你太外婆。

光绪二十年 — 二十一年（公元1894年—1895年），广东开平和安乡自勉村

轿子在村口停了下来，是阿法叫停的。阿法执意要步行进村。

进村的这段路，阿法闭着眼都知道怎么走。轿子歇下的那个地方，往右一拐，就是那棵百年老榕树。树底下是下河的石阶，共有三级。河无名，水深的时候只浅浅地露出半级石阶。若三级都裸在水面上，就知道是大旱天了。

阿法割草放牛回来，都要踩着石阶下去，在河里把脚上的泥和草末洗去，才往家走。

如果不下水，直接绕着河岸走，就是回家的路了。回家的路一边是水，一边是田。水的景致是不变的，田的样式却一天一变。两个正季里种的大多是稻子，也穿插着种些青菜瓜果。若是下过雨，晚上归家，田里的庄稼又比早上长高了一截。路边高大的芭蕉丛里常常跑出寻食的鸡狗，阿法和弟弟阿善认得路上的每一只鸡。乡间的狗见识少，见了生人生畜都要叫。要是路上的狗吠成了一片，就知道村里或是来了生客，或是添了新牲口。

沿着这条路直直地走，走过那口康熙年间打成的青石井，再往右一拐，就到家了。家是一个三进的大宅院，是在父亲手里置下的，也是在父亲手里零敲碎打地卖给了别人的。这些年阿法的银信一封一封地从金山寄到阿妈手里，阿妈一砖一瓦地赎，赎了七八年才陆陆续续地把分隔成了多块的宅院全部赎了回来，现在是阿妈和阿叔一家住着。从路口拐进去走到家门前，是正正的十六步路。当然那是十五年前的步子。十五年后的步子，大约就不会那么多了。阿法熟悉这条路上的每一粒石子每一块土坷垃，阿法常常在梦中回味着脚板碾过这些石子土块的感觉。当然那也是十五年前的感觉了。

这天三十一岁的方得法顶着渐渐生出了力气的春阳走上那条回家的路时，突然有了恍如隔世的茫然。

挑夫的行李随后就到。

二十只金山箱，一式一样的木料，暗红的油漆，四个角都钉了防撞的铁皮，锁是上下两叶的铁锁，上一叶是狮唇，下一叶也是狮唇。上下两叶一合，就锁起了一箱的秘密。箱子里的内容，却是五花八门的。有吃的有穿的也有家常用的。吃的有金山的蜜枣巧克力橄榄油玉米酥，穿的是大人小孩的衣帽鞋子——自然是西洋的样式，还有各式金山产的精纺布料。用的有洗身子的洋皂，煮饭点烟用的洋火，报时的自鸣钟，切菜切糕点的洋刀，盛茶装饭的西洋瓷器。等等等等。这等实用之物都装在前头的十九只箱子里，是要分给阿妈阿叔阿婶侄儿侄女，还有左邻右舍，甚至家里的长工使女的。

而最后边的那只箱子里，装的却是一些不中吃也不中用的物什——那是纯粹为了眼目的享受的。比方说女人的唇膏，指甲油，香水，绣着花边的内衣文胸，裁成各种形状的维多利亚亚麻桌布，英国法国出产的金银戒指耳环。

这一箱的东西，他是不会分给任何人的。他甚至不会打开那个狮子头的锁。这一个箱子里的秘密，他将完好无缺地送给一个女人，一个他只见过指甲盖大小的一张模糊照片，却经常以各样的脸面进入他梦境的女人。

这个女人是阿妈半年以前就替他定了亲的，是他在海上漂流了几十天赶回来迎娶的人。关于这个女人，他知道得不多。他只知道她是赤坎镇上一户姓司徒的人家的长女，十五岁。家里是开裁缝铺的。生辰八字都对过了，是上上配。算命的说这个女子有旺夫的命，嫁入谁家谁家就要盆满钵满。算命的还说这个女子命里有九个半子——那半个当然是女婿了。阿妈中意这个女子，不光是为了这些原因。阿妈还有她自己的原因。阿妈知道这个女子从小跟在父母身边，学了一手针线绝活。阿妈虽然自己做不得针线活了，可是阿妈却固执地认为，不会针线女红的女人就不能算是女人。

对村里任何一个要嫁娶的人家来说，这样的了解就算是说得过去了。岂止是说得过去，几乎可以用透彻两字来形容了。可是阿法想知道得更多一点。阿法想知道这个女人识不识字。阿法给阿妈写信的时候提过这个问题。阿妈托人写来回信，不说识，也不说不识。阿妈只是说女人识字有什么用场呢？公婆丈夫衣食儿女才是女人的正事。阿妈的信似乎没有回答他的问题，阿妈的信又似乎完全回答了他的问题。他便猜测女人大概是不识字的了。

他知道乡里的女人，一百个也挑不出一个识字的。即使是识字的，也不过是写全了自己的名字，认得几个数目罢了。乡里人的日子，都是这么过的。别人已经踩出路给他了，他不过是踩在别人踩出的脚印上，走一条别人走了千年百载的老路。这样的路走起来很是省心省力。新路却是要他一个人独自去踩的，劈什么样的草木铺什么样的石子，他是要费心费神费力去想的。他已经把他的青壮气力丢在铁路丢在金山了。现在他只是一个浑身是伤的三十一岁的半老头子了。乡人在他这个岁数上已经做阿爷了，而他却连阿爸都还没做上。他早已过了费心费神费力的年龄，他只需要一个温软地贴着他给他舔伤口的人。这样的事是个女人都会做，识不识字却是没有关联的——这也是他最终答应了这门亲事的原因。

老实本分，肯吃苦，肯孝敬阿妈，这就是他要的女人了。

阿法在心里一遍又一遍地说服着自己，虽然依旧还有些遗憾，可是这样的遗憾如同他脊梁上一根极细的筋，时不时会抽搐一下，略略地生出些疼痛，却是不影响他走路干活的。

阿法进村的时候发现路上悄无一人，只有他自己的脚步声在泥土沙石上擦出沙沙的声响。日头渐渐地高了起来，风很有力，将他的长袍灌得鼓鼓扬扬的。脚踩在地上，土依旧带着旧冬的硬实，但他却觉出了那硬实之下其实万物都在蠢蠢欲动。在古井旁他看到了一个蹲在地上拉屎的孩子，问人呢，都哪儿去了？孩子惶惑地看着他，半天才说，圩日，你不知道圩日吗？他才恍然大悟，今天是正月十八，是一个大圩日。全村的人都赶圩去了。

四五条饿狗汪汪地围了上来，叼住了他的裤脚。他掏出怀里的一个荷叶包，往路边一扔——里边是路上吃剩的半包腊味饭。狗立刻忘了他，一拥而上来抢饭包。阿法笑着骂了一声你这衰黄毛。骂完了他才发现他在叫另外一只狗的名字。这些年他一直没有忘记黄毛——那只在修铁路的营地里救了一帐篷人性命，剩了最后一口气还不忘舔他一口的黄狗。从黄毛以后，他再也不打讨吃的野狗了。

从小路拐进家门，这次他只走了十三步，便知道自己在这些年里大约是长了些个子。门前的两个石狮，依旧还在。这是当年建宅的时候，阿爸专门从福建一家石匠手里买下的。狮子的耳背上，还刻着那个石匠的名字和完工年号。小时候他和阿善经常骑在狮背上，把狮子当作马来骑。渐渐的，就把狮背磨出了两片光滑之处。若阿爸过完大烟瘾，兴致好的时候，就叫伙计搬出靠椅来，躺在门厅里，一边晒太阳，一边看阿法和阿善骑在狮子上用弹弓打树上的野雀。

阿法走过去，摸了摸狮子，个头似乎比当年矮小了些，面相也没有当年的威猛。有一只的背上，还有了细细一道的裂纹。

石头也老了呢。阿法心想。

大门紧闭，两个叩门的铜环仿佛是两只眼睛，怯生生地盯着他看。门上依旧是朱红的漆，不过这道朱红却不是当年的那道朱红了。那道朱红是见过阿爸见过阿善见过阿桃，也见过家中的诸多变故的。而这道朱红却蛮不讲理地覆盖了门里的一切历史。这道朱红不识离别死亡和眼泪，这道朱红浅薄简单，没心没肺地喜庆热闹着，准备迎接久别归家的主人。

门两边的廊柱上，贴着一副春联。上联是"梁燕双飞迎新人"；下联是："爆竹三响驱旧岁"；横批是"春来吉祥"。才是正月，春联虽然被风吹翘了一个小角，却依然新得生愣。"梁燕"的燕字底下那四点，墨汁极是浓腻，仿佛随时要滴淌下来。阿法用手指抹了一抹——却早就干涸了。又看见春联的字体，清癯挺秀，有几分瘦金书的模样。便想起他去金山之前，村里给人代写书信春联的丁老先生，现在该是过世了。不知如今村里文章笔墨的事，是由谁来代笔呢？

阿法叩了叩门上的铜环，无人答应。门没有锁，轻轻一推就开了。推门进去，院里空无一人。日头升到树枝分杈处了，一地的树影鬼魅似的在天井里匍匐爬行。虽有风，却满院生暖。院角晾晒衣服的竹竿边上，立着一只粗瓷瓶，有人摘了满满一把的红梅插在瓶里，艳艳的仿佛烧了一壁的火。阿法凑过去闻了一闻，隐隐地有些香味。竹竿边上摆了一张竹椅，大约是让人站着晾衣服的。阿法一屁股坐下去，咿呀生响。小心翼翼地坐稳了，才从怀里掏出一卷报纸，随意翻着。

报纸是《中西日报》，是他在广州下船时买的，一路辗转，竟还没来得及看。他离家去金山的时候，还不知道报纸是何物。后来在金山，有南洋的华侨带了当地的报纸到唐人街，他才开了眼界。翻开报纸，第一版就是大大半版的广告，是大六和药房做的荷兰水："露芬芳馥，郁香美异，常气味浓。"

第二页是英国屈臣氏大药房司各脱鳖鱼肝油的广告："味如牛乳，极易下咽，其功效比之净鳖鱼肝油足胜三倍之多。专治痨伤吐血等症，屡试屡验。"再翻下来，还有白糖洋酒煤油手巾汗衫的广告。林林总总，竟有十几处。阿法很有些惊讶。他离家这十几年，物移星转，没想到洋货已把一滩珠江水，搅得如此云起风生。只是不知开平乡下，是否依旧闭塞，与广州恍如隔世？

阿法在诸多洋货广告中间，看到了一个"花趣"专栏，讲的都是花界的新闻。头一件是讲谷埠大寨花舫失火，十二个妓女和六个相公活活烧死在船上的事。第二件是介绍一个叫扁玉的琵琶仔如何精通粤曲，"莺喉拨转，音韵超绝，与出色之优伶不相仲伯，闻其声少有不动容者"，然对酬劳之事异常注重，"索局资，声色俱厉。畀以毫子，则掷地辨声，苟有铜毫，或不能通用者，当场请易，不稍假借。虽叫至十数次，不改其态。"阿法读至此，忍不住哑然失笑。

来回翻看，都是如此市井趣闻，朝野政事，几乎全然不见，只在一个角落里看到了一则小消息，说倭寇在东北水域挑衅，李中堂校阅北洋水师，传旨静守，按兵以待，云云云云。便想到老佛爷的京城，如今也是一张风吹的破絮，连小小倭寇，也敢伸过来一指头。京城里翻天覆地的大事，千山万水地传到岭南，也就是洋货花市之余的一丝感叹了。放下报纸，沉吟许久，竟生出些"商女不知亡国恨，隔江犹唱后庭花"的感叹来。

突然间就想起了当年教授自己私塾的欧阳明先生来。欧阳先生热衷国事，每每慷慨激昂处，拍案掷笔，是个血性人。去金山后，与欧阳先生仍有书信往来。得知欧阳先生前几年一直浪迹萍踪，在广州上海安南都居住过。新近才回到了乡里，续教私塾。阿法二十只金山箱里，就藏了一样东西是专门送给欧阳先生的。那是一本世界版图——欧阳先生对西学很有兴致。待自己歇过精神头来，就要专程去谒拜欧阳先生。

便起身进了堂屋。

堂屋比天井里略微暗了些，阿法睁了一会儿眼睛，才渐渐看清了屋里原来有人。

屋里的人是个穿蓝布滚边大褂的女子，正站在一张木凳上挂画。女子梳了粗粗一根长辫子，辫梢上系了一截红绒花。女子手中是一幅彩墨画，一丛翠竹，几芽嫩笋，几个石榴。有青有绿有红，煞是喜庆热闹——却是雅致的热闹。画上有两句题词："欣闻石榴正结籽，喜见翠竹又生孙。"

那女子挂完画，爬下凳子，退后了几步，看有没有挂歪。退得太急，一脚踩在阿法的长袍上，几乎绊了一跤。回头一看，便像撞着鬼似的跳了起来，双眸圆睁若铜铃，两手紧紧揪着心口。

阿法知道是自己脸上的疤。那道疤痕过了十余年，非但没有平伏下来，反而随着年月越发暴突曲扭起来，像是一条多脚的蜈蚣。阿法用手掌捂住脸，呵呵地笑，说别怕，我不是鬼，不信你看地上的影子——鬼哪有影子。我是方家的阿法。

女子听了，哦了一声，才将手放了下来，在衣襟上搓了搓，说原来是方家少爷。你怎么这么快就到了？轮船公司的人说下个圩日才到的。所以你阿妈和阿叔一家都去镇上的谭公庙烧香去了，保佑你水路平安呢。阿法猜想这女子大概是家里的使女，就问那你怎么没跟着老太太去？女子说老太太留下话来，让我把宅里的字画春联都准备好，迎接你到家——谁知你跑到我前面来了。

阿法就问是谁个的字，文理不通的，明明是旧客归来，怎么变成"新人"了？女子浅浅一笑，说"新人不是说你，是说，说你，大喜的事"……女子说着话，就有两片桃红，如水墨画上的丹朱，渐渐洇满了两颊。阿法恍然大悟，这一屋的字画都是为着自己的婚事准备的。再看了一眼这女子，觉得这女子倒有几分周正机灵。或许是个好人家的女孩，家道中落才沦为婢的。不由得想起了多年前卖给人了的妹妹阿桃，于是言语之间，格外地有了几分温存。

"你领我进屋，略微歇一歇，等老太太回来。"

女子果真领阿法到屋里坐下了。

女子领阿法进的这间屋，正是当年阿法和阿善住过的。屋里的床，也就是当年阿法和阿善合睡过的那张床。床上的被褥似乎是新纫的，被里的棉花胎子厚而松软，被面浆得硬挺。阿法掀开被子，看见里头的那个枕头却是当年的旧枕头。那是干菊花填的枕头，阿妈说菊花枕清凉降火，能治阿善的羊癫疯。阿法摸了摸枕头，发现枕头上隐隐有一个塌陷的坑，心想这是不是阿善的头枕过的痕迹呢？他把自己的头落在这个坑上，只觉得菊花带着一股新晒的阳光味痒痒地钻进他的鼻孔。他砰的一声跌入了十五年前的睡眠，感觉依旧严丝合缝。

天突然暗了下来，云不知从哪方涌来，一瞬间就聚成了雨。雨很急，他躲不及，身子就被雨点溅湿了。他突然想起阿妈的被褥是新纫的，就喊使女来关窗。喊了半晌，声嘶力竭的，就把自己喊醒了——方知是南柯一梦。一摸脸上，却是湿的。睁开眼睛，看见床前坐了个瘦小的妇人。妇人梳了一个光顺的髻子，鬓角上插了一朵白绒花，灰布褂的衣襟上掖了一条手绢——妇人正撩着手绢擦眼睛。

"阿妈！"

阿法惊叫了一声，倏地起了床，整了整长袍，天塌地陷似的跪了下来，对着妇人磕了一个头。

"孩儿不孝，一去金山这些年，让阿妈吃苦了。"

妇人不说话，却弯下身来抓阿法的手。妇人的手指在半空中画了几个圆圈，才终于抓住了阿法的手。阿法突然明白，阿妈的眼睛已经完全瞎了。

阿法的心里涌上了一团东西。那团东西不大不小，咽不下去也吐不出来，正正地哽在喉咙中间——就哽出了两眼的泪。阿法又磕了两个头，这两个头阿法是撞在青砖地上磕的。阿妈虽然看不见了，阿妈却是听得见的。阿法要阿妈听见他磕的头。

阿法还要再磕，却被人死死拦住了。屋里已经跪了一地的人，都是阿叔家的堂弟堂妹堂侄儿堂侄女。就有人递过汗巾来给阿法擦脸，阿法擦了，看见汗巾上的颜色，才知额上已磕出血来了。

那一屋的人里，独独未见在堂屋里挂画的那个女子。

赶圩的人是在傍黑的时候回村的，没舍得在圩上吃饭。饿着肚子赶了十几里的路，女人们回到家里尿也没来得及撒上一泡，就急急地生火煲汤煮饭。刚刚把引火柴架上，就听见了狗叫。

村里的狗平常也叫，却不是今天的这种叫法。平日的狗叫是懒散的，东一鳞西一爪，没头没脑的。今天的狗仿佛都商量好了，一只接一只，一声应一声，完全没有停顿下来的意思。这是一种没出过家门却突然见到了大世面的叫法，兴奋惊恐，声嘶力竭，不知所措，完全彻底的小家子气。

女人们扔下柴草跑出门来，就看见了几十个身穿黑色号服的挑夫。挑夫抬着沉甸甸的箱子，如一条百足黑虫蠕动在乡间的小路上，看不见头，也看不见尾，只看见脚底呼呼扬出的一抹飞尘。

众人追着飞尘走，就看见挑夫最终把箱子卸在了方家的宅院里。瞎眼的麦氏坐在一张矮凳上，挨个摸着箱子中间的那个狮头锁。一个。两个。三个。三只箱子摞成一摞，一共有七摞，最后一摞是两只。

二十。二十只呢。

麦氏喃喃地说，缺了牙的嘴里努出一个干瘪的笑。

"都回家煮饭吧，等定了日子阿法会请你们吃酒的。喜酒，当然是喜酒。都请，大人细仔都请。"

麦氏一遍又一遍地对乡邻们扬着手绢。这样的逐客令听起来软绵无力，围看的人越来越多，如同热豆糕上的灶灰，怎么都拍打不下去——都想看阿法。

"我家阿法在海上行了几十天，没睡过一宿好觉。回来饭也不吃倒在床上就睡着了——还是家里的床舒服。让他好好睡一天，明天再来给你们行礼。"

众人这才渐渐散了。

麦氏起身进了屋，拿胳膊肘顶开了门，摸摸索索地走到床前，用拐杖在地上咚咚地敲了几下，说阿法你怕什么？破了相你还是金山伯，这二十只金山箱就是你的胆。有几个人能有你这样的胆？明天一早你跟我出门，邻里乡亲，迟早要见的。

床上没有动静。过了半晌阿法才扑哧一笑，说阿妈你怎么知道我破了相？

麦氏也笑了，说你是从我肚子里钻出来的，你抬条腿我都知道你要放什么屁。从你进家门到现在，你都没有面对着我说过话。

阿法霍地坐了起来，说阿妈你瞎是瞎了，眼力却比明眼人还强呢。我看家里的下人婢女，个个平头齐脸，说话办事都像是专门调教过的。麦氏说那都是你阿姊挑的，我看不见，也懒得管。阿法说那个你差来挂字画的，比其他几个长得更好，也更机灵呢。麦氏呸了一口，说你歪到哪里去了。那不是下人，是红毛的妻妹六指。家里的字画，都是她的手笔。

惊讶一路爬上阿法的眼睛，又在阿法的舌头上聚集成堆，急切地想找到一个出口。出口是过了很久才找到的。

"这么大了？跟谁学的字画？"

阿妈叹了一口气，说这苦命的人，活得下来，靠的就是这个手艺。

六指从小跟着姐姐关氏来到红毛家，红毛的儿子龙仔出生时，六指也才三岁。红毛第二次离家去金山前，曾反复吩咐过关氏，等龙仔长到读书的年纪，一定要请教书先生到家里专门教授龙仔读书。红毛的死讯是数年以后才辗转传到关氏的耳中的。关氏虽然一直没有收到红毛的来信，却也没有起太大的疑心，因为她还断断续续地收到过金山寄来的银票。很久以后关氏才知道这些银票是阿法寄的。

龙仔六七岁时，关氏果真供了一位教书先生在家中，教儿子读书。先生固然是教龙仔的，可是六指在边上走动着，就也跟着学了几个字。关氏自己在娘家时就已跟着父亲识过字的，见妹子六指对读书写字十分上心，便也不十分反对。那位教书先生还十分喜好字画，时时喜欢舞弄一番。且有一怪癖，作画时只要女仔在旁伺候——是嫌男仔心浮气躁。于是六指便时常被先生抓了来焚香研墨铺纸。待先生作完了画，再给先生洗笔洗砚，上茶上糕点。

有一回先生作完画，吃完茶点，回房睡午觉去了，六指便拿先生用剩下来的纸墨，学着先生的样子随意涂了一幅松竹图。先生睡醒出屋，见了六指的画，捻须久久无语。半晌，才叹气，说可惜啊可惜，你没有生成个男儿身。从那以后，若逢先生兴致好，就偶尔地讲些作画的布局神韵乃至裱画的技巧道理给六指听。当然，当时无论是先生和六指都没有意料到，这些随意的闲聊后来竟会在百般窘迫之中救了六指一命。

六指十二岁的那个春天，村里突然发了一场狂泻病。许多年后，逃过一劫的人才知道那个病的学名叫霍乱，是因为喝了上游不干净的水才得的。红毛家里先得病的是龙仔。龙仔的病很急，昏睡了三天就走了，连话也没来得及说上一句。龙仔又传给了红毛的阿妈。红毛阿妈的病起伏了几次，拖了十几天才渐渐闭了眼。

婆婆死的时候，关氏就已经病了。不过关氏的病情轻，本来还是能救的，可关氏自己不想活了。六指熬了米汤喂阿姐，阿姐把嘴巴躲来躲去，就是不肯喝。关氏说你姐夫你侄子都走了，我还有什么指望呢——那时关氏已经听说了红毛的死讯。关氏说你要疼我，就让我死了，倒比活着省许多心。六指放声大哭，说我呢，我就不是人吗？你难道不能指望我吗？关氏的两个眼睛干涩得如同两口枯井，呆呆地望着阿妹，却没有一滴眼泪。

阿爸把你交给我，我总算让你认了几个字。能不能用这几个字换口饭吃，就看你自己的造化了。

这是阿姐死前留给六指唯一的一句话。

一个月之内红毛家的三口人都走了，办后事的钱却毫无着落。最后由族里的长辈做主，将红毛家的三间瓦房做了抵押，才筹钱请人做了道场，置下坟地，买棺下葬。

关氏走后，村人曾给关氏的娘家捎过话，让来领六指回去。六指的爹妈却没有回话，也没有照面。倒是关氏临死前和妹妹说的话，给六指指点了一线生机。

平素给村人捉刀代笔的那位丁先生，已经老朽得握不得笔了。众人知道六指识字，便时时地找六指替代他——也是可怜她的意思。渐渐地，众人发觉六指的一手字，倒比丁老先生更老成遒劲。再者，六指还有一样丁老先生不会的本事——六指会作画。于是村里不论是日常的书信春联，还是婚丧寿诞四样大事，都叫了六指过来，作书作画。六指的画，自然是随了情形的。如遇婚嫁，便是龙凤好合，石榴结子。如遇丧事，便是乘鹤西归。若逢祝寿，便是麻姑献寿瑞鸟衔桃。若逢生子满月，便是哪吒闹海，麒麟送瑞。无论是字是画，皆配了主人家的情景与偏好。

六指做这些事，是带了真心的欢喜来做的，随叫随到，且不收现钱。三五个鸡蛋，一两斤米，一块布料，一捆柴火，皆随主人的便。虽不富裕，零零散散的，竟也够了一个人的三餐日用。

只是六指住的那间小屋，原是红毛家放杂物的，就在猪圈边上。多年未曾修缮过，四面漏雨漏风，且气味极是难闻。阿姐关氏死后的第二个夏天，来了一场台风，屋塌了，六指就连一处栖身之地也没有了。

后来村里的昌泰婶见六指实在可怜，就收了她住在家中。昌泰婶的男人去了金山多年没有消息，又无儿无女是个绝户。六指住进来，挣的一口饭，就分成了两半——却终是有了一片瓦可以避风寒。

阿法听阿妈说六指的事，只觉得有一根细绳在他的心尖上系了一个结子，一抽一抽地有些钝疼。想起那年他跟红毛去金山的时候，红毛家还是老老少少火火旺旺的一屋人。这趟回来，这个家塌得就剩了一片瓦砾了。而这个小六指，却是这瓦砾之下的一棵野草，这片天黑了找那片天，拼死也要顶出一片叶子来——是个命大的人呢。

便跟阿妈说起自己这几年数次去原来的施工营地寻找红毛的尸首，那荒林都开发成市镇了，却死活也找不着那个石堆了。阿妈说总还有几件红毛的旧物吧？阿法说箱里还有一把旧胡琴，是当年红毛修铁路时的随身物件。阿妈说改天你把胡琴包起来，带到红毛的坟上去，葬在关氏边上。红毛的墓穴至今还开着口，该找人来把口封了，省得一家人总等他。阿法说得把六指带上，那总是她的阿姐和姐夫。

"吃了晚饭，让阿彩好好烧桶热水，洗个澡，刮个脸。明天那边的兄弟要来，都知道你回来了，要见一面。"

"谁家的兄弟？"阿法问。

"你定的那个亲呀，你睡糊涂了？"

　　阿法吃过早饭就出了门，朝村西走。在离那间旧木屋还有好几步远的地方，就听见吱吱扭扭的声响。屋门大敞着，远远的就看见了昌泰婶在织布。

　　昌泰婶是个瘦小的妇人，凳子上垫了几块木板，才刚刚够得着织布机的架子。两只手撑得如一把满弓，梭子还是半天飞不到头。昌泰婶织的是土布，粗针粗线，灰黄色的，线头掉在地上，混在泥尘里，半天也找不着。这种布是男人下田扶犁收稻子时穿的，难看却是厚实，经得起几季的风吹雨打。只是昌泰婶的胳膊太细太短，压不紧线，布织得有些懈。昌泰婶的手艺和麦氏年青时相比，差的不只是一星半点。

　　昌泰婶织着织着，突然发现布面上落了大大一块黑斑。拿手去掸，掸了半天也掸不下去——原来是片人影。抬头一看，屋里不知何时进来了一个高壮的男人。男人头戴一顶瓜皮帽，身穿一件灰缎夹袍。夹袍大约是全新的，还带着在箱笼里压过的深刻折痕。男人一笑，脸上有一条蚯蚓慢慢地蠕动起来。昌泰婶两只小脚从高凳上咚的一声坠落到地上，鼻子几乎撞在织布机架上。

　　男人走过去，扶住了昌泰婶，双手合拳作了个揖，说阿法给阿婶问安——昌泰婶的男人昌泰是阿法阿爸的表亲，论辈分是阿法的叔。阿法从夹袍的衣襟里掏出两个小纸包，递给昌泰婶，说洋番的东西，给阿婶图个新鲜。

　　昌泰婶扯过一只袖管擦了擦眼角的眵目糊，袖子就湿了一个角，"阿法你到底回来了？都说你的脸，唉。总算还是活着回来了。你昌泰叔，你打探着什么消息没有？"阿法摇了摇头，说我去中华会馆打听过了，名册上没有这个名字。我叔去金山的时候太早了，兴许没入过名册。昌泰婶说前年西村有人从金山回来，说在番摊巷里见过一个人，跟你叔长得一模一样，带了一个红番女人。阿法说怕是看错了吧？我叔要在金山，怎么会不跟阿婶联系。昌泰婶把牙咬紧了，半响无话。再开口的时候，声气里就有了刀子似的冷意："他带了谁也没用。我跟他是换过龙凤帖的。"

　　阿法看见昌泰婶下颌抖抖的，仿佛兜不住一口的牙齿，想劝，也不知怎么劝。阿法想说的话是兴许叔早就不在了。叔要在，就是不认婶也得回来认祖宗啊。可是他不知道叔不在了和叔娶了别人这两种可能性到底哪种更糟糕一些。于是，他把涌上了舌尖的半截话生生地吞回了肚子里。

昌泰婶把那两个纸包放在鼻子上闻了闻，噗的一声打了个喷嚏，问是什么东西，香得这么稀奇古怪？我咬不咬得动呢？阿法哈哈大笑，说那不是吃的，是洗脸的香皂。洗过了一天都香。昌泰婶也呵呵地笑，说我一个老太婆还香给谁闻哪？那是年青人的物什。阿法顿了一顿，说阿婶你实在闻不惯那个香味，给六指用也行。她用了你闻着香，跟你自己用是一样的。

昌泰婶喊了一声六指，给客人烧碗茶来。阿法只听见有人隐约应了一句，却半晌没有动静。朝后屋瞄了一眼，只见六指在后门的雨檐下喂猪。猪有三头，两白一花，都还是嫩崽，嗷嗷地拱着六指的裤角讨食吃。六指将一勺泔水哗地浇进猪槽，水太稀，猪拱了两口就不吃了。六指抓了一把碎草，拿一根木棍呼呼地搅了几搅，又把棍子抽出来，敲了敲猪屁股，猪的叫声立刻低软了下来，化成一片喊喊嚓嚓的嚼食声。六指今天换了一身衣服，依旧是宽袖宽摆带滚边的斜襟布褂，却是月白色的——或许是其他颜色洗成了月白的。宽身的褂子遮掩了身子的一切凹凸，只有弯腰的时候，才隐隐看见了后摆之下两片结实的浑圆。

六指喂完猪，就进了灶房。一会儿工夫灶房里便响起了噗噗的风箱声。柴草的烟味还来不及钻进鼻孔，茶已经得了。六指用托盘端了两碗茶来，一碗给昌泰婶，一碗给阿法。阿法端过茶来，才发现六指煮的其实不是茶。六指的茶是米花泡的，米花白蛆似的浮了一层，上面漂了几片桂花。昌泰婶喝了一口，咂咂嘴，说衰女仔放了几多糖。

昌泰婶的牙缝里粘了一粒米花，一边拿小拇指去挑，一边哎哟地叫了起来："六指你怎么成花脸了？"六指抹了一把脸，手指也黑了，才知道是墨汁。就低了头笑，说刚才给阿源家写对联来着。阿法说什么联子呢？六指说是寿联，阿源他爹多六十大寿。阿法说我看你写的是什么，六指就领阿法进了后屋。

昌泰婶家有两间旧房，前屋是织布睡觉的地方，后屋是灶房，垒了一大一小两眼灶，摆了一张饭桌，一口大瓦缸，剩下的地方堆满了柴火猪草和昌泰婶的线团。六指是在饭桌上写的字，墨还没全干，铺开了晾在桌子上。后屋只有一眼小窗，比前屋还暗。六指舍不得灯油，就把灯芯捻得豆粒般大小。

阿法眯着眼，才勉强看清了上面的字。

上联是"寿比南山动静皆生慈"，下联是"福如东海行坐总呈祥"，横批是"福寿无疆"。

纸是红纸，洒了金箔，字虽不多，却横平竖直，笔笔硬挺坚实。阿法颠来倒去地看了几遍，又转过身来盯着六指看，直看得六指将一张脸火鸡似的缩进脖子里——却连脖子也红了。阿法暗想这个女子干起活来像个男人，就连写字也像是男人的手笔，倒是长的模样是个十足的娇女子。就问你的这副联子，是哪里寻来的？是《古今春联大全》？六指摇头。又问是《农家字联》吗？六指还是摇头。阿法说丁老先生用的都是这两本，你难道还有别的书？六指还是摇头，只将两只手在衣襟上绞过来揉过去，半晌才说我什么书也没有。

阿法吃了一惊，说莫非是你自己想出来的？六指的脸越发红得要淌出血来，嗫嚅地说怕是对得不工整。阿法说对得不错，只是那个"行坐"的"坐"字，若改成"止"，就更加对应了上联"动静"的"静"字。六指说真是的，好多了。便要去撕了重写。阿法一时兴起，说我来写吧。六指就重新研了墨，铺开纸，将狼毫在水里理顺了，递给阿法。

阿法将笔蘸饱了墨，沉吟了半晌才下笔。下笔几乎是一气呵成的，中间只续了一次墨。写完了，将笔往水里一扔，便再也不看了。六指收拾了笔墨，说阿法少爷这几年的字越发有了劲道，在金山也有机会练字吗？

阿法一怔，说你怎么认得我的字？六指轻轻一笑，说少爷的家信，老太太都是叫我给念的。阿法就问，那么这几年我妈给我的回信，也都是你代写的？六指点了点头。阿法忍不住笑，说难怪。六指问难怪什么？阿法说我还奇怪丁老龟头的字怎么长进了。

六指拧了一条热毛巾给阿法擦手，阿法说雪白的毛巾擦了我的脏手，怪可惜的。就抓起桌上的一块脏布，随意擦掉了手上的墨汁。六指送阿法走出门来，太阳白花花地照了一地，门口的树枝似乎有些肥胖，仔细一看，原来已经爆了好些芽骨。阿法的青布鞋踩过泥地，留下浅浅的印记，却没有飞尘扬起——地已经渐渐地冒上了些温软的湿气。

阿法走进家门的时候，立刻闻见了柴草的香味——那是下人在烧火煮中午饭。母亲麦氏正坐在堂屋里剥豌豆。麦氏的眼睛瞎了，可是麦氏的手指上还有一副眼睛。麦氏手指上的那副眼睛准确无误地搜寻着豆荚上的两道脊梁，用拇指食指一压，脊梁就裂了，饱实的豆粒噗噗地掉进了竹篮里。

麦氏不仅手指上有一副眼睛，麦氏的耳朵里也有一副眼睛。麦氏耳朵里的那副眼睛轻轻一扑闪，就看见儿子新夹袍的下摆扫过门槛，粘着一片半干的鸡屎，飘到她的跟前。

"阿妈，你歇着，晒会儿太阳。这事叫阿彩来做。"

麦氏依旧低着头，嘴角上却有两道竖纹，轻轻地颤动了起来。

阿法知道这是两股气在打斗。一股是怒怨，从心腑深处一路蜿蜒而上。另一股是隐忍，从头脑里一路匍匐而下。两股气在阿妈的嘴角上短兵相接，铺开了战场。阿法从小就看惯了阿妈的这个表情。阿爸发怒打人的时候，阿爸抽上大烟的时候，还有自己或者阿善割不够猪草的时候，阿妈都是这副神情的。

"等了你一上午。人家。"麦氏说。

阿法这才想起，今天原是约好了见定了亲的那家人的。

"我这猪脑子，早上起来给忘得干干净净。"阿法嘭嘭地拍着额头。

"行了十几里的夜路，饭也不肯吃一口，就走了。"

阿法搬了条板凳过来，在麦氏身边坐下，帮麦氏剥豌豆。豆粒很小，阿法的手很大。阿法的手指上没长眼睛，阿法的手指在豆荚上漆黑一团地搜寻着，豆瓣东一鳞西一爪地在他的指缝里钻出来。

麦氏嘴角的那两条竖纹渐渐地平顺了起来。

阿法的手突然慢了下来，麦氏听见了一声叹息。听见在这里只是一种习惯说法，其实麦氏并不是听见，而是看见这声叹息的。麦氏耳朵里的那副眼睛一直大大地睁着，她看见那声叹息是从她儿子心尖的那个地方生成的，后来渐渐地涌上眉头，在眉心处打了个小小的结子，最后重重地坠落了下来，把竹篮里的豆子打得四飞五散。

"可惜啊可惜。"阿法说。

麦氏忍不住笑出了声——这个儿子在金山和满肚子是鬼的番佬住了这些年，竟然还是那么实心眼。

"又不是天塌下来的事，明天叫虾球跟你去一趟，亲自登门谢罪就是了。他们家也不是不讲道理的人。"

阿法知道阿妈会错了意，却也不点破，依旧有一搭无一搭地剥着豆。半晌，才说："红毛阿叔的那个妻妹，真是个人才。可惜命薄呢。"

麦氏摇了摇头，说："这个六指，倒真是个有才的女子。只是正经人家的女仔，才不才的，却是不打紧的，反正都是嫁人。只有大寨的琵琶仔（高级妓院的童妓），才让认真学字呢。"

"阿妈，在金山，男仔女仔都一样上学读书。女仔认了字，省得遭人骗。将来嫁了人，也好教养子女。"

麦氏呸了一声，说你阿妈一个字不识，也没遭人骗过呀。你和你阿弟，不都是跟先生学的字吗？也用不着阿妈教你。

阿法呵呵地笑，说阿妈若认得字，就不用托别人给孩儿写信了，省多少鸡蛋茶钱呢。再说，人家到底写的是什么，你也不知道。孩儿寄了赤纸过来，阿妈也不认得几多钱，叫人骗了，你也不懂。

麦氏咧开豁了牙的嘴，也呵呵地笑了起来，"倒也是。只要不花大钱，也不误家里的事，将来你若生个女仔，读书就读书，由你。"

两人不再有话。麦氏仰起脸来，眼里是一片模糊的白光，便知道太阳已经升到中天了，青砖地上的树影，这个时候应该最是稀薄的了。麦氏耳朵里的眼睛一抖擞，就看见了院里那棵榕树，根底下有无数条蚯蚓在喳喳地钻着路。正月眼看就要过完了，地一化，就该耕种了。阿法的婚事，务必要赶在耕种之前。明天就该定日子了。

"阿法你个衰仔，怎么把豆荚都扔在篮子里了？"麦氏摸了摸竹篮，突然惊叫了起来。

阿法猛醒过来，才知道自己把豆瓣都扔了，却把豆荚留在了篮子里。忙将一地的豆瓣都捡了回来，舀了一碗水来洗上面的泥。

"阿妈，那个六指，许了人家了吗？"阿法问。

"旧年西村有人来村里探亲戚，看见挂在堂上的画，知道是六指画的，心里喜欢，就托了人来给儿子提亲。六指不肯。六指的爹娘虽在，却是不愿领她回去的，所以她其实也就是一个孤女子。没人替她做主，就她自己做主了。女子的字呀画呀流落到外人眼里，总是不妥。"

"为什么不肯，那个六指？"

"说那人不识字。"

阿法推开篮子，咚的一声跪在了一地的豆荚上。

"阿妈你给儿子做主，儿子要娶六指为妻。"

麦氏只觉得头顶上的那颗太阳翻了几个筋斗，咚的一声坠到了地上，溅出一万粒火星子。火星子飞到她的耳朵里，烧出无数个细麻点，烧得整个脑袋蜂巢似的嘤嗡作响。过了许久，蜜蜂渐渐飞远了，她才听见了自己的声音。那声音像是被风吹散的棉线，有无数个头，却捏不拢一个团。

"孽障，你忘了，你是定，定过亲的人了？"

"阿妈，孩儿没忘。只是，孩儿不认得那边那个人，孩儿却认得六指。六指的人品，阿妈知道，孩儿也喜欢。

"阿妈，孩儿在金山，快要饿死的时候，是红毛伯留下的财宝，才救了孩儿一命。红毛伯是孩儿的恩人。如今红毛伯一家都不在了，就剩了一个六指。孩儿娶了六指，也算是报答红毛伯的意思。"

"你脑袋生蛆了？红毛论辈分是你堂伯，他娶了六指的姐，六指比你高出一辈呢。"

"阿妈，孩儿早想过了。六指跟我们家本来就不是五服之内的亲戚，昌泰婶和六指形同母女。昌泰婶若认了六指为女儿，六指就跟我同辈了。"

"那头呢？那头是三头骡子驮的聘礼，明明正正地下了定的。人家女子没犯下什么过错，你有什么道理退婚？"

"阿妈，我们坏了信誉，是我们的错。聘礼自然不能收回，我们还要再给两百大洋，算是诚心谢罪。用这个钱，他们招个倒插门女婿也够了。"

"那你阿妈的脸呢？你阿妈在你祖宗面前给你定下的亲，你无缘无故悔亲，让你阿妈往后怎么在乡里做人？"

"阿妈，孩儿十六岁去金山，九死一生，若不是为阿妈之故，就是当乞儿，也早讨饭回乡了。孩儿这次回乡，长则一载，短则数月，终究还是要再回金山的。孩儿并不怕苦，只是盼望能娶个合意的女子，能给孩儿一些快乐，也能在孩儿走后仔细照看阿妈。那边那个女子阿妈并不晓得，这个六指却是一乡公认的贤德女子。六指的针线手艺虽然比不上阿妈，却也是有模有样的，将来是阿妈的好帮手。还望阿妈成全孩儿这个愿望。"

"当初她爹娘把她送给红毛家，就是嫌她长了六指晦气，将来嫁不出去。你敢娶这样的女人？"

"她爹娘是无知呢。咱们县上的黄知府黄大人，就是长了六指的，却管着一县的五指呢。六指说不定就是个富贵的命。再说，这一村人的春联喜联寿联，不都是六指写的吗？没听说谁家沾了她的晦气。"

麦氏攥着豆荚的手，微微地抖动着。汁液顺着指缝渗出来，仿佛是一条条青虫，在她干涩的手背上蠕爬。

"那边的婚，断是不能退的，你阿妈丢不起这个脸。要娶六指可以，你娶她为妾侍。明天你和虾球去那边，和你丈人商量，看他同不同意先娶正室，再娶妾。"

阿法还想说话，麦氏已经站起来了，拐杖也不拄，颤颤地朝灶房走去。

"先对生辰八字，妾侍也得讲究生辰八字。咱们家才太平几年，不能为个女子惹出祸事来。"

昌泰婶送走客人走到后屋的时候，六指正在改衣服。六指要改的衣服是件夹袄，是她姐姐留下来的。丝葛面，八成新，压在箱底有几年了。等六指想起来时，衣服已经给蛀了几个洞。幸好都在腋下袖边，并不显眼，略微织补一下，就能糊弄过去了。关氏的这件夹袄是宝蓝色的，织着深蓝色的暗花，颜色虽然有些老气，样式却是很新潮的，立领，宽滚边，大袖，学了些北边旗装的款式，正衬着六指的高挑。

昌泰婶进屋的时候，六指已经改完正身了，正在牵袖子。六指做针线的时候，用的是拇指和食指，可是拇指边上的那半截指头，也在颤颤地动着，仿佛在替拇指暗暗地使着劲。只是那劲道却没有使在正道上，一拐一抖地碍着六指的事。六指管得了手上脚上的任何一个指头，可是六指唯独管不了这额外的半截指头。这半截指头仿佛是别人的物件，不过借着她的身子长着，与她毫无相干地执拗着。

六指就想，她的一辈子也许是另外一个样子的，可是这第六个指头蛮不讲理地插了进来，轻轻地搅和了一下，她的路就变了，变成了今天这个样子。她不知道今天这个样子到底是好还是不好，因为她没见过别的样子，也无从比较。她只是暗暗地想过，如果那半截指头没了，她是不是就会有另外的命，过一种她没见识过的完全陌生的生活呢？

昌泰婶放下手里的纸包，在六指边上坐了下来。纸包是糙厚的黄纸做的，上面压了一张红纸条。虽然封着口，从那纸片上渗出的油迹来看，便知道是镇上点心铺买的糕饼。

"核桃酥，三婆给的。吃不吃一块？"

六指摇摇头，说不饿，不想吃。六指的话一半是真的，一半是假的。真的那一半是不饿。六指刚刚喝了一大碗番薯粥，肚子鼓鼓地胀着。假的那一半是不想吃。自从姐姐死后，六指已经很久没有尝过油味了。别说是尝过，就连见也是少见的。黄纸包上的那块油斑，引起了六指的很多联想，关于形状味道颜色质地的联想。这些联想使得六指的口舌之间渐渐地湿润了起来。

昌泰婶摸了摸桌上的夹袄，啧啧地叹气，说金三元的布料，别家比不了，你姐是识货的人呢。这袖子怎么剪得这么短？都到你胳膊肘了？六指拿起衣服在昌泰婶身上比了比，说不短，正好。昌泰婶这才知道六指原来是给自己改的，慌忙摆手，说这个样式，我一个老婆子，唉。

昌泰婶说这话的时候，虽摇着头，嘴角上却有一丝带了口涎的笑意。六指便知道她是喜欢这样式的。昌泰婶的夹袄前几天煮猪食的时候，被蹦出来的柴火烧了几个大洞，却是补不得了——原先的补丁已经太厚了。

"你都听见了，三婆的话？"昌泰婶一边帮六指剪着线头，一边问。

六指没点头，也没摇头，只是一味地静默着。

"是个正经人家。人你也见过，同你说过话的。人品相貌都是上好的，只是可惜了脸上那块疤——那也是明的，你都见过。不比阿婶当年，一块盖头一蒙，稀里糊涂就进了洞房。揭开盖头，才看见一脸麻子。"

六指依旧不说话，屋子里只有针线扯过来拉过去的声响，如一头细蝇在嘤嗡飞动。

"你在我这里住了几年，我虽然不是你亲阿妈，也算是半个阿妈了。这件事，我就替你做主了。虽是做小，金山伯的小又跟别家的小不同。别家的小在家里受家婆大房的气，金山伯的小，十有八九是跟了金山伯去金山的。你两个在金山享福，留着大的在这里管家。各村的金山客家里，都是这个做法的。

"正月底要把大的娶过来，过个把两个月，就娶你。他在乡里住个一年半载，要是大的小的两个都有了胎，他就能一气抱上两个金山仔了。"

六指停下针线，六指的指头凝固成一朵僵硬的花，而只有那半截指头，依旧颤簌不止，仿佛是一只受了惊的蜻蜓。

"聘礼都准备好了。这家礼数周到，怕委屈你，聘礼和大的那头差不多重。我看他还是真欢喜你的，若不是先前定过亲，说不定你就是大的了。其实大的小的，无非是一个虚名。他欢喜你，今后自然就偏向你。就跟历朝皇上，虽有正宫娘娘，真正贴心的，却还是嫔妃。"

六指放下衣服，站起身，往火灶方向走去。不生火的时候，那个角落很暗。阴暗如一块黑布，瞬间从头到脚裹住了六指。六指不见了，却有一些声响，在黑布底下窸窣生出——是六指在翻东西。

"昌泰阿妈，我不要到那家去。"黑布底下软软地飞出一句话。

"为什么？我平素看你和麦婶挺投缘。阿法跟你，也是和和善善的。你是嫌他脸上的疤？"

六指不说话。静默如一块没有碾匀的厚墨，半晌涂抹不开。许久，才有了一处稀薄，流出一个颤颤的声音：

"他一家，都是好人。"

昌泰婶松了一口气，问衰仔那你如何不肯答应？

"昌泰阿妈，我不，不做小。"

昌泰婶叹着气，说六指你过年就十八了，女仔到这个年纪，就是瓜熟蒂落的时候了。再不嫁出去，你就成姑婆了。旧年那个，倒是做大的，你却不肯，我由了你——那人跟你确实不般配。这个阿法，跟你倒是般配，你却只能是个做小的命。你不认这个命，是想在我这里过老？

六指从黑布底下钻了出来，弓着腰，仿佛背着一捆极沉极大的柴草。说话的声音也有些气喘：

"昌泰阿妈，我不做小。"

昌泰婶的耐心渐渐地就磨得如同一张随时要破的薄纸了。

"六指你错过了这一个，再上哪里找一处不嫌你是六指的人家？谁不想做大的？你没这个命。做小的做到这家的礼数上，你就烧香谢佛吧。"

六指从腰里掏出一样笨重的东西来，捏在手里。六指捏得很紧，仿佛要把这东西捏出一团水来。这东西给了六指胆气，六指说话的时候，就有了几分生硬：

"昌泰阿妈，我不做小。"

昌泰婶背对着六指，在收拾桌上的针头线脑。昌泰婶回话的声音，也带了几分生硬。

"这回由不得你了，我已经答应三婆了，正月二十五是个吉日，那边就下定了。"

这次六指没有说话。过了一会儿，昌泰婶听见了一声钝响。回头一看，六指已经倒在了地上。有一些暗红的汁液，正蠕爬在六指的手背和衣襟上，爬出一团一团湿润的花。昌泰婶开始还以为是六指溅翻了画画用的丹朱，后来才渐渐明白过来那是血。

六指那半截指头掉落在地上，僵硬地萎缩着，像一条裹在丹朱里的死虫。

六指用切猪草的刀，砍下了她的第六个指头。

六指断指之后，滴水不进地昏迷了三天。请了乡里的郎中察伤号脉，说是切猪草的刀刃上有毒，毒火攻入了心，怕是没有指望了。

消息传到方家的时候，阿法正在屋里写字。阿法录的是稼轩的《破阵子》，字体是狂草，用的是生宣，下笔如风。阿法听见屋外媒婆和阿妈说话的声音，手里的狼毫就停了下来，墨汁在纸上渗洇出一个黑色的秤砣。

阿法走出屋门，媒婆已经走了。院里的一只芦花鸡刚生了一个蛋，正冲着麦氏咕咕地邀功讨米吃。阿法捡起一块石子扔过去，鸡哗地惊飞到篱笆上，满院子都是翅膀的划痕。麦氏掸下粘在脸上的一片鸡毛，说糙饭热在锅里了，要不要叫阿彩端过来给你吃？

阿法没有回答。麦氏虽然看不见阿法，却知道此刻阿法的脸色阴沉得几乎可以拧下一把水来。儿子的沉默如一团云，正越来越浓郁地朝她挤压过来，将她的五脏六腑挤压成扁硬的一片。她搜肠刮肚地想找一句话来和儿子说，却只是觉得心虚气短。过了许久，她才听见自己的声音如一条细弱的蚯蚓，艰难地在砂石般的心肺间凿着洞。

"一会儿叫阿彩过去带个话给昌泰婶，我们出钱请三天的道场，给她超度亡灵。"

麦氏的话像是一粒石子落进一汪千年古水，水波纹是很久才渐渐升浮上来的。

"六指还没有死，阿妈。"阿法说。

"郎中让预备后事了。"

阿法没做声，麦氏只听见身后有些嘁嘁嚓嚓的声响。麦氏努力想睁开耳朵里的那副眼睛，却突然发现那副眼睛里是一片混沌。她知道这回她是彻底瞎了，她再也看不见她儿子的心了。

"阿妈我去打探下趟船期。"阿法说。

麦氏这才明白过来儿子是在换衣穿鞋准备出门，儿子是要去打探回金山的船期。麦氏是在这一刻里猛然意识到了自己的愚蠢的。方宅里的每一块砖每一片瓦，方家名下的每一垄田每一头牲畜，主子下人碗里的每一粒米饭，都是阿法的银票换来的。麦氏一直以为自己掌控着儿子，现在才知道其实是儿子在掌控着一整个家。她掌控的是儿子的心，而儿子掌控的，却是一家人的性命。她有了儿子的心，一家人的性命才有着落。她若丢了儿子的心，她也就丢了一家人的性命。惶恐渐渐涌了上来，在眼角聚成两颗浊黄的泪。

这一刻里麦氏也想起了六指的许多好处。六指的能干，六指的刚烈，六指的主见。偌大的一摊家业，绝不是她这个瞎子和那个懦弱无能的妯娌可以主持得了的。儿子不在的时候，这个宅院需要的是六指那样的主心骨。她不让儿子娶六指为正室，是因为脸面。可是脸面只是包在性命上的一层皮，没有脸面的性命依旧是性命，没有性命的脸面却什么也不是了。

而且，六指如今不再是六指了。六指既然没了那半截指头，六指的命也就不再是那个长着六个指头的女人的命了。六指已经一刀改了自己的命。

麦氏知道儿子是方家的梁，方家的柱，方家的天，方家的地。这一刻若儿子的脚迈出了这个院门，方家大院就会轰然倒塌。

"阿法你叫阿彩去喊三婆过来，传话给昌泰婶，只要六指大难不死，我们马上退了那头的亲事，娶六指为正室。解铃还需系铃人，六指福大命大，听了这话，说不定就活过来了。"

麦氏听见阿法的脚步迟疑了一下。

"算了，不叫阿彩，你陪阿妈一起去三婆家。"

母子两人风也似的离了家，阿法几乎跟不上麦氏颠颤的脚步。

三婆进了昌泰婶的家门，麦氏和阿法都在门口等着。麦氏手里捏着一条手绢。手绢是全新的，带着米浆的硬挺，可是此刻已经被捏出了水。麦氏听见阿法的两只大脚在昌泰婶门前的泥石路上行过来行过去，那喊嚓的声响如同一把硬刷子，在她的心上来回刷着，钩出一根根的肉丝。麦氏和阿法一样着急，麦氏的着急里涵盖了阿法的着急，但麦氏的着急里还有麦氏自己的内容。

等了很久三婆才出来。出来时三婆无精打采，平日顺畅惯了的口舌竟然有了几分罕见的生涩。

"什么话都说了，连眼皮都没有动一下。"

"是你让昌泰婶转的话，还是你亲自跟她说的？"麦氏问。

"当然是直接跟她说的，趴在耳朵眼上说的。你们家的这份谢媒礼，我算是没福享用了。郎中说，也就是今晚的事了。"

往回走的路上，麦氏跟不上儿子的脚步了。麦氏觉得天塌了，整个地坠在了她身上。麦氏拖不动那两只菱藕小脚了，麦氏只听见手里的那根拐杖在全身的重压下发出凄厉的呻吟。

"阿法你一定要走，阿妈也拦不住你，可你至少要等到发送完了六指啊。"

麦氏声嘶力竭地喊道。

半夜里昌泰婶起床去后院解手，突然听见了一些奇怪的声响，像是轻风从墙缝里嘘嘘漏过，又像是细雨被泥土呲呲吸食。昌泰婶抬头看了看院里的那棵鸡蛋花树，树枝纹丝不动。又摸了摸树身，也是干的——这夜无风也无雨。她提着裤子顺着声音一路摸索过去，辗辗转转就摸到了六指的床前。

"粥 …… 粥啊 ……"昌泰婶听见了六指断断续续的呻吟。

公元 2004 年，广东开平

艾米早上被电话惊醒，坐起来，竟不知身在何处。睁开眼睛，只见墙上飞舞着几块白斑，一会儿像花，一会儿像蝴蝶，后来才明白那是从窗帘缝里漏进来的阳光。

头很疼，是裂成了许多块的那种疼。电话铃持久而固执，每一声都如钉子锤子斧子刀子钎子，一下一下地敲砸在那些裂片上，砸出细细碎碎的火星。

"酒醒了吗？"

是一个男人的声音。一个艾米并不熟悉的声音。

"我是欧阳云安，侨办的，昨天见过面的。"男人说。

艾米这才依稀想起了昨晚的事。

"昨天我喝了很多酒吗？"

"喝多了是一种比较委婉的说法。其实更为确切的说法是，你喝醉了。"

艾米一下子从床上跳了下来。"不可能，我不和陌生人喝酒。"

"也许，你并没有把我，当陌生人？"欧阳轻轻一笑。

"也许。可是，你怎样才能让我相信，昨天我真喝醉了？"

"你唱了一首歌。英文的。来来回回地唱了许多遍。"

艾米拍案大呼怎么可能，我从不唱歌，尤其是当众。

欧阳说酒真是好东西，叫你原形毕露。你唱的是"月光照在科罗拉多河上"，英文的，要不要我给你学一遍？

艾米哑口无言。这首歌是她在伯克利大学读书的时候常唱的。那时她没有多少心思放在读书上，倒是天天跟着同学去市政厅广场示威。示威的名目很多，不是反对就是支持。反战。反歧视。反剥削。支持女权。支持逃兵役。支持同性恋。有时候她在广场坐上一天，竟忘了是为什么来的。坐累了，同学中就有人弹吉他唱歌，唱得最多的就是这首"月光照在科罗拉多河上"。

这已经是多少年前的旧事了，没想到，一瓶酒就打开了锁得那么严实的记忆大门。

"我唱得很难听吧？从小我只要一开口唱歌，我妈就骂我五音不全。"

"看你的参照物是什么。跟我相比，你的声音几乎算得上悦耳。"

"我还出过什么丑？最好一次告诉我，不要零敲碎打地吓唬我。"

"我想，我还是分期分批告诉你为好，怕你见了我会有心理障碍。"

艾米忍不住哈哈大笑，心想这个欧阳，人看上去蔫蔫的，说起话来倒真是有点意思的。

"那么，欧阳先生你昨天，是不是也喝醉了？"

"有过这样的冲动，如果不是今天还有重任的话。"

"什么重任？无非是再陪领导喝一晚上酒。"

"那只是重任中的一项。还有许多其他项，比如和你一起清理方家碉楼的旧物，再比如说服你在托管文件上签字。当然，当务之急是请你打扮下楼，我们一起共进早餐。宾馆的早餐部再过半个小时就要停止营业了。"

"十分钟，就十分钟。"

艾米冲进浴室，飞快地洗了一个澡。没有吹风。没有电熨斗。打开皮包翻了半天，也没有找到止疼药瓶。只好从箱子里抽出一套略微平整些的T恤衫牛仔裤穿上，又从手腕上撸下一根橡皮筋，将湿头发草草扎起，飞也似的跑下了楼。

远远地就看见欧阳坐在宾馆大堂的沙发上，眯着眼睛，咧着一张大嘴傻笑。招了招手，也没反应。走近了，才发现原来欧阳睡着了。艾米从来没见过这样傻的睡相，忍不住拿出包里的照相机，拍了一个特写。闪光灯喀嚓一亮，就把欧阳惊醒了。欧阳擦了擦嘴角的一丝口涎，歪头看了看艾米，说昨天你像个教授，今天你像个学生。还是学生的样子好。

艾米也歪了头看欧阳，说你一醒来就像个老头，睡觉时倒像个孩子。还是喜欢看你睡觉的样子。

欧阳拿一根手指挡在嘴巴上，嘘了一声，说这种话最好不要在公众场合说，容易引起不必要的误会。

两人就呵呵地笑了起来。

艾米问欧阳怎么一大早就犯困？欧阳说一个人的大早有可能是另一个人的中午，我已经工作了两个小时了。就抬手看了看手表，说算了，赶不上宾馆的早餐了，咱们不如就直接动身去碉楼，一会儿让司机给买一碗豆浆糍饭。

两人钻进车里，艾米就问我太外婆叫什么名字？欧阳说大名叫关淑贤。年青时人人叫她六指，年长些就改叫关婆了，没有几个人知道她的名字。

艾米沉吟半晌，突然恍然大悟，说我太外公叫方得法，我太外婆叫关淑贤，碉楼的名字叫得贤居，是从两人的名字里各取了一个字。

"拿女人的名字做楼名，在今天不算什么，可是在 1913 年的广东乡下，就算是很前卫的一桩事件了。那个时候女子未出嫁时的闺名，是很少为外人所知的。到了提亲的年龄，才将名字工工整整地写在一张纸上，用一个红信封封好，放在金漆托盘里，连同生辰八字，一起交给媒人带给男方。所以给女方提媒也叫问名。"

"我太外婆，长得漂亮吗？"艾米想起了昨天在碉楼的穿衣镜里看见的那双眼睛。

"得贤居里应该有她的照片，你看了就知道。"欧阳说。

光绪二十年 — 二十一年（公元 1894 年—1895 年），广东开平和安乡自勉村

很多年以后，自勉村的老人们都还记得光绪二十年正月底的那场婚礼——那时他们都还是孩子。

那天的宴席是从日头刚升到树梢的时候开始，一直延续到三更的——是流水席。厨师和帮厨都是从广州的天一天酒楼请来的，共是六个人，片刻不停地轮番切菜掌勺。席间有的孩子坐不住，开始打闹。他们的阿妈就用筷子敲他们的脑壳，呵斥说阿法叔的大喜日子，你也敢捣乱？装了菜回家吃去。挨了骂的孩子立刻懂了阿妈的意思，乖乖地将各样菜肴装了冒尖流汤的一碗，带回家去——当然是不吃的。放下碗，在村里的泥潭河边疯跑一圈，回来接着上席，直到阿妈的筷子再次落到他们的额角，呵斥他们带菜回家吃去。在婚礼结束之后的好几天里，自勉村的烟囱都没有冒过烟。

外头的宴席拖得越久，屋里的新娘越是煎熬。

四更的时候，泰昌阿妈就喊六指起床，说帮忙的人马已经到了。沐浴，开脸，更衣，上妆，六指昏昏沉沉地从一双手传到另一双手里。无数双手从

她的脸上头上身上脚上捏过来揉过去。大病初愈的身子依旧疲软,可是脂粉掩盖了所有的病容。五六个妇人忙了两三个时辰,才算妆成。有人递给她一面方镜,她看见镜子里有一个陌生女子,眸如春杏,颧飞桃红,面皮白净得如同刮了皮的桃子。她对那个女子笑了一笑,那女子也对她抿嘴一笑,头上的珠翠轻轻地颤动了起来——这才明白原来是她自己。

午时花轿抬进了方宅,其实不过是几十步路。盖头底下的世界是一片黑暗,黑暗把所有的感觉都磨砺得敏锐了起来。她听得出抬轿的是哪几个人,她猜得出轿夫的青布鞋踩过的是哪一段路,她辨得出迎着轿子狂吠的是谁家的狗,她觉得出阳光在轿顶上一颠一洒的重量,她也闻得见轿子的布帘被围观的目光烧出来的焦味,她甚至听得出迎亲的鼓乐队里有一根丝弦在怯怯地走着调。她没想到从姑娘到媳妇的路程,竟会是这样简便顺畅熟稔。

还在正月,天依旧冷,却不是那种铁硬的不知伸缩的冷了。她的额角和手心,渗出了细细一层的汗。她知道她的裙腰里掖着一条猩红的手巾,她完全可以把手巾拿出来擦汗的。可是她轻轻抽了一抽,又放了回去——她舍不得。这是阿法托媒人送庚帖的时候一起送过来的聘礼。阿法给她的聘礼还有一金一银两只手镯,一件绣花八幅罗裙,四块绸缎面料,两双绣花鞋。阿法给她的这些礼物,都是在广州现买的。"金山带来的物什,原先答应了那家的,就都给了那家。"媒人传话说。媒人传的只是阿法的话,媒人却没有传出阿法这话底下的意思。媒人不懂这话底下的意思,而六指一听就懂了。阿法是想把新酒装在新瓶子里,把旧瓶子留给旧事旧人。所以当昌泰阿妈在絮絮叨叨地抱怨着方家彩礼太仓促单薄的时候,六指什么也没说,只是低头微笑。

她给阿法的回礼,是一个"莲生贵子"面人,十个面石榴,一双布鞋,十包盐。这些回礼,都是昌泰阿妈预备的。真正属于她自己的部分,只有那双布鞋。从浆布纳鞋底裁鞋面到缝合,她一点儿也没让昌泰阿妈帮忙。她甚至没有让昌泰阿妈去打听阿法的尺码。那日他和她一起在后屋里写寿联的时候,她就知道他的尺码了——她已经用她的眼睛丈量过了。

六指纳的鞋底,用的是双针。一面纳过去,是连环针。另一面纳过来,是十字针。这种针法,整个自勉村里,除了她未来的婆婆麦氏年青的时候使过,再也没有别的女子知道怎么使。鞋面上绣了两朵云,都是青云,却是不同的青。一朵深，一朵浅，一朵藏在另一朵的身后。藏也不是全藏，露了一截尖尖的尾巴。这双鞋，六指是花了三个通宵做成的。第三天鸡叫的时候，媒婆已经等在门口了。当昌泰阿妈把这双还带着她手指潮气的布鞋包在红纸里，连同她的庚帖一起交给媒婆的时候，她一下子觉得心空了一大块——那双鞋仿佛把她的精神气血都给带走了。

迎亲的鞭炮是她一出门就听见了的，听了整整一路。轿夫刚刚侧了一下肩膀，她就知道轿子要上方宅的台阶了。一。二。三。四。五。过到第五级台阶的时候，她一下子记起了门边上的那副对联——那原是麦氏央求她写的。只是当时无论是麦氏还是她都没有料到，她竟然是在替自己写喜联。

命啊，这是命。

她忍不住发出了轻轻一声叹息。

轿子停了下来，她听见了橐橐两声竹器相撞的声音——那是有人在用竹扇叩轿门，是请她下轿的意思。她知道叩门的是谁，她也听出了那声音里的急切。隔着厚厚的盖头，她觉得她的脸热得如同塞了满满一把柴火的炉灶，汗珠子在上面嗞嗞生响。轿帘掀开了，有人在她手心塞了一样东西。她的指头在那样东西上走过了一遍，就知道是一把钥匙。

不能啊，千万不能，掉在地上。

她咬住牙，把手指捏得咯嘎作响，钥匙在她的手心烙出一个一个狰狞的齿印。她明白她手里捏的不仅仅是一把钥匙，她捏的也是她自己的命。她捏的岂止是她自己的命，她还捏了方家所有其他人的命。从今天开始，她的命就再也不是她一个人的命了。她的命就要剁得细细碎碎的，和方家所有人的命掺在一起，再也分不出你的我的他的了。想到这里，她的手轻轻地颤了一颤，心底里涌上了一丝凄惶，一丝温润。凄惶是因为她把自己丢失了。从今往后她就是一个零碎的不成团的人了。温润是因为她虽然把齐全的自己弄丢了，可是她也会捡回来一些她先前不曾拥有过的东西，比如热气，比如依靠，比如胆量。

下了轿，有人递给她一根喜杖，她牵着这根喜杖走进了方家的门。她看不见前面的路，只看见脚尖上有一团猩红的花，在青砖地上一抹一抹地挪舞——那是她的裙裾。她心里却是踏实的，她知道喜杖那头是谁的手，那手是不会叫她跌跤的。

拜过天地，进了洞房，外头喜宴就要开动了。她听见一个男人在低声吩咐阿彩："给她端一碗莲子汤，她肯定饿了。"男人的脚步噌噌地擦过地板，走出了门外。她不知男人今天穿的是不是她做的鞋。阿彩端上莲子汤，叫了一声少奶奶，过了一会儿她才醒悟过来，那是在叫自己。阿彩放下碗关门出去了，留了她一人木木地坐在新房里。外头的喧闹如台风天里的海水，一波一波地掀动着，可是她的耳朵却跳过那些喧闹，单单栖息在一丝细小得几乎不成声音的动静上——那是碗里的莲子红枣在滚热的汤里发出的咝咝声。那些咝咝声如千百只米虫在她的肠胃里蠕动，咬出无数个细碎的洞眼。她听见她的肚子嘹亮地叫了一声。从早上起床到现在，她还没进过一粒米一滴水。她知道那碗莲子汤就在她手边的茶几上，碗里的桂花香气正一丝一缕地钻进她的鼻孔。她只要略微一伸手，就能探着这碗汤。可是她不能碰那个碗。在宾客散去之前，新娘子是不能如厕的。所以她只能饿着肚子熬着。

尿意渐渐地聚集了上来。刚开始的时候是茫然的，愚钝的，四处出击的。到后来就变得目标明确，尖锐固执起来，如一根针，在小腹上窜动，急切地寻找着出路。她觉得她的身子鼓胀得犹如一个吹足了气的绵纸灯笼，任何一个轻微的动作都可以叫那纸片绽出裂纹。于是她端坐着，一动不动。她甚至放慢了呼吸，把进气和出气之间的那道小沟坎抹平了。

可是她的身体却不肯和她合作，她汗湿的鼻孔就在这时突然生出了一丝痒意。

忍住，你忍住，千万。

她还没来得及把这句话想完，身子一颤，就打了一个惊天动地的喷嚏。一股热流，顺着大腿根缓缓地流了下来，罗裙上爬出了一条黑线。

她飞也似的站了起来，抖开罗裙，在床前蹲了下来，温热的尿液滴滴答答地在地板上淌成一个黑圈。无论如何，她都不能弄脏了锦床。

她一把掀开盖头，把门闩上。在屋里的书桌上找到了一沓宣纸，是生宣，吸水的。她把宣纸团成厚厚的一团，蹲下来把地上的尿迹擦干了，把那团湿纸朝着床底下扔了进去。还好，罗裙只湿了一点。贴在身上，大概很快就能烘干的。她端起那碗莲子汤，一滴不剩地喝光了。那碗汤和汤里的莲枣落到她的肚子里，只微微地垫了一层底。可是那层底很管用，让她有了一丝胆气。她将门闩撤了，蒙上盖头，依旧端端正正地坐回在床上。还没容她把一颗咚咚乱跳的心略微平顺下来，一阵睡意劈头盖脸地袭来，瞬间将她压倒了。

后来她是被烫醒的。一睁眼她看见她的眼前有两盏熠熠生辉的小灯笼，那灯笼照得她的五脏六腑每一根骨头每一条筋都澄明透亮。

那是阿法的眼睛。

"阿贤，金山带来的好东西，没给你留下几样。"阿法说。

淑贤是她的闺名，可是这个名字，除了生她的那家人外，却是无人知晓的。从小到大，所有的人都叫她六指。直到那天媒人把这个名字包在一张大红庚帖里，交给了阿法，于是它就成了她和阿法之间的一个私密。此刻听见他把这个私密从红纸的包裹里解脱出来，交还给她，她只觉得有些石破天惊的震颤。

"下回，下回等你回来，再给我买。"她嚅嚅地说。

"没有下回了，下回我带你去金山，你自己挑你喜欢的东西买。"

阿法吹灭了红烛，放下罗帐，不再说话。可是阿法的手却开始说话。阿法摸索着寻找着六指夹袄上的纽扣。六指的夹袄虽然是软缎的，可上面却绣了大片大片的牡丹，枝枝叶叶的使得袄身如同盔甲一样地厚重。纽扣是盘花扣，一团一团云雾似的纠结着，很难找到一条路。可是阿法终于找到了路。

阿法脱去了六指的夹袄，阿法的手毫无防备地陷落在一片硕大无边的温软之中。他觉得他的手如一张粗糙的砂纸，抚过这片丝绒般的温软时，无论多小心翼翼，依旧会钩起一丝丝细线头。他暗暗地谢了老天爷——那个常年劳作的身体，竟没叫老天爷给作践了，依旧如此细皮嫩肉。他的手就很是犹豫惶惑起来。这时他听见了一声呻吟。这丝呻吟轻得如同一粒粉尘在耳膜上飞过，可是他却一下子听出了这丝粉尘裹挟着的愉悦，于是他的手就渐渐地有了劲道。

其实阿法对女人的身体并不陌生。他对女人身体的基本知识，都是在金山的妓院和茶楼里学到的。那些女人教会了他如何入门。他反反复复地跨越了许多次的门槛，却依旧对门里的景致茫然无知。因为他压根不知道门槛里边还有景致，他从来以为门槛本身就是景致。可是今夜六指突然让他醒悟，门槛只是景致的开始。

事后两人大汗淋漓地平躺了下来，一粗一细地喘着气。

"金山，果真好吗？"六指靠在阿法的肩上问。

阿法用手指头将六指额上的湿发绕成一个又一个的圆圈，却不吱声。六指又问了一遍，阿法才微微一笑，说也好也不好。若都是好，何必要叶落归根？若都是不好，怎么会有这么多金山伯？反正将来你去了，自己看好还是不好吧。

六指霍地坐了起来，靠在床板上。外边是个大月亮的夜。月光透过竹帘的缝隙洒进来，在六指的眸子里聚成两汪清亮的泉眼。

"阿法，你真的，要带我去金山？你不会像昌泰阿妈的男人，去了金山就把家忘了？"

阿法也坐了起来，将六指紧紧搂住。六指听见自己的骨架，在阿法的怀里发出嘎嘎断裂的声响。

"六指，我对天公起誓，今生一定和你，在金山团聚。"

六指挣出一条胳膊，将手放在阿法的脸颊上。六指的手还没有完全痊愈，依旧裹着药饼，所以六指的动作就有些笨拙。六指青肿的手指缓缓抚过阿法脸上的那道疤痕，那些高低不平的沟壑颠得她的心一扯一扯地生疼。

"阿法，他们说，你脸上的疤，是和人在金山打架生事出来的，是吗？"

阿法拿下六指的手，团在自己的胸口。半晌，才摇了摇头。

"摔的，走山路摔的。"他说。

第二天昌泰婶醒来时，天已经亮了。昌泰婶昨晚吃喜酒一直吃到三更，回来在床上一歪，就睡着了。昌泰婶坐起来，才发现自己竟然连衣裳也没脱，依旧穿的是婚礼上的那件宝蓝暗花夹袍，只是头发乱了些。昌泰婶用牛骨梳蘸着刨花水将发髻重新梳拢过，就端端正正地坐在堂屋里等人。

昌泰婶等的人，等了很久也没来。窗户纸慢慢地由灰色变成了白色，狗吠鸡鸣声渐渐地响成了一片。邻人的门一扇一扇咿呀地打开了，有人在往路上哗哗地泼水——是在倒隔夜的尿壶。孩子的哭声，爷娘的骂声，赶早市人的脚步声，每一样声音都如一根针戳在昌泰婶的心里，戳得昌泰婶的心蜂窝一样的乱。便忍不住起身到路上迎望。

打开了大门，却猛然吃了一惊——她等的人，原来在她还没起床的时候，就已经来过了。

门前空地上，放着一个扎着红绸的大铁盘。打开盖子，里头是一头烤得粉红流油的乳猪。昌泰婶仔仔细细地看过了盘里的乳猪，头，尾，口舌，四肢，一应齐全。乳猪的肚子底下，压着一块白布。昌泰婶抽出白布，看见了上面的斑斑桃红。

昌泰婶拍了拍胸口，念了一声阿弥陀佛。

"六指，你总算过了这一关了。进门靠神，将来就靠你自己的造化了。"昌泰婶喃喃地说。

光绪二十一年春，参加乙未科科考的各省举人考完会试，正在京城等候发榜。那个春天里发生了很多的事情，会考只是其中的一件。滞留在京城的举人们在酒肆茶楼会馆里如蝇子一样地聚集，嘤嗡的话语声从门缝墙缝窗棂格缝里流泻出来，悄悄地流入大街小巷，成为市井布衣饭前酒后的话题。

举人们讨论的内容，其实与会考无关。

那个春天里举人们讨论的是关于一场战争和一纸和约。这一场战争让大清帝国输掉了一整个北洋水师。这一纸和约叫皇上丢失了二万万两银子，山东半岛，辽东半岛，台湾岛，还有澎湖列岛。

那场战争的名字叫甲午战争。那纸和约是《马关条约》。

后来，十八省举人嘤嗡的争辩声渐渐地安静了下来，凝聚成一纸万言《上今上皇帝书》。数千人聚集在都察院门前请代奏皇上，拒和，迁都，练兵，变法。

京城的纷乱是欧阳明先生告诉给阿法的。

阿法自打从金山回来省亲，便又和欧阳先生走动得热络起来了。欧阳先生祖上留下一份不大不小的家业，够一家老小的开销，所以先生对开私塾学馆并不十分上心。欧阳先生的学童没有几个，整天家里却是满屋的杂客。欧阳先生的客人三教九流都有，有和他一样的教书匠，有芝麻大的官吏，有拉洋车的车夫，有粤剧戏班里唱戏的，也有在官府中做清客的。这拨人在欧阳先生家中倒也不白混吃喝，都把街市上听到的新闻——搬到欧阳先生的饭桌上来——大多是关于京城天子朝廷里的传闻，那正是欧阳先生最爱听的。

众人在饭桌上难免遇上阿法，听说阿法是金山来的，又识得字，便问起

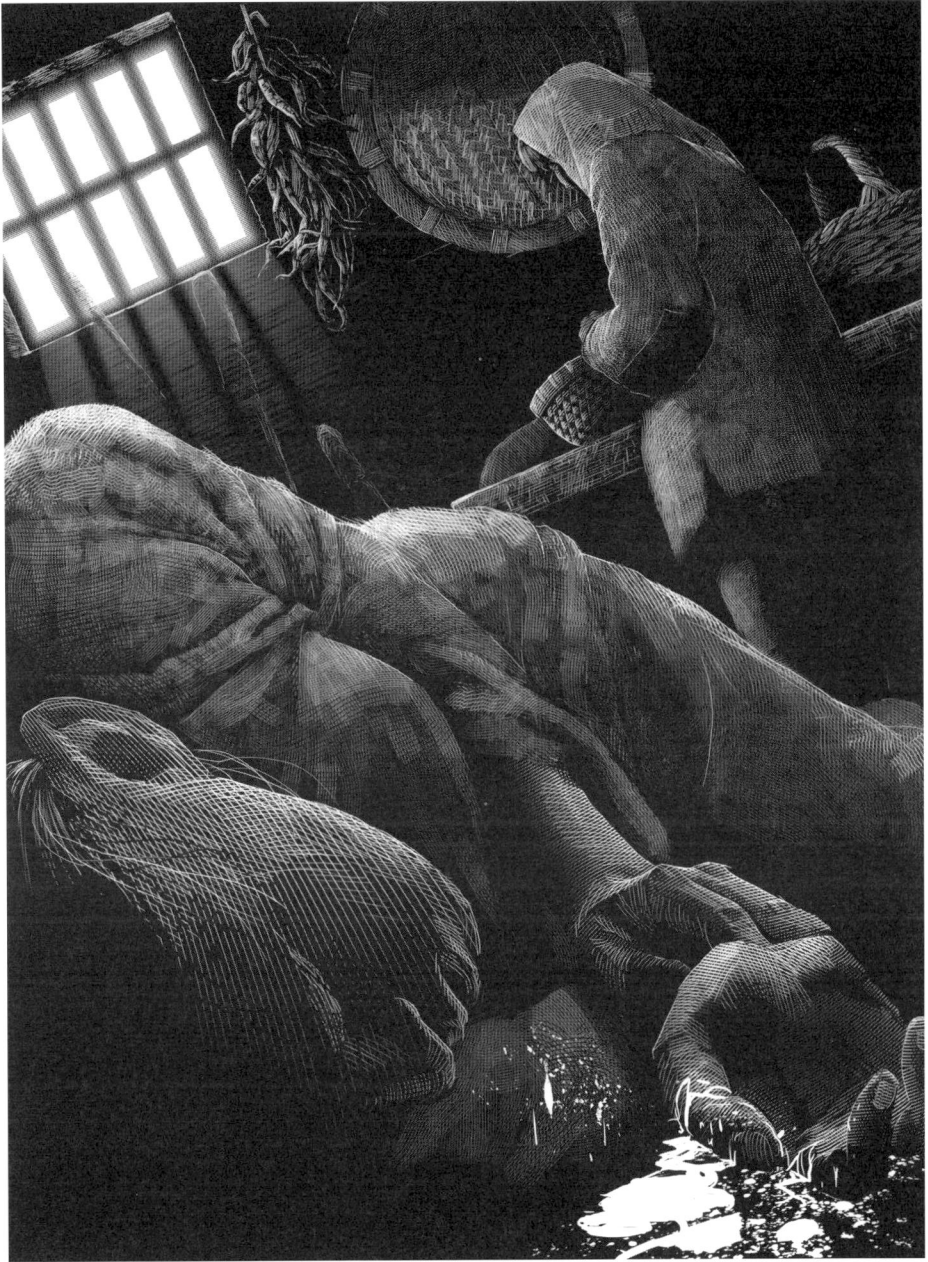

有一些暗红的汁液正蠕爬在六指的手背和衣襟上，爬出一团一团湿润的花。

金山的国体如何？百姓是否安居乐业？阿法说金山虽有个女皇，女皇却是不管事的。管事的是国会。国会的人不是靠科举考上或女皇钦点的，却都是百姓选的。若真想当国会的人，还得先讨好百姓，好多得几票。众人就问你也是百姓，他讨没讨好你？阿法叹气，说吾等不过苦力而已，金山官府是不给选举权的。

欧阳先生猛然拍桌而起，饭粒溅了一地，"当今皇上其实是学过西学，知道西洋的好处的。若不是有人阻拦着他，我大清国恐怕早就和西洋一样实行新政了。"

众人都知道欧阳先生说的是谁，便都放低了声音。洋车夫出去把门关严了，才趴在欧阳先生的耳朵边上，说新会一带新近成立了个长枪党，听说要重金聘杀手进京，杀了那个女人，给皇上清路呢。

阿法听得胆战心惊，便扯了扯欧阳先生的袖子，说不怕杀头啊，说这样的话？欧阳先生却只哈哈大笑，说你没看见她的气数尽了？谁死在谁前面还不知道呢。

那天阿法刚送走欧阳先生，六指就发作了。

接生婆在门上挂起了一块大红布帘，除了下女阿彩，谁也不许进屋。六指在门帘里发出断断续续的呻吟。那呻吟声起先是压抑着的，仿佛堵了棉絮，到后来就变成了声嘶力竭的哀嚎。阿彩端着一个木盆从屋里出来，往阴沟里倒水，倒出来的是殷红的一盆血水。阿法突然想起了小时候阿爸劁猪时的情景，便要一头冲进屋里——却被守在门口的麦氏死死拉住。

"哪个女人生孩子不是这样的？忍一忍，就过去了。血光之灾，你断不能进去。"

麦氏让下人拿了香来点上，跪在丈夫的遗像前，颤颤地磕头。阿法在家里再也待不下去了，便风也似的跑出了院门，跑到对过的路边，靠在一棵树身上坐了下来，双手紧紧地捂住了耳朵。

阿法在树下坐了约小半个时辰，就看见阿彩上气不接下气地从自家院门里跑出来。阿彩的衣襟袖口都是污血，嘴唇抖抖的，半天才扯出一句石破天惊的话：

"是，男，男仔。"

阿法站起来，只觉得天上生出了七七四十九个太阳，从路头望到路尾，地上找不见一片阴影。急急地往屋里走，腿软得几乎要跪倒在地上。

跑到屋里，一眼看见了六指满脸是汗地歪在枕头上，唇上到处是青紫的牙印。六指身边是一个布包，裹得很紧，只露出一张脸。那脸像是一只收漏在田里的番薯，满是褶皱伤疤霜痕。丑是丑，却丑得让人心软。阿法把包裹抱起来，小心，笨拙，像是举着一件轻轻一动就要碎裂的瓷器。

孩子突然睁大了眼睛，奋力扭动着身子，惊天动地地哭了起来。孩子的哭声震得房梁颤颤地抖，一屋都是抖落的灰尘。

六指的眼皮很重，像是压着两潭淤泥。六指想问孩子到底起哪个名字，可是六指只动了动嘴唇，却说不得话。

孩子是锦字辈。名字阿法几个月前就想过的。若生男，就叫锦睿。若生女，也跟锦字，叫锦绣。

可是当阿法看到孩子脸上豆子一样滚落的泪珠时，突然就改了主意。

"锦山，就叫锦山。"阿法对六指说。

因为阿法想起了京城都察院门前那个泣血跪叩，高声呼喊"还我河山"的台籍举人。

等到锦山长大，也许，大清的山河就不是今天这副衰样了。阿法想。

锦山满月的时候阿法启程回金山。阿法动身之前，带着六指和锦山去祭红毛和关氏。红毛的墓穴不再是空穴。红毛的墓穴里如今埋了一把胡琴和一件旧衣裳。红毛墓穴上的那个口子已经被封合。分离多年之后，红毛和关氏的魂，终于在一个多事的春天里草草地会合了。

"将来只要锦山能给我烧香，你的坟头就不会断了香火。"

阿法对着墓穴重重地磕了一个头。

第四章

金山乱

公元2004年，广东开平

艾米是在几乎绝望的时候发现了那双鞋子的——那时她和欧阳云安已经在碉楼里待了整整两天了。

到第二天下午的时候，他们对碉楼错综复杂的布局已经有了一丝熟稔，对每一扇门每一条过道之后的房间或是台阶开始有了一个模糊的轮廓。

可是最初的熟稔带给他们的只是失望。

那座遥遥相望时暗示了无数陈旧隐秘的碉楼，一旦进入其间，才发现灰尘底下其实没有隐秘——至少没有艾米和欧阳屏息期待的那种隐秘。除了六指衣橱里的那件衣物外，从上到下的五层楼里，几乎没有几样值得一提的旧物。岁月宛如一只看不见的巨手，洒下一层又一层厚重的灰尘，填平了一切提示着生存痕迹的沟壑——这里仿佛从来没有过旧事旧人。

当然空白也不完全是空白。比如在顶楼的阳台上，艾米和欧阳就发现了一辆儿童自行车。车是三个轮子的。其实关于轮子的说法纯粹是一种联想——由余留的铁架形状而产生的联想，因为轮子本身早就不复存在了。欧阳掏出钥匙链上的水果刀，将铁架上的锈痕刮去，隐隐露出底下的一个钢印。两人仔细研究过了，才认定是"大英帝国曼彻斯特1906"几个英文字。

再比如在四楼的墙角上他们找到了一把银茶壶。银料在岁月里走过一遭，早已黯淡失色了。壶身上雕着枝枝蔓蔓的青藤，底圈是一串飞花一样交缠着的英文字母——是洋式的壶。那茶壶也许是一副茶具中的一件，如今却和它的兄弟姊妹拆散了，天各一方地待在一个它不该待的地方，孤零零地老去。艾米掀开壶盖，发现壶底粘着几粒乌黑的老鼠屎，便奇怪老鼠怎么能钻进一只盖着盖的茶壶里去。欧阳想了半天，才说那是茶叶，几十年前的茶叶，是茶水蒸发之后遗留下来的。艾米不禁一怔。这最后的一壶茶，是六指喝过的吗？六指放下这把茶壶，就再也没有回来了吗？若冲上一壶热水，几十年前的茶叶是否会在几十年后的水中复原，舒展开脉络，诉说一段几十年前的绿色记忆？

壶无语。茶叶也无语。

再比如他们在四楼的一面墙上看见了一片墙纸。纸面被年复一年的水汽反复浸润过，长满了霉斑，又被虫子蛀出无数个洞眼。霉斑和洞眼交织融汇，几乎完全看不出原来的颜色和花纹了。欧阳用放大镜细细地走过了一遍，突然发现最尽里的角落里，有一个数目字，是20。欧阳叫艾米过来看，艾米看了几遍，才惊叫了一声："是美金，这一墙贴的都是美金！上面有字，是'……信……上帝'，好像是'我们信任上帝'——每一张美钞的背面都有这行字。"

"民国的纸币天天贬值，这一带的金山客家人只认美金港纸，把美金叫作'通天单'。你们家居然把通天单拿来糊墙。"

"只有爱透了美金，或是恨透了美金的人，才能做出这样的事。"艾米啧啧称奇。

欧阳沉吟半晌，才说艾米你忘了还有第三种可能性——这个人既不爱美金也不恨美金，他只是无动于衷而已。

艾米愣了一愣，忍不住哈哈大笑起来，一把拥住了欧阳，在他的脸颊上叭地亲了一口，说欧阳你太可爱了。

欧阳脸上的皱纹突然凝固如木雕。半晌，这些皱纹经过了一阵毫无目的的游走，才犹犹豫豫地稳固在一个似笑非笑的表情里。艾米只觉得欧阳的表情有些怪，过了一会儿才明白过来欧阳是脸红了。脸红是对二三十岁细皮嫩肉的小年青而言的，对欧阳这样的黑脸汉子来说，脸紫倒是更贴近现实的说法。欧阳脸上的紫酱如潮水般涌上来，又如潮水般退下去。艾米定定地盯着欧阳，仿佛要把欧阳钉在墙上。

"我不知道，你这个年纪的男人也会脸红。"艾米说。

"你是说，一个糟老头子，竟然还敢有这么薄的脸皮？"

"不，我不是这个意思。"艾米摇了摇头。突然又点了点头，说没错，我就是这个意思。难道你一辈子就没有被女人拥抱过，或是亲吻过，比如说，你的太太？

欧阳没有吭声。许久，才说："我太太是在1981年离世的。那时候，拥抱和亲吻都只是外语辞典里的词汇。"

"对不起。"艾米嗫嗫地说，突然就收敛了张扬和放肆。

两人便坐到了地板上，望着一屋的空白，哑然无语。

一座曾经金玉满堂的楼宇，为何只剩下这零星几样的旧物？六指仿佛是知道了自己的大限的，六指平静地收拾了一切关于自己的痕迹。六指又仿佛是猝不及防的，因为六指的最后一口茶，还闷在那把隔洋舶来的银茶壶里。

屋里的那几样旧物，只给窥探者显示了隐隐约约的一个开头。像是一个貌似深邃的山洞，只探进去一个头，便跌入了无边无底的黑暗——是没有一点破绽的那种黑暗。这样的旧物，也许能挑起民俗学家的一点兴趣，可是艾米需要的，却不仅仅是这样的兴趣。

艾米寻找的是历史。一句话。一片纸。一封可以把推测铁板钉钉地落到实处的信。一张可以把怀疑不容置疑地凝固为现实的照片。

可是没有，他们没有找到任何蛛丝马迹。

两人收拾了公文包和照相机，朝外边走去。

"屋里这几样旧物，就留着做陈列品好了，反正我都拍了照片了。不过，维修一定要严格按照原样，历史可以留有空白，但不能有替代品。合同里一定要加上这一款，否则我拒签。晚上你可以把修改过的合同带到宾馆来签字。"艾米对欧阳说。

欧阳没回答。半晌，才微微一笑，说："感觉奇妙至极。"

艾米问什么感觉？欧阳盯着艾米，说："那个拥抱。"两人一起哈哈大笑。

下楼的时候，有一截楼梯拐角处塌陷了一块，艾米一脚踩虚了，就崴了脚。便脱了鞋子，坐在楼梯口揉脚。头一低，猛然发现楼梯的凹陷处脸对脸地倒扣着两双鞋子。艾米把鞋子抠出来，是两双一模一样的千层底布鞋，男人的，大且肥，鞋底上并无泥土的痕迹——像是从未上过脚，只是鞋帮鞋面的布料已经老旧得失去了经纬交织的劲道。鞋子很是鼓胀，因为里面塞了几个布包。布包轻轻一碰就裂开了口子，艾米一眼看见了里头厚厚一沓的纸。

是信。

是用毛笔小楷密密麻麻地写就的信。

艾米小心翼翼地将发黄了的纸片从信封里掏出来，一页一页地展平了，铺在地板上。

"放大镜。"艾米对欧阳说。

"老天有眼，不是钢笔字，要不恐怕早褪没了。"欧阳大喜过望。

艾米的眼里，有些闪烁的光亮，问欧阳："我太外婆为什么把信藏得这么深？"

"你太外婆一生都在等。起先是在等一张去金山的船票，后来是在等一个来收藏这些信的人。她已经等了你几十年了。你不相信人有灵魂吗？"

艾米一惊，突然就想起了那天穿衣镜里浮现的那双眼睛。心尖上有一丝异常的感觉，慢慢地涌出来，淤血似的弥漫了整个胸腔。

许久，她才明白过来那种感觉是疼。

"欧阳，我想独自，和我的太外婆待一会儿。"艾米说。

光绪二十一年—二十二年（公元 1895 年—1896 年），卑诗省温哥华市

　　阿贤吾妻：

　　　　自今春离家已数月，诸事纷繁，又因住址数番迁移，家书几经周折，竟一直未能如期寄出。那日你携锦山送吾上路，锦山稚小尚未解别离，唯有你泣血哀伤竟不能止，吾未敢忘。若非我大清国力薄弱，民不聊生，吾等何至于背井离乡，有家难归？吾走后，上有老母，下有稚儿，还有田产诸多事宜，皆劳你费心照看。阿妈眼疾，可去广州城寻访一家活水诊所，有一英国医师华莱士，专治各类眼疾。锦山从小必劳其筋骨，励其心志，不可沾染娇骄之气。

待其稍长，可叩拜欧阳明先生为师，其文德品德吾久仰之。近年咸水埠（温哥华）日渐兴盛，唐人多迁至此地谋生。吾业已由域多利（维多利亚）迁至咸水埠居住。不日前在此地偶遇先前筑路时旧友阿林，相聚甚欢，正商讨共事之计。待新衣馆开张，即寄银信回乡以作家用。此番回乡，历年在金山之储蓄，业已虚空，万事需从头开始。此地官府待吾等唐人极是苛刻，苛捐杂税不可一一而数。待吾攒得人头税银两及过埠盘缠，便携汝与锦山来金山团聚。

　　夫得法　乙未年九月初三于金山咸水埠

　　一个城市的崛起，和一粒深埋在土里的种子一样，孕育的过程是冗长，幽暗，充满鲜为人知的险阻的。促成种子发芽的因素很多，比如阳光，水气，肥力，风势。等等等等。拦挡种子发芽的因素也很多。比如阳光，水气，肥力，风势。种子躺在泥地里，在黑暗中久久潜伏着，也许是一季，也许更长，等待着风水光肥怦然相遇的一个天机，然后石破天惊地冒出第一片绿叶。

　　维多利亚就是在这样一个天机中冒出来的一片叶子。在没有火车的年代里，水是维多利亚崛起的原因。八面来风推送着万国的船只，来到这个四面环水的弹丸之地。人气商机随着好风好水凶猛地涌了进来，于是，这片几百年的蛮荒海滩，突然一夜之间生满了财富的绿树。

　　可是火车改变了一切。

　　火车像一条青蛇，从东岸一路蜿蜒，在洛基山脉巨大的屏障前停了下来，再也爬不过去了。有一群亡命之徒，赤手空拳地在洛基山的肚腹里掏出了一个大洞。火车穿过这个大洞，一路喘息地到了西岸的一方土地。这方土地和维多利亚隔水相望，一面临着大洋，一面靠着大山。山带来了铁路，洋带来了风帆。山成了水的脚，水成了山的翼，于是，这方土地就有了通行无阻的天机。八面的财富，在这个水路交替的地方聚集，繁衍，分散；再聚集，繁衍，分散。这方土地在好风好水好路的滋润下，静静地积攒着蜕变的力气。渐渐的，人们觉出了维多利亚四面环水的憋屈。突然有一天，轰的一声爆响，炸出一个惊天动地的想法：到那边去，到水那边的新城去！！

　　于是水那边的那个新城，一夜之间成了一个家喻户晓的名字。

在金山的唐人，刚开始时不习惯使用这个以荷兰船长的名字命名的城名。他们觉得这个名字很拗口，像是一种点心，也像是一种疾病。总之，这个名字怎么也不像是中国话里的地名。于是，他们自作主张地把这个地方叫作"咸水埠"，因为这里的水和维多利亚的水不一样，是咸的。一直到很多年以后，到了他们孩子那一代，人们才渐渐学会了一字一顿地说出这个城市本来的名字：

温哥华。

开平回来的那个夏天，阿法从域多利搬到了咸水埠，从同乡那里借了几个钱，又开了一家洗衣馆。衣馆还叫竹喧，却开在了洋番的地界。阿法回乡这一年多时间里，租金长了许多，万事金贵。铺子的门面虽然还和先前一个样子，里头却比先前越发小了些。前后有两间屋，后面一间是晾衣室，前面一间是熨衣见客的地方。后面那间放了两个扁木桶，头顶上蜘蛛网似的挂着晾衣绳，走路稍不留神，就能磕到木桶，或是被衣服上的水淋一脖子。前面这间更小，只够铺开一张案子，两块熨衣板。

阿法雇了一个伙计在衣馆里，伙计管洗衣晾衣的粗活，他自己管熨衣改衣的细致活。每天中午时辰，伙计就将两个木桶搬到车上，带上收来的脏衣服，赶着马到几里路外的河边，一桶一桶地汲水洗衣。待到伙计洗完衣服回来，也就是晚饭的时候了。不急取的衣服，就在后屋晾着，等着慢慢地干了，再折叠平妥。急取的衣服，就得立刻生上炭火熨干。若是急取的衣服多，阿法就得一夜熨到天明。

有一天阿法熨衣熨至凌晨，懒得回家，就靠在熨衣板上打了个盹。没睡多久，却被一阵"骚利骚利"的声响惊醒。睁开眼，原来店里来了个取衣的洋番，正拿着一件衣服和伙计争吵——原来是衣服叫熨斗的炭火溅了个洞眼。伙计不识得几个英文字，说不过那洋番，只会不停地"骚利骚利"。阿法看那洞眼不大，又在下摆，并不很明显，便拿了一个针线荷包出来，指了指凳子，对洋番说："我给你补。你，等一等。"阿法这次回乡，跟六指学了几样绣补的绝招，没想到这么快就派上了用场。

谁知那洋番并不肯坐，却愣愣地盯着阿法看。阿法知道洋番在看他脸上的疤。他已经被人这样看了十几年，刚开始的时候，他觉得那些目光像绒草掸过他的脸，掸得他刺刺啦啦地生痒。到后来就渐渐木知木觉了。

"你修过，铁路？"洋番犹犹豫豫地问。

阿法忍不住抬头仔细看了一眼那个洋番。虽然阿法在金山也已住了十几年，多少见识过一些洋番，可是到现在他依旧觉得他们是千人一面。这个洋番和街面上走过的洋番也没有什么不同，大高的个子，油光红亮的脸，穿着青灰色的三件头西装，铮亮的头发上留着一牙一牙的梳齿，背心口袋里挂了一只怀表。阿法在脑子里飞快地把他认识过的洋番捋过了一遍，没有这样的人。他认识的洋番没有这样体面的。

"二十九，你是二十九号？"洋番又问。

阿法吃了一惊。二十九号是他在修铁路的营地里的工号。那时他们分成几十个组，每组三十个人。他是三十个人里的第二十九个。管他的洋番不知道他的名字，也不需要知道他的名字。对于管工和管工的管工来说，他只是出工表和领饷表上的一个数目字。这个数目字像是一张网，兜头一罩就罩住了他。管工手里牵的是收网的绳子，管工只用一根小指头轻轻一钩，就钩住了他的全部身家性命。

修铁路的那几年里，他常常用树枝在帐篷外的空地上写自己的名字，一遍又一遍，用各种的字体，因为他害怕忘了怎么写自己的名字。即使在铁路完工以后很长的时间里，他听到二十九这个数目字，还会忍不住抬头回应。

洋番俯过身子，隔着熨衣板将阿法紧紧搂住。

"我是瑞克·亨德森，别告诉我你忘了，那条该死的铁路。"

阿法愣了一愣，才突然明白了过来。工头，这个洋番是当年营地里的工头。他心里涌上的第一个想法就是：丢，一条铁路倒把一个粗坯子变成体面人了。可惜阿法的英文终是不够顺溜。等到这个想头在脑子里翻过几个滚之后，泛上舌尖的竟是另外一句话：

"亨德森先生，你，你怎么会在这里？"

洋番松了阿法，哈哈大笑，说："什么亨德森先生，你就叫我瑞克。你救了我一命，我拿这条命去干了点事。我现在和朋友在城里开了个车马店，专门给太平洋铁路公司的员工和家眷歇脚的。"

阿法看着瑞克衬衫领口上那个打得一丝不苟的领结，突然就想起了红毛和阿林。红毛的工号是二十八号，阿林是三十号。他的号夹在他俩的中间，他们这三个号码在登记员的出工表和领饷表上拥拥挤挤地并排躺了好几年。

岂止是他们的工号，其实他们三个身子，也是这样拥拥挤挤地在一张地铺上并排睡了许多年的。红毛在前，阿林在后，阿法居中。人多铺挤，三个人侧身蜷腿，像三枚摆得密密的虾干，才能勉强躺下。红毛的屁噎得他透不过气来，阿林的呼噜在他的脖子上打着一枚又一枚的钉子。有时半夜醒来，他恨不得一只手掐死一个。可是他被他俩死死地夹在中间，连坐都没法坐起来。后来有一天，红毛的地方突然空了，阿法的手脚才有了动弹的空间。再后来阿林的地方也空了，阿法的手脚却一下子没了着落——这才知道其实自己是宁愿拥挤的。拥挤着的时候，他哪怕倒下，也还有人替他撑着。拥挤其实也是一种依傍。

阿法叹了一口气，说铁路啊铁路，它叫多少人发了财，又叫多少人丧了命。阿法的英文虽然口音浓重，瑞克却一下子听出了那里头的锋刃，脸色就有些讪讪的。半晌，才说这条铁路，唉。去年我坐火车去蒙特利尔，还看见鬼魂在窗玻璃上飞来飞去。其实，修完铁路我也失业了，在铁路线上的小镇里混了两年，什么活都干过。后来碰见一个太平洋铁路公司的老熟人，领我到温哥华来，才找到了这个机会。

"你呢？二十九号？"瑞克问阿法，"天哪，我到现在也搞不清楚你到底叫什么名字。你们中国人的名字，真是的。"

阿法说我说得了你的话，你可说不了我的话，我说了你也学不会，算了。瑞克一把拽住阿法，说不算不算，你说来我听听，谁说我学不会，山都炸得开呢。

阿法就一字一顿地说了自己的名字。瑞克学了几遍，满嘴都是舌头，听得阿法忍不住笑，说你饶了我，还不如借你们的音叫我法兰克吧。你都看见了，这些年我干的就是这个洗衣行，从前在域多利，两个月前才搬到这里。都说这里兴旺，衣馆开得到处都是，生意倒越来越难做了。

瑞克看了看阿法的店面，沉吟了一下，说我的车马店有几十个房间，床单被褥桌布，下次就送到你这里来洗。我还有几个朋友，也都在做车马店生意，我可以让他们都来找你，只是，你这个排场就不够了。你还得雇几个伙计。不过，下回可别再给熨出洞来。

阿法在那件衬衫的内边上抽了一根线，就来绣补那个破洞。三针两针完了事，递给瑞克，瑞克竟然完全找不出破绽。阿法就笑，说今天让你逮住了，平常这种事，没等你发觉就补好了，上帝知道我知道，你根本用不着知道。

瑞克摇头叹奇，说你这个法兰克，上帝造你的时候，大概刚刚睡醒，造得你精得跟鬼似的。听说太平洋铁路公司就要在这儿建一个大大的车马店，当然人家不叫车马店，叫宾馆。几百个房间，宫殿似的。你想想，得多少的床单桌布？到时候，我找个熟人走走路子，看能不能把这个活包给你。到时候你就真得雇他十个八个伙计了。

送走瑞克，阿法听见自己饥肠鸣响如鼓，这才想起自己从昨天晚上起就没吃过饭。便吩咐伙计好生看铺，自己去唐人街填一填肚子。阿法的店铺在唐人街之外，吃住却依旧在唐人街。阿法走到街上，太阳已经升到树枝开杈处了。咸水埠临海，秋风和秋阳都给磨去了锋刃，一味地和暖。街上不知什么花开过了，风吹过，满街都是粉红的软团。阿法一路走，一路哼着小调。走了一条街，才醒悟过来自己哼的原来是"嫁女调"——那是红毛在营地里用那把破胡琴拉的酸调。阿法一边踢着路边的石子和花团，暗想瑞克这个混小子到底还有些良心，记得命是别人给的。免不了就想到了瑞克说的车马店新生意，他似乎已经觉到了银票捏在手心的厚实和六指蜷在自己怀中柔若无骨的样子。

"快了，阿贤，金山的好日子快了。"阿法喃喃地说。

阿法走进了杜邦街一家叫旺记粥屋的粥粉店，在靠窗的位置上坐了下来——这是他天天坐的一个位置。他用袖子在油光光的桌子上擦出一个小小的扇面，把身子靠上去，说来一碗皮蛋瘦肉粥，两个银丝卷，一盘鲜虾肠，一碟凤爪，一碟田螺。店小二吃了一惊，说阿法你今天走路踢到银纸了？阿法笑笑，却不说话。

一边等着菜，一边就前前后后地张望。已经过了平素吃早饭的时间，店里很是冷清，除了他，只有另外一个食客。那人埋着头，喝着一碗无餕的白粥。碗沿上爬着一只绿蝇，近得几乎贴到了他的鼻尖。阿法看不下去，忍不住敲了敲那人的桌子，说："阿弟你不是连蠓蝇都食吧？"那人抬起头来，看了一眼阿法，手里的碗就曀唧一声掉在了地上。

"丢你老母，阿法你没死啊？让我找了这么多年。"

阿法也是一愣，看了那人几眼，才说阿林你到底是人还是鬼啊？

阿林叹了一口气，说是鬼倒好了，省得遭这么多罪。就伸了伸左腿给阿法看，说那年和你在慕迪港走散了，一跤从山上摔下来，跌断了腿骨，走不得路，只好在红番镇上住了下来，一住就是八九年。去年才去了域多利，今年年初又跟人来了咸水埠。

阿法问你在咸水埠做什么事？阿林说拖了这样一条腿，还能做什么？听说罐头厂招人，洗鱼刮鱼鳞，想去试试看。那也是夏天的饭碗，天一冷连这等事也没得做了。

天依旧热，阿林却穿着一件油光闪亮的夹袄，领口袖口挂着布丝，头发脏得起了结子。阿法看着，便知道阿林的日子过得拮据，就对店小二招了招手，说给这位阿哥再来一份鲜虾饺，一盘三鲜炒河粉。又问阿林愿不愿意来我衣馆里做？熨衣补衣的活计，只要用心，也不难学。阿林说你开店铺了？阿法就把早上遇到瑞克的事给阿林讲了一番。

两人不禁毛骨悚然——十数年前因了一条铁路聚拢，也因了一条铁路散去的旧人，一天之内竟然都遇上了。除了冥冥之中的天意，再别无解释。

两人又讲了些修铁路时的旧事旧人。阿法问阿林有没有阿成的消息？阿法年初从广东回到域多利时，曾去过春成杂货铺看阿成，铺子关着门，敲了门也无人答应。阿林说你不知道阿成进了大狱？

阿法吃了一惊，说阿成如此老实之人，竟为何犯了官府？阿林说阿成这些年攒了些小钱，够了人头税和盘缠，就回去娶了个女人。那女人次年就跟他到了域多利。域多利一整个华埠，除了番摊巷和茶楼里有几个阿举（妓女），哪有几个良家女子？阿成的女人有几分姿色，阿成不放心，终日将她锁在后屋，不让出门一步。偏有好色之徒，趁阿成不在家，便要爬到窗上窥探一番——阿成防不胜防。那女子常年困在家中，一时难耐寂寞，终是被人勾了去，暗夜出逃了，却叫阿成骑马追上了。阿成一时气急，砍了那男女几刀。女人伤了脸面，倒无大碍。男人当场毙命。阿成就给下了大狱，已有一年多了。

阿法听了，竟是无话。半晌，才说好人啊，那个阿成。阿林说我去年见到阿成，他还说起刚修完铁路那一年，你混得几惨，吃没吃处，住没住处，是他每日留了炉火在门外给你的。

阿法一怔。

煤炉，春成杂货铺后门那只奄奄一息的煤炉，暖过他的手，也暖过他乞讨回来的食。阿成把炉子留在那里，是为了救他一命。

阿成知道自己每晚都在他家后门过夜，阿成从来就是知道的。可是阿成却从未说破过。

"阿成现在，押在哪里？"阿法问。

今天成千上万的中国人聚集在太平洋公司轮船码头，欢迎大清帝国政要李鸿章的到来。 此人的官衔极多，大清帝国直隶总督和北洋大臣只是其中的两个，尽管他的一些官衔由于两年前的中日海战失利而被褫夺。 在那次海战中大清国失去了全部的海军和两亿两的银子——这些银子相当于日本全国七年的财政总收入。 李总督在海上已经航行了七个月，出访俄德荷比法英诸国，并在上月抵达美国。 李总督这次出访的目的是奉大清皇帝的旨意与诸邦修好。 温哥华是李总督此行的终点站，从这里他将取道日本返国。 李总督的温哥华之行是一个意外，据说他原定的终点站是西雅图，而因风闻那里有一群愤怒的大清侨民正在等候着他的到来——这群人愤怒的原因是美国的排华法案，于是他临时决定改道至温哥华——尽管李本人坚决否定了这一说法。 李总督的这个临时决定丝毫没有影响温哥华华埠对于他到来的兴奋之情。

今天整条豪伊街张灯结彩，一个巨型牌楼在码头上竖立着，据说为搭建这个牌楼一群大清侨民耗费了几个通宵。 牌楼由一个正门两个辅门组成，带着彩条的布匹铺成了一大两小三个尖顶。 正门尖顶上有一个圆球，圆球上插着大英帝国的旗帜，而两个辅门上各插着大清国和加拿大的国旗。 牌楼之上张贴着四幅迎宾条幅，牌楼之下挂着几盏精美的宫灯，尤其是正门之下的那一盏格外引人注目，它的直径约有两英尺，细龙骨外绷了一层层精美的丝绸，绸缎上绘有鲜花、清国图案和文字，灯下挂着七彩流苏，美妙绝伦。 码头上挤满了人，有很多是前来看热闹的白人。 在豪伊街口甚至发生了一起殴斗事件，开始是两帮小痞子在路边互相推搡，随后在马路上大打出手。 他们周围立即围成了一个圈，有人猜测这可能是一帮小偷在滋事——他们好趁人们围观时偷取钱包。 有两个僧侣在人群中兜售寺院祭奠用的香火，并声称是欢迎李总督的香火，生意很是兴隆。

李总督是在市长考林斯先生，太平洋公司的省监阿伯特先生以及警察总长沃德先生陪同下乘坐专用马车走下码头的。李总督的随行人员（包括他的一个儿子和侄儿）带着长途跋涉的行李乘坐在后面的普通马车上。据说李总督此行诸多件的行李中，最重要的一件是一口上等楠木做的棺材——七十四岁的总督随时准备在行程中倒下。当李总督乘坐的马车接近牌楼时，等候已久的"天朝子民"展示了他们传统的迎宾仪式。先是一小排鞭炮点燃，然后是巨大的爆竹爆炸声，随之由数名鼓手组成的鼓队开始猛烈击鼓，数百人应着号子齐声呐喊。同时，具有独特魅力的清国音乐奏响了，有人唱起了清国歌曲。

李总督双眼明亮，闪烁着睿智的光彩，他戴着一副老式的硬框眼镜，颧骨高而不瘦，黝黑的皮肤看上去显得很健康。六英尺高的身材由于有些佝偻而明显变矮。李穿着著名的黄马褂，这种马褂有点像披肩，看不出有什么实际的用途。马褂里面是深蓝色的织锦软缎外套，再里面是深红色的袍子，上面凹印着许多暗花的纹饰。他穿了一双白色厚底靴，戴的是满清的官帽，从上到下往里收束，露出刮得光亮的头皮，帽子后面垂吊着用丝带束编至膝的长辫。帽檐是黑色的，帽冠镶着金边，用灯芯绒制作的布条从顶戴内向外披散出来。顶戴的正中镶有一颗巨大的宝石，顶戴上斜插了一根三眼花翎，在他的右手小指上戴了一颗光彩耀眼的钻戒。

从欢迎的人群中可以明显地看出等级的区分。被允许进入隔离区欢迎李总督的是一二十名清国商人。从他们衣着的昂贵质地就可以看出他们是些上流人士，其复杂的服饰与我们平常所熟悉的唐人街里的华人截然不同。而站立在较远处观看的则是普通劳工，他们穿着布制的短褂和在脚踝处扎紧了的灯笼裤。他们中的许多人是关闭了洗衣铺杂货铺从邻近各镇专程赶来迎接李总督的。然而不管是富商还是普通劳工，这些大清子民都没有违背清国的礼节习俗——他们依旧保留着具有重大象征意义的长辫子，尽管一些人已经在加拿大生活多年。

《温哥华世界报》1896年9月14日

阿法远远地站在人群中，仰着脸眯着眼睛看着牌楼上的那面旗子在渐渐有了劲道的秋风里铺展，翻卷，再铺展，再翻卷，响声猎猎。旗上的那轮太阳如一枚红得流油的鸭蛋黄，引得那条细瘦的青龙将身子扭得如同狂蛇，急切地想衔住那枚蛋黄。从前在中华会馆里，阿法也是见过这样的旗子的。只是，阿法从来没有在这样的天色里见过这样的旗子。这天的天色实在是太好了，当风把这面明黄的旗子完全平展开来的时候，阿法恍恍觉得那是贴在蓝布上的一张年画。

阿法将身子撇得极是扁平，在人和人之间细碎的缝隙里挪挤着。阿法把全身的重量都端在肩上，阿法的下半身轻得如同一片羽翼，耳边却依旧时不时地刮到一两句的恶骂——是踩着了别人的脚。在明亮的日头里，阿法毫不费力地看见了牌楼上的横幅"光昭四海"。而下面的四个条幅字小多了，阿法往前挤了半条街，才勉强看清了：

> 幸元老之遥临到处增光崇物望
> 奉上皇来远出睦邻修好定邦交
> 登鳌海而快乘风异地存留元宰泽
> 返凤墀而欣觐日上皇应奖老臣功

阿法从头到尾将条幅读过了几遍，只觉得意思是有了，音韵对仗却都有些欠缺。李中堂虽是一介领兵之武夫，想来也是熟读诗书的，但愿没有细读才好。

正想着如何润色，就听见丝弦声起，有人在唱歌。隐隐的，阿法只听明了一句"金殿当头紫阁重"，像是祭祖，也像是朝圣，曲调甚是祥和稳重，却是一种从未听过的陌生。过了很久他才知道，这个曲调是"李中堂乐"，是李大人临时请人填的辞谱的曲，代为大清国歌唱给夷人听的。

那辆马车慢慢地穿过牌楼走了过来。驾车的是两匹铺着红色马鞍的上等蒙古马，远远看上去马身上像洒了一层乌亮的漆水，粗壮的蹄子扬起和落下时都溅起一片泥尘和石子。当然，马蹄溅起的还不止是泥尘和石子。那天马蹄溅起的，还有阵阵的欢呼。马是训练有素的马，马见惯了这样的阵势，马连眼皮都没有颤动一下。

马车渐渐地走近了，阿法就看清了坐在马车里的人。马车里共有四个人，前排两个，后排两个，面对面地坐着。四个人里有三个是洋番，剩下的后排靠左那个着官服者必是中堂无疑了。中堂头上的冠冕看上去很是沉重，压得他的身子微微地前倾，半个臂膀攀靠在马车的缘架上。中堂的眼袋垂挂着，里边仿佛装载着两颗核桃。中堂的下巴一直在轻轻地颤动着，像在努力克制着一场瞬间即发的咳嗽。中堂的一只手里端着一只小银杯，那是他吐痰用的。他的另一只手捏着一柄烟斗。阿法依稀听人说过，中堂的烟瘾极重，一支接一支。但中堂抽的不是土烟。中堂只抽洋烟，而且是美国雪茄——是装在烟斗里抽的。

其实，脱下那身绣了金丝银线的朝服，摘下那顶饰着孔雀翎的冠冕，中堂不过也就是一个年逾古稀的寻常老人而已。人老的过程是缓慢而渐进的，东一条皱纹，西一根白发，东一块骨头，西一根筋。没有人能分得清哪一条皱纹是在哪一个早上生出的，没有人能说得出哪一根白发是在哪顿饭后长出来的，也没有人能记得住哪一根筋骨是在哪一晚佝软下去的。只是当所有的征状都在某一个时刻聚齐的时候，人突然就老了。一场甲午海战下来，李中堂李大人突然就是个地地道道的老人了。

这样的老人在开平乡下也是随地可以找见的。他们夏天的时候歪斜在石枕上昏睡，天冷时坐在藤椅上晒日头，脖子底下千层糕一样的褶皱里，藏着一痕一痕的汗垢，下巴上粘着不知是哪一顿饭留下来的米粒汤汁，说话时牙齿呲呲地露着风。

可是李中堂是不同的。一身朝服，一顶冠冕，将垂老演绎成雍容，把迟钝提升为沉思，将慵懒诠释成庄重。一根花翎，在达贵和市井之间划出一条无法逾越的鸿沟，李中堂稳稳地站立在沟那边，李中堂到老到死也和市井隔着十万八千里。

阿法被自己的想法吓了一跳。

这时，阿法身边的人群开始骚动起来，阿法看见李中堂马车的轱辘，在他几步之外辚辚地碾过。

"李大人安！"

马车碾过的地方，人群如风中的稻谷那样低矮了下去——有人欠身鞠躬，也有人撩起衣摆，在泥石地上跪了下来。阿法的视野突然就开阔了起来。阿法看见李中堂的双眼，从厚厚的黑框眼镜之后斜扫过来，割得他脸颊生疼。李中堂在成千上万的人中一眼看见了那个脸上有疤，还没有低头下跪的黑脸汉子。

阿法的身子在那样的眼光中低矮了下去。

"请李中堂代叩当今皇上安，祝皇上龙体康健，重振大清江山。"

阿法鞠躬的时候，对着马车喊了一句话。

阿法的声音刚刚投掷出去，就已经被嘈杂的街音所吞啮。也许李中堂接住了，也许李中堂没有接住。可是李中堂却对车夫挥了挥手，马车就缓缓地停了下来。人潮向着马车涌流过去，一队警察火速冲上来，手拉着手，砌起了一道人墙。潮水一下一下地舔着墙根，却始终没有把墙根舔破。水终于平息了下来，静静地蓄在墙根，隔着那一道粗壮的臂膀，望着近在咫尺的马车，和车里那个表情肃穆的老人。

"你们，在这里过得好吗？"

老人伸手指了指阿法和阿法身边的人，慢条斯理地问。

众人面面相觑，不知如何作答，没有人敢开口说话。后来终于有一个人嚅嚅地回答说好。另外一个人扯了扯前面那个人的衣袖，说"马马虎虎"。阿法瞟了市长一眼，说："禀报中堂大人，我们在这里过得不好。官府的大营生，我们都不能沾边。我们只能做白番不肯做的烂活，工钱只有白番的一半。开个芝麻大的生意，也要交这个捐那个税，一年所剩无几。"

众人见阿法开了头，胆子也渐渐大了起来。有个年青些的站起身来，挤到尽跟前，说："金山官府正在开会商议增加人头税，我们做几年营生，不吃不喝也攒不够数，只能一辈子打光棍娶不得妻室。"

又有个年岁大些的，打断了那个年青的，说："我们娶了妻室的又怎样？筹不齐人头税，有妻也过不来，照样也是干熬着。"众人见那人说得甚是粗俗，忍不住窃窃地笑。李中堂的面皮，渐渐地紧了起来，说了声知道了，便闭了眼不再有话。

马车橐橐地走远了，马蹄下有粉尘轻轻扬起，路就有些模糊了。

这个秋日，弹指间就老了。

阿法看着慢慢变成了一点黑尘的马车，轻轻地叹了一口气。

光绪二十六年（公元 1900 年），广东开平和安乡自勉村

六指起床，穿上衣服，掀开窗上的竹帘子，阳光哗地涌进屋里，吓了她一大跳。整整下了五天的雨，是那种不成条也不成点的濛濛雨，下得地上墙上身上到处湿黏黏的仿佛抹了一团又一团的鼻涕。没想到今天却毫无过渡地晴了。晴也不是一般的晴，却是那种没有一丝风没有一丝云的彻头彻尾的晴。一眼望过去，院子里的那棵榕树满身都铺满了金珠——原来是日头照在水珠子上。今年的秋老虎来势凶猛，到了这个节气了，知了还在树上撕裂了嗓门叫喊。

婆母麦氏早已起床了，穿戴着干干净净地坐在院子里，一边摇着手里的蒲扇，一边问下女阿彩："饼都买齐了吗？"阿彩刚洗完衣服，正在擦拭竹竿准备晾衣。听了这话，就说少奶奶昨天就备齐了，有莲蓉双黄、椰丝奶白、核桃杏仁、枣泥桂花四样。

五岁的锦山正蹲在树底下，端了一海碗的水在灌蚂蚁窝。听见一个"饼"字，嚯啷一声扔了手里的碗，跑过来扯着阿彩的衣襟要饼吃。阿彩说过节的饼，我做不得主，你得问你阿人。锦山果真抛开阿彩，爬到麦氏的腿上，说阿人我要吃饼。麦氏撩起衣襟来擦锦山额头上的汗，摇摇头，说那是中秋的月饼，到了晚上月婆婆出来才能吃。锦山问月婆婆还要多久才出来呢？麦氏说再等两顿饭的工夫。锦山一听，把嘴一张，哇地就哭出了两行豆子似的泪来。麦氏的心尖上有一块裸肉，锦山的哭声像砂纸，在那块肉上一擦一擦地生疼。麦氏便拄着拐杖站起来，牵了锦山的手摸摸索索地往灶房走去。

"给你一块双黄的，吃了撑死你，叫你午饭夜饭都不用吃了。"

锦山立刻就住了声，笑出一脸灿灿的花来。

六指忍不住抿嘴一笑，暗想婆婆平素硬得像被木屐踩过无数次的泥地，而锦山这个衰仔却能在那样的地上钻出个洞来。

六指坐回到床前，俯身看着酣睡的锦河。锦河昨晚吐了一夜的奶，直到四更天才睡着了。锦河睡着的时候，眉心打着一个小小的粉红色的结子。那结子仿佛是一个乱线团，纠纠缠缠地竟找不到一个头。六指伸出一个手指，轻轻地想解开那个结，锦河的身子抽了一抽，吓得六指赶紧缩回手来。锦河咿呀了几声，最终安静了下来，鼻息嘤嘤嗡嗡蝇子似的飞了一屋。

这孩子，怎么一点儿也不像他阿哥锦山。才出月的仔，倒像是藏了一肚子的心思。

六指就坐到梳妆台前梳头。

六指的头发很长，也很厚，披在肩上背上像是泼墨画里的乱云。只是除了阿法，没有人看见过她披头散发的样子——六指平素总是梳着一个髻子。六指拿了一把牛骨梳，蘸着头油将头发慢慢地梳通了，紧紧地拧成一股辫子，然后在脑后盘成一个粗壮饱实的髻子。自勉村的女人梳头都用刨花水，而六指用的却是阿法从香港带来的六妹牌头油，是荷兰货，清凉透亮，带着点隐隐的花香。六指梳完了头，又在鬓角上插了一朵红绒花，对着镜子一照，镜子里的那个人银盘大脸，两颊生光。便合了镜子，打开梳妆台上的小抽屉，掏出一个木盒子来。木是檀香木，雕着细花纹，上下两片之间有一个小铜环，像是富贵人家太太小姐的首饰盒，只是里头装的并不是首饰。

六指将那个小铜环轻轻一扭，盒子就开了，里头是一沓写满了字的纸——那是阿法这几年从金山写来的信，六指都仔仔细细地收藏着。最上面那一封，是一年多以前的，是阿法准备回乡临上船时写给她的。阿法这趟回家，住了整整一年，上个圩日刚走，这会儿还在返金山的船上，还得两三个月才能接到他的下一封信。六指摊开阿法写来的最后一封信，又看了一遍。信已经翻过太多遍了，折痕都已经磨出了毛边。信上的话，六指背也背得出来了。念到"数载别离，归心似箭，唯愿与君即圆红纱帐之梦"的话，不禁脸酣心跳，暗暗庆幸婆婆麦氏不识字。每回阿法来信，六指都是跳过了好些内容才念给婆婆听的。

这次阿法回乡，已经筹齐了人头税的款数，原本是有意带六指和锦山一同去金山的。阿法的这个意思，是先问了他阿妈麦氏的。麦氏说了些什么，阿法不说，六指也不得而知。只是看见阿法从麦氏屋里走出来，脸色有些晦暗——却再也不提这个话了。

六指就想着给阿法写封信，问问他的意思。这封信寄出去，若邮路通畅，说不定还能赶在阿法之前到达金山。六指摊开信笺，细细地磨了一砚的墨，润顺了狼毫，刚写了一句"得法吾夫"，只觉得胸口有两股温泉喷涌而出——衣襟已经湿了两片。这趟生锦河，与先前生锦山完全不同，顺得如同母鸡下了一枚蛋。还没容阿彩把接生婆接到家，锦河就已经钻出了半个身子——几乎没有耗费什么元气。阿法雇了一个老妈子，专门伺候她坐月子，三顿鸡鸭鱼肉，养得她奶水丰沛，喂三个锦河都绰绰有余。

六指拿了条汗巾，解了衣纽来揩身子。六指穿的是一件薄绸斜襟短袄，里面是一件细亚麻布的胸箍——是阿法从金山买的。阿法说金山的女子不仅穿胸箍，还穿腰箍。"箍了胸再箍了腰，人不就成了一只蜜蜂了？"六指咯咯地笑，不肯穿。后来禁不住阿法强求，只好穿了胸箍。刚穿的时候，只觉得一腔的劲都给锁在了那布兜里，说话都气短。后来习惯了，不穿胸箍走起路来便觉得浑身的肉都乱颤着，提不起一个精神头来。不过，六指打死也不肯穿腰箍，说穿了那东西，只能坐着摆个好看，却是做不得任何力气活的。阿法也就由她去了。

六指将胸脯揩干净了，换过了衣服，才坐下来接着写信。

> 自你走后，锦山锦河兄弟两个皆好。阿妈的眼疾虽不
> 见好，也未见坏。

六指写到这里，只觉得这并不是自己想说的话，便将纸笺团成一团，扔进字纸篓里。又铺了一张新的，从头来过：

> 得法吾夫：
> 自你走后，家人皆平安无事。欧阳明先生来过一趟，
> 送了童书和描红本。锦山儿明春大约可以从师入学了。今
> 岁年成甚佳，头一季的田租皆已收齐。下个圩日阿妈准备
> 再置两头耕牛，养至明春或许可以派大用场。另，阿妈把
> 阿彩许配了虾球，正月成婚。如是，两人便可久住家中，
> 男主田耕之事，女主四壁之内的家事，也可谓天作之合。

六指写到这里，手就酸了。月子里不曾捏过笔，和笔墨竟有些生疏了。觉得家里的事都说得差不多了，又觉得还有好些话没说。那些写在信笺上的话，像是浮在心头的谷秕，轻轻一吹就抖落在了纸上。而那些还没写下的话，才是粘在她最心底的面粉，轻易吹掸不下来。即使吹掸下来了，也沾了些灰尘，没有了原先的那些干净纯粹了。六指提着笔沉吟半晌，才将那信结了尾：

> 月圆之日，最是相思。不知金山之约何日能践？恐山水依旧，红颜老去。唯将玉砚笔中情，寄与金山梦中人。
> 　　　　　　妻阿贤庚子年中秋 于自勉村

放下笔，只听得身后有些吒咕的声响，回头一看，窗户上趴着四五张面孔——全是邻里的女人。六指开了门，女人们叽叽喳喳地进了屋，说六指你家阿法才走，你就想他了？这几个女人的男人，也都在金山，有的回来过，有的出去还没有回过家——便时时地央求六指写信到金山。

六指呸了一声，说谁想他了？是婆婆让写的。众人素来知道六指和阿法两口子甚是缠绵，就逗她，说那好呀，我们问问麦婶去，她到底有什么心急火燎的事，要讲给她儿子听。六指一听就急了，说还想不想我给你们写信了？众人见六指的脸皮赤红起来，越发地笑成了一团。

女人们嘴不闲着，手也没闲着，都拿了针线活在做。有的在绣花，是帽边背带上的花，有的纳鞋底，一屋都是唑唑啦啦的飞针走线声。

"六指，你给我们家那个人写封信，问问这两个月为什么没有银信来？"
一个叫阿莲的女人说。

阿莲的男人，是这群金山伯中岁数最长的，已经五十六岁了，有个哮喘的老毛病，做不得什么力气活。前几年攒了几个辛苦钱，在金山的茶寮里买了个妾侍，又在那边生了两个儿子。自从娶了那头的女人，男人这几年都没有回乡，只是一两个月必要寄一封银信回来维持家用。这头和那头两处的开销，其实都靠那个女人在茶寮里的收入维持着。

众人就说阿莲你问他有什么用？还不是那个女人管着？

阿莲给杵着了痛处，恨恨地说："把一个烂家扔给我了，她倒在金山有福享。"

众人便七嘴八舌地说："茶寮的女子，箩底的橙，污里马查的，你还能指望她怎么样？也只有你家那个男人拿她当至宝。"

阿莲将嘴唇咬出一排深深的牙印，哼了一声，说我跟阿权是换过龙凤帖的。她算什么，一堆烂货。

六指听了，忍不住戳了戳阿莲的眉心，说你家的青瓦房，你这一身的绫罗绸缎，还不是人家辛苦劳作，给你置办的？她有饭吃，你们一家才有饭吃。她没饭吃，你们一家就等着饿死。也不写封信，问问那头出了什么事，一味地说这些没用的气话做什么？

阿莲才住了嘴。

有个刚结了婚的小媳妇，最是淘气的，拿了六指摆在桌上还来不及收起来的信，上上下下地看。众人就笑她，说阿珠你什么时候识字墨了，没把信拿反了吧？那个叫阿珠的女子也不理会众人，只是将鼻子蹙成一朵花，拿指头一个字一个字地点着看。看了半天，突然大叫了一声："'田'，六指阿姐，这里有个'田'字！我认得这个'田'字。还有'牛'，'牛'字我也认得。这边还有个'四'字。我知道了，你们家要买四头牛耕田，是不是？"

六指哭笑不得，将信收了起来，说不怕不识字墨，也不怕全识字墨，就怕那识了几个字，半桶水的秀才。

这个阿珠年青，刚成了亲男人就去了金山，如今怀了五个月的身孕，却毕竟还没有生养过，比那几个拖了孩子的女人便清闲了些。没事时，常爱过来六指这里顽。六指时不时的，也教她识几个字。

众人便都惊奇起来，说看不出这个蠢阿珠倒还识了几个字呢。六指说其实识字也不难，一天学一个字，一年就是三百六十五个字。一两年的，就可以自己写信了。自己有私房话，自己就写了，也不用让别人知道。

众人都点头，说那倒也是。我们的心思，都叫六指知道了。六指的心思，自己偷偷写给阿法听，别人谁也不知道。阿莲说是呀是呀，我们的心思白给六指知道了，还得给她送鸡蛋糕饼的，亏吃大了。

众人正说笑着，床上的锦河突然醒了，咧开嘴惊天动地地哭了起来。六指慌慌地指了指后屋，众人将声音放低些，却已经迟了。只听见橐橐一阵声响，麦氏已经拄着拐杖进了屋。

麦氏当屋一站，将拐杖举起来指了一指，便正正地指在了六指的额上——麦氏耳朵里的那副眼睛依旧犀利。"早该喂奶了，你一早起来干什么呢？"六指赶紧抱了锦河，摸索着解开了纽扣，撩起胸衣，塞了个奶头在锦河嘴里，锦河咿呜了几声，便渐渐安静了下来。

麦氏又将拐杖在空中画了个圈，说你们，家里都没有事做了吗？八月十五，也不知道帮着公婆操持过节的事。众人面面相觑，口不敢言，皆老鼠见了猫似的溜了出去。

六指知道婆婆向来不喜欢自己和村里金山伯的女人交往，怕的是被众人带坏了，不服家里管教。便一手搂了锦河，一手搀了麦氏坐下，说阿妈，其实教她们学几个字也好，免得她们天天缠我代笔，省咱们家好多事呢。麦氏哼了一声，说女人家不识笔墨反而好，一门心思伺候公婆丈夫。

六指听出婆婆的话里有一根刺，又看见婆婆的脸色很有些阴郁，便加倍地赔了几分小心，问阿妈昨晚睡得安生吗？麦氏又哼了一声，说怎么睡得安生？我想我阿法呢。阿法这趟回来，身上都是筋筋肋肋的，又消瘦了许多。阿法命苦呀，一家人都等他的银信过日子。在金山日夜做苦工，却是热饭也没得吃一口，衣裳破了也没人给缝补。那个阿莲的男人，论人才品貌，没有我阿法的一半，却是好命呢。这边有个大婆管着这边的家，那边有个小的伺候着自己。

六指怔了一怔。听婆婆的意思，似乎是要阿法在那头纳个妾。先前未嫁阿法时，自己抵死也要做自己的主，不做阿法的小。可是现在已经嫁了阿法，却是阻挡不了阿法纳别人做小的。莫非阿法临走前和婆婆商量过纳妾之事？难怪阿法再也不提带她去金山。

六指颤颤地喘匀了一口气，小心翼翼地问麦氏："阿法那头，有合适的人了吗？"

麦氏叹了一口气，说："阿法不肯纳小。阿妈的话，阿法是不肯听的。娶了媳妇，自然听媳妇的。谁都知道，阿法只听你的。你若真心待他好，就该写封信劝劝他，在这头花几个钱买一个妾侍，带到金山去。金山的女人，不知底里，要不得。"

六指听了这话，说不得是，也说不得不是，心里却像有千百只蚂蚁蠕爬着，十分毛躁。有几分喜，喜的是毕竟知道了阿法的心意。也有几分忧，忧的是不知阿法在那头是如何过那些凄苦日子的。禁不住麦氏瞎眼后头那两只眼睛的死死盯注，最后只好含糊地应了声知道了，阿妈。

麦氏站起身来，往外走去。走到门口，又转回身来，说："六指我知道你在想什么。没有做大房的心甘情愿男人娶小的。阿法他阿爸活着的时候，我也是死挡着不让他纳妾。可是阿法身边，总不能常年没有人照看。除非你想丢了我老婆子一个人在这里，自己去金山同阿法相守。"

麦氏最后的这句话，句尾挑得高高的，听起来更像是一句问话。麦氏说完了，却不走，倚在门框上，仿佛在讨六指一个回答。六指知道自己若不给这个回答，婆婆可能会永远站在那里，站到天塌地陷。

"我情愿在这里伺候阿妈百年。"六指说。六指说这话的时候，没有看麦氏。六指不敢看着麦氏说这句话——麦氏的瞎眼洞察一切地精明着。

麦氏的拐杖橐橐地远去，在天井里停了下来。

"阿彩，你挑八个上好的月饼，四样各两个，放在锦盒里，给昌泰婶送去——她收留你少奶奶一场，也不容易。"

六指听见婆婆的声音，在天井里嘤嘤嗡嗡地回响。

光绪二十九年（公元 1903 年），卑诗省温哥华市

"名字？"

"阿林。"

"姓？"

"朱。"

"阿是你的第一个名字，林是你的中间名字，是这样吗，朱先生？"

"你说的是中国话吗？我怎么一点也听不懂？"阿林瞪了翻译一眼。

阿法紧紧咬住牙齿，咬住了一个几乎要像屁一样逃离出来的笑。

听众席说大也大，说小也小，十来排位置，中间隔着一条走道。走道这边坐着阿法，走道那边坐着一个洋番——这两个人是听众席上的唯一听众。洋番手里拿着一份《省报》，报纸已经翻过了许多个来回，现在正停留在广告页上，那里有一则用红笔勾画出来的小广告：

竹喧洗衣行新分号最近开张，位于温哥华大酒店对面的乔治亚街上。竹喧洗衣行具有十几年洗衣浆衣熨衣绣补经验，有二十多名工人为旅店车马店及个人洗衣。价格低廉，包你满意。

翻译是个小矮个儿，穿了一套笔挺的三件头西装，帽子托在手臂上，身子立得直直的，让阿法想起了衣馆后间那个挂衣服的架子。

"是的，尊敬的法官先生，朱阿林先生说是这样的。"

秃贼。

阿林暗暗地骂了一句。吃洋番饭的人，才把祖宗的辫子剪了。

"怀特对朱的案子现在开庭。怀特先生，你凭上帝的名义起誓，你今天在法庭所说的都是实情，一字不假。"

怀特是一个洋番。一个把阿林告上法庭的洋番。怀特从法官手里接过一本厚厚的黑皮书，举着一只手，咿哩呜噜地说了一通话。说完了，翻译又把那本书拿过来，递给阿林。

"什么鸟书？我不认得你们那个大胡子。"

"他在说什么？"法官问翻译。

"朱先生不信上帝，所以不能以《圣经》起誓。"翻译说。

"那朱先生信什么，除了钱以外？"

当翻译把这句话翻给阿林听的时候，阿林说我丢你老母。翻译一愣，脸色渐渐地有些尴尬起来。顿了一顿，才对法官说："朱先生问候你的母亲。"

阿法这次没有忍住，终于嗤地笑出了声。

"谢谢。不过，你还是没有告诉我，你想凭什么神明起誓？还是用老方法吗？"

这不是阿林第一次上法庭。阿林三个月前就已经被人告过一次。两次告阿林的是两个不同的人，缘由却都是同一个。这两个人都送过衣服给阿林洗，这两个人也都从阿林手里取回过衣服，可是过后这两个人都声称阿林没有把衣服还给他们。阿林满身都是嘴，可是阿林却辩不过那一张嘴。上一次是阿林输了，阿林让法官罚了三十个加元。上次在法庭上阿林是对着关公的像起誓的，可是关公没有管阿林。这次阿林不想再拜关公了。

"鸡，鸡血。"阿林挠了半天的头，终于说。

法官眉头一扬，眼镜咚地掉在了桌子上。

"尊敬的法官先生，用鸡血盟誓是清国人普遍接受和使用的古老方法，并非是捉弄法庭的意思。"翻译说。

法官下令暂时休庭。半个时辰之后重新开庭的时候，一个身高六呎三吋的高壮法警，提着一只纯白的莱克亨母鸡走进了法庭。母鸡的翅膀是用一根麻绳紧紧地捆绑着的。母鸡大约刚喂过食，很有力气。当法警把它放在过道上时，它的双脚拼命踢蹬着，发出惊天动地的嘎嘎声，屋里扬起一团团雪花般的鸡毛。

阿林在法官桌子前插了三炷香，用引火纸点着了，扑通一声在香火面前跪下了，拜了三拜。然后从耳朵后面掏出一卷捻成烟卷般粗细的纸条，展开来，对着法官高声念了起来。话是事先就让阿法写好的，阿林并不认识上面的字，是阿法一字一句地教他记熟了的。

> 我朱阿林，大清国广东开平梧荣乡东宁里人，在乔治亚大街七百三十二号的竹喧洗衣行（原先在明街九百六十三号）做洗衣工已经八年。本月初怀特先生来我处洗衣，一件毛衣，两件西裤，总共是三件衣服。毛衣只是清洗，两件裤子是清洗之后再加缝补。浅色的那件是裤脚磨破了，深色的那件是口袋被香烟烧了一个洞。我第二天下午洗补完毕，第三天早上大约十点钟左右，怀特先生派了他家的女佣来取衣服，我包在一个白绵纸包里递给了她。后来怀特先生说他没有收到衣服。丢他老母这个光头怀特明明是讹我。他要是真丢了衣服，也应该找他的用人问话，要吃官司也是那个女人吃。说不定是那个女人拿了衣服去送给她的相好的，我真是他娘的倒霉。我朱阿林凭鸡血发誓：

天皇老子，列祖列宗，我若有一句假话，在家遭老鼠咬死，
出门遭马车撞死，躺下一口痰噎死，坐着屁股生疮烂死，
站着天打五雷劈死。

　　阿林原先是按阿法教的那样背的，可是刚背了一个开头，就觉得那些话
太文绉绉的，跟霜打过的茄子似的软趴趴没劲道，就丢了纸片，即兴发挥了
起来。翻译翻到最后，翻得一头是汗，实在翻不下去了，就掏出手帕擦着脑
门上的汗，对法官说：“总之，朱阿林先生对法庭列举了很多种死法——如
果他撒谎的话。”

　　法警将那只叫得声嘶力竭的母鸡提起来，放在一块砖头上，拿了一把笨
重的斧子，对着鸡脖子一斧头砍了下去。一腔鸡血噗的一声溅了出去，在地
上淌出一团黏稠的浆液。鸡头软软地搭在砖头上，鸡身却倏地站了起来，撒
开两脚飞跑起来，满地都是猩红的爪印。法警毫无防备地呆住了，等他清醒
过来时，鸡已经跑出了屋子。

　　那天法院门外的行人都看到了一个奇异的场景。一只翅膀被麻绳绑住的
无头母鸡，正迈着大步在法院门前的草地上疾走。母鸡一路行走，没了头的
脖腔如同一个酒瓶一样地汩汩冒着血泡。一个身着警服的男人，正笨拙地追
赶着这只鸡。鸡虽然没了头，可是鸡的脖子里仿佛还藏着一副眼睛，总能在
警官弯下腰的那一刻转身逃去。警官的个子实在是太高壮了，弯腰下去再直
身起来要耗费很多工夫。几个回合下来，就明显地气喘吁吁了。后来人终于
追上了鸡。人追上鸡不是因为人，却是因为鸡——鸡走到草地中间的喷泉跟
前时，身子撞在了喷泉的围栏上，在白色的大理石台阶上留下最后一串草绿
色的屎泡，终于颓然倒地。

　　法警终于提着这只无头的逃鸡回到了法庭。阿林依旧跪在那里，已经跪
得有些不耐烦了。看见法警，远远地便伸出手指，在鸡脖子上抠出一坨半干
半湿的血块，抹在那张写着誓词的纸上，然后将那张纸点着香火烧焚过
了——方起身落座。

　　“你说怀特先生派了他的用人来取衣服，那个用人，叫什么名字？”法官
问阿林。

　　“这个你得问他，”阿林指了指站在原告席上的洋番怀特，“他家的用人

我怎么知道名字?"

"那个用人有什么特征? 名字不知道,特征总说得出来吧?"

阿林咬着指头想了半天,才对翻译说:"丢,洋番长得都一个模样,我哪里记得住?"

翻译正对法官翻着阿林的话,阿林突然大叫起来:"奶大,那个女人奶子都垂到肚子上了。"

阿法在底下想笑,却不敢笑。等翻译把话翻过去,那个原告怀特倒忍不住哈哈大笑起来。法官把木槌当当地捶了两下,一脸乌黑地指着阿林,说你藐视我大英帝国法庭,罚你十元。阿林指着那个怀特,说是他笑的,你不罚他倒罚我,有这个法吗? 法官又咚地捶了一槌,说加罚五元。阿林还要争辩,却听得阿法在底下重重地咳嗽了一声,知道阿法在警告他好汉不吃眼前亏,便噤了声。

法官就问怀特:"你有什么证据证明朱先生赖了你的衣服?"怀特说尊敬的法官先生,我只知道送过去的是五件衣服,却一件也没有拿回来。这还不够证据吗? 难道我时间多得没法打发,非得在法庭上和这群"天朝子民"打发吗?

阿林将两个拳头捏得格格生响。一转眼工夫,三件衣服就变成了五件。正想骂娘,又听见翻译问他:"你说你没赖了怀特的衣服,你有什么证据吗? 拿衣服的时候,你让人签过字了吗?"阿林说三件衣服还签字画押的,又不是卖老婆田产。

法官闭眼沉吟了半晌,才睁开眼睛,说:"一个控告另一个赖了衣服,另一个发誓没有赖。控方证据不足,辩方证据也不足。我不全信你的,也不全信他的。各人赔一半。五件衣服,折了一半,又是旧衣服,就算五元,加上法庭费用,共计十二元。朱阿林赔亚当·怀特十二元。那一半的钱,怀特你就自认吃亏了,谁叫你没能提供足够的证据。"

阿林连连跺脚,说有这样糊涂的判官吗? 那个瞎眼范知县,判得都比他明理。法官知道这不是一句好话,也不等翻译翻过来,就押了押黑袍要走。这时,听众席上那个洋番突然站了起来,说法官大人且慢,我有重要证据。那个洋番在听众席上坐了半天了,一直没开过口。法官见那人穿着甚是体面,口气就略微和蔼了些,问你是谁?

那人向法官鞠了一躬，说我叫瑞克·亨德森，是太平洋铁路公司下属的温哥华大酒店副总经理。法官"嗯"了一声，说康威尔及约克公爵和夫人来访时就住在你们酒店，我应邀参加过他们的鸡尾酒会。那个叫瑞克的洋番说："岂止是康威尔及约克公爵，皇室的任何成员来访西海岸，都是指定要住我们酒店的。想在皇室成员坐过的餐室里享受英国皇家风味的下午茶，必须在两个星期以前预约。五月份维多利亚节的下午茶时间里，将有英伦皇家乐团演奏室内乐——其中有两位提琴师，是在执政五十年大典上给维多利亚女皇表演过的——所有位置早已经预订完了。"瑞克从薄呢西装口袋里，掏出一个烫着金字的信封，递给法官，说尊敬的法官先生，这封信可以证明我的身份。

法官从信封里抽出一张同样烫着金字的信笺，前前后后地看了几遍，嘴角渐渐地浮出一个浅浅的笑意。把信仔细地放进黑袍内里的一个衣兜里，便问瑞克你是怀特先生请来的证人吗？瑞克摇摇头，说不是。恰恰相反，我是来为朱阿林先生作证的——尽管他并没有邀请我来。

"朱阿林先生是竹喧洗衣行的员工，该洗衣房的主人方得法先生今天也在席。竹喧洗衣行在过去的八年里一直为温哥华大酒店提供洗衣服务。前五年为我们洗熨床单和桌布，当然只是普通客房，高档贵宾房我们有专人洗熨。这两三年他们也开始为住在我们酒店普通客房的客人提供洗熨缝补服务。

"据我所知，竹喧洗衣行现在在温哥华城里已经开了一个分号，有二十多个员工。平时基本为酒店车马店服务，只收少量的零散客户。八年以来，温哥华大酒店没有丢失过一张床单，一块桌布。我们的客人也从来没有任何类似的抱怨。当然别的抱怨是有的，比方英文难以沟通等等。听说大清国本身就有几百种方言，他们自己都跟在巴别塔一样，各说各的话，你难道还能指望他们一下子就能全部听懂我们大英帝国的话？不过尊敬的法官先生，你只要仔细一想就明白，一家为温哥华大酒店服务了八年的洗衣行，怎么会赖走一个零散客人的小衣物？希望法官郑重考虑我的证词。"

法官连连摇头，说你是看我这个老头子的笑话还是怎的？你这个话在开庭的时候讲不是省大家好多精神头吗？那只可怜的母鸡说不定还能多下几个蛋。说完把木槌狠狠一捶，说怀特对朱案到此结束，原告证据不成立，朱先生不需要向怀特先生做任何赔偿，怀特负责所有法律费用。散庭。

瑞克又给法官鞠了一躬，说我的证词，希望能永久保留在案。可怜的清国国民做点小生意不容易，总有人找他们麻烦。以后竹喧洗衣行再遇到类似事件，法官可以随时参考我的证词，或者传我出庭。

　　走出门来，阿法忍不住问瑞克："那封信里，写的是什么鸟东西？"

　　瑞克左右看了无人，才轻轻地说："维多利亚节那天皇室下午茶的贵宾就餐券，靠乐队最近的位置。"

　　阿法的英文蹩脚，阿林的英文比阿法的更蹩脚，所以阿林和瑞克基本是说不上话的。阿林只是扯了扯阿法的衣袖，说阿法你小子那年在铁路上救了这鬼佬一条命，倒是救对了。阿法说反正这条疤没爬在你脸上。

　　瑞克对着街那边打了个响指，他的车夫就驾着马车慢慢地走过街来。瑞克跳上车，又扭过身来对阿法说，下回客人来取衣服，都叫他们签个字，省得有人诈你。阿法点头说知道了，瑞克的马车就囊囊地走动了起来。刚走了几步，瑞克又吩咐车夫停下来，走回来对阿法说：

　　"这几天你们大清国来了个大学问家梁先生，就住在我们酒店里。听说一路上都在鼓吹改革维新，要推翻你们那个皇太后。今天晚上有演讲会，你来不来？"

　　尽管瑞克已经把话斩成了好几段，讲得很是缓慢，阿林还是没听懂，只问阿法他又放了些什么屁？阿法说我们今天早点打烊，都去酒店。阿林说昨天收的床单桌布今天阿二都洗熨妥帖送回去了，用不着我们再去。阿法说你知道什么？梁先生来了，就住在酒店里。阿林问哪个梁先生？阿法说那个跟皇上谋变法，被西太后悬赏了十万两白银要取脑袋的梁启超先生，要开演讲会。阿林说跟保皇党沾边，要是传回去，一家都杀头。阿法说咸水埠好些人都参加保皇党了，这事你不说，我不说，小心行事就是了，传不回去的。阿林说要去你去，我和阿二约好了去番摊馆。管他哪个当政，富的还是富，穷的还是穷。梁先生来了又怎的？我照旧还是要洗我的衣挣我的饭钱。

　　阿法说你真是放屁，大清国若略微强壮些，你我何必抛下爷娘妻子，出走这洋番之地，整日遭人算计讹诈？当今皇上年青有为，熟知夷道，若能当政，定能以夷制夷，重振我大清江山，你我得以早日回乡与老婆孩子团圆。阿林几年前娶了老婆，却一直还没挣下人头税和回乡的盘缠，生下的儿子至今还没见过面。听了这话，触着了痛处，一时低头无言。

这天打烊之后，阿法和阿林换上年节才穿的长袍马褂，头脸光鲜地去了温哥华大酒店。当他们的青布鞋掠过暮色初起的街面，扬起一缕缕带着春草味道的轻尘时，他们隐隐觉得这个夜晚他们的血有些发烫。

他们到酒店的时候，时辰尚早。在大门口阿法遇上了一个人，一个他熟知的人。只是这个熟知的人突然离开了他原本的那个生活背景，就像一个人突然被剥去了惯常的衣装，便显得不像他自己了。阿法怔了半晌，直到那人朝他一笑，唇边的一颗黑痣豆子似的游走起来，阿法才知道果真是他。

阿法撩起长袍的下摆，屈身对那个人恭恭敬敬地行了个大礼，才问："欧阳先生你什么时候来了金山？难怪阿贤来信说一直找不到你——我们锦山旧年就想拜先生为师的。"

欧阳扶阿法起来，说两年前写了几篇文章，论及维新改宪的事，惹了官府通缉捉拿，便有家归不得了。先逃去了东洋，后来听说康先生梁先生都来了西洋，才跟随着过来了。

欧阳先生把阿法和阿林拉到街边，说了许多的话。等到他们终于说完了话来到酒店的演讲厅时，座位早满了，走廊通道上都站满了人——洋人唐人都有。阿法和阿林勉强找了个角落插进了两只脚，方知道已经错过了开头。不过没关系，欧阳先生早已把开头讲给他们听过了。欧阳先生讲的也不只是开头，欧阳先生其实把中间和结尾也一并讲给他们听过了。梁先生讲话文绉绉的，那些听上去很大很远的词句如同一块一块的石头，凹凸不平地交叠着，即使是阿法这样通些文墨的人，听起来也觉得磕磕绊绊有些吃力。幸好欧阳先生已经事先把那些石头都磨过了一番。有欧阳先生的话给梁先生的话垫了底铺了路，梁先生的话就有些光滑平顺起来。

那天晚上听完梁先生的演讲回到家，就已经是半夜了。阿法和阿林都睡不着，一根接一根地抽着烟。屋里的几个伙计早就睡了，鼾声如知了此起彼伏地聒噪着，一屋的黑暗里只有两个烟头在一明一灭地闪动。阿林蹬了鞋子坐在床上，一边搓着脚趾之间的泥垢，一边骂："一个女人，就做了我们皇上的主，做了我们大清国的主。那个梁什么先生，说了这么多没用的话。要问我，就雇个人把她一刀杀了。哪有这么多腻歪道理。"阿法不接应。阿林骂了几句，乏了味，便扯了个枕头躺下了，呼吸立刻粗重了起来。

阿林睡至三更时分，被一泡热尿憋醒，睁开眼睛发现床头还有一点鬼火在闪动，便吃了一大惊："阿法你个衰鬼还没睡？天都亮了。"鬼火挪了个位置，有个声音瓮声瓮气地响了起来：

"阿林我对不住你了，这个饭碗你端不了了。我打算把衣馆卖了，两个都卖。

"大清国兴起，就看康先生和梁先生这样的大学问家了。咱们学问太小，只能在钱上帮衬一把。"

阿林"啊"了一声，把一个巨大的惊讶生生地掐在了喉咙口。他知道阿法是铁了心了。

"卖了店铺，阿林你跟我去鱼罐头厂做工。我有一口饭吃，你就饿不死。"

"我饿不死，你老婆孩子呢？两眼出血等着你的银信呢。"

阿法不吱声。半晌，才说我一时半刻是回不了家了，阿贤只有等了。

两个月后，阿法将竹喧洗衣行以八百九十五加元的价格，顶给了一个做蔬菜瓜果生意的台山人。他把那张银票破成了三份，最大的一份寄给了北美洲的保皇党总部，中间的那张托水客带给了六指。剩下那张零头，他留给了自己。

从那以后，阿法就再也没有欧阳先生的任何消息了。不过关于欧阳先生的下落，倒是云起风生地传了许多年。有人说欧阳先生参加了刺杀西太后的计划，被人出卖捉拿，在京城菜市口砍了头。也有人说欧阳先生偷潜回广东，组织军兵准备北上勤王，却在途中感染风寒而终。也有人说欧阳先生去了日本，娶了一个东瀛女子为二房，从此不问政事，一心研读圣贤。

总之，欧阳先生如同一颗星子在阿法的生命中光亮地闪过几闪，便永久地归入了沉寂。

光绪三十一年（公元 1905 年），卑诗省温哥华市

阿法看到番摊馆门前的那两盏灯笼时，才感觉到累了。从厂里走到唐人街，通常是一个小时零十分钟，可是今天他才走了三刻钟，是脚不点地目不斜视的那种走法，接近于小跑。阿林厮跟了半程路，终于追不动了，就由着他一人先走了。

挎着篮子背着竹筐的小贩蝇子似的围了上来，有芝麻酥，叉烧包，绿豆糕，黏米团，也有盐水卤凤爪，凉拌猪耳丝。他贴身的内衣兜里藏着一张十元的纸票，那是他刚拿到手的工饷。他伸进兜里摸了一摸，汗水已经把这张新得生脆的纸片浸润出了一丝疲软。今晚他买得起篮子里的任何一样东西。他不仅买得起任何一样食品，他也完全可以用这张纸片的小小一角，去番摊馆楼上那家潦草地钉了一块门帘的房间里，找一个急切地想拿到这片纸角的女子。这几年入埠的人头税涨到了五百洋元——几年不吃不喝也难攒得到那个数目，于是过埠的女子就少了，所以女人的价目自然也就高了。他也许买不起一夜的温柔，但他断断是买得起一刻的温柔的。

阿林是这间屋子的常客。阿林筹不齐五百加元，阿林的老婆只能在乡下荒着。老婆荒着，阿林却没有荒。他时常地把那间幽黑的房间里的情景讲给阿法听，把阿法听得十分燥热。阿法禁不起阿林的左扯右拉，也去过几回。进去的时候没想六指，出来的时候倒想了。掀开那幅旧门帘进去的时候，是一腔的燥热。放下那幅旧门帘离开的时候，是一怀的凄凉。只是这热和凉的难受，哪一样也替代不了哪一样，都得一一受过。

阿法的眼睛漠然地扫视着那一个个篮子，可是他的肚腹却不肯和他的眼神配合。他的肚腹响亮地鸣叫了起来，泄露了他的急切。中午他只吃了半碗米饭，还是泡了水的，走了这么远的路，他觉得饥饿已经把他啮咬得遍体鳞伤。可是他还不能吃饭，因为他还有一腔的尿意需要立刻解决。

番摊馆边上有许多阴暗的墙脚，街上的人尿紧的时候，常常撩起衣襟在墙脚就地解决。阿法也这样干过。可是他今天不想这么干。他紧紧地收着小腹，吸着气，沿着这条被各式招牌和灯笼照映得十分暧昧的小巷走了几步，终于在一棵硕大的枫树之下停住了脚步。树荫很是浓密，黑衣似的裹住了他的整个身体。树荫底下是一团似乎远古就存在的垃圾，阿法差一点被一股猛

烈的臭气掀翻在地。阿法撩起衣襟褪下裤腰掏出家伙，听着自己的热尿砸在垃圾上，嗡地惊起一团蚊蝇。蚊蝇是看不见的，阿法只是听见了成千上万的翅膀刮破暗夜的声响。

肚子不再急胀，他的心思空了些出来，便闻着了大褂上的味道——那是鱼的味道。从早上六点开始，他和阿林就一直在鱼案上洗鱼剖鱼。虽然戴了围裙，大褂上依旧溅满了鱼鳞鱼血。自从前年卖了衣馆之后，他就一直在鱼罐头厂工作。工厂里除了唐人，便只有红番（印第安人）。唐人堆里全是男人，红番堆里全是女人。男人的活是把鱼洗净了切成块，女人的活是把鱼装进各式的罐头。女人那头的活是干净些的活，而男人这头的活却是脏活。刚开始时鱼味只是粘在褂子上，回到家脱了衣服，倒盆水用香胰子洗过手洗过脸，就是另外一个人了。后来鱼味渐渐地钻过衣服，钻过毛孔，爬到了血里，便再也清洗不干净了。他觉得他吐出的痰里，都带了鱼腥气。

他在树底下脱了大褂，狠狠地抖了几抖，便听见一些沙沙的声响，是鱼鳞落地的声音。正是盛夏，夜的风还有几分白日的暑热，脱了大褂倒是风凉。阿法里头穿的是一件白细布的贴身短褂，心口的那个扣子上系了一根红绳——那是六指系的。阿法每一件贴身褂子上，都系有这样一根红绳，是辟邪驱鬼的。阿法把脱下来的大褂翻了一个面，叠成一个四方块，挟在腋下，转身朝番摊馆走去。灯笼的光亮渐渐地近了，黑夜的阴影被抛在了身后。露在短褂外边的两条胳膊鼓鼓隆隆的，如刚刚翻过的田垄。阿法伸出两个指头捏了一捏，却夹不起一丝赘肉。四十二岁的方得法在这个夜晚里突然觉得自己还在盛年。

他从一个小贩手里买了两块绿豆糕和一杯凉茶，坐在番摊馆门旁的石阶上匆匆地吃了起来。

"戏开演了吗？"他问一个小贩。

"没有，戏班子刚刚进去，还没换行头呢。"小贩说。

阿法这才安下心来。

肚子空了很久了，两块绿豆糕如两粒细石子落进了一片汪洋，连个水漂儿也没看见就掉了下去，他甚至不知道掉没掉到底。便又掏了几个零钱，买了一碟盐水卤凤爪。才啃了一口，就知道自己买错东西了。凤爪是腹中饱足的人细细啃咬的下酒菜，饥饿的他没有这样的耐心。他又买了半只烧鸭和两个叉烧包。等他把这几样东西都吞咽下去的时候，才觉得微微地有了些底气。

他推开番摊馆的门走了进去，立即被一片巨大的声浪吞没了。今天是发饷的日子，番摊馆里挤满了人。一二十张桌子，麻雀牌九番摊，里外三层地围了许多颗黑黝黝的脑袋，仿佛是糍糕上洒的碎芝麻粒。有的在玩，有的在看，看的和玩的都很上心。几个小贩脖子上套了一根绳子，胸前挂了一个小竹篓，在人群中间挤扁了身子来回走动，声嘶力竭地叫卖烟糖瓜子橄榄。

阿法如同一只尖嘴老鼠，在厚实的人群中啃出细细一条窄路，径直朝后屋走去。番摊馆最近隔出了原先做仓库的后屋，搭了一个戏台，请了一个剧团在演戏。说剧团实在是有些夸张，实际上只有七个人，一个拉胡琴的，一个吹箫的，剩下五个角，三男二女，是从三藩市上来的。班子小，戏也串得潦草，票价便宜得紧，只要一毫五。尽跟前看得见台上人鞋尖的座位，也只要两毫。好久没有人过埠来演戏了，且是有女人的戏，众人很是新鲜好奇，早早地就等在番摊馆里了。

从前阿爸在世的时候，也曾带阿法和阿善去佛山各镇看琼花戏。那时还没有女艺人。当阿爸告诉他台上那些捏了兰花指，用水袖羞羞答答半掩了脸面的小姐妇人们，原来都是男人扮演的，阿法惊得说不出话来。阿法觉得这些男人演的女人，甚至比女人们自己更像女人。阿爸去世的前一年正月，还带阿法去顺德看《桑园试妻》。那是阿法第一次看到男女混台的戏。那演秋胡和秋胡妻的，在台下就是一对夫妻，故台上眉目传情，全身是戏，颇有几分放纵。没想到底下有个卫千总也在观戏，一声吆喝"不知廉耻的狗男女"，便有兵丁上来将那二人捆绑了。后来听说那二人当夜就因有伤风化罪被斩首。从此男女混台的戏便绝了迹，阿法看的都是男全班。

这回却是个男女混班。番摊馆那边的赌棍们，其实心也没有全在赌桌上，众人都在等着丝弦一响就要过来的。看戏是假，看女人才是真。整个唐人街一眼望过去，黑压压一片全是男丁。一两个月来一趟船有三两个女人抵埠，若是良家女子，早叫夫婿藏在家中，不与外人相见。若是卖笑的女子，也早叫鸨儿塞进了茶楼后巷。寻常街面上，却是找不着女人的。这回剧团来了两个女角，那演戏的艺人是可以放心大胆地看的，众人心里早爬着一条毛毛虫，很是躁痒不安起来。

阿法进了暂作戏院的后屋，只见台上的四个角早已吊上了四盏雪亮的马灯，胡琴手已经开始咿咿呀呀地调琴。台边的墙上贴了一张墨汁未干的纸：

今晚普昭春剧团上演全本《天姬送子》
金山云反串董郎英俊了得
金山影演绎仙姬俏丽异常

　　阿法看见金山云的名字依旧放在头牌，心里就有了几分欢喜。阿法知道当下的风气是戏子若在金山南洋游过埠，回了乡里便十分风光。所以来金山唱过戏的倌人，生怕别人不知晓，要在名字上加上金山两个字，似乎身价就加增了些。阿法头天晚上也看过这两人的戏，说不上有多少惊心动魄的精彩，却也有些独到之处，所以今晚还想来。

　　阿法从前跟阿爸看过几回《天姬送子》。《天姬送子》是出短戏，只讲了七仙女被玉帝强行带回天宫之后，第二年如约将儿子送回人间交于董永的一小段故事，许多戏班就用这出戏做日场的开场戏。不过今晚的《天姬送子》不同于从前。今晚的《天姬送子》学了徽戏的样式，是从七仙女思凡讲起，一路讲到与董永结为夫妻，被玉帝拆散，又返回人间送子，是整整一晚的大戏。而且从前阿法看的《天姬送子》是男班的戏，生旦末丑全是男人扮的。但是今天晚上却是有男有女的。不仅是有男有女，那男女还是反串的。仙姬是男旦，董永是女生。阿法见过男人演的仙姬，阿法却没有见过女人演的董永，所以阿法心里颤颤地有些兴奋。

　　阿法进了门，往卖戏票的那张桌子上叮嘟地扔了一串毫子，就在戏台紧跟前正中的位置上坐了下来。守门的老伯追过来，说那是五个毫子，够四五张戏票了，找你钱。阿法说给戏班买杯水喝，老头就收了。

　　丝弦响了很久，戏才开场。丝弦在这里是招徕人的，就像是现代商场促销的高音喇叭。番摊馆里的人，听见了丝弦的声响，便扔了手里的麻将骨牌骰子，慢慢地朝戏场涌来。虽是赌兴未尽，可是毕竟明白番摊馆是日日在的，而戏班却不是天天有。

　　胡琴手见戏场的位置全坐满了，连过道门口也站满了人，才丢了个眼色给那吹箫的。一声洞箫悠扬地响起，戏就开了场。

　　戏是新排的，串得有些急。唱段有胡琴洞箫托护着，还算平稳。只是对白，时时地出了些差错。除了董永的生角，其余都是新角，没什么大名气，有些压不住场，底下便有人哄哄地笑。

阿法听说过这个班子是一家人组成的。那演玉皇的，是阿爹。演仙姬董永和伞婢的，是三兄妹。吹箫拉琴的，是玉皇的两个侄子，而打杂的是外甥。这几个人原先搭在别人的班里，在金山和南洋演过几出戏——都是小角。大女儿阿云原先是个二帮花旦，银盆大脸，嗓音洪润，见唱旦一直没唱出个名堂来，便突发奇想改唱了女生，竟意想不到地出了点小名。遂改名金山云，自己带头组了个新班——全是自家人，在金山各镇游埠。

一直演到玉帝强令七仙女回宫，董永一路奔爬追妻的那场戏，台上和台下的人才真正入了戏。

> 妻呀你我生离同死别，
> 你此一去天路渺茫，
> 如风吹雪。
> 若想你归来，海底打捞月。

金山云在这里改用了平嗓。阿法第一次听人用真嗓子唱戏。那声音响若洪钟，钟里却裂了许多条缝，每一条缝里都塞满了悲切。阿法目不转睛地看着这个艺名叫金山云的人，只觉得这人似乎不全像男人，也不全像女人。金山云如一片磨刀石，磨去了男人身上的粗砺野蛮。又如一把鸡毛掸子，掸去了女人身上的脂粉娇柔。金山云在台上一站，站出了一个比男人柔雅又比女人英武的模样。这个模样插在男人和女人中间的那个位置上，却比单纯的男人和单纯的女人都还要让人心神不安。

曲终人散，有人过来搬凳子，打扫地上的瓜子烟蒂橄榄核，戏场里扬起一片尘土。打杂的爬上柱子取下马灯，一盏，又一盏，戏场就渐渐地暗了下去。阿法依旧呆呆地站在台前。突然听见身后有人说："夜了，还不散啊？"阿法回头一看，半明不暗的灯影里，站着一个年青人。那人穿一件沉蓝色的软缎大褂，内里套着藏青丝葛长袍，头戴一顶瓜皮帽。深眉大脸，两颊红扑扑的，那是还没有完全洗净的彩妆——原来是金山云。

阿法知道唱戏的伶人都喜欢这样那样的新潮，却没想到台下的金山云竟做男装打扮——倒是格外地清朗俊逸。心里的惊讶曲曲折折地浮到舌头上，掉出一句话来：

"班主的平嗓，真是宽宏呢。"

金山云不说话，却只愣愣地盯着阿法看。阿法摸了摸脸上的疤，说那是早年修铁路的时候伤的，放心，没干过杀人越货的事。金山云终于嗤地笑出了声，说唱戏的，什么没见过呢？只是看见你昨晚也来了，也坐那个位置。

阿法嘿嘿地笑，问七仙女织布董永卷布那场戏，你那个手功腰功腿功，倒像是练过武生。金山云见阿法说得还在行，就有些欢喜起来，说小时候跟师傅学戏，师傅有个规矩，不论生旦末丑，都得学一年半载的武功。师傅说武功是脚，有了脚戏才硬得起来。那时候，一天翻几十个筋斗，翻不过去，饿到天明。

阿法叹了一口气，说学哪一行都不容易啊。只是对白，还得下些功夫呢。金山云也叹气，说一个月里排了十出戏，排不及。《天姬送子》全本是新戏，好些场景是临场发挥，兴致所及的。等到去域多利的时候，大概就都熟了。阿法问下一站是去域多利吗？金山云说先去二埠（新西敏士），再去域多利。然后坐火车去东部的满地可（蒙特利尔）和多伦多。

阿法问班主领班游埠到别处，可都有剧场吗？金山云又嗤地一笑，说什么班主班主的，叫阿云就好。南洋好些，有大戏台。金山别说剧场，有的地方连戏台都没有。听说保皇党要在三藩市盖剧场，那游埠的倌人就有个落脚演戏的地方了。阿法扭头见四下无人，便悄声问阿云你也参加了保皇党？金山云说我们唱戏的无党无派，只是有个剧场总比没有好。你呢？

阿法想说我虽不是保皇党，为了这个皇帝却把家业也卖了，落到这般潦倒的地步。话到了嘴边，却想起了阿林的提醒，便咽了回去，只说咸水埠的唐人，好多是保皇党。又问阿云你在咸水埠还演多久呢？金山云说还演十场。阿法顿了一顿，说那我天天都来。

两人在最后一盏马灯的斑驳光亮里说了许久的话，阿法突然说阿云你等等，我就回来，便风也似的跑了出去。一忽儿工夫就回来了，手里拿了几个荷叶包。"你唱了一晚，大概也饿了。夜了，唐人街的店铺都关了门。只买着了几个剩的腊味饭包，你先吃一口，怕都凉了。"金山云接过来，觉出那荷叶上还有些微的热气，心想这大概是男人手心的热气吧。满满一屋睇戏的人里，多半是为了睇女人。只有这一个，除了睇女人，也许还真有几分爱戏懂戏。

这时，那个打杂的取下了最后一盏马灯来到台下，光亮陡然窄细了，只剩了小小的一个圆圈。金山云站在那圆圈的正中，脸色被那光亮涂抹得一片煞白。"阿姐，温先生在门口等候多时了。"那人说。金山云说知道了，就将手里的荷叶包交给那打杂的，吩咐给众人分一分。又对阿法点出一个手指，说明天你不来我就不开演。阿法见那一根纤纤的兰花指，直直地指向自己的脸，隐隐有股茉莉粉的香味，从他的鼻腔里蠕爬进来，几乎叫他打了一个喷嚏。

阿法眼看着金山云的身子在马灯的余光里拖成一条细瘦的影子，竹叶似的摇曳着走出了门，竟身不由己地跟了出去。遥遥地，看见巷口停了一辆马车。马车的玻璃车厢里，影影绰绰地坐着一个身着西服的男子。那男子开了车门，扶着金山云跨上了车，车夫一声吆喝，马蹄便囊囊地踩入了夜的深邃处。阿法怅怅地，觉得心里竟有些空落。

阿法回到住所，阿林和屋里其他的人都还没有回来。发饷的日子，众人都回来得晚——不是在番摊馆烟馆，就是在哪个温柔馆里。阿法点了根烟抽了一阵，还是睡不着。便将油灯捻亮了，找出砚台纸笔，磨起墨来。手有些颤抖，墨磨得东一斑西一块的，竟不很均匀。铺开纸，给六指写信，只觉得那字迹也有些恍惚，不如平日的沉稳凝重。

> 阿贤吾妻：近日有戏班在咸水埠及二埠演出。年少时跟阿爸睇过戏，至今已多年未见戏班。此戏班有一女子，反串生角，不似寻常生角英武，也不似寻常旦角妖媚，却比那寻常生旦都更有韵味些。抑或男女中间，还存着第三样人？若有，那第三样人应取了第一样和第二样人中的精华神韵，实为不拘一格，倒教人生出些好奇痴想来。阿贤你该笑我癫狂也未可知？

那以后的十场夜戏，阿法场场都到，却再也没有机会和金山云说上话。戏一演完，金山云换上家常衣装，便早有马车从后门直接接走。只是金山云开戏上场的时候，目光总要在戏场里搜索一番。阿法觉得自己脸上的那道疤烫了一烫，就知道是金山云的眼睛叮的。阿法几乎能听见她的心咚的一声落到了实处，戏才开演。阿法想起那晚金山云说的"你不来我就不开演"的话，竟不全是虚言。

最后那场戏是《夜送寒衣》。戏很长，也很文静，阿法看得有些心不在焉。那晚阿法被劈成了两半。一半的他盼望着戏能快点演完，另一半的他却盼望着戏能一直演下去，演到地老天荒。阿法盼着戏完，是因为阿法想和金山云说上最后的几句话。阿法盼着戏永远不要完，是因为阿法害怕戏一完，金山云就要在他的生活中消失。阿法只想把这个也像男人也像女人的精灵拽在手里。其实他既不知道怎么拽，也不知道拽住了该拿她怎么办。在那个晚上他只是简单而糊涂地希冀着。

戏终于演完了。金山云出来鞠躬谢幕，一遍又一遍。那晚金山云的目光和笑容是给所有的人的，阿法捡着了人人都有的那一块，可是那一块却偏偏让他感觉一无所有。金山云谢完幕后转眼就不见了。阿法便暗暗地嘲笑自己：如此一个声名渐起的戏子，如何会记得一个只略略懂得些戏文的洗鱼工呢？自己不过是她金山途程中的一线光一片影，待到真日头一出来，那光那影便消散不见了——终是自己的一厢情愿。正呆想着，只见那个打杂的拿了一个布包走过来，说这是阿姐吩咐交给你的。阿法打开布包，里头是一个黑色的大圆盘，圆盘上爬满了水波似的纹路。中间有个孔，孔边上贴着一圈纸片，纸片上印着一只大喇叭和一头黄狗，写着"Victor Talking Machine Co.，1905"的字样。阿法把那圆盘翻来覆去地看了几遍，也看不出什么名堂来。

第二天阿法拿着圆盘去问瑞克。瑞克说这个东西叫唱片，那张印着大黄狗的纸片是著名的狗听喇叭公司的商标。阿法问什么是唱片？瑞克说就是把唱戏的声音锁在这个盘子里，想听的时候就取出来听——就像是装水的杯子加了盖，什么时候想喝就倒出来喝，只不过水能喝完，唱片却能一遍又一遍永远地听下去。阿法说人走了死了声音也还在盘子里吗？瑞克说人就是死了十年百年声音也还在。阿法捧着唱片，怔了很久。

后来阿法在自勉村建了那座有名的碉楼，也曾经把这张唱片带到碉楼里听过。于是，金山云的唱腔，在"得贤居"的四壁间回旋了很久。楼里的每一块砖头每一片板，都被那个穿云裂帛的声音击打得遍体鳞伤。

金山云离开温哥华之后，阿法就再也没有她的音讯了。阿法的大儿子锦山到金山的第二年，有一位在三藩市做餐馆生意的乡人到温哥华办事，住在阿法家里，偶然说起三藩市新近盖了一座叫大舞台的剧院，有一个叫金山云的倌人，带了一个二三十人的戏班，常驻在剧院里唱戏，唱得很有几分名气。阿法听了，只是默默一笑。那个穿云裂帛的声音，还会在他的耳膜上存留很多年。而那个叫金山云的女子在他心里激起的种种波纹，却早已平息。

又过了些时日，阿法在华埠的《日讯报》上看到了一则小消息，说粤剧名伶金山云已与黄威廉先生订婚，不日将赴檀香山举行盛大婚礼，云云云云。阿法并不认识这个姓黄的，后来才听说是檀香山一位地产巨商的二公子。于是，金山云的名字便在他的生活中彻底消失了。

然而阿法当时并不知道，他和金山云的故事，在经历了一段长久的沉寂之后，还将意外地绽出一条新枝。

光绪三十三年（公元 1907 年），卑诗省温哥华市

阿贤吾妻：

年初寄来之家书及锦山锦河在学堂所摄的相片皆已收到。前次离家，山儿正在愚顽之年，河儿尚在襁褓之中。光阴荏苒，不觉已离别七载，如今二儿已长如许。七载未见，阿贤尚记得金山之人否？妻之容颜面目，却常入梦，实未敢忘。这几年数次筹谋回乡，却屡有意外发生，千金散尽，终未筹得盘缠回乡，以致与妻团圆之梦，年年破碎。旧年入秋以来，鱼厂生意清淡，工头又从美国购得一部机器，可自动刮鳞洗鱼剖鱼，比人手快至三五十倍。因先前洗鱼工多为我大清国民，洋番故将此机器取名为"铁中国佬"，实是有辱我大清国民之人格。自机器进厂后，我和

阿林及诸多洗鱼工皆遭辞退，生路艰难。近日我从乡人处借得少许钱款，在华埠租得一间面街之屋为衣馆，并雇得一新会人帮工。此人善裁剪，中西各款皆通，故除洗衣外，兼做裁缝制衣改衣。衣馆仍名"竹喧"。此乃第三回合，唯愿此"竹喧"非彼"竹喧"，终得长命兴隆。今年年底或许能攒得盘缠回乡一趟。阿妈明年六十大寿，若能在乡里为阿妈暖寿，实为吾多年之心愿。还望妻保重身体，尽心伺候阿妈，细心管教山河二儿，以卸夫牵挂之累。

夫得法　丁未年四月十六于金山咸水埠

阿法离开店铺的时候，天色已经晚了。上门板的时候，他随意瞄了一眼挂在墙上的日历。洋历九月七日。农历八月初一。仿佛鬼使神差，阿法拿起一块改衣用的粉饼，在这个日期上画了一个圆圈。阿法完全没有想到，这个他随手画下的圆圈，多年后会成为史书里反复提及的一个日期。其实在当时，阿法仅仅是心血来潮地想在日历上做个记号而已。因为就在这一天，他还清了开店的借款。自从雇了裁缝之后，铺里的生意一日好似一日。这个叫"竹喧"的衣馆，在折腾了三个回合之后，终于站住了脚。他仿佛已经听见了他口袋里的毫子在叮啷撞击着，渐渐汇聚成一张越洋的船票。

阿法这天心情极靓，不想急回家，上完门板锁完门就对阿林和小裁缝说去隆记吃宵夜吧，我请客。吃宵夜只是一个幌子，其实阿法是想去喝一杯。这一杯，阿法是从早上就开始想的。在他肚子里还未进一粒米一滴水的时候，他就已经在想了。那时他的衣兜里，已经整整齐齐地叠放着那张有证人画押的两清字据了。这张字据随着他的脚步一下一下地拍打着他的身子，一整天都在驱赶着他快一些再快一些地喝上一杯。

三人走到街上，夜色浓重如墨，做夜生意的店铺早已挂出了灯笼，朦朦胧胧的光亮将黑暗掏出一个个大大小小的洞眼，番摊馆和烟馆就藏在最大的洞眼里。阿林说丢，茶寮里看来看去都是那几张脸。裁缝说谁顾得上看脸呀，后边等着这么多人哩。阿林说旧年刚过埠的，今年就成肥婆了。裁缝说这么多人掏来掏去的，能不掏肥了吗？阿法踢了裁缝一脚，说你鼻屎大一个人，学得倒顶快。阿林挤着眼睛看阿法，说这么久了，都荒着，不想那事呀？阿法说喝酒喝酒，今天喝个够，喝完了再说。

阿法的这声"再说"里，隐藏着许多连阿法自己也惊讶的内容。今天晚上他不仅想喝酒，他也想做一些别的事。今晚兜里的那张字据一把刀似的割断了绑在他身上多年的绳锁，他一时还不知道拿这副突然自由了的身子如何是好。可是他的脑子已经先从他的身子里爬出来了。他的脑子如同一条无孔不入的细蛇，拐弯抹角地钻进了唐人街最深最黑的一些角落，趴在窗缝门缝墙缝里窥探着独独属于这些角落的事。他的脑子还停留在窥探的阶段，可是他的身子却有些追逐超越他脑子的意思了。今晚他的脑子和身子，你追我赶的，谁也不肯停下来等谁。

三人进了隆记，伙计过来，问吃什么？阿法指了指那两人，说问他们，便点了一支烟，慢慢地抽着。等到菜点过了，才说来两瓶酒，一瓶红的，一瓶白的。伙计上得酒来，满满地斟了三盅。阿法也不谦让，端起来，一口下去，盅就空了。那晚阿法的酒仿佛一点也没有经过喉咙，就直接从口里进了肺腑。几盅下去，脸上未见血色，倒是渐渐地青白起来，只有那条刀疤，像是一条截了尾巴的蚯蚓，在一片青白之间猩红地蠕爬着。

小裁缝见了有些骇怕，便夹了一块脆皮炸大肠放在阿法碗里，说阿叔你先吃点菜再喝酒。阿法嘿嘿地笑，说你个衰仔手艺不错，明年我开分号你来掌门。阿法说这话的时候，气已经喘得粗了，挤得鼻孔嗤嗤生响。阿林对小裁缝说你随他去，难得他今天高兴。多久了，总算是无债一身轻了。

三人便都吃了些酒，肚子鼓胀起来，就去后边咚咚地撒了一泡黄尿，回来再接着吃。那两人也有些上了脸了。小裁缝问阿林："你两位阿叔到金山这些年了，不像我们新来乍到无根无基，如何到今日才还完了债呢？"阿林此时酒酣耳热，早已忘了顾忌，指了指阿法说："这个你得问他。你阿法叔把身家性命都捐了给保皇党哩，害得我阿林也跟着他风一阵雨一阵的。倒是那个保皇党，收了天大的一张银票，屁也不见放一声。"

阿法忽地变了脸，把酒盅往地上一掷，拿一根手指定定地指着阿林的鼻子，喝道："贱民，大清有这样不思国耻的贱民，不衰败才怪呢。"阿林也恼了，一把揪住阿法的衣襟，说河雀要入祠堂哩，我是贱民，你是几品顶戴？你保皇上，可惜皇上不认得你呢。

小裁缝就来拉阿林，说阿叔不好讲这样的话，传回去一家子都要杀头的。

阿林很有几分醉意了，一甩手，说天高皇帝远，等传到那边怕朝代都换过了。小裁缝吓得脸色煞白，扯了阿法的衣袖就往外走，声音颤颤的仿佛只连了一根丝："阿法叔我们回去吧，夜了。"阿法正在酒兴上，哪里肯回去？便和小裁缝挣来挣去的，刺啦一声袖子撕开了，露出半个膀子。阿法回首就掴了小裁缝一掌，骂道鼻屎大一个仔，反了你。小裁缝捂着脸，一时做不得声。阿林也摔了酒盅，说阿法你有大不会做，跟细仔较什么真。

三人正撕扯纠缠着，只听见屋外一片嘈杂的人声，惊天动地的一声轰响，仿佛有人放了一炮。三人愣了一愣，还没回过神来，又听见一声响，比先前那声更大。店主一头是血地跑了进来，头上身上挂满了碎玻璃碴子，说阿法你懂点英文，看看外边出了什么事？大队洋番来了，都在街上。阿法的酒顿时醒了一半，跑到外边一看，隆记餐馆的玻璃窗已经给砸出了两个脸盆大小的洞，风正呜呜地从洞里灌进屋来。路上黑云似的跑过一群人，手都举在半空，有举旗的，有举条幅的，有举棍的，嘴里都喊着话，只是人多嘴杂，听不太清楚。阿法支了半天耳朵，才隐约听见"中国佬……滚……"，心知是番佬到华埠寻事了。

番佬到华埠寻事，这也不是第一遭了，只是从前都没有这个阵势。店主一下子想起了自己的两个孩子还在街上顽，开了门就冲出去——只见两个孩子早已被人流冲倒在地上。他一手拎了一个提回屋来，阿法便叫伙计拿铁闩把门顶上，又把屋里的灯全都捻灭了，推着一屋的人都往厨房走去。厨房后头是一间堆杂货的小屋，里头放了几麻袋的米。阿法让众人都蹲下来，藏到米袋后头。

店主的小儿子在街上挨了一块石子，额上肿了鸡蛋大小一个包，正哇哇地哭着喊他娘来揉。阿法赶紧用手捂了那孩子的嘴，压低了声音说你再哭番鬼就进来杀你一家。孩子给吓住了，那半声哭噎在喉咙里，变成一阵细碎的咕噜。

阿法蹲在米袋后头，听见天边有闷雷一浪一浪地滚过，地在轰轰地发着颤，颤得人头皮阵阵发麻——那是脚步声。几百人，几千人的脚步声。有人在嘭嘭地撞着隆记的门，撞了几下没撞开。店主的老婆蹲在阿法旁边，牙齿磕得咯咯生响。屋里弥漫起一阵浓烈的臊臭，大约是有人尿了裤子。玻璃一块一块地碎裂了，从街头响到街尾。刚开始时是巨大沉闷的轰爆，接着是细碎尖脆的断裂声，再接着便是嘤嘤嗡嗡的回响。间隙里听见一两声犬吠。可是犬声还没来得及连成一个阵势，就被一阵山呼海啸似的喊声给遮盖住了。这声喊叫仿佛是几千股发丝编织起来的一根辫子，粗大肥硕，却不嘈乱无章，所以阿法一下子就听清楚了。

"还我白色加拿大！"

那喊声刚刚在喉咙口聚集的时候，是怯怯的，打不定主意的，试试探探的。那喊声在一路攀缘的过程中汇集了底气，渐渐变得自如起来。等到爬上舌尖的时候，已经是惊天地的一声吼叫了。这一声吼叫砰地炸开来，把天炸了一个大洞。喊的人和听的人都同时怔了一怔，四周突然陷入一片短暂的寂静。

阿法蜷曲的腿开始发麻。他动了动身体，换了个姿势，觉得有几十根细针从脚趾上一路爬到腰腹。

工作服。天哪，工作服。

阿法一下子想起了瑞克交给他洗熨的三百套工作服。那些红底镶金边质地精良做工细致的工作服，是温哥华大酒店的大堂贵宾室和用餐室的高等服务生穿的。他已经把这三百套衣服都洗熨折叠妥当了，贴着墙根放成了高高的六摞，每摞五十件。衣服就堆在窗边，略微有些光亮，就能看见衣服缀边上粗宽的金线。假若玻璃碎了，一探进手来就能够得着。瑞克说，这种质量的工作服，只有温哥华大酒店能用得起，一件的成本是五个加元。三百件是多少加元？

阿法的脑子轰的一声散了开来。

竹喧。也许是名字。也许他从一开始就不该使用这个听起来和衣馆沾不上一点边的名字。这个名字一次又一次地把他举到希望的九霄，然后一次又一次地把他打入绝望的阴曹地府。三次了。这次他再也，再也，再也不会上它的当了。

这时街上响起了一阵急促的马蹄声，有人尖利地吹着哨子，拖长了声音在喊叫："我奉英皇爱德华七世的名，命令你们马上散开！"阿法悄悄地从米袋后边爬出来，趴在门上看，只见一队警察骑着高大的洋马，冲进了人群。人群如一摊雪后的烂泥，被马蹄胡乱地踢散，过了一会儿借着水的力量又聚集拢来。三番五次之后，那水的力气就渐渐弱了，泥变成了越来越小的团块，终于完全消散了。

人声和马蹄声都渐渐远去，街道归于彻底的沉寂。阿法拔下隆记大门上的铁闩，走到街上，发现街已经不是他熟悉的街了。一眼望过去，从街头到街尾，每一个铺面的每一盏灯笼都被捅落在地上踩扁了。街的眼睛丢失了，街瞎了。所有的铺面都没有了玻璃，失去了玻璃的铺子，张开一个个黑黝黝的大嘴巴，仿佛在呼喊着一句句失了语的惊讶。没有一盏灯。没有一个人。甚至没有一条狗。阿法知道人和狗都没有消失，只是都躲藏在黑洞洞的大嘴巴里。那夜没有月亮，天穹上却撒着一把珠豆般圆亮的星子。地上是一堆一堆碎玻璃碴，像是老天刚刚劈头盖脸地下过了一场秋霜。阿法在街上走了几步，突然绊在一团软软的东西上。那东西呜地哼了一声，原来是只猫。阿法摸了摸那猫，却摸着了一手的湿黏——是血。

阿法终于摸到了自己的铺子跟前。阿法是凭借着那个塌了半个角的台阶认出他的店铺的，因为他的铺子，已经没了门。原来作为门的那块木板，已经被整个地踢了下来，横挡在门洞里。没有了门的店铺如同一个没有了脸面的人，突然变得身份模糊不明起来。阿法踩着门板走进了门洞，屋里很暗，他睁了很久的眼睛，才渐渐习惯了黑暗。他发现屋里出奇的拥挤，过了一会儿才醒悟过来，屋里的每一样摆设，都已经从一件碎成了几件。

衣服。他马上想到了温哥华大酒店那三百件衣服。他顺着窗边摸过去。前。后。左。右。没有。什么也没有。那六摞几乎堆到天花板的衣服，仿佛从来就没有存在过似的从他的店铺里消失了。

"刀砍的！枪杀的！我丢你老母啊！"

阿法冲到街上，仰着脸扯着嗓子大喊了起来。一天的星斗被他的喊声震落下来，在地上砸出一个一个的坑。其实他还想喊一些别的，可是他喊不出声来了。他觉得他额头和脖子上的筋爆裂了，流了一身的热浆。他觉得那些回旋在半空的声音听起来竟有几分熟稔——那是阿爸当年劁猪劁牛时牲畜发出的嗥叫。

突然有人从背后扑上来，捂住了他的嘴。

"别喊，他们现在去了日本城，一会儿还会过来。"

阿法怔了一怔，才明白那人讲的是英文——原来是瑞克。

"我在这里等了你很久了。"瑞克说。

　　隆记餐馆的玻璃窗已经给砸出了两个脸盆大小的洞。路上黑云似的跑过一群人，手都举在半空，有举旗的，有举条幅的，有举棍的。

阿法的喊声唤出了那些隐藏在黑暗的大嘴里的人，街面上渐渐出现了三三两两的人群。人群呆呆地站在千疮百孔的街上，仿佛出来的只是身体，心却不知道丢失在哪里了。丢了心的人彼此相望着，眼里是两个空落落的深坑。丢了心的人认不得那街，那人了。丢了心的人甚至连自己也认不得了。

隆记的店主是第一个清醒过来的。他不声不响地走到瑞克身后，对着瑞克的后脑勺狠狠地击了一掌。瑞克不备，身子布袋一样地软了一软，又挺住了。

"洋番，打死，打死他！"

人群都醒了，迅速汇集拢来，将瑞克牢牢地裹在了中心。

"别，别打，他是，他不是……"阿法想对众人解释，可是阿法那天突然不会说话了，阿法完全词不达意。阿法只是紧紧地抱住了瑞克，于是拳头一个一个地落在了阿法身上。阿法的身体还没觉得那些拳头的分量，可是阿法的牙齿先觉出来了——阿法尝到了一嘴的腥咸。当人群终于意识到拳头落到了自家人身上时，阿法已经丢失了一个门牙。

阿法扶着瑞克在门洞里站住了，自己门神似的挡在了前面。众人不远不近地盯着他俩，黑暗中一双双眼睛如狼目绿荧荧地生光。

"瞎眼了，他，他是自己人。"

阿法呸地吐出了一口血痰。

砰。砰。

不远处传来两记沉闷的声响。

"枪，洋番开枪了。"有人说。人群颤了一颤，拖着肥厚的影子，潮水似的朝着一个个黑暗的门洞退回去。

"是日本人开枪了。"瑞克对阿法说，"日本城有枪有自卫队，华埠什么装备都没有。那伙人在日本城待不住，马上会转回唐人街。"

"这里有多少女人孩子？"瑞克问。阿法飞快地算了一算，说这条街上都是光棍，女人孩子加起来也不会超过二十个人。瑞克说你去把女人孩子集合起来，我有个朋友是日本商会的秘书，我把她们都带去日本城避一避。你们男人都回屋躲起来，不要点灯，天亮之前不要出门。骑警大队人马应该很快就到，可能会封埠，不让任何外人进来——你们就安全了。

瑞克又从衣兜里拿出一个布包，递给阿法："你小心点，是真家伙。"阿法的手指轻轻一碰就知道了，那是一把手枪。

这时，天边又滚来一片闷雷，地开始嗡嗡地颤动。

阿法知道，洋番又转回来了。

　　阿贤吾妻：

　　　　旧年底吾收到金山官府之银票计九百余元，是吾友亨德森先生为吾聘请律师，状告前年洋番结伙入华埠，劫毁吾衣馆之事所得之赔偿。吾本欲将此款用于今年回乡之盘缠，后闻乡人在咸水埠之外二十里处之二埠（即新西敏士）垦田种生果菜蔬，卖与远乡近邻，生意十分兴隆。吾与阿林亦效法之，于年初搬至二埠，将赔偿之银买地垦田，或许天佑我年成大好也未可知。吾三次开衣馆，皆因种种不测而未能善终。故决意不走旧路。赔偿余款仍得四五百元，乃一人之过埠税银。若阿母执意不肯放妻来金山，可否让锦山儿先过埠？农庄新开张，万事艰难。阿林已是五旬之人，吾亦四旬有加，急需后生帮衬。阿母或许不舍锦山离家，盼阿贤多多劝慰。接此信后可嘱阿叔或虾球去广州询问船期，尽早启程。

　　　　　　夫得法　己酉年 三月二十九日 于金山二埠

宣统二年（公元1910年）春，广东开平和安乡自勉村

　　墨斗背着锦河走过村口的那条无名河时，太阳正好，照得他额头上的汗水滴滴如珠。身后的女人们看着他背上的褂子渐渐洇出一些深色的斑块，便叽叽咕咕地笑，说六指你家这个墨斗像是大孔的筛子，冷天热天都兜不住汗。

六指从挎篮里抽出一条汗巾，追上去递给墨斗。墨斗将坠拉下来的锦河往上耸了一耸，也不接汗巾，却只是嘿嘿地笑——六指知道他是怕弄脏了汗巾。墨斗一笑，六指觉得天地突然雪地亮了一亮——那是墨斗的牙齿。自勉村的男人个个牙齿黄垢参差，也许是水的缘故，也许是抽烟的缘故。而只有墨斗的牙齿如同一排被海水漂了又漂的珠贝，白得有些泛青。墨斗的牙齿滋养着一村人的眼睛，所以一村的人都喜欢看墨斗咧嘴的样子。

墨斗是虾球的姨表弟。自从虾球娶了阿彩之后，就升级做了方宅的管家。几十亩田，三进的大院，两大家人，十数个长工下人，虾球管不过来，就叫了表弟墨斗来帮忙。墨斗过来是打杂的，打杂的意思就是：方宅的任何一个人，都可以随意支使墨斗来填补空缺。

"墨斗，阿旺扭了脚，你去把河边那垄田的秧插完。"

"墨斗，猪圈的门叫猪给踹了一个洞，你快去修。"

"墨斗，柴火没了，你去后山砍一把回来，别误了我煮饭。"

"墨斗，水缸裂了条缝，你去把湿眼龙喊来补一补。"

连灶房间做饭的阿嫂，都可以打发墨斗去村口的杂货铺打一瓶酱油。

墨斗的名字随意地挂在每一个人的嘴上。刚开始时只是一种习惯，一样便利。日子一久，人们渐渐发现方宅的日子若缺了墨斗，就有些不一样。墨斗放在任何一个空缺里，似乎都方圆大小合宜。若把方家的日子比做马车牛车上的轮子，那么墨斗既不是轴，也不是框，更不是辐条。墨斗充其量不过是那轮子上的一层油。墨斗是看不见的，墨斗却又无所不在。没有墨斗，轮子也照样转，只是突然间转得有些锈涩了起来。

锦山和锦河兄弟两个是最先发现墨斗的好处的。

墨斗叫得出林中每一样鸟的名字。墨斗只要听见树上知了叫上一声，就能准确无误地知道知了藏在哪一片叶子底下。墨斗能一头扎进无名河底，一个水泡也不打，半晌不露头，把锦河吓得直喊救命。墨斗能把芭蕉叶子摘下来，放在盐水里泡软了，揭下表层的厚绿，留了一层丝薄的筋络，卷成一个细卷，含在嘴里呜呜地吹，吹出风过林雨落地的声响。墨斗只要瞅上路边的鸡公一眼，就知道那只鸡能不能斗赢别的鸡。

可是墨斗也有墨斗不会的事。

墨斗白起了一个好名字，墨斗其实不识字。墨斗连自己的名字都不识。

有一回，墨斗怯怯地问锦山他的名字写出来是什么样的？锦山想了一想，就去阿妈的房间拿了一张纸出来，写了"谢屎堆"三个字，让墨斗用饭粒贴在自己身上，满村走动。六指看见了，顺手扯了根晒衣服的竹竿，将锦山打得哭天号地。也就是那天起，六指决定让墨斗陪两个孩子一起读书。

婆婆麦氏知道了，就紧了脸，说一个下人，识字有什么用？费钱费心神的。六指说阿妈这个下人整天和山仔河仔混在一处，若不识几个字，知道些书理，怕把你孙子带坏了。麦氏听了，不再有话。六指要做的事，只要捎上两个儿子的名字，就能畅通无阻。

学堂在源溪里，离自勉村有几里地，是耶稣教士开办的，各村的金山客也都捐了钱，所以学堂里的学生，有许多是金山客的孩子——当然是男孩。学堂里的教书先生，都是耶稣教士请来的，有本乡的，也有外江人。先生教诗书，耶稣教士教算学和《圣经》课。耶稣教士不仅教《圣经》，耶稣教士还教唱歌。逢年过节，耶稣教士就挑几个年岁大些的孩子来排戏演戏，让家里的阿妈阿公阿婆都来学堂观戏。今天是复活节，锦山给挑了去练戏——阿法来信催了几次锦山过埠的事，麦氏百般不舍，将船期拖了又拖，至今尚未成行。六指约了村里几个金山客的女人，一同去学堂看戏。锦河原本一早就要跟阿哥一起去学堂的，却因夜里闹了些风寒，有些热度，就多睡了一会儿，和阿妈一道起身。

路上带的东西，是头天晚上就准备好了的，一个竹篮子，半边是鸡蛋，半边是芝麻饼和千层糕。鸡蛋是带给学堂的先生的，糕饼是路上饿了吃的。六指挎着篮子走到天井，就看见婆婆麦氏手里捏着一只碎鸡蛋，在骂阿彩："早点起床查一遍，哪会有这种事？如今我是叫不动你了。这个家里，我差得动谁啊？"六指问阿彩怎么了？阿彩说不知道是哪只鸡下了个软壳蛋，给踩碎在窝里了。

六指对阿彩使了个眼色，说以后起床，先查一遍鸡窝，省得再出这种事。你赶紧去给老太太烧个暖手炉子——天还是冷呢。阿彩说还冷啊？日头都照得身上出汗了。六指又使了个眼色，说叫你去你就去嘛，难怪老太太说叫不动你，都懒得脚底生蛆了。阿彩这才明白过来，转身进了灶房。

待阿彩走了，六指便叫锦河过来给阿人请安。麦氏拉了锦河的手，眼角眉梢的竖纹便都渐渐地变成了横纹，"河仔你今天还发热，就不去学堂了吧，在家陪阿人说话。"锦河说我要去学堂看阿哥演戏。麦氏就拍了拍额头，说瞧阿人这个记性，忘了你阿哥今天要演戏。河仔你告诉阿人，你阿哥在戏里演的是什么？锦河说是驴，阿哥扮的是驴，叫耶稣骑着进城的——学堂排的是耶稣骑驴进耶路撒冷城的那场戏。麦氏说这个先生该打，怎么叫你阿哥演个畜生？锦河说阿哥一排戏就笑，先生就罚他演驴。麦氏听了，咧开缺牙的嘴呵呵地笑，说该罚该罚，你这个阿哥，着实淘气，哪像我河仔老实忠厚。

六指就来拉锦河，说阿妈我们得走了，阿珠阿莲她们都在村口等着呢，要不就赶不上开场了。麦氏的眉心蹙了一蹙，说你也要去啊？那黄毛红毛的地盘，你们年轻媳妇也敢去？六指知道婆婆说的是那几个耶稣教士，就笑，说阿妈他们都学了我们的样子穿长袍留辫子，粗一看，还看不出是洋番呢。都会说我们这里的话，比外江佬还和善些呢。麦氏哼了一声，说洋番要是能和我们一样，那狼也就和羊一样了。便冲着灶房喊了一声墨斗。

墨斗正蹲在地上磨刀。今天一大早阿彩把家里所有的刀都拿了出来，让墨斗磨。有砍柴的刀，剁肉骨头的刀，切菜的刀，削薯仔的刀，剃猪毛的刀，满满地摆了一地。墨斗这会儿磨的是削薯仔的刀。已经磨了半晌了，刀锋上粘了黏黏一层的石浆。墨斗拿了一张油纸把石浆抹去了，将刀举到眼前，轻轻地吹了一口气，那刀就嗡地响了一声。听见老太太在天井里喊自己，墨斗把刀往腰上一别，就往外跑去。

"你陪河仔和太太一起去学堂。学堂里人多嘴杂，你照管好太太，戏散了就回。"

墨斗点头说知道了。墨斗的回话里干瘪瘪地全无水分，水分都藏在墨斗的眼角眉梢里了。从方宅走到学堂，一脚不歇，也得走半个时辰。若中间略微歇一歇，喝口水吃块饼，就是一整个时辰了。这条路虽然天天陪两个少爷走，走得很是熟腻了，却是从来没有和太太一起走过的。

一个宅院一二十口人里，墨斗跟谁都能说得上话，可是墨斗唯独极少和太太说话。其实太太对墨斗很和善，不像老太太那样威严。然而墨斗不怕老太太的威严，墨斗反而怕太太的和善。老太太的威严是简单的威严，简单的威严用简单的沉默就足够应付。可是太太的和善里却有许多的内容，所以墨斗的沉默也就不仅仅是简单的沉默了。墨斗的沉默里有一些连他自己都惊讶的内容。怕归怕，墨斗还是愿意和太太一起上路的。

墨斗抬头，就看见太太今天已经脱下了棉袍，换上了夹袄。太太的夹袄是新做的，半长至膝，藕荷色的底子，通身绣着墨绿的文竹。斜襟的盘花布扣上，拴了一条葱绿的手巾。除去了笨重冬装的太太，身材显得有些丰腴，文竹在衣服的凹凸之处轻轻颤动，仿佛有风经过。太太的髻上，斜插了一根玉簪，玉簪的一头挂了一串玛瑙坠子。太太身子一动，那坠子就在太太的耳边丁当作响。墨斗觉得那声响一下一下地把自己敲得分了心，呼吸就有些磕磕绊绊起来。

"太太，我，我来。"墨斗指了指六指臂弯里的竹篮。六指说不用了，你看好河仔，他身子还没有好利落。

三人便去河边会合了众人，一起上路。一大一小两个男人行在前头，五六个女人跟在后头，宽宽窄窄的鞋印在乡间小路上碾下一个一个的坑。

女人们在一起，说的就是关于男人的话题。六指问阿莲你家阿权什么时候到？阿莲说快了，听说已经到了香港，等着那边医院来信，就去接人。两人讲的是阿权的尸骨。阿权得了肺痨死在金山，已经七年多了。阿莲已经做了七年的寡妇。刚守寡那年，阿莲的髻子上插的是白花。到了第二年，阿莲髻子上的白花换成了黑花。那朵黑花一戴就戴了这么些年，再也没有摘下来过。

其实，阿莲没戴白花黑花的时候，就已经是寡妇了。阿权在金山娶了个妾，十几年里才回过一趟家。那趟回家，带走了大儿子。阿权病了很多年，阿权活着的时候，是那个妾在茶寮里做事养着两边的两家人。阿权死了，那个妾就又嫁了人，还当妾。现在给这边家里寄银信的，是阿莲的儿子。阿莲说阿权知道自己要死了，所以带了儿子出去，让儿子接替他养家。阿莲说阿权是个有良心的男人，不会丢下这边家里不管。阿莲说阿权临死交代了儿子，一定要回家落葬。阿莲说换过龙凤帖的，和露水夫妻就是不一样。男人活着跟谁过，那是男人一时的兴起。男人死了跟谁入葬，那才真正看出男人的心意来了。阿莲说这些话的时候，脸上泛起了两朵桃红，仿佛是一个坐在花轿里候嫁的女人。

阿珠哼了一声，说回不回来，是看人的。昌泰婶跟昌泰叔是换过龙凤帖的，不是照样死了也没见着人吗？昌泰婶是旧年死的，是六指按女儿的名分做的发送，昌泰叔一直没有露面。阿珠说这话，也是有因缘的。阿珠的男人旧年年底回来了，从东莞娶回来一个妾。男人这回待了四个月就走了，急着回去挣钱筹集人头税款，却一直没说到底要带哪一个女人去金山。

众人就问六指："你家阿法好些年没回来了，是不是也在外头有了人？"阿法上次走的时候，锦河刚满月。转眼锦河已经上了学堂，阿法还一直没有回来过。阿法这几年手头紧，虽然还是隔几个月寄一封银信，那数额却小了许多。六指写信问阿法那头到底出了什么变故？阿法说三言两语讲不明白，还是将来回家见了面再说，她便知道阿法遇上麻烦了。她心里有了各样的猜测，这些猜测坠得她的心沉沉的，脸上却一味地笑，说有了人才好呢，倒叫我省心了。

走了半程路，女人就走乏了，就找了个僻静朝阳之处坐下了，拿出些糕饼点心来吃。锦河在墨斗背上睡了一路，口涎淌了墨斗一肩。墨斗将锦河放下，交给了六指，自己远远地坐开了，脱了外边的夹袍，坐在一块石头上晾汗。石头边上长了一蓬旺旺的草，草叶上歇了一只黄底黑花的大蝴蝶，那黄那黑都如同窗花纸的边缘，分明得几乎带了剪刀的痕迹。阳光很重，压得蝴蝶的翅膀轻轻地扇动。

要是带了蝈蝈笼出来就好了。墨斗心想。这只蝴蝶捉了放在蝈蝈笼里，挂在太太的床帷上，才是好看呢。

起风了。大太阳里的风是轻软的，风已经被太阳磨去了棱角。风把墨斗的汗味送得很远，一直送到女人们聚堆的那个角落。墨斗里头穿的是一件粗布裤，洗过了很多水，缩得很是紧小，一身的腱子肉似乎随时要从布缝里挣裂出来。阿珠就问六指你家今年置了几头牛？六指说今年没置，都是前两年置的。阿珠朝着墨斗努了努嘴，说那不是你家新置的牛？膘壮着呢，耕田最好。众人稀里哗啦地笑成了一摊。女人们离了公婆的约束，话语就有些放肆起来。

锦河扯了扯六指的衣袖，说阿妈我屎紧。六指平常家教严，不许两个孩子随地拉屎撒尿。可是一眼望去，四野一片开阔，并无救急方便之地。几步之外有两棵树，勉强算是遮挡。树旁有一堵墙，早先大约也是人家，如今败落了，只剩下半人高的一片残壁，六指便领着锦河朝着断墙走去。其实他们若再往前行百十步，拐个弯就有供人歇息的凉亭，亭边就有茅坑。可是那天仿佛有人在六指的脚上系了一根绳子，扯着她身不由己地一步一步地迈向那个布满了杀机的陷阱。

锦河走到墙后，撩起衣摆蹲了下来。突然，他觉得耳畔有一阵虎啸似的风声，接着就落入了一片没有一丝缝隙的黑暗。刚开始他还以为自己失脚跌入了一个深坑，过了一会儿，他感觉到他的身子在挪动，而他的脚却没有着地。他仿佛长了翅膀，鸟一样地凌空飞着。他听见一个沙哑的外江口音在说"快，要来人了"。这时，他才意识到他遇上了歹人。

六指是听见了响动才回头的。六指当即大叫了一声。她的嗓门一下子撕裂了，喉咙口泛上了一丝腥咸。可是她一点也听不见自己的声音。她的声音像尖利的匕首一样地抛出去，却落在一垛厚实的棉花上，无声无息地消殒了，因为她被一只馊臭的袜子堵住了嘴。后来她才回想起来，那天她叫唤的是"墨斗"。

阿珠是第一个发现六指和锦河不见了的。阿珠回头找六指母子，突然发现三个黑衣大汉举着两个布袋，如三只硕大的蝙蝠在贴着田埂飞跑。有只布袋里露出一双绣花鞋，在不停地踢蹬扭动着。

"劫，劫人了 ……"阿珠的嘴唇抖了半天，抖得满嘴是牙。

靠在石头上打盹的墨斗倏地醒了，没顾得上穿上大褂，起身便追。后来阿珠多次红嘴白牙地诅咒发誓，说墨斗那天的身子和腿是分成了两段的。墨斗那天的腿根本管不了身子，墨斗的腿扔下了身子，径自狂奔。在几乎与黑衣大汉齐身的那一刻，墨斗突然想起了早上匆匆离家时别在腰上的那把削薯仔的刀。墨斗一点儿也没想到刀竟然被他磨得如此之快。他觉得他只是轻轻地擦碰了一下，身边的那个黑衣人就如一只装了半满的米袋那样塌软了下去。可是那个黑衣汉子在倒地的那一刻，突然紧紧地拽住了墨斗的脚。拖了一只沉重的米袋的墨斗，跑起来就不如先前那么轻快了，眼睁睁地看着另外两个黑衣汉子挟着六指和锦河渐渐远去。

墨斗把刺伤了的黑衣汉子押回方宅，拷问出来那人叫金毛强，在一个叫朱四的土匪手下当喽啰。朱四在这一带落草为寇，打家劫舍，专盯金山客的家人。朱四要的赎金高，少一分一厘就撕票，极是心狠手辣。

麦氏一听，两眼一黑就晕了过去，阿彩灌了一杯胡椒水才醒过来，却是站不动了。虾球说报官府吧，好歹有金毛强在我们手里。墨斗说金毛强不过是个扛旗开路的小喽啰，朱四不在乎，他就是死一百遍也抵不得一个太太和二少爷，还得立即打点赎金。

麦氏问得多少赎金？金毛强说少了五百大洋你们二少爷的命就不保了，朱四要的赎金从来没少过这个数——劫匪平时只劫男丁，不动女人。女人不值钱，许多人家不愿出钱赎女人。只是六指那天喊叫了，才一并裹卷了去。

麦氏上牙下牙一咬又晕了过去，众人就抬去了屋里。虾球找了阿法的阿叔和阿婶商量，那两个生性懦弱，颤颤地做不得主张。最后虾球只好和墨斗擅自做主，立即变卖田产。

田产卖得急，卖不得好价钱，零敲碎打地贱卖了，还不够数。又让阿叔和阿婶找了几样值钱的金银首饰，连着卖田所得的银两，一起包在一个布包里，准备赎人。

那天是墨斗跟着金毛强去的。金毛强说见朱四绝不能带凶器，进寨之前必要搜索全身，从头发丝到脚指头，若找着一片铁，就地斩首。墨斗听了，蹲在地上抽了半袋烟，一直没吱声。半晌，才把虾球拉到一边，说你去村口杂货铺买些炮仗回来，越多越好。虾球说你疯了，天都塌下来了，你还有心思胡闹。墨斗说你听我的，买回来，包严实了，放在猪圈里，千万不能让人看见。

虾球果真买了些炮仗回来，扔在猪圈里。墨斗进了猪圈，叫虾球在门口把守着，谁也不让进来。半个时辰之后，墨斗手里拿着一袋烟走了出来。虾球进去一看，一地都是红纸屑，却也没听见炮仗响过，便问墨斗你整什么蛊？墨斗扬了扬手里的烟袋，说都在这里了，你的炮仗。炸不炸得死一寨的人不好说，炸倒一两个是铁定的。虾球的脸色煞刷地白了，说你，你，你不是去送死吧？你娘把你交给我，是要把你活着交回去的。墨斗嘿嘿地笑，说阿哥你放心，我是去把太太二少爷领回来的，我死了，太太怎么办？

墨斗是在头天傍黑的时候走的，第二天深夜才回来。一屋的人都没敢睡，点着一盏长明灯守候着。墨斗衣裳褴褛，背着一团黑糊糊的东西进了院。众人仔细看了几眼，才看出是太太的发髻散了，一头长发黑云似的裹了一身。墨斗将六指放下，六指还没坐稳，就软软地栽倒在地上。锦山扑了上去，抓住了阿妈的衣襟就摇晃，一家人昏天黑地地哭成了一团。

过了一会儿，门口滚进来一个灰球，是锦河。麦氏紧搂了锦河，死蚕似的长指甲在锦河身上掐出一个个深坑。阿彩端来一碗米汤，让六指母子两个喝了一口，才缓缓地吁出一口气来。六指站起来，磕磕绊绊地走了几步，在麦氏跟前跪了下来，喊了声"阿妈"。麦氏的两只瞎眼死鱼珠目似的瞪着，却不回应。六指咚地磕了三个响头，说"媳妇不孝，让阿妈操心了"。

麦氏哼了一声，说我敢操你的心？自从你嫁到方家，我是管得了你的手脚，还是管得了你的心思？你想去哪里就去哪里，你想做什么就做什么。阿法惯着你，我这个家婆不过是摆个样子的。你若那天肯听我的话，不去那个鬼地方睄什么鬼戏，怎么会出这等事？我阿法在金山二十年省出水来，攒了钱回家买田买地，全败在你手里了。我阿法命苦啊，非得要找你这样的女人。

六指跪在地上，一言不发。六指知道当年阿法执意退了那门亲事，换娶了自己，婆婆心里憋着的一口污浊气，一直憋了这些年还没有散尽。墨斗摸摸索索地从兜里掏出一个烟袋，正要点烟，虾球一把夺了下来，说你不活了？墨斗愣了一愣，才明白过来，说不是那一袋了。墨斗点上烟，慢慢地抽了两口，才嘿嘿地笑了一笑，说老太太息怒，其实朱四盯上咱们家，也不是一天两天了。太太就是日日守在家中看住两个少爷，他也要寻上门来的。

墨斗的牙齿照得屋里一片雪亮，可惜麦氏看不见。麦氏呸了一口，喝道："你是谁？方家有你插嘴的地方吗？"抢起拐杖便打。麦氏没眼神，墨斗又闪得快，拐杖一偏就落到柱子上，咣的一声断成两截。一屋的人都知道老太太的威严，却从来没见过老太太在众人面前如此羞辱过太太，责打过下人的，一时都鸦雀无声。连天井里的那棵榕树，叶子也木木地不敢有些微的动静。

过了半晌，锦山才在麦氏跟前跪了下来，说阿人息怒，阿妈阿弟平安回家就好。家里损失的田产，将来孩儿给阿人挣回来，比现在还多。

麦氏让这句话捣着了心窝子，眼窝就湿了。撩起衣襟擦起了眼睛，叹了口气，叫阿彩把六指锦河扶回屋去，擦擦身子，喝过莲子汤才进食——饿久了的人，不能立即暴食。

待众人都散了，麦氏又叫过阿彩，说从今往后，你给我看好她，她要出门你立即禀报我。又说那个墨斗，倒比你家虾球有用。以后留个意，有合适的下女给说一门亲，将来就留在家中。阿彩答应了，正要走，麦氏又咳了一声，压低了声音，贴在阿彩耳根上说："你去仔细看一眼，有什么地方，让人伤了没有。"阿彩怔了一怔，就会意，说知道了。

从那以后的十九天里，麦氏天天在屋里闭门烧香拜佛。方家三进的宅院里，从早到晚回响着木鱼的梆击声和麦氏诵经的嘤嗡声。

有一天早上，阿彩走进了麦氏的房间。麦氏刚刚点上了香，对着墙上那张开始泛黄的方元昌画像磕头。阿彩说"她，她，她"。阿彩是个不太沉得住气的女人。阿彩一慌，就口吃起来。麦氏直起身来，问怎么啦？有屁就放。阿彩顿了一顿，才说太太，她，她，来，月信了。

麦氏捂住心口，身子如剃了骨头的鱼一样地瘫软了下来。

"阿弥陀佛。"麦氏喃喃地说。

阿法得知六指被劫，已经是几个月以后的事了——是从回去探亲的乡人那里听说的。阿法很快就给六指写了一封信：

阿贤吾妻：

　　家中出了如此一样大事，妻竟不肯说与吾知，必是不忍叫吾担忧的意思。吾已决意在乡里建筑一碉楼以防御匪盗。今已觅得一建筑师，按照吾之吩咐完成一应设计图纸。所用工料，皆在咸水埠购入，不日经香港运送回乡。全部筑造工程，已委托广州先施公司雇泥水匠包建。先施公司在此地有代理，与洋商合作多年，极有诚信。财资吾自当设法。只是吾再无盘缠回去亲自监工，只好托墨斗虾球等多加照管。请告母亲大人孩儿不孝，未能回乡为母亲暖寿。锦山之船期，有确切消息否？吾翘首仰望。锦河暂时不要送去学堂念书，以防沿途再生不测，可在家中物色先生授课。并嘱墨斗寻访谙熟武道之家丁，购置中西武器，严守家门。望妻小心谨慎，出门必带男丁防身。切切。
　　　　夫得法　庚戌年　七月二十七日　于金山二埠

民国元年（公元1912年），广东开平和安乡自勉村

早上起来穿衣的时候，六指觉出了自己的发福。袄子是旧年入秋的时候做的，如今扣起来有些费劲。弯腰的时候，腋下和肚腹的布料有些割肉。六指知道这是因为自己近来走动得少了。自从前年被歹人劫持之后，婆婆麦氏便把六指看得很紧。尽管雇了三五个身强力壮的家丁，片刻不离地守护着六指和孩子，麦氏还是不许六指擅自走出家门一步。六指既然不能出门，便只好关起门来练习字画——倒觉得手力有了些长进。

六指推开窗户，听见堂屋里有一阵朗朗的书声，便知道那是新请的先生在教儿子晨读。

> 盖夫秋之为状也：其色惨淡，烟霏云敛；其容清明，天高日晶；其气慄冽，砭人肌骨；其意萧条，山川寂寥。故其为声也，凄凄切切，呼号愤发。丰草绿缛而争茂，佳木葱茏而可悦；草拂之而色变，木遭之而叶脱；其所以摧败零落者，乃其一气之余烈。

六指扶窗静听了半晌，隐约觉得熟稔，像是小时候跟着姐姐的儿子龙仔一起念过的，不知是欧阳子的《秋声赋》不？心想待下课去问问锦河——这念书的声音一听就知道不是锦山。

锦山去金山快两年了。锦山临行前，麦氏一提起锦山就叹气。麦氏的一口气长得如同灌堂的风，走啊走啊怎么也走不完。六指若劝，麦氏便说六指不疼男人就罢了，连自己身上掉下来的肉，也不知道心疼。六指若不劝，麦氏便说六指是一心盼着全家都去了金山，好留下她一个孤老婆子听凭生死。六指是劝也不是，不劝也不是，倒忘了锦山原是自己的儿子，该疼该哭的，本该先轮到自己。

锦山走的那一年蚕蜕了壳一样地疯长起来，声音突然就粗了扁了，有了几分鸭公的味道。阿彩给锦山洗头，说大少爷长了胡须了。十五岁的锦山，站直

了身子，已经和墨斗一般高矮了。过年祭祖的时候，换上长袍马褂，看上去已经是个大人了——只是依旧愚顽不化。锦山从小无病无灾，身架像是粗壮的毛竹，劈不散，拨不动。锦河在锦山边上一站，却看不出丁点的相似。锦河自生下来便是多灾多病，身骨一直还没来得及长开，像是没发好的芽菜，细得仿佛轻轻一捏就断。连那读书的声音，也是蚊蝇哼哼的，毫无锦山的霸气。

六指听锦河念了一会儿书，听累了，探出头来，突然看见院子墙角的一丛竹子，不知何时竟变了颜色，青不青黄不黄的，倒夹杂了些星星点点的白。走出去一看，才看清是细细一层的竹米，心就咚地跳了一跳。

六指知道竹子长寿，少则数十年，多则百年，年年青，年年长。只是竹子若一开花，便死期不远了，所以乡人有"竹子开花，改朝换代"的说法。大清的气数尽了，皇上下了台，现在是民国了。可是民国真是民的国了吗？天高皇帝远的地方，依旧是盗匪昌盛。上个圩日赤坎镇上的公学里，几十个学童加上老师，就在光天化日之下一同被盗匪劫持。从前皇上管不了的事，国民政府依旧管不了。朝代是换过了，竹子却还开花，莫非是阿法那里出了什么大事？一时就心神恍惚起来，赶紧回屋找纸找墨给阿法写信。

铺开纸，一窝的心事聚不成团也聚不成点，竟下不得笔。六指近来心事极多，如一团纺坏了的线，乱糟糟地理不出一个头绪。六指的心事里有阿法，有锦山锦河，有麦氏，也有正在修建中的碉楼。这些都是六指说得出口的心事。说得出口的心事是轻的，犹如漂在池塘水面上的浮萍，看上去浓郁厚实，用竹瓢一刮就刮走了。而说不出口的心事，才是沉在塘底的石头，虽然只是清清寡寡那么几块，却是摸不着也挪不动的。

自从前年被墨斗从土匪朱四那里背回来之后，方家上上下下的人，没有一个问过她那两天里到底发生了什么事。众人虽然没问，可是众人的疑问都已经写在脸上了。麦氏的话越来越少了，可是麦氏却越来越经常地叹气。麦氏的叹气有好几种样式。有时候那叹息是从鼻孔里哼出来的，六指知道那是哼给她听的。有的时候，那叹息是从舌头上滑落下来的，那是叹给别人听的。有的时候，那叹息是在心腑里含了很久，含不动了，才从两唇之间风一样地漏出来，那才是叹给她自己听的。六指在天井里走过，总能感到脊背上毛刺刺地痒，她知道那是下人们贴在她身上的目光。六指觉得方家宅院的每一个角落每一个房间里都有一些喊喊嘈嘈的声响，可是只要她一走进那些角落那些房间，这些喊喊嘈嘈的声响就会戛然而止，世界陷入一片万劫不复的沉默。

可是所有这些沉默都叠加在一起，也抵不过阿法一个人的沉默。其实这一两年里阿法的信写得比平日似乎更频繁些，说的都是修筑碉楼的琐事。从楼顶的罗马式廊柱到大门口的灰雕花饰，每一样用料每一个细节都不厌其烦地交代了一遍又一遍。可是阿法却没有问那件事。阿法甚至连那件事的边都没有碰擦过。阿法的沉默陷落在所有人的沉默之中，可是阿法的沉默却比所有的沉默都要触目惊心。世上无论如何厚重的沉默，都是可以穿越的。六指知道怎样去穿越。她比他们所有的人都更有耐心。她可以用她的沉稳一寸一寸地去凿，她终将凿穿他们的沉默。可是阿法的沉默却让她恐慌。她不知道阿法的沉默有没有边界，她觉得自己一下子没了底。

这时墨斗满头大汗地跑了进来，说太太你吩咐的事办完了。墨斗说这话的时候，并不看六指，只是盯着自己青布鞋的鞋面。墨斗说的事，是指碉楼神龛和祖宗灵位的位置。在原先的设计中，这个位置在顶楼，是纵护全宅的意思。可是六指想到年迈瞎眼的麦氏，焚香拜祖爬不了那么高的楼，就让把设计改了，挪到二楼。六指有这个想法的时候，碉楼已经盖到四层了，盖楼的人就有些不情愿回过头来改动二楼的布局。

六指问墨斗你见过先施的刘先生了吗？墨斗说见过了。六指问你和刘先生说过这事了吗？墨斗说说过了。六指问刘先生同意改动了吗？墨斗说同意了。六指问刘先生说没说明年什么时候完工？墨斗说他说尽快。六指说你盯着点，日子都定好了，是明年正月的最后一个圩日——正逢正月二十二日，是迁宅的黄道吉日。这个日子，早在旧年碉楼动土的时候就已经择好了，连祭祖驱邪的道士，都一并付过了礼金。

墨斗听了这话只是不做声。

六指扑哧一笑，说问一句答一句，你平常一车一斗的话都哪里去了？墨斗依旧盯着自己的鞋尖，不说话。六指看着墨斗，半响，才说这个大院里，还有谁信我呢？连你也这样。墨斗忍不住抬头看了一眼六指，只见六指的眼窝里浅浅地浮了一层的泪，心就哗的一下软了，化成了一滩子水，口气便柔软了下来，问明年搬家的事，她松口了吗？六指当然明白，墨斗问的是麦氏。盖碉楼虽然是阿法的主张，可是麦氏至今还不肯松口同意搬家。

麦氏不肯松口，有麦氏自己的理由。麦氏说她已经在旧院里住了几十年了，伺候过老的也伺候过小的，住熟了，不想挪窝。麦氏还说碉楼太高了，她一个瞎子两只小脚，爬不动。六指说阿妈我雇个人来专门背你。麦氏不吭声，半晌才说："我不像你，让谁背都行。"六指的心沉了一沉，就明白了婆婆不肯搬家，原来不是婆婆自己说的那些原因。

从旧年碉楼翻土动工开始，麦氏就病了。麦氏的病甚是古怪，不吐不泻，没有热度，也不打摆子，浑身上下并无酸痛之处，却只是没有胃口，终日嗜睡，日渐消瘦。请了好几位郎中，也吃了几十帖汤药，却仍未见好。这几日竟越发沉重起来，神志时而清醒，时而糊涂。清醒的时候，只是仰脸定定地看着天花板，却不说话。话是糊涂的时候才开始说的。前天吃完早饭，麦氏又糊涂了起来，披头散发地坐起来，嘭嘭地拍着床板骂阿法："我上县太爷那里告你忤逆不孝，你这黑心白眼的狼啊，你阿妈六十寿辰你也不回家啊。"

六指赶紧将麦氏扶着躺下了，说阿妈，阿法的钱都盖了碉楼了，可是阿法盖楼也是让阿妈你享福呢。麦氏一把擒住了六指的手腕，指甲尖尖地陷进六指的皮肤。"那个楼，是阿法给你盖的。阿法盖了楼给你，才没钱回家。你若不叫人捉去了，我阿法的钱是买田买地的，盖什么楼？"六指说阿妈咱们一家人搬进新楼，把旧宅卖了，也一样买田。

麦氏把两只瞎眼睁得天一样大，愣愣地盯着六指，许久，才狠狠地呸了一口，说谁和你是一家？你从朱四那里回来，你还敢说自己是方家的人？六指挣开麦氏的手，觉得地在她的脚下裂了一条缝。那条缝载着她一寸一寸越来越低地陷落到万劫不复的泥尘里。她突然明白了，麦氏其实一点儿也不糊涂，麦氏只是借着糊涂，把清醒的话给说出来了。

六指撩起衣襟，擦掉了颊上的唾沫，颤颤巍巍地走出了麦氏的屋子。屋外站着几个下人，各人都不看她，只做着自己手里的事。六指知道他们都听见了。在这一群人中她一眼就看见了墨斗，墨斗正在修补一个破了洞的米箩。墨斗的眼眶眦裂了，流着血。墨斗一把扔了手里的竹片，把头咚咚地撞在柱子上，说太太你让我说呀，你为什么不让我说。

六指厉声喝道："老太太病了，你也跟着病？说那些没用的话。都干活去！"众人便风卷残云似的散了。

从那天以后，墨斗见了六指，脖子梗梗的，像要打斗的鸡公，却不太有话了。

这会儿六指见墨斗脸色活泛些了，就一边收拾砚墨纸笔，一边闲闲地问墨斗你今年二十五还是二十六？墨斗说年尾的生日，两头都算得上。六指说你这个年纪，怎么还不提亲？墨斗不回话。六指说他阿婶那边的阿月，怎么样？阿月是阿法婶婶的使唤丫头，今年十八，也到了该许人的年纪了。墨斗还是不说话。禁不住六指紧逼，才说那走路的样子，鸡母似的。六指说阿月勤快老实，长得也不赖，你看前面就行了，谁让你看背后了？墨斗忍不住笑了，一口牙照得屋里雪亮："我也没想看，她在你前面走路，你不看都躲不过。"六指说我看她配你就好。你娶个屋里的媳妇，将来跟虾球一样，也就长长远远地在这里住下来了。

墨斗听了这话，呆呆地怔了半天，才说太太觉得怎样都行。六指说那我过两天叫三婆到你家提亲。

墨斗低了头就往外走，走了一半，又转回来，顿了一顿，说太太你为什么不让我讲话？我替太太冤呢。将来老爷从金山回来，要信了人的胡言，还怎么好？六指笑了笑，说他要是信了，你讲一百遍也没有用。他要是不信，还用讲吗？水清自清，浊自浊，你讲不讲，又有什么关系？墨斗无话，就走了。六指探出窗来，吩咐墨斗："你去堂屋看一眼，教书先生到了用茶点的时候没？若没到，就别打扰他。若到了，就喊河仔过来，说我找他。"

一小会儿工夫锦河就跑了过来，问阿妈你找我？六指说你阿爸花了这么多心思银子盖了这座碉楼，都是墨斗在监工，阿妈一眼都没看过。明年年初就完工了，今天你陪阿妈过去看看。锦河面有难色，说阿人她，不让，出门。

六指冷冷一笑，说朱四都没能关住你阿妈，谁也别想关住我。你放心，你阿妈气数未尽，命里该死的，坐在家里也得死。命里未到死的时辰，刀架在脖子上也伤不了身。锦河也在家里憋得久了，正想找个机会溜出去转一转，有了阿妈这话，胆子就壮了些。

母子两人直直地朝门外走去，迎面就撞上了阿彩。阿彩刚说了一句"老太太"，六指定定地看了阿彩一眼，就将阿彩看得浑身都是窟窿。阿彩那后半句没说出来的话，便生生地给堵了回去，只好对几个保镖家丁使了个眼色，让紧紧跟上。

六指走下方宅的台阶，踩到了门前的那条沙土路上。刚下过了一场雨，雨是住了，天却尚未全开。有几朵太阳花，在云缝里隐约地闪动着，却不知道晴不晴得定。路有些湿，绣花鞋踏上去，觉得出鞋底的水汽。六指一抬头，就让太阳花割了一眼。路边的芭蕉树开满了肥大的白花——那是水芭蕉。起了些风，风将那叶子和花摇动起来，是一种陌生的光影。六指想朝那光影走去，却只是腿软。六指的脑子拖不动六指的腿。一两年没有出门了，六指不认得路，路也不认得六指了。那路，那太阳，那风，那树，都在合着伙儿欺生。

六指磕磕绊绊地走了几步路，便一眼看见了那座楼。原先择址的时候，风水先生看中的是村口的一块高地，那是龙口吐龙珠的好地方。可是一村的人都不肯，说在村口盖这样高的楼，把一村人的福运都给遮蔽了。所以无奈，才把楼址挪到了村尾芭蕉林旁边的那片荒地上。那楼走是要走几步才能走得到的，可是看却一抬头就看见了。当然"楼"是六指心里的说法，其实在这个阶段，六指看见的，只是一片挡得严严实实的竹棚。搭这样的竹棚，一是为了不让别人看见尚未完工的楼样，二是为了刮风下雨的时候给泥水匠有个遮挡。

六指虽然看不见竹棚里的楼样式，可是六指却看见楼的高了。她知道楼才盖了四层，可是就这四层的高，已经把她吓住了——她一辈子都没有见过这样的高，只觉得周遭的房子周遭的树，周遭的一切突然就矮小得没了章法，而那裂了几条缝的天和云里那几朵隐隐约约的太阳花，仿佛就在楼顶上晒挂着。六指掩了心口叫了声阿法哟阿法，惊得说不出话来。

"河仔，你说这楼，是咱们乡里最高的吗？"六指问儿子。

锦河说阿妈，皇帝的金銮殿我们没进去过，这一乡里，肯定没有比这高的了。就是源溪里的那个耶稣教堂，都只有两层楼呢。

六指眼里，渐渐有了些光亮，仿佛是太阳花掉进去了。六指轻轻地叹了口气，说河仔你长大了，跟你阿哥一样，去金山帮衬你阿爸。你阿爸太辛苦了。锦河问阿爸什么时候来带我走？六指说你长大了，他就来了。河仔你舍得离开阿妈吗？锦河没回话。十二岁的少年人，还不知道什么叫离别。锦河的心里，在想着些别的事。半晌，锦河才问六指，阿妈你说金山，果真遍地是金子吗？六指说哪来的遍地黄金呢？那是你阿爸一个毫子一个毫子省出水来，攒了几十年才攒下的。锦河说这里的人家也是一个毫子一个毫子地省，怎么盖不起我们家这样的碉楼呢？

六指无言以对。

"太太，太太！"阿彩远远地上气不接下气地跑了过来。

"老，老，老太太……"阿彩说。

六指站着不动，听着阿彩牛一样地喘气。六指知道阿彩慌乱的时候是不能催的。阿彩必须把这一口气喘匀了，才能说全一句话。

"老太太，吐，吐血了。"阿彩说。

六指和锦河赶回家的时候，郎中已经号过脉了，正在收拾药箱准备离开。麦氏面如死灰，只有唇上隐隐一点朱红——那是没擦干净的血迹。鼻唇之间，只余了游丝似的一口气。阿叔阿婶那一房的人，早已哭成了一团。

六指问郎中脉相如何？郎中说准备后事吧，这个病不是一天两天的事了，攒到今天，是积重难返了。六指问不能再开一帖汤药试试？郎中摇摇头，说到这个地步，只能求天了。

六指送走郎中，一屋的人都抬头看她。她知道他们是在等着她哭。可是她眼中只是干涩，泪腺如荒漠中的一个小泉眼，早已在流淌的过程里走失在沙土之中。搜肠刮肚，竟无一滴可以凝聚成泪的水。众人的目光在长长的等待中渐渐变得复杂起来。

六指呵呵地清了一下嗓子，说大家都别哭了，让阿妈静一静。有人响响地擤了一下鼻子，说阿嫂辛苦了一辈子，谁能熬得住不哭？说这话的是阿法的婶子。阿法的婶子是一个极没有主张的女人，少言语，不多事。可是在这个时候，婶子却说话了。婶子的话不多，却很重，一个字一个字地砸在地上，把地砸出一个一个的坑。六指走在这些坑上，跌跌撞撞地立不住身。六指勉强站住了，对锦河说你等在门口。又对众人说，你们先回屋歇一歇，我跟阿妈说几句话。阿婶领着众人往外走，一路走，一路打着哭嗝，说现在讲什么话都晚了。六指并不理会，只是关上了门。

六指来到麦氏的床前，只见麦氏原本就瘦小的身子，如今缩成了一个孩童的样式。两只瞎眼黑洞洞地塌陷进去，像两个填满了哀怨的深坑。她知道麦氏这盏灯，已经耗到最后一滴油了。六指跪下来，抓住了麦氏鸡爪一样精瘦的手。

"阿妈，我知道你在等阿法。我知道阿妈不喜欢儿媳妇，是因为阿法太疼爱我。其实阿法没有白疼我一场，因为儿媳妇是可以替代阿法，为阿妈尽孝的。阿妈你等我一等。"

六指的手哆嗦了一下，因为有一根针，在她的手心扎了一扎——那是麦氏长得有些曲卷起来的指甲。

六指松开麦氏的手，撩起衣襟，抽出了别在裤腰上的一把刀。刀只有一掌大小，套在一个镂花的银鞘里，是墨斗几年前从一个守衙门的兵丁手里高价买下的。这些日子里六指一直带着它防身。

刀不过是一样摆设，一样替她壮胆的摆设，因为她根本不知道怎样使这把刀。她从小到大连一只鸡都没杀过。遇到邻舍杀猪劁牛，她就用两手捂了耳朵，远远地躲在屋角里——她听不得畜生的哀嚎。她岂止听不得畜生的哀嚎，她连鱼在油锅里翻尾巴都听不得。这一辈子，她只在一样活物上动过刀，那样活物就是她自己。十七岁那年，她用昌泰阿妈切猪草的刀，砍下了自己的第六个指头。

无论是当时还是后来，她都没有想到，这辈子她还会第二次在自己身上动刀。

六指把刀从鞘里抽出来，刀嗖地闪过了一道寒光。尽管她从没用过这把刀，墨斗隔十天半月就要把刀讨回去磨一磨。她把刀近近地放在眼前，拔下几根头发对着刀吹过去，头发悄无声息地断成了两截——这是墨斗教她的试刀方法。

她把裤腿卷了起来。今天她穿的是走路下地的宽脚裤，轻轻一卷就卷到了膝盖之上，露出一些肉来。肉也在闪着光，是另一种的光，粉白温软的光。她握着刀的手开始颤颤发抖。她一下子觉出了自己的老。三十五岁的六指已经没有了十七岁的果敢。

十七岁的时候，她心里没有别样的牵挂。她只有她自己。所有的心神都聚集在一件事上，她自然有上刀山下火海的胆气。可是三十五岁的她却是不一样的。三十五岁的女人，心神已经被分成了许多块，一块是丈夫，一块是儿子，一块是婆婆，最小的那一块，才是她自己。三十五岁的六指再也没有十七岁那种母豹一样心无旁骛的胆气。

六指的刀举起来，又放下。放下，又举起。六指把左手放在右手之上，想让左手强逼右手行事。六指的左手说下呀，你下手呀。六指的右手说，不行，我怕呀。六指的脑子也乱了主张，一会儿听左手的，一会儿听右手的，左手和右手各自为阵地对峙了很久。这时床上的麦氏突然哼了一声。那声呻吟如军令，六指容不得再想，刀就落了下去。锐利的疼痛从腿上直接爬到了心尖，她的心一下子抽得小了一块。她狠狠地喘了一口气，才敢看自己的腿——只割破了浅浅一层的皮。

六指没有胆气再下第二刀。

六指扔了刀，喊了一声娘。喊完了，才想起她原是没有娘的。眼泪汹涌地毫无防备地流了出来。那一天六指的眼泪不是用滴来计量的，那一天六指的眼泪只能用碗来计量。那一天六指的眼泪仿佛不是她自己的，只不过是借了她的眼目她的脸来仓皇地赶路而已。那一天六指完全管不了她的眼泪。

六指捡起了刀，朝着麦氏身边的那团空被褥狠狠地扎去。六指的手臂越举越高，一刀比一刀凶猛有力。棉花从破洞里飞出来，满屋都是舞动的白絮。麦氏的身体如同一叶扁舟，在六指剧烈的刀阵中颠簸起伏着。

麦氏又哼了一声。这一声比先前的那一声悠长了些。六指听出来了，麦氏在叫阿法。

六指举着刀，闭着眼睛剜了下去——朝自己的腿上。这一次她并没有感觉到痛。她只觉得有一阵麻木，如蚂蚁一样地爬满了全身。她试着挪动了一下腿，腿纹丝不动，仿佛已经从她身上脱落。她睁开眼睛，发现刀尖上挑着一块鹅蛋大小的红疙瘩，而红疙瘩的另一头，还连在她的腿上。过了一会儿，她才明白过来，那是她的肉。

疼痛是从这一刻开始的。疼痛如同几十条几百条铁丝，把她的心勒过来勒过去，勒出一丝一丝的肉屑。她揪住刀尖上的那团东西，狠命一撕，于是那团红疙瘩便整个地落到了她的手心。温热，湿黏。她几乎觉出了它在哔剥跳动。"天爷。"她想大叫一声，可是她叫不出来。她的嗓子突然就萎缩在她的舌尖上。

墨斗是第一个破门而入的。墨斗进屋，只见六指坐在一摊腥红的血迹上。六指把手里的东西塞给了墨斗，说："快，叫阿彩，炖汤给老太太……"便仰面朝天地倒了下去。

半个时辰之后阿彩端了一碗参汤进了麦氏的屋。屋里的被褥都已经换过了，地也擦干净了。可是阿彩还是闻到了空气中隐隐约约的血腥味。阿彩觉得肚腹里有一个软团一下一下地往上顶，似乎随时要冲出喉咙。麦氏的牙关咬得紧紧的，阿彩用汤勺撬开了她的牙齿，勉强将一碗汤灌了下去。

麦氏喝过了汤，沉沉地睡了一个下午。傍黑时分突然醒了，睁开眼睛叫阿彩。麦氏已经两天没说过话了。阿彩闻声匆匆跑进屋来，只见麦氏掀开被子坐在床上，一双枯手在空中胡乱地抓挠着。

"汤……汤……"麦氏断断续续地说。

阿彩赶紧叫厨娘端来一碗莲子汤，麦氏只喝了一口，便吐在了碗里。"汤……那个，汤……"麦氏的两只瞎眼睁得大大的，黑洞洞地瞪着阿彩，一声接一声地叫。

阿彩突然明白了，麦氏要的是中午的那碗汤。

"那碗汤，你可不敢再要。"阿彩贴着麦氏的耳根说，"那是太太剜了自己的肉救你的——你还不快快好起来。"

麦氏不说话。麦氏怔怔地靠在床头板上，很久，很久，一动不动。阿彩有些害怕起来，就要扶她睡下，却被她一把抓住了。

"刨花水。梳子。"麦氏说。

"又不出门，梳头做什么？"阿彩问。

"背我，去看，碉楼。"麦氏一字一顿地说。

民国二年（公元1913年），广东开平和安乡自勉村

锦河是把车子骑到芭蕉林边上的时候看到了路上的行人的。

锦河的车子是三个轮的，是六岁那年他阿爸从金山寄过来给他的。刚寄过来的时候，村里人没见过这样的车子，一村的孩子黑压压地跟在他的车后疯跑，从村头跑到村尾，再从村尾跑回村头。后来他骑累了，别的孩子就要借他的车骑。孩子多，他不知道借给哪一个好，阿哥锦山就说你叫他们拿东

西来换。结果他们果真就排了长长一队，有拿蝈蝈的，有拿野雀的，有拿玻璃弹子的，也有拿绿豆糕芝麻饼的。锦河不知道收哪个的好，都听锦山的兴致——哥两个在孩子群中呼风唤雨地神气了一阵子。过了几年村里别家金山客的孩子，也骑上了这样的车子，他的车子就不再是稀罕货了。

这辆车他一骑就骑了六七年，渐渐的，车子就骑旧骑矮了。十三岁的腿长长地蜷曲在小小的轮子上，样子有些滑稽。他很想让阿妈给阿爸写封信，再要一辆两个轮子的，和源溪里学堂那几个耶稣教士骑的一样的大车子。可是阿妈没有答应。阿妈说阿爸要攒回家的盘缠，不能再让阿爸花钱。他生下来刚满月阿爸就走了，他不记得阿爸的样子，他很想见到阿爸。可是他也很想要新车。阿爸和新车，他却只能选一样。他现在只好忍一忍，忍到阿爸攒到足够的盘缠回家时，再开口问阿爸要新车。

正是中午，村里的男人都在田里歇午，吃着自家女人装在瓦罐里带来的番薯饭萝卜汤。而送饭的女人，则一边等着男人吃完，一边抽出掖在怀里的针线活，坐在田埂上飞针走线地忙碌。村里这会儿看不见孩子，孩子们都脱得一丝不挂在无名河里翻腾。前一阵子一直下雨，湿濡的春季藕断丝连地拖了很长的尾巴。等到雨一停，尾巴啪的一声断了，天就毫无过渡地入了夏。孩子们等着雨停等了很久了，一见天上的云开出了太阳花，就迫不及待地钻进了河里。所以村里这时很是安静，连狗都难得吠上一声。

路上的行人有两个，一前一后。前面的那个穿了一件崭新的带着折痕的灰绸大褂，戴了一顶黑色的毡帽，手里揣了一把黄油纸伞。戴帽的时节过去了，下雨的时节也过去了，那人从头到脚都是不合时宜的眼生。后面那个像是挑夫，戴了一顶竹笠，穿着一件打着补丁的短褂，裤脚卷得高高的，露出两腿的泥。肩上挑了两只藤箱，扁担的两头压得矮矮的，几乎碰到了地面。

两人走得都很慢。后面那个人是因为肩上的担子，前面那个人却不是。前面那个人只是心不在焉。前面那个人一路东张西望，刚开始时锦河以为他在找路，后来他才看出来其实那个人对路很是熟稔，因为那个人的脚根本不需要眼睛来引领，就能狡猾稳妥地避过每一条沟坎每一块石头。那个人的眼睛和脚在相安无事地做着各自的事。

锦河很想跑过去看看，可是他不能。芭蕉林是阿人给他规定的边界，走过这条边界就必须有家丁同行。自从那年他和阿妈被朱四劫过一回之后，阿人把一家人都看得很紧。所以锦河只能跨在车上等着那两个人渐渐走近。

那两人都仰起脸来看那座碉楼。楼四四方方的，顶层围了一圈圆柱子。那柱子中间细，两头大，料子像石头，也像玉，比石头白净光亮些，却又比玉黯淡些——那是云石修出来的罗马廊柱。楼面上开了许多扇窗，窗是细细窄窄的，并不起眼。有几扇窗的边上，还掏了几个黑黝黝的圆洞——那是防贼防盗的枪孔。窗户虽然细窄，可是每一扇窗上，都盖出了一个宽大的雨檐，雨檐的两头安了两个大大的圆球，远远看上去，每一扇窗都仿佛长了眼睛。

那两人渐渐地走近了，就看见碉楼那扇厚重的铁门上首，有一块足足两丈宽窄的石匾。那匾上细细地雕了许多的花纹——是灰雕，枝叶蔓藤，一叶压一叶，层层叠叠地捧出了几朵花。花看上去眼生得很，像是洋花，都描过了色，黄金底，绿枝绿叶，赭石的蔓藤，花是一捧一捧的洋红。中间刻字的地方，还留着空白——这座楼还没有名字。

那两人终于在离锦河几步远的地方停了下来。前面的那个叫后面的那个把担子放下来，歇一口气。前面的那个把头上的毡帽取下来放在手里扇着风凉，目光开始在锦河身上游走。那人的眼睛游游移移地把锦河舔了几遍，渐渐地就把锦河舔得越发地矮小了。后来那人的目光固定在锦河胯下的那辆童车上。那人突然嘿嘿地笑了起来，眼角开出了两簇花。

"河仔这车太小了，你怎么还骑呀？"

那人蹲下身来，两手扶住了锦河的车把。

锦河吃了一惊，心想这个男人如何知道自己的名字？却突然看见那人的面颊上有一条百足青虫，正随着他的笑意轻轻蠕动。锦河一把扔了车子掉头就跑。锦河跑得飞快，脚底生风，擦出一片灰蒙蒙的飞尘。等他跑到台阶上的时候，才发现他跑丢了一只鞋子。

"阿，阿妈……"他跌跌撞撞地跑进屋来，一把揪住了六指的衣襟，身子瘫软了下来，仿佛心已经掉在了六指的衣服上。

其实那个男人完全可以追上锦河，可是他没有。他只是扛起了锦河丢下的单车，慢慢地跟在锦河后边走。走了几步，他发现了锦河掉在路上的鞋子。他捡起来，吹掸了一下粘在鞋面上的鸡屎泥尘，然后把鞋子挂在车把上，继续走路。

六指这时正坐在厨房里，一边看厨娘蒸桂花米糕，一边纳鞋底。六指的鞋子是给墨斗做的。确切地说，六指是在替阿月给墨斗做鞋。墨斗和阿月的吉日已经定了，就在十月初十。阿月是一张死契卖给方家做丫鬟的，而墨斗只是方家的帮工。墨斗家里已经给阿月下了聘礼，阿月没有娘家，只能由方家出面给墨斗送回礼。阿月的回礼都预备妥当了，只欠下一双鞋子。可是阿月手笨，不会针线女红，所以六指只好替阿月给墨斗补上这双鞋子。

锦河一头热汗地扎进了六指的怀里，像是一头寻奶的猪仔。六指听着锦河噗噗的喘气声，心想这两个儿子都是从她肚子里钻出来的，生性却是如此不同。大的那个是个货真价实的男人，小的这个，有时像男，有时像女。她喜欢这两个儿子，却是不同的喜欢法子。大的是她的胆，小的是她的肠。胆是叫她长出些男人般的勇气的，肠是让她生出些女人家的柔情的。胆离她远些，肠却丝丝缕缕地牵着她的肺腑。她得倚靠那个离她远些的，而她的心却揪在这个离她近些的。

六指撩起衣襟，擦了擦锦河额头上的汗珠子，问火烧着尾巴了？

"阿，阿爸，回来了。"锦河指了指门外。

"胡说。你阿爸上回写信来，说最早八月十五到。"

"真的，阿爸回来了。"

六指忍不住呵呵地笑了起来，"你又不认得你阿爸，如何知道是你阿爸回来了？"

"疤。"锦河用一根手指在面颊上划了一道线。

六指趿着放倒了脚跟的绣花鞋，呼地冲到门口，从瞭望孔里看出去，手上的鞋底咚的一声掉在了地上。

"上门。没有我的话，谁也不许开门。"

六指一边吩咐家丁，一边飞也似的跑上楼去。在楼梯拐角的地方，她看见麦氏正跪在方元昌的像前烧香。六指大叫了一声阿妈，阿法到家了。也不等回话，便咣的一声关上了自己屋的门。

六指在梳妆台前坐下，心犹跳得万马奔腾。她已经很久没用过镜子了，玻璃面上覆盖着薄薄一层的灰。她用袖子擦开一个小小的扇面，就看见了一张青黄的脸，颊上稀疏地爬了几块褐斑。她有些日子不曾照过自己的脸了，乍一看，便吃了一惊。就拉开抽屉，满处找胭脂花粉。终于在角落里找到了一个胭脂盒子，那都是陈年的旧物了，早结成了一块石头似的硬疙瘩。六指用指甲挑出细细一小点，放在手心，用唾沫碾开了，往颊上唇上抹了一些——方有了点颜色。

这才想起头上是光秃秃的一个髻子，竟然很久没有插过花了。倒是记得她最钟爱的那柄玉簪——那是阿法上次回乡时用一亩田的价钱给她买的，如今包在一块红布里放在镜子后面的暗屉中。簪头已经断了一截，可是簪尾的那串玛瑙坠子，却依旧完好鲜亮。六指拉开镜子，把玉簪从布包里取了出来。断了的那头插起来有些涩，把头发钩扯得生疼。六指插了好一会儿，终于把簪插进了髻子，断头藏进了头发里，倒是看不出来了。玛瑙在耳边叮咚地撞击着，撞得人突然有几分鲜活起来。

六指还想换一换衣服，可是已经来不及了——六指听见了底下咚咚的敲门声。六指霍地站起来，几乎绊倒了凳子。那条伤腿上的皮虽然长好了，疤却绷得很紧。动作稍一不对路子，就牵牵扯扯地生疼。

再好的胭脂花粉，也遮不住这条瘸腿了。六指心想。

六指开了房门，没想到门外站着一个人。那人不防，几乎跌进了六指的怀里——是麦氏。麦氏站在半明不暗的过道里，仿佛是一片影子。待六指的眼睛渐渐适应了那片影子，才看出麦氏手里捏了一团东西。麦氏把那团东西塞进了六指的手心，六指觉出那是一团布。六指将那团布抖落开来，原来是麦氏的裹脚布，刚洗过晒干的。

"你垫在那只鞋里，就不显得一只脚高一只脚低了。"麦氏说。

六指觉得有一股温软，从心尖渐渐涌上来，一路涌到了眼睛，化作了一汪水。那水在眼窝里颤颤地抖了几抖，又流了回去，嗓子里就有了些腥咸。六指跪了下来，双手撑在地上，像一只驮重的骡子。

"阿妈，我背你下楼，受阿法一拜。"

阿法送走了一屋的客人，来到自己的房间，六指正在对着镜子卸妆。那根断了一个头的玉簪，正横躺在梳妆台上，幽幽地闪着一线寒光。灯影里六指显得有些疲乏，十三年的离别已经在额上眼角上留下了斑驳的印记。

阿法拿起那根簪摸了一摸，断面有些粗糙，毛毛刺刺地刮着他的手。

阿法翻起六指乱云一样的头发。阿法的指头在六指的颈脖上游走了一圈之后，终于在六指右耳和喉咙交界之处停了下来——那里有一块绿豆大小的圆疤。

六指的颈子在阿法的指头之下僵硬了起来。阿法的手指在那块疤痕上走了一趟又一趟，仿佛是一张细号砂纸，在慢慢打磨着那上面的凹凸不平。这块疤，是那年被朱四劫去时，朱四想轻薄她，她用头上的玉簪扎的。当时朱四急切地要赎金，所以就没敢再惹她。

"还疼吗？这儿？"

六指吃了一惊，问谁告诉你的？阿法哈哈大笑，说想想你都教会了多少人识字？现在方家的狗都认得字了，家里的事，你也瞒不住我了。

六指突然明白了，是墨斗写的信。这件事，除了墨斗，谁也不知道。

阿法说阿贤这根簪不要了，我过两天去广州给你买一根银的。如今新潮的女人不用玉的，都用银的了。六指说不用了，找个玉匠把断头磨一磨就好，这么贵重的东西，哪能就这样糟践了？阿法说再贵重也没有我方家的清白贵重。给你买座金屋都值，可惜我阿法没挣下这么多钱。

六指嗤地一笑，说听人讲你把金屋都捐给保皇党了，有这事吗？阿法问谁告诉你的？六指说你有眼线，我也有呢。后悔了吧？该买多少田多少宅呢，那个钱。皇上到底也没保住。阿法就叹气，说谁参得透这世上的事呢？若光绪帝活着，大清就还有救。江山落到那个小皇上手里，大清不灭不行了。

六指见阿法脸上的皱纹渐渐地深重起来，就揽了阿法的手团在自己的手里，说大清也好，民国也好，我们一介草民都无力回天，你就管住你的家就好了。

六指的手是一双很久没有摸过泥土牛粪，很久没有在皂角碱水里泡浸过的手，圆润白净，手背上浮游着五个浅浅的坑。阿法的目光在那些浅坑里跌跌撞撞地行走着，阿法裹在六指手里的手就开始顽皮起来。阿法的手挣脱了六指的手，阿法的手伸进了六指的衣襟里。阿法的手遭遇了一些阻隔。阿法问你穿了，束胸？

六指又是嗤地一笑，说你买的，不穿行吗？阿法的手开始钝剪子似的挑解着一些繁琐的裰衿。阿法的手和裰衿搏斗了几个来回，裰衿终于败下阵来，阿法的手就畅通无阻地在六指身上上上下下地行走起来。六指的身体如同一块大太阳底下的冻土那样地瘫软下来，失去了所有的形状。六指噗的一声吹灭了蜡烛，阿法想阻止已经来不及了，屋里陷入了一团黏稠的黑暗。

阿法摸索着把六指抱上了床。六指的身体比先前丰腴了许多。阿法的眼睛还没来得及细细探索，阿法的手就已经先觉出来了。阿法的手不仅觉出了六指的丰腴，阿法的手还觉出了六指的其他变化。阿法觉得六指的身体如一团火。那团火紧紧地贴着他烧着，灼得他的身子他的手指嗤嗤生响。阿法觉出了六指不曾有过的癫狂。

事后，阿法抚着六指汗湿的头发，说阿贤下回就别吹灯，好吗？你身上的每一块疤，都是为我落下的。你让我看着，我就记下了。六指没有做声。六指不做声的原因，是因为六指哭了。六指不想让阿法看见她的眼泪。

六指的眼泪在脸颊上渐渐干涸的时候，阿法已经响起了鼾声。六指记得阿法前次来的时候，还没有这样的鼾声。阿法的鼾声在六指的耳膜上闷雷一样地震颤滚动着，六指睡不着。六指忍不住把阿法摇醒了。

阿法醒来，一时不知身为何处，嘟囔了一句阿林你别闹。六指怔了一怔。半晌，才幽幽地说："阿珠的老公，旧年从金山回来，给阿珠染上了杨梅疮。你在外头，也找人吗？"阿法一下子全醒了，却不说话。六指又问了一遍，阿法才说："阿贤，这趟回来，我只住四个月。想早些回去，把建碉楼的债还了，再把人头税攒下，带你去金山。"

六指觉得这话像是回答，又不像是回答——却是不能再问下去了。

六指说我走了，阿妈怎么办？阿法说我再借几个钱，把你和阿妈一起带走。六指叹气，说阿妈老了，故土难离。前次从老宅搬到碉楼，唉。阿法摸着六指右腿上已经结成了一个硬团的凹疤，说不得话。一头是妈，一头是媳妇。他哪一头也舍不得。他知道他的唯一指望，是等待阿妈的百年之后。可是他不知道百年有多长。也许是一载，也许是五载，也许是十载二十载。也许他的百年会赶在阿妈的百年之前。也许阿妈的百年之后，六指已经是个白发苍苍的老妪。他和六指的好时光，注定了只能见缝插针地放置在一个人和另一个人的百年之间那个狭窄的空间里。

"锦河，你带锦河走吧。锦河大了，兴许能帮衬你一把。"六指说。

阿法哼了一声，说不指望，哪个儿子也不指望。六指用指尖抹开了阿法眉心的那个结，小心翼翼地问是山仔惹你生气了？六指问这话，是因为阿法从进门到现在，一句也没有提起锦山。

阿法不回话，只是翻了个身，重又睡去。

第二天早上醒来，还没起床，厨娘就送来了两碗红枣莲子汤。六指俯脸喝汤的时候，在汤里看见了一只喜鹊的影子。便知道，阿法昨晚已经在她的肚子里，播下了一颗种子。

阿法不喝汤。阿法的肠胃已经在金山磨砺得十分粗糙，阿法需要慢慢适应家乡的精致饭食。阿法只是愣愣地看着六指喝汤。

"阿贤，碉楼到现在也没有个正式名号，我看就叫得贤居——我方得法得了关淑贤，是个大福分。还有，这趟你若给我生下个男仔，就叫锦全。若生个女仔，也跟锦字辈，随你取个名字。"

九个月后六指在得贤居生下了一个女婴。

月子里，六指让锦河给已经回到金山的阿法写了一封信，告诉阿法孩子的名字叫方锦绣。

第五章

金山迹

宣统二年 — 民国二年（公元 1910 年—1913 年），卑诗省

　　"你爷爷有几个兄弟姐妹？"

　　"我爷爷只有一个弟弟。"

　　"你爷爷的弟弟有几个儿女？"

　　"我叔公有一个儿子，两个女儿。"

　　"你叔公的儿子叫什么名字？"

　　"方得轩。"

　　"你叔公住在哪个村？"

　　"我叔公和我们一起住。"

　　"你叔公住楼上还是楼下？"

　　"我叔公一家住在二进院里。"

　　"院子里有几级台阶？"

　　"两级。"

　　"不对，上次你说的是五级。"

　　"五级是大门的台阶，从头进院子到二进院子，中间只有两级台阶。"

　　"你家住的村子里有河吗？"

　　"有一条小河，夏天全村的孩子都在河里游水。"

　　"河叫什么名字？"

　　"河没有名字，就叫无名河。"

　　"从河里上来往你家走，中间要经过谁的家？"

　　"走上河边的石阶，先要经过昌泰阿婆的家，方矮人的家，区算盘的家——方矮人和区算盘的家是前后搭连的。还要经过康熙井，才到我们家。"

"你家的柴仓门是朝哪里开的？"

锦山愣了一愣。这是一个新问题。这个问题，阿爸没让他准备过。他知道柴仓在哪里，小时候他曾躲在柴仓里和锦河捉过迷藏。他也知道柴仓的门是斜的，一半对着厨房，一半对着院子。到底该算是北，还是算西呢？他犹豫了一下，就迟迟疑疑地说，北，是朝北。那个问话的和翻译的对视了一下，不约而同地在笔记本上打了个记号。锦山的心咚的一声沉了下去。

锦山就被押回了屋子。

屋子很小，摆着三张上下铺的单人床，却只住了四个人。两个大人，两个半大的少年人。两个大人大约给拉出去问话了，屋里只剩了一个十来岁的台山少年——是前天刚关进来的，正百无聊赖地躺在铺位上，抽扯着衣袖上的线头玩。见锦山进来，就一个鲤鱼打挺坐了起来，说审完了？怎么这么快？问了些什么？锦山垂头丧气地坐下来，却是一言不发。

锦山到达金山已经五天了。锦山是和阿林的老婆搭同一条船来的。船原本是到咸水埠的，结果快到岸时却临时改了道，在域多利下了船。船上几十个中国人，有一半给直接从甲板上带到了这座楼里。锦山和阿林的老婆都在里头。

阿爸来这里看过一回锦山，是同阿林一道来的。阿爸站在楼底下，由翻译看守着，冲着楼上一句一句地对着锦山喊话。那天的风很大，把阿爸的话撕成一丝一丝的散线，锦山只抓着了几丝。

"饭 …… 吃得 …… 饱吗？"

"夜里 …… 被子 …… 够不？"

窗户上的铁条，把阿爸的身子锯成一段一段的。锦山从楼上望下去，一眼就看见阿爸的头顶像是被切成了两半的瓜皮，前面的一半白里透青，后面的一半青里透白。前一半白里透青是因为剃得光秃的缘故，后一半青里透白却是因为阿爸的头发里有好些灰白的了。

上回见到阿爸，是十年前的事了，他不记得阿爸是有白头发的。也许，那是因为他从来没有从这么高的地方居高临下地看过阿爸。阿爸这天穿了一件灰布褂，布褂底下是一条宽腿的青布裤。裤脚紧紧地扎起来，露出脚上一双圆口布鞋。阿爸的衣裳很旧了，袖口膝盖上都打了补丁。阿爸那天的样子，

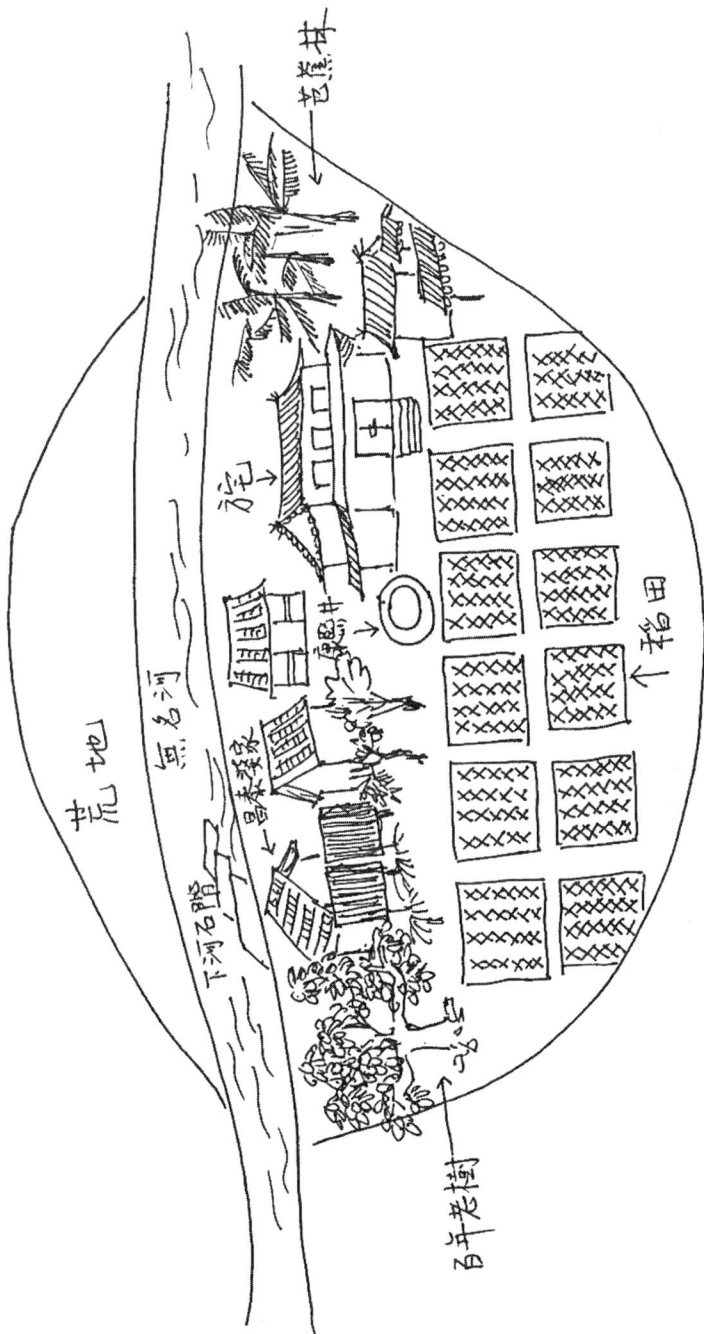

自然村圖

就像是自勉村里从来没有出过家门的老农。

锦山知道阿爸是从二埠过来的。兴许阿爸是在田里做活的时候听见他船到了的消息，脚上的泥也来不及洗，衣服也来不及换就赶船过来看他了。这天阿爸的样子跟他回乡的时候完全不一样了。阿爸回乡时穿的是带着折痕的新罗衫，走路是踱着方步不紧不慢的，不管天热不热，手里总揸着一把纸扇子。阿爸在乡里，说话总比别人慢半拍，阿爸从不像今天这样高声喊叫。今天楼底下的阿爸看起来有些老，有些丑，也有些土。不知这个阿爸是真的阿爸，还是回乡时的那个阿爸是真的阿爸？锦山对着楼下喊了一句"给阿妈写信，说我 ……"风把他的下半截话堵了回去，卡在喉咙口上，他便趴在窗口呵呵地咳嗽了起来。后来他才想起来，当时他竟然没叫他一声阿爸。

从定下船期那天起，阿妈就开始哭。阿妈没哭给他看，也没哭给别人看，他是从阿妈每天早上起床红肿的眼皮上猜出来的。可是那天送他到村口的时候，阿妈终于忍不住了。阿妈说山仔你阿爸和你都走了，屋里就空了。锦山说不是还有阿弟吗？阿妈的眼泪横一条竖一条地爬了一脸。阿妈说你阿弟迟早也是要走的。阿妈生一个男仔，就要送走一个。哪天阿妈生个女娃，说不定还能留下来。

锦山很想说阿妈哪天我们也带你去金山。可是锦山知道这是一句空话。阿人活着一天，阿妈就一步也不能动。十五岁的少年人已经懂得了有些话还不如不说，所以那天锦山只对阿妈说了一句我到金山就给你写信。

"今天女号那边闹得很凶。"那个台山仔独自在屋里待了半天，急切地想找个人说话，"有人进她们的房间要检查身体，她们不肯脱衣服，厮打得鸡飞狗跳的。"

锦山不想搭讪，便闭着眼睛假装睡着了。锦山今天在审讯室里说了太多的话，锦山觉得他一辈子的话都在今天说完了。临行前，阿爸特意托人捎来一张图，把自勉村里的景致和人家都大略地画在了上面。阿爸说近年来人头税一加再加，已经加到了五百洋元，可是过埠的华人却有增无减。金山客回乡，一住就是一载两载。有的生了孩子，有的没生。无论是生了还是没生，回到金山来都跟官府报生了，且都是男孩，有人还报了双胞胎。这边的官府不想让这么多华人进埠，就盖了这座楼专门来关押抵埠的华人。短则一两天，长则数月不等，一是检查身体，二是问口供——把阿爸的口供和儿子的口供相对照，看有没有出入。体格略有毛病的，口供略有出入的，就关在楼里等候下趟香港来船直接送回去——连金山的地也不曾踩过一步。只有体格健壮口供一致的人，才进入第三步，就是缴纳那五百大洋的过埠税银。

阿爸千叮咛万嘱咐，让锦山把那张口供图背熟了。阿爸还准备了好几篇纸的问题，让锦山逐一地记在脑子里，以防盘问。阿爸的问题涉及了方宅的每一个建筑细节，还有家里每一个亲戚的生辰年岁。这两天海关的人提审了锦山好几回，没有一个问题难倒过锦山。可是阿爸的问题准备得再详细周到，也有疏漏的地方。比如阿爸就没想到过柴仓的事。此刻，阿爸说不定正被关在另一个房间里，接受另一班人马的盘问。柴仓的门到底是朝哪面的？锦山熟知方宅的每一个角落每一块砖瓦，可是他实在说不准柴仓门的朝向。

朝北，阿爸你千万得说朝北啊。锦山默默地说。

锦山假寐了一会儿，见那个台山仔不再缠着他说话，才敢睁开眼睛。他睡的是下铺，头顶的景致无非是数尺见方的一块铺板，板上有几块形迹可疑的污斑，像是鼻屎，又像是蚊血。锦山把那污斑一会儿想成是家门前的那几丛芭蕉树，一会儿想成是无名河边的那几块踏脚石，一会儿想成是田里水车的轱辘，一会儿又想成是天边雷雨前的那几抹黑云。想来想去的，就想得无趣起来。

这天天色极好，雪白的一片太阳光正正地落在铺边的那面墙上。墙角有人用刀刻了几行字。字很小，密密麻麻地挤在一处，又没上色，锦山刚进来的那天，就趴在跟前细细地研究过，看出几个字，却看不全，只知道是"广东新会无名氏"所题。这日太阳光一照，字就鲜明了许多。从前没看明白的，突然就有些明白起来。锦山噌地坐起来，蹙着眉心，贴在墙上一个字一个字地认，竟认全了几句，是"黑鬼真无道理，令我铺床揩地。每日只食两餐，饥肠何时……"

这时天突然暗了下来——原来是那个台山仔站到窗前，挡了他的光亮。那孩子关进来两天了，既没有家人来探望，也没有官府的人来提审，待得百无聊赖，只缠着屋里的人说话。这会儿人对窗站着，正一根一根地数着窗上的铁条。一二三四五六。顺着数过一遍。六五四三二一。反着数过一遍。再正着数。再反着数。锦山看着实在有些可怜，就问你阿爸知道你在这里吗？那人说我阿爸在满地可，过不来，叫了我阿哥来接我。锦山问那你哥怎么没来？那人不回话，却说听村里人讲，送进监房的，迟早要放出来的。洋番若不想让你进金山，是船都不让下的。

锦山烦躁起来，就呵斥说你走开，你挡了我的天光了。那孩子嘻嘻地笑，说挡不挡你都要下雨。锦山呸了一口，说你是玉皇大帝呀？管下不下雨的。好不容易才有一天太阳呢。那孩子指了指窗上的铁条，说不信你来看，蚂蚁都出洞了。锦山从床上爬下来，走到窗前，只见黑压压一群又一群的蚂蚁，将那窗上的铁条层层叠叠地裹得粗了好几倍。锦山看得身上凉飕飕地起了一片鸡皮疙瘩。就对那孩子说，你去把门口那张板凳搬过来。孩子问要板凳做啥？锦山说叫你搬你就搬。那孩子果真就将板凳搬到了窗前。

锦山站到板凳上，掀起长衣，褪下裤子，掏出裆中一个肉团，对着窗口亮了出来。那个黑糊糊的肉团在锦山掌中渐渐地变了颜色，变得粉红粗壮起来。一股滚烫的黄水，从那肉团里滋出来，顺着铁条流了下去。蚂蚁在热流中翻滚挣扎着，黄水渐渐黑浊了起来，铁条却瘦了下去。那孩子看得怔怔的，忍不住哈哈大笑起来。

两个少年人正笑得不可开交，突然听见走廊上传来一声尖厉的呼喊。"皇天啊！"那是女人的哭声。那声哭喊如同一把刚从磨刀石上卸下来的新刀，将那匹绷得紧紧的蓝天从中间刷地划了一道，阳光从裂缝里水似的漏走了，天地突然就昏昧起来。天井里传来一阵纷沓的脚步声，几个身穿白大褂的洋番，抬着一副担架慌慌张张地跑了过来。担架上躺着一个人。人是用一张白被单遮住的，从头到脚。白被单上有几团猩红的印记。白被单遮得很严实，却没有遮到严丝无缝的地步，因为锦山看见了单子底下露出一只小小的鞋尖。

鞋是布鞋，鞋尖上有一朵粉红色的荷花。这样的荷花在乡里也常见，很多女人将它绣在鞋上，出门做客的时候才穿。

可是锦山认得这朵荷花。这朵荷花上歇着一只黄色的蜻蜓。

这是阿林伯娘的鞋子。这双鞋子陪着锦山在海上航行了一个多月。

"一定是抹了脖子了，这个女人。"台山仔说。

两个星期之后，当锦山终于被阿爸接走的时候，他才知道，担架上的女人真是阿林伯娘。

阿林伯娘不是抹了脖子而死的。阿林伯娘是用一双筷子捅进耳朵，失血过多而死的。阿林伯娘那天早上让人脱了衣服摸了身子。摸她身子的人说是检查身体，可是阿林伯娘从来没有被人这样检查过身体。检查过身体的阿林伯娘就不想活了。

阿林伯娘被抬出去的那天晚上，锦山对着灯在床铺的墙上刻下了五个字。锦山是用大拇指甲刻的，字很大，笔画也很分明，不用太阳光照着，也一目了然。

锦山刻的字是：

　　我丢你老母。

自从竹喧洗衣行遭毁劫，被迫第三回关张之后，阿法决意不再开衣馆，却和阿林合伙在离咸水埠一二十里路外的二埠（新西敏士）郊外，买了一块无人的荒地，开垦作为种植蔬菜瓜果之用。两人雇了两个小工，养了几十只鸡鸭，十几头猪羊。养禽养畜有多种用途，粪便可以肥田，蛋肉小部分自己食用，大部分和菜蔬瓜果一起，运到城里的农贸市场出售。两人还置办了一驾马车，用来运送货物。

阿林先前在开平就是菜农出身，金山的瓜果菜蔬虽然略有些变异，种瓜种菜的手艺却还是熟稔的。阿法是看着阿爸杀猪劏羊长大的，自己操刀做了屠夫自然也轻车熟路。谁也没有想到，方元昌当年一句我家阿法杀猪能杀出千里万里的牛皮，居然会在这么久远的将来得到了应验。

从此阿法和阿林便远离了咸水埠的唐人街，在一片荒凉之地开始了一种也熟悉也陌生的生活。几年之后，这片荒地在阿法手中变成了一个远近闻名的大农场——这当然是后话。在当时，阿法只是想把那些菜蔬瓜果鸡蛋鸭蛋猪羊肉，一点一点地换成银毫子，再一点一点地换成土地。在金山生活了三十年并试过了多种活法的方得法，在接近五十岁的时候，突然对金山的土地产生了强烈的渴想。

那日阿法将儿子从海关监房接出来，锦山还来不及见识咸水埠的各样新奇，就叫一驾马车咣啷咣啷地拖到了郊外。正是深秋时节，果树的叶子几乎落秃了，瓜菜也几乎割净了，一眼望去，田里极是荒凉。田边有一座小木屋，单单薄薄的样子，周遭草草地搭了一道篱笆。篱笆边上倒扣着几个大竹笼，里头关着百十只鸡鸭，不知为何还没有放出来，正惊天动地地呱噪着。天刚下过雨，路旁有几头猪崽，正伸长了鼻子拱着水洼里的湿泥，尾巴一抖，抖出一泡恶屎。那田，那屋，那路，那景，竟比自勉村的情景还要荒凉败落几分。

锦山对金山并非一无所知。可是锦山对金山的种种猜测憧憬，原是从他阿爸的金山箱笼金山衣装金山做派中一点一滴地演绎延展出来的——那是遥远的金山。他完全没有想到，真正的金山原来如此禁不起打量和推敲。当他近近地站到金山跟前时，金山的疮痍让他一时目瞪口呆。

锦山无言地跟着阿爸走进了木屋。推开门，门里有个老头子，正点着一袋烟抽着。屋里有凳子，可是老头子却没坐凳子。老头子曲着两腿蹲在地上，呼噜呼噜地发着声响。那声响不是烟袋的声响，却是两股黄绿的鼻涕，正随着老头子的呼吸，在鼻孔里一会儿进一会儿出地蠕爬着。天并不十分冷，老头子却还穿着一件隔季的旧棉袄，前襟粘满了干饭粒和菜汁。

阿法见了老头，就对锦山说山仔你给你阿林伯磕个头。锦山又吃了一惊。锦山在监房的时候，是见过阿林的——那时阿林同阿爸一同过来，阿爸探望儿子，阿林探望老婆。才半个月的工夫，阿林就落泊到这个地步了——男人原来是死不起老婆的。

阿法从马车里卸下了锦山的行囊，拧了一条湿毛巾给锦山揩脸，说山仔阿爸想来想去还是先送你去学堂读书。这里有个学堂，在阿爸送菜的路上。以后阿爸每天送菜进城，顺便就带你上学。锦山摇头，说阿妈送我来，是让我来帮阿爸的。阿妈说阿爸到金山那年，才比我大一岁，下船就挣钱养家了。

阿法愣了一愣，想起自己跟红毛漂洋过海的事，恍然已如隔世。红毛的尸骨，如今怕都化成灰化成烟了。便叹气，说阿爸那时候没有别的办法。现在不一样了，金山客的儿女，来了都读书。英文总得学几句吧？阿爸将来还指望着你和洋番打交道呢。锦山说该读的书，我都读过了，英文我也会几句，是乡里的耶稣教士教的。学堂我反正是不去了。

阿林呼地吸了一口鼻涕，说你不读书，还会什么？是种田，养猪，还是杀鸡？金山客的仔，有几个是干得了粗活的？都叫家里爷娘给娇宠的。锦山一时无话。想了想，就说阿爸要不我跟你进城卖菜，反正我也会几句英文。

阿法平日听六指讲起过这个儿子生性愚顽，恐怕不可强逼，只能日后找机会再慢慢通融。于是咽了一口气，说山仔你实在不肯读书阿爸也不勉强你。不过离这里三个字（一刻钟）的地方，有个耶稣教堂。有个白胡子牧师，三天两头来找小工去做礼拜。你倒是可以去那边再学点英文的。

锦山听了这话，眼里就流露出几分愿意来了，说耶稣教士我是知道的，都很和善的。乡里的那几个，还学我们的样式，穿长袍马褂，戴了假辫子。每个月的初一十五，就在教堂门前支起三个大铁锅熬粥，喝粥不花钱——队都排到三条街外呢。

阿法见锦山眉飞色舞的样子，心里就有些不悦。蹙了蹙眉头，说你去也只是学英文，不听他们那个什么道的。锦山很是不以为然，说听那个道也没什么错。你看英国法国美国德国，都信了他们那个道，废了帝制，穷人富人都一样平等。

阿法心里的一股火，终于噌地蹿起来。压了又压，到底没压住，便咚的一声扔了手里的扁担，大喝一声你倒是想学那番鬼的样子，国无皇上，家无尊长，你就好随着你的心思行事了。阿林见阿法颈脖歪梗，额上爆出粗粗的几根青筋，便将阿法摁在凳子上坐下，说天高皇帝远，你替皇上生哪门子的气？皮蛋粥煮在锅里，赶紧吃吧。你不饿，山仔也饿了——赶了这半天的路。阿法才住了嘴。

很快就入了冬，不是瓜果菜蔬上市之季。禽蛋之类，也可积攒着，不用日日赶车送货进城。于是锦山晚上便去教堂跟耶稣教士学英文，白日闲暇之时，听阿爸和阿林伯说些种田养畜的琐碎心得，却终未能十分上心。

就这样，锦山在他阿爸买下的那块地上浑浑噩噩地度过了最初的几个月，就到了春种的时节。金山西岸天候湿暖，宜长各样农物。阿法田里种的菜蔬种类极多，有黄瓜番茄薄荷茄子青椒生菜芥兰上海白菜大葱，等等等等。有的菜种是从广东运过来的，尽管土质气候都不一样，竟然也照样生发成长。果树都是嫁接过的，有苹果桃子梨和樱桃。虽未到收采时鲜的季节，旧年制下的腌黄瓜果子酱，今年开宰的禽畜肉和攒下的鸡鸭蛋，就在这个时节开卖了。所以阿法隔几天便要装一趟车去城里卖田产，有时去咸水埠，有时去二埠，顺便带回来城里的日用物什。阿法发现对种田养畜皆不甚上心的儿子，却有一样他没有想到的好处——儿子的脸好使。

阿法的马车是先送货到农贸市场去卖的，卖剩下的，再挑了箩筐沿街走巷挨户挨户叫卖。无论是在市场上还是街巷里，只要有锦山厮跟着，总能卖得一样不剩——且都是好价钱。

锦山扛得住杀价。

锦山抵挡杀价的方法其实既原始又简单。锦山只是微笑而已。当锦山的微笑像一汪水一样铺流在脸上的时候，阿法心里微微地吃了一惊。有时阿法觉得儿子不像是刚刚过埠的金山客孩子。金山客的孩子害怕光亮，害怕声响，害怕人群。在有人的场合里，金山客的孩子田鼠似的畏缩在大人衣袍投下的阴影里。金山客的孩子不敢抬头，不敢看人，不敢出声，脸上极少有出格的表情，喜也不是大喜，怒也不是大怒，哀也不是大哀，怨也不是大怨。所有极端的情绪被掐了头去了尾，朝着中间的方向推挤过之后，只剩下了一种近似于木呆的表情。

可是锦山不是这样的。

第一次到农贸市场，遇到第一个砍价的人，锦山的脸上便是这种舒展的，水波纹一样流溢到眉眼极致之处的微笑。锦山完全可以还价，可是锦山没有。锦山只是静静地看着那个比他胖出半个身体的洋番女人。锦山的目光有如两根细细的针，那针却不是裸露着的——那针裹在一团棉花一样的笑意里。被这样的针扎着的人，还没到疼的地步，却一下子知道了羞愧。菜市场的人从来没有见过这样的微笑这样的目光，尤其是在这样一个中国少年人的脸上。于是，价就杀不下去了。

锦山的微笑可以像水一样铺流开来，也可以像水一样干涸下去。每逢集日，当伙计开始装车的时候，阿法就看见笑意的波纹渐渐在锦山脸上漾出。最先是在眸子里。眼珠子正中心的那个地方，润出了第一颗水珠子。那一颗水珠子慢慢地肥大起来，充盈了一整只眼睛。眼睛盛不住了，便渐渐地溢流出来，流到眼角，流到眉梢，流到嘴唇。当阿法轻轻提起马缰绳，马蹄在门前的窄路上踩出第一串闷响的时候，锦山的脸已经流满了笑意。

卖完田产，伙计开始往车上堆放空箩筐的时候，阿法发现锦山脸上的笑意，如骄阳之下的水洼，渐渐地紧缩了起来。当马车在越来越浓重的夜雾中蔫蔫地走到低矮的家门前时，阿法留意到儿子脸上已经是一片干涸龟裂的河床了。那河床就这样干涸龟裂着，直到下个集日。

这个儿子是属于人群，属于热闹，属于光亮的。这个家太小太暗太安静了，怕是拴不住这个儿子的。阿法心想。

阿爸，温哥华城里，热闹吗？

有一天，打扫马车准备回家的时候，锦山突然这样问阿法。

阿法注意到锦山不像别的金山客的孩子，跟着大人把温哥华叫咸水埠。锦山是用大名直接称呼这个阿法生活了多年的城市的。阿法这才想起来，自己至今还没有带儿子认真看过温哥华的景致。

于是有一天，阿法卖货之后没有直接回家，而是带着锦山去温哥华唐人街新盖的戏院里，看了一场戏。那晚演的恰巧也是全本的《天姬送子》。阿法仔仔细细地看了几遍戏牌，也没有找到金山云的名字。却自觉好笑：金山云如今大概是如日中天，即使到了温哥华，面对面地站在他跟前，恐怕都不会认得他了。

第二回，阿法卖完货后又带锦山到温哥华城里转，找了几个旧时的老友饮了一通下午茶，去洋番的百货公司里瞧了一眼热闹，又去看了看旧时住过的房子租过的店铺。

"这间铺子，是那年被洋番毁了又建起来的。"

"这间屋子，原先是阿爸和阿林伯一起住过的，如今又加盖了一层。"

"这家的房里，早先住着意大利人。谁也不肯租房子给唐人，只有这个意大利佬肯租——可惜旧年死了，还不到六十。"

阿法指着那些旧迹对儿子说。锦山心不在焉地听着，却是无话。锦山还没到怀旧的年龄，锦山对过去不感兴趣。锦山的眼睛，只停留在那些贴着纸质低劣的中文报纸的报栏上。看着锦山踮着脚尖挤在人堆里，在脑袋和脑袋肩膀和肩膀的缝隙里艰难地阅读着过时的越洋消息，阿法眼睛一热，突然就想起了十六岁的自己。

"有什么消息？"阿法问。阿法近来眼神差了，看报纸有些吃力。

"鸡公打架。这边是《日讯报》，那边是《大汉公报》，保皇党和革命党，骂得天昏地暗。"

"乌合之众。"阿法不屑地撇了撇嘴，锦山知道阿爸说的是革命党。

"有个叫冯自由的，骂得还挺有道理。鞑虏蛮夷，凭什么统治汉人几百年？"

阿法懒得争辩，只拉着锦山走开了，心里却想，你若倒还我个十年二十年，我也能跟你红嘴对白牙争出个青天白日来，就是跃马横刀也不在话下。如今一腔热血都凉了，再也做不动那用一瓶子马尿镇了一山人，卖了全身家赈济保皇党的事啦。

阿法带着儿子扫过了唐人街的边边角角，可是阿法却小心翼翼地绕过了番摊馆和番摊馆边上那些挂着厚厚布帘的黑屋子——那才是唐人街的心腹之地。那是男人去的地方。总有一天，儿子自己会找到这里来的，那是儿子成为男人的时候。现在还不到时候。他不想现在就让儿子知道唐人街那些阴影和褶皱里边的内容。

很快，锦山在温哥华的农贸市场找到了一些如鱼得水的感觉。田里活忙的时候，锦山对阿法说阿爸你和阿林伯在家里管看田里的事，我和龙眼去卖货就行了——龙眼是阿法雇的伙计。开始阿法不肯，后来见阿林身体一日不如一日，田里的活越来越离不开自己了，便只好由着锦山自己去了。

最初的几趟，锦山天未亮就早早起身装车，天傍黑之前便归家——是赶回来吃夜饭的。满载走，空车回，账一笔一笔记得极是清楚。阿法就渐渐放宽了心，不再细查。

变化是后来才渐渐生出的。半个小时。一个小时。两个小时。锦山回家越来越晚。有一次回家已经是半夜了。说是养鸡的人越来越多，蛋就卖得不那么顺畅了。市场上卖不了，剩得多了，沿街叫卖的时间就长了。阿法听了将信将疑，就悄悄拉了龙眼来问。龙眼本是个老实人，架不住阿法的层层剥问，才支支吾吾地说，锦山卖完菜，便买一张戏票送他去看戏，两人约好了散戏后在戏院门口见。这中间锦山去了哪里做了什么，他实在是不知晓了。

阿法听了，不动声色。等下回锦山卖菜回来，阿法就多了个心眼，细细地查看了进账的钱两。缺差也是渐渐的，今天少一毫，明天短五毫。不知不觉间，跟起初的进账相比，每回就差出一两块钱来。那一两块钱一回一回地累积起来，就变成了一个不小的数目。

有天从温哥华回家，还不算太晚，却也过了夜饭的时候了。锦山看见屋里没有点灯，就吃了一惊。通常这个时候，阿爸都会提着马灯站在门前，替他照着亮。可是那天没有。锦山摸黑卸完了车里的筐笼，手里捏着一根马鞭进了屋。推门进去的时候，他几乎撞在一样东西上。他揉了揉撞疼了的膝盖，突然发现在他眼前有一粒小小的红点。那红点在几乎没有一丝缝隙的黑暗中一明一灭——那是阿爸在抽烟。

他想躲闪，却已经来不及了。他觉得有一双钉了铁皮的靴子，在他的腿弯处蹬了一下，他就像一只布袋那样低矮了下去。他甚至来不及发出一声喊叫，就双膝及地跪了下来。他一下子明白了他在明里，阿爸在暗里。阿爸在暗里早已把他看得清清楚楚。阿爸在暗里已经等候他多时。

锦山手一松，马鞭掉了。他想去捡，却突然觉得背上被人用烧红的烙铁烫了一下。过了一会儿才醒悟过来那是鞭子——是阿爸用他的马鞭在抽他。黑暗中阿爸的鞭法凶猛而准确，背上，腰上，臀上。一记。一记。又一记。却没有一记抽在头脸上。开始的感觉只是灼热，辣椒粉抹在眼睛里的那种灼热。疼是后来才渐渐地来的。

锦山小时候，也没少挨过阿妈的打。最凶的那次是他写了那张"谢屎堆"的纸条，让墨斗贴在背上满村走。阿妈用晒衣服的竹竿，把他抽得满地乱滚。阿妈虽然常常管教他，他却不怎么害怕阿妈的管教，因为阿妈的管教是有顾忌的。阿妈的顾忌是阿人。阿人用她的一双瞎眼在阿妈的身边扫过一遍，就扫出了一个圈。阿妈站在这个圈里，阿妈的手脚施展不开。阿人是碗，阿妈是碗里的水。阿妈再严厉，阿妈的水也流不出阿人的碗沿。

可是阿爸的管教对他来说是一次完全陌生的经验。这里没有阿人，阿爸的管教没有边界，他不知道阿爸的愤怒可以走多远。

可是锦山没有吱声。他知道今晚他正跪在少年和成人的那道分界线上。他若出了声，他还将在漫漫的少年期里无望地行走。他若熬过了这顿鞭子，他也许就是大人了。

"那是你阿人和阿妈口里的食，你也敢偷？"阿法喝道。

"你是不是去了番摊馆？"

"你说，你说啊！"

其实刚开始的时候，阿法只是想稍微教训一下锦山就罢了的。对这个儿子，他是有一些愧疚的。自从锦山过埠来到金山之后，锦山是和伙计一样干活的。尽管锦山不太会田里的事，可是他也和伙计一样耕田种瓜菜收禽蛋切肉装车卖货。他和伙计之间的唯一不同之处，就是伙计干活是拿工饷的，而他却没有一毫一厘的工饷。

阿法挣到的钱，总是仔仔细细地分成两份，一份寄给六指，一份留给自己。六指的那一份，他是一毫也不能苛省的，因为他知道那边一二十口人，都在张着嘴巴等着他的饭食——他们的性命是牢牢地悬挂在这一封一封越洋的银信上的。而他自己的那一份，他却是万分苛省的。他苛省是因为他有着另外的盘算。

他手里捏的那半张银票是要派多样用场的。家那头在筹建碉楼，为此他借了多人的债，那债是要一厘一毫地还的。还有，阿妈麦氏已经六十多了，且多病，阿妈活不了多少年了。阿妈终归是要走的。阿妈走了，六指就能来金山团圆了。六指的过埠税，也是要一厘一毫地攒的。他得早早筹划。

况且，他还在盘算另外一件事，那就是锦山的婚事。锦山转眼就要十六岁了。在自勉村里，这个年纪的男孩早该有人提亲了。轮到媒婆上门时再筹备聘礼，就太晚了。

他的这些盘算，他没有告诉过任何人，包括妻子，包括儿子。他只是把留给自己的那份钱，越来越紧地攥在手里。每次发工饷给伙计的时候，他都偏着头不看锦山。儿子眼中那些遮掩不住的渴想，将他捏着钱票的手，烧出一个个的燎泡。他只能视而不见。

其实，儿子偷偷地从他指缝里刮走的那点钱，跟儿子该得的工饷比，毕竟还是个小数。况且，他们住在这样的荒郊野外，临近只有几家洋番。儿子这个年纪，正是好动好奇的时候，却连个玩伴都没有。在温哥华寻点新鲜乐子，说起来也是常理。他当年在儿子这个年纪的时候，红毛早带着他走过唐人街最深最黑的角落了。

所以，这天晚上，他其实只期待着儿子说一句话。无论是否认，辩解，埋怨，甚至是指控，他都会扔下鞭子，虚张声势地嚷一句"下回你再敢"，就顺着儿子给他的台阶走下来，端上锅里煨了一两个时辰的腊味鸡饭，和儿子一起吃一顿推迟了很久的晚饭——为了等儿子，他已经饿了一整个晚上了。

可是没有。儿子没有说一句话。儿子甚至没有吭一声。儿子任凭他的愤怒如滔天大雨汇集的洪水，越涨越高。儿子没有给他筑起一条哪怕小小的堤坝，洪水正在毫无阻拦地奔涌到一片没有边界的开阔之地。

"这么快，天就亮了。鸡怎么没叫？"

阿林端着一盏油灯，睡眼惺忪地从房间里走了出来。阿林身上穿了一件破得起了碎毛边的褂子，光着两腿站在半明不暗的灯影中。有一团黑褐的物什，如一个使久使脏了的烟袋，软软地垂挂在他的两腿中间。自从老婆在海关的监房里自尽了以后，阿林的脑子就有时清醒有时糊涂了。

阿法扔了鞭子，慌慌地把阿林推回到屋里，抢过油灯，从床脚翻出一条裤子扔过去，呵斥道："又犯什么糊涂了？天还没黑透呢。这副样子走来走去，不怕山仔看见？"阿林愣愣地盯着阿法，半晌，才说："山仔来了，我家阿德怎么没来？"

阿德是阿林的儿子，住在开平乡下。阿林原先是想先凑足老婆的人头税，再办儿子过埠的。没想到老婆来了，没出海关就在监房里死了。阿法见阿林两只眼睛黑洞洞地有些吓人，就哄他："你先把裤子穿上，好好睡一觉，明天我给阿德写信，叫他去买船票。"

阿林低头穿裤子，套来套去却找不着裤管，就叹气，说怕是赶不及了。阿德不来，谁把我的骨头背回去？阿法一听这话，竟像是清醒的话，一时悲从中来，呵呵地清了清嗓子，才把阿林扶回到床上去，说你放心，阿德不来，你我的骨头，锦山都得背回去。他敢不背。说完这话，才猛然想起锦山还在外边跪着，心里才渐渐有些后怕起来——若不是阿林突然犯糊涂从屋里走出来，他不知会不会真把儿子打出残疾来。阿林原来是老天爷送来解救锦山的。

阿法提着灯从阿林房间里走出来，看见锦山依旧跪在地上，后背的衣裳被鞭子钩起了一道道毛边——倒看不出有没有血痕。听见他的脚步，锦山没有回头，身上的每一根筋每一条骨头都纹丝不动。沉默如一扇大山铺天盖地地压过来，阿法觉得自己渐渐地低矮了下去。空气凝集成一树蒺藜，随便碰着哪里都是一样生疼。他知道他和儿子都在一分一寸地打磨着彼此的耐心。

阿法转身进了灶房，把那个盛着腊味饭的铁锅端了出来。他拿了两个空碗两双筷子，并排放在桌上。他打不定主意到底盛一碗还是两碗饭。他的手抖了几抖，最后终于盛了一碗，放到自己跟前。

他很饿了，腊肠的香味勾着他的肠胃发出惊天动地的鸣叫。可是他吃不下去。那一碗的米饭不知何时已经变成了沙石，一粒一粒地硌在他的喉咙口，把他的喉咙割得千疮百孔。他感觉到了他的背上扎着两根刺。这两根刺说深不深，说浅也不浅，却叫他坐立不安——那是锦山的目光。

他咚的一声把碗砸在桌上。

"还要我送到你嘴里喂你吗？"他对儿子咆哮道。

他听见身后有些窸窸窣窣的声响，知道是儿子站起来了。儿子似乎跟跄了一下，却终于站稳了。儿子走过来，自己盛了饭，坐在他对面默默地吃了起来。他一抬头，猛然发现儿子的一个鼻孔里，流着一线半干的鼻血。那鼻血颜色很暗，几乎有些像墨汁。他有些想呕吐，那些存留在他喉咙口的米粒蛆似的朝上蠕动起来。他想掏出兜里的那块手帕给儿子擦一擦鼻血。他的手犹豫不决地伸进了衣兜，他的拇指和食指已经捏起了一个布角，他只需要轻轻一抽就能抽出那块帕子来。可是他的手突然没了气力。那帕子仿佛有千百斤的重量，他无论如何抬不动那样的重量了。

哦，阿贤。

他默默地叫了一声六指，眼睛潮潮地有点想哭。他和锦山是两块在山底下压了千年百载的硬石头，死死地顶在了一起。六指若在这里，六指就是这两块硬石头中间的那一丝缝隙。有了那一丝缝隙，就有了阳光，雨水。那一丝缝隙是万物滋生的天地。若没有这一丝缝隙，他和儿子之间便是万劫不复的干涩对峙。

这一刻，他突然非常想念六指。

自那天以后，每逢锦山进城卖货，阿法就交代跟车的伙计龙眼要同去同回，不许离开锦山一步。锦山都是早早地起身，早早地归家，拿回的钱数似乎也没有大差错。阿法暗想这么大的孩子，狠狠敲打几下，也就成人了——倒是渐渐放了些心。

可是阿法很快就知道自己的糊涂。

两年前阿法随意买下的这块地，连同地里生的和跑着的一切，意想不到地替他挣来了几张厚实的银票。开春的时候，邻近的一对意大利夫妻，决定到中部的草原省份去投奔儿子，阿法就以一个平日做梦也不敢想的贱价，买下了那家人的田产和连带的一间木屋。那家的田毗连着阿法的田，这两块田合在一起，地盘一下子就大出了好几倍。阿法站在田边，远远看过去竟一眼看不到边。那日刚下过一场雨，瓜菜的叶子打蔫了，低低地匍匐下去，是一片看不见缝隙的绿。旧年的绿已经完结了，新年的绿正在源源生发。阿法舒畅地吁了一口气，心想金山到底是地广人稀啊，这片地要在开平，能养活多少人呢。乡里的大财主，怕也没有这么大的地盘呀。

当然，还有房子。意大利人盖房子，也是讲究的盖法，上面一层虽然是木头的，底下的一层，却是结结实实的砖啊。红的砖，白的楼，青的瓦，这样结实精巧的房子，在温哥华的唐人街，是难得找着一间的。房子买了，就先空着。不过不会空很久的。下封信，就要提醒六指找媒婆给锦山提亲了。将来，不远的将来，这间房就是锦山的新房了。

买地买房剩下的银票，阿法这回破例地没有寄给六指。这笔钱他是存给阿林的。他知道阿林是越来越不行了。如今的阿林像是一只从芯里往外烂的苹果，只留了外头一层皮还齐全，里头早是一摊生了蛆的脓包了。他不知道哪阵风哪个喷嚏哪块高低不平的石阶能顷刻要了阿林的命。他不想让阿林死在金山。他想收了这一季田产，就带阿林回乡，顺便也给锦山下聘。那剩下的银票是阿林回去的买路钱——没有这个钱阿林得看着儿孙的白眼到死。他虽然保不了阿林活得太平，但他至少能叫阿林死得安生。

当阿法的种种盘算渐渐梳理成形的时候，他的生活里却突然发生了一件大事。这件事像一阵毫无防备的风，将那些渐渐成形的盘算呼的一声又吹回成一堆散沙。阿法纵有再多的手指再大的手掌，也捏不拢那样的沙子了。

事情发生在一个星期之后。

那天阿法带着一头猪一头羊和半筐鸡鸭蛋，到温哥华卖货。

其实那天阿法并不是要认真卖货的。阿法那天去温哥华，其实是为了陪锦山。只要不出去卖货，锦山在家除了吃饭睡觉，便呆坐在火塘边上，一捧一捧地嗑瓜子。锦山的上下门牙上，已经有了一个小小的缺口——那是嗑瓜子嗑出来的印记。锦山极少和阿法聊天，有时一连几天也没有一句完整的话。后来阿法开始担心起来，怕锦山憋出病来。于是阿法决定带锦山去温哥华痛痛快快地玩一天。

这一天的行程，他早就筹划好了。清晨赶去市场，不管卖掉多少肉蛋，中午一定走人。天还不怎么热，肉蛋不怕坏，卖不掉的肉可以腌成腊肉，卖不掉的蛋正好可以腌成皮蛋咸蛋，放在家里慢慢地吃。离开市场，到城里就不远了，一两刻钟就赶得到。这回他不急着去唐人街了，这回他要带锦山去洋番的地盘里看西洋景。他已经和瑞克约好了，中午在温哥华大酒店边上的鱼排店吃午饭。

自从搬离温哥华以后，他就没有和瑞克再会过面。去鱼排店吃饭，是瑞克提议的。那家店是一个爱尔兰人开的，听说味道不错——当然是听瑞克说的。瑞克的话其实信不得，因为洋番和唐人的胃相差了十万八千里。阿法相信那鱼排肯定是加了奶酪洋葱加了一切洋餐都要加的膻腥作料。阿法也猜到了那盘里大概只有小小两片的鱼，垫在厚厚一层的菜叶子上，只够填饱一只鸡的肠胃。可是再难吃他也要吃，因为锦山还从未吃过洋餐。而且，锦山还从未见过瑞克。阿法已经特意挑出了两条肥瘦合宜的猪排骨和一篮的鸡蛋，是带给瑞克的礼。

鱼片吃不饱没关系，阿法早就做了准备。阿法车里装了一个小包袱，里边是一壶蒙了一圈厚布的保温茶水和几块绿豆糕——那是预备着给儿子填那没填满的肚子的。和瑞克吃过午饭，阿法要带锦山去那家叫哈德逊河湾的洋番百货商行。这回，他不仅仅是要带锦山去过一趟眼瘾，他也真的带了钱。万一锦山看上了一两样小东西，只要不是贵得离谱，他是准备好了花钱的。

猪羊是头天夜里宰的。刚劐完的猪羊肉颜色不对，拿到市上没有人买。要略微等过些时候，肉皮上泛出些极淡的蓝来，那才是最好的卖相。这天早上锦山起床时，阿法早已把肉和蛋一样一样地分在箩筐里收拾妥当了。锦山一夜没睡好，因为他听见了猪羊的哀嚎。那些声音其实已经不是声音了，却像是一把一把带着缺口锈迹的刀，在他的耳朵上钝钝地刮着。听过这样的哀嚎之后他再也无法入睡。在这点上，锦山和阿法有着天壤之别。阿法幼年时看他阿爸劐猪能把眼珠子粘在他阿爸的刀上，动也不动一下。而锦山看过阿法劐猪，就一口也不尝那猪肉了。所以阿法总是避着锦山操刀。

锦山穿好衣服走到门口的时候，一下子就闻到了空气中的臊腥味。虽然隔了夜，那味道依旧浓烈。门前那棵大核桃树下，残留着一堆形色可疑的深褐色斑团。锦山惊天动地地打了个喷嚏，空空的胃里泛上一团酸水，便蹲在路边，呕呕地吐了起来。

"再不起身，不卖鲜肉卖腌肉了！"阿法冲着锦山喊道。

阿法喊完了，就愣了一愣。这其实不是他想说的话。他想说的话明明是："快走，卖完肉阿爸带你去开洋荤。"可是这句话在他喉咙里滚了几滚，滚到舌头上就变成了另外一句话，一句陌生，冰冷，带着一根根尖刺的话。他想收回这句话，可是已经太晚了。他不知道为什么，和儿子说话的时候，总是想的是一条路，说的是另一条路。

锦山听了，也不回话，径自去屋里抱了一床旧棉被，扔在车上。金山的春天夜里还冷，万一车轱辘爆裂在路上，这床被子就是救命的物件。锦山靠着被子坐下了，把马鞭递给了阿法——每次父子两个一起出车，阿法都要自己掌车，因为他觉得锦山心浮气躁，使马太过。赶车的这匹马上了岁数，脚骨不如年青的马硬实，阿法有些心疼。

两人上了路，只看见路两边的雪杉一棵一棵地连成黑黢黢的一片，把一个瓦蓝的晴天剪割得参差不齐。又有一大群乌鸦扯着嗓子呱呱地飞过，天就给遮暗了一半。阿法说广东人爱骂人乌鸦嘴，从前在乡下，乌鸦一叫就是不吉利。在金山满城都是乌鸦，也就没有这个说法了。

锦山嗯了一声，依旧无话。

阿法今天一心想和儿子说话，就问下午阿爸带你去河湾百货公司，给你买点什么？锦山正拿了一张废纸在叠鹞子，听了这话，头也不抬地说随阿爸欢喜。阿法说要不给你买双皮鞋？锦山一直穿的是家里带出来的布底鞋，是六指一针一线亲手做的。金山的少年人，如今时髦穿洋番的皮底鞋子。

锦山叠好了鹞子，翅膀却是软的，扯动不起来，便又拆了重叠，嘴里随便应了一句随阿爸欢喜。

阿法又说要不给安德鲁牧师买一盒巧克力？人家白教了你英文，你到底信没信了人的教？

锦山终于把鹞子叠成了，两个指头轻轻一扯，翅翼就啪啦啪啦地飞舞起来。

"随阿爸欢喜。"锦山说。

看着儿子无精打采的样子，阿法的耐心就磨薄了。正想发火，却把舌头咬住了。他知道这一刻他若开口，从他舌尖飞出去的一定是刀，是箭，是枪，是矛，他必定会把儿子砍得遍体鳞伤。可是今天他打定了主意不惹儿子生气。于是，他把那些刀箭枪矛硬硬地吞回了肚子里，却铰得他自己五脏六腑生疼。

锦山玩腻了手里的纸鹞，就轻轻一扬手，将纸鹞扔了出去。那日是个暖日，那鹞子躺在软风上，竟一路逍遥地飞行了很久。

"阿爸，我们去给阿妈买一只戒指吧，镶绿宝石的，叫祖母绿。安德鲁牧师娘就戴着一只，是她阿妈留给她的。"

锦山说。

阿法怔了一怔，心里堵着的那些刀枪箭矛突然水似的化了。没爹的孩子，缺的是胆。没娘的孩子，缺的是心。没胆照样能活，只是活得窝囊一些，没心却是不知冷热温饱的。儿子已经过了好几个月没娘没心的日子，儿子也是可怜啊。儿子是念旧的，儿子挂记着那边的家，那边的阿妈。只要儿子还挂记着他阿妈，儿子就有救了。将来六指总是要来金山的。有六指在，儿子就是个有胆有心的人了。儿子有了心，就不会和自己这么生分了。

阿法不想告诉儿子，此刻他口袋里装的那些钱，还不够买那种祖母绿戒指的一个角。他只是笑笑，对锦山说："将来，将来一定给你妈买一个。"阿法的心情，突然就大好了起来，觉得天上一下子出了九个太阳，照得一路都是金珠子抖抖闪闪。走着走着，他忍不住哼起了小调。歌词记得有些差池，音调也荒腔走板，拿捏得住的，只有蹦着跳着的快活：

> 谈情虽知说，爱系要真心
> 你勿滥用情……
> 落了情网…… 嗯嗯
> 你也…… 哦哦…… 要自醒……

两人到了集市，生意出乎意料地好，不出一个时辰，便卖了全部的猪羊肉禽蛋。离同瑞克约好见面的时候尚早，阿法就带锦山去了一趟唐人街，想买些糕饼带回去吃。阿法进了糕饼店挑货，锦山说阿爸我到街上的报栏去瞧一眼报纸。阿法知道锦山爱看报纸，便也由他去了，只说快去快回，我在店里等你。

谁知锦山这一去，就没有回来。

锦山有一阵子没有独自来过唐人街了，只见街边的报栏上又添了些新报纸。锦山的目光钉钯似的刨过各式各样的新闻——文的，武的，本地的，隔埠的。锦山的眼睛在寻刨着一个名字，一个叫冯自由的名字。可是锦山却没有找见。

政要版上有两篇文章，洋洋洒洒的各是大半版——依旧是保皇党和革命党在对骂。革命党的那篇文章，署的是一个陌生的名字，论点涣散，行文粗糙，锦山草草看了几眼，只觉得无趣，甚是失望，心想极好的一个主张，却叫一个庸才给解释得如此驴头不对马嘴。这样的文章，也只有冯先生来写才是妥当。冯先生的文章，条理清楚，文理顺畅，或是怒骂，或是嘲讽，皆是锐不可当。

锦山离开报栏，就往回走，要到糕饼店和阿爸会合。走到半路，一眼看见路边那扇挂着《大汉公报》招牌的门，鬼使神差的，就一脚踩了进去。一个打杂的老先生见了他，远远地就招呼："阿山好久不见了，如今在哪里发财？"锦山也不答，只问冯先生在吗？老头说冯先生这几天都不在，来了客人。锦山说什么贵客呢，竟叫冯先生连文章也不写了。没了冯先生的文章，报纸也就配揩屁股。老头听了哈哈大笑，说你这个衰仔，东家听了一个巴掌拍死你。又拉过锦山，贴着耳根说，洪棍来了，从美国那头来的，要筹饷回去起大事，让冯先生天天陪着各处演讲。

锦山和报社上下几个人都熟。最初只是看了冯先生在报纸上的文章，出于好奇仰慕，专程找到报社拜见冯先生的。后来听了冯先生谈古论今，解析西洋东洋各国的政体国事，顿时眼界大开，只觉得这个冯先生是他在金山遇见的唯一一个可交之人。从此只要有机会进温哥华卖货，就打发伙计去看戏，自己来报社和冯先生会上一面。

这个冯先生不仅文才好，口才也极好。冯先生说满清是个量中华之物力结与国之欢心的王朝，气数已尽，必亡无疑。冯先生说消灭鞑虏光复汉土的大事，若不能得南洋西洋东洋各路华侨的支援，必不能成。冯先生说起话来慷慨激昂，眼睛如暗夜里两盏小灯笼，炯炯地照得一屋生辉，照得锦山一身火热。

锦山虽喜欢看报，却并不真懂国体政事。可是锦山觉得冯先生主张的事情，一定是大睿大智之事。于是锦山便时时地从卖货的钱里，抠出一个两个的小钱，放进报社的筹饷箱里。冯先生收了锦山的钱，总是仔仔细细地数过，并写了借条，说革命成功之日，借五元，当还十元。锦山只是笑笑，锦山并没有指望。锦山捐钱，原本是因了冯先生的缘故。革命是遥远而模糊的，革命不在锦山的视野和触角之内。有了冯先生站在锦山和革命的中间，革命才有了可及的距离。每次锦山一踏出报社的门，革命立刻就变得面容模糊了。锦山捏着衣兜里那一张张带着汗潮的借条时，心里却在想着如何跟父亲交代这几个小钱的去处。

锦山知道冯先生是洪门的人，冯先生的报纸也是洪门的报纸。锦山也多少知道些洪门的规矩，洪门管掌门的头叫洪棍。若是洪棍来了，就是比冯先生还大牌的人来了。锦山顿时有了兴致，就问洪棍姓甚名甚？打杂的老头说姓孙名逸仙。锦山突然记起冯先生的文章里，多次提起过这个名字。便问现在人在哪里？老头说在广东街的剧院里演讲呢，听说有好几千人在听。锦山听了，早忘了阿爸还在糕饼店里等自己，推门就往街上跑去。

那个中午当锦山撩起夹袍的下摆在街上疾跑的时候，他没有注意到天上已经涌起了破棉絮般的浓云。风带着街面上的飞尘钻进他的鼻孔，叫他的鼻子痒了一路。他完全没有意识到，此刻命运的绳索已经套上了他的脚踝，正牵着他一步一步毫无防备地走向一个深渊。

当他跑到剧院门口时，天已经下起了雨。雨不是循序渐进的那种下法，雨跳过了从点变成丝再从丝变成条的过程，雨一下来就是倾盆的雨。这样的雨再灵巧的人也躲不及。雨下来的时候，锦山的一只脚已经跨过了剧院的门槛。可是雨比锦山跑得更快，雨一下子抓住了锦山的另一只脚。等到锦山的两只脚都挪过了门槛的时候，雨已经把他的夹袍整个地咬湿了。夹袍是蓝土布缝的，布是针脚厚密的结实布，只是没有染好，雨一口就把颜色啃了出来。锦山一路往前走，夹袍一路滴着水珠子，身后淅淅沥沥地流了一条蓝河。锦山放下袍子的下摆，伸手来抹脸上的雨水，却抹出一脸鬼魅似的靛青。

剧院满座，连过道上都站满了人。锦山淌着一身蓝水从后面挤上来，人群被他的样子吓了一跳，哗地裂开了一条缝。锦山扁着身子从缝里钻过去，在一根柱子边上找到了一个空位。锦山靠着柱子歇了下来，便一下子感到了冷。夹袍如一层毫无缝隙的冰，将他紧紧地箍住。冰上长满了细细的钩子，一下一下地将他的身子钩得满是洞眼。寒冷顺着那些洞眼丝丝缕缕地渗进来，便逼出一股尿意来。

尿意刚刚生成的时候，只是一根绳子。开始时绳子是拴在锦山心上的，锦山的心管得了这根绳子。慢慢的，绳子越来越细，心就拴不稳了。锦山打了一个冷颤，绳子终于崩断了，裆里突然有了一滴暖意。一点点，就这一点点。等这一点点出去了，肚子空些了，就能忍住了。锦山对自己说。

可是锦山的心此时已经完全管不了锦山的肚子了，锦山的肚子呼的一声打开了长久积存的闸门。锦山只得紧紧地夹住两腿，任凭热尿顺着腿根流到脚脖子，再从裤管里滴淌下来。浊黄的水和靛蓝的水汇成了一股，沿着过道缓缓地爬出一条弯弯曲曲的印记。锦山闻到了一股淡淡的臊臭，四下看了看，还好，众人都在听演讲，没有人注意他。

尿过了，依旧还冷，心却略微定了些。踮起脚尖，锦山就把戏台看全了。戏台上站着四五个男人，除一人着马褂长袍，余者尽着洋装。这几个人，锦山只认得一个冯先生，其余的都很眼生。中间的那个，岁数略大一些，中等身材，留着仁丹胡子——是演讲的人。那人边上，站着一个壮汉，腰上别了一把手枪——像是保镖。演讲的那人操的是乡音，众人都听得懂，且神情甚是激奋踊跃。

"…… 人心思汉，天意亡胡，革命成功，指日可待也 …… 现当预备进行之中，急需捐输以促成光复汉土之共和大业 …… 中国兴亡在此一举，革命军尽此一役 ……"

那人说一阵，众人呼应一阵。那人的嗓门越来越暗哑，众人的呼应，倒是越发地热切起来。话到激昂之处，台上那个长袍马褂男子突然从怀里掏出一把剪刀，掀了头上的瓜皮帽，将一根长辫高高地扯在半空，嗖的一声就剪了。那截断了的发辫如一条砍了头的蛇，在地上扭了几扭，就散成了一团黑乱。那男子将剪刀伸出去，对着台下大喊："革命从今日开始，若愿意跟随革命的，就将这把剪刀接过去！"

骚乱的人群突然静了下来，众人一时失了方寸。在剪刀出现之前，革命只是一样听起来天衣无缝的好光景，一种叫人心思沸腾血脉贲张的情绪，革命只是滚动在天边的闷雷，离众人的日子还远。可是这把剪刀一把剪去了革命和芸芸众生之间的距离，将革命铁板钉钉似的钉在了众人的眼皮跟前，叫人或是逃，或是就，再无中间之路可走。

剪刀只在台前晃悠，离锦山站着的地方尚远。锦山此时完全没有想到这把剪刀会与自己产生任何关联。他只是感觉寒冷，鼻子一抽，忍不住打了一个喷嚏。那喷嚏在突然安静下来的剧院里如同一声炸雷，震得地板嗡嗡地颤了几颤。台上演讲的那个人一下子看见了锦山。

"小兄弟，你一身都湿透了，赶了远路吗？"

锦山愣了一愣。旁边的人推了他一下，他才明白过来，台上那个姓孙的先生原来真是在和他说话。全场的目光如千百盏马灯，齐齐地朝着锦山照过来，锦山只觉得夹袍上的水，在嘶嘶地冒着热气，额头上滋出了一颗颗汗珠子。锦山的嘴唇抖了几下，却没有抖出一个字来。

"你是洪门的人吗？"孙先生又问。

锦山正想说话，只见冯先生走过来，对着孙先生的耳根咬了几句话，孙先生就嗬嗬地大笑了起来。

"这位小兄弟虽然还不是洪门的人，对革命的贡献，不比在洪门的少。小兄弟你愿意现在就加入洪门吗？"

锦山犹豫了一下，却看见冯先生在台上对他做了个手势。冯先生把手握成一个拳头，在胸口轻轻捶了一捶。锦山觉得那拳仿佛是捶在他身上的，有一股热烘烘的东西，就在冯先生捶过的那个地方汩汩地涌了上来。

"我愿意。"

他脱口而出。

这句话落地的时候，锦山着实吃了一惊。这句话不是从他的心腑里生出来的，也不是从他的喉咙里爬出来的，倒仿佛是别人塞进他嘴里，借着他的口舌赶了一段陌生的路似的。

可是，这句话落了地，就生了根，再也收不回来了。

那个手执剪刀的男子从台上跳了下来，一把揪住了锦山的辫子，说革命就从这位小兄弟开始，入洪门者誓不与清制为伍。锦山觉得自己的头皮紧了一紧，又松了一松，突然头轻得仿佛要从脖腔里飞出去。过了一会儿，才醒悟过来自己的辫子没了。

人群"哦"地发出一声惊叹，突然有人大喊革命了，革命了！喊声先是从一张嘴里发出，如一块巨石落入一个浅池子，那声浪就一波一波地扩展开来，仿佛要把四壁舔破。剪子从一颗一颗的头顶上传递过去，满场都是喀嚓喀嚓的声音，谁也没有多出来的心思，来看一眼蹲在地上的锦山。

锦山紧紧地捏着那截断了的辫子，仿佛要把它捏出水来。直到这时他才想起了还在糕饼店里等他的阿爸。早上和阿爸从家里出来的时候，他还是完完整整的一个人。一步走得偏差了，他就把身上挺紧要的一个部位给弄丢了。他若丢了一只手，一只脚，哪怕一只眼睛，他都还可以回去跟阿爸交差。可是他偏偏丢的是一根辫子。这根辫子是阿爸的心，阿爸的脸面，少了这两样东西阿爸就活不下去。

锦山挤出喧嚣的人群，六神无主地朝街上走去。雨停了，云依旧浓厚，将天紧紧地罩住，找不见一条缝，能透出些让人心神爽快的光亮。"革命…… 革命 ……"剧院里的呼声顺着门缝漏到街上来，却仿佛和他毫无关联了。离开了剧院的大门，离开了冯先生，离开了沸水一样的人群，革命突然又变得模糊遥远起来。渐渐清晰起来的，倒是阿爸的脸容。阿爸颊上那条多脚青虫似的刀疤，阿爸大笑时额头舒展开来的浅纹路，阿爸如厕时低沉而长久的呻吟声。

"天爷，你让我变个瘸子，变个瞎子。你把辫子还给我吧。"锦山觉出了脸上的凉意，拿手抹了，才知道是眼泪。平生头一回，他懂得了什么叫惧怕。

锦山的心里想的是快快跟阿爸会合回家，而锦山的脚走的却不是一条回家的路。锦山的脚离糕饼店越来越远。锦山的脚不仅离糕饼店越来越远，锦山的脚甚至离唐人街也越来越远。不知不觉间，他就走到了河边。

这时他听见了一些脚步声。这些脚步声先是远远的，窸窸窣窣的，似乎是小心翼翼地踩在稻草堆上的。后来就渐渐地近了起来，近到仿佛随时能踩上锦山的鞋跟。锦山一回头，只来得及看见一团黑雾，身子就已经云一样地飘离了地面。

几天以后，华埠的报栏上出现了一则小小的当地新闻：

> 上周日一名华埠少年神秘失踪。有路人看见两名黑衣大汉将此少年蒙目扔入莎菲河。据闻少年是在华埠广东街剧院参加洪门筹饷会之后，遭遇埠内保皇党人暗算的。至今时逾一周，料已遇不测。

我们有理由相信，作为一个低劣的种族，印第安人应该给较为文明的种族让路，因为文明的种族更适宜于承担将蛮荒之地改建成良田和幸福家园的重任。

《不列颠殖民者报》1861 年 6 月 9 日

桑丹丝醒来的时候，觉得眼皮很重。睁开眼睛，才知道那是太阳光。太阳光像蜂蜜一样涂在她的眼皮上，浓重厚腻得让她立即记起这是春天了。她起了床，套上了兽皮靴子，围上了麻布裙，披上染成土黄色的麂皮外套，就朝门外走去。其实不用出门，她就知道这是一个大暖的天。河水在窗外响亮地流淌着，从窗缝漏进来的风里，有着隐约的野鸭粪便气味。山野里漫长的冬天终于过完了。去年的冬天还算好，河水没有结冰，一丝也没有。阿爸可以划着独木舟，想什么时候进城就什么时候进城。

阿爸做独木舟的手艺，是远近闻名的，因为阿爸得了祖先的真传。阿爸的独木舟是从最好的红杉树干里挖出来的。阿爸挖的独木舟，最长的时候能比房子还长。扁平笔直的身体，深凹的肚腹，两头高高地翘着，有时雕成老鹰的头，有时雕成野鸭的嘴。阿爸挖独木舟的时候，是不许任何人站在边上看的，连阿妈也不许。

阿爸挖独木舟之前，是要戴上面具跳过羊角舞，对祖先唱过祭拜的歌，谢过天上地下云里风里树上水中的各样神灵，才动工的。部落里能人很多，会挖独木舟的也有几个，可是没有人能像阿爸那样把独木舟雕挖得如此俊美气派。所以部落里的人都说，与其说阿爸的手艺好，不如说阿爸的歌唱得好。阿爸的歌感动了阿爸的祖先，阿爸的祖先就变成了阿爸手中的刀和斧。所以部落里的人家要做独木舟的，就得带了重礼来求阿爸。所以桑丹丝家的天花板上，一年到头吊满了水禽和野味。甚至连酋长，见了阿爸也会恭敬地递上三支烟。

桑丹丝走到门口时，看见了门前的那棵树上挂着一只牛皮口袋。口袋很眼生，不是她家的物什——阿妈缝的皮口袋，针脚比这个整齐多了。她打开皮口袋，里边是一件明黄色的披风和几串用兽骨贝壳磨成的项圈手镯和脚镯。

披风是上好的麂皮料子，底边上挂着一串银色的铃铛，正中间的那颗铃铛上，刻了一颗草莓果。

桑丹丝拎起披风，在身上比了一比——正是她喜欢的样式。铃声在她的手中抖落开来，早晨的空气被击碎了，碎成一片一片的欢欣。桑丹丝不是第一次在家门口看见这样的礼物。今年过年的时候，她十四岁了。十四岁真是一个奇妙的年龄，因为到了十四岁，她的家门口就开始陆陆续续地出现这样的礼物。她知道今天的礼物是从谁家来的。她也知道，她若收下这些礼物，某个夜晚，一个男人就会堂而皇之地走进她的家门，在她家的火塘边坐下。然后，牵着她的手，带她走入另一个家门。

其实，她只需要看一眼那些礼物就够了。她暂时还不想拥有这些礼物，因为她不想现在就走进任何人的家门，她只想静静地享受独属于十四岁的快乐。于是，她惋惜地叹了一口气，把披肩叠好，照原样放回到皮袋里。只要她不把皮袋拿进屋里，明天早上，皮袋的主人就会自己把皮袋取走。以后她和他在部落里遇到了，依旧可以微笑着打招呼，就像什么也没有发生过。

村里很安静，水鸟掠过河面，翅膀发出巨大的回响。今天是周日，部落里大部分人，都跟神父做礼拜去了。阿妈和弟妹们也去了。神父是白人。神父刚来的时候，部落里谁也不肯信白人的教。后来是酋长先信了，别人也就跟着信了。酋长信，是因为酋长的老婆有一天被鬼魂附身，口吐白沫，躺在地上打滚，咬断了半截舌头。部落里的神医和通灵师试过了各样的法术，都没有能赶出那个鬼。神父掏出一个小瓶子，倒了一小勺粉红色的水灌进她嘴里，她立刻就安静了下来。酋长问神父这是什么神瓶，赶鬼这么灵验。神父说赶鬼的不是瓶子，是一位叫耶稣的神。酋长就信了。

桑丹丝没去做礼拜，是因为她要在家里等着阿爸回来，帮阿爸拴独木舟卸货。阿爸是划着独木舟去城里换货的。阿爸带着一船的三文鱼干和苇席，到城里换大米和木炭。去年三文鱼疯了似的涌上河滩，一家人捞都捞不及。桑丹丝和阿妈天天在河边的大岩石上晒鱼干，晒到第一场雪下来的时候，家里天花板上挂的鱼干，已经比帕瓦集会（印第安人的社交聚会）的人群还要密集了。阿爸是两天以前走的，今天应该回来了。阿爸走的时候，阿妈和桑丹丝都交代阿爸买一顶黑色翻边的小圆帽回来——城里时髦的白人女子，人人都有这样一顶帽子。

当然，神父和桑丹丝都知道，等阿爸回来只是一个借口，桑丹丝只是不想在这么和暖的一个周日里听神父干涩地宣讲上帝。桑丹丝觉得上帝是藏在每一根苇叶每一只鸟翅每一片水花里的，上帝像风像云一样自由，上帝不喜欢待在一间小屋子里。桑丹丝觉得在野外看见上帝的可能性比在教堂里大多了。所以桑丹丝常常找各种各样的理由，不去教堂做礼拜。神父没有强求她，因为她有一句厉害的话在等着神父。尽管她的这句话一次也没有派上用场，可是神父知道这句话浅浅地藏在她的喉咙口，在随时等待着时机翻滚而出。所以神父对她一直很小心。

她没派上用场的这句话是："我爷爷受洗的时候，你阿爸还没有出生。"

桑丹丝的爷爷是英国人，几十年前年受哈德逊河湾公司的派遣，随着一艘大货轮来到英属哥伦比亚，沿着莎菲河谷开发贸易点，用洋火煤油被子针线烟丝等物品，和当地的印第安土人交换海豹皮和其他优质兽皮。他不是第一个进入西岸和印第安人做生意的白人，在他之前印第安人已经从欧洲人手里学会了全套的生意经，例如以次充好，合伙抬价，居高不售等等等等。为了保证稳定的货源，桑丹丝的爷爷和一个部落的酋长结盟，娶了酋长的女儿为妻——尽管当时他在英国已经有了家室。

桑丹丝的爷爷在英属哥伦比亚生活了整整十五年，和他的印第安妻子生下了七个子女。十五年后当他退休回到英国的时候，他给他的印第安妻子留下了一笔财产，吩咐她带着孩子们到城里居住，让孩子们到白人的学堂接受最好的教育。这个印第安女人果真遵从她丈夫的嘱咐，来到了城里生活。可是没过几个月，她便觉得躁动不安起来，耳朵里仿佛有一面鼓，开始昼夜不停地鸣响。她明白那是她的祖先在召唤她。于是她带着她的孩子，重新回到了她自己的部落。

桑丹丝的奶奶回到部落后，发现部落里多了许多陌生的孩子——都长得和她的孩子们很是相似。她明白那是白人的旋风刮过印第安的土地之后留下的印记。这些孩子的母亲，就是那群被白人丈夫们简单地称呼为"帮手"的印第安女人们，常常聚集在一起，谈论那些隔了一个大洋的男人。每当这种时候，桑丹丝的奶奶总是异常地沉默着。回到家里，奶奶总是肃然地告诉每一个孩子："你们和他们不一样。你们的阿爸，是哈德逊公司的功臣，是受维多利亚女王亲自接见过的。"十五年的婚姻生活，在奶奶身上留下了不可磨灭的痕迹。奶奶虽然回到了她自己人中间，可是奶奶却发觉自己已经和他们陌生了。

奶奶一生没有再嫁。爷爷留下的财产使奶奶不需要像其他的女人那样去投靠另一个男人。和奶奶生活了十五年的那个英国人，和许多同代的欧洲男人一样，离开英属哥伦比亚之后就再也没有回来过。那个男人离去时，桑丹丝的阿爸，七个子女中最小的一个，还是个牙牙学语的稚童。阿爸一点也记不起他父亲的样子，可是那个男人的印记却无处不在。奶奶已经把她对那个男人的怀念，化作最为严厉的言辞，刀砍斧凿一样地一遍又一遍地印刻在她的孩子们的记忆中。

这些记忆，又随着血液的延展，缓缓地流入了她孙子孙女的身上。奶奶活了很久，一直活到她的曾孙出世。远没有等到曾孙出世的时候，奶奶就已经把男人留给她的家产花光了。奶奶和她的子孙，后来过的是和别人一样劳作贫穷的日子，可是奶奶却是带着饱足的微笑走的，因为奶奶终于放心了。奶奶知道她的后裔，会一代一代地替她保留属于那个男人的记忆。

太阳很亮，桑丹丝用手在额上搭了个凉棚，可以看到很远很远红杉树变成了小坚果那么大的地方。河水在村口的地方拐了一个弯，桑丹丝看得再远，也看不到河水拐弯的地方——阿爸就要从那里过来。门口的松树上，有鸟异常响亮地叫了一声。鸟在暗处，桑丹丝看是看不着的，却一下子就听出了那是一只樫鸟——阿爸常说她的耳朵比林子里的麋鹿还要精灵。

"你要跟我说什么？是说我阿爸要到了吗？"桑丹丝仰着头问。

鸟无语，枝却咿呀地动了一动。桑丹丝忍不住笑了，撩起还来不及梳理的长头发，俯下身子，把耳朵贴在地上听声响。阿爸的桨划到河拐弯处的时候，桑丹丝就能听见水的动静了。阿爸至今用的是自己砍木头做的船桨。桑丹丝知道部落里有人要在独木舟的肚子里装上一种叫马达的东西，听说那东西能叫独木舟自己长了腿在水里走。阿爸却毫不动心。阿爸说桨是独木舟的灵，没有了桨，还要独木舟做什么？

桑丹丝静静地趴在地上，渐渐的，耳朵里就有了一些连绵不断的声响。嗡。嗡。嗡。她知道那是大地在叹气。大地睡了太久了，大地要翻身了。大地翻身的日子，草就绿了，花就开了，棕熊麋鹿就要走出林子，樫鸟再也不用藏在树的深处了。

可是今天，她却不是来听地的声音的。

桑丹丝有些失望，正想起身，突然，她的耳膜被另一种声音轻轻地擦了一下。呼儿。呼儿。那声响擦过她耳膜的时候，隐隐地有些暖意。

阿爸。那是阿爸的船桨在拍着水花。

桑丹丝兴奋地站起来，撩起裙摆朝前跑去。她要去河湾的地方迎阿爸。迎着了阿爸，她要和阿爸一起跑回家来——阿爸在水里，她在岸上。每一回，只要她不用上学堂，她都是这样迎接阿爸的。

桑丹丝刚刚跑出几步，松树上的那只樫鸟，突然哗地飞了下来，在她的头顶上低低地回旋起来。她抽下腰带对着樫鸟舞动了几下，鸟儿退了几步，却依旧近近地尾随着她。桑丹丝的心抽了一抽。阿爸说过，奶奶死的那天，也有一只樫鸟在他的头顶盘旋不去。难道阿爸出事了吗？阿爸的独木舟是世上最牢固的独木舟，阿爸的水性，也是全部落最好的。阿爸身上，还带着猎枪。猎枪是爷爷留下的，虽然老了，却是强悍无比的，一颗子弹，就能叫一只小山一样的棕熊砰然倒地。不，阿爸是绝不会出事的。

桑丹丝拾起一颗石子，对着樫鸟投掷过去。樫鸟伤着了翅膀，嘎的一声惨叫，歪着身子飞走了。桑丹丝飞快地跑了起来。路上原本是没有风的，是她的脚叫路生出了风。风很碍事，风叫她的裙子一下一下地缠着她的腿，风把她的头发一丝一缕地揉进她的眼睛。幸好，她的脚认得路上的每一棵树每一块石头。即使没有眼睛，她也能准确无误地找到阿爸拐进来的那片河湾。

桑丹丝刚刚跑过河湾，心就定了下来，因为她现在不用趴在地上，也能听得见阿爸的桨声了。阿爸的桨是部落里独一无二的。阿爸的桨比别人的扁，也比别人的大。阿爸的桨撩起的水，自然比别人的多。所以阿爸的桨，声音是最喧嚷洪亮的。

桑丹丝停下步子，扯了一根干枯了的苇叶，将一脸的乱发绑在脑后。远远地，她看见了阿爸的船如一只模糊的水鸭子，在河面上慢慢地游过来。她把手拢成一个筒，朝着船的方向呼喊了起来：

"阿爸！"

哦……哦……哦……

红杉树将她的喊声接过来，再传给下一棵，一波一波的，满天便都是粗大的回声。

渐渐地，阿爸的船就有些清晰起来。阿爸的船今天似乎比往常沉，船头雕刻的那只野鸭，脖子低低地浸在水里，只露出一个鲜红的喙。

桑丹丝跳到一块岩石上，一眼扫过去，就看见了阿爸的船上，装了几个大大的口袋——那是阿爸从城里换回来的货物。大米，木炭，也许还有蔬菜。也许还有糖果。也许，还有两顶黑色的、翻着边的小圆帽。

可是桑丹丝的目光突然停了下来，惊愕在眉梢结成两朵木愣的花。

因为桑丹丝看见阿爸的口袋中间，斜躺着一个人。一个穿着样式古怪的蓝布袍的人。

热啊，热。从脚指头到头发丝，身上每一寸皮肉都贴在火红的铁板上，嗤嗤地冒着油——如同阿妈过年熬的猪油。

水，水……

锦山睁开眼睛，只见眼前是一片红光——那是火塘。火塘边上有一个模模糊糊的大圆盘。圆盘的边角渐渐清晰起来，他才看清是一张女孩子的脸。高颧骨，深眼窝，厚嘴唇。脸很陌生，他把他认识的人草草地梳理了一遍——没有这张脸。头很疼，他想不下去了，便嚷了一声粥，有粥吗？他很奇怪，雷公一样的声音，从肚腹爬到喉咙口的时候，竟变成了一声蚊蝇似的嘤嗡。

女孩愣愣地看着他，眼里是一片茫然。这时，锦山才留意到了女孩的衣装。女孩穿的是一件土黄色的麂皮外套，外套的袖口和下摆都是一条一条的流苏。红番。她是一个长得有点像唐人的红番。怪不得她听不懂他的话。

天哪。他落到红番手里了。

从小他就听说过红番的故事，割头皮，挖心，用人牙齿做项圈。锦山一身的热汗刷地凉了下去，头发一根一根地竖了起来。

他赶紧闭上了眼睛。他今天怕是逃不过去了。他只是不甘就这么死在红番的手里。旧年他和阿林伯娘一起爬上那艘大轮船的时候，他怎么也不会想到他们两个竟都会死在金山。阿爸把每一个毫子捏出水来，给他省出了人头税的钱。阿爸叫他走过了千山万水，可阿爸却不是叫他来金山送死的。

屋里的声音多了起来，沙沙的像是皮靴在泥地上擦动的声响，也像是刀斧从鞘里拔出的动静。有几个人在说话，男声女声都有。说的是红番自己的话，他一句也听不懂。那些人渐渐地在他的身边聚集拢来了，因为他感觉到那些粗重的鼻息在他脸上划出东一道西一道的印记。

皇天。关帝。谭公。观音菩萨。耶稣。保罗。彼得。锦山在脑子里飞快地搜寻着他所知道的一切神明。若保佑我渡过这一关，一定为你重塑金身。若过了这一关，一定不再惹阿爸生气，一定每月给阿妈写信，一定不再偷阿爸的钱。一定 …… 一定 ……

可是没有用，他的额上，已经挨了一刀。只是奇怪，那一刀并不疼，只是像沙子磨过，有些刺刺啦啦的糙痒。

是杀是剐，叫我一下子就过去，我忍不下疼，我真的忍不下那个疼啊。

锦山的祈祷是无声的，可是谁都听见了，因为锦山的眼皮如蛾子的翅翼在轻轻地扇动。

"睡了一天，你该醒了。"有个女人在说话。

女人说的是英文，虽然有些蹩脚，他还是听懂了。

他吃了一惊，还没来得及细想，眼睛就扑地睁了开来。他发现搁在他额头的不是刀，而是一只女人的手，一只粗糙的长满了茧子和裂口的手。女人是个劳作的女人，黄铜一样苍老的脸面上有着铜锈一样的瘢垢。女人身边，站着一个男人和一个年青女孩——就是刚才见过的那个。

"醒了？我给你端水。"女孩的声音里有着掩盖不住的欢喜。女孩说话的时候，露出了两排参差不齐的黄牙，锦山的心，不知怎的，就定了下来。

水端过来，锦山一口就喝完了。水在流过喉咙的时候发出嗞嗞的声响，满嘴都是青烟上腾的焦灼味。锦山松开碗，问还有吗？女孩笑了，说你渴得太久，不能喝太多。吃点东西再喝。女孩的英文比她妈的强了许多，锦山听起来不费多少力气。女孩说这话的时候，锦山听见自己的肚子鼓震雷鸣似的叫了起来，叫得一屋嗡嗡地颤抖。他已经顾不得羞耻了，他只想问有粥吗？可是他的英文还不够老到，他不知道怎么说粥。最后他说出来的是：

"饭，加水的饭，有吗？"

女孩愣了一愣。女孩的母亲咧嘴一笑，说他说的是粥，他们中国人爱喝粥，里边放黑色的蛋。锦山想说不是黑色的蛋，是皮蛋，可是他既没有英文也没有力气来和女人辩解。他有气无力地望了望女人，抖了抖嘴唇，说什么都行。女人弯腰拿了一根火钳，去火塘的石堆里扒出一块东西，扔在他喝过水的碗里，说熟了，你先吃。

锦山看了一眼碗里的东西，黑糊糊的一片，带着焦香——像是烤肉。也不管没盐没油的清寡，三口两口就吃完了——才回味过来是鱼。那条鱼落在他空了很久的肚腹里，只薄薄地垫了一层底。他记得小时候在家里，阿人和阿妈都反反复复交代过他，到别人家做客，吃完一碗切切不可再问人添饭。可是今天他顾不得了。好在是在红番家里，就是丢脸，他没有把脸丢在自己人跟前。

他咽了几口唾沫，终于把一句干涩的话在喉咙口润成了团。可是还没容他把那句"再要一点"的话吐出嘴唇，那女人已经从火塘里又扒了一条鱼出来，扔在他的碗里——这条比先前那条还大。这次，锦山吃得就从容一些了。红番家里没有筷子，他用的是手指。他感到手上有一些烫——他知道是那个女孩子的眼光。那眼光一层热油似的包裹着他的手指，半饱的他开始意识到了自己的笨拙和狼狈。

他终于把那条鱼吃完了，连骨头也没有剩下一根。放下碗来，他忍不住打了一个响亮的饱嗝，空气里立刻充满了浓烈的腥味。肚腹里还有一个同样响亮的屁，急急地寻求着一条出路。他实在不能在两个女人面前把这个屁痛快地放出来。他紧紧地夹着两腿，屏住呼吸，把一个短促粗硕的屁挤成一股绵长细弱的气流，慢慢地放完了——才有了饱足的舒适。

便四下打量起红番的家来。红番的屋子是狭长条的，原木的墙，泥地。屋子中间有一个大火塘，两边都是铺着苇席的木板——是床。而他自己，就睡在靠门的一张木板上。火塘边上接近天花板的地方，钉着一个巨大的麋鹿头颅，自然是砍下来的，可是脸上头颈上却看不到一处伤疤。火塘跟前交叉着摆了几根树枝，树枝上晾着他的夹袍。夹袍已经退成了一片灰土的颜色——大约烤干了。夹袍底下，搭拉着一只蓝裤腿——那是他的裤子。

天，他身上穿的，不是他自己的裤子。在他昏睡的时候，是谁替他换下湿裤子的？是那个老女人，还是那个女孩？

想到这里，锦山臊得连脖子都红了，觉得一张脸能煮沸一河的水。这时，就听见有人叽叽咕咕地笑。一眼望过去，屋角里有几双眼睛，正狼狗似的绿荧荧地瞪着他看。待到他的眼睛渐渐适应了那个角落里的黑暗，他才看清屋尽里的那张木板上坐着三个小孩，合披了一床被子，却都光着脚。

"桑丹丝。"老女人冲着里头努了努嘴，女孩子就跑过去给那几个小孩穿衣服。

桑丹丝。那个红番女孩的名字叫桑丹丝（Sundance）。

太阳跳舞，这名字真好听呢。锦山心想。

"你家住哪里？怎么会落到河里去的？"

一直没有说话的男人突然说话了，也是英文，大体通顺。男人蹲到地上，从火塘里取了火，点着了手里的烟。烟大约是红番的土烟，比拇指还粗，味道辣辣地割人嗓子。锦山想起来了，男人把他捞上独木舟的时候，就问过同样的话。只是他一上船就昏了过去，还没来得及回话。

"离温哥华，不远。"锦山含含糊糊地说。

其实锦山只回答了那个问题的前一半。后一半问题锦山不知道怎么回答——锦山的英文行不了那么远的路，讲不了一个由辫子引发出来的复杂故事。

可是那个男人没有撒手。男人紧接着又问了一遍："你怎么落到河里的——漂了这么远的路？"

锦山的蹩脚英文像一块硕大的遮丑布，遮住了锦山的一切慌乱和犹豫。久久的沉默之后，锦山说出来的是："打架 …… 有人把我，推下河。"

"为什么？"男人显然来了兴趣。

"女人。"锦山嚅嚅地说。

锦山为这个谎言暗暗地吃了一惊。锦山关于女人的知识，在这时还是一张没有任何斑点的白纸，这是一个急中生智的没有腹稿的谎言。他朝屋子尽里的那个暗角瞅了一眼，他看不清桑丹丝的脸，只看见桑丹丝的两只手，在一抖一抖地牵扯着她弟妹们披着的那条被子。

男人哈哈大笑起来，拍了拍锦山的肩膀，说你的水性不怎么样啊，趴在那块木头上，我还以为是一只死海狸呢。但愿那个女人没看见你这副熊样子。

男人把抽了大半截的烟扔进火塘，掸了掸落在指头上的烟灰，对女人说："让桑丹丝给他找一身皮袄换上，把他喂饱了，过两天我再去一趟城里，把他捎回家去，省得那个女人等他呢。"

锦山怔了一怔。

许多年后，当他回忆起在红番部落的那段日子时，他才醒悟到，一个随意的小谎言，却是需要十个百个绞尽脑汁的大谎言来涂抹掩盖的。好比是阿妈写字的宣纸上，不小心溅了一星墨汁。这星墨汁原本是细小的不入眼的，可是为了把它涂去却用了许多的水，最后那滴墨汁便洇成了一个巨大的墨团。然而在当时，十六岁的锦山还没有能够想得那么远。此时的他，只想快快地从那个小谎言里冲杀出一条路来。

　　出路只有一条，就是顺着第一个谎言走下去，走到哪里是哪里。

　　不，他不能回家见阿爸。至少现在不能。那天他从广东剧院走出来，没有回家，就被人扔进了河里。那是老天知道他回不了家。老天给了他一个不见阿爸的理由。他和阿爸的中间，隔的是一道暗无天日的深渊。能让他跨越这道深渊的，是一条辫子。他只有把辫子留回来，他才能回家见阿爸。

　　"其实，我一点儿也不想，再见到，那个女人。"

　　"其实，我没有家，我一直都在，流浪，从一个地方，到另一个地方。"锦山说。

　　女人正在给火塘添柴。新柴带了许多树皮，脾性很是暴烈，嘭嘭地溅出了许多火星子。女人被烟熏出了眼泪。女人撩起衣襟擦了擦眼睛，说听我阿妈讲，那时候修铁路的中国人也跟你一样，一个人出远门，铁路铺到哪里，哪里就是家。

　　"我可以，在你这里，住一阵子吗？我会，干活的。"

　　锦山说这话的时候，没有看男人。锦山这话是对那个女人说的。女人的眼睛浅，盛不住心，锦山一下子就看出来女人心软。

　　女人没说话，女人只是睁大眼睛望着男人。男人也没说话。男人一心一意地扯着手掌上的糙皮。尽里的那个角落突然安静了下来，桑丹丝的手停在了一个动作和另一个动作的间隙之中。锦山的心跳得一屋都听得见。

　　"你会做什么？"半晌，男人才抬头问锦山。

　　锦山又是一怔。他会做什么？他不会捕鱼，不会打猎，不会编苇席，不会熏肉。红番部落里男人做的事，他不会。红番部落里女人做的事，他也不会。离开了阿爸，他实在是连混碗饭吃的本事都没有。

　　这时，他突然看见了靠墙根摆着的几个大麻袋——那是那个红番男人昨天从城里换回来的物什。他在温哥华和新西敏士的农产市场里，看见过红番

锦山紧紧地捏着那截断了的辫子，仿佛要把它捏出水来。

带着土产来换东西。锦山的眼睛一亮，仿佛飞进了两粒火星。

"木炭，我知道怎么烧木炭！"锦山说。

其实这也是一句谎言，因为锦山仅仅是看过墨斗烧木炭而已。不过这就已经够了——锦山知道红番笨，红番守着一林子的树，却要拿上好的熏鱼和中国人换木炭。

女人不等男人回话，就一下子跳了起来，对着屋子尽里的一大片黑暗，大声嚷了起来：

"桑丹丝，等天好些你带他去林子里砍柴。"

这个季节雨下得有些邪门，看不见条，看不见点，甚至看不见丝。可是等出了门，一伸手就能在空中捏住一把水。那雨下得地上的土渐渐松泛了，林子里的树渐渐肥胖起来，屋里的泥地和木壁上，爬满了鼻涕一样的苔。终于有一天，太阳出来了。睡了很久的太阳精神头极足，一口气就把天上地下的湿气都舔干了。等到人们再出门，竟满眼都是肥厚的绿了。

春天一来，上帝的男人和上帝的女人就忙了起来。虽然神父和嬷嬷每天都在努力教红番说英国话，可是红番有时还是觉得自己的话说起来更顺畅些。红番嫌神父和嬷嬷叫得太拗口，红番就管神父和嬷嬷叫上帝的男人和上帝的女人。冬天一过，上帝的男人的学堂就开学了，全村十四岁以下的孩子都要去学堂读书。酋长的孩子们先去的，别人也都跟着去了。上帝的男人忙的时候，上帝的女人也没有闲着。上帝的女人把村里女人都聚集起来，教大家纺线织毛衣。上帝的女人说："男人有男人谋生的手段，女人也要有女人谋生的手段。这样女人没了男人的时候，也能有饭吃。"

红番的女人听不懂上帝的女人的话。红番的女人心想女人怎么会没有男人呢？这个没了就再找下一个嘛。女人要是自己也有饭吃，那世界上还要男人做什么？红番的女人觉得上帝的女人真是愚蠢，怪不得她们一辈子都没有男人。虽然红番女人看不起上帝的女人，可是她们还是被上帝的女人织出来的毛衣吸引住了。那样新奇的颜色款式，那样柔软和暖的质地，她们还真没有见识过呢。于是，上帝的女人就有了许多的学生。

桑丹丝今年不用跟弟妹们去上学了，桑丹丝也不用跟阿妈去纺织班。在上帝的男人的学堂里，桑丹丝年纪太大了。在上帝的女人的学堂里，桑丹丝年纪还太小。所以桑丹丝就在上帝的男人和上帝的女人中间的那个空隙里，自在地活着。

桑丹丝今天一早起来就坐在门前的那块大岩石上磨刀。

桑丹丝磨的是两把刀，一把长，一把短——都是砍柴刀。长的那把是砍树枝的，短的那把是劈小灌木的。一整个冬季，这两把刀都躺在兽皮鞘里，没见过天日。一整个冬季，桑丹丝都在做着两件和刀完全无关的事：熏三文鱼干和制果酱。果子是旧年秋天收采下来的野山果，有两大麻袋。桑丹丝做了一橡木桶的果酱，全家人只刮了一层皮，剩下的，阿爸是要带到城里去卖的。一整个冬天，桑丹丝的手上身上头发上都沾满了鱼和果酱的腥甜味。其实，每一个冬天桑丹丝都要闻这样的味道，桑丹丝早已习惯了，说不上喜欢，也说不上讨厌。可是不知为什么，今年她突然就闻腻了这个味道。昨晚躺下睡觉的时候，她听见她的刀在鞘里嗡嗡地叫唤，她就知道刀和她都想念树林了。

桑丹丝磨刀的时候，阿爸在收拾鱼竿。桑丹丝知道阿爸的鱼竿昨晚也在叫唤阿爸。像桑丹丝想念树林一样，阿爸想念水了。阿爸今天要划船到河中间水最深最暖的地方——那里的鳟鱼睡了一个冬天，正急急地要咬钩。部落里的男人不会种地和养畜，部落里的男人只会打猎和捕鱼。部落里的米和蔬菜，都是要男人拿鱼和野味去镇上换的。

阿爸临出门的时候，拿了几块腌鹿肉，放在桑丹丝的牛皮口袋里，说今天不要走得太远，在林子口上就行了。刚过完冬的棕熊肚子空，最凶猛。若是遇上了，给它扔一块肉，你再跑，要往它身后跑——它笨，转身费劲。砍树要看清鸟窝和蜂窝。鸟飞在天上，和咱们祖先的灵最近，不能去碰它的窝。要是看见蜂窝，起码要避开五十步。

桑丹丝不等阿爸说完，就咯咯地笑，说阿爸我又不是第一回进林子砍柴。阿爸说你知道他不知道。阿爸说的那个他，就是锦山。

林子睡了一个冬天，还带着初醒的潮气。锦山换上了桑丹丝阿爸的薄皮褂子和麂皮靴，跟着桑丹丝进了树林。桑丹丝用长刀开路，砍的是没有熬过冬天的枯枝。她舍不得砍新枝，她知道新枝晒过几个日头就能长成一片浓绿。她把砍下来的树枝扔给跟在后面的锦山，让锦山用短刀把长枝劈成短枝。可是锦山手里的刀始终不肯和锦山配合，只砍了一小会儿，掌上就磨起了血泡。桑丹丝拿了一捆草绳，让锦山来捆树枝。可是绳子也不愿和锦山配合，绳子把掌上的泡割破了，绳子沾上了锦山的血。

桑丹丝咻咻地笑，说你骗了我阿爸，你根本不会砍柴烧炭。锦山扔了刀也扔了绳，一屁股坐在柴堆上，讪讪地说我会，会烧炭，只是不会砍柴。我从前在家，我是说在中国的时候，我们家的柴，都是用人砍的。桑丹丝说什么是用人？锦山说用人就是给你干活的人。桑丹丝说我知道了，就是奴隶，对吗？阿爸说从前我们部落跟别的部落打仗，如果他们打败了，就把他们的人留下来，给我们干活。锦山想说不是的，可又说不清楚——英文走几步就走不动了。只好含混地点点头，说差不多吧。桑丹丝又问，你阿爸阿妈怎么舍得让你离开家呢？我阿爸阿妈是绝对不会让我一个人去那么远的地方的。

锦山怔了一怔。

阿妈舍得他走吗？阿妈从来没有说过。阿妈只是请了村里最好的区裁缝，来家里替他做了整整五天的衣服。区裁缝缝衣的时候，阿妈就坐在边上看着。阿妈的手却一直没有闲着——阿妈在给他缝布袜。阿妈一边盯着裁缝一边做着手里的活，阿妈的眼睛不够使，就把手指扎破了。珠子大的一块血迹，落在了雪白的布袜上。阿彩说赶紧洗一洗，干了就洗不掉了。阿妈不肯，说留着给山仔是个念想。

阿妈叫区裁缝做的衣服，件件都宽大了许多，阿妈说山仔还得长身子。阿妈说山仔把这茬衣服穿旧了，下茬就是新郎官的衣装了。阿妈说这话的时候，声音突然就跟扔在火塘里的枯树枝一样，咔的一声爆断了。阿人听了就叹气，说怕是娶了媳妇就丢了儿子哩。锦山知道阿人这话是说给阿妈听的——阿人常常说这样的话给阿妈听，可是阿妈从来不接阿人的话。

阿人也坐在裁缝身边，阿人看不见裁缝做活，阿人只是靠墙坐着，一只手拢着手炉，一只手端着点心匣子。阿人的点心匣子里有绿豆糕和芋头饼，都是新蒸的，松松软软地冒着热气。可是阿人还是怕点心凉了。阿人把点心匣子放在手炉上暖着，等着锦山在试衣的空隙里吃上一口。

"可怜啊，可怜。"阿人张开没有几个牙的嘴，一声一声地叹息。

"到了金山再也吃不着了。"阿人的眼睛虽然早就瞎了，可是阿人的眼睛是在这几年才完全干涸了的。阿人的眼睛像两口枯井，再也流不出眼泪了。

阿人的眼泪，现在是从鼻孔里流出来的。阿人的鼻涕如两条蚂蟥，从阿人两个坟穴似的鼻孔里进进出出。

这大概就是阿妈和阿人的舍不得了。可是再舍不得，他也得走。家里那么大一片的排场，是靠阿爸一个人撑的。阿妈舍不得阿爸一个人撑，阿妈等了十几年把自己等大了，阿妈把自己等大了是要来帮阿爸撑这个家的。可是，他还没来得及帮阿爸撑家，就把阿爸扔下了。阿爸该如何着急地寻找自己呢？阿妈知道吗？

锦山突然就很想阿爸和阿妈了。

锦山把头埋在膝盖里，两只手狠狠地揪着剪得狗牙似的头发，仿佛要把头皮掀翻开来。桑丹丝看着锦山的肩膀一抖一颤的，指缝里的头发扑簌扑簌地像是藏了一只野雀，便知道锦山心里藏着些憋屈的事。可是桑丹丝长到十五岁，却从来没有劝过人。便扔了刀，一人进了林子。过了一会儿，手里拿了一捧草走了出来。锦山已经静下来了，只望着蓝汪汪的一片天发愣。桑丹丝把草叶揉碎了，捻成团，敷在锦山的手掌上，说这是我们祖先传下来的草药，叫"松鼠尾巴"，止血的。锦山觉得掌上像爬了一条蚂蟥，湿湿凉凉腻腻的，却果真就不疼了。

桑丹丝说不砍了，我们明天再来。两人就收了刀，捆了柴，找了条粗壮些的树枝，一人一头抬在肩上往家走去。两人走走停停，桑丹丝一路找了各式各样的草药，讲给锦山听。

"这叫'印第安地毯'，治伤风感冒的。"

"这是'马尾草'，治外伤出血。有一回，神父家的哈士奇狗被棕熊咬伤，止不住血，阿爸就是用马尾草给它治好的。"

"这是玫瑰芯，小孩拉不出屎来吃了这个就好。"

"这是红灌草，洗肠子的，洗过肠子就有胃口了。"

锦山神情终是恹恹的，两人无话，就一路走到了河边。桑丹丝放下了柴捆，一脚踢飞了一块石头，露出底下一棵长着黄花的野草来。

"这个叫圣约翰草，拿回家，煮了茶给你喝——治你的病最好。"

锦山问我什么病？桑丹丝直直地看了锦山一眼，半晌才说："犯愣发呆的病。"锦山忍不住笑了起来。还没笑完，就见一道黄光朝着自己飞来，赶紧拿手臂一挡，才看清楚是桑丹丝的披风。

桑丹丝把裙子下摆提起来，在腰上打了个结，一把蹬了脚上的短靴，就朝河里走去。岸边的水浅，只淹了半个小腿肚子。腿在冬衣里藏了一个季节，露出来时是一种不见天日的苍白。再往前走几步，水就渐渐地深了，腿不见了，只剩了一个上半身。再后来，头也不见了，只剩下一扇脊背——桑丹丝正泡在水里洗头。

天爷，红番的女子真够蛮，竟敢用这么冷的水洗头，也不怕得头风。锦山暗叹。

桑丹丝梳的是两条辫子，平时用围巾包起来，不显山不露水，解开来，竟是一池的浓云。日头升到天正中，一眼望去，地上没有一片阴影，树枝和石头都纹丝不动，风只在水面上露出了蛛丝马迹——那河水不像是河水，倒像是一池闪闪烁烁的金帛。桑丹丝直起身来甩了甩头发上的水，甩出了一天一地的金珠子。锦山看得呆呆的，心想这幅景象，若是有照相机——像从前学堂里耶稣教士身上带的那种，照下影像来，什么时候想看就拿出来看，那该多好。

桑丹丝洗完头，上了岸，找了块石头坐下来，摊开裙子晒身上和衣裳上的水。

"你来，帮我，梳辫子。没有镜子，我看不见。"桑丹丝对锦山招了招手。

锦山吓了一跳。小时候，他曾趴在阿妈的肩膀上，揪散过阿妈的发髻。除了阿妈，他没有碰过任何一个女人的头发。他的心抖抖颤颤地说不啊，不要过去。可是他的心管不住他的腿。桑丹丝的手里仿佛有一根绳子，那绳子牵着他的腿，他就不由自主地走了过去，坐到桑丹丝身边。

桑丹丝的牛皮口袋里有一把牛骨梳子，锦山不会用梳子，梳子和刀一样地和他别着劲，桑丹丝咝咝地喊着疼。半晌，才终于把头发梳通了，就磕磕绊绊地编起辫子来。

"你的头发，真黑，和我妈一样。"锦山说。

"我阿妈说，我们印第安人是不能离开自己的土地的。你怎么能离开你阿妈呢？"

"我们中国人，也是不能离开土地的。将来，我也是要回去见阿妈的。"锦山说。

桑丹丝扯了一根甜草放在嘴里嚼着，嚼得一嘴草屑。"我知道，我外公发了财就回去了，回你们中国，也是去见他的阿妈。"

锦山的梳子咚的一声掉在了地上，咣啷一声溅飞了几片树叶。

"你说什么？你外公，是中国人？"

"我外婆的部落在巴克维镇边上，我外婆在镇上开一个糕饼铺。有一个在山里淘金的中国人，来铺子里买糕饼，就和我外婆认识了。后来，他隔两个星期就到镇上一趟，住在我外婆的铺子里。他淘了四五年的沙，直到最后一年的秋天，都快封山的时候，才淘到了一块金子。那时候，我外婆已经生了我阿妈了。我外公把金子分了一半给我外婆，就坐船回中国了。"

怪不得，桑丹丝的阿妈晓得怎样煲粥。怪不得，桑丹丝的阿妈长得像唐人。怪不得，桑丹丝的阿妈看见他就心软。

"你外婆，就这样，让你外公走了？"

"我外婆说，祖先在哪里，哪里就是家，不能阻拦一个人回家的脚步。"

锦山听了怔怔的，却一时无话，只觉得那红番并不真的刁蛮，倒是那个淘金的，反有些薄情寡义。

两人近近地坐着，锦山就闻见桑丹丝的身上，有一丝说不清爽的气息，似乎是河藻，也似乎是野草，又似乎是牛乳——却是一种模糊的甜香。桑丹丝热了，脱了外套，只穿了一件短褂，领口低低地露出一片被太阳晒得褐红的脖子，脖子上有一层金黄色的绒毛。锦山的眼睛顺着水珠子溜下去，就看到了一个他从未看过的景象。

锦山的心在腔子里轰的一声顶撞了起来。腿根上有一团肉，不知何时已经化成了岩石化成了铁，东碰西撞地要冲破皮囊的牢笼。他终于忍不下了。他的手突然脱离了他的身子，毫无预兆地顺着桑丹丝的领口自行其是地滑了下去。

锦山立刻触到了两片温软。那两片温软小小的，刚够充满他的手掌。

桑丹丝吃了一惊。桑丹丝的身体从石头上弹了起来，虫子似的扭了几扭，却渐渐地瘫软了下来。锦山手里捏着的那两团东西，已经化成了两滩水，那水中间浮游着两粒石子，隐隐地顶着他的掌心。

那两滩水给了他贼心贼胆。他将桑丹丝狠狠地推翻在地上，一把撩开了她的裙子。桑丹丝的腿已经软得如剔了骨刺的三文鱼，锦山轻轻一拨，就分了开来。两腿中间，是一条锦山从未走过的路。人是生人，路也是生路。两份的生涩慌乱叠加在一起，虽然变不成一份熟稔，却生出了一星一点的相容和相惜。

锦山站起来，只觉得两腿间变了石头变了铁的那团肉，已经软伏了下来，心肠肝胆又落到了原处，头脑便清醒了。他在眼角的余光里看见桑丹丝坐在石头上，用手背擦拭着腿上裙子上的血，看不出是喜是怒——他只是不敢找她的眼睛。他想问她疼不疼？可是这句话似乎长了些糙糙的毛刺，在喉咙口滚来滚去，却始终滚不到舌尖上去。

后来锦山捡起了桑丹丝丢在路边的披风，两人收拾了柴捆，默默地抬上了路。

桑丹丝在前，锦山在后。桑丹丝的步子微微地有些瘸，裙边上有一块没擦拭干净的血迹，如一团火在锦山眼中一跳一跳的，跳得锦山满眼都是星子。锦山把柴捆放下了，对桑丹丝说你换到我后边吧，省力一些。两人换过了位置，锦山眼里没了那团火，就清明了一些。却听见桑丹丝的靴子在他身后扑通扑通地擦着砂石，一脚高，一脚低。那声音像铁砂一下一下地搓磨着他的心，心就缩成了皱巴巴的一个球。

天爷，你让她说句话，一句就好。锦山暗暗地祈求。她是他的止痛药，她若再不开口，也许他就得活活痛死了。

"下次阿爸去镇上，你跟他去，给我买一件礼物。"

桑丹丝终于开口了，却不是锦山期待的话。锦山没想到他听见的竟会是这样一句话。这句话听起来有些轻有些贱，倒让锦山放了心。

"等这批炭卖了，马上给你买。要什么？"

"帽子，黑色，圆顶翻边的，边上插羽毛的。上回阿爸到城里，却没买到。"

锦山心想红番的女子实在是眼界短浅，这样小小一样东西就打发过去了，心里有些不忍，便说我再给你买一件牛仔的坎肩——城里的女人都喜欢这个样式。

锦山没有回头，却也知道桑丹丝在笑。桑丹丝灿灿的笑颜一波一波地溅洒到锦山的脊背上，锦山只觉得满身都是燎泡。

"你买回来，要放在牛皮口袋里，挂在门前的那棵树上。等阿爸阿妈都看见了，我再拿进屋来。我不拿，你就不能动。"

锦山忍不住笑了："一件小礼物，哪有这么多规矩，麻烦不麻烦啊？"

桑丹丝不说话，却只是笑。桑丹丝的笑声如粉尘轻轻地飞扬在春日的阳光里，满天都是细细碎碎的快乐。

锦山刚把第一桶炭卖完，部落里就出了一件事——神父的照相机丢了。

神父丢照相机的事，刚开始只有一两个人知道。最先是神父告诉一个嬷嬷的，后来这个嬷嬷又告诉了另外一个嬷嬷。这两个嬷嬷在谈论这件事的时候，没有防备身边就站着一个跟着她们学纺线的女人。这个女人回家就告诉了她的女儿，而她的女儿正好是酋长儿子班级里的同学。这话传到酋长儿子的耳朵里之后，很快全部落都知道了，有人偷了上帝的男人那个"把人关进去的黑匣子"。

酋长来到桑丹丝家的时候，阿爸正准备挖一只新的独木舟。阿爸的这只船是给村里的一个年青人挖的——年青人准备用这只独木舟，去十几里外的一个部落，迎娶他的新娘。木材是旧年入冬的时候伐下来的，红杉木，不算太宽，却质地紧密，通身上下没有一个虫眼。树干已经在阿爸的场院里放了几个月，风吹雨淋日晒了一个季节，现在正是开挖的好时候。

阿爸开挖的时候，是先要祭拜祖先祈祷神灵的。阿爸虽然相信他的白人阿爸带来的那位耶和华上帝，可是阿爸也不愿忘记他的祖宗世世代代信奉的那些神灵，所以阿爸的祈祷听不出来是呼唤哪一位神灵的。

> 伟大的神灵啊
> 我在风中听见了你的声音
> 你一呼气万物就有了生息
> 求你赐我胆力
> 让我眼明
> 看得透日出日落的神奇
> 让我手巧
> 配得起你造就的每一样物器

让我耳聪

听得见你藏在风声里的叹息

让我心慧

悟得出你驻在每一块石头里的真谛……

酉长站在阿爸身后，一直没有做声。酉长知道，一个人在和神灵交谈的
时候，是不愿意被人打断的。酉长等到阿爸蹲下身来，拿起斧子，准备砍下
第一刀的时候，才轻轻地咳嗽了一声。

"这一次，雕的还是鹰头吗？"酉长递过一根烟，问阿爸。

阿爸接过酉长的烟，用洋火点着了，却不说话。阿爸不愿意把还没有完
工的构思告诉任何人，包括酉长。

酉长抽了几口烟，才闲闲地问："听说了吗？神父的照相机丢了。"

阿爸嗯了一声。阿爸一般的场合里话不多。阿爸虽然有一个洋名字叫约
翰，部落里的人都还是用阿爸的印第安名字称呼阿爸。阿爸的印第安名字是
"沉默的狼"。

酉长又呵呵地咳嗽了几声，往屋里的方向看了一眼，压低了声音，说有
人看见你们家的那个客人，在河湾那边的林子里，给桑丹丝照相。

阿爸的眉毛抖了一抖。阿爸依旧不说话，阿爸却转身往屋里走去。阿爸
走到门槛上的时候停了下来，让酉长先进。

"客人住在我家，就是我家的人。客人的名声，就是我的名声。请你来
亲自找一找，有没有不是我们家的东西。"

酉长的脸色有些尴尬。酉长拍了拍阿爸的肩膀，说你家的人，你问一声
就行了。你说没有，就是没有，他们不信我的话，也不能不信你的话。

屋里很安静，阿妈去了纺织班，小孩们去了学堂。太阳很亮，从窗户里
投下一个雪白的光斑。有一些银色的飞尘，在那个斜长的光斑里慵懒地飞舞。
阿爸的眼睛迷失在耀眼的光斑里，过了一会儿，才看清桑丹丝坐在一个没有
光斑的角落里，在教锦山编甜草筐。

锦山看见酉长进来，立即站了起来。阿爸的眼睛梳子似的把锦山通身梳
了一遍，锦山的腰身看上去是瘪平的。神父的那个黑匣子，阿爸是见过的，
因为神父喜欢挎着那个匣子，在部落里走来走去拍照片。那个匣子有两只手

合在一起那么大，放在牛皮口袋里，能装满大半个口袋。

"哪天，你教教我，怎么使照相机。"阿爸盯着锦山说。

桑丹丝看见锦山的脸色刷地白了。可是锦山没有吱声。空气很重，挤压得心突突地跳，跳得满屋都是回声。桑丹丝觉得自己是扔在岸上的鱼，嘴一张一合的，喘出来的，是眼看着就要死的最后几口气。桑丹丝再也待不下去了，桑丹丝飞也似的跑了出去。

阿爸伸出一根骨节粗大的手指，托起锦山的下颌，说："你若是条汉子，就当着酋长的面，帮我洗刷你的名声。"

锦山再也躲不开阿爸的眼睛了。阿爸的眼睛是两个炭炉子，表面一片黑冷，火是隐忍地不动声色地埋伏在黑冷之下的。锦山上了黑冷的当，锦山的眼睛一落到那两片黑冷之上，就给烫瞎了，脑子一片空白。

酋长叹了一口气，说："这个神父，旧年村里得狂泻症的时候，是他赶的鬼，救了一村人的命。他也没什么爱好，只有这个照相机，他整天带在身边。你要是拿了，就还给他，这件事就算完了。"

阿爸不理酋长，依旧托着锦山的下颌。阿爸一字一顿地问："你是能，还是不能？"

锦山觉得自己的两片嘴唇突然就变成了两座山，心在使着千斤的力，却无论如何挪不动山。

阿爸的手放了下来，锦山的脑袋咚的一声坠到了胸前，几乎要把脖子坠断。

"你，收拾东西。"阿爸说。

酋长望着阿爸，有些迟疑，"也许，不是他……"

"我们家，从来不住不能替自己洗刷名声的人。"阿爸的话，是卵石是铁板，没有一根针的缝隙。

锦山只好去自己睡觉的那个角落，收拾东西。属于他自己的东西很简单，就是落水的时候穿的那身夹袍夹裤，一双线袜，一双布鞋。还有，就是一个牛皮口袋。口袋里有一条腰带，是山鸡的翎毛管织的，上面饰着色彩斑斓的羽毛——那是两天前他跟桑丹丝的阿爸去镇上卖炭时买下来的，还来不及送给桑丹丝。

这几样东西里面，没有照相机。照相机他藏起来了，在河边的一个树洞里。那天他跟桑丹丝砍柴回来，路过她弟妹的学堂。学生被神父带去室外做午祷，屋里的讲台上，只放着一个黑匣子。锦山只需要看上一眼，就知道那是什么东西——锦山从前上学堂的时候，镇上的耶稣教士教他拍过照片。锦山的心狂野地跳了起来，锦山想也没想就把那个黑匣子揣到了自己怀中。当时他只想拿过来玩一两天，再偷偷地放回去的。可是还没容他还回去，全部落都知道神父家里失窃了。那个黑匣子成了他掌心的一堆屎，他只能紧紧地捏着。捏着的时候，他的臭只有他自己知道。若是打开了，所有的人都知道了他的臭——他再傻，也知道这样的臭是一河的水也洗刷不清的。

他把夹袍铺平开来，将裤子鞋袜包在里面，用苇绳系成一个卷。然后又拆开来，把鞋袜的位置倒换了一下。他只是在拖延时间。桑丹丝。他在等桑丹丝。他不能不和桑丹丝见上一面就走。等他第三回拆开他的行李卷的时候，桑丹丝的阿爸在身后重重地咳嗽了一声。阿爸手里提了两个系了口的猪尿脬，一个装的是水，一个装的是野米饭和熏鱼——那是上路的口粮。

锦山跟在阿爸的身后，慢吞吞地出了门。走到门口的时候，他停了一停。他踮起脚尖，把那个装着翎毛腰带的牛皮口袋，挂到了家门口的那棵橡树上。挂好了，走了几步，再回头一看，是个显眼的位置。

还好，总算给桑丹丝，留了一样礼物。锦山心想。

当阿爸解下独木舟的缆绳时，众人突然听见了一阵脚步声——是桑丹丝。桑丹丝跑得很急，辫子飞散开来，几步之外，就闻到了身上的汗味。远远地跟在桑丹丝后面的，是神父。神父是个胖子，神父跟不上桑丹丝的步子。神父跑起路来，肚子在一颠一颤地碍着事。神父用两只手箍住肚子，仿佛肚子随时要散落在地上。

神父跑到众人跟前的时候，喘了很久的气，才把肚子安抚稳妥了。

"那个，照相机，是我，送给这，这位年青人的。我在教他，拍，拍照片。"神父说。

阿爸和酋长都怔了一怔。阿爸的眼光犹犹疑疑地从神父身上转到锦山身上。锦山依旧低头无语。锦山知道自己眼窝浅，盛不住惊讶，所以锦山不敢去接别人的目光——阿爸的，酋长的，还有 …… 神父的。

"小伙子，告诉尊敬的酋长和你的主人，你用的是什么型号的照相机?"

"柯达伯朗尼二号 B 型。"锦山嗫嗫地说。

“一次可以拍多少张？”

“一百十七张。”

“印出来的照片有多大？”

“两，两时大小吧。”

神父点了点头，拍了拍锦山的肩膀，说小伙子看得出来你真喜欢摄影，这个照相机送给你算送对了。又对阿爸说你收留的这个年青人，脑瓜子好，学得快呢。阿爸还没来得及说话，酋长就已经说话了。酋长哈哈哈地笑了起来，说天不早了，我也饿了。你们，都上我家吃烤肉去。昨天打的那只麋鹿，吃一个春天也吃不完。把这个中国小伙子也带上。

众人的话，桑丹丝一句也没听见。桑丹丝的心，一丝也没放在众人身上，因为桑丹丝突然发觉，门前的那棵橡树上挂着一只牛皮口袋，正在风里轻轻晃动着。桑丹丝叫了一声阿，阿爸啊，声音便被欢喜哽咽在了喉咙口上。

锦山用一根树枝挑着他的牛皮口袋走出村口的时候，帕瓦的鼓声已经响起来了。这面麋鹿皮做的鼓他是见过的，平时放在部落里祭祖先的那个大帐篷里，比阿爸回自勉村宴请乡亲时的饭桌还大，可以围着坐十二个鼓手。与其说他的耳朵听见了鼓声，还不如说他的脚板摸到了鼓声——他感到了地在他的脚板底下嗡嗡地震响，像是闷雷从天边滚过。

歌声也响起来了。歌声是桑丹丝的说法，他宁愿把那些声音叫做吼，狮吼狼吼老虎吼的吼。那吼声里头大约也是有意义的，也许是战歌，也许是喜调，也许是在求天地鬼神，也许是发怨怒。只是他听不懂。没有了桑丹丝，这些声音对他来说就是高高低低的吼，尖利的时候仿佛要把天戳出一个小洞眼，低沉的时候仿佛要把地捶出一个大窟窿。

他不知道桑丹丝是不是已经开始随着鼓声跳舞了。击鼓和吼歌是男人的事，帕瓦里唯一允许女人参与的只有跳舞——男人在中间跳，女人在边上。

为帕瓦的舞会，桑丹丝和阿妈已经激动了很久。阿妈给桑丹丝缝的舞会披风，已经缝了整整十年。桑丹丝五岁的时候，阿妈就开始缝这件披风。桑丹丝每过一个生日，阿妈就在披风上加十个铃铛，到今年阿妈才缝完了一百个铃铛。昨天晚上桑丹丝第一次在家里试穿这件披风的时候，满屋都是叮嘟的声响。那声响，比珍珠落在翡翠盘子上还要清脆。桑丹丝穿上这件披风，笑了整整一个晚上。夜里他没睡好，他知道她也没有睡好——尽管是为了不同的缘由。他听见她床铺上的苇席在她身子的翻滚碾压下呻吟了一夜。他起身去屋外小解的时候，发现她靠墙坐着，黑暗里有两排牙齿在闪闪发光——她依旧在笑。

他知道桑丹丝如此高兴，是为了这件叫部落里所有的母亲都自愧弗如的披风，是为了成年之后的第一个帕瓦节。可是他也知道，她的高兴还有另外一个原因，一个与披风和帕瓦有关，却比披风和帕瓦大了许多的原因。

昨天吃晚饭的时候，她阿爸对她阿妈说，明天我就去请求酋长来主持桑丹丝的婚礼。他吃了一大惊，野米饭簌簌地抖了一地。

桑丹丝，出嫁？

他拿眼睛去钩她的眼睛，她只是低着头吃饭，听凭他的目光在她的脸上钩下一块一块的肉。

桑丹丝结了婚还住在家里，帮我照看弟弟妹妹。她的阿妈说。

以后你不用去砍柴烧炭，给人照相就能养活桑丹丝。她的阿爸说。

过了一会儿，他才听懂这些话是说给他听的。又过了一会儿，他才感到了这些话的重量。他的嘴唇抖了半天，才抖出了一个字：

"我？"

"桑丹丝收下了你的腰带，当然就是你了。"她的阿妈看了一眼她的阿爸，呵呵地笑了起来。

锦山的脑袋轰的一声，炸了一地的碎片。他捡了一个晚上，也没能捡完那些碎片。夜里睡下了，他还在继续捡。一直捡到天泛出了一丝灰白，雄鸡叫出了第一声醒，才算捡出了一个头绪。

还没等雄鸡唱出第二声，桑丹丝就起来了。桑丹丝是家里第一个起来的人，桑丹丝起来之后就叫醒了弟妹。紧跟着，阿爸也起床了。阿爸平日没有起得那么早，阿爸今天起得早，是因为阿爸要穿礼服——阿爸是这次帕瓦的领舞。阿爸的礼服是一件蓝色的长袍，下摆绣了许多熊掌，胸前垂挂着一条黄色的山鸡翎管织成的绶带。阿爸的礼服看上去很精神，可是阿爸最精神的地方不在礼服本身，而在于阿爸的头冠和背上的羽翼——那都是最好的鹰羽做的。头冠是灰色的，背翼是白色的。

当然，灰和白指的都是最初的颜色。如今鹰羽已经蒙上了一层又一层的岁月积尘，灰也不再是单纯的灰，白也不再是单纯的白，而是一片不灰不白的混沌。阿爸喜欢的就是这样历经沧桑的混沌，只有初出茅庐的小伙子，才迷恋浅薄的簇新。阿爸的头冠很大也很重，阿爸需要阿妈帮忙，所以阿妈也早早起来了。

　　锦山是家里最后一个起床的。锦山起床的时候，阿妈正跪在地上，帮阿爸画脸。桑丹丝已经给弟妹穿好了衣服，桑丹丝正在自己换衣服。桑丹丝看见他起来，看了他一眼，却没有吱声——桑丹丝的话都写在桑丹丝的衣服上了。桑丹丝的衣服随着桑丹丝的脚步，叮唥叮唥地叨絮着期盼。

　　帕瓦在离村子大约一里半的一片空地上举行。帕瓦是舞会也是集市，到时邻近各村的人也都要赶来买货卖货。阿妈这次带到帕瓦去卖的只有木炭和苇席，可是阿妈这趟准备到帕瓦买的东西却很多。阿妈想买一床新被子——是那种用碎布头拼接起来的"百家被"，全套的新木碗，两件麂皮袍子和两双轻靴，一男一女——是给桑丹丝和锦山婚礼上穿的。还有，阿妈还要买两大包的上好烟丝——那是给酋长的主婚礼物。

　　帕瓦是中午开始的，可是没人可以等得了那么久。阿爸的脸一画完，就像个等不及的男孩那样地问阿妈，我们什么时候走啊？阿妈沉着脸，老声老气地说，早得很哩，日头还没起床呢。可是阿妈的沉稳没能维持很久。阿妈扑哧一笑，就把一脸的沉稳撕破了。阿妈说走吧走吧，还等到什么时候？

　　这时阿妈才注意到了坐在床沿上的锦山。锦山早就穿戴齐整了——是家常的衣装。锦山双手拄着头，仿佛头重得随时要从颈脖上坠落下来。锦山的手遮住了锦山的脸，没有人看得见锦山的表情。锦山从早上起来到现在没有说过一句话。

　　"小伙子你怎么木头木脑的啊？"阿妈问。

　　"没事，待会儿皮鼓一响，木头也要跳舞。"阿爸说。

　　众人出了门，阿爸牵着马走在最前面。马今天不是让人骑的，马今天是用来驮货的。马身上有两个大麻袋和三只尿脬，麻袋里是带到帕瓦去卖的货，尿脬里装的是一家人的早饭。阿妈走在阿爸身边，桑丹丝和锦山落在队尾，中间是桑丹丝的弟妹。

　　三个孩子在比赛扔石子，看谁扔得最高。石子惊起树丛里的鸟雀，哗哗地乌了半边天。马是一匹蒙古种壮马，出门前刚喂过的，精神头极好，四只蹄子踩在泥石路上，发出粗重响亮的声响。连狗也是兴奋的，从村头一路咬到村尾，满村都是剪也剪不断的狂吠。帕瓦的早晨如一张声音和色彩都很嘈杂的画卷，在锦山面前徐徐铺开。可是锦山对一切的声响置若罔闻，锦山唯独听见了一样声音，那是桑丹丝披风上的铃铛。

叮嘟。叮嘟。

那声音一下一下地撞击在他的耳膜上，他的太阳穴开始一跳一跳地生疼。他突然烦躁了起来，叫了一声桑丹丝。他的叫声有些奇怪，像是经历了一整个冬季的枯枝，带着随时要断裂的嘶哑。桑丹丝回头看了他一眼，问怎么啦？桑丹丝已经走得出了汗，头发在额头上湿成一个一个的小圆圈。锦山不禁怔了一怔——几个月的光景，桑丹丝已经出落得这般好看了。

锦山的嘴唇抖了抖，说桑丹丝我，我……半截话烂在了唇上，却再也没有下文了。桑丹丝问你什么呀？锦山摇了摇头，说走吧，你阿妈在前面等呢。

两人便一路无话走了一段路。

走出村口约一刻钟的样子，锦山突然拍了拍额头，说我忘了拿照相机了——到了集上可以给人拍照的，每人收几个毫子。

阿妈听见了，就说你赶快回去拿，我们在这里等你。阿妈说这话的时候，满眼都是满足的笑意。从看到锦山的第一眼开始，阿妈就看出了这个小伙子的精灵。锦山说不用等我，我认得去帕瓦的路，我们在那里聚。

锦山把头上的草帽扔给桑丹丝，说天热了别中暑，就走了。锦山走了几步路，再回头，那支六个人一匹马的队伍，如一条在乡间路上蜿蜒的蛇，已经渐渐地变得细小模糊了。拐了一个弯，就什么也看不见了，只剩下细细一丝的铃铛声，若一片极轻的风，还在他的耳膜上时有时无地拂过。他觉得他的心里，有了大大的一个洞，填了是一种难受，空着是另一种难受。多年之后，等他已经是一个历经沧桑的中年人时，回想起那个帕瓦早上的情景，他才给那种感觉找到了一个名字——是栖惶。

锦山回到家，取出了枕头底下压着的那个牛皮口袋——是那天桑丹丝的阿爸要赶他走的时候就准备下的，他一直没有打开过。他把脚上的皮靴脱下来，放到桑丹丝阿爸的铺前，又取出他自己的布鞋换上。他系紧了袋口，用一根树枝挑着口袋走出了门。村子被帕瓦掏空了，一路上他不仅没有遇上一个人，他甚至没有撞见一条狗。久已不穿的布鞋裹在脚上，有一种奇怪的轻浮，仿佛他的脚和地之间，隔着一层风一层云。等他终于略微习惯那样的轻浮时，他已经走出村口了。

日头已经高了，他的时间不多了，他得在天黑之前赶到最近的一个居民点。他没有带水也没有带口粮，不过他不着慌，他的牛皮口袋里，装的是他长长久久的水和干粮。只要照相机在，无论他走到哪里，他都能讨上一口饭食，找到一个睡觉的地方——自从白番把照相机带到红番之地，红番现在也很喜欢把自己的样子关在那个黑匣子里了。他不知道下一站在哪里，也不知道还要在路上走多久。他摸了摸已经快长到腰的头发，心想半年，也许再有半年，他就有脸面见他的阿爸了。

锦山走到河道拐了一个弯的地方时，猛然愣了一愣，肩上的口袋咚的一声掉到了地上，因为他看见桑丹丝阿爸拴独木舟的那块石头上，坐着一个人。那个人听见他的脚步声，站了起来，一串铃铛声把空村的宁静抖成了碎片。

"你，坐独木舟，我送你。"桑丹丝说。

她知道。她什么都知道。

锦山的眼睛热了一热。感动渐渐地涌了上来，在眼窝里积攒成一团湿潮。他不敢看她，他知道他一看见她的眼睛，他就管不住自己的眼泪了。他不能流泪，红番部落的男人是从来不流眼泪的。

"我不是 …… 我是 ……"

他把这句话翻来覆去地讲了几遍，还是没有讲完。

她没有打断他，一直等他终于说不下去了，才问为什么，为什么呢？她问这话的时候，也没有看他。她只是仰头看着天，仿佛这话是说给天听的。

他叹了一口气。他的叹息叠在她的叹息上，重重地落在地上，就把地砸出了一个一个坑。

"祖宗，不认你的 ……"他嗫嗫地说。

桑丹丝解下拴在石头上的缆绳，把桨递给他。他跨进独木舟，伸出手来拉她。她上来了，他却依旧没有松手。她没有挣扎，只是任由她的手在他的手里捏出了温热湿黏的汗水。

"我外公当年走的时候，也是这样跟我外婆说的。"

桑丹丝喃喃地说。

锦山遥遥地看见自己家门口那两盏大红宫灯的时候，他已经在路上走了大半年了。

离开桑丹丝之后，锦山漫无目的地流浪了几个月，从一个部落到另一个部落，从一个镇到另一个镇。他走的就是他阿爸当年修铁路时走过的路程。他的脚印，也许在某一条河边某一棵树旁，正正地叠在了他阿爸几十年前的脚印上——这是锦山后来才知道的。当时锦山对这一切毫无知晓，锦山只是想着如何在天黑之前找到一个居民点睡下，填满空了一天的肚腹。

入冬的时候，他漫无目的的路程突然有了一个方向——他决定立即启程回家。

回家的念想是突然萌发的，因为他的头发其实还不够长，梳起辫子来还刚到腰上。他原本是要再等一等的，可是他等不及了——是因为一张报纸。

有一天他在红番的集市上，偶然看见一个从温哥华来的红番，带了一瓶从那边唐人街买回来的酱油。他已经很久没有尝到酱油的味道了，那个瓶子叫他的舌头突然间生出许多汁液来。可是有一样东西比那个瓶子更叫他眼馋——是瓶子上包的那张旧报纸。锦山很久没有看过中文字了。锦山用一个毫子向红番买下了那张肮脏的报纸，坐在地上看了起来。

报纸的日期是好几个月以前的，已经辗转了不知多少站，上面沾了不知多少人的指印。刚开始时锦山看得很是仔细，一个字眼一个逗点都不放过。可是当他的眼光落在一则小消息上的时候，所有其他的内容突然就变成了一片空白：

> 华埠剃头铺近日生意忙碌，革命成功不再蓄发，唐人
> 争先恐后剃头，准备庆贺民国第一个春节。

锦山放下报纸的第一个念头，就是找一把剪刀。等他终于几经周折从一个红番手里借到剪刀时，他却犹豫了：这一剪，应该是由阿爸动手的。

阿爸。哦，阿爸。

阿爸的念想如一根火绳，一下子燃着了引信，在锦山心里炸出了天大的一个洞。回家，刻不容缓，马上回家。

回家的路走得很苦。这个冬天很冷，下了许多场的雪。阿妈做的那双布鞋早就穿烂了，现在锦山穿的是从红番那里买的厚麂皮靴子。有的河段结了冻，坐不上舟船，只能一步一步地走。遇到有集市的时候，锦山就给人拍照片，教红番烧木炭。锦山不要钱，锦山要的是干粮和御寒的衣装。所以锦山的牛皮袋，通常是满得系不拢口。只是有时走不到村落天就黑了，锦山在树洞里岩石穴里都过过夜——倒是不怕。锦山知道日头每落下去一次，天每黑过一趟，他离家就近了一程。

一路上锦山几乎没有停过步，最后一程他搭上了一辆去温哥华的马车。当马车把他放到唐人街的时候，他心血来潮地去了一趟《大汉公报》报馆。报馆的人马换过了一茬，只有守门的老头还认得他。锦山问冯先生在吗？老头说早就不在了，回国去了。锦山问革命成功了，冯先生回国做官了吗？老头说丢，做什么官，洪门把房产都典当了交给洪棍打天下，洪棍坐了江山就不认洪门了。如今洪门的人想见一面那个姓孙的都难呢。

锦山半晌无话，心里却想冯先生是一条凶猛的河，他方锦山不过是这条河沿途裹挟起来的一粒泥沙。冯先生的河跑了千里万里的路也没有跑到江海里去，他一粒小泥沙，还能指望什么呢？冯先生亏负的是洪门的众弟兄，他亏负的却是他的阿爸和阿妈。和冯先生的冤屈相比，他的冤屈也是一粒泥尘，微不足道。

只是他再也不会走近那样凶猛的河了，他不能再丢下他的阿爸阿妈。革命，从今往后，只是别人的事了。

从今往后，他只管阿爸和阿妈了。

阿爸，这两年我没给阿妈和阿人挣来一个毫子。阿爸，家里建碉楼欠下的债，都是你一个人在一厘一毫地还。从今天起，你就看我吧。从今起积粪沤肥的事，我再也不让你和阿林伯干了。从今起重的脏的臭的事，都是我和伙计来干——除了杀猪，我干不了杀猪的活。从今起阿爸你来当我的帮工，大梁是我来挑了。从今起我要好好使上我的照相机。红番那里照一张相还能换一两天的干粮，听说在城里一张相要收两个洋元呢。

阿爸，哦，阿爸，你就等着我挣钱养活阿妈，阿人，阿弟，养活两边的家。阿爸，你信不？

锦山是在日头落山的时候赶到新西敏士郊外的家的。走上家门前那两截布满了裂缝的石阶时，锦山的眼泪毫无防备地流了下来。这不是在红番地盘里，锦山不想忍了。那泪在心里攒了太久，攒了一个湖一个海，眼里流出来的，竟只有几滴。那流不出来的，就在里面呱噪哽塞着，堵得锦山想把肚子肠子翻出来呕个干净。

透过蒙眬的泪眼，锦山看见门前挂的，还是他来的那年挂过的那两盏灯笼，只是流苏越发地旧了，稀稀落落地泛着黄。春联却不是那年的了。那年的春联是阿爸自己写的，话也是阿爸自己想出来的。阿爸写的是：

"故土辞旧岁雨顺风调；金山迎新春蔬果丰盛"，横批是"阖家太平"。

今年的春联不是阿爸的手笔，倒像是从唐人街买来的现成货，纸是洒金笺，字也还算工整，话却是用滥了的旧话：

"兴家必勤俭，高寿宜子孙"，横批是"新岁吉祥"。

为什么春联不是阿爸的字迹？阿爸从来不用别人写的春联，阿爸看不上别人的字。难道是阿爸出事了？

锦山的膝盖蜡似的化了，身子一软，几乎跌倒。勉强在门上靠住了，才敲门。

天爷，保佑是阿爸来开的门。若是阿爸平安无事，我不进屋，就给他跪在门前，磕足七七四十九个响头。

过了很久才有人来应门。

开门的是农场雇的伙计龙眼。

龙眼看见锦山，风似的闪在了门后，咣的一声将门关了回去。锦山怔了一怔，方明白过来，便咚咚咚地擂门。一边擂，一边大喊我是阿山，我没死。不信你来摸摸我的手，手是热的——死人哪来的热气？

门里依旧没有声响。

锦山又喊："龙眼，我若是鬼还要你开门吗？你站在窗前看一眼，我站的地方有没有影子——鬼哪来的影子？"

又过了半晌门终于开了，龙眼犹犹豫豫地从门里走了出来，头发犹根根直立如针。龙眼上上下下地把锦山看了一个透彻，才说："锦山你去了哪儿？你阿爸疯子似的到处找你，就差没去地府问阎罗王讨人了。早都民国了，你怎么还留辫子？"

锦山没有回话，只问阿爸，我阿爸呢？

龙眼唉了一声，说你阿人病重，你阿爸年前赶回开平去了，走了还不到一个月。

锦山手一松，牛皮口袋咚的一声掉在了地上，两眼直直地拐不过弯。那样子看得龙眼心里有些发毛，就问："吃了吗？锅里有剩粥，我给你热一热？"锦山依旧不说话，木木地站着，目光却渐渐地折了回来。半晌，才说砚，砚台。龙眼没听明白，锦山有气无力地挥了挥手，说你去拿，我阿爸的砚台。龙眼这才听懂了锦山是要给他阿爸写信，就急急地进屋取了纸笔墨，说你阿爸走了，我连个代笔的人也没了。正好，你写完了，替我也写一封，给我老婆。

"阿林伯呢？"锦山一边研墨，一边问龙眼。

"死了。你走后的第二个月就死了。糊涂得很，三天两头裤头也不穿在田里走，把洋番吓得喊警察来。到后来连屎尿也管不住了。"

锦山掀开那道布帘。

布帘现在是黑色的，以前也许不是。布帘很厚，似乎夹了一层棉花。棉花结了团，厚一片薄一片地高低不平着。帘子上涂满了各式各样的印迹，油汪汪地泛着亮。也许有人在上面揩过拉完屎的手，也许有人在上面抹过吃完饭的嘴，也许有人在上面擦过流着鼻涕的鼻子。总之，每一道印记都是一个人的故事。故事太多，帘子兜不动了，就露出些颓败的样子来。

锦山掀起布帘的时候，心咚地跳了起来。他知道，今天他终于和唐人街脸对脸地赤裸相见了。

自三年前阿爸把他从金山码头那座海关监房里领出来，他已经很多次来过温哥华的唐人街了。他在唐人街的报馆里结识过冯先生，他在唐人街的糕饼店杂货铺里买过货，他在唐人街的剧场里看过戏，他在唐人街大大小小的餐馆里饮过茶吃过饭。他知道哪家店铺的秤头最公道，他知道哪家厨师最舍得放油，他也知道哪家点心铺子卖的是几天前的陈货。可是，就算他熟知了唐人街每一家店铺的天机，只要他还从来没有掀开过这道布帘，他其实只知道了唐人街的毛皮。

这间屋坐落在番摊馆的楼上，没有挂灯笼，也没有写招牌。可是唐人街的男人们，从来不需要灯笼和招牌的引领，就能熟门熟路地摸上这条狭窄的、拐了许多个弯的楼梯，准确无误地掀开这道布帘。遇到发饷或年节，等候在这道布帘前的男人，会一直排到番摊馆门外。没有耐心的年青人，有时忍不住咚咚地敲门。从里面出来的人，有时还来不及系好裤腰带。

"怎么样？"等着进来的人这样问。

"自家睇啦。"从门里出去的人这样答。

这样长的队列里难免会遇上熟人，有时是兄弟俩，有时是父子叔侄，有时仅仅是点个头的朋友。能避过去的，就低头避了。避不开的，就大大咧咧招呼一声："你也来了？"

可是今天不是年也不是节。今天甚至不是发饷的日子。今天离上一个发饷的日子很远，却离下一个发饷的日子不够近。今天的天也是一副苦脸，人走在路上略一抬头仿佛就能顶到阴云。今天除了拐角那家小小的当铺还有几个人进出，整个唐人街都很是冷寂。

可是锦山就是冲着这片冷寂来的。

经过番摊馆的时候，锦山从小贩手里买了一包老刀牌香烟。锦山撕烟盒的时候，手有些抖，就把烟盒整个撕破了，烟白生生地抖了一地。锦山俯下身来拾烟，脸上轰地热了一热，便知道是脸红了。锦山蹲在地上拾了半天烟，直到脸上的红热退尽了，才站起身来粗声粗气地问小贩要洋火。锦山把两片嘴唇撮出一个小小的圆洞，含了烟，狠命地抽了一口，只觉得有一把小刀，嗖的一声钻进了喉咙，顺着心脏肺腑一路割下去，割得他呵呵地咳了起来。

面红耳赤地咳完了，便扯过棉袄的袖口擦了一把鼻涕，跨着横步咚咚地上了楼。小贩看着锦山的背影阴阴地一笑——小贩见过了太多往那条楼梯上走的人，小贩一眼就看出了那是个慌嫩的雏儿。

掀起布帘，才发现里头的屋隔了两间，各自有门。锦山正在想到底该推哪扇门，只听见左边那扇门哗地开了，滚出一团黑黢黢的肉来——是个只穿了一条短裤头的男人。男人的棉衣棉裤是随后扔出来的。男人从楼梯上骨碌骨碌地一路滚下来，可是男人的衣物却在男人之前落到了楼底下。男人在楼梯底下刚站稳，就伸出一条腿来慌慌地往棉裤里套，套了半天也没找准裤腿。

第五章　金山迹 | 243

男人的身边迅速围上了几个热糍粑上的灶灰一样掸也掸不下去的看客。

这时布帘后面钻出来一个眉眼描得很浓的女人。女人一边系着棉袄上的布扣，一边冲着楼下的男人喊：

"别以为剃了秃头我就认不得你了。明天这个时候，你把钱给我送过来。你敢短一个毫子，我把你名字贴在番摊馆大门上叫千人看！"

男人终于套上了裤子，棉袄也顾不得穿，披在身上就跑出了门。围观的人哈哈大笑起来，女人却没有笑脸还给众人。女人呸地吐了一口痰，将门咚地撞上了。锦山就知道这不是他该推的那扇门——鸹儿说他的那个人是个新货，还没练到这样老辣的地步。

锦山推开右边那扇门，外边很暗，屋里也很暗，一扇锅盖大小的窗户上，胡乱地挡了一块布。墙角点着一盏昏灯，将一屋的黑暗剪出一个灰蒙蒙的洞。锦山在门口站了一会儿，才渐渐看清了屋里的情形。屋里只有两样摆设，一张床，一个条凳。锦山很快就想到了这两样摆设的用场——床是脱衣裳的时候用的，凳是穿衣裳的时候用的。

床上蛇似的盘缠着一条被子，远远看过去似乎是墨绿色的底，织了几团黑蛆似的花——一屋里只有这样东西是看得出颜色的。床尾堆了一团灰蒙蒙的衣物。听见脚步声，那团衣物动了一动，锦山才明白过来是个人——是他花了钱来受用的那个人。

锦山扔了烟，用脚把长长的烟蒂碾灭了，屋里弥漫起一丝细细的焦木味。锦山在床沿上坐了下来，破旧的床板在他的身下响亮地呻吟了一声。他顺手掀开被子，被窝里还有隐隐一丝的暖意，却一眼就看见了一大团污迹，如沤爆了的西瓜流出来的汁水，齷齷龊龊地叫他差点儿一口吐了出来。勉强忍住了，却再也看不得那床被子了，便团成一团扔到了地上。

"什么名字？"锦山问这话的时候脸拉得很紧，可是他的声音却背叛了他——连他自己都听出了那声音里的慌张。

那团灰蒙蒙的衣物渐渐地高耸了起来，也许说了话，也许没有，反正锦山没有听清。

锦山站起来，划着了一根洋火，近近地照在那团衣物上。光亮叫人突然生出了胆，锦山再说话的时候，声音就粗了。

"转过身来，问你话呢。"

那个身子在光亮里转了过来，锦山猝不及防地看见了一双眼睛。那双眼睛长得很开，也很大，大得几乎要跑到脸外边来。眼仁像一颗泡在水里的玻璃珠子，跟着忽明忽暗的火光变着颜色，先是黑褐，渐渐地就变成了青蓝。待锦山把洋火举到女人鼻子跟前的时候，那眼仁里竟有了一丝懒洋洋的灰绿。

"猫眼？"锦山吃了一惊。

女人的眼仁颤了一颤，一层灰雾洒落下来，那绿便黯淡了。

"一根，好吗？"

女人伸出手来，问锦山讨烟。女人的手指很是干瘦，像一根根晒蔫了的豇豆，手腕上有一层细细的绒毛。女人身上的布袍像挂在竹竿上的衣裳一样扁平空荡而没有内容。

孩子，还是个孩子。锦山心想。

锦山从兜里掏出烟盒来，摸出一根，点着了，递给女人。又摸出一根，点着了，给自己。抽这根烟的时候，锦山已经老到了些，知道那烟原该含在嘴里，不经过肚腹，直接从鼻孔里喷出来的。扭头看那个女人，只觉得她抽烟的样子像是一个饿了多日的人，连着抽了三口，才舍得喷出去一口。女人憋得太急了，颈脖扯得如鹭鸶，暴起根根青筋。那从鼻孔里喷出去的，不像是烟，倒像是五脏六腑。

"急什么？没人跟你抢。"锦山说。

"牙烂了，抽了就好受些，镇疼。"女人嘶嘶一笑。女人的笑声像草间窜行的蛇，让锦山浮浮地起了一身鸡皮疙瘩。

"先生，你认识我？"

女人的烟，三下两下就抽完了。女人还想要，却不敢要，只是贱贱地赔着笑。

"那天，我听见，他们叫你猫眼……"锦山说了一半，突然卡住了。剩下的那半截话，他不想说下去了。

锦山第一次见到这个女人，是一两个月前的事了。那天锦山和龙眼在温哥华的农贸市场卖完鸡蛋，就到唐人街喝下午茶。龙眼坐下没多久，就起身去楼下小解。半天不归，锦山便去后院找人——茶楼的茅房就在后院。锦山下了楼，便看见院子里里外外围了一二十个人。有一个黑衣壮汉拦在门口，不让人进。锦山认得那个把门的——原是他阿爸开衣馆时雇的一个小裁缝的兄弟，就对那人说是来找人的，那人就放了他进去。

　　锦山挤进人群，才看见院子正中摆了两块石头，石头上搭了一块木板，木板上站着一个女孩。女孩身个甚是瘦小，站在木板上，还不及围着她的男人们高。女孩穿了一身蓝棉袍棉裤，前襟袖口和裤边上都缝着黑滚边。衣裳虽是土布织的，看上去却还干净。女孩的两只手笼在袖子里，头低低地垂在袖笼上，看不见眉眼，却看见头顶辫子分绺的地方，扎着一段头绳。头绳新的时候大约是红的，只是这红在泥尘里滚过了一些时日，便红得有些晦暗了。

　　女孩旁边站着一个细瘦的男人，男人的手不停地指戳着那个女孩，对周围的人说："我阿哥的女仔。命衰，刚一过埠就死了阿爸。我养不起她，谁领她走，给几个钱就行。"

　　"你看看，你看看，这张脸。从前皇宫里的娘娘我们没有见过，戏班里的戏子总是见过的。谁个有这样的眼睛？领回去当老婆当妾侍，省多少事。"

　　男人伸出两个鸡爪似的指头，一把托起女孩的下颌，众人终于见了女孩的脸。哇的一声，人群像是被开水泼着了似的同时发出一声惊叹。

　　女孩其实也就是一个寻常的广东女仔，在家乡的水田里鱼塘边织布机旁常常见到的那种样子，黝黑的皮肤，宽额，高颧骨。众人惊叹的，是女孩的眼睛。女孩的眼睛极大，大得如同两汪池塘，那水满得几乎要溢到脸外边来。眼珠子虽然也是黑的，却不是寻常的那种黑，黑里边带了一丝隐隐的灰绿。

　　"猫眼，是猫眼啊！"众人惊呼。

　　那个瘦男人得意地咂了咂嘴，说你找找看，咸水埠，域多利，二埠，整个金山，你若是找得到第二个，这个我就白送你。

　　"干净吗?"有个穿短袄的半老头子问。

　　瘦男人像被人捅了胳肢窝似的咕咕地笑了起来，"才十二岁，你说干不干净？别说男人，连雄鸡都没碰过呢。"

　　众人都笑。短袄说你卖瓜的自然说瓜是甜的，我怎么信你？瘦男人呸地吐了一口绿痰，说你要不信你自己去摸一摸，长没长毛。

　　那老头果真就上前来，解了女孩的裤腰带，一只手提着裤子，另一只手就伸进裤裆里，上上下下地摸索了起来。女孩扭了几下，知道躲不过，便不再动，却只将身子紧紧地缩了，越缩越小，小得成了一个棉袍架子。

　　"毛不多，才几根。"老头把手指头伸到鼻孔上闻了闻，对众人点了点头。众人一番大笑。

便有人说我也来验验。瘦男人的脸嗖地就黑了下来，说没有常年的白食，再验就得花钱，两块钱一次。

众人才不说话了。

短袄老头嘿嘿地笑，说三十，三十个洋元，我就领回去了。乡下有个大的，这个做小。瘦男人骂了一句丢你老母，我阿哥带她出来，花了五百元的人头税——那是我给筹借的。我不挣钱，你也不能让我亏吧。

"五十，五十行吧？"

瘦男人不答话，却一把牵了女孩的腰带，就要拉回家去。

"二百五十。"

这时，一个男人插了话。男人方头大脸，穿了一件丝葛大褂，远远地站在人群外头，一直没有说话。

"人头税……"

"二百五十，一个毫子也不多。"

丝葛大褂说。丝葛大褂说这话的时候，脸上的皱纹铁丝似的扯得很紧，没有一丝松动的余地。瘦男人泄了气，把裤腰带扔还给女孩，说二百五就二百五吧，年头赔钱赔到年尾，碰上这个衰货。

那天回家，是龙眼赶的车，锦山一路上没说一句话。那双猫眼一样的大眼睛，一路在追赶着他。闭眼的时候，那眼睛就叠在他的眼睛上。睁眼的时候，那眼睛就贴在他的脑袋里。那双脱离了脸庞也脱离了身子的眼睛，如两粒孤零零的炭火，烧得他眼疼，头也疼。

疼归疼，到家的时候，他已经把这事忘了。世上的伤心事太多，他抓了这头，就丢了那头——他顾不得每一样。这两年他的眼窝子深起来了，渐渐就盛得下事了。他的心也不再是细皮嫩肉的了，上头已经磨出了些厚皮。只是当时他一点也没有想到，那个穿丝葛大褂的男人，花二百五十个洋元买了猫眼，不是去做他一个人的妾，却是做了许多人的妾。只一两个月的工夫，做过了许多人的妾，挨过了许多人的捏弄和修磨，猫眼虽还是猫眼，却不是那天那个猫眼了。

"你阿叔，知道你，在这里吗？"锦山问。

猫眼嘶地笑了一声，说我阿叔？我阿叔还在我阿人肚子里没生出来呢。

锦山吃了一惊，说那个卖你的，不是你阿叔？猫眼摇摇头，说我连他姓什么都不知道。我跟我阿姐去广州看灯，遇到那个人，说带我们去码头睇洋船，我们就被他骗上了船。

"过埠的人头税，是他替你交的？"

"他用别人的返程证，带我入了埠——照片看上去都差不多。"

"你阿姐呢？"

"在船上就让人买走了。"

猫眼从棉袍里伸出一只手来，掩在嘴上，打了一个乱线一样曲折绵长的哈欠，便有一些清鼻涕，流到了手指上。猫眼随手一甩，印记斑驳的墙上就又多出了一块斑记——眼中却并无哀伤，仿佛说的是一件别人的事，与她并不相关。

"先生，你能快点吗？让我睡会儿——牙疼，昨晚一夜没睡。"

猫眼说这话的时候，已经脱了衣裳——棉袍底下原来什么也没穿。身子在棉袍里捂过了一整个冬天，却还没有捂去在田里劳作过的印记，旧年被日头晒爆了的皮，如今结成了一排高低不平的痂，米虫似的爬在肩背上。身上唯一白皙之处是胸前那两坨肉，那两团肉瘦小干涩得如同刚挂了枝却还没来得及长的果子。锦山捏了一捏，感觉是两团发坏了的面。便突然想起了桑丹丝。桑丹丝的奶子是熟透了的果子，轻轻一碰就要化在他手上。

床那头猫眼已经在脱棉裤了。猫眼的裤腰带只挽了一个松松的结，一抽就掉落了下来，露出两条细细的腿——底下也是什么都没穿。猫眼的腿和猫眼的裤腰带一样松，轻轻一拨就分开了，锦山看见两腿之间的地方有一块形迹可疑的布。锦山揭开那块布，只见那地方红肿得如同一只沤烂了的桃子，桃芯里还在渗着黄水。一股恶臭钻进锦山的鼻孔，锦山呕了一声，喉咙里泛上一股腥味——那是他中午吃的虾饺。胯下的那个地方，一下子泄了气，人便整个软了下来。

"来吗？"猫眼问。

"来个鬼，你想让我染了你的病，去死呀？"

锦山恨恨地骂了一句，猫眼立时就噤了声。锦山站起来摸索着找自己的裤腰带，突然觉得脚上有一团羁绊——原来是猫眼在扯他的裤脚。猫眼嗫嚅地说："先生你别走。你付了半个时辰的钱，你不走，她就不能赶你。你在这儿，让我睡一会儿，行不?"

锦山用脚把猫眼捞起来，搁在床上——没想到一个身子竟轻得如同一片树叶。"好歹找个郎中看一看。"锦山说。锦山的话还没说完，耳边已经响起了嘶嘶的鼾声，扭身看猫眼，已经睡着了。一双大眼闭上了，睫毛覆盖过来，像是两丛河滩上长乱了的杂草。额上有一绺头发，汗湿湿地团成了一个小圆圈。清醒时的媚贱如沙子渐渐沉了下去，泛上来的是水一样的稚气。锦山把地上的被子捡起来，盖在猫眼身上。在条凳上坐下，掏出一根烟，叼在嘴里抽了起来——这是锦山一生中的第三根烟。

锦山走到街上的时候，已是近黄昏了。风起来，树枝桠呼呼地晃动着，在天上画出一团一团巨大的黑影。该是吃晚饭的时辰了，可是锦山不饿。锦山只觉得心里堵着一团东西，想吼，想吐，却无声，也无力。便去摸兜里的烟盒，却是空的——才想起已经把烟都留给猫眼了。

阿妈，你这回要是给我生个阿妹，千万别是猫眼这样的命。锦山想。

后来锦山进了一家食铺，要了一碗皮蛋粥，一杯茶，一瓶酒——三样都是水。没多久水就在肚子里来回晃动起来，他便一趟一趟地去茅房小解。等他最终把三样都喝完了，爬上马车，走在回家的路上时，他的舌头已经像发得太好的面团，塞了满满一嘴，再也动弹不得了。他很庆幸那天龙眼没跟着他来——他不想跟任何人说话。

锦山爬上马车就睡着了，马鞭只是一个样子货，事实上他根本没有管马，倒是马在管着他。马在这条路上走过无数个来回，马认得路。

在离家大约还有两三里地的地方，锦山醒了。锦山是被大风刮醒的。风把马车上的一摞空箩筐刮走了，在地上噗噗地翻着滚。锦山下去捡箩筐，突然看见车里一个倒扣着的箩筐隐隐动了一动。以为是风，就拿手去按，谁知那箩筐竟在他的手下耸了一耸。锦山的酒立时就醒了——车上的箩筐，都是他亲手收拾的，里头没有一样活物。倒是听说过，这条路上有一个乱葬岗，葬的都是死在铁路上的工仔。

锦山拿过马鞭，朝天啪地甩了一鞭。那鞭声在静夜里听起来像一声霹雳，叫锦山略略地壮了些胆，便颤颤地喝了一声："谁?"

箩筐底下抖抖索索地爬出一团东西。那团东西迎着月光站起身来，锦山就看见了两只绿荧荧的大眼睛——是猫眼。锦山的心咚的落回了腔子里，却听见头上身上到处是刷刷的声响——那是毛发倒下去的声音。

"我看见你把马拴在街对过，趁着他们都去吃饭了，就跑出来躲在你的马车里。"

"你跟我也没用，我没钱赎你。"

"我不用你赎。你不住在咸水埠，他们就找不着你。"

猫眼从马车上跳下，扑通一声在锦山脚前跪了下来。

"先生你一进屋我就看出你是好人。我的病找个郎中吃几帖药就好。我年轻有力气种田养猪捞鱼绣花织布水里田里什么活都能干。你要是娶过亲了我就做妾，白天夜里伺候你和大婆生孩子煮饭洗衣。你要是娶过了妾我就给你当下女，绝无反悔。"

锦山一抬脚，拨开了粘在脚面上的那团东西。

"你跟不了我。我要收了你，我阿爸连我也要赶出家门。你死了这条心，我送你回去吧。"

猫眼从地上站起来，徐徐地撩起棉袍，找裤腰带。猫眼抽出裤腰带，棉裤如一朵黑云滑落到地上，露出两根细麻秆似的腿。猫眼踮着脚尖，把裤腰带甩到一根低垂着的树桠上，打了个圆环，哑哑地说："我是断然不会回去的。先生你走吧。你有你的路，我有我的路。你不管我，我也不管你。"

锦山一把扯下裤腰带，扔在地上，说猫狗都知道好死不如赖活，你难道比猫狗还不如？

猫眼捡起裤腰带，摸索着束上了裤子，就往马车上爬。锦山没说话。猫眼便知道通往她生路的那扇门，已经开了窄窄一条缝。她只要牢牢地把脚插在那条门缝里，她就能见着天日了。

一路上锦山任凭猫眼像一只野猫那样地蜷曲在车后的空箩筐里，始终没有再说一句话。锦山嘴上没说话，锦山心里却在说着许许多多的话。锦山的话，是跟阿爸说的。阿爸在开平自勉村老家住了几个月，阿妈又怀上了身孕，阿人的病也好了，阿爸就要买舟回金山来。锦山在编织着一个又一个的理由，跟阿爸解释猫眼的由来。每一个理由，在刚开始的时候都似乎宽敞亮堂，可是走着走着，就把路走窄了，最后撞到一堵厚实的墙上——路就绝了。锦山找不到一条途径，能容他踏上一双脚，结结实实地把路走通。

走到家门口的时候，他的头已经疼得像裂开了许多条缝。跳下马车的时候他的项圈撞到车帮上叮啷地响了一声——那是一个十字架，是安德鲁牧师送给他的圣诞礼物。他至今还是半信不信安德鲁牧师的那个上帝，他戴着它，不过是个护身符的意思。可是那一刻，那叮啷的声响却如一根洋火，呼地照亮了他走也走不通的暗路。

　　明天吧，明天早上起床，就去找安德鲁牧师，也许，他有办法。锦山想。

第六章

金山缘

民国四年—民国十一年（公元 1915 年—1922 年），卑诗省温哥华市及新西敏士镇

阿贤吾妻：

吾归金山已月余，至今日方提笔报平安，皆因诸事忧烦困顿所致。吾返乡省亲数月，田庄诸事皆交予伙计掌管。旧年天候干旱，田产单薄，加之牲畜多病，年入剧减。多年来皆施畜粪以肥田，近日被数家洋番告至官府，称气味不雅，与金山卫生条法有违，官府罚之以巨款。幸有一位修铁路时的旧友瑞克·亨德森先生鼎力相助，聘得高深律师为吾辩护。

然吾心头最大忧烦尚不在此。锦山儿自年初从红番部落归来后，性情大变，竟肯努力学习种田养畜之技，肯勤力劳作。吾以为浪子回头金不换，谁知前几日才得知，锦山与一耶稣教士相谋窝藏一青楼女子，并将家中细软银两，暗地赠与该女子维生。锦山自小生性愚顽悖逆，竖子不可教也，吾无奈已于昨日将其逐出家门。待今明两年田畜产加增，吾欲尽快攒得人头税款，携汝过埠。锦山自幼与汝相亲，汝之教诲，他肯听也未可知。阿妈由阿叔阿婶一家赡养。阿叔一家多年寄居吾家，极是知恩图报，阿妈交托于他甚是放心。锦河已十三，待成年后可在当地找一合适女子成家。汝腹中之胎儿，无多几将临盆。无论生男生女，

皆可托阿叔阿婶暂时收养。当务之急乃是速速为汝买舟来
金山。你我夫妻聚少散多，常思念却不得见，金山之约多
年未践，为夫心中实为愧疚。

　　　　夫得法　癸丑年八月初六于金山二埠

　　阿法早上起来，穿好衣服洗过脸，还没来得及吃早饭，第一件事就是在
屋子的东南角点了一炷香，跪下。角落里摆的是谭公像，是他前趟回乡时带
回来的。其实，阿法不是今天才开始拜谭公的。自从得知六指的船讯后，阿
法就天天给谭公烧香磕头。谭公是出海人的神，而他的妻六指，如今就在海
上，朝着金山，一步一步地近了。想起五年前锦山过埠还没下船就被海关收
入监房，阿林的老婆在监房里自缢的事，阿法至今心里尚惶惶颤颤的。他只
有把心放在谭公手上，才能踏实下来做事。

　　六指，他的妻，终于要和他在金山团圆了。

　　这件事，是前次他从开平启程回金山之前，确切地说，是在他回金山的
那一天，才突然敲定的。

　　二十一年，他娶六指都二十一年了。

　　这二十一年里，他的阿妈麦氏一直在跟他玩着小孩子拔河的把戏，六指
就是绳子中间的那条手绢，他要，阿妈也要。阿妈要六指的方法，就是一次
又一次地要他娶个妾侍，在开平在金山都行。金山的行情，阿妈不知晓。开
平乡里，却有的是愿意跟金山客的女子，三钱两钱就能买一打。阿法不说娶，
也不说不娶。阿法只是一日复一日，一年复一年地拖着。

　　阿妈知道，阿法至今从田里干活回来，还是冷一顿热一顿地自己煮饭给
自己吃；阿法的衣裳被马车挂出了洞眼，依旧是自己粗针大线地缝补；阿法
头疼脑热，只能干熬着，从来没有人给他拔罐刮痧。阿法年青的时候，麦氏
忍得下心。如今阿法不再年青了，麦氏就有些忍不下了。

　　其实麦氏眼睛瞎了，儿子回来，她也看不见儿子的相貌，但声音总是听
得出来的。儿子跨过门槛轻轻地叫了她一声阿妈，她一下子就听出了儿子声
音里的变化。儿子的声音如同一只被虫子蛀过的榛子，有些空了。儿子从十
六岁离家去金山，儿子把每一滴精血都化成银票寄回家了。儿子养活了树枝
一样繁多的家人，而自己却成了树梢上一颗半空的榛子。她若是再把拔河的

游戏进行下去，到时候她有可能得到了手绢，绳子却要断在她手里了。

阿法离家那天早上，挑夫挑了他的行李走在前面，六指和锦河搀着瞎眼的麦氏，一起送他到村口。锦河看着阿法，说阿爸你长肉了，夹袄都扣不拢了。阿法就笑，说你阿妈天天这个汤那个汤地喂我，都把我喂成甲鱼了。你别眼红，一回金山这身肉都得收回去——没得汤喝了。六指别过脸去，不说话。六指说不得话，六指一开口眼泪就要掉出来。六指的肚腹已经显了，六指的步子就比平日慢些。六指慢行了几步，终于把喉咙口那团东西咽下去了，才说河仔你别听你阿爸诓你，金山的新鲜，他哪样没见识过？怎么会稀罕家里的汤呢。

麦氏的脸突然就晦暗了下来。麦氏停下步子，拐杖在地上压出了一个坑。

"阿法你回去后快快攒钱。"麦氏说。

阿法说知道了，再多买田。阿妈这样的吩咐，阿法已经听得多遍了。田。田。还是田。前次为了从朱四手里赎回锦河和六指，家里的田产卖得七零八落。阿妈念念不忘的，是把田再买回来。阿妈穷怕了，阿妈的全部心思，都在买田置地上。阿妈信不过银子，即使硬硬实实地捏在手心也信不过。阿妈只有踩在自家的田埂上时，心才是定的。

"不是田。"麦氏扬起拐杖，朝着六指的方向挥了一挥，说你赶紧把钱攒够了，带她走。

阿法和六指同时怔了一怔。麦氏的这句话他们已经等了二十多年了。铁树都开过花了，也没有等来。每等过一年，这话仿佛又攒了些重量。他们原以为，等麦氏这话果真落地的时候，一定能把地砸出天大的一个坑来。谁知麦氏真说这话的时候，竟随意得没有扬起一丝飞尘。

六指愣了半晌，才说阿妈我总是伺候你的。麦氏哼了一声，说你的心在哪里，我还不知道？麦氏的舌头像斧子像锥子，从那里飞出来的每一句话都能把人扎成麻子。六指的面皮却刀枪不入。

六指只是轻轻一笑，说阿妈我走了，你怎么办？麦氏又哼了一声，说我跟他阿叔阿婶过。阿法的银子都快把他们供成菩萨了，人体面不如银子体面，养个老嫂子他们总不能有话说。

阿法撩起长袍，跪在路上，对麦氏磕了三个响头。麦氏虽然看不见，麦氏却闻见了阿法的额头扬起的尘土，"阿妈的恩德，儿子今生难忘。儿子回去金山，就要多多挣钱，多多给阿妈买田置地。将来儿子若不能年年回来，也必叫锦山儿回来，探望孝敬阿妈。"

听见锦山的名字，麦氏扯得紧紧的脸颊才松泛开来，裂开隐隐一丝的笑意。

"你回去告诉山仔，他给阿人带来的杏仁糖豆，吃是好吃，就是硬了些。阿人没牙齿了，下回就带软绵些的。"

阿法嗯了一声，使了个眼色给六指，两人只是笑，却不说话。锦山失踪的事，一直瞒着麦氏。麦氏虽然不识字，却常问六指锦山来没来信。六指搪塞不过去，就编了些信胡乱地念给麦氏听。阿法这趟回乡，也以锦山的名义给麦氏带了几样稀罕的物什——麦氏竟毫无觉察。直到最近锦山突然从红番部落归来，给家里来了信，阿法和六指才敢在麦氏面前松懈了些。

六指来金山的事，就这样在一个仓促的早上仓促地决定了下来——如果二十年也可以算作一种仓促的话。

阿法回到金山，就开始攒钱。这两年的年成渐渐好些，阿法一家一家地登门烧香拜佛，总算把建碉楼欠下的债又宽限了些日子，却先把六指的人头税攒齐了。

阿法拜完谭公，就进屋收拾被褥。被子的棉花虽然不是全新的，却是刚刚重新弹过的，还算松软。被里却是旧了，洗过了多回，早洗得懈怠了。新被里早就预备下了，是从温哥华洋番的百货商行里买的，英国产的细亚麻布。船期他已经打听好了，若风顺，今日下午三时到埠。他换好被褥，就要赶马车进城，在唐人街买些家用琐碎，然后再去福佬的剃头铺里剃个头刮个脸，就差不多到了接船的时辰了。

阿法正缝着被头，伙计龙眼探头探脑地进来了，说阿婶来了我有汤喝，省得天天吃你猪都不吃的馊饭。阿法呸的一声吐了线头，说你个衰仔别在我这里哭穷，这几年，你没少在我眼皮底下搂钱。把钱捏出水来也没用，又生不下儿孙给你。赶紧自己回去娶一个来，要汤要水，咸淡合口。

龙眼呵呵地笑，说阿叔你手这么紧，一个毫子都漏不下来，我能在你手里发财吗？横竖一口饭吃就是了，老婆就别想了。

阿法就喊龙眼过来穿针。阿法的眼睛越发花了，穿针写字剪指甲很有些吃力。龙眼一边穿针，一边就说阿叔我阿弟前几天在坚禄镇看见山仔了。

阿法不吭声，捏着剪子的手却停了下来。

锦山被逐出家门已经有两年了，一直居无定所。因为拐带了妓院的女子，便不敢在温哥华露面，听说在霍普港躲了一阵子，后来又有人在耶鲁镇上看见过他。旧年过年的时候，锦山给阿法邮过一张五十加元的银票，没留地址，邮戳却是利顿的——那是阿法当年修过铁路的地方，如今早沦落成人烟寂寂的鬼镇了。在这么个鬼地方竟能攒得这么大一笔钱财，也不知干的是什么杀人越货的事。阿法接到那张银票，眼皮噗噗地跳了几天。后来，就再也没有锦山的消息了。

阿法有些后悔赶走了这个儿子。儿子在不在他身边都一样惹祸。儿子在他身边惹的祸，他看见了，他的担忧就有了底。儿子不在他身边惹的祸，他看不见，他的担忧就没了底。原先以为眼不见为净，谁知眼见的时候，愁烦只是一根刺，正正地扎在心尖上，疼是疼，却只要专心地对付一样疼。眼不见的时候，愁烦就成了一片荆棘，拔了这根，又有那根，永远也除不干净——倒不如当初就让儿子在他眼皮底下惹祸。

儿子这根刺，插进去是疼，拔出去也是疼。而这两种疼，阿法都是不能跟人说的，所以阿法人前人后都不提锦山，仿佛他从来没生过这个儿子。只是，每次他从别人嘴里听见锦山的名字，他的眼皮就要噗噗地跳动几天。他对这个儿子的记忆，似乎都是与祸事相关的。儿子是肉，祸事是皮。剥了皮，儿子就不再是儿子了。

"山仔在一家杂货铺里租了个角落，给人照相，生意挺红火，红番最多。都穿了靴子别了枪，摆牛仔的样子拍照。"

"一，一个人？"半晌，阿法才问。锦山走后，这是阿法第一次开口打探儿子的消息。

龙眼知道阿法问的是什么。龙眼呵呵地咳嗽了几声，才嗫嗫地说那个，女人，也在。龙眼抬头看阿法，见没有发怒的意思，才接着说："阿弟说她英文比山仔说得通，洋番红番的女人，都爱找她说话。"

阿法的脸像破棉絮似的黑厚了起来。

龙眼从衣兜里掏出一个手巾包，放在阿法手里，说我阿弟告诉山仔阿婶就要过埠了，山仔问船期，要去接船。阿弟说你不要去，省得惹你阿爸生气。他傻傻地站了一会儿，就上了楼，拿了这个手巾包，要阿弟交给阿婶，随便在城里买几件衣裳——说别让你看见。

阿法看也不看，就把手巾包咚的一声扔在了床上。龙眼又呵呵地笑，说阿叔你脾气好凶。其实这事也不是山仔的过错。一个女人拼死跟上了你，你能怎么样？轮到你，不是也得收留人家吗？山仔随了你的好心眼哩。再说，现成讨上个女人，不花彩礼不花过埠费，还不白讨个便宜吗？你不喜欢，将来叫他再讨个正经人做正室就是了，值得你动这么大肝火吗？

阿法依旧不说话，脸色却和缓了些。

待龙眼走了，阿法关上了门，才打开那个手巾包，里头是一堆毫子和一沓揉得卷起了边的零票。毫子和票子上都是湿黏黏的，不知是油还是汗。阿法数过了，统共是十二元八毫六分。

儿子。这个儿子。这个扒了皮剁了骨头还连着筋的儿子。阿法的眼睛热了一热。至少知道他安顿下来了。这根线是自己放出去的，自己是收不回来了。也许只有等六指来了，再慢慢地把他往回收了。

阿法赶着马车往码头去的时候，满心都是对六指急切的思念。这天阿法想的，不仅仅是六指一个人。阿法这天其实也想锦山。可是阿法无法直接去想锦山，阿法只能通过六指来思念锦山。六指是他和锦山之间的那条桥那个隧道，若不通过六指，他走不过去，锦山也走不过来，他和锦山只能永远隔岸相望至老至死。

可是这天在码头，阿法却没有接到六指。

阿法接到的，是锦河。

锦河是最后一个下船的。锦河挑了两只硕大无比的箱子，如一只驮着泥块的蚂蚁那样缓慢艰难地挪动着。阿法被惊讶重重地击中，几乎坐倒在地上。

"你，你阿妈呢？"

"阿妈说阿哥走了，你缺帮手，就让我来了。"

"是不是你阿人的主意？"阿法一把揪住了锦河的衣襟。

"不，不是的。阿，阿人也叫阿妈来的。阿妈说，她来了添你的花销，又不能帮，帮你挣钱。我，我不要来的，是阿妈硬替我买了船，船票的。"

锦河结结巴巴地解释着，却看见阿爸的脸在他的解释声中渐渐地垂挂了下来，铁青的下颌上有一个剃刀的口子，还在隐隐地渗着血丝。他就知道阿爸是不喜欢他来的。他到金山的第一步路，走得就不是那么理直气壮。往后他得走多少步路，才能在阿爸跟前赢得那个理直气壮呢？锦河的步子越走越小，锦河弓着腰佝着肩，只想把身子缩在自己的影子里，不发出一丁点声响。

"哭什么哭，还没让你吃着一点苦呢。"

阿法看着锦河脏得起了结子的头发和衣襟上呕吐物的干痂，厌恶地皱起了眉头。

这孩子，怎么就一点也不像锦山呢？阿法暗想。

"就是这家。"

阿法跳下马车，把车上的那个蓝皮包袱递给锦河，两人就走到了那座房子跟前。房子很大，两层楼，楼前有一个院子。锦河站在铁栏杆外边往院子里看，却没有看见门。锦河只看见了三个门洞。门大约是藏在三个洞中的一个里。门在这个时候只能是一种模糊的想象。正午的太阳照得天和地都是一片煞白，那一片煞白中只有那三个门洞黑得如同三个煤窟窿。想到在这样的黑窟窿里住着的那家人，锦河在火热的太阳底下打了个寒颤。

"阿爸，我真的不想去。我就在家，帮你种菜。"

这句话，锦河一直含在嘴里，从家里含到现在。话已经含成了石头含成了铁，最终还是没有说出来。

阿爸最初和他说这件事的时候，还是有几分耐心的。

"亨德森先生家的女佣，回英国结婚了，现在找不到人帮忙。亨德森太太身子弱，家里不能没有用人。"阿爸说。

"亨德森先生是阿爸修铁路的时候就认识的朋友，帮了阿爸和阿林伯好多忙。若不是他，阿爸挣不来这么多钱买田置地。"

阿爸把亨德森家的事翻来覆去地讲了几遍，锦河才渐渐听出了阿爸的意思。阿爸要他去亨德森家做用人，就是阿彩阿月那样的用人。亨德森先生求到阿爸头上了，阿爸是不能推却的。

惊讶如一口没有煮熟的硬饭，噎得锦河短了气。半晌，才说出一句话来：

"可是，我从来没有煮过饭呀。我连炉子也不会生。"

"亨德森太太会教你的。"

"可是，我听不懂洋番的话。"

"听听就会了。"

"可是……"

渐渐地，阿爸的耐心就被锦河磨薄了。阿爸的眉心蹙了起来，脸上的疤粗了许多，"你阿妈，怎么就让你来了呢?"

锦河一下子住了口。这是锦河的软肋，多少年之后还是。那只来金山的船，原本该载着阿爸后半生的幸福来的。可是他却偷换了阿爸的幸福——尽管是不情愿的。他就是押上他自己的一辈子，怕也是换不来阿爸的欢喜了。

早上启程的时候，锦河蔫蔫地靠在马车里的麻袋包上，没有说话。锦河说不得话。锦河的眼睛里满满地泡了两汪眼泪，锦河只要一开口，就管不住他的眼泪了——阿爸讨厌男人流眼泪。他到金山才四天，除了阿爸和阿爸的那间屋子，他还没来得及认得任何一张脸任何一扇门。金山是口深得见不到底的井，阿爸是井壁上垂挂下来的那根绳子。没有阿爸，他会迷失在这口黑咕隆咚的井里，永不见天日。可是今天，他就要离开他唯一认得的那张脸那扇门，走进一扇完全陌生的门，伺候一个完全陌生的洋番女人。他不知道她的脾气秉性。他不知道他吃不吃得惯她家的饭食。他不知道他睡不睡得惯她家的床铺。而且，他完全听不懂她的话。他和她之间是一条任何舟楫都渡不过去的深渊。

"从前在家，是人伺候你。现在你在洋番家，是你伺候人，别再摆少爷的谱。放屁打嗝咳嗽，有声响的事都要躲开人。吃饭的时候，她不叫你上桌，你就自己在灶房间吃。每天要洗脚才上床。包袱里有一块咸鱼干，实在吃不下她家饭的时候，撕一块下饭。

"一周做六天活，歇一天。周六煮完晚饭，你就可以走了。阿爸接你回家，周一一早再送你回来。

"一块两毫五一天，周日歇息也算给你，一个月就是三十七块五毫。吃住都在她家，一年下来，也能攒不少钱。"

推开铁栏杆走进中间那个深黑的门洞时，阿爸突然搂了搂锦河的肩。锦河很瘦，肩上的骨头硌得阿爸手痛。锦河在阿爸的声音里听出了一丝裂缝。

"金山的钱大，寄回家去，一块顶好几块。阿爸和你再熬上几年，就能还清碉楼的债了。"

阿爸敲门，门里立刻响起了一阵狗吠。狗很凶，叫得门窗嗡嗡地颤动。

门开了一条小缝，探出一张女人的脸。女人不开门，却只是呵斥狗。女人喝一句，狗回一声。狗和女人嚷来嚷去的，最后狗还是没嚷过女人，就低软了下来。女人这才开了门。

女人很高也很瘦，面色苍白，眉眼淡淡的，五官仿佛都在水里浸泡过多日，怏怏地褪着色。女人穿了一件紧身上衣，一条及地的长裙。女人扭身的时候，锦河赶紧闭上了眼睛——锦河觉得女人的腰随时要折断了。

女人和阿爸说了几句话，锦河一句也听不懂。锦河站在阿爸的影子里，腿脚一阵一阵地发软。他只是紧紧地抓住他的包袱，仿佛那是他的紧身箍，没了包袱他就要散裂成一地的碎片。

"亨德森太太问你多大，我说十五，她不信，说你看上去才十来岁。"阿爸解释给锦河听。

"你他娘的才是十来岁呢。"锦河不做声，却在心里暗暗地骂了一句——这是锦河能想得出来的最刁狠的话了。

"亨德森太太问你有什么话问她。"

"我，决不，替她铺床。"锦河想了很久，才说。

阿爸忍不住扑哧地笑出了声。笑过了，才正眉正眼地对亨德森太太说："我儿子说他不知道怎么铺床。"

亨德森太太蹙了蹙眉头，说我听瑞克说了，他什么都不会。铺床是所有的事情中最简单的一样，当然，还是我教他。

阿爸摸了摸锦河的头，就走了。阿爸把影子也带走了，剩了锦河一人无遮无拦地站在这个陌生女人的目光里。锦河扭头看了一眼，阿爸已经跳上了马车。"周六，阿爸，早点……"锦河的话刚一出口，就被风劫走了。阿爸也许听见了，也许没有。阿爸的马已经扬起蹄子上路了。

锦河扔下包袱，趴在门洞里哭了起来。

锦河的眼泪忍了太久，忍成了石子忍成了铁砂，落在地上，把地砸成了麻脸。阿爸走了，盖着他的天没了，载着他的地没了，他还要脸面做什么？

女人靠在门上，默不作声地看着锦河。狗从屋里走出来，伸出血红的舌头，一下一下地舔着锦河布衫上湿咸的泪痕。

"阿爸，你说的，一年，就待一年。"锦河对自己说。

锦河当时并不知道，这句话，在以后的日子里，他还将反反复复地说过多次。

一直说到他说不动了为止。

"e…gg。"

亨德森太太从桌上的篮子里拿出一枚鸡蛋，举到锦河的眼前，一个字节一个字节地说。

亨德森太太放下鸡蛋，双手在空中画了一个圆圈，也是一个字节一个字节地说：

"ca…ke。"

亨德森太太画完圆圈，指了指茶几上摆着的亨德森先生的照片，又指了指自己的嘴巴，做了一个吃的动作。

锦河来到亨德森太太家里已经两个星期了，亨德森太太一直是用这种方式跟他说话。刚开始的时候他听不懂，现在他还是听不懂。不过刚开始时他的听不懂像是一块铺天盖地的黑幔子，从头到尾把他裹得看不见一丝缝隙。现在的听不懂也还是一块黑幔子，只是那幔子上已经有了丝丝缕缕的破绽了。

他猜想亨德森太太是要给她的先生煎一个荷包蛋。锦河的猜测大致准确，不过亨德森太太要给丈夫做的，不是荷包蛋，而是蛋糕——那天是亨德森先生的生日。

亨德森太太抓了一个鸡蛋，在碗沿上轻轻一磕，蛋清和蛋黄清清爽爽地顺着裂缝流进了碗里。第二个也是这样。第三个鸡蛋是个流黄蛋，亨德森太太便扔到了垃圾桶里。抓第四个鸡蛋的时候，亨德森太太突然改变了主意。她把鸡蛋放回篮子，拉了锦河的手，说："you，do，it。"

锦河猜出亨德森太太是要他来做。他就从篮子里抓起一个鸡蛋，学着亨德森太太的样子，在碗沿上一磕——却磕重了，蛋清和蛋黄打了一个滚跳到碗里，碗面上落了几片蛋壳。第二个他就知道轻重了，磕开的是一条细缝，蛋清蛋黄清清爽爽地流进了碗里。轮到第三个鸡蛋的时候，他只轻轻一磕，就扔到垃圾桶里去了。

亨德森太太怔了一怔，才突然明白过来，忍不住哈哈大笑起来，笑得额上鼓出了一个包。

亨德森太太患有严重的关节炎，疼痛像一只捉摸不定地游走在她血液里的虫子，晚上睡下的时候还停在手指上，早上起来的时候已经走到肩上了。喝着咖啡的时候，还喊着背痛，放下杯子的时候，却站不起来了——是膝盖疼。所以亨德森太太的眉头，是常常蹙紧着的，亨德森太太一年里头难得有笑颜。可是，自从锦河来到她家之后，她已经笑过几回了，回回都笑到流出眼泪水来的地步。

第一回是锦河来的第一天。那天下午亨德森太太决定带领锦河打扫客厅和厨房。亨德森太太拿了一个鸡毛掸子，让锦河掸拭桌上和墙上的灰尘。掸到餐桌边上的时候，锦河偶然发现墙上有一块突出来的东西，就顺手往上推了一推。噗的一声房间突然一片雪亮。锦河大叫了一声，跌坐在地上，双手捂了耳朵，任凭亨德森太太叫了多声也不回应。后来亨德森太太才明白过来，锦河是第一次见到这样大瓦数的电灯——他以为自己是遭了雷击。在开平乡下，家里一直点着油灯。即使在阿爸二埠的家里，也只有两盏十瓦的小电灯，虽比油灯亮些，却远不是这样的雪亮。

还有一回是在第二天早上，亨德森先生在厕所里刷牙，而锦河正在厨房里煮开水，客厅里突然传来一阵惊天动地的铃声。锦河找来找去，才发现那声响是从茶几上的一个黑匣子里发出来的。亨德森先生叼着一柄牙刷跑出来，满嘴白沫地对锦河指了指那个黑匣子。锦河赶紧拿了一块擦桌布来捂那个匣子。声响小了些，却还在。便又去沙发上搬了一个布垫来捂，捂来捂去却还是捂不死那串铃声。吃早饭的时候亨德森先生把这件事告诉给太太听，亨德森太太笑得浑身乱颤，说可怜的孩子，从没见过电话，他爸怎么也不教教他。

亨德森太太终于止了笑，擦过眼角的泪，把那个磕了一条缝的鸡蛋从垃圾桶里捡回来，打在碗里，却忍不住叹了一口气。上帝啊，我得费多少唇舌，才能让这个蒙古种的少年人明白，并不是轮到第三个鸡蛋就一定要扔掉的。

亨德森太太拿了一柄木勺，轻轻地把碗里的鸡蛋搅碎了，然后把勺递给了锦河，锦河就学着亨德森太太的样子打鸡蛋。锦河打鸡蛋的样子很滑稽，双肩高耸，两手动作凶猛，仿佛在用一柄重锤，敲打着一只细蚊虫。锦河跟亨德森太太学做家事，总能在最短的时间内立刻抓住皮毛，却似乎永远拿捏不住事情的精髓。

亨德森太太看着锦河脑后有一绺头发在随着他的动作一耸一耸的，又有点想笑，却忍住了。她想她如果不在适当的时候制止他，这个愚蠢的中国少年人可能会一直打到把碗敲碎为止。她想从他低垂的头脸上找到一丝类似于表情的东西，可是她失败了。他的脸如同一块扯紧了的布，无论从哪个角度看都没有一丝裂缝。她觉得这个少年人周身上下都围着一床厚厚的棉被，没有人能看得清那棉被底下的情绪。有时她真想拿一根粗针在那被子上捅出一个洞来，看看里头流出来的到底是什么样的血。

可是没等到试她的针，她就看见了洞眼。那是他来她家的第一个周六，下午他洗菜的时候就开始有些魂不守舍，耳朵一抖一抖地像是守门的狗在听门外的动静。她猜出了他在急切地等待着接他回家的阿爸。她终于看见了他的破绽——原来他并不喜欢待在她家里。

她的膝盖又开始疼痛起来。她不得不在椅子上坐下，继续看他目不斜视地打着碗里的鸡蛋。她觉得蒙古人种长得实在有些古怪，脸是扁平的，眉目长得很开，眼睛像是面粉团上用刀拉开的两条细缝。他们的穿着也很古怪，上衣像是长大衣，却在腋下开襟。裤子只露出一小截，裤脚上扎了两根绳子，鞋子和袜子都是布制的。这样的衣装，上厕所会有多少麻烦呢？

他们不仅长相穿着古怪，他们吃得也古怪。前天她在走道上闻到了一丝非常怪异的味道，她在整个房子里走了一圈，才发觉那是从锦河屋里发出来的。后来她走进他的房间，撞见了锦河正在吃东西，见到她就慌慌地往抽屉里塞——原来是一包从颜色形状到气味都与腐烂的垃圾相似的咸鱼干。她留意到他在她家的饭桌上吃得极少，看来他一直在饿着，他的胃不喜欢她家的食品。那天她把那包几乎让她当场呕吐出来的咸鱼干扔进了垃圾桶。她以为他会抗议，可是他没有。他的脸依旧绷得很紧没有一丝破绽。

第二天饭桌上她在他的盘子里放了一块法式煎鱼，上面浇着浓厚的奶油汁。他端着盘子走到厨房里吃——他从不和他们坐在一起吃饭。她用眼角的余光看他，他都吃完了，但是吃得很吃力，从头到尾停顿了许多次。

她的丈夫瑞克·亨德森在多年前认识过一些修铁路的中国人，至今还会讲起一些听起来像《天方夜谭》里的故事那样荒诞的往事。当然，那些事都发生在他们结婚之前。她是曼彻斯特城里一家布商的女儿，嫁给瑞克之后从英国来到了温哥华。除了在中国人的杂货铺里买过东西之外，她从来没有和中国人有过近距离的接触。瑞克提出让锦河来家里当用人，正是在她的英国女佣离开一周之后——那是最近的几年里她换的第三个女佣。受过专门训练的英国女佣是上帝赐给大不列颠家庭主妇的最好礼物。可是最好的礼物通常是既不可多得又不能持久的。那些跟着主妇们跨越大西洋来到加拿大的年青女佣们，通常会在主妇的客厅里很快遇上一个正派体面而渴望结婚的年青人，两人以飞快的速度坠入爱河和婚姻之中。如今在温哥华全埠，已经很难找到一个欧洲女佣了。所以近来白人主妇的厨房里，开始出现中国男孩的身影。

瑞克两年前离开了温哥华大酒店，来到了哈德逊河湾百货公司，做了采购部的经理，经常在伦敦巴黎慕尼黑和加拿大东部出差。瑞克工作很累。她和他反复商量过雇新用人的事，她觉出了他的不耐烦。所以当他提出要雇法兰克的儿子时，她虽然没有立刻赞同，却也没有坚决反对。瑞克的神经像是一根被扯得很稀松的绳子，已经承不住任何的重量了。而她的病痛，就是挂在瑞克绳子上最重的那样东西。她既然不能压断瑞克的绳子，她就只能把这样东西提在自己手里。可是这只是她的权宜之计，她在随时准备把她的重量卸在另一根绳子上。

现在她的这根绳子就是这个愚笨木讷的，被她叫做吉米的蒙古种少年——她叫不出他古怪的中国名字，便自作主张地替他改了名字。

"停，吉米，停。"亨德森太太对锦河说。

可是锦河没有听见，锦河的耳朵已经被碗和木勺的撞击声蒙住了。亨德森太太只好在地上狠狠地跺了跺脚，锦河才突然停了下来。其实停下来的只是木勺，锦河的手还在不知所措地哆嗦着，像是一匹跑得飞快的马，被马夫突然扯住了缰绳，身子停了，蹄子一时还收不住。

亨德森太太把躁动不安的膝盖渐渐地揉顺了，站起来，开始了制作蛋糕的复杂工艺。水，豆油，面粉，月桂粉，苏打粉，糖，每一样的比例都是严格按照甜食谱来的。当然，绝不能忘了香草奶油——那是瑞克的挚爱。火候，火候又完全是另外一门学问了。这些学问，不知道什么时候这个中国男孩才能学会呢？但愿答案不是永远。

今天是瑞克的五十七岁生日。她一直假装她忘了这个日子，她没有给他一星一点的暗示。其实这几天，她一直在紧锣密鼓地为今天这个晚上做着准备。酒早已买好了，是波尔多窖藏了十五年的红葡萄酒，汤是奶油蛤蜊，开胃菜是生菜和法国鹅肝，正餐是熏三文鱼和羊肩片，甜点当然是蛋糕。这些平日在欧式餐馆才能吃到的菜，今晚却会出现在她的餐桌上，而且都是出自她的手。她知道瑞克平日应酬多，瑞克早已厌倦了人前的抖擞，他宁愿瘫坐在家里的那张圈手椅上，把身上的每一丝赘肉每一根神经都松软下来，毫无吃相地吃一顿家常餐。蛋糕需要四十五分钟的火候，现在放进烤炉还太早。瑞克六点钟到家，蛋糕应该在五点半放进炉子。等瑞克进了家门，脱下外套，松了领带，坐下来喝上一小杯开胃酒的时候，蛋糕才应该带着烤炉的松软热气出现在托盘上。那时，她会假装大吃一惊地问："天哪，那么好的蛋糕，难道有谁过生日吗？"

其实，这一切的琐事加起来，还只是今晚宴席的一个皮毛。酒食当然是她给他准备的惊喜，可是她给他最大的惊喜，却还不是这些。她给他最大的惊喜是她自己。为了今天晚上，她请全埠最有名的欧洲裁缝，给她定做了一件晚礼服。料子是绛红色的软缎，带着同样颜色的蕾丝，样式是巴黎这一季的时髦。那年当他在曼彻斯特第一次见到她的时候，她穿的就是一件绛红色的长裙。他们是在一个朋友家里的宴会上不期而遇的。那时他是一个已经谢顶的四十八岁的中年人，而她则是一个二十六岁的老处女。他和她都错过了婚嫁的最好年龄，不过一个事业有成的男人再老也是有机会的，而她错过了他也许就不再有停靠的驿站了。那天她表现矜持，在如云的女客中并没有特意寻找和他说话的机会。可是她知道他一直在看她，她的衣裙上沾满了他的眼睛，回家的路上她怎么掸也掸不干净。第二天她就接到了他请她赴宴的邀请。于是她就记住了他是一个喜爱绛红颜色的男人。她是绸布商的女儿，从小在衣料堆里长大，深知合适的布料合适的颜色和合适的身体相撞时，会擦出什么样的火星子。今晚她期待着那种火星子能烧瞎他的眼睛。

她看了一眼墙上的挂钟，三点差一刻。她还有足够的时间，在椅子上略微打一个盹，然后再上楼梳洗换衣。放下调好了的蛋糕盆时，她突然觉得她的膝盖被一只大虫咬了一口。那一口咬得太狠，一下子把她的膝盖咬出了一个大洞。她还没来得及叫出声来，就像一只半空的米袋那样地软在了地上。锦河跑过去的时候，看见亨德森太太的眉头蹙得如同一团手巾，从那里拧出来的是一滴一滴的水。他看不清楚那是汗，还是眼泪。后来那水就渐渐地变了颜色——是血，是她的指甲掐进了她的太阳穴。

锦河怔怔地站了一会儿，突然蹲下来，扒下亨德森太太捂在额头上的手，掐住了她的虎口——狠狠地，一口气也不敢松开。亨德森太太吃了一大惊。

吃惊的其实不只是亨德森太太。亨德森太太膝盖里的虫子，也似乎吃了一惊，突然安静了下来。亨德森太太看见锦河的嘴唇抿得煞白，手腕在发冷似的抖，仿佛全身的血气都聚到了那只手上。渐渐地，那两个掐着她虎口的手指，变成了两截青紫色的肉肠。她开始还想挣扎，可是渐渐地她就不动了，因为她感觉到她膝盖里的那只虫子，正慢慢地离她远去。她害怕任何一个细微的声音和动作，都能把它重新召唤回来。

后来锦河终于松了一口气，放下了她的手。她颤颤巍巍地站起来，知道她膝盖上的那个洞还在，只是已经包了口结了痂，不再赤红翻裸地疼了。她刚想问刚才，是，怎么回事？却发现锦河泥塑木雕一样的脸上，正慢慢地裂开一条缝——那是他的微笑，他在她家的第一个微笑。

"阿妈……我……"锦河指了指远方，又指了指自己的手，结结巴巴地说。

锦河说的是英文——那是他第一次跟她说英文。

那一刻亨德森太太被太多的意外击中，一时竟不知所措。当她一瘸一拐地往楼上走的时候，她才醒悟过来，这个被她随意叫作吉米的男孩，也许想告诉她：这个止疼方法是他远在中国的阿妈教给他的。

那天亨德森先生没有在六点钟到家。事实上，当他推门进屋的时候，已经是七点三刻了。屋里没点灯，很黑，餐桌上却点着两只硕大的红烛。红烛已经烧矮了，银烛台上堆满了湿软的烛泪。红烛将一屋的黑暗剪开两个模糊的洞眼，亨德森先生在洞眼里隐隐看见了两只高脚酒杯。

"菲丽丝，为什么不点灯？"

亨德森先生说这话的时候，随手就开了灯。电灯亮起来的时候，蜡烛瞬间就成了两只暗淡无光的萤火虫。亨德森先生看见了餐桌上排列得整整齐齐的全套银餐具，镶着金边的英国骨瓷盘碗和绣着他名字缩写的紫红亚麻布餐巾——那是他的岳母从约克郡给他们邮寄过来的结婚礼物，他的太太平时把它们放在柜子里做摆设，极少拿出来用。厨房和餐厅相接的那个角落里，有一团黑糊糊的东西在蠕动——原来是锦河。锦河正坐在一只踩脚的小凳子上打盹，灯光大亮的时候他刚刚进入了一个与家乡和河流相关的梦境。

锦河揉了揉眼睛，站起来帮亨德森先生脱下外套和帽子。锦河觉得今天亨德森先生的衣服上有些气味，后来才明白那气味其实是从亨德森先生的鼻子里冒出来的。亨德森先生的气喘得很粗，像刚从河里爬上岸来的水牛，鼻孔里咕嘟咕嘟地冒着酒气。亨德森先生问，太太摆这些东西做什么？锦河不知道该说什么，只是愣愣地看着东家不吭声。亨德森先生掏出手绢抹去了挂在锦河嘴角的一线口涎，问太太呢？亨德森先生说话的时候满嘴都是舌头，不过这句话锦河是听得懂的，锦河就指了指楼上。

这时楼梯上响起了一阵窸窣，像是蚂蚱跳过草叶的声响。亨德森先生不用回头也知道那是亨德森太太的衣裙拂过地板的声音。

"瑞克，为什么这么晚？"

亨德森先生只和太太打了个照面，还来不及回话，一个肥胖的饱嗝就毫无防备地涌了上来，堵住了他的喉咙。那个饱嗝并不是孤军作战，饱嗝身后还跟着千军万马。亨德森先生知道，他只要再迟延片刻，那个饱嗝就要带着千军万马冲出他的喉咙。他飞也似的跑进了厕所，紧紧地关上了门。

亨德森太太站在厕所门口，听着里面的水龙头开得如同尼亚加拉瀑布。过了很久，才渐渐地静了下来。在两个饱嗝的间歇里，她的丈夫对她说："对不起，和马克去喝了一杯——他老婆去了法国，他不想一个人这么早回家。"马克是亨德森先生的顶头上司，亨德森太太也认得的。

亨德森先生终于打开厕所的门走了出来，迎面就撞上了盛妆的亨德森太太。亨德森太太低头看着自己的脚尖，颧上飞起两团隐约的桃红，像个中学毕业舞会上等候男生来邀舞的女生。

"嗯，很好，紫色很适合你。"亨德森先生与亨德森太太擦肩而过的时候，含糊地咕哝了一声。

亨德森太太的身子刹那间僵硬了起来，将那身绛红色的软缎衣裙撑成一个长方块。她不说话，依旧愣愣地盯着自己的脚尖。颊上的红晕如浮云渐渐退下，露出底下大片大片的苍脊。

锦河颤了一颤，因为他听见了一声尖锐的几乎要挑破他耳膜的撞击声。

他知道，那是亨德森太太的眼泪砸到地上的碎裂声。

"亲爱的，今天晚上你请客吗？"

亨德森先生带着力士肥皂的清香，从楼梯上俯下身来问他的妻子。

母亲大人：

儿前日见家书，得知阿人身体尚劳健，锦绣妹妹已识得行路，甚是欣慰。近年来欧洲战事频繁，金山诸多男丁赴欧洲打仗，田园荒芜无人耕种，阿爸以平价购入大片田地。亨德森先生说战事很快就要了结，战后土地田产必然升值。阿爸也说留得良田在，来日好处多。儿在亨德森家已逾一年，本想回去农庄帮阿爸打点田产，然亨德森太太身体一直未见好转。阿爸念亨德森先生从前救助之恩，命儿在他家再做一年。儿如今已学得煮饭清洗打扫等家事，得闲时也跟亨德森太太学少许英文，诸样事情上都有长进，请母亲大人稍安勿虑。阿哥来过亨德森家数次。阿哥如今住在坚禄镇，离温哥华有些路途。阿哥开了一个影像馆，为镇里人照相。阿哥那里红番多，皆爱影像，赚钱容易。只是阿爸至今不肯和阿哥相见。如今我和阿爸还有阿哥都挣钱，碉楼的债指日可以还清。日后将攒积过埠费，盼母亲和阿妹早日来金山，全家皆得团聚。儿在此叩首敬颂母亲并阿人大安。

    不孝儿锦河

  民国五年九月初八于金山温哥华城

亨德森太太说她嫁过来十年了，十个冬天，就数这个最冷。

锦河从来没戴过帽子，今年却戴了——是亨德森先生的旧帽子，格子呢，大檐。亨德森先生的脑袋很大，亨德森先生的帽子盖在锦河的头上，顺带着把锦河的眼睛鼻子都盖住了。锦河走几步路，就得往上挑一挑。

锦河走到门口的时候，突然看见屋檐下垂挂着几条透明的东西。早晨的太阳有些苍白无力，依稀照见了那东西里边丝丝缕缕的纹理，像是一把水草，也像是一条长了许多脚的蜈蚣。当时锦河并不知道，这样东西叫冰凌。锦河拿起放在门厅里的扫帚，敲了一块下来，塞进嘴里。那东西刚碰到了他的舌头，他的下颌便掉了下去，半天合不拢来——那是冷。那东西很快就在他的舌头上化成了水，水顺着他的喉咙流下去，在他的腔子里割出一道尖细的裂痕，他忍不住打了一串寒颤。他舔了舔发麻的嘴唇，却舔着了几粒泥沙。他呸地把嘴里的泥沙吐了，才想起来他是有急路要赶的。

这条路锦河每周都要走一遍，走了一年，渐渐地就走得熟了。哪一个拐角上长着什么样的树，哪一块石板裂成了什么样的缝，锦河大体都知晓。

从亨德森家的院门走出去，几步就到了街上。街是一条不大不小的马路，走人，也走车。当然，在开平乡下人的眼里，这样的路也只有在县城才能见着。沿着这条街走上一刻钟，往右一拐，就到了一所学堂。学堂把路挡断了，要想接着走路就得拐到学堂边上的一条小巷里。可是锦河却嫌那条路太远，要多绕出一刻钟来，所以锦河就自己走出了一条路。学堂有一块小小的草坪，是学生踢球玩耍的地方。锦河从这块草坪上斜穿过去，三五分钟就插到了另一条街。这条街很短，锦河细细地数过，从街头到街尾，统共才有二十一座房子。不过锦河用不着把二十一座房子都走遍。第十八座和第十九座房子中间，有一条窄窄的过道，刚够一个人一条狗前后穿插走过。从这条窄道上穿出去，就到了广东巷的背面。

锦河不需要正面遭遇广东巷，广东巷面街的地方没有锦河要的东西。锦河从广东巷的背面悄无声息地抄进来，推开一扇堆满了垃圾和破纸箱的小门，就走进了一家叫广昌行的杂货铺。广昌行和唐人街的任何一家杂货铺也没有什么区别，卖的无非是些时蔬瓜果大米南货。摆货的方法也和别的杂货铺一样，干货米袋摆在后面，时蔬瓜果一路堆到街面上。可是锦河却知道，整个唐人街，只有这家叫广昌行的铺子，有他要的东西。而他要的这样东西，是绝对不会在货架上找见的。

锦河熟门熟路地从后门走进来，从敞口的麻袋里捧起一把黄豆，放在鼻尖上闻一闻，放下了。又从筐里抓起一个咸鸭蛋晃一晃，看有没有散黄。不过那都是做给店里的客人看的。等店里的闲人都散了，锦河径直走到柜台，把手里的那只空瓶子，连同掌心捏着的那把钱一起递给店主。店主接过来，用不着数，掂一掂分量就知道不用找钱。锦河给的那个瓶子是个麻油瓶，上面贴着芝麻娃娃的商标，商标上洇着一团油迹。店主弯下腰来，在柜台底下摸索半天，才把那瓶子装满了，递还给锦河。用不着话语寒暄，甚至连目光都不用交换一下，就做成了一笔生意。锦河还没出门，店主就知道，这个年青人还会回来的——顶多一个礼拜。

锦河手里捏着那个满了的瓶子，从后门出去，沿着来路走回家去。一来一回，通常是半个时辰。锦河平日路过学堂的时候，若遇见学生课间休息，他就会略等片刻，等到那个衣领扣得齐齐整整的女老师摇起了手里的铃铛，学生重新回到课堂的时候，再穿过那块草地。

可是今天他等不及了。其实不是他等不及，而是亨德森太太等不及了。亨德森太太的肩膀，昨天疼了一夜。锦河的房间在尽西头，亨德森太太的房间在尽东头，中间隔了一层楼，可是锦河却听得见亨德森先生的鼾声间歇里，亨德森太太辗转反侧的呻吟。亨德森太太今天早上把亨德森先生送上车之后，第一件事就是打发锦河去买瓶子里的东西。

锦河手里那个麻油瓶子里装的，不是麻油，是大烟汁。

用大烟汁止疼，是阿哥锦山告诉他的。有一回锦山来看锦河，正遇上亨德森太太犯病，锦山就告诉锦河去唐人街买一瓶大烟汁试一试。锦山说金山官府好几年前就禁了烟，唐人街的大烟馆已经全部关了张。现在只剩了广东巷的广昌行，还在偷偷地卖——只卖熟客，提红眼阿毕的名字就可以。锦河望着锦山，一时说不出话来。他知道阿哥常年住在坚禄镇，偶尔才来一趟温哥华，可是阿哥依旧知道温哥华唐人街每一家店铺的每一个秘密。

亨德森太太就是从那时开始喝大烟汁的。没想到一喝就灵，从此就贴在那个瓶子上揭不下来了。

锦河走过学堂的时候，看见草地上有一群孩子，也许八个，也许十个，正舞着手里的树枝相互追逐。他们玩得太开心了，他们看不见我，我可以直接插过去的。锦河心想。锦河将瓶子掖在棉袍底下，把身子缩得扁扁的，像一条无脚的蛇似的贴着草地踅行。

> 中国佬坐墙头，
> 一毫看成两毫九。

这时，他听见身后响起了一个尖细的声音——有人在捏着鼻子学女人说话。笑声如一只炮竹在他身后哄的爆开，他知道他们跟上他了。

中国佬钻篱笆，

一块钱掰成两块花。

那个尖细的嗓音已经被一团嘈乱的声音裹肥了，他觉得出他身后的那群人离他越来越近了，近得几乎踩住了他的影子。他把怀里的那个瓶子紧紧地揣住，抬脚就跑。

他的身子却软了一软——有一样东西砸在了他的腰上，疼痛火一样地烧了上来，烧得一扇脊背发热。他知道那是石子。跟在他身后的那群人，个子和他不差上下，所以一点也不怕他——十七岁的锦河至今还没有长开，看上去依旧像个孩子。

这时他的小肚子猛然抽了一下，又抽了一下，仿佛有一根细绳子，在钩勒着他的肠子。那绳子越钩越紧，紧得他的肠子五花大绑似的铁硬起来。他用那个瓶子抵住肚子，狠狠地呼了一口气，那绳子呼地一下松了。突然自由了的肠子带着一声欢呼放纵开来，锦河觉得有一股温热在他的裤裆里堆积起来。隔着一件夹裤一件棉裤，他也闻到了臭味。

快点。再快点。锦河的脑袋对锦河的腿说。可是锦河的脑袋只来得及对锦河的腿说上这一句话，就不管事了。锦河听见脑门上嘭的一声，像是沤坏的西瓜在田里炸开来的声响，就有些热乎乎的东西，厚厚黏黏地糊住了他的眼睛。他的脑袋不管用了，他的眼睛也不管用了，依旧管用的是他的腿。他的腿不用脑袋不用眼睛也知道路，所以他的腿脱离了他的脑袋他的眼睛甚至他的身体自行其是地疯狂赶路。

渐渐地，那些咬着他脚后跟的影子就远了。

亨德森太太出来开门的时候，看见一个满脸是血的人。那人撩起棉袍从衣襟底下掏出一个瓶子递给她，只说了一句"帽子，没了"，就咚的一声倒在了地上。

后来锦河是被心口一样冰冷的东西捅醒的。醒来时他发现自己躺在床上，床边站着亨德森太太和一个戴黑框眼镜的男人。男人依稀有些脸熟——原来是给亨德森太太出过诊的威尔士医生。

威尔士医生把那样冰冷的东西在锦河的心口挪了几挪，才对亨德森太太说："心律还好，体温是四十度二。除了外伤感染，可能还有肠道炎症。泻过几遍了，今天?"

"数不过来了，我可怜的床。"亨德森太太说。

"昨天今天吃过什么异常的食品吗?"

亨德森太太摇了摇头，说他们蒙古人种的胃，跟马一样，什么都敢吃。不过现在他和我们吃的是一样的食品，我和瑞克都没有发现问题。

"除了抗菌素，还需要物理降温，家里有冰吗?"

锦河觉得自己正浮在一片厚厚的云上，那云一会儿高，一会儿低，威尔士医生和亨德森太太的话，也就一会儿远，一会儿近。他没有全听懂，却知道他们在说他。

"亨利，我想起来了。"锦河突然听见亨德森太太发出一声惊叫，"今天早上，我看见这个愚蠢的孩子打屋檐下的冰凌吃。"

威尔士医生的回话，锦河就听不真了，因为锦河又跌倒在一片更深更厚的浮云里。

但愿，不是亨德森太太，帮我换的裤子。

这是锦河坠入昏睡之前的最后一个清醒想法。

锦河醒来时，已是黄昏了。当然，后来锦河才知道，那是第三天的黄昏了。锦河是从窗帘的颜色上猜出来是黄昏的。屋里很暗，没有点灯，只有一根蜡烛远远地竖在窗台上，蜡烛跟前有一片模模糊糊的蓝。蜡烛很矮也很小，投下半明不暗的阴影，一剪一剪地铰着那块蓝，一会儿尖一会儿圆地变着形状。

锦河盯着那块蓝看了几眼，才看出是一扇脊背——一扇女人的脊背。女人的脊背上拱着两块肩胛骨，嶙嶙峋峋地撑起了一件蓝睡袍。袍子遇了风似的颤动着——是女人在哭。

"…… 他吃的是剩饭，也不知是不是每顿都吃饱 …… 去年圣诞瑞克姑妈从海利法克斯来，就没让他回家过节，也没有额外给他工钱 …… 他扶瑞克上床，把瑞克的衬衫撕破了针脚，我骂过他蒙古蠢驴 …… 天父你明察秋毫，知道世上一切的不公义。你现在教训我了，你把他放在我的肩上了，你是要我背负我自己的罪过 …… 天父我背不动了，求你把这座山挪去 …… 每一条生命都是你造的，即使是蒙古人种 ……"

锦河在床上翻了个身，轻轻叫了一声"夫人"，女人吃了一惊，那扇脊背突然就安静了下来。女人跪得太久了，女人麻木的腿载不动女人的身体了。女人踉踉跄跄地走了几步，就跌倒在锦河的床前。女人突然伸出手来，搂住了锦河。女人胸前有两坨肉，隔着薄薄的夜袍，温热地挤压在锦河的心口上，压得锦河几乎断了气。

"孩子，哦，孩子。你终于，醒了。"女人喃喃地说。

第二天早上，送走亨德森先生上班之后，亨德森太太穿上厚厚的皮大衣，等在门厅里。"你，跟我，走。"亨德森太太指了指锦河，说。锦河想问去哪里，可是他不敢问，因为亨德森太太的脸色很难看，像蒙了一块黑布。

锦河跟在亨德森太太身后出了门。亨德森太太走得很快。那天亨德森太太走路的样子，像一只斗架的母鸡，五爪开张，满身都支棱着毛羽。锦河一路小跑着才勉强追上。锦河的两脚像踩在棉絮上，总也踩不踏实，不是歪到这边，就是歪到那边。床上躺了几天，太阳也眼生了，混沌地发着白，却只是冷。风刮得呜呜地生响，隔着棉袍，也能感觉到鞭子抽打过来的疼。锦河没戴帽子。锦河没法戴帽子——锦河的头上缠着厚厚的纱布，像顶了一只大冬瓜，戴不下帽子。锦河只好用两只手捂着耳朵。

亨德森太太走过学堂的那片草地，咚咚地走进了学堂的大门。亨德森太太两手叉腰，一字一顿地对那个守门的人说：

"你去，叫你们的校长来，马上。"

锦河坐在门前拔鸡毛。

其实鸡肉买过来的时候就已经拔过毛了，只是没拔干净。亨德森太太见不得那些隐隐地浮现在鸡皮底下的黑点，那叫她想起苍蝇蛆子一类的东西。所以锦河买了鸡肉总要用镊子再清理一遍毛根。

院子里的玫瑰开疯了，一团一团地爬在篱笆上，篱笆就淌了一头一脸的血。路边一棵不知名的树，正在风里慢条斯理地落着毛毛虫似的花。珍妮举着两只手接落花，接着了，就蹒跚地跑到锦河跟前来，说吉米吉米，花，看。珍妮三岁半了，说话却不利索，一张嘴就要流口水。所以珍妮的脖子底下，总是掖着一条手巾。

珍妮是亨德森夫妇领养的孩子，来亨德森家已经一年了。亨德森夫妇结婚十几年，一直没能生下孩子。其实亨德森先生早就萌生过领养的念头，只是亨德森太太一直不肯答应。亨德森太太一直想证明她的子宫其实是一块肥田，只等待着合适的种子和天候的配合。可是等到她过完三十九岁生日的时候，她的底气就没那么足了——她终于同意了亨德森先生的领养计划。

但是她的同意来晚了，晚了许多。亨德森先生在应当做爷爷的年纪上，才开始学习做父亲。有一次亨德森一家人在商店里遇到了一位长久未见的熟人，那人对亨德森的家庭生活显然一无所知。他紧紧地握着亨德森先生的手，一遍又一遍热烈地赞美着亨德森先生的年青。"没想到你女儿和孙女都这么大了。"那人说。亨德森先生没有解释，只是从那以后，亨德森先生就不太肯和太太女儿一起出门了。

锦河抽出珍妮脖子底下的手巾，草草给珍妮擦了擦口水，就打发她去看蚂蚁搬家了。锦河的心不在珍妮身上，锦河的心也没在鸡毛上。锦河的心在外头的街上。锦河的耳朵兔子似的支棱着，捕捉着街面上任何一丝叮咚的声响。今天不是周六，锦河不是在等阿爸。锦河在等的，是另一驾马车。

一驾卖菜的马车。

欧洲的仗终于打完了。第一次世界大战是后人给那场战争起的名字，而在当时，华埠的人只知道那是洋番在欧洲争地盘。仗一打完，金山的田里又有了耕种的人。似乎一夜之间，金山的大街小巷里，出现了许多菜农。挑着箩筐的，赶着马车的，时时都有人把四季的时鲜一直送到家门口，有时一天能来几趟。

其实，从这里走三五分钟，就有菜市场，菜市场里有亨德森一家需要的一切食品。可是锦河不愿意去。锦河都是从家门口的菜贩子手里买菜。新鲜，便宜，方便。这是锦河给亨德森太太的理由。当然，真正的理由锦河是不会告诉亨德森太太的。

锦河在亨德森家已经待了七年了。头两年他年年想回去，是阿爸不许他回去——阿爸受了人家的恩，阿爸抹不开脸面。到第三四年的时候，他自己就懒得动了——横竖是一碗饭，端熟了一个碗总比换一只生碗好。再后来，阿爸的农庄出了事，阿爸急需他的钱维持这一大摊子，他就想走也走不了了。

从战场上回来的男人脱了军装，换上便服，四下一看才发现别人已经抢在他们不在的时候把财都发完了。阿爸就是在那个空当里把邻近的田产都悄悄地买到了自己的名下。出事前阿爸已经拥有方圆数百里最大的农庄和养鸡场了。阿爸早已不做零卖的生意了，阿爸有一支九驾马车的运输队，专门做菜肉禽蛋市场的批发生意。

阿爸已经还清了建碉楼借下的债，阿爸还攒够了阿妈和锦绣阿妹的人头税，可是阿爸却不着急让她们过埠了。阿爸说再攒一季的钱，就要卖掉农庄畜场，告老还乡，给两个儿子娶上两门好亲，一家人就安安生生地在自勉村过日子了——阿爸那时还不肯认阿哥的那个女人。

可是阿爸就栽在这一季上了。阿爸其实是栽在自己的聪明上了。

阿爸的聪明是蜡烛，只照前面的路，却不知身后已经天塌地陷。阿爸不知道，当他在别人的眼皮底下发着财的时候，他的财烫着了别人的眼睛——勤勉节俭都救不了他。旧年美国有几个商人来到温哥华，开了一家菜肉市场。这家市场和别家的不一样，是把菜肉分类摆放在货架上，客人可以自己在货架上选购的，就像百货公司。连那个名字，也是新奇的，叫"超级市场"。阿爸听说了，就动了心。若能把自己的货，卖进那个"超级市场"，该省下多少中转的时间和麻烦呢？阿爸后来就下了大狠心，把价格压到了最低，终于挤进了"超级市场"。

阿爸不知道，有人在盯着他的一举一动。

贴着阿爸农庄标签的菜肉，才在"超级市场"的货架上摆了两个星期，阿爸就出事了。

有人把阿爸告上法庭，说阿爸出售的鸡肉是瘟鸡，已经造成了好几个人患病入院。

"超级市场"马上撤了阿爸的所有货物。为了撇清自己，市场的老板翻脸不认人，也把阿爸告上法庭。

官府马上派人来封了阿爸名下的所有资产，要进行调查。

从开衣馆到现在，阿爸在金山已经多次被人告上官府了。阿爸说他进金山的衙门比进家门还勤快，见金山法官的次数比见老婆还多。每一次阿爸都是绝处逢生，逢凶化吉。这一次却不是。先前的数次，阿爸是小家小业，撑得住。这一次阿爸的家业大了，阿爸撑不住了。官司一开打，阿爸的债主如同雨后田里的蘑菇那样冒了出来。银行，肥料行，水公司，电公司，煤气公司，阿爸躲了这个，躲不了那个。阿爸捏在手里的闲钱，只够打发龙眼等一班伙计。后来还是亨德森先生主张阿爸去申请破产保护。阿爸红红火火的一番事业，一夜之间就塌得只剩了一堆瓦砾。阿爸如今一文不名，锦河的薪俸现在只能在手里打个转，还没捂暖和就要传到阿爸手里救急。

阿爸出事后，就一下子老了。阿爸的老，不在脸上，也不在身上，却只在眼睛里。阿爸从前看人，眼里是一汪水，水清冽得像刀子，能割人。如今阿爸看人，眼里的水就浑了，像让人丢了一把沙子。锦河回家见到阿爸，阿爸一个人在屋里抽烟，抽得屋子像着了火。龙眼走了，阿爸现在一个人住，有时煮饭，有时就喝一杯茶啃两口干饼过日子。

锦河说阿爸你回去吧，回开平和阿妈过，阿妈好煮饭煲汤给你吃。阿爸坚决地摇了摇头，说只有衣锦还乡的，没听说回去讨饭吃的。锦河说阿爸谁敢说你不是衣锦还乡？四里八乡，也算我们家的田产多。再说，有我呢，我月月给你寄银票，你要抽多少袋烟？

阿爸看着锦河，眼睛渐渐地湿了。

"你一下船阿爸就让你去做工，一天书也没让你读。你阿哥是不肯读，你是捞不着读。阿爸后悔呀。你若读了，懂了金山的事，阿爸何至于遭人暗算呀。"

阿爸不肯如此回开平。

阿爸变卖了他唯一可以动的一样东西——他住了十几年的那座房子，从新西敏士搬回了温哥华。阿爸离开那片伤心地的时候，离他六十岁生日只差几个月了。

新西敏士的房价贱，卖的钱只够在温哥华买一间极小的旧屋。阿爸住下了，就四处寻工。阿爸煮饭的本事实在有限，做不了帮厨。阿爸去了人家的衣馆，却是眼花，干不了缝补熨衣的活了。阿爸去杂货铺帮人卸货，只做了一天就把腰扭伤了。阿爸最后只好回家，在家里开了个小小的门脸，帮人写信写春联写婚柬写买卖契约。只是如今华埠也不同从前，识字断文的年青人渐渐地多了，阿爸的生意终是清寡。

快六十岁的阿爸守在那片转不开身子的门脸里，惶惶惑惑地意识到，他竟然一无用处，养不活自己了。

有一天，锦河对阿爸说："让阿哥回来跟你住吧。"阿哥在温哥华犯下的事，已经过去好些年了。当年那家叫来春院的妓院，早关闭了。阿哥回来，该是太平了。其实，这样的话锦河从前也说过，阿爸都是坚决地摇头。可是这一次，阿爸却没说话。锦河知道，阿爸没说话，就是愿意的意思了。

锦河也知道，阿爸愿意的原因，是阿哥的那个女人怀有身孕了。锦河隐约听说阿哥的那个女人，因为先前的营生伤着了身子，跟了阿哥那么久，却一直没能怀上一胎半胎的。阿爸老了，阿爸想着抱孙子了，所以阿爸的心终于软了下来。和阿爸分开了十数年的阿哥，终于在上个月从坚禄镇搬到了温哥华，住到了阿爸身边。

珍妮趴在树下看蚂蚁，狗趴在珍妮身边看珍妮看蚂蚁。街上静得连片叶子滚过的声响都没有。上学的已经走了，上班的也已经走了，没有街音的街道像一个被挑破了的气泡，扁平干瘪，没有生气。锦河抬头看了看天，再看一看地，树影子已经变得细瘦了。

怎么还没来呢？锦河暗暗问自己。

知了还没有开声，他的汗却已经出来了。本来他完全可以选一个荫凉的角落来剔鸡毛的，可是他宁愿坐在这个无遮无挡的位置上，因为从这里他可以看得很远，一路看到街尽头。

这时他的耳膜被一样东西轻轻地拂了一下，他一下子从凳子上跳了起来。铃铛。那驾马车上的铃铛。每天从街上经过的菜贩子很多，可是只有那驾车的马脖子上拴了一只铃铛。锦河用手遮在额上搭了个凉棚远远望过去，果真，街拐角的地方出现了一个黑点。

锦河的心跳得一院都听得见。锦河咚的一声扔下剔了一半的鸡肉，摘下围裙，扣紧了衬衫领口的那个扣子。锦河早就不穿乡下带过来的那些唐衫了——那些衣裳已经小得捉襟见肘了。现在锦河的衣服，都是亨德森太太买的，全套都是洋番的样式：背心，衬衫，西裤，皮鞋。而且这些衣服里面，已经有了坚实的内容。如果不是那条样式可笑的围裙，没有人会猜得出来，这个壮实俊朗衣着体面的年青人，会是这座体面的洋房里的男佣。

锦河慌慌地跑到街上，却又觉出了自己的孟浪。正想折回来等在院子里，狗却在他的身后嗖的一声窜出了门，冲着街面汪汪地狂吠起来。狗老了，脖子耷拉成一串松松的肉，声气却依旧壮实，叫得一街嘤嘤嗡嗡地抖。锦河知道马车上的那个人怕狗，每次见了狗就不敢下车，就厉声喝狗。狗依旧是几年前的那副霸气。他喝一声，狗回应一声。他再喝一声，狗又回应一声——

听起来仿佛是人和狗在斗架吵嘴。人终于占了上风，狗才讪讪地夹着尾巴进了院子。

马车的辘辘声渐渐地就近了，锦河听见一个沙哑的男声，在高声叫喊"袜吉，福瑞须，康姆"（青菜，新鲜，来）。那带着浓重广东口音的破英文，叫他想起自己刚到亨德森家的情形。锦河抿嘴笑了一笑，又生生地把那个笑忍了回去。他知道那是她阿爸在叫卖。他也知道她的英文比她阿爸的略强一些，可是她面皮薄，喊不出口。

邻近的房子里跑出三五个洋番女人，手里都提着篮子，把马车围在了当中。这时，锦河就听见了她的声音，细细的，怯怯的，却浮游在所有的声音之上。他听见她在帮她的阿爸还价，收钱，数钱，找钱。

锦河的心再一次狂跳起来，把他的腔子端出一个大洞。他手心的那一卷钱，已经被他捏出了水。他急等着走上前去，报上他的菜名——亨德森太太已经把伙食费交给锦河管，一家人买什么吃什么，现在全由锦河做主。可是锦河不愿意挤在人堆里和她说话。锦河在等待时机，等待着一个和她单独说话的时机。

时机终于来了。妇人们渐渐散去，马车周围出现了片刻的宁静。锦河看见她在空箩筐上坐了下来，撩起拴在衣襟上的手绢擦拭脸上的汗水。今天她穿了一件蓝色斜襟布褂，宽脚布裤，辫子上扎了一截红头绳。这样的装束，是广东乡间女子最寻常的样子，平日他总觉得土气——在亨德森家的七年叫他的眼睛渐渐地变得挑剔起来。可是穿在她的身上，却是说不出的合宜和妥帖。

她跟她的阿爸来他这条街上卖过三回菜了，每一回都是周三的早上。可是他却不知道她的姓名，只听见她的阿爸管她叫"阿喜"。他也不知道她有多大，凭他的眼力他觉得她大概在十七八岁上下。他猜测她来金山不会太长，也不会太短。太长的女孩该已经学会了洋番的打扮，太短的女孩还不会说洋番的话。

突然，她看见了站在街边的锦河。她把手绢掖回衣襟，咧了咧嘴。过了半晌锦河才明白过来，她在对他笑。锦河的腿软了下来，软得如同两条芦苇秆子，竟载不动他的身子了。他也想对她笑一笑，可是他的筋他的骨都化了，竟牵不动他颊上的肉了。

锦河觉得那几步路走得仿佛是万水千山，走到她的车前时他已经累得满脸通红了。

他把那卷汗湿的钱递到她手里，抽回手的时候他觉得他的手背被一样坚硬的带着边角的东西刮了一刮。是茧子，她掌心的茧子。她和他一样，都是辛苦劳作的命。她把他的钱平摊在手上，望着他不做声。半天，才扑哧一笑，指了指车里的菜筐，问："哪一样？"他这才醒悟过来他光顾着给钱，竟忘了要菜。全身的血轰的一声涌到了脸上，锦河觉得他的头随时要爆裂了，要炸出一脸一身的血珠。

别抖，千万，别抖啊。

锦河的脑袋叮嘱着锦河的嘴唇，可是锦河的嘴唇完全不听使唤。锦河的嘴唇颤抖得如同舂米的臼子，把要说的话舂得皮开肉绽。

"萝卜，一，一捆；西兰花 …… 一棵；卷，卷心菜，两把，就两把……"

她把菜利利索索地捆好，交到他手里，说还要别的吗？你总是买这几样。

他吃了一惊。她原来是记得他的。她不仅记得他，还记得他每回买的菜。他便渐渐地镇定了下来，把那个想了一周的计划，慢慢地，一丝一片地拼接了起来。

他要找一个合适的契机，和她的阿爸搭上话。他要告诉她的阿爸，他家原来就是做菜蔬瓜果批发生意的，他阿爸认识一家批发商，是全埠价钱最公道的。然后，他会顺便问他们住在哪里——他可以让他的阿爸给他们介绍那家批发商。

其实他的话也不全是假话。他真是想让他的阿爸去她家的，当然，不是为了菜蔬瓜果，而是堂堂正正地向她的阿爸提亲。

近年来金山入埠人头税涨到了天价，能攒得起过埠费的人家，一般只会带儿子过埠，很少有人家能带女儿。于是金山街面上，极少见得着年青的唐山女子。阿爸已经说过几回，要让阿妈在开平给自己提一门亲事，可是锦河不肯。锦河不肯的理由，让一向固执的阿爸也无话可说。

我不愿像你和阿妈那样，娶了亲还一个在东，一个在西，不知哪年能团圆。

话一出口，锦河就知道错了。本来阿爸和阿妈早就应该团圆了的，是他顶替阿妈上了船,是他偷换了阿爸的团圆。可是阿爸这次却没有翻脸,阿爸只是叹气,说那你想打一辈子光棍吗?他也想叹气,可是他见不得阿爸的苦脸,他就改了笑脸,说等我攒足了三份人头税,就回去娶亲,带阿妈阿妹老婆一起来金山。阿爸也被他说笑了,阿爸说等你挣足了三份人头税的钱,还过什么埠呢,不如都回去开平享福了。锦河觉得阿爸的话有些道理,又不全有道理。其实在金山待久了,就知道金山也有金山的好呢——只是他不能把这个话告诉阿爸。

可是这个叫阿喜的年青女子,仿佛就是老天爷给阿爸的答案。她和他中间没隔着山也没隔着海,所以就用不着隔山隔海地费心揣摩,也不用害怕红盖头之下的意外和惊讶。她没有在媒婆油汪汪的嘴里嚼过,她是实实在在干干净净地站在他跟前的,他不用积攒过埠税,他只用积攒力气,结结实实地伸出手来,就能把她抓住。

"家家都是女人出来买菜,你这家的女人呢?"

她的阿爸一边收拾着车里的菜叶,一边问他。他看见她在掸衣襟上的泥,突然她的手停了下来,他便知道她想听他的回话,他的胆子就大了些起来。

"我给这家人,当管家。"锦河顿了一顿,说。

第一句大话毛毛糙糙地说出了口,舌头和喉咙砂平了,后边的话就顺溜多了。

"这家的男人是城里最大的百货公司的老板,就是那家哈德逊河湾公司。英国皇帝来此地,都是要请他喝茶的。这家的女人天天跟男人出去应酬,家就是我来管的。"

这是锦河一辈子说得最长也是最大的一句话。说完了,锦河自己也吓了一跳——竟比想象得容易。

她阿爸啧啧地惊叹着,说难怪,看人家住的房子,那个排场。

"那你,也见过英国皇帝吗?"她抬起头来看了他一眼,问他。

她的问题不好回答。他胆子再大,也不敢说他见过皇帝。可是她眸子里那些闪闪烁烁的羡慕叫他很是受用起来。心里一受用,口舌就开始跑路,跑到脑袋前面。他轻轻笑了笑,说皇帝是我们老百姓能见的吗?不过,我倒是见过东家带过来的照片,很年轻很绅士的派头呢。锦河觉得这句话很得体,听起来一点也不像是大话,那大却是暗藏在里头了。

吉米。吉米。

是亨德森太太在叫他。

锦河不打算马上回应。可是锦河的思路叫亨德森太太给打断了，再续起来，就有些困难。锦河把菜装进篮子里，说下周三带些豆角来吧。她阿爸还没回话，他却已经看见她在点头了。他就知道，他还可以在下个周三再见到她。

吉米。吉米。

亨德森太太又叫。

锦河只好走了。今天只是一个开头，他说了许多的话，可是他还没来得及说出他真正要说的话。幸好，还有下个周三。

走过篱笆的时候，锦河突然停了一停。他放下手里的菜篮，在地上找了块尖石头，割下一朵玫瑰，跑回到马车跟前。他把花往她坐的箩筐上一扔，说香呢，你闻闻。其实他是想让她戴的，可是他不敢。他不是怕她，却是怕她的阿爸。她的阿爸站在他和她中间，他还在慢慢地寻找着一条钻过她阿爸的路，像蚯蚓爬泥一样。

锦河跨上台阶的时候，几乎和亨德森太太撞了个满怀。从煞白的阳光底下走进来，他没看见站在黑门洞里的亨德森太太。

"亨德森先生今天下班早，要带珍妮去斯坦利公园看帆船，你来准备野餐。当然，你也和我们一起去。"

锦河答应了一声，却不知道自己答应的是什么——他根本没有在听。他把他的眼睛他的耳朵都丢在街上了。他远远地看见又有几个女人从屋里走出来，走到她的马车边上。他听见她怯怯的声音如一片草叶痒痒地拂动在他的耳膜上。"新鲜，田里刚收的。自己种的，没有虫子。"她在一一回答着她们的问题。

"刺多吗，吉米？"亨德森太太问。

"什么？"

"那朵，玫瑰。"亨德森太太轻轻地笑了一笑。

她看见我，摘花了。锦河把头埋了下去，鼻子几乎贴住了那块变得白净起来的鸡肉。锦河不能回话。锦河知道他只要一开口，就要脸红。这个夏天他添了一样怪病，他的血突然变得油一样地轻飘飘起来，动不动就要浮到脸上来。

　　亨德森太太把锦河买回来的菜倒在水盆里，提着篮子走过院子，来到街上。亨德森太太和那几个买菜的邻居寒暄过了，就把篮子递给马车上的那个年青的中国女子。

　　亨德森太太贴着那个女孩的耳根说了一句话。女孩点漆一样的眼睛突然锈住了。那锈一点一点地蔓延开来，先到脸，后到脖子，再到身体——女孩全身都厚硬了起来。

　　亨德森太太说的那句话是："我的用人，就是那个中国男孩，忘了把篮子还给你了。这个可怜的年青人，脑子不太好使，常常忘事。"

　　第二个周三，马车没有来。

　　再下一个周三，马车来了，押车的是她的阿爸和阿哥，却没有她。锦河绕了无数个弯，终于含含糊糊地问到了她。

　　"我家阿喜到艾明顿去了，她姑妈准备送她去学堂读书。她姑妈说在金山女仔也要读书的。"她阿爸说。

　　锦河那天付了钱，却忘了拿菜，就往回走。穿过院子，跨上台阶，走进门洞，绕过门厅。珍妮叫他，他没听见。亨德森太太叫他，他也没听见。他直直地走进自己的房间，关上门，在床头坐了下来。

　　阿喜走了。

　　阿喜像一粒火星子，撞在他的路上，他就看见了一线光亮。光亮一闪就没了，路还是像先前一样昏暗。可是，有过了那一线光亮，叫他看着了路，那昏暗跟从前没看见过路的昏暗又不全一样了。锦河忍得了先前的昏暗，却忍不了现在的昏暗了。

　　锦河在屋里坐了很久。后来他听见厨房里亨德森太太在叮叮咣咣地煮咖啡，烤面包，拌色拉——亨德森太太在准备午餐。亨德森先生通常不回家吃午饭，他们三个人的午餐，向来简单。亨德森太太手里的活，本来是他的活，一个用人的活，可是现在他像被剔了骨头抽了筋，他没有一点力气，他懒得动。他就想一直那样坐下去，坐到天一头栽到地上，把地压成齑粉。

　　后来亨德森太太推门走了进来。他其实听见了她的脚步声，可是他懒得回头。阿喜负了他，阿爸负了他，天负了他，地负了他，连他自己都负了他，他实在懒得搭理这个世界。

后来有一双手从背后抄过来，裹住了他。他觉得自己的颈脖，慢慢地化在一片温软之中。他想挺着，不让那温软淹了他的，可是他没有力气。

淹吧，淹吧，淹死我拉倒吧。

"孩子，可怜的孩子。"亨德森太太贴着他的脖子说。

锦河的眼泪终于流了下来。

那天夜里，锦河做了一个梦。锦河梦见自己一嘴都是花刺。吐啊，吐啊，吐。吐到后来，锦河才发觉他吐出来的都是牙齿，接了一捧又一捧，石榴籽似的，有白有红。

锦河醒过来，一身是汗。突然想起了小时候阿妈说过的话。

阿妈说梦见掉牙齿，就是家里要死人了。若是上排牙，死的是老人。若是下排牙，死的是孩子。

锦河想来想去，却记不得是上排牙还是下排牙了。

民国十一年（公元 1922 年），广东开平和安乡自勉村

四月中就开始下雨，下到端午的时候，野菇已经碎鹅卵石似的生了一地，芭蕉树一夜一个样，蓬头垢面地疯长，屋里墙壁上东一条西一条地爬满了水蜗牛的口涎。

阿彩正在张罗厨娘和一个下女烧柴架锅煮粽子。水热了，厨娘就往水里加稻秆灰。稻秆是旧年秋天攒下来的，烧成灰，放在细齿的网篱里，用滚水淋出汤汁来煮粽子，那粽子就有些格外的香味。

粽子是昨晚包的，有腊肉豆沙咸蛋海米四样口味。锦绣蹲在地上，在帮着厨娘捆粽子，五个一束，两束扎成一捆十个。锦绣是学堂生，过了夏天就该上三年级了。学堂在乡里，是一群金山伯出钱盖的华侨子弟学堂。平日学生吃住都在学堂里，周日才回家一天。今日是端午，学堂放一天假，让学生回家过节，昨晚墨斗就把锦绣和阿元都接回来了。阿元是墨斗的儿子，和锦

绣同年生的，比锦绣小四个月。锦绣报名上学的时候，六指就让阿元也一起报了名，算有个伴。

六指在烧艾蒿熏屋子。熏到走道上，就看见墨斗在擦枪。墨斗自己坐在地上，却把凳子让出来给了枪。枪是一把左轮手枪，是上个月刚刚从一个团防手里买下的。前阵子六指收到了锦河寄来的一封银信，六指破了那张银票，一半的钱就交给墨斗买这把枪。墨斗说这种枪带在身边轻便，掖在腰里走远路也不招摇。六指一向节俭，却舍得花钱买枪。六指知道她的男人和儿子都不在，没有男人的家就没了胆，没了胆的家再有钱也守不住。六指知道枪就是她的男人她的胆。这把左轮是家里的第三杆枪，那两杆都是长枪。

"买回来要裹着红绸子放在匣子上，放着炮仗送回家。"六指吩咐墨斗。

六指吃喝穿着样样怕招摇，可是六指就是不怕招摇家里的枪。

"怎么拆的，到时候也怎么放回去。谁都能拆，脑瓜子好不好使就看你装不装得回去。"墨斗在教儿子阿元卸枪。

"鼻屎大一个仔，也不教点好东西。"六指骂墨斗。

墨斗嘿嘿地笑，说乱世呀，男仔学着点防身，总是好的。

六指就蹲下来，问阿元马上就要升级了，要学什么新课目？艾卷熏得阿元呵呵地咳。阿元从兜里摸出一条手巾，擦过了鼻子，才说国文算学英文历史旧年都有了，今年新添的课是自然地理和音乐。六指说墨斗啊你这个仔比你强，知道用手巾擦鼻涕，哪像你，都擦在袖口上。阿元说我们新学期也教礼节课，穿衣吃饭行礼，都有定数。

墨斗勾起手指头，咚地敲了一下阿元的脑壳，说一桶水不说话，半桶水满地晃，让太太笑话你。六指扔了艾卷，蹲下来，用手指头做梳子，一下一下地梳着阿元的头发，却不说话。

墨斗知道太太是想儿子了，转身看看四下无人，才压低了嗓子，问那头，来信了吗？六指摇摇头，说从旧年正月到现在，一年多了，没来过一个字。也不知出了什么事，又不肯叫我知道，怕我操心。

墨斗说老爷不写信来，不是还有两个少爷吗？六指说他的脾气，你还不知道？两个儿子都怕他。他不让说，就没人敢说给我听。河仔倒是来信了，只说他阿哥搬回温哥华了，如今和他阿爸住在一起。

墨斗说太太放宽心了，金山那头，时时还有银信来，老爷不会有大事。

只是山仔河仔，一个走了十二年了，一个走了七年了，别说太太想，连我也想。

六指低头盯着鞋尖看，鞋面上就落下了黑点子——那是眼泪。六指管着偌大一个家，六指从不在下人面前流眼泪。六指知道人善遭欺的道理，六指的脸在人前总是绷得紧紧的。一大家子人里头，六指只放心墨斗，六指唯敢在墨斗面前掉眼泪。墨斗在兜里掏了掏，没有手巾，只好从阿元的兜里掏出了手巾，找出一处干净的，叠起来递给六指。六指擦过了眼泪，渐渐地才有了一丝笑意，说山仔来信讲他女人怀了身子了，生下来不管是男仔女仔，都要带回家来见阿人。

墨斗说太太转眼就要做阿人了，恭喜呢。可我总觉得太太长得面嫩，自己还像新过门的媳妇呢。六指呸了一口，说你这张嘴，油得滑倒苍蝇，竟敢取笑我？墨斗急得额上鼓起两条蚯蚓似的筋，说就是给我冬瓜大一个胆，我也不敢取笑太太啊。太太真是没变，那年我进方宅的时候，太太就是这个样子的。六指的眼睛就蒙眬了起来，说那年我给阿月做鞋，算是给你定亲的回礼，就仿佛是在眼前呢。转眼你的女你的仔都这么大了，怎么能不变呢？

两人正说着话，就听见头顶上楼板橐橐地响——是麦氏的拐杖在敲。六指知道麦氏想下楼了，就高声说阿妈我来背你。麦氏等不及，就呜呜地哭了起来，说我儿子挣下这么大的家产，我连口粽子都吃不上，给老鼠吃了都不给我吃啊——原来麦氏是闻到粽子的香味了。

墨斗听不过去，就说老太太这么不给太太脸，还叫太太怎么管教下人？六指笑笑，说她也是糊涂一时，明白一时。明白的时候，明镜似的。墨斗说太太怎么背得动，要背也是墨斗来背。六指说她如今也没几斤肉了，我背得动。墨斗叹了一口气，说太太身上担子千斤重，墨斗是个粗人，只能帮些粗忙，太太不嫌弃就好。六指心里热了一热，怔了半晌，才说她不肯让别人背。墨斗就笑出白花花一嘴的牙，说太太看我的本事。

楼梯咚咚地响了起来——是墨斗在上楼。过了一会儿，楼梯又咚咚地响了起来，这回声响就沉了些——果真是墨斗背着麦氏下了楼。

六指赶紧搬了张藤椅来，让麦氏坐了。麦氏刚坐稳，粽子也熟了。麦氏抽了抽鼻子，说稻秆灰放少了。六指就笑，说谁也赶不过阿妈的鼻子灵。就拿过一大一小两个盘碗来，吩咐阿月把各样口味的粽子都挑出两个来，要完好不露角的，放大碗。再各挑一个，放小碗。众人都明白，大碗是祭祖的，小碗是送到楼上给锦绣她叔婆的。锦绣的叔公旧年夏天死了，他家的两个女儿也早嫁出门了，如今只剩了叔婆带着儿子儿媳一家依旧住在这里。自从叔公死后，叔婆就得了个心口疼的病，恹恹地不太肯下楼了。

阿月刚倒过豆油，手滑，没捏住碗，嘎啦一声，竟把碗摔了——是大碗。这只供碗，是件古瓷，是当年阿法他阿爸发了大财的时候，在广州一家古董店里买的，到如今已经用了几十年。众人都吓得鸦雀无声。墨斗掴了阿月一掌，大骂："没见过比你更笨的婆娘，跟在太太身边这么些年，也没些毫长进！"

自从阿月嫁了墨斗，也遭墨斗骂过打过，却都是关起房门来的时候。这回阿月在众人面前遭了如此羞辱，却说不得话，只捂着脸颊，两片嘴唇抖得如风里的叶子。六指白了墨斗一眼，说你本事越发大了呢，敢在老太太面前打人哩。阿月这才呜呜地哭出声来。六指大喝一声一只粗碗，也值得你流一缸的眼泪水。还不快去收拾了，再拿一只碗过来。

众人突然明白那是说给麦氏听的——麦氏眼瞎，看不见摔的是哪只碗。

麦氏冷冷一笑，招了招手叫锦绣。锦绣过来，叫了声阿人，麦氏就将锦绣的手拽住了，说仔你躲她远点，她要害你祖宗八代呢。众人以为麦氏说的是六指，也不敢接她的话。谁知麦氏哼了一声，说那粒痣长得凶啊，血淋淋的。众人这才听出来，麦氏说的是阿月——阿月的下巴尖上有一粒痣，是朱红颜色的。

六指颤颤地走过来，问阿妈，你，你看见，阿月的痣啦？麦氏也不回话，只扫了六指一眼，说祭祖也不换件喜庆些的衣裳？阿法没给你买吗？六指那天穿的是一件灰底黑边的布褂，还没来得及换衣。

众人都怔了一怔。半晌，才惊呼老太太眼睛好了，看见了。锦绣便伸出两个手指头，说阿人这是几个指头？麦氏说你这个衰仔寻你阿人开心，阿人这是开天眼了，你们谁也别想蒙我骗我了。

六指对墨斗使个眼色，墨斗就跟着六指出了屋。见身后没人跟上来，六指才擦了一头一脸的汗，对墨斗说："老太太的样子不好，放在寿衣铺的那双鞋子，取回来了没有？"

麦氏就是那天晌午死的，临死时手里还捏着一只吃了一半的豆沙粽子。

麦氏活了七十四岁。

麦氏一生的最后二十年，都是在一半清醒一半糊涂中度过的。麦氏的灯，靠着最后一滴油，耗了很久才渐渐熄灭。麦氏不仅熬干了自己的最后一滴油，麦氏也把别人灯里的油，耗得见了底。当六指用自勉村有史以来最热闹的排场发送完婆婆的时候，她已经是一个四十五岁的中年妇人了。

那晚，六指把最后一个吊丧的乡人送出碉楼，关上铁门，在自己的床前坐了下来。她用袖子轻轻拂掸开梳妆台镜面上的灰尘。在一块扇面大小的干净玻璃上，她看见了一张脸。脸上没有脂粉，眼眶颧骨上的皮，被泪水浸泡得起了细细的皱褶。鬓角上的那朵白花歪了，她摘下来，又重新戴上——就正了。她知道这朵花还将在她的鬓角待很久，她几乎有些庆幸，因为这朵花遮掩了她开始灰白的鬓发。

阿法，你二十八年前许我的金山愿，现在终于，可以还了。

六指喃喃地说。

民国十二年（公元1923年），卑诗省温哥华市

亨德森先生推开院门的时候，看见珍妮站在苹果树下，踮着脚尖和歇在树枝桠上的一只红脯罗宾说话。

"你睡觉的时候是睁着眼睛还是闭着眼睛的？"

鸟儿啾地叫了一声，似乎在说是，又似乎在说不是。珍妮生气了，鼻子蹙成了一团："你妈妈没教你好好说话吗？"

亨德森先生忍不住笑出声来。亨德森先生走来，想狠狠地抱一下珍妮，结果只是轻轻地摸了摸珍妮的脸，就作罢了。珍妮这一年几乎都是在病中度过的，麻疹，感冒和由感冒引发的肺炎，还有一场由简单碰伤导致的长久不愈的感染。珍妮的身体好像是一只用薄绵纸糊成的盒子，轻轻一碰就要捅出一个破孔。这一年的唯一长进，就是流口水的毛病不治自愈了，于是珍妮脖

子底下的那条手绢，就被收进了围裙的口袋里。

亨德森先生拉着珍妮的手，走到了家门口。门上了锁，他推不开，只好拿钥匙去开。开到一半，锦河咚咚地从厨房里跑出来，神色慌慌的。亨德森先生抽了抽鼻子，问什么味道，烧糊了洗脚水？锦河没想到亨德森先生今天这么早下班，撩起围裙把手擦了又擦，嚅嚅地说可能是，太太喝的，中药。亨德森先生说我的上帝啊，你们中国人的阴沟水，她喝个没完了。明天该把唐人街的巫师神婆都请家里来了。

亨德森先生爱和锦河说笑话，只是锦河觉得这笑话有点刺耳，于是锦河的脸就生出了些颜色，就像是一点丹朱在生宣纸上洇漫开来，慢慢的一张脸就都红了。锦河的话少，锦河有话说不出来的时候，锦河的脸就替代锦河的嘴说了话。亨德森先生经常看见锦河脸红，有时是害羞，有时是困惑，有时是不知所措。不过这回是生气——是忍气吞声的那种生气。

亨德森先生哈哈地大笑起来，拍拍锦河的肩膀，说吉米我认识你爹法兰克的时候，比你还年青。你爹的脸皮可比你厚多了，厚出好几百公里。锦河的脸依旧红着，亨德森先生从兜里摸出一张纸片来，塞到锦河手中，"这个星期回家，带你爹到海湾新开的那家法国餐馆吃顿饭，就说是我请客。"

锦河瞟了一眼，是一张二十元的新纸币，捻在手指之间，沙沙地生着脆响。这张票子，比他初一做到三十的月俸的一半还多，可以去温哥华任何一家餐馆吃上好些顿晚饭。亨德森先生和太太在例行的月俸之外，偶尔也会给他一些钱——却从来不是这么大的一张票子。锦河只觉得这票子沉甸甸地压得他的手发麻。他很想说太多了，我不要，可是他的舌头不听使唤，说出来的竟是谢谢。如果刚才亨德森先生没有说那句中国阴沟水的话，他的道谢就是理直气壮的。可是亨德森先生偏偏说了那句话，而他也正在为这句话生着气。他就觉得自己有点贱。

可是他也管不了自己的贱。这张票子，在他还没有揣稳的时候，就已经派上了用场。他当然不会带阿爸去那个法兰西餐馆吃饭的。别说不去吃饭，他甚至不会把这张票子拿给阿爸看的。这张票子，会和其他零散的票子汇集在一起，最终变换成一张写着他阿妈名字盖着金山官府大印的纸片——他在悄悄地积攒着阿妈的过埠人头税。他想把那个晚了好些年的团圆赶紧给阿爸挣回来。

锦河接过亨德森先生的公文包和外套，就去厨房煮咖啡。亨德森先生回家的第一件事，就是喝一杯浓黑的咖啡，不加糖也不加奶的那种。与其说亨德森先生爱喝咖啡，倒不如说亨德森先生爱闻咖啡。亨德森先生捧过咖啡杯子，放到鼻子底下，深深地吸上几口气，杯里蒸腾的热气熏上来，眉眼就渐渐模糊了。亨德森先生闻咖啡的过程很长，长得几乎让锦河以为他已经睡着了。锦河正想把他手里的杯子取下来，亨德森先生突然睁大了眼睛，说吉米，我相信天堂里的咖啡也不会比这一杯香。

亨德森先生终于把咖啡喝完了，才问太太呢？锦河说太太今天一天都头疼，刚刚喝了药在睡觉。其实锦河是想说太太刚喝了"中国阴沟水"的。那张纸票隔着薄薄的一件衬衫，妥妥帖帖地暖着他的胸脯，叫他突然生出了些说话的兴致。他有些惊奇自己竟然也会说笑话。可是最终他没有把这句笑话说出来。

亨德森先生哦了一声，说等太太醒来，你去房间里把我的东西打点一下，我明天要去萨斯卡通。锦河知道亨德森先生有一个供货点在萨斯卡通，一年里要去那头出好几回差，就问那地方好玩吗？亨德森先生说那得看问谁，问牛问马就说那地方好——那地方除了草还是草。说得锦河也忍不住笑了。笑过了，亨德森先生又说那地方也有一个好，能钓大鱼。下回再出差，我带你一起去钓鱼。锦河说钓鱼我会，小时候我和阿哥在河里还摸过鱼。我们和太太一起去吗？

亨德森先生哼了一声，说她？太阳晒不得，头疼。风吹不得，膝盖疼。路走不得，脚疼。天太黑不行，摔跤。天太亮不行，杀眼睛。你就看着珍妮吧，长大了和她妈一个样子，就剩一张脸蛋能碰。

亨德森先生说这话的时候，锦河隐约听见了楼梯响。锦河想说太太下楼了，可是亨德森先生的话密得让锦河插不进一根针。等亨德森先生终于把话说完的时候，亨德森太太已经站在亨德森先生身后了。亨德森太太轻轻一笑，说瑞克我有那么娇气吗？想必碧姬比我强壮些吧？碧姬是亨德森先生的头一个未婚妻，还没嫁娶的时候就得心脏病死了。

亨德森先生的脸色有些尴尬，呵呵地笑了几声，说以后珍妮在院子里玩的时候，你们不要锁门。

亨德森太太不回话，只吩咐锦河带珍妮去洗手，准备开饭。亨德森太太说这话的时候，格外地瞟了锦河一眼。锦河立即明白太太是要他准备酒杯。亨德森先生应酬多，常常不在家里用餐。每逢亨德森先生在家吃饭的时候，亨德森太太就要和先生在正餐开始之前喝上一杯。

锦河领珍妮洗过手，便从地窖里拿出一瓶窖藏十年的波尔多红酒。亨德森太太喝酒的品味是从她在英国做闺女的时候就养成了的，随着婚姻一路带进了北美洲。锦河在亨德森先生和太太跟前摆下了两只高脚杯，亨德森先生皱了皱眉头，看了锦河一眼。锦河知道亨德森先生的意思。亨德森先生不喜欢喝葡萄酒，觉得那是娘儿们的玩意。亨德森先生喜欢喝威士忌，有时加少少的几块冰，有时什么也不加，生愣地喝。对亨德森先生来说，除了威士忌之外，其他的都不能叫酒，至多只能叫加了几滴酒精的水。

锦河在亨德森先生家待了八年，八年里他学会的最大本事，就是把自己化成了亨德森先生和亨德森太太的贴身衣裳，一皱一弯都合着他俩的心意。他不仅学会了他们的洋话，他也学会了读他们的眼神。只是亨德森先生的眼神常常和亨德森太太的眼神较着劲，而锦河就像是这两股劲中间的一枚钉子，一股要拧着他向左，一股要拧着他向右。他即使读懂了他们的每一个眼神，他也不知如何行事。刚开始的时候，他常常被他们拧得遍体鳞伤。后来他终于懂了，他得在那两股劲中加进他自己的劲。一旦他加进了自己的劲，那就有了三股劲——是两股劲对着一股劲，这样他才能保得住他这枚钉子不被拧碎。

锦河不动声色地给亨德森先生和太太斟满了葡萄酒，对亨德森先生扬了扬手，说太太要敬你酒，祝你一路平安，早去早回呢。不是吗，亨德森太太？

亨德森太太一仰脸将一杯酒咕咚一声喝了下去，对锦河扬了扬手里的空杯子。锦河过去，将空杯子斟满了。亨德森太太再一仰脸，酒杯便又空了。亨德森太太今天头疼了大半天，刚喝了几口大烟汁，还没睡着，就被亨德森先生搅醒了，这时候还没来得及换下睡袍。亨德森太太的睡袍是日本丝绸的料子，绛红色的底，从前襟到下摆一路绣了无数只蝴蝶，石青石绿粉红宝蓝，五颜六色都有。睡袍的下摆很长，一直拖到脚面，领口却开得很低，露出隐隐一痕雪脯。

锦河不敢抬头，只觉得那一片雪白烧着他的眼睛。他想亨德森太太还没有生病的时候，一定是迷倒过亨德森先生的。只是亨德森先生不喜欢现在这个病病歪歪的亨德森太太了。锦河知道亨德森太太是把亨德森先生当做天的，亨德森太太一直想紧紧抓住亨德森先生这片天，蒙在自己头顶遮风挡雨。可是亨德森先生不喜欢被任何人拽住，哪怕是当天。锦河早看明白了，可是亨德森太太还没看明白，所以亨德森太太只是一味狠命地拽，拽住一角是一角，结果天就给拽碎了。

"瑞克，不在家的时候，没有我和珍妮烦你，你是不是觉得很惬意？"亨德森太太问。

亨德森太太又对锦河扬了扬空杯子。这回锦河不敢再斟酒，只是看了亨德森先生一眼。亨德森先生拿过亨德森太太的酒杯，说够了，看你这副样子吓着珍妮。亨德森太太的两只颧骨，已经有了些红晕。那红晕渐渐地弥漫上来，眉眼也有了颜色。

"听听，听听，真像个好父亲。珍妮你爸爸上次喝醉酒是在什么时候？哦，当然，他忘了还有你在场。"

亨德森先生一把扔了手里的酒杯，扬长而去上了楼。酒顺着白桌布的折痕流下来，桌子像是裂了一条缝，淅淅沥沥地淌着血。珍妮叫了一声爹地，便哇地哭了起来。

过了一小会儿，楼梯沉沉地响了起来——是亨德森先生下楼来了。亨德森先生在门口的衣柜里取出风衣穿上，又弯下腰来系鞋带。锦河追过去，把自己堵在亨德森先生的路上。亨德森先生站起来，看了锦河一眼，说我去住旅馆，你看好珍妮。亨德森先生力气很大，亨德森先生拨开锦河，就像拨开一片沾在身上的树叶子。锦河眼睁睁地看着一个略显肥胖的男人，提着一只小小的箱子，慢慢地走入了被暮色重重包裹的街心。锦河发现男人走路的时候，腰板已经不那么直了。

锦河回到餐厅的时候，珍妮已经止住了哭，正在给她的布娃娃梳辫子。锦河收拾了酒杯，拿了一块抹布擦拭着桌子上的残酒。屋里很静，只听得锅里的土豆牛肉汤在炉子上咕嘟咕嘟地翻滚，像是有人在放一串绵长肥腻内容丰富的屁。锦河觉出了身上的疼——那是亨德森太太的目光在剜着他的肉。他知道亨德森太太要和他说话，可是这一刻他不想说话，他只能忍，忍住那些越来越尖锐的疼痛。

"吉米，你说男人对女人，能有长性吗？"亨德森太太问。

亨德森太太的问题很直接也很简单，可是锦河却答不出来。锦河二十三岁的感情生活像是一条直缓的河流，没有弯也没有坡，除了那个叫阿喜的广东女子短暂地惹起过一圈涟漪，便再也没有任何波浪。

亨德森太太在身后咕地笑了一声，说问你也是白问，你还没有见识过女人吧，吉米？我是说，真正见识过。

锦河觉得鼻尖和额头上有一些汗水渗了出来，他甚至听见了汗珠子嗤嗤冒烟的响声。他知道此刻他的血又浮了上来，他知道此刻他的脸一定红得紫涨。他慌慌地去掀锅盖，锅盖掉在地上，发出惊天动地的一声巨响——倒是救了他的窘迫。

"亨德森先生，是饿着肚子走的。"锦河说。

"当然。可是你忘了，我也是，饿着肚子的。"亨德森太太说。

那天夜里锦河做了一个梦，锦河梦见亨德森家的狗爬进了他的窗户，爬上了他的床。狗撕扯着他的衣服，将一根肉红的舌头，贴在他的脸上啾啾地舔着。狗很重，像一座小山压在他的心口，压得他几乎断了气。他推啊，推啊，就把自己推醒了。

睁开眼睛，他一下子看见眼前有两盏小小的灯笼——是一双眼睛。那晚是个大月亮的夜，窗帘没有关严，月影透过缝隙直直地照在那对眼睛上，熠熠地生着些蓝光。锦河全身的汗毛都针似的竖了起来，却有一只手紧紧地捂上了他的嘴，捂住了一个即将成形的惊呼。还有一只手，像一尾草间的蛇，沿着他的胸脯，窸窸窣窣地探着路子，一路蜿蜒地爬过肚腹，最终匍匐停留在他两腿之间的那个地方。

锦河只觉得他的身子里有一根引信，在那几根手指头的燃点下，东一处西一处地窜烧起来，扑了那头，这头又起。那火慌慌张张地烧到两腿之间的时候，却遇到了一片山岩一样硬挺的阻碍。火把山岩烧得炽热，火却怎么也烧不出一条路来。

炸了吧，啊？炸了吧。锦河忍不住呻吟起来，锦河忍不下那样的硬挺那样的疼了。

轰的一声，山岩炸了，一股洪水从山岩的碎片间汹涌地奔泻而出，把锦河和那人都吓了一跳。

洪水之后，火灭了，满地都是爆炸之后的碎片。锦河的五脏六腑都已经随着那洪水冲出去了，身子空得只剩了一副皮囊——却是一辈子没有经历过的惬意。他恍惚觉得他轻得几乎要飞，一路穿过房顶，云烟一样地飞到天上去。可是他没能飞得起来，因为他身上还坠着一样东西。他的眼睛已经渐渐适应了被月光搅得稀薄的黑暗，他看见了压在他身上的那件睡袍，和睡袍上模模糊糊的蝴蝶图案。惊恐如铅石，一寸一寸地填满了他掏空了的身子，他听见自己的牙齿在格格地磕响。

这时，有两片湿软的嘴唇，蚂蟥一样地蠕爬上了他的脸颊。一股带着些薄荷糖味的气息，在他的耳膜上咝咝地摩搓着。

"吉米，寻求快乐不是罪过，你不要，害怕。"

这天夜里锦河睡得很沉，早上醒来时，阳光已经烫烫地舔在他的鼻尖上了。锦河打了一个滚飞快地坐了起来，满床找衣裳。

糟糕，错过给亨德森太太煮早餐的时候了。

念叨这个名字的时候，锦河的心咚地跳了一跳——他把昨晚的事渐渐地想了起来。也许，那只是一个荒唐的梦。最近自己夜夜都有古怪离奇的梦。锦河这样安慰着自己，继续寻找去向不明的衣裳。当他掀开被子的时候，他突然看见了裤子上一块佛手瓜般大小的污迹。他顺着模糊的边角摸了一摸，还是半湿的。他咚的一声跌坐在床上，心散了一地。

不是梦。是真的。

锦河在床沿上怔怔地坐了很久，终于坐累了，正想起身，突然看见枕头底下隐隐露出一角黑布，像是他的裤子。他去扯他的裤子，却扯出了一张纸。他认得纸上的那张脸，戴着皇冠的脸——是英国女皇。

那是一张五元的纸币。

他的手被这张纸片烫了一下，烫出了一掌的泡，人倒是彻底地醒了。

他起身穿上衣裳，开始收拾他的行囊。还好，他的行囊很是简单，只有三五件衣服，一双鞋子，还有阿妈写给他的几封信。当年用的那块包袱皮还在，只是旧了，深蓝被岁月洗成了斑斑驳驳的灰白。他把他所有的东西都放进那块包袱皮里，打上结子，挽在臂弯，不过是小小的一个包。

他不知道下一个东主是谁，也不知道下一只饭碗是热还是凉。他更不知道怎么跟阿爸交代这里发生的一切。不过，这些事都是可以在路上再慢慢想的。最重要的是上路，刻不容缓地上路。

他刚迈出房门，就听见珍妮撕破天的一声呼喊。

"妈咪！"

锦河扔了包袱，飞快地跑上楼来，只见亨德森太太仰脸躺在浴缸里，手臂白光光地垂挂在浴缸边上，手腕上蠕爬着一条粗红的蚯蚓。锦河觉得鞋底黏得抬不动脚，低头一看，地板上有一团浓腻的番茄酱。

过了一会儿，锦河才醒悟过来，那是血。亨德森太太的血。

锦河哗地撕下一块衬衣，将亨德森太太的手紧紧地裹扎住。

"为什么，为什么呀？"

亨德森太太闭着眼睛，像是睡着了。睡袍底下有一个巨大的水泡，蝴蝶的翅膀湿了，奄奄一息地浮在水面上。

"你要吓死我吗？"

锦河哭了，可是锦河不知道自己在哭。锦河只觉得脸上像沾了卤水似的生疼——那是眼泪杀的。

亨德森太太的眼睛睁了一睁，却什么也没看，又闭上了。

"你要走了，我知道。你，珍妮，还有他，你们都是要走的。最后，剩的就是我一个人。"

锦河一只手紧紧地拽住那条打了结的布片，另一只手勾住亨德森太太的颈子，想让她坐起来。她通身木板似的僵硬着，由着他一个人死死地使着劲。他的衣服很快就湿了，水顺着他的劲道飞溅出来，在地上开出一团一团污浊的花。

"你要是坐起来，让我去喊威尔士医生，我就不走了。我对上帝起誓。"锦河说。

锦河走在路上的时候，只觉得天蓝得真是好看——他已经一个月没见过这样的天了。亨德森太太被抢救回来之后，身体越发弱了，一步也离不开人，今天才放他回家看看。在屋里关了这么久，锦河竟不知道外头夏天已经劈头盖脸地来了。丁香花早开过了，樱花苹果花梨花也都开过了，现在满街的果树上，都已经结上果子了，小小的，青涩的，看一眼就要流酸水的。乌鸦在头顶嘎嘎地飞过，不过他早已不会一惊一乍的了。金山到处都是乌鸦，若真是坏兆头，那也是一埠人的坏兆头，天塌下来也压不着他一个人——今天没有什么事能让锦河扫兴。

锦河的手插在裤兜里，手心紧紧揣着一个沉甸甸的布包。隔着一层薄布，他觉出了那些纸币在伸出一条一条的小舌头，亲亲热热地舔着他的手掌。这些钱，他已经数过了不知多少遍。他甚至能记起来哪一张是在什么时候和他相遇的。那张背面被人写了一句骂人话的十元纸币，是他领的第一笔薪俸里的一张票子。而那张左边角上缺了小小一块的五元票，是他在亨德森家第二个圣诞节时给的礼物。还有那张女王的鼻尖被人用烟头烧出一个小黑洞的五元票子，是那天亨德森太太塞在他的枕头底下的。

除了给阿妈寄的钱和这两年给阿爸的家用，锦河把每一分铜板都存了下来。阿爸知道锦河攒了一些零花，可是阿爸绝对没有想到锦河的零花竟是这么一个数目。阿爸常常骂锦河小气，一个铜板都要捏成两瓣花，连阿哥的女人生孩子，他都没舍得买一样礼物。锦河忍住了，锦河没说话。锦河总觉得他的小布包是只水桶，他一点一滴地在他的水桶里攒着水。他知道水满的那一天，他说话的时辰就到了。他等着可以粗声说话的那一天，已经等了很久了。

走进家门，家里只有阿爸和延龄。延龄是阿哥的女儿，五个月大，盖了一条薄毯子正躺在床上呼呼地睡。阿哥的女人如今在一家叫"荔枝阁"的茶楼里做女招待，一周做六天，周末都做。延龄只能留在家里，由阿哥一天两次送到"荔枝阁"喂奶。

锦河进门的时候，阿爸正伏在桌子上研墨。不年也不节的，阿爸的字铺，生意十分清淡。阿爸常常早上研了墨，等到晌午砚台都结了黑亮一层的硬痂，也没等到一个客人。阿爸做了一世的英雄，阿爸忍得了天下所有的苦所有的劳累，可是阿爸却忍不下一份闲寞。阿爸闲着无事做的时候，脾气就坏得如同是破了无数个洞的棉絮，兜都兜不住。

果真，阿爸见到锦河，鼻孔里哼了一声，说还记得你有个家啊。锦河笑笑，说亨德森太太病了，亨德森先生不放我走。阿爸又哼了一声，说亨德森先生这般有本事的人，偏娶了这么个女人。要在开平乡下，早就该休了再娶的。锦河说其实亨德森太太的病，都是亨德森先生引起的。亨德森先生若对太太好些，太太就没病了。

阿爸把墨条咚的一扔，墨汁就溅了一桌。"你懂个屁。"阿爸骂道。

锦河也不恼，只是笑。锦河那天的笑如同雨后无名河里的水，舀也舀不干净。

"阿哥呢？好些不？"锦河问。

两个月前阿哥骑马去霍普港给人照相，半途从马上摔下来，摔断了腿。虽然请接骨师傅接过了，走起路来依旧不太利索。

阿爸黑头黑面地说："好你个大头鬼，昨晚疼了一夜，今天出去找郎中要膏药去了。"

这时延龄醒了，两只手伸出毯子外头，咿咿哇哇地哭叫起来。这个年纪的孩子见风就长，又比锦河前次看到的大了许多。锦河把延龄抱起来，从兜里掏出一张二十元的纸票，塞在延龄的围兜里，笑嘻嘻地说不哭哦哦不哭，阿叔给你买糖吃。

阿爸扭过头来看锦河，迟迟疑疑地说你是走路踢到银纸了，这么大方？

锦河把延龄放下来，不慌不忙地把兜里的布包掏出来，放到阿爸眼前。

"真踢到了银纸，五百二十九元八毫五分。你数数。"

阿爸打开布包，看见那一沓大大小小的纸票和夹杂在中间的零星铜板，一下子怔住了。

"阿妈过埠的税银，攒齐了。就你的墨，给阿妈写封信，问船期定在什么时候。"

阿爸的身子，一点一点地矮了下去。阿爸终于滑到了地上。阿爸揪着自己的头发，狠得仿佛要把头皮揭了开去。

"天爷，我方得法行了哪样恶事，教你如此戏弄我呀。"

锦河以为阿爸脑子欢喜糊涂了，就慌慌地过去扶。阿爸一把推开锦河，指了指床尾，说你，自己去看，报纸。

床尾摆了一张《大汉公报》，上面有一篇文章，被人用墨笔画出了大大一个圆圈。

坎拿大（加拿大旧称）国会近日通过法案，华人或凡具有中华血统之人，若非是领事官员，正式商人（餐馆衣馆不计在内），或入读坎国大学府之留学生，今后皆禁止以居民身份进入坎国。现已居坎国的华人，其家属也不得来坎居住。凡现居住于坎国的华人，在此法案实施之一年内，一律需向官府登记，违者必递解出境；如欲离境返中国，以两年为限，逾期不得重返坎国。重返坎国以温哥华为唯一入埠口岸，入境之舟轮，每二百五十吨重货物，只许运载一名华人。

时坎西开国，一片荒芜。华侨履险如夷，不畏瘴岚，不避疠疫，披荆斩棘，凿山开路，不无微劳。然坎人兔死狗烹，路工甫完，禁工例起。人头抽税，世界所无。今竟颁发辱吾国体丧吾人格之新移民苛律，使我华侨与父母妻儿在坎国永无聚首之日。千百家庭，从此大洋两隔。奔走营救，国民外交之无灵；纵提国际交涉，也国弱无可为力。哀我华侨，只忍辱受虐而已！

（此文部分内容取之于1924年5月6日域多利中华会馆通告）

锦河扔了报纸，身子也矮了下去。父子两个抱着冬瓜般沉重的头，蹲在地上，任凭床上的延龄哭得山崩海啸，却只是不说话。造化弄人的事，从前只在戏文里看见过，没想到他们自己的生活，也被造化作弄成一出戏文。造化把希望一毫一厘地给锦河积攒着，攒了八年，似乎就为了把锦河高高地抬到云端上去，再狠狠地扔下十八层地狱。

锦河觉得丹田里有一股气，正慢慢地爬上胸脯和喉咙。锦河猜想那气将聚成一声叹息。没想到这股气爬到舌头时，自作主张地拐了一个弯，竟拐成了一声低低的笑。那笑声从舌尖上滚落之后，便如雪球似的越滚越大，滚成了一阵锦河管也管不住的乱颤。

阿爸给吓了一跳，以为是得了失心疯，赶紧来拍打锦河的肩背，狠狠地拍打出一口痰来，才止住了颤。锦河站起来，擦了擦鼻孔的涕水，问中华会馆呢？收会费的时候到处是面孔，出了这等欺负人的事，倒是不管了？

阿爸说这阵子会馆在开会，商量计策，你阿哥天天都去。岂止是这里的会馆，域多利，满地可，各处会馆都派了人去国会递抗议信。没用，自古民斗不过官。土官都斗不过，别说是洋官了。

锦河发现阿爸那条蜈蚣一样爬了大半张脸的刀疤，不知何时已经收缩得只剩了细细一条缝，像是瓷碗上的裂纹。连颜色，都淡了许多。阿爸大约真是老了。阿爸年青的时候，绝不会这样认命的。阿爸年青的时候，土官洋官都是狗官，阿爸是敢提了斧头去劈山的。

"阿妈来不了，阿爸你回家去和阿妈过日子。过两年，想回金山就再回来。"锦河说。

阿爸不吭声。

半晌，才伸手捏住了桌上的那个布包，紧紧地，仿佛捏的是全副的身家性命。

"河仔，这钱，先给阿爸使。"阿爸说。

阿爸说这话的时候，用的是惯常的蛮横语气，可是锦河却从阿爸的眼里，看到了一丝央求的意思。锦河从来没有看见阿爸眼里有过这样的意思。锦河的心里，有股子酸味涌了上来。

"阿爸，这个钱，你想怎么使就怎么使。"

阿爸泥球一样的眼珠子里，突然就泛上了一股活气，"这笔钱，阿爸想分成两股，一股大，一股小。大的这股，交给你阿哥，让他带着你和延龄，回去看你阿妈，顺便找个好郎中，把腿治了。趁着你哥在，让你阿妈给你在开平定上一门亲。小的一股，算是借给阿爸的。你和你阿哥在开平住两年，就让阿爸在金山再做两年生意——就不信一辈子运气都是这般衰。"

阿爸说这话的时候，眼珠子红红的，竟有几分像番摊台前的赌棍。

"阿爸你这个年纪，就不要再做了，我和阿哥养你。"

阿爸的脖子突然就硬了起来，"两年，就两年。等你和你阿哥回来的时候，钱一毫不短还给你。你阿爸不能就这样灰头灰脸地回去。"

床上延龄已经哭得背过了气，嗓子里只剩了一哽一噎的咕噜声。锦河过去抱起来，只见额头上已经鼓起了一个鹅卵石大小的包。

锦河叹了一口气，说要回去也只能是阿哥一家回去，我走不了。我答应了亨德森太太留下来的——这是性命交关的事。

民国十七年（公元1928年），卑诗省温哥华市

大烟汁现在越来越难买到了。唐人街那家广昌行，被警察查了好几遭，查得胆战心惊，就把大烟藏得更深了。锦河是十几年的老主顾了，锦河的鼻子尖得能从山里海里闻出大烟的味道来，只是那个价钱，却是金子的价了。待亨德森先生终于发现家里用于"中国草药"的开支接近于一个天文数字的时候，亨德森太太对大烟汁的依赖，早已到了根深蒂固的地步。亨德森先生不说话，亨德森先生只是把钱包捏紧了。亨德森太太从丈夫手里掰出每一个毫子，都是一场鲜血淋漓的肉搏。

于是亨德森太太不得不开始寻求别的止疼方法。

这天亨德森太太刚把珍妮送上了校车，膝盖就开始剧烈地疼痛起来。亨德森太太的膝盖里似乎藏了一窝青面獠牙睡意极浅永远也喂不饱的饿鼠，随时要冲出来啮咬亨德森太太的筋骨肉腱。亨德森太太防不胜防。锦河从前使用的指压镇痛法子，现在是一点也不管用了。

亨德森太太想喊人，可是饿鼠已经追上来了，一口咬断了她的声音。她眼睁睁地看着亨德森先生牵着那条白底黄斑的查理国王骑士犬，从她身边走过，开了门，又关上门，咚咚地走上了街。亨德森先生已经退休，如今在商务协会里挂一个高级顾问的头衔，每周只需去开一两次会，看几份文件，签几通字。亨德森先生的时间，就一下子多出了许多。亨德森先生打发海水一样舀也舀不干净的时间的方式之一，就是遛狗。三餐之后带狗出门，是亨德森先生退休生涯的亮点——除非有天塌地陷的事情发生。当然，亨德森太太的关节炎不在天塌地陷的范围。

这是亨德森家的第三条狗了。前两条都是掘金犬，第一条是老死的，第二条是走丢的——亨德森先生遛狗时大意了，没拴上脖绳，在路过一片荒草地的时候，他的狗被一条漂亮的野母狗拐走了，再也没有回来。为此亨德森先生自责了很久。

亨德森先生退休后，脑子就懒了，人的事不太肯记了，狗的事倒是记得一清二楚。于是狗就成了亨德森先生的简易记事本。亨德森先生记不得年份

麦氏就是那天晌午死的，临死时手里还捏着一只吃了一半的豆沙粽子。

的时候，就会说"斯波奇来的那个春天"，"长腿咬破了我那双意大利皮鞋的那阵子"，或是"伦勃得皮癣的时候"——斯波奇、长腿和伦勃都是狗的名字。

亨德森先生带着伦勃出门的时候，锦河正在厨房洗碗。早上的餐具很简单，不过是几个咖啡杯子和面包盘，可是锦河却洗了很久。洗碗水哗哗地流，锦河把一个盘子翻过来转过去地洗了许多遍。锦河的眼睛在盘碗上，锦河的心却在别的地方。锦河的心，在裤兜里的那封信上。信是阿妈写来，托阿爸转给他的。信里夹了一张照片。照片很小，只有两个指甲盖那么大，却看得出是个圆盘脸的年青女子。这个女子和乡里街上见到的其他女子没什么两样，高颧骨，厚嘴唇，神情木然，看不出是悲是喜。

她叫区燕云，惠阳人，是村里一户区姓人家的远亲。阿妈在信上说。

十八岁，读过初小，识得字，也会算学。生辰八字批过了，是上上配。阿妈还说。

这样的照片，锦河并不是第一回看见。阿哥锦山三年前从自勉村探家回来的时候，阿妈一气让他带回六张这样的照片。其实，媒婆塞给阿妈的照片，还远不止这几张。那些经过了阿妈的手却被阿妈扣下了的照片，都是没上过学堂的。阿妈喜欢识字的女人。阿哥带猫眼延龄回乡住了两年，到走时阿妈也没和猫眼热络起来——阿妈就是嫌猫眼连自己的名字都写不周正。锦河收留着阿妈这几年陆续寄给他的所有陌生女子照片，有时拿出来一一地摆在床上，想象着自己是从前紫禁城里的黄袍天子，御笔一挥，在无数的美色中钦定皇后和嫔妃。

锦河的心思如浮云飞在天上，锦河的脚却是结结实实地踩在地上的。锦河知道他不会娶照片上的任何一个女子的，因为他若娶了她们中间的一个，那个做了他老婆的女子，注定了是要和他长久地隔在大洋的两岸的——像阿爸和阿妈那样。他宁愿熬着独身一人的孤单，也不愿意忍受娶了亲又聚少散多的凄惶。

唐人街里有些和他一样情景的男人，熬不过去，就胡乱地找个红番女人，不换龙凤帖也不拜天地祖宗，却一样地生儿育女。有人叫阿爸给锦河找个红番女人，阿爸当下拉了脸，说找头母猪也行。阿哥听了就笑，说红番女人也有长得好肯吃苦的，唐人女子也有生得丑还懒的，不能一片云遮了一地的人。

阿爸说到时候生下孩子，到底认的是什么祖什么宗？我方家的孙儿，虽不是龙种，也不能是猪种。阿哥就不吭声了——阿哥的女人没能给方家生下男丁来，所以阿哥说不响话。

当然，锦河是有自己的打算的。锦河在暗暗地攒着钱，等着攒够钱的时候，他要带着阿爸一起回乡，再也不回来了。阿爸几年前借了锦河的钱，开了爿小小的烧腊铺子。阿爸不懂炉灶上的事，阿爸得看厨子的脸色行事。厨子手脚不干净，阿爸明知道也不能说穿。阿爸一个月的收入，除却了厨子的那份，所剩无几。阿爸的店铺不青不黄地拖了好几年，锦河和阿哥都劝阿爸歇了，可是阿爸死活不肯。阿爸嘴上说借来的本钱不能不还，亲父子明账目。可是锦河知道，阿爸心里还在暗想着挣个盆满钵满，体体面面地回家见阿妈。阿爸老了，在人面前已经没了早先的霸气，可是阿爸在阿妈面前，是死活也还要头脸的。阿爸可以在任何人面前耷着头，可是阿爸就不能叫阿妈看小了。

其实，锦河对女人，完全没有唐人街那些单身汉那样的鲁莽和急切。阿爸说他木瓜脑，阿哥说他在亨德森家待傻了。锦河只是笑，却不说话。锦河心中有个天塌下来也填不满的大秘密，阿爸和阿哥是永远也猜不到的。

刚进亨德森家的时候，他是一块木头，是亨德森太太把这块木头点化成一棵识得日光露水的树。刚进亨德森家的时候他是个单薄得一折就断的少年人，如今他已经是一个长着强健胸肌和臂肌的壮汉。可是若没有亨德森太太，他那些肌腱也不过是一堆好死赖活地附在他身上的烂肉。亨德森太太把他身上的每一块骨头每一根筋都教坏了，亨德森太太教会了它们耍泼耍赖不走正路，亨德森太太把它们喂得很是腻歪饱足。一个饱足的人对他的下一顿饭就有了挑肥拣瘦的耐心。

本来他完全可以像从前那样把阿妈的信和照片收起来了事的，可是今天不行。今天阿妈信里有一句话像一根针，挑起了他心尖上的一丝肉。针尖很细，并不十分疼，却剌剌啦啦的，叫他一直不得安生。

"你若再不肯回来娶亲，你阿爸兴许就看不到方家的孙子了。"阿妈说。

锦河这才想起，阿爸今年就六十五岁了。六十五岁是洋番的算法，洋番的算法是掐头去尾的算法。自勉村人的是不这么算年纪的，自勉村的人是把头和尾都算进去的。若按自勉村人的算法，阿爸今年其实已经六十七岁了。乡下的老话是人生七十古来稀。阿爸离那个古来稀的年纪，就差那么三年了。

想到这里锦河打了个寒颤。锦河在围裙上擦干了手，把那张照片从信封里拿出来放在贴身的口袋里，朝客厅走去。

不能等。等不及了。今天就告诉她。今天。

锦河走进客厅，只见亨德森太太一团面似的瘫在地板上，额头上暴着一颗颗玻璃珠子般的汗，便知道骨痛病又犯了。刚想过去扶，亨德森太太却伸出一根手指，指了指厨房——锦河猜出是要大烟汁。大烟汁是上个星期买的，已经喝得只剩了一个底。可是他却没法再去添，因为离亨德森先生给家用的日子，还缺三天。锦河把装大烟的瓶子洗了洗，洗出淡淡的一点汤，又加了小半勺红糖，倒在一个看不清颜色的黑杯子里，端去给亨德森太太。

亨德森太太才喝了一口，就把茶杯往地上一跺，说吉米你也学会骗人了。亨德森太太的力气没有使匀，杯子哗地裂了，碎片落花似的散了一地，只剩了一个杯把子，还牢牢地捏在她手中，汤汁在地板上淌成一条污黑的小河。锦河看见亨德森太太捏着杯把子的那只手，歪扭得有些像鸡爪，心想亨德森太太那一身的骨头，还不知叫虫子咬成什么样子了呢。那大烟是杀虫子的药，可是刚杀一潮，又生一潮，那杀死的总没有生出来的多，一潮潮海水似的，怎么也杀不完。只是亨德森先生的钱，倒是被大烟汁一个毫子一个毫子地掏完了。

锦河蹲下来，一块一块地捡拾着杯子的碎片，心里盘算着，是否要把自己攒的钱拿些出来，先去买烟汁。便把亨德森太太抱起来，放到卧室的床上，又拿了一块毛巾，来擦拭亨德森太太额上的汗。亨德森太太伸出手来，抓锦河的衣襟。亨德森太太像抓杯把子那样紧紧地揪住了锦河的衬衫。锦河闪身一躲，纽扣就掉了。锦河这天有些心神恍惚，可是亨德森太太却不依不饶。亨德森太太的手熟门熟路地顺着衬衫上的那条裂缝走下去，找到了她要找的地方。亨德森太太这天的手依旧像蛇，却是一尾长着粗糙鳞片的蛇，毛刺刺地刮得锦河生疼。

锦河突然就恼了，甩开亨德森太太的手，一把将她的衣裙扯开，掰开她的两腿，将自己狠狠地塞了进去。平日做这件事，都是亨德森太太引领着锦河的。无论如何癫狂，那也是亨德森太太在先，他尾随。可是这天锦河却用乡野莽夫的方式，直截了当横冲直撞地把亨德森太太做了。亨德森太太吃了一大惊，捂着心口坐起来，才发现骨头突然不疼了。

其实这并不是她的新发现。她知道那些附在她骨头上的虫子，在欺负她渐渐老去的身体。它们肆无忌惮地对付她，它们一点也不怕她。可是它们怕他。它们怕他的精壮气血，就像泥沙怕洪水，新草怕烈日。他是她的新止疼秘方。这张秘方，除了上帝，她不能告诉任何人。

锦河出了一身的汗，有些心慌。扭头看亨德森太太，只见她双颊潮红，头发湿湿地贴在额上，嘴角上挑着一丝若有若无的笑容——却无忤意，才放了心。

自从和亨德森太太有了那样的事，隔着他和她的那层皮一揭，他倒在她面前渐渐地站直了。刚开始时，她还拿捏不好到底该不该给他钱。他也收过她压在他枕头底下的零钱。后来他自己也喜欢上了这事，有几天不做就惦念着，他就不再收她的钱了。有一回他把一张两元的纸币揉成一团，当着她的面扔在马桶里。从那以后，她就没有再给过他钱。他觉得他不用再辛辛苦苦地被她的眼神拧捏着干活，倒是她，有时还得顺着他的意思行事。每年圣诞节的时候，亨德森先生都会递给他一个大大的红包。亨德森先生给他红包的时候，总是拍拍他的肩膀，小声对他说："还是你把她的脾性摸透了，这几年脾气好多了，省我多少事呢。"

锦河接过沉甸甸的红包时，感觉既厚颜无耻又理直气壮。

锦河替亨德森太太穿上衣服，觉得她胳膊身子软得仿佛没了骨头，跟一刻钟前的僵硬判若两人。他发现这个夏天她又瘦了些，她胸前的那两坨肉已经懈了，如同被太阳晒得半蔫的佛手瓜。他想起她最饱实的汁液是从他的指缝里流走的，心里突然就起了些凄惶。可是今天凄惶也挡不住他的口舌了，今天他的话非说不可了。

锦河从衬衫口袋里掏出那张揉皱了的照片，递给亨德森太太。

"夫人，我想回家一趟，和这个女人，结婚。"

亨德森太太没有回话，也没有看照片。锦河听见当的一声，是亨德森太太的心掉在了床上。亨德森太太睁着两只眼睛，定定地盯着墙。亨德森太太的眼睛如同两口黑洞洞的井，井里无水，只有层层叠叠的枯石。

锦河不敢看亨德森太太，锦河只是看着自己的手心，不觉得疼，只觉得灼灼地烫。锦山听见自己嘟嘟地说：

"不能，不，回去。阿爸，孙子。"

没有回声。很久。后来锦河听见一些咕噜声——是井中的枯石在摩擦撞击。再后来，锦河感到空气中有一些嘤嘤的震颤。

那是亨德森太太耳语一般的声音。

"半年，给你半年。"

阿法吾夫：

　　河仔抵家方五日，因回程甚急，婚事已于昨日仓促操办。兵荒马乱，盗贼四起，未敢招摇。区家聘礼悉数置备，早前已差家丁暗夜悄然送去，娘家陪嫁亦然。所幸有墨斗持枪押送，略微放心。乱世之中，枪本为胆，明岁或再置新款。喜宴从简，只邀族亲十数桌。河仔离家去金山，尚是瘦弱少年人，一去十四载，如今恐过街而不相认。

　　汝上趟离家，锦绣尚在吾腹中，如今已十六，至今不识阿爹。锦绣中学毕业，预备考省城师范。兵乱之中，单身女子一人上路，终是不妥。吾有意将锦绣许配墨斗之子阿元。虽门户不甚匹配，阿元却是有志青年，在校门门功课皆是状元，前程远大也未可知。且锦绣自幼与阿元同窗，感情甚笃。夫以为然？若妥，可望今秋定亲，等师范毕业再成婚，届时由阿爹亲自操持。

　　河仔说汝迟迟不归，尚以钱财为念。方家乡里田产之租银，足够颐养天年。汝年事渐高，故土难离，望早日定夺，树高千丈，终是归根为宜。阿妈坟上，草已生数茬，虽有吾等季季扫祭，终不抵亲儿俯首一拜。山仔腿骨健壮些否？延龄已上学堂否？洋人学堂，学问广博，吾中华语言之精华，也不得忘却。匆此，谨祝安康。

　　　　愚妻阿贤　民国十八年正月初九于自勉村

民国十九年（公元1930年），卑诗省温哥华市

阿法的烧腊铺今天生意很是清淡，一整天才来了四五个食客，都是买小份烧腊饭的。厨子靠在锅台上睡了一下午了，这时候刚醒过来，饱饱地吃过了一顿腊味饭，抹抹油嘴，又切了一大块玫瑰肉，包在荷叶里，准备带回家去。阿法想说这肉冰起来，明天兴许还能卖，却觉得这话腻重，半天说不出口，最后只好装作没看见，心里却窝着火——气自己的软蔫。

阿法收拾完剩饭剩肉，就在店铺门口挂了一根黄丝带。明天是加拿大国庆日，也是排华法案实施七周年纪念日。中华会馆有通知，叫各家不悬加拿大国旗，店铺都挂国耻日的黄丝带，华埠人人别"华"字襟章。阿法年年依章办理，也叫两个儿子都别襟章，只是年年华埠有聚会，年年报章上有人喊话，情景却并无改善——便渐渐灰了心。

临打烊时，进来一个女客。女客要一份烧鸭面，阿法只好临时又拆包切鸭煮面。面熟了，女人就势坐在店堂里吃。阿法的铺面极小，寻常的食客都是打包走人，所以店里只有两张小桌子，四把旧木椅。女人挑了一张干净些的椅子坐下，又从衣兜里掏出一块手绢擦了擦桌面，才放心把肘子放上去。

女人穿了一件灰布衫，一条黑裙子，衣裳似乎洗过许多水，袖口已经脱了线，却是素素净净的。女人四五十岁的样子，头发微微地有几根灰白，在脑后梳成一个光溜的髻，髻上插了一朵茉莉花。女人很瘦，却瘦得硬挺，颈脖背脊都是直直的。女人的布衫襟上，也别了一个华字襟章——那是会馆发的。可是女人看上去面生，不像是在华埠时常走动的人。这几年禁了港，极少有新人入埠，唐人街走动的女人，阿法都有些眼熟。

阿法端上了一碗鸭面，一杯豆浆，说大姐是外埠来的吧？女人点了点头，却不多话，只用手绢擦过了筷子，开始吃面。女人吃得很慢，一根一根绣花似的挑着。女人吃面的时候有些心不在焉，女人的耳朵在一抖一抖的，像受了惊的兔子。

阿法急着想回家，却不好催，见女人杯里的豆浆浅了，便又端了一杯过来，站在女人身后不走。女人摆摆手，意思说不要了。阿法说不收钱——大

姐你是最后一个客，你不喝我也得倒掉。女人才接了，依旧慢条斯理地喝。

"哪里来的?"女人问。

阿法以为女人问的是豆浆，就说是隔壁阿旺的铺子里送的货，每天现磨的。女人嗤的一笑，说那个，唱戏的。阿法这才明白，女人吃得慢是因为女人一直在听戏——阿法厨房的柜子上，放着一个唱机。没有客人的时候，阿法就放几折戏曲子听。阿法的唱机和唱片都很旧了，沙沙地像下着雨，时不时地还要打上一个饱嗝。

"很多年前，一个朋友送的。"阿法说，"大姐你也爱听戏?"

女人闭了眼睛，跟着唱机哼了一段过门。女人哼得有板有眼，就把阿法肚里的戏虫子勾了上来，忍不住，也跟着哼了起来。女人哼的是拖腔，阿法哼的是胡琴，两人都紧紧地攀在调子上。

"金山云的戏，你看过?"女人问。

"那年她来温哥华，唱了十二场，我场场都到。第一排，正中间，两毫一张票子，便宜得紧。"

"唱得如何?"

"那时她还没有出大名，可是她唱生角，平嗓子一拉，房顶大梁都嗡嗡抖，十个八个男的，都拉不过她。我一听就知道，她不成大名，老天爷都不肯。"

女人睁了眼，递出几根手指，说先生给根烟抽吧。阿法从兜里摸出两根烟来，先给女人再给自己点着了。阿法看女人的牙齿，都像是黄水里泡过的，便知女人也是多年的老烟枪了。女人抽烟的架子很老到，跷腿，仰脸，兰花指轻轻一抖，便有一串圆圈，从女人的唇间软软地飞出来，越飞越高，越飞越胖，最后撞在墙壁上，一个一个地撞瘪了。

"你真这般看好金山云?"女人问。

阿法嘿嘿地笑，说我真是迷她，夜夜赶一个小时的路程，等戏班开门。戏散了也不走，就想等她说句话。只是我一个洗鱼的小工，没在人家眼里，早有公子哥儿们马车等着，拉她吃夜宵。唱完最后一场，临走那天，她倒是送了我一张唱片，就是唱机里的那张。

女人转过身来，怔怔地盯着阿法看了几眼，才说："你脸上那道疤，老了倒不明显了。"

阿法一惊，愣了半晌，突然醒悟过来，说你，你就是金山云？

女人不说是，也不说不是，只说那些事，咳，倒像是前一辈子了。

原来金山云在三藩市唱出大名后，被一个姓黄的富家公子看中，便遣散了戏班，嫁到檀香山，过了几年阔太太的日子。谁知那家人为了一笔生意得罪了黑道，黄家公子被人刺杀在大烟馆里。金山云不得已又回到三藩市，重操旧业，搭在别人的戏班里唱戏。只是时隔数年，戏台上名角早换过了一潮，金山云只能靠做个陪衬的小角混口饭吃。又过了几年，倒了嗓子，便连小角也演不成了，只好到了满地可投靠阿哥金山影。金山影早已不唱戏了，在满地可开了家小杂货铺度日。上个月金山影得肺痨死了，金山云向来与嫂子不和，在满地可待不下去了，才只身来到了温哥华。

"如今住在哪里？做什么事？"阿法问。

"替这边的剧团管戏服道具。放戏服的房间里隔出一小片，给我住，省得交房租。"金山云说。

"给薪俸吗？"

"够买一碗面的钱。"

阿法听了，唏嘘不已。一代名伶，繁华尽处，竟是如此窘迫境地——却是无语。

那个周六的晚上，锦河伺候着亨德森一家吃完了晚饭，就准备回家。刚出门，远远地看见阿爸站在街角等他。锦河吃了一大惊，心擂鼓似的跳了起来，急急地跑过去，问阿爸出了什么事？阿爸不说话，只从衣兜里掏出两根烟来，一根给锦河，一根给自己。阿爸只抽了一口，就停在了那里，听凭烟灰越攒越长，终于颤颤地抖落到地上。许久，才问河仔你带钱了吗？

锦河沉吟半晌，却不说话。锦河这几年攒下的钱，回了一趟家，娶了一门亲，就见了底。如今乡下的老婆马上要生孩子，锦河的薪俸在还没有到手的时候，就已经派上了用场，所以锦河现在把钱看得很紧。

"二十。没有二十，十块也行。"阿法不依不饶。

"做什么用？"锦河问。

阿法不说话，阿法脸上的皱褶却在替阿法说着话。阿法的皱褶蚯蚓似的来回爬动着，在诉说着阿法的为难。阿法把才吸了一口的香烟扔在地上，一脚碾碎了，呸地吐了一口痰，说老豆（父亲）问你借几个小钱，还得按手印写契吗？

"昨天刚寄了一张银票回家。"锦河从兜里摸来摸去，摸出一张五元的票子。阿法从锦河手里抽出这张票子的时候，票子已经被锦河捏出了水。

"阿爸，番摊馆（赌馆）不是我们去的地方，什么时候你见庄家输过？你这个岁数，更玩不顺了。"锦河说。

血轰地涌上了阿法的脸。阿法想把这张票子揉成一个坚硬的纸团，狠狠地掷在儿子的脸上。可是他想起了金山云的那个翡翠手镯，那个没有一个疵点，在暗夜里能发出萤火般光亮的手镯。这五元，再加上他自己平日攒下的五元，十元钱也许能保得住那个手镯。保一天是一天。他想。

于是他一声不吭地把那张五元的票子揣进了衣兜。

在那以后的日子里，阿法还会时时地跟锦河借钱。二十块不行，就借十块。十块不行，就借五块。五块不行，就借三块。三块不行，就借一块。在一块也不行的时候，阿法甚至连毫子也要。终于有一天，锦河连毫子也不给了。锦河说耀锴要摆满月酒，阿妈要做寿，家里要添新枪，哪一样东西也不是地里长出来的。阿爸你还记得你上一次寄银信回家是哪一年的事？这几年是谁养着家？你要把你自己老婆孙子的吃食送给番摊馆吗？

阿法额上的筋鼓得跟蚯蚓似的，那蚯蚓似乎随时要从皮底下爬出来，可是最终却缩回了肉里。

"明年，明年阿爸就卖店回家了。阿爸借你的钱，一分一厘都记着账。等卖了店，连利息一并还你。"阿法嚅嚅地说。

"你的店？你的店月月亏空，烧腊都放得爬出虫子来了，还卖给谁？倒贴一把银子都没人要。"锦河忍不住哈哈大笑。

阿法没有回话。阿法把话铁砂似的吞了回去，吞得一脸生绿。阿法没想到这个他从小看不上眼的小儿子，如今却成了家里最响的那个声音——大儿子锦山摔坏了腿之后，如今连自己也养不活。金山唐山两头两个家，都是靠着锦河和猫眼的薪俸度日。

活到这个岁数，阿法终于明白了两件事。一件是，谁给家里寄银信，谁就能做大声公。第二件是，没有站着求人的。好几次他想跟锦河解释他借的那些钱的真正去处，可是话到嘴边，他却没了气力。他觉得他就是绕个七七四十九道弯，也绕不到他要去的地方。和七七四十九道弯相比，误解倒是一种便捷。

于是，阿法便选择了沉默。

你等着，你阿爸离死还有几脚路。要是挣不回这个脸面，就是打死我也不会回去。阿法恨恨地想。

民国二十五年（公元 1936 年），卑诗省温哥华市

珍妮端着一面镜子看自己，越看越丧气。脸太扁，眼睛分得太开，细细的似乎永远没有睡醒，雀斑如鸟屎撒满了两个脸颊。不过这些都还不是她的致命缺点。她知道自己的致命伤是在身材上。学校里和她同年的女生都已发育得凹凸有致，而她至今还像是衣架上披挂着的衣服，毫无细节地平板着。

离高中毕业舞会的日子，还有三个星期。妈妈早已替她定好了做头发的沙龙和晚会的服饰，爸爸半年以前就在温哥华大酒店定好了五十个座位的晚餐，来庆贺她高中毕业。这当然只是一个借口。在英国，体面人家都会借这样一个盛会，把成年的子女隆重推入社交圈子。爸爸把这个习俗带到了加拿大，目的自然是为她钓一个金龟婿。可是金龟婿的想法离她十分遥远。在这个阶段里，她只需要一个男伴，一个可以让她挽着手臂进入毕业舞会会场的男伴。

她班级里的女生，几乎全部都已经有了舞会的男伴。玛丽的男伴，是上高一的时候就定了的。苏西接到了三个男生的邀请，至今还没想好跟谁。杰尼芙早先答应比利当舞伴，后来变了卦，要跟文森特，结果比利和文森特在学校操场上打了一架，文森特丢了一颗门牙，比利的鼻梁骨歪了。教导主任史密斯小姐十分生气，罚两人各擦五天黑板，替法语老师背一周字典和讲义。

可是这样的事情只能发生在别人身上。珍妮至今还没有收到任何一个男生的邀请。别说是邀请，就连一个意义含糊的暗示都没有。班级里和她情形相同的女生，只有那个单眼皮举止古怪的中国人琳达·王——谁愿意和那些

头发衣服上沾满了厨房油烟味的中国人在一起呢？一想到自己即将和琳达·王为伍，孤零零地走进毕业舞会的会场，珍妮忍不住打了一个寒颤。

珍妮在地板上跪了下来，双手合十，开始祷告。珍妮过去也祷告，可是过去的祷告只限制在三餐之前的谢饭和入睡之前的谢恩上，最多不超过三句话，其中有一句是阿门。可是现在的祷告却越来越急迫冗长了。

> 慈悲的天父，求你不要叫我和那个中国人琳达·王一样，成为没有男伴的人。从前我犯过很多错。前年圣诞节妈妈不让我用口红的时候，我暗暗诅咒过她早点去死。同学嘲笑我家里有个蒙古种用人的时候，我在吉米的饭碗里放过泻药。我不想上科学课的时候，假装生病让妈妈写过请假条。还有，每次跟爸爸妈妈去教堂的时候，我都在数着指头盼望卡特牧师的讲道快快结束。上帝啊，你有一千个理由来惩罚我，不过，你可以不可以在毕业舞会完了之后再行使你的权柄？若让我一个人走进舞会会场，你不如叫我直接跳进硫磺火湖——可是主日学的老师说过，那样的惩罚是留给不信上帝的外邦人的。我信你，你总不至于叫我失望。时候不多，只有三周了，求你在最快的时候，最好是明天，叫我接到一个邀请。除了那个还流鼻涕的杰克，任何一个男生都可以。就是苏西挑剩下来的给我，也好过没有。如果你在垂听，就求你给我一个信号，让我知道。

珍妮话没说完，放在床头的那个布狗熊，突然咚的一声倒栽下来，落到了地板上。珍妮的心狂跳了起来。她知道这是上帝给她的回应，她知道她不会是一个人走进舞会了。很快，说不定就是明天，她会收到一份迟来的邀请。她再也不用在下课之前的十分钟就开始收拾书包，铃声一响第一个冲出课堂，只为了避免和同学们进入与毕业舞会相关的话题。她将会无比自如地和玛丽苏西杰尼芙谈论她晚会服饰的款式和颜色。

那块在她的心上压了很久的大石头，突然之间挪走了。可是她已经不习惯这突袭而来的轻松了，她只能将两手紧紧地扣在胸前，仿佛害怕自己随时要飘浮到天花板上去。

她又开始了在镜子里的巡游——这次就有些细细端详的意思了。镜子不够大，她只能慢慢地挪动着身子，一部分一部分地照。她惊奇地发现了颧骨上有两片如水一样漫润开来的红晕，雀斑被这样的水泡得退了色，竟不十分显眼了。前胸依旧是扁平的，可是如果她的两只手用力推挤的时候，她竟然看见了一条若隐若现的乳沟。脖子太长，那是因为头发都梳在了耳后。如果把头发披散下来，或者低低地梳成法国式辫子，也许会有出乎意料的变化。珍妮一处一处地重新审视着自己，渐渐发觉她的每一处不满都已经有了补救的药方。

珍妮的手偏了一偏，镜子就长了脚，一路走过半开的门，走过客厅，来到挂着及地窗幔的那个角落。镜子不仅长了脚，镜子也长了手，镜子钩进了两个人——珍妮的妈妈亨德森太太和用人吉米·方。

吉米一只手端着一只瓶子，另一只手端着一个杯子，正把瓶子里的水倒进杯子里。珍妮知道吉米在喂妈妈喝中国草药。妈妈喝这种被爸爸称为“中国阴沟水”的药已经一二十年了，没人知道那到底是什么东西，不过妈妈喝了却是解疼。只是“阴沟水”的价格一年比一年高，爸爸和妈妈为它引起的争吵，越来越频繁了。爸爸老了，爸爸把钱捏得越来越紧。妈妈也老了，可是妈妈依然日复一日不屈不挠地做着同一种游戏——从爸爸手里抠出一个一个的铜板。

珍妮从镜子里看见妈妈把“阴沟水”喝完了，吉米拿了一块毛巾给妈妈擦嘴。可是妈妈没接吉米的毛巾，妈妈却来扯吉米的衣袖。吉米抽了抽胳膊，没抽动，只好由着妈妈把一嘴的黑沫子抹在自己的袖口上。珍妮吃了一惊。

妈妈越老，对吉米越依赖。这个中国人已经成了妈妈走路的拐杖，歇息的枕头，揩眼泪的帕子，装气话的竹篓。珍妮学校里的同学，有好几个就住在她这条街。众人都知道，珍妮家里有一个中国用人。在班级里，珍妮只和苏西玛丽两个要好。苏西曾经问她，说有人看见那个中国人给你妈洗澡擦背，是真的吗？玛丽也在旁边凑热闹，说中国人挣了钱不存银行，就塞在鞋底里，你家那个吉米，也是这样吗？珍妮被这样愚蠢的问话堵得一脸通红，最后只说了一句吉米给你妈才洗过澡呢——却一个星期没理会苏西和玛丽。

后来她们再也没有问过她关于吉米的事，可是珍妮知道她们的疑问不过是挪了一个地方，从舌头上挪到了眼睛里。她们看她的眼神里，有些轻蔑，也有些怜悯，仿佛在说，多好的一个人，就这么糟蹋了——家里竟有一个中国用人。起先她在抗着她们的眼神，仿佛是盾顶着矛，土挡着水。可渐渐地她就抵不过了，她们的眼神把她的背她的腰她的骄傲都压得矮了一大截。

终于有一天，她被她们压碎了。放学回家的时候，吉米照例在过道上迎她。她没让他碰她的书包，她越过他径直地走到了她妈妈的房里。她站在妈妈面前的时候，突然有了一丝犹豫。她知道这是一个艰难的话题，像在铁壁上徒手凿出一个洞眼那样艰难。

她低头看着她的脚趾，期期艾艾地说："妈妈我们难道真的，那么需要吉米吗？"

妈妈一点也没有想帮她突围的意思，妈妈听凭她把一句复杂的话迂回地说出了一个开头。半晌，妈妈才拉着她的手说：

"是的，我们——你爸爸，我，还有你，都需要吉米。"

珍妮被妈妈的自以为是激怒了，她摔开妈妈的手，说不是的，不是我们，只是你。妈妈并不生气。妈妈用一种听不出情绪的口吻说，珍妮如果你不信，可以去问你爸爸。除了吉米，还有谁能听他那些重复了一百遍的笑话，每一遍都像刚听第一遍那样？珍妮一下子泄了气，因为珍妮知道爸爸对这个中国人的依赖，其实并不亚于妈妈。

"事实上，你也需要吉米。"妈妈说。

"当然，你不会记得，小时候是谁给你换的尿布洗的澡？你得白喉的时候，是谁把你搁在自己的肚子上让你睡觉的？如果没有吉米，你的早餐大概不会自己飞到餐桌上来的。你的裙子，大概也不会自己变得干干净净平平整整。你书桌上的灰尘，应该不会避着你自动走到垃圾桶里去的。如果吉米今天走，明天你得马上成为家里的厨娘，清洁工，园丁，随叫随到的护士。假如你觉得可以，我马上让吉米开路走人。"

珍妮一言不发地离开了妈妈的房间。珍妮知道这个叫吉米的中国人，刚来她家的时候，不过是一株小苗。没有人想到这些年后，这株小苗已经长成了一棵枝桠繁多的大树。这些枝桠深入到家里的每一个角落，若砍了这棵树，她的家将到处是树根留下的瘢痕，填不满，也抹不平。想到那双猩猩一样黄颜色的手，曾经在她不知道拒绝的年纪上，碰触抚摸过她身体上最为隐秘的部位，珍妮的皮肤浮起了一层蛆似的疙瘩。

此时珍妮其实完全可以挪开镜子，或者关严房门。那只抹在她妈妈嘴上的袖子已经搅浑了她的心情，她不想再看镜子里自己的容颜了。可是她偏偏在这时犯了一个致命的错误。冥冥之中仿佛有人将她轻轻一推，脚跟不稳的她栽倒在片刻的犹豫之中，却永远没能再起身。

她看见她妈妈用吉米的袖子擦完了嘴，却没有把吉米的手放回去。妈妈把吉米的手拽住，贴在了自己的脸颊上。珍妮看见妈妈的手，像一只张开了大口的蟒蛇，含着吉米的手，一路扭动着，顺着脖子蜿蜒而下，窸窣地钻过衣领，停留在胸前那两坨松弛的肉上。

珍妮听见轰的一声巨响，她的脑子炸成了无数个碎片。过了一会儿才醒悟过来，那是镜子。她光着脚从玻璃碴子上走过，全然不知疼痛。

亨德森太太听见声响，立即丢开了吉米的手，可是已经晚了。她看见她的女儿珍妮一阵旋风一样地扫过她的面前，地板上留下了一串番茄汁一样浓腻的红脚印。她站起来，追着女儿跑到街上。她被虫子蛀咬了几十年的膝盖在那一刻突然强壮了起来，像年青人一样充满了弹性和气力。那天她的膝盖完全没有耐心来等待她的身体。那天她的膝盖承载着她的双腿，弃下她的身子在街上一路狂奔。

跑到街尾的时候她看见眼前掠过一团粉红色的云彩，她知道那是珍妮的衣服。她伸手拽住了那片云彩，把自己坠了上去。珍妮挣了几下，没挣开。珍妮弯下腰，用肘子狠狠地顶了她妈妈一下。亨德森太太觉得心窝里突然杵进了一条粗棍子，她抬起头来，发现天正中的那颗太阳裂成了好几片，正一片一片地朝着她砸过来。

醒来的时候亨德森太太发现身边围了一群人。她听见一个撑着阳伞的女人对旁边的一个男人说："今天这条街上到处都是怪事。刚才学校门前一辆汽车撞上了一个疯跑的女孩子。上帝怜悯，那身子给碾成了一张薄饼。"

眼睛。

亨德森太太突然想起了珍妮的眼睛。珍妮刚才看她的时候，眼睛像两颗烧得火红的玻璃珠子，从眼眶里迸射出来，直直地射进了她的脸。

亨德森太太疯狂地抓挠着脸颊，血像蚯蚓一样很快就爬满了她的脸——

没有人知道她是在挖那两颗埋在她脸上的玻璃珠子。

锦河吾儿：

　　汝托前村大只佬从金山带来的五十元美金，已如数送到。听大只佬说汝与阿哥终于说服汝父关闭烧腊铺，促其年底买舟回乡过老。汝父一生好强，至老不能遂衣锦还乡之愿，心有不甘，还望汝与阿哥多加劝慰。

　　近日东洋人进犯惠阳一带，于圩日飞机滥炸无辜。你妻阿云之娘家，除岳丈和大哥二人当时在邻村配猪种，其余五口人，三死二伤，其中二哥尤为惨烈，半截身体悬挂树上，肠流满地。除飞机轰炸之外，东洋人所过之地，烧杀奸掠，劣迹不可一一而数。

　　如此兵荒马乱之时，汝父当在金山静候，不宜草率动身。汝父年事渐高，懒怠动笔，近年家书渐少。所幸吾儿孝顺，常捎书以慰阿母思念之心。汝妹锦绣及妹婿阿元师范毕业后回乡办学，乃男女合堂之新学，学生人数日渐加增，名声大起。汝儿耀锴已上学，十分聪慧上进，常得先生夸奖。并与锦绣之子怀国最为亲近，二人形影不离。只是耀锴至今未见过他阿爹，每每问及茫然不知。吾也日渐老去，十分渴想儿孙绕膝之乐，盼望战事平定之后，汝父能携汝和汝阿哥并延龄一路归来，合家团聚之日，便是阿妈心愿得遂之时。

　　　　阿妈　民国二十七年十一月初八于自勉村

民国二十九年（公元1940年），卑诗省温哥华市

锦河早上起来，走到厨房煮咖啡的时候，顺便朝窗外看了一眼，隐约看见院子中间那棵落得没剩几片叶子的樱桃树上，有几个红点子。忍不住开门出去，走到院子里，才看见那树上果真抽风似的长了一条新枝。那新枝上，稀稀地爆了几个花骨朵。便很是惊奇，就剪了花枝，放在一个茶杯里，端上楼去给亨德森太太看。

走到楼梯口的时候，锦河撞见了正要出门遛狗的亨德森先生。亨德森先生八十二岁了，退休都二十年了，却还算劳健——大概是因了每日遛狗的功劳。锦河说早安，太太昨晚睡得安生吗？说完了才醒悟过来自己在说蠢话——亨德森先生和太太已经分房数年了。

亨德森先生并不回话，只是定定地看了一眼锦河杯子里的花。"下个周末，你别回家，我带你去白石镇钓鱼。"亨德森先生说。

锦河跟亨德森先生钓过几回鱼，发现亨德森先生是个非常蹩脚的渔夫，既无悟性也无耐心。他背着沉重的钓竿鱼食鱼篓出门的目的，似乎只是想离开家，在野外待一会儿——让锦河想起了逃学的孩子。锦河犹豫了一下，说家里不能没人，太太她……亨德森先生摇摇头，说当然。锦河看亨德森先生牵狗走过门厅的时候，两条腿晃得厉害。

锦河进屋时，亨德森太太已经醒了，正靠在床头，两眼直直地看着天花板。锦河把亨德森太太的手从被窝里掏出来，开始解腕上的绳子。亨德森太太的手软得仿佛是热水发的面，颠来甩去全然没有筋骨，倒叫锦河很是辛苦起来。

自从珍妮被车子撞死之后，亨德森太太就是这副样子了，时而清醒，时而糊涂，只是清醒的时候越来越短，像是电闪雷鸣的一刹那，还没来得及抓住，就已经过去了。糊涂的时候，却是长得没法打发了。亨德森太太犯起糊涂来，就用手抓脸，抓出一头一脸的血，也不知道疼——说是要把珍妮的眼睛抠出来。所以每晚睡觉之前，锦河都要把她的两手用绳子捆起来，早上起床再解开。

锦河把亨德森太太的手解开了，只见那手腕上有一排豌豆花似的磨痕，就知道昨晚大概睡得不怎么安生。锦河把杯子里的花拿给亨德森太太看，说

都要下雪了，还开，你说怪不怪？

亨德森太太并不看花，只是把脸埋在锦河的头发里，说吉米我听见嘶嘶的响声。锦河说是咖啡煮开了吧。亨德森太太摇摇头，说不是，是你的白头发，在长。锦河忍不住笑了，说太太说得是，我四十岁了，四十岁的中国男人很老了，早该做爷爷了。

"可是，你还没有，做爸爸。"亨德森太太摸了摸锦河的脸，"你的儿子，死了。"

耀锴的死讯，家里一直都瞒着锦河。后来有乡人探亲回来，说起这事，才辗转传到锦河耳朵里。这个儿子，他只是从阿妈寄来的相片上见过面，心里总觉得那是阿妈的孩子，跟家里其他亲戚一样，牵挂也牵挂，却没有牵挂在心尖的那个地方。听到消息时，孩子死了都快一年了，锦河当时并没有十分伤心。可是现在亨德森太太的手，却在锦河心上狠狠地拧了一把，叫他猝不及防地觉得了疼。

"我的珍妮，和他做伴呢。"亨德森太太说。

锦河一愣——亨德森太太已经很久没有这样清醒地说话了。锦河扶起亨德森太太，帮她换下睡衣。亨德森太太今天不仅手是软的，身子也软得如同一尾没有骨头的鱼，左扶右扶都扶不起来——倒扶出了一身汗。

锦河就生起气来，说你再闹我就走了，再不回来了。平常锦河一说这话，亨德森太太就老实了，可是今天亨德森太太依旧软怠着不肯合作。

锦河果真丢了她的手，转身就走。走到门口，却听见亨德森太太突然叫了一声珍妮来了。锦河起了一身的鸡皮疙瘩，大声喝道你犯糊涂了。亨德森太太指了指杯里的那枝花，说那是珍妮的信。珍妮托信叫我跟她走。

锦河心里一个激灵，猛然想起小时候听阿人说过花不守时不是妖孽就是灾祸的话，便赶紧将那杯子端了出去，把那枝花拔出来，拿剪子铰碎了，扔在垃圾桶里。回到楼上，亨德森太太又靠着枕头睡着了。锦河摇了几回，摇不醒，就拧了一块湿凉的毛巾来激她——才微微地睁了一下眼睛。那眼神是糊涂的，却又不是平常的糊涂，倒像是被大雨搅浑的池塘，见不着底了。

他一下子慌了，叫了一声太太，声音裂成了好几片。她的嘴唇如同刚打捞到岸上的鱼，一张一合着，却说不出话来。只看见她的眼神一分一秒地浑浊起来，身边却没有一个人。他把嗓子翻在舌头上号叫起来，号了几声，知道没用，就停了。他知道该给她换衣服了，再不换，也许就换不成了。他在她的衣柜里翻了几个来回，翻出了一套珍妮出事前那个圣诞节买的衣裙，慌慌地来解她睡袍的丝带。

突然，他感觉到捏在他手里的那只手，轻轻地抽了一抽。他把耳朵贴到她的嘴边，只听见她蚊蝇似的哼了一句话。过了半天锦河才醒悟过来那句话是"不要"。

他问她不要什么？她却再也没有气力来答他了。

他问她不要这件衣服吗？她定定地看着他，一动也不动。

他又问她不要牧师来吗？她依旧定定地看着他，一动也不动。

他把床擂得嘭嘭响，说天爷啊你告诉我她到底不要什么啊。他感觉到她的手又抽了一抽。他突然醍醐灌顶一样地清醒了过来。

"是他吗？你不要他进来？"他问她。

她的眼睛眨了一眨，捏在他手里的那只手便软了下来。

亨德森先生遛完狗回来的时候，听见屋里有一阵嘤嘤的声响，像是蜜蜂在日头里扑扇着翅翼，又像是电灯泡里的钨丝在相撞发颤。他叫了一声吉米，无人答应。他又叫了一声菲丽丝，还是无人答应。他站在楼梯脚下仔细听了听，觉得那声响是从他太太屋里传出来的，就上去敲门。敲门当然只是做个样子，他并没有期待着回应。敲了两下，他就推门进去了。

他一进门眼睛就被割了一下——那是他太太。他太太穿了一袭鲜红的衣裙，直直地躺在床上。他很久没看见她穿这样明艳的红了，红得四壁仿佛都挂着太阳。他家的用人吉米·方正跪在床头，拿了一块毛巾给她擦脸。吉米擦脸的样子非常滑稽，胳膊悬着，手指微微颤动，动作轻得如同在清理一件举世无双的明代宫瓷。

吉米的嘴唇分明是紧抿着的，却有一些细碎的声响，从双唇中间的那条缝隙中挤出来，如足月的蚕，满屋吐着纷乱的游丝。唱歌是亨德森先生模糊的猜想，实际上亨德森先生什么也听不明白。他当然不会知道，吉米哼的是一首儿歌，是一个大名叫关淑贤，小名叫六指的女人，将他抱在怀中喂奶的时候唱的歌：

喜鹊喜，贺新年，

> 阿爸金山去赚钱；
>
> 赚得金银千万两，
>
> 返来买房又买田。

亨德森先生听得没了耐心，就忍不住笑，说吉米你看太太又闹哪门子鬼，穿着高跟鞋上床呀？

吉米缓缓地转过身来，伸出一个手指头，指着门，说：

"出去，你。"

亨德森太太葬礼之后的第二天，她的律师在办公室里召见了锦河。

"根据夫人的遗嘱，她的私人资产四千加元将全数归于你的名下。"

锦河怔了一怔，半晌，才疑疑惑惑地说："不可能，夫人一直依赖丈夫维生，没有任何个人资产。"

律师打开文件柜，取出遗嘱原文，指着那个已经开始模糊起来的签字，说这份遗嘱是十年前签的，当时的受益人是珍妮和你。因为珍妮已经去世，你就成为唯一受益人。

"这份资产是夫人的母亲赠的私人礼物，是夫人的婚前财产，夫人有自由支配的权利。"

从律师的办公室走出来，天已经暗了，风从街面上扫过来，是一种赤身裸体的寒冷。街边光秃秃的树桠上有一只鸟异常响亮地叫了一声，吓了锦河一跳。一抬头，是一只毛发斑驳的老樫鸟。锦河拾起一块石头扔过去，鸟嘎嘎地扑下树来，擦着他的头皮飞走了。锦河突然记起亨德森太太临死前说过珍妮托花带信的话，心想这鸟儿，该不是亨德森太太带给他的信吧？

你为从他手里掰出一两个毫子费了一辈子的心气，谁想得到你自己手里竟揣着天一样大的一张银票呢？早知道这样，你想买多少瓶大烟汁就买多少，何苦呢，你？

眼泪这时才渐渐地流了出来。

回到亨德森家，屋里没有点灯，锦河却知道家里有人，因为厨房和过道里飘浮着隐隐一股杜松子酒的气味。他不想点灯，他也不想说话。他闭着眼也知道哪里是上楼的台阶，走几步能到他自己的房门。他的行李昨晚就整理好了，其实不过是一个包袱而已。来的时候是一个包袱，走的时候也还是，只是里头装的东西变了。

他在自己的床头取了包袱，下楼的时候，过道的灯突然亮了。他闭了一会儿眼睛才渐渐适应了突兀的光亮。

"能不能不走呢，吉米？"

他听见一个满是褶皱的声音，从灯影之后的那片阴影里慢慢地爬了出来。

锦河不说话，锦河只是把包袱往肩膀上送了一送。开门，走下这几级已经有了裂缝的台阶，这灯，这人，这屋，就和他再无关联了。

可是那个声音爬到了他的脚下，咬住了他的裤腿。

"我知道你在生我的气，你怨我对她不好。可是你知道我为什么对她不好吗？"

那个声音迟疑了一下，在沉默中积攒了一些气力，才说："你，是因为你。"

锦河吃了一惊，手一颤，包袱抖落到地上。

"从你到这里第一天起，我就喜欢你。可是她夹在我们中间，山一样的，我爬不过去。所以我只好躲，我宁愿天天出差。"

"我从来没喜欢过她，这不是她的错。我只是，不喜欢女人，任何女人。"

那个声音渐渐变大变圆了，变成了一张粉红色的脸，朝着锦河慢慢地压了过来。

锦河夺门而出，走到最后一级台阶的时候崴了脚。他回头看了一眼，还好，那人没有追出来。他坐在路边揉着鼓出一个肉包的脚踝，才想起来他没拿他的包袱。

二十五年的岁月都丢在那里了，还在乎一个包袱呢？他想。

锦河走在路上的时候，脑子很稠黏，稠黏得像小时候阿妈做鞋底时刷的糨糊。脚还是一双，路却突然多了。锦河从来没见过这么多的路，锦河一辈子只会走一条路的那种路，再远再苦他也不怕，因为那样的路走起来，虽然费脚，却是不费心的。小时候，他的路是阿妈定的。阿妈说去金山，他就搭船上了金山。后来的路，是阿爸定的。阿爸说去亨德森家，他就来了亨德森家。再后来，他的路是亨德森太太定的。亨德森太太说留下来，他就留了，一留就是二十五年。

可是兜里的那张银票突然叫脚下生出许许多多的路来，只是这回，他得自己定一条路走了。走出亨德森家的院门，锦河才知道，他原来是不会自己走路的。他暗暗羡慕年青时的阿哥。阿哥锦山天生是个会走路的人。阿哥岂止会走路，阿哥也会开路。阿哥的脚像是乡下田里的犁耙子，走到哪里，哪里就生出一条路来。锦河知道，阿爸阿妈虽然骂阿哥悖逆，心里却是喜欢阿哥的。没想到阿哥老了，却吃起了软饭——那也是不得已的事。

给亨德森管了这么些年的家，锦河很明白兜里的那张银票可以派什么样的用场。这张银票可以破成许多片，一片拿去给阿哥买一座带后院的洋房，一片拿去给阿爸买舟回乡，还有一片拿去给阿妈买望也望不到头的田产。阿哥和那个女人在金山待久了，不习惯开平乡下的日子了。阿哥一直没有正式娶那个女人，锦河到现在也不知道怎么称呼阿哥的女人。跟阿哥阿爸说话的时候，他用一个"她"字来替代。遇到转不开脸非得和她说话的时候，他用"喂"或"你"字来招呼。她没什么表示，他却替她别扭了很多年。

当然，给阿哥买房子的最重要原因是延龄。延龄是在金山的泥土里栽下的种子，就着金山的日头和风水长大，若把延龄拔起来种到开平乡下，怕是死也不肯的。延龄不肯回去，阿哥就不能回去。阿哥不回去，阿哥的那个女人也不会回去。阿妈说了好多年一家人在自勉村团聚的话，恐怕到头来只是梦话。

锦河走到街口，才意识到他替那张银票派下的用场里头，竟然没有自己的妻子区氏的份。他和这个叫区燕云的女人，只在开平的碉楼里生活过几个月，之后便是长久的分离。区氏虽然粗粗识得几个字，却极少单独给他写信，至多在阿妈的信尾，加上诸如"你给耀锴寄的皮鞋甚好"，或"我阿爹下半年做寿给什么礼"之类的只言片语。若不看照片，锦河似乎想不起区氏的面容了，只隐隐记得区氏左边嘴角上方有一颗黑痣。这种地方长的痣，大多是叫人活泛灵动起来的，可是长在区氏脸上，却只是一味的木讷。

进洞房那夜，他去揭她的盖头，没想到她坐在床上却睡着了，涎水流了半边脸颊。他把她弄醒了，她迷迷糊糊地望着他，像是看着一个与她毫无关联的人。他吹了灯，三下两把她做了，她只是木木地被他搬来搬去，连疼都没有哼一声。他以为她是不懂男女之事的生涩，后来日复一日，竟不见些毫改变，他就知道那是她的天性了。他不是未经过女人的童男子。见识过亨德森太太之后，再遇见区氏，就仿佛是喝过了一碗带着桂花蜜的糖水，再去喝一碗白开水，他只觉得索然无味。

他脚下的路是哪一条？跟阿爸回去，和一个木桩一样的女人过一辈子？还是留在阿哥身边，一辈子没有女人？锦河想来想去，把脑壳想出了几个洞眼，也没想出个门路来，最后决定先不去想了。他要回阿爸阿哥的那个家，在阁楼的那张小床上睡他一个天昏地暗再说——他现在终于可以放心地睡了，没有人等他做活说话喂大烟汁了。

锦河到了家，门虚掩着，推进去，没人，却隐隐听见有些唱戏的声音，猜想阿爸又在放他的旧唱机。弯腰脱鞋，突然发现门厅里摆着一双陌生的女鞋。一眼看去就知道不是猫眼的鞋，猫眼从小在田里水里劳作惯了，是双大脚，而这双鞋却极是细巧玲珑，白鞋底，青鞋面，上头绣了两朵粉红色的牡丹。那牡丹花瓣之间还歇了两只小蝴蝶，翩然欲飞。这样做工细致精巧的老式布鞋，如今在华埠也是难得一见了。

锦河脱鞋进屋，几乎一脚绊倒在一堆东西上——是延龄的衣服和书包。拾起来挂到衣帽架上，穿过凌乱的前厅和黑洞洞的过道，走到厨房，就看见一男一女两人，正站在厨房的窗前唱戏。女的似乎刚刚吊上了嗓子，带着些乍暖还寒的惶惑和沙哑，一人却唱了生旦两角。

男的并不唱，却把嗓门拔葱似的拔高了许多，在咿咿呀呀地帮着那女人哼丝弦的调门。

（生）：蝶舞已无多，

　　　　莺狂惊日短，

　　　　何曾马上娴弓箭，

　　　　独擅填词试管弦；

　　　　城破早怀殉国念，

　　　　宁甘委曲去求全；

但念到江南惨被强邻占，

试问万民何罪受颠连。

愿为臣虏保民安，

忍辱归降，岂为图苟免。

（旦）：主上，热血和泪溅，

叹附庸未得宋皇怜，

战云密布迫南天，

笼内鸟怎飞远。

锦河听得仿佛是李后主小周后的戏。那哼丝弦的男人是阿爸，那唱戏的女人背着身，只留得一个梳髻的头影，头发也是花白的了——锦河猜想是阿爸的戏友。自从关了烧腊铺之后，阿爸就天天在粤剧社里闲坐，结交了一群票友戏迷，时不时还带人回家，管烟管茶地唱戏说戏，阿哥就常有些怨言。

锦河惊天动地地咳嗽了一声，丝弦和唱腔被齐齐地切断，断成了两截带着颤音的惊讶。阿爸扬起眉毛，说今天又不是周六，你怎么回来了？

锦河被阿爸这句话噎了一下，半天才喘过气来，说不是周六我就不能回来？

唱戏的女人徐徐转过身来，嘴角一挑，挑出细细一朵笑来，说你是河仔吧？你阿爸说你是整个华埠最顾家的仔。

锦河这才看清女人穿了一件墨绿的丝绒旗袍，领子正中别了一枚翡翠别针，鬓角上斜插了一枝珠花。女人的脸和女人身上的每一样东西都很是老旧了，带着些破落了的霉味。锦河不喜欢女人口吻里的讨好和亲昵，便冷冷一笑，说我阿爸的话，你一点折头都不打？

女人挨了一软刀子，神色有些尴尬，倒是守住了涵养，依旧是笑，却不再说话。阿爸指了指女人，说河仔你过来，见过你金山云阿姨，可是粤剧名角啊。二三十年前在三藩市，你在街上问问，谁不知道金山云的名字？当年是一曲动帝王啊。

锦河突然想起，阿爸这些年常常听的一盘粤剧旧唱片，好像就是一个叫金山云的人唱的。便嗯了一声，问延龄呢？阿爸说中文学堂明天要到街上游行，募捐给中国军队买飞机打日本人，延龄晚上排练去了。锦河又问阿哥呢？

阿爸说华埠组织了一个华侨回国参战会，在开会呢。锦河本想说阿哥瘸了一条腿，连口饭都混不得吃，还想回去打日本？可是他不愿在那个陌生女人面前说这个话，就径自转身上了楼。

锦河钻进了阁楼里的那间小屋，往床上一躺。木床在他身下吱吱呀呀地抗议了几声，便屈从了。楼底下的丝弦和唱段又响了起来，刀片似的从楼板缝里钻上来，一下一下地割着他的耳朵。他一把扯过被子蒙了头，被子很快被刀片割得像一张渔网，兜都兜不住了。他扔了被子坐起来，咚咚地在地板上跺了几脚，楼下就静了下来。可是楼下只静了一会儿，便又有了声响——是锅碗瓢盆的声响，似乎是阿爸在煮饭。

锦河想起自己进门时，本该是吃晚饭的时间，阿爸却没有问他吃没吃过饭。可是现在阿爸却在给这个叫金山云的戏子煮饭。阿爸一辈子没有给阿妈煮过一顿饭，阿妈是替阿爸养了三个儿女，又把阿人送了终的。

楼下锅碗的碰撞声里夹杂了一两声女人的笑声，是那种压得低低的咴咴的笑法。锦河觉得自己的心在腔子里扑通扑通地跳得如同雨后池塘里的蛤蟆。锦河摸了摸枕头被子和床边的木柜，还好，没有一样硬东西。锦河害怕自己会拿了一把刀冲下楼去。

其实那个叫金山云的女人，并没有什么特别惹他生气的地方。其实他和阿哥锦山，也都是喜欢听粤剧的。旧年星州红玉戏班来温哥华唱戏，他一连三个周末都去听的，买的还都是前排正中的好位置。若是换个时间换个地点，他完全有可能会泡上一壶茶，和那个女人坐下来，好好地聊一聊华埠的剧社的。可是今天不行。今天阿爸对那个女人的贱样子，叫他想起了那年硬把他塞上了金山轮船的阿妈。阿爸年年说回去，阿妈年年等着。阿爸的船似乎永远在路上，阿妈却把自己等老了。阿妈既然孤孤单单地老了，阿爸又怎能自己快活着？尤其是和金山云这样的女人。

锦河觉得在家里一分钟也待不下去了，便想穿鞋子出门。两只脚在床底下钩来钩去，没钩着鞋子，却钩出一张报纸来。胡乱翻了几翻，就看见中页上有一条加大了字号的新闻：

太平洋战事日渐紧迫，华埠人士踊跃购买胜利债券，
为国军筹募军饷。更有热血青年者，意在回国参战，亲戮

日寇为快。就参战一事华埠意见分歧，有人认为祖国有难，男儿保家卫国责无旁贷。也有人认为吾等在加拿大定居多年，加国亦是第二故乡。现今加国兵源短缺，华裔理当参战，以换得加国政府之信任。无奈卑诗省政府不予华裔以选举资格，华裔不得参军报效国家。近日华埠成立了爱国参战会，旨在游说联邦政府准予华裔以加国居民身份参战，以表华裔视加国为故土之效忠之心。

　　锦河心里一个激灵，突然就明白了，他衣兜里的那张银票，已经有了一个去处。

　　它够不够买一架飞机呢？晚上问问阿哥吧。锦河想。

第七章

金山阻

民国十三年（公元1924年），广东开平和安乡自勉村

猫眼挎着一只竹篮去无名河边洗衣服，延龄在她的背上一颠一颠地睡得正香。乍一眼看过去，猫眼也就像是自勉村里的女人，穿着蓝布斜襟大褂，青布宽腿裤，木屐敲在青石板路上呱嗒呱嗒地响，耳后插着一朵茉莉花。甚至连背孩子的背袋，都是自勉村女人的样式，黑布褡裢上绣着层层叠叠的牡丹花，两条交错的背带将两只充满了汁液的奶子勾勒出两个木瓜的形状。当然，能把猫眼看成是自勉村女人的只是外乡人。外乡人眼笨，外乡人看闽粤一带的女子，感觉都是一个样子。而自勉村的人眼尖，自勉村的人一眼就看破了猫眼身上的自勉村皮子，看出底下金山女人的里子。

猫眼叫人看出破绽来的，首先是她的束胸。自勉村的女人发现猫眼穿了束胸，是在猫眼给延龄喂奶的时候。尽管猫眼给延龄喂奶的时候背过了身子，还是有人看见了猫眼撩起衣襟之后，又撩起了一层带着花边的白布。其次，猫眼的内裤也是自勉村女人的话题。猫眼的内裤除了锦山，别人原是不知道的，只是有一回换下来扔在木桶里，叫家里的下女看见了，出去告诉了她的相好。很快全村都知道了，金山来的女人为了省布，将内裤裁得差一点遮不住屁股。

当然，由这样的内裤延伸出去，就生出了一些别的话题。这些话题像风像水，都是绕着猫眼吹淌过去的，猫眼一无所知。自勉村的人有话，也只和猫眼的家婆说。这些话慢慢地在六指的耳朵里积攒起来，生出了耳垢，六指的脸色就一天天地沉涩了。

其实，猫眼是根本不用自己洗衣服的。家里的下女有好几个，帮厨洗衣针线各派各的用场。可是猫眼不愿意让人看见她内裤里那些形迹可疑的斑点。而且，去河边是她一天里最舒心的时候——无名河让她想起她自己的老家。她的老家就是个多水的村子，她家的饭碗一半在田里，一半在水里。她帮阿妈做过田里的力气活，阿爸捞鱼的时候，她也替阿爸摇过橹。自从她和阿姐被人骗上了去金山的船之后，就和家里断了信息。旧年从金山回来，她让锦山带她回过一趟老家，才知道家早就败落了，阿爸阿妈的坟上，都长过几茬的苦艾了。

连着下过几天雨，无名河的水高了一截，下河的石板，被水淹得只剩了最上面的半节。猫眼放下篮子，在石板上坐下，挽起裤腿，蹬了木屐，将两只大脚伸进水里，低低地俯着身子，看水里的自己。水不老实，在和风推推搡搡着，把自己的脸一会儿扯成一截长青瓜，一会儿搓成一个扁番茄。猫眼忍不住想笑，可是还没有笑出声来，就听见水咬着她的耳朵跟她说了一句话。水轻轻软软地央求着她："下来吧，啊？"

猫眼一下子警醒了。猫眼想起小时候阿爸告诉过她和阿姐，下雨涨水的时候，水鬼就要来招人了。老家的河里，一年总要淹死几个人。可是猫眼好水性，猫眼不怎么怕水鬼。猫眼一脚把水踢浑了，狠狠地呸了一口，说做梦哪，你？水立时就噤了声。当然，猫眼当时并不知道，十几年后，方家还有一个人，也听见了水说的话。那个人不懂，那个人就被水鬼骗下了水——那是后话。

水虽然不出声了，猫眼还是有些心惊。这种时候，身边若是有个男人就好了。可是锦山不是那种跟在女人身边的男人。那年她从来春院逃出来，藏在他的马车里，她是拿了命来诈他，他才肯收留她的。为了收留她，他好几年都不得见他的阿爸。她知道他收她是因为他可怜她，就像他可怜一匹伤了腿的马，一只断了尾巴的狗一样。当时她只要他的可怜就够了。他的可怜是她的绳子，她攀着这根绳子才能从烂泥沟里爬到岸上。只是当她爬到岸上之后，她才发现了自己的贪心——她还要别的。

跟她在一起的头一两年，他都没有碰过她。她知道他是嫌她脏，他怕她的杨梅疮会传到他身上。她既是从来春院出逃的，他带着她一起走，就背上了拐带的罪名，所以他和她都不得在温哥华的唐人街露面。他们只能跑到连雷公也打不到的小镇上，隐名度日。她一直找不到郎中，后来还是那个暗地里帮他们逃走的耶稣教士安德鲁，替他偷偷带来了一种叫盘尼西林的针药，终于治好了她的杨梅疮。

后来他终于肯碰她了。从他第一次碰她开始，她就想着为他生一个孩子。他说起他阿爸不肯认他的时候，总是一脸怒气。可是她知道他的忿恨只不过是一件被积怨刮出了许多毛刺的外套，脱下这件外套，他底里是个孝子。他若一天不得见他的阿爸，他就一天不能和她安生地过日子。他和他阿爸中间，只有一条通道，就是一个孩子。当然，是男孩子。

她为他吃过多少药啊，唐人的，洋番的，红番的。熬成汤的，烧成灰的，碾成末的，捏成饼的，灌在针筒里的。那十年里她吃的药，若扔在无名河里，怕能填满一个河床——可是居然没能填凸一个肚子。

一个吃了十年的药依旧肚子干瘪的女人说话是没有底气的，所以猫眼只能看着那些穿着牛仔靴戴着牛仔帽的红番女人，高声大笑着坐在锦山的腿上，把土制的烟卷塞到锦山嘴里。锦山有时一连几夜都不归家，回来时她什么也不问，只是生上炉火把热了多次的粥再热一次。

她是在完全绝望的时候怀上了孩子的。当她趴在阴沟边上把黄胆都吐出来时，她以为她是吃坏了药。她是在连续三个月不见红之后才意识到她可能怀孕了。她是在有了第一次胎动之后才告诉锦山的。锦山什么也没说，只是开始一件一件地拆照相馆里的物件。她的眼泪哗哗地流了下来。她知道，他终于可以回家见他的阿爸了。而她，也终于在他的那个家里，有了一寸站脚的地盘。

尽管生下来的是女儿，猫眼还是欢喜。自己还年青得很，只要身子是长得出稻米的田地，生儿子是迟迟早早的事。而且，头胎是女仔，将来还能帮她照看那些满地爬的男仔。当然，猫眼那时完全没有料到，延龄不过是日头雨水和田地在各行己路的过程中偶然相撞生出的奇迹。她的肚腹，将在后来的日子里长久地干瘪沉默下去。

锦山最近在广州，要到初九家里摆酒的时候，才会回来。延龄是初九生的，自勉村的人，是极少给女仔摆周岁酒的，可是家婆六指坚持要摆。延龄是婆婆的命，平素都是婆婆抱着，若不到喂奶的时候，猫眼几乎轮不到挨一挨女儿。婆婆说延龄是方家的头一个孙辈，延龄长得银盘大脸，厚耳廓长人中，将来是要一个一个地招阿弟阿妹进门的。

锦山在广州是为了治腿。锦山还在船上的时候，婆婆就托人四下寻访，打听到广州有一位老郎中，先前是在宫廷里给皇帝皇子皇孙治跌打损伤的。老郎中早已闭门隐居，婆婆花了两亩地的银子，才让人松口答应见锦山。

锦山瘸了腿，不能多走路，也不能久站，便不能出门给人拍照了，只能在家里零零星星地接几个顾客。公公阿法的农场生意做破了产，债主整天狗咬尾巴似的追着他讨债，他连家也不敢回。锦河一个月一份的薪俸，要养金山开平两头的家，怎么扯也不够长。猫眼就只好自己出去搵食。正好唐人街新开了一家叫"荔枝阁"的茶楼，需要女招待。猫眼去见工，老板一句话也没问就收了她。

她当然知道是为什么。

唐人街几条街，从街头走到街尾，也难得见着一个年青女子。若有，也是别人的老婆别人的阿妈，极少有出头露脸在街面上搵食的。那自己搵食的女子，多少已经带了些风尘气。猫眼在茶楼里，每天都被各样男人的眼光剥得赤身裸体，可是她顾不得了——来春院里出来的女人，还有什么忍不下去的呢？同样是人眼里的轻贱，她宁愿是饱着肚子的贱法，也不愿饿死。况且，饿也不是她一个人的事，她还要管着她的男人和男人的家。

那些一层一层扒她衣服的眼睛，不仅在茶楼，家里也有一双。每天她从茶楼下班，都半夜了，锦山还不睡，躲在屋里那幅沾满百年老尘的窗帘后边，看着她摸摸索索地从兜里掏出锁匙开门——他要看是不是有人送她回家。她跟了他这些年，从来都是她不放心他，现在突然她成了叫人不放心的那个人。为了这个她宁愿他一辈子都治不好他的瘸腿。

她灯也不开就进了屋，走过暗洞洞的过道，走进厨房。他不和她说话，只是用他的眼睛一路跟着她。他的眼睛把她咬得紧紧的，仿佛要查看一下她身上是否多了一块还是缺了一块。她站了一天，很是疲乏了，她匆匆擦把脸就要上床睡觉。他在家里待了一天，精神正好。他把她摁在床上，下死劲地做她。他从前是懒得碰她的，千年百载地做一次，也是草草了事的。可是现在他见了她仿佛身上就生出了饿死鬼的劲道，眼里有了绿光。她笑话他该改名叫猫眼。

后来她才知道是为什么。有一回他喝过酒，喝醉了，他说别人动得，我动不得？她一下子就懂了。这句话他后来还说过，也是在醉的时候。醒来时他早忘了，她却没有。这话像小钩子，钩出了她心尖尖上的肉，很难忍的那种疼，可是她得忍。这个男人从一开始就没有喜欢过她，却为了不叫她在街上饿死冻死，自己忍了十年见不得阿爸阿妈的日子。她要忍他的，不过是一句话，一句她塞上耳朵就听不见了的话。

真正叫她不踏实起来的，是当她知道锦山定了船票准备回乡的时候。锦河私下里攒了一些钱，原本是为了给阿妈六指做买路钱到金山来和阿爸团圆的。没想到金山官府突然颁布了排华法，六指给拦在了大洋那边。锦河是用这个钱给锦山买舟回去见阿妈的。锦山带上了她，原是为延龄。六指一定要见这个头生的孙女，延龄还吃奶，路上离不得自己。她和锦山原本就没有换过龙凤帖，没有正式拜过堂的。她也知道四邑的女子，个个都想嫁金山郎。他若想回去明媒正娶一房妻室，她是连屁也不得放一个的。

那日到了乡里，锦山和她一路从村口跪到家门前，拜见他的阿妈六指。六指受了拜，叫她起来，问她学名叫什么？她听不懂，问学名是什么？六指说就是学堂先生给你起的名字。锦山说阿妈，学堂的门槛别说踩，猫眼是见也没见过的。

碉楼的堂屋里站了黑压压一片的人，众人听了锦山的话，都哈哈地笑。她听说过方家上上下下连犁田的牲畜都识字——全是婆婆六指教的。她知道就这一句话，她已经叫方家看得轻若粉尘了。这第一脚，却是她自己的男人先踩上去的。她的男人若不先踩这一脚，别人还不敢放肆。她听见她的婆婆六指轻轻地哼了一声，她却已经在想，哪里能有一堵结实的墙，好让她一头撞死——来春院里没死成，却生生地把自己送到开平来死了。

这时她看见锦山把延龄抱起来，送到六指怀里，跟六指说了一句话。这句话他是贴着他阿妈的耳根说的，可是一屋的人却都听清了。

"别看猫眼不识字，却会揾钱。家里这几年买的田产，有一半是她挣的银子。"

她突然醒悟过来，她的男人在伸手拉她。先前的那一脚，他踢在了明处。他不踢，众人迟早也得踢。可是现在他拉她的这一手，却是在暗处的。除了他，没有人能拉得起她来。她悬了多日的心，到这一刻才咚地落到了实处。阴了一路的心情，到此时才刷地开出了一朵太阳花。

这时延龄醒了，咿咿呀呀地在背袋里蹬着脚，将猫眼胸前的两根背带勒得紧紧的。猫眼觉得胸口一阵温热，前襟已经湿了一片。就赶紧将背带解了，把延龄抱了出来。回乡几个月了，她终于已经学得跟自勉村的女人一样，能在光天化日之下给延龄喂奶了。只是依旧一只手抬得高高的，将延龄的头冬瓜似的挡在了胸前。

天还早，雄鸡尚在东一声西一声地打着鸣，早起的女人在哦哦地打开鸡笼往场院里放鸡，睡了一宿的狗摇着尾巴跟在女人身后，舔食着场院里第一摊带着隔夜湿气的鸡屎。猫眼吸了一口带着一丝水腥味的空气，一身的毛孔都是通畅的，心想早起一刻钟，真是清静呢。

谁知她还没有把一个懒洋洋的哈欠打完，河滩上就来了人——来的是村口区裁缝家的女儿和儿媳妇。旧年锦山刚从金山回来的时候，六指请区裁缝到家里做过四季的衣装，他家的女儿和儿媳都过来帮忙锁过扣眼，所以猫眼认得姑嫂两个。区裁缝在自勉村的区姓中算是有头有脸的人物，和六指一家老少，也还说得上话。

小姑才十二岁，还是个半大孩子。提着衣篮和棒槌下河，看见猫眼篮子里的洋皂，顺手就拿了过去，在衣服上抹了一层又一层，还未下手搓，就已泛起来一层沫子。猫眼暗暗叫苦。猫眼每回来河边洗衣，若遇上别家的女人在，家里带出的那块洋皂，就从一只手传到另一只手，再传回到她手里的时候，便是豆珠大小的一粒。后来再出门洗衣，她就先拿刀把大块的洋皂切小了。可是切小了，便连豆珠大小的一粒都没得剩了。

"猫眼，你的眼睛生下来就是这个样子的吗？"区家嫂子问。

"阿妈说我是四五岁的时候，一夜醒来突然变了的。"

嫂子趴过来，细细地盯着猫眼的眼睛，问你们祖上，有长毛的种吗？猫眼呸了一口，说你妈才是长毛生的。嫂子不以为忤，却嘻嘻地笑。小姑听了也笑——却是憨笑。小姑还没过了玩性，并不认真洗衣，却将两只手裹在肥肥一层的白沫里，揉来揉去地顽。

"金山的东西就是好，家里的皂角搓脱一手皮也起不了这么多沫。"小姑由衷地叹息着。

"你这么喜欢金山，就问猫眼肯不肯让你嫁了锦山做小，将来一道去金山。"嫂子说。

小姑的脸刷地红了。猫眼的脸色也变了，半天才说："你就是嫁做大的也去不了金山——官府不让过埠了。"

嫂子说不去金山也行，金山伯的小，照样住碉楼吃糯米，进出门都是下人伺候，哪像我们，一年到头穿针穿到眼黑，一个铜板都要捏出水来。

猫眼想说金山也有金山的苦，却觉得这话软绵，还没说出来就泄了气，便不吱声，只是埋头喂延龄。

嫂子提了自己的篮，正要下水，突然看见猫眼的衣篮，就蹲下来，一样一样地翻看猫眼的衣物。翻到底里，看见一样细长的薄如蝉翼的东西，就用手指挑起来，问猫眼那是什么物什？

猫眼刚喂完了延龄，正在系衣扣，随便斜了一眼，说是玻璃丝袜。嫂子说这么薄的东西，也能做袜子？不挡风也不挡寒，穿了跟没穿有什么两样？

猫眼就笑，说你懂什么，金山的男人，都喜欢女人穿玻璃丝袜，要的就是那个穿了又像没穿的样子。

区家的嫂子就把袜子撑开了，对着天张望。天光从袜子上的小网眼里漏进来，扯出一丝一丝的花。女人把袜子团成一团，团进了自己的手心，"猫眼你把这袜子借嫂子穿一穿，也好叫你阿哥欢喜几天。"

猫眼说不行的，这袜子是我男人买的，你借走了，我家锦山要生气的。猫眼走过来要抢那袜子，却抢不过区家的嫂子。嫂子紧紧地捏着拳头，手背上凸出一根一根的青筋。

"一双袜子，猫眼你还稀罕？听说你在金山都做过那种营生，什么没见过呢？"区家的嫂子忿忿地说。

轰的一声，猫眼觉得地陷了下去。猫眼拼命地伸了脚去够，却觉得地越陷越深，她只是两脚空空地怎么也踩不到实处。她突然明白了，为何家婆六指见了自己，脸色总是这般阴沉。那是她的过去，那个比不识字还严重得多的过去，走了一个大洋的路，追过来了。她的过去是一片比天还大的影子，她走到哪里，它就跟到哪里。她就是有一千把一万把剪刀，也剪不断这样厚这样大的影子。

天一下子暗了，太阳花还没全开，就枯死在云里。猫眼把延龄塞进背袋，挎起篮子，衣服也顾不得洗，就急急地走了。

不能待了，这地方一天也不能待了。金山，我要回金山。

猫眼对自己说。

民国十九年（公元1930年），广东开平和安乡自勉村

六指在第一声鸡鸣之前就醒了。六指醒得这么早，是因为六指有心事。六指的心事是极小的一桩事，小得如同一粒芥菜籽。可是近年来她的觉轻了许多，轻得能被一粒芥菜籽压醒。

六指不过是想起了昨晚临睡前炖的那锅猪脚姜。猪脚已经炖得差不多了，只需再开火热一下，加一勺米酒，就能吃了。可是这最后的一道火，却是大有讲究的，急不得也慢不得，叫猪脚出锅的时候嚼得出肉的意思来，却又软绵松泛。其实家里的三餐，都有厨子管。厨子做得出一大家子的饭食，厨子却做不出她的猪脚姜。她做猪脚姜的手艺是随娘家阿姐嫁到红毛家后学的。她做的猪脚姜泛着一层红红的油，放进嘴里还没来得及嚼就化成了水，锦绣一人能吃一大盘。

锦绣在华侨子弟学堂念完了中学，去年去广州念师范。锦绣从前念中学，都是住宿，一个礼拜回来一天。现在去了广州，一个礼拜一天也回不来了，只能隔一两个月或放农忙假时回乡一趟。六指有些舍不得锦绣。她的两个儿子，都是十五六岁去了金山，一走多年，却统共才回来过一趟。锦山是六七年前回来的，带回一个没有明媒正娶的女人，还有女儿延龄。三口人在乡里住了近两年，花了许多钱治锦山的腿，没治好，又回了金山——却不知哪年能再回来。锦河去年回来，是为了娶亲。一等女人坐上了胎，他就急急地回去了，说是那头的东主催得狠。

六指觉得她生命中的男人，都是狮子口中的肉。她辛辛苦苦地把他们养大养肥了，似乎就是为了送给狮子的——狮子就是那个叫金山的地方。她和金山死命地夺着她的男人她的儿子，可是她终究夺不过金山。等她的女儿锦绣长大的时候，金山的官府有了排华法。金山的男人们气得跳脚，六指却不跟着他们生气。六指不仅不跟着他们生气，六指甚至有些暗暗的欢喜——她

终于可以留住一个孩子了。

锦绣是和墨斗的儿子阿元一起去广州念师范的。锦绣念小学堂时就有了念师范的心思。锦绣是想读完师范和阿元一起回乡办学的。乡里的公学，是金山客出资办的，收的都是金山客的子弟。锦绣要办的学堂，是给大家伙的，田里水里捞活的，甚至伙计下人的子女，不收学费，还要管一餐午饭。锦绣自小就像六指，喜欢教人认字。从学堂回来，就招集下人帮工的孩子，教写字教算学。若有名字起得土气的，还将人名字重新起过。六指年青的时候，下人里没有一个不粗通文墨的。后来家里有了锦绣，就连下人的孩子也懂得了写字算账。

锦绣去了广州，六指虽然舍不得，却也不是那种撕心裂肺的舍不得，因为她知道，她的这个女儿不像别家的女儿，将来是要嫁出门的。锦绣念完书，是要回乡的。锦绣和阿元自小同窗，情投意合，看样子是她非他不嫁，他非她不娶的。等师范毕业之后他俩就该回乡成亲了。阿元终是和他阿爸墨斗住在一处的。那么，这个女婿实际上就是入赘方家了。六指虽然指望不上她的两个亲生儿子，可是阿元这个半子，纯孝良善，却是顶得过一个儿子的。她的锦绣将来就是嫁作人妇，也是守在她身边的——她心里就仿佛有了些依托。

六指怕吵醒锦绣，蹑手蹑脚地起了床，正要下厨房，却看见锦绣房间的门缝里，依稀漏着一线光。锦绣回家，就住在从前麦氏住过的那间屋里，和六指的房间才隔了一堵墙。六指轻轻推门进去，锦绣果真在点着灯看书。

锦绣爱看书，看得痴迷的时候，鼻子就贴到了书上，像是在闻书。六指说痴女子你一夜没睡？锦绣嗯嗯地答应着，半天才回过神来，说刚醒呢。六指骂道你这么看书，眼睛看坏了，将来做了四眼鸡，看谁娶你？锦绣扑哧地笑，说你巴不得呢，我好总守着你。六指也笑，说你墨斗阿叔还不得拿枪崩了我？他正等着娶媳妇呢。锦绣的脸就红了。

六指在锦绣床沿上坐下，摸了摸锦绣的脚，说学堂的伙食太烂，看把你吃的。十七岁的锦绣有些像小时候的锦山，身子骨结结实实的，很少生病。可是在六指看来，女儿还是瘦。

六指翻了翻锦绣的书，书名是《向导》。锦绣看的那一页上，说的是"帝国主义者 …… 封建买办 …… 协助军阀 …… 压迫国民革命"，云云云云。六指看得云里雾里的，只觉得锦绣现今看的书，跟自己年青时看的，竟是全然不同了。她虽看懂了每一个字，却是不懂到底是什么意思。就问锦绣帝国主义就是洋番不？

锦绣不回答，只问阿妈你听没听过前几年沙面租界英国法国人机关枪打死中国人的事？六指说死了这么多人，怎么不记得？锦绣说可是阿妈你知道他们为什么死的吗？六指摇摇头。锦绣说先是东洋人在上海的纱厂打死了中国工人，上海的市民上街抗议，叫英国人打死了十三个。广东香港的人，原是支援上海市民，才遭了害的。东洋人西洋人，在自己国家都知道老实守法，到了我们国家，倒是为所欲为。

六指就叹气，说谁叫我们国家穷呢？狗瘦遭人踢，人穷遭人欺嘛。锦绣说不怕穷，就怕无知。所以要努力办学，以后大家都读书觉醒了，就不叫洋番爬到我们头顶作威作福。六指说可是你阿爸阿哥，要不是靠洋番吃饭，咱家能买得起这些田盖得起这样的楼吗？锦绣的两个眉毛一挑，声调就高了起来："若没有阿爸他们拼了一条命修出铁路来，金山还是荒滩呢。是阿爸养活了金山，不是金山养活了阿爸。"

六指望着锦绣，忍不住眯了眼睛笑，说你茄瓜大一个女仔，如何就知道这么多事呢？锦绣说是欧阳先生告诉我的——欧阳先生大名叫欧阳玉山，在锦绣和阿元的学堂里教国文，通晓天下事，平日里最受学生欢迎。六指听了，就说你阿爸年轻的时候，也认识一位欧阳先生，叫欧阳明，也是天下事无所不知的。不知道这两个欧阳是不是一族里出来的呢？

母女两个说了些话，天就渐渐有些大亮了，鸡一声一声越发叫得响了。六指问锦绣饿不？锦绣摇摇头，六指说等我把猪脚姜热了，你也就饿了——便下了楼。锦绣原本真是不饿，可是猪脚姜这几个字，就像一把钩子，一下子把她的馋念钩了出来，肚子就雷公似的滚了起来。起了床，一眼望出窗外，只见天井里已经有人了，是一老一少两个，正靠着水井坐在板凳上擦枪——原来是阿元和他阿爸墨斗。

墨斗爱枪如痴，总撺掇着阿妈买枪。阿妈向来节俭，买起枪来却眼睛也不眨一下。家里原先只有一支老掉牙的来复，后来就添了一支卡宾枪，再后来又添了一把左轮，两个月前墨斗又买了一把勃朗宁，现在已经有两长两短四支枪了。

墨斗闲来无事，就爱一支一支地擦枪。阿元刚学会走路的时候，墨斗就教阿元拆枪装枪了。阿妈骂墨斗不教些好的，墨斗说将来我老了扛不动枪，你找谁来守碉楼？阿妈无话。从此阿妈就由着墨斗调教阿元，只是不许在屋里玩枪——怕走火伤着人。

阿元就像是细雨淋过的新草，一宿不见就长个。坐在他阿爸身边，一扇脊背石磨似的，就把他阿爸比得瘦小了。阿元跟他阿爸一样，也爱枪。阿元叫得出各样洋枪土炮的名字，阿元读过许多兵器的书——都是欧阳玉山先生借给他看的。欧阳先生说中国好比是一头狮子，身上长了一个巨大的毒疮。这毒疮一天不清除，狮子一天就站不起来。欧阳先生问大家该怎么办？大家都说开学堂办全民教育，叫大众觉醒。可是阿元却不这样说。

阿元说办学是长远之计，就像是熬中药治急症，药性太慢，怕等药性发的时候，狮子已经病入膏肓了。阿元说毒疮得用西医的方法急刀割治，就是要用强大军力驱逐西洋东洋恶势，整治国力。每当阿元说这样的话，锦绣心里就会一惊。阿元是读书人，阿元读书读得出奇地好，门门功课是甲等一名，可是阿元说的话，却像是带兵打仗的武夫。阿元的强悍，叫她喜欢，也叫她惊骇。

阿元的阿爸墨斗在方家已经很多年了，听阿妈说阿哥锦山和锦河，都是墨斗背在背上背大的。墨斗管锦山锦河叫大少爷二少爷叫了很多年，后来阿妈说了他很多次，他才改了口叫山仔河仔。几年前家里的管家虾球死了，墨斗就接替了虾球的位置，做了方家一应事务的总管。可是，即使管着方家的天和地，墨斗也还是方家的下人。墨斗和下人一起，住在方家碉楼的底层。墨斗一家和下人们一起开伙，连洗衣裳，也用的是另外的水池。

阿元是下人的儿子，按理也是下人。若是阿元按着古来的规矩走路，阿元大概永远也走不出下人的圈子。可是阿妈却悄悄地修改了阿元的路。阿妈让阿元和自己一起，去上方圆几十里最好的华侨公学。阿元的眼界，突然就开了，看见自勉村以外，原来还有那么大的一片世界。只是阿元的脑子比锦绣的快，阿元的眼睛，看得比锦绣还远。锦绣是在疾走，阿元却已是快跑了。于是，阿元的身子虽然还陷在下人的皮囊里，阿元的头脑，却跳出了阿元的身子，反倒在引领锦绣了。

阿元对锦绣，依旧是温存和蔼的，却再也没有了他阿爸那样的恭谦。锦绣知道，阿妈很早就指望阿元能成为方家的女婿，阿妈早就在一步一步地铺着阿元的路，叫阿元越走越高，高得走进她的门时，是顶天立地的一个男人。阿妈想要一个倒插门女婿，可是阿妈要的是一个站得直直的女婿。阿妈的精灵，是天衣无缝的精灵，叫人知道了，也无话可说。

锦绣下得楼来，阿妈已经把柴火点上了，隔夜的猪脚姜冻正在锅里嗞嗞化开，冒出轻轻一缕的香。阿妈一边等着火候，一边从兜里掏出一把竹篦子，给锦绣篦头。阿妈把锦绣的辫子拆了，膝盖上突然就涌出了一团厚实油亮的黑云。阿妈的梳齿尖尖利利的，走过锦绣的头皮如同犁刀轻轻划开泥土，酥酥麻麻地叫锦绣一身的骨头都散了架。

锦绣趴在阿妈怀里，懒洋洋地问猪脚姜要不要盛一碗上去给阿嫂吃？锦绣说的阿嫂，是二哥的新媳妇区氏。阿妈哼了一声，说她闻见味道不会自己下来？老鼠饿了都会自己寻食呢。锦绣扑哧一声笑了，说阿妈你偏心。六指说她怀着我方家的骨血，我能不好好待她吗？可是你见过这样的木头人吗？就是院子里的树，都比她活泛点。那日你二哥启程回金山，一家人送到村口，连墨斗的媳妇阿月都知道说河仔你到了就写封信来，省得你阿妈挂记。那个木头人就是一句话没有。直到分手，才憋出一句话来，那是屎没憋好憋出来的屁。

锦绣忍不住哈哈大笑起来，说阿妈你从前不这样说话，你现在跟下人学坏了。六指说你知道她说了句什么？她说年底我阿弟下聘。你说说这话像不像屁？你二哥在金山，把每一个毫子省出水来寄回家，她倒是把你二哥当成她家的钱庄了。

锦绣说好不好，这个阿嫂也是你做主下定的，二哥看也没看，就领进了洞房。要怨也只能怨你自己。

偌大一个得贤居里头，也只有锦绣敢和六指这样说话。六指拿这个女儿没有办法，叹了口气，说照片上端庄稳重的样子，去媒婆家里看人，也是斯斯文文的，话不多。谁想得到她就木成了这个样子，白识了几个字，还没入脑子，都化成屎了。

锦绣说要不欧阳先生怎么会提倡自由恋爱呢？若是二哥有机会先认识了二嫂，他一辈子就不会栽在她身上了。六指说男人怕什么？这个不好，再娶一个就是。女人就不一样了，一辈子拴上了一个男人，是好是歹就不能动了。锦绣说妈你这是旧思想了，宣统皇帝的妃子文绣，还敢跟皇帝打离婚呢。女人怎么就不能？

锦绣抬起头来梳辫子，看见阿妈满是太阳花的脸，不知何时盖上了几片阴云，便笑了，说阿妈你和阿爸真是自由恋爱的吗？听叔婆说，阿爸为你，退了先前定下的婚事，把攒了十几年的金山货都给了那家，是不是真的？

六指本不想回答，却缠不过锦绣，才说他赔了几只金山箱，我还差一点赔上了一条命呢，两下扯平了。锦绣嬉皮笑脸地说，阿妈你自己是自由恋爱的，却不叫阿哥自由恋爱，你这是暴君呢。

六指虽然不懂什么叫暴君，却是听得懂前面的话的，便说自由恋爱又如何？我嫁你阿爸的时候，才十八岁。三十多年了，统共见过你阿爸三面。前次你阿爸走的时候，你还在我肚子里。你阿爸如今是六十多岁的人了，还是要挖到最后一桶金才肯回来。其实他就是明天回来，甘蔗有汁有水的日子都过去了，剩下一把枯渣，你说是有意思还是没意思？

锦绣的笑容被霜舔了一下，突然就蔫了。她被阿妈的这个问题毫无警觉地狙击了，她不知如何作答。她从来就没见过阿爸，对她来说，阿爸只存在在金山寄过来的照片和银信里。平生第一次，她从照片和银信以外的地方，见到了阿爸——那是在阿妈的脸上。

这时楼梯沉沉地响了起来，锦绣不用回头，就知道那是嫂子区氏下楼来了。区氏身子已经很重了，走起路来就像拖了一只大木桶。走到楼下，已经走得一身大汗。站下了，就问猪脚烂了吗？六指冷笑了一声，说你是问我吗？我好歹是你婆婆，你妈没教过你规矩？区氏就木木地叫了一声阿妈。

六指看区氏蓬头垢面，眼角堆满了眵目糊，布衫的纽子扣错了一个，半边衣襟耷拉下来，一双脚肿得如同两团发面，潦草地塞在布鞋里，几乎要把针脚挣破。就忍不住说你就不会先洗把脸梳梳头再下楼来？让下人看见成什么样子？区氏不说话，只低头看着自己的脚。

锦绣听见区氏气喘如牛，就搬了张凳子过来让区氏坐。区氏坐得太急，一下子把一条凳腿坐扭了。正想站起来，却晚了——那条凳腿在她身下吱吱扭扭地晃了几晃，就嘎拉一声折断了。区氏如一个装得满满的米袋一样重重地倒在了地上。

六指和锦绣慌慌地过去扶，无奈区氏一身的死肉，她自己使不上一丝的气力，反将那两人也齐齐地拖倒在地上。气得六指忍不住骂道："什么地方不能坐，偏要坐凳边？中间有虱子咬你屁股蛋？"

六指还没骂完，就听见锦绣哇的一声惊叫。锦绣的手指着区氏的裤脚，抖得如同风里的叶子。

有一条红色的蛔虫，正从区氏的裤角管里蜿蜒地爬出来。爬到地上的时候，爬出了一朵肮脏的花。

那是血。

就在这天的清晨，锦河的妻子区氏产下了一个名叫方耀锴的孩子——这是方家的第一个男孙。

民国二十三年（公元 1934 年），卑诗省温哥华市

延龄是被一声巨响惊醒的，当时她正在做着一个梦。她梦见了庄尼，就在华生小姐的礼仪课上。

礼仪课是公立学校五年级学生的必修课，教课的华生小姐常常把脸绷得如同一张牛皮纸。华生小姐一丝不苟地教导学生如何在正式晚宴上使用餐具，怎样在不同的社交场合选择合宜的衣装。华生小姐还教大家跳华尔兹狐步和探戈舞。延龄对读书上课之类的事情兴趣不大，尤其是科学和历史课，她通常能在头十五分钟之内进入睡眠状态。被老师斥骂了无数次之后，她终于发明了一种睁着眼睛睡觉的方法，从此可以相安无事地对付各科的老师。

可是延龄却对礼仪课有着浓郁的兴致。

其实，这样的说法多少有些夸张的嫌疑。延龄实际上只对礼仪课的一部分内容感兴趣——是交谊舞那一部分。

华生小姐教导交谊舞的方法，是将男生和女生组合配对，学一种舞换一次舞伴。礼仪课已经上了好几个星期，下个星期将进入探戈阶段。舞伴轮过了好几个，却都是叫延龄讨厌的那种白脸小生。延龄之所以还能坚持下去，是因为延龄心里暗暗地藏了一份念想。

延龄的念想是庄尼。

庄尼是班级里个头最高也最硕壮的一个男生。庄尼的头发是亚麻色的，带了些乱乱的卷子，尤其在下雨落雾的天气里，庄尼的额头上就会出现一串小圆圈。庄尼的校服，很少规规矩矩地穿，或是露出一截袖子，或是领口随意地开散着。庄尼还敢在华生小姐去盥洗室照镜子梳头的空当里抽烟。庄尼抽烟的时候眯着眼睛，头仰得高高的，仿佛嘴里含着的是一个世界。

当然，还有庄尼的吉他。庄尼的吉他弹得就像是一只小手在撩拨着人的心，不知叫多少女生魂不守舍。延龄知道班里的女生，都梦想着和庄尼搭手，演绎一首探戈曲子。想象着在庄尼的臂弯里欠身抬腿的样子，延龄觉得自己就是死过一回也是值得的。

白天的时候，延龄不敢想。她不过是一个瘦小得像一枚坚果的单眼皮的中国女孩，庄尼的眼睫毛扫起来的尘土，都不会落到自己身上。可是夜晚改变了一切。梦是个不知深浅的莽汉，扯碎了一切的藩篱，想闯到哪里就闯到哪里。比如说今天晚上，梦走到了华生小姐的课堂里，把延龄的手放在了庄尼的手里。延龄还没来得及抬头看一眼庄尼亚麻色的眼睛，就被那一声巨响惊醒了，心跳得如同万马奔腾。

延龄捧着心在床上呆坐了半晌，才明白过来那是她的阿爸和阿妈在吵架。

延龄已经很久没有和阿妈说上话了。

延龄和阿妈有时候一个星期也见不上一面。阿妈在"荔枝阁"酒楼做女招待，酒楼半夜才关门，阿妈到家的时候，已经是凌晨了。早上延龄起来上学时，阿妈还在睡觉。下午延龄放学回家，阿妈已经上班去了。延龄想让阿妈陪她去杜邦街上的那家百货商行买一件新大衣，已经想了好几个月了。延龄身上的这件大衣，是阿妈的旧大衣改的，袖口已经磨秃了，衣兜上还有一个焦黑的洞——是阿爸的烟头烧的。阿妈上班的酒楼，一星期只休息一天，在星期一。星期一晚上是一家人唯一能在一起吃一顿饭的时间。也就是说，星期一的这顿晚饭，是延龄唯一可能和阿妈说上几句话的时候。

今天就是星期一。

可是今天的晚饭，延龄和阿妈都吃得心不在焉。阿妈平时一日三餐都在酒楼吃。阿妈吃惯了酒楼的饭食，阿妈总觉得家里的饭食寡味。阿妈在家吃饭的时候，饭桌上的空气就密实得像一堵墙，延龄要在那样的墙上凿开一个洞，插进她的话题，只觉得生涩吃力——尤其是一个牵涉到钱的话题。

阿爸的腿一直治不好。阿爸除了偶尔在家里给人拍几张照片，已经干不得任何体力活了。阿爸拍照挣的钱，还不够阿爸一个月的烟酒开销。阿爷的烧腊铺开了好几年了，可是阿爷铺子的人息付了房租和厨子的人工，就只够阿爷买几张戏票听粤剧。

延龄听见阿妈和阿爸嘀咕过，说这烧腊铺怎么还不亏本呢？亏了本他就好死心蹋地地关门了结。阿爸听了这样的话，总是骂一声你口水多过茶，可是延龄知道，阿爸其实也想阿爷的店铺早日关张。虽然阿爸和阿妈都想叫阿爷关铺子，却是为着不同的缘由。阿爸是想叫阿爷赶紧收摊回开平乡下和阿人团圆，阿妈却是想叫阿爷待家里，多帮着做一点家事。

家里真正搵钱的，是阿妈。阿妈一周发一次饷，家里一周进来一张银票，可是这张银票是要撕成许多份的。一份留着寄给开平乡下的阿人。阿人隔一两个月来一封信，每封信都说年成不好，租子收不上来，家里人多，开销大。阿妈不识字，阿妈是不拆信的。每一回来信，都是阿爸拆了读给阿爷听的。阿妈知道阿爸那么大声地念信，其实是念给自己听的。阿妈当着阿爷的面一言不发。只有等阿爷不在的时候，阿妈才会对阿爸说，供个菩萨庙都比供你们家轻省。阿爸不爱听这样的话，可是阿爸不爱听也得听，因为银票在阿妈手里。没有银票的阿爸，腰板就软了一截。

阿妈虽是抱怨，可是阿妈到了月底，依旧风雨不动地把钱寄给开平。阿妈的月饷剩下的，还要替阿爷还债。阿爷前些年开农场大大地亏了本，阿爷早年的债主，时不时地还会找上门来。

阿妈的钱还要管家，开门七件事，件件伸出钩子一样的手，来钩扯阿妈的银票。扯来扯去，阿妈的月饷只剩了小小一个角。这个角是阿妈留给自己买花戴的钱。阿妈把买花戴的钱紧紧地捏在手里，捏得长出芽来也不肯放手。延龄若想要一件新大衣，就得从阿妈的花里撕扯下一瓣来。延龄得找一个阿妈放松警觉的时机，才能让阿妈把手松开。

阿妈在饭桌上刚一坐下，延龄就用眼角的余光偷偷地打量阿妈，可是延龄看不出阿妈的心境。阿妈那双像猫眼一样隐隐泛绿的大眸子，仿佛是画师画上去的，很少有挪动的时候。从小到大，延龄只看见阿妈开怀大笑过一回。那天阿爷带了阿爸去白水镇看一个修铁路时就认识的乡人，阿妈正好歇班，就招了几个酒楼里的姐妹，一起来家里煮饭吃。

家里没有男人，女人们很是放松，一气喝了两瓶花雕。阿妈喝得面红耳赤，就把围裙叠成一朵花戴在头顶，捏着兰花指唱"桃花红"。延龄没想到阿妈能唱这样好听的戏——平日阿爷在家里放唱机听老粤曲，阿妈从来一声不吭。阿妈唱戏唱到嗓子都哑了才歇下，后来女人们就搭开了台子搓麻将。阿妈那天的手气出奇地好，从头赢到尾，末了阿妈却把赢来的钱兜成一个手巾包，叫延龄出门买夜宵给大家吃。延龄觉得那天阿妈就像是一朵在石头底下压了好久的花，陡然见着了太阳，哗的一声开了，挡都挡不住。

可是延龄后来再也没有看见阿妈这样笑过。

其实阿妈的眉眼若活泛一些，坐着的时候还是个很中看的女人。阿妈在酒楼做工，一刻钟也不得坐。阿妈站得累了，就懒得好好地摆个样子站。所以阿妈的站相很难看，松松垮垮地像缺了几根骨头。

延龄看见今晚阿妈换了一件衣服。阿妈平常在家的时候，就穿一件灰布直襟褂子。这样的布褂，阿妈一共有两件，一件穿在身上，另一件挂在晾衣绳上。可是阿妈今天却没有穿灰布褂。阿妈今天穿的是一件豆绿底子撒青花的洋装，烫过又松懈了的鬈发齐齐地撩在耳后，左边鬈角上夹了一枚银发卡。阿妈换了行头，说明阿妈今天要出门。阿妈出门只有两种可能性——或是开心，或是郁闷。眼看着阿妈在拨着碗里最后的几粒饭，延龄只有豁出去了。

"阿妈，我想要一件，新大衣。"

延龄把头埋在碗里，嚅嚅地说。延龄的声音在碗壁飞来飞去，发出巨大的回声，把她自己吓了一跳。

阿妈怔了一怔，仿佛延龄在向她讨一座金山银山。阿妈的目光定定地盯着延龄，将延龄看得如同日头底下的雪人般低矮了下去。

"我还想要一件皮袍呢，你给我钱？"半晌，阿妈才冷冷地说。

"圣诞节减价的时候，再看一看嘛。"阿爸说。阿爸说这话的时候，头也埋在碗里。阿爸这句话说得没头没脑的，不知道说的是延龄的大衣，还是阿妈的皮袍。

阿妈放下饭碗，说阿龄你听好了，到了圣诞节你只管问你阿爸要钱。

延龄知道她是彻底没有指望了。一个冬天她还会永远穿着这件大衣参加华生小姐的礼仪课，坐在庄尼跟前，听凭庄尼看着她磨得油光的袖口，暗暗说瞧吧，这就是中国佬，一代一代，都是这个样子。

延龄觉得眼睛热了起来，她知道她再在桌子上待一秒钟，不争气的眼泪就要落下来了。她放下碗筷，飞也似的跑回了自己的房间。

延龄拧亮了床头灯。灯是十二支光的，将一屋浓郁的黑暗破出小小一片的昏黄。家里的每一盏灯都是这样的，为的是省电费。延龄坐在这片刚够裹住身体的昏黄里，心想自己要在这样的家里活一辈子吗？一辈子有多长呢？长得就像在莎菲河里游多少个来回呢？十回够吗？一百回够吗？一千回总够了吗？

延龄只觉得心空得没了底。

钱。钱。钱。家里的每一个人，都在盘算着阿妈手里的这张银票。众人都紧紧守着自己的地盘，而她，却是众人地盘中间那个谁也顾不上的空隙。

这时延龄听见了楼梯响声。她赶紧把灯拧灭了，躺到床上，用被子蒙了头。此刻她不想见到任何一个人。她听见一阵摸摸索索的声音，有人被什么东西绊了一跤，噗地摔倒了。延龄甩开被子开了灯，只见是阿爷在哼哼唧唧地揉膝盖。

阿爷从棉袍兜里掏出一样东西来，摆在延龄桌上，说还好，没摔坏。阿爷拿出来的是一头陶土捏的猪，长嘴大耳，头顶上开了个小口子——是过年存压岁钱的罐子。

阿爷从兜里摸出一把毫子，叮叮当当地扔进猪肚子里，说阿爷把烟戒了，给我阿龄攒大衣的钱。今天只存足了扣子的钱，过两天阿爷给你存袖子。

延龄扯了扯嘴角，没说话。延龄是有话的，延龄只是不想说。延龄烂在肚子里的话是："没有用，等不及了。等到猪肚子饱了的那一天，礼仪课早上完了。"

我绝不会，穿着这件大衣，和庄尼跳探戈的。

延龄想。

生病。对，就说是病了。头晕？肚子疼？感冒？到底说哪一样呢？

延龄已经开始盘算如何跟华生小姐请假——假如华生小姐选中了她和庄尼搭对子。

"你阿妈，做这份工，也难。"阿爷说。

延龄本来是想起身帮阿爷揉一揉腿的，可是她的身子很重，重得跟铁砂袋似的，怎么也挪不了。等阿爷都一瘸一拐地走到楼下了，她也没能动身。

后来她听见楼下的门开了一下，又砰的一声关上了，就知道阿妈出门去了。阿妈出门之后，屋里只剩了两个男人。男人没话，屋子就突然安静了下来。渐渐地，就有些辛辣的气味，从到处是缝的门板和楼梯板里钻进来，钻进延龄的鼻孔，割得延龄的嗓子隐隐生疼。

那是阿爸和阿爷在抽烟。

戒烟。戒你的大头鬼。延龄狠狠地想。

延龄从作业本上撕下一张纸，趴在昏暗的床头，准备写信。延龄写了"奶奶"两个字后，就顿住了。延龄顿住了，不是因为延龄没有话说，而是因为延龄的中文不够使。延龄从小在家就说广东话，可是延龄的中文只长了一条舌头一对耳朵，却是个瞎子和瘫子，走不得路的——延龄不认识中国字。

其实从她上小学三年级开始，阿爷周末都要送她去片打东街的华侨学校上中文班。延龄刮风不去，下雨不去，天太热不去，天太冷也不去。当然，还有头疼脑热的时候。轮到延龄把所有的借口都用完了，非去不可的时候，她也只对剪纸做灯笼感兴趣，延龄对那些横撇竖捺的汉字一点也不上心。学了两年，只勉强看懂了黄历上的字。

"我   你。"

延龄写下了她的第一句话。

这句话应该有三个字的，可是延龄不会写中间的那个字。延龄在第一个字和第三个字中间留出了一个大大的空间，因为延龄觉得中间的那个字应该是一个很大的字。她想了很久，也没想出这个字该怎么写，最后只好在两个字中间嵌上了一个英文字。

这个字是"hate"（恨）。

延龄要写的不仅是一句话。延龄还有很多很多句话排在这句话后边，急急地等待着出场。延龄想说奶奶和锦绣姑姑你们自己不会挣钱吗？你们每张照片上都穿得很美丽，可是我在这里却连一件新大衣也没有，因为我阿妈每个月都要把钱省下来寄给你们。延龄还想说我同学都笑话中国佬一个毫子掰成两个花，可是我们家却把一个毫子掰成四个花，都是因为你们。

延龄要说的话很多。延龄的话在心里攒了好几年了，攒得像一条下过大雨的河，一团一团地滚着浪花。可是延龄手里的那杆笔，却像是针尖大小的一个出口。延龄的河涨得再凶，却始终无法从针眼里流出来。

延龄觉得太阳穴里有两只螳螂在斗法，一蹦一蹦的，蹦得她眼睛都要跳出来了，只好将那张纸揉成一团，扔在了字纸篓里。躺在床上，盯着天花板上一块灰褐色的水迹，只看得那团水迹渐渐地边角模糊起来，便不知不觉地睡了过去。

把延龄从梦中惊醒的那声响动，是关门的声音——是阿妈进门之后，等待在过道里的阿爸尾随在阿妈身后关门的声响。阿爸的门关得很急，几乎把阿妈的脚后跟关在了门里。在野猫都躲在门洞里熟睡了的暗夜里，这样的声响听起来有些惊怵，街巷被震得嘤嘤地抖了几下。

延龄趿着鞋子蹑手蹑脚地打开了自己的房门，走到楼梯口，一眼就看见阿妈手里拎着一个小皮包，径直地走进了厨房。阿妈随手把皮包放在炉台上，从晾衣绳上撸下一条毛巾，弓着腰在水池里接水洗脸。

阿爸拿起阿妈的皮包掂了一掂，压低了嗓门问输了多少？

阿妈啪地抢回皮包，挂在自己腕上，依旧俯在水池子里呼噜呼噜地洗着脸，仿佛那张脸上蒙着千年老灰，一江一河的水也洗不清白。阿妈终于把阿爸的耐心磨薄了。阿爸揪住阿妈的衣领，逮小鸡一样地把阿妈从水池子里拎了出来。

"没钱给阿龄买大衣，倒有钱往麻将桌上扔？"

阿妈甩开阿爸的手，扯了一角毛巾来擦眼睛，头也不抬地说："给她买大衣？豆荚大的一个女仔，已经知道跟男生眉来眼去了，你真想叫她成个小贱人吗？兴你拿金子银子给那拨闲人，不兴我花几个毫子开心？那是我自己挣的钱。"

阿妈嘴里的那拨闲人，说的是中华会馆的人。阿爸和会馆的文秘阿李是朋友，平日无事，就爱在阿李那里坐一坐，所以会馆里的事，阿爸知道得最多。阿爸好管闲事，兜里的钱存不住。华埠学校翻修，和政府打官司，家乡闹水灾旱灾，建学堂医院，只要阿爸听说了，兜里的铜板就长脚走进了会馆的捐款箱。阿妈知道了就生气，数落阿爸是贱民的命，却做着官老爷的事。阿妈说归说，阿妈却管不了阿爸。

阿爸哼了一声，说谁知道你是怎么挣的钱？

阿妈的脸陡然涨得通红，又渐渐地白了下去。阿妈的脸红了几次，又白

　　六指觉得她生命中的男人，都是狮子口中的肉。她和金山死命地夺着她的男人她
的儿子，可是她终究夺不过金山。

了几次。后来阿妈将毛巾往阿爸身上一抽，厉声说方锦山你给我说清楚了，我到底是怎么挣的钱？阿妈的毛巾抽着了阿爸的脸，阿爸的颊上凸出了一条红杠，水珠子顺着阿爸的颧骨滴滴答答地流了下来。延龄看见阿爸的头发一根一根地竖了起来，像顶了一头的针。

阿爸一把夺过阿妈手里的毛巾，噗的一声掼到地上。毛巾如同一条剥了皮的鱼，湿软地蜷在地板上喘气。

"你以为我没看见，那天是谁送你回家的？"阿爸说。

阿妈哼地冷笑了一声，说原来是为这个。那天下了这么大的雪，我倒是指望你来接呢，你来得了吗？

阿爸被戳着了软肋，一时说不出话来。温哥华的时髦人家，如今早就买上汽车了，大街小巷到处都响着嘟嘟的喇叭声。可是阿爸非但没有汽车，阿爸的腿瘸了，连远路也走不得。别说是下雪，就是下刀下剪子，阿爸也是接不得阿妈的。

阿爸怔了半晌，才有了话。阿爸的话在肚子里攒得很肥，出口的时候几乎把喉咙撑破。

"你要是稀罕人家的汽车，你就待在来春院里好了，何苦非跟着我呢？"

延龄不知道来春院是什么地方，却看见阿妈听了这三个字，就像是撒上了盐的蚂蟥，身子一点一点地缩了下去。缩得只剩了一个核的时候，阿妈突然伸出手来，抓起桌子上的一个茶缸，朝墙上扔去。延龄听见砰的一声闷响，以为墙炸开了一个洞。过了一会儿才明白过来，墙没有炸裂，裂的是杯子。阿妈蹲在一堆碎瓷片中间，捂着脸，尖厉地哭了起来：

"不活了，不活了，我不活了。"

延龄不是第一次看见阿爸和阿妈吵嘴。延龄也不是第一次看见阿妈哭。可是延龄从来没有看见阿妈这样哭过。阿妈的哭声像一条磨得尖尖的瓦片，在延龄的太阳穴上刮过来，刮过去，刮出一身痱子大小的疙瘩。

不听。不听。不听啊，不听。

延龄紧紧地捂着耳朵，一遍又一遍地对自己说。

延龄知道，就在隔壁的房间里，还有一个人，也和她一样，捂着耳朵不出声。

那个人是她的阿爷。

这个家，真是一天也待不下去了。

绝望如一片剪子也剌不透的黑暗，劈头盖脸地蒙住了延龄。

公元 2004 年，广东开平和安乡

晌午欧阳云安带艾米·史密斯到敬老院看谢阿元。

艾米在中国的行程已经修改了两次。最初的计划是在广州只待一天，签完碉楼托管文件，就直接取道香港返回温哥华。无论是广州还是开平，还是那座叫得贤居的碉楼，还是那个叫谢阿元的老人，对艾米来说都是一些陌生而意义模糊的名字。她来了，只是为了完成一个不可理喻的母亲的嘱托，如此而已。

没想到，一天的行程变成了两天，两天的行程变成了三天。转眼她已经在开平待了五天了。那个姓欧阳的政府官员，硬是在她岩石一样贫瘠的想象力上擦出了火花，她的好奇心终于给引燃起来了。她开始考虑是否再次更改航班，在这里待足一个星期。她任教的大学已经放暑假，她并不用急着回去给学生上课。可是她得和马克商量一下，是否需要推延去阿拉斯加的旅游计划。

马克是艾米的男朋友。

每当艾米这样跟别人介绍马克时，都感觉滑稽。男朋友应该是二十多岁的年青人的词汇，而一个将近五十岁的女人用这样的词汇介绍一个将近六十岁的男人时，就像是满身寿斑的老太太穿上了露出大腿根的超短裙一样地不合时宜。可是艾米暂时还找不到比这个更好的词。相比之下，她更憎恶"情人"、"性伙伴"，或者"同居者"。

马克也在艾米所在的大学当教授，她教社会学，他教哲学，虽然不在一个系，却都归在人文学院里，多少也算同事。只是因为人文学院教授云集，艾米和马克不过是点头之交而已。有一年人文学院的院长退休，学校里开了

一个送别酒会，艾米端了一杯马提尼走到马克身边，两人才真正搭上了话。那天绝对是艾米主动出击，艾米借着马提尼的掩护肆无忌惮地吊马克的膀子。艾米那时刚刚从前边一个男人那里搬出来，急切地想填补一下空缺。

当然，艾米也不是盲目出击的。当她擦着马克身边走过的时候，她已经一眼就看清了这个男人左手的无名指上，有一道白色的凹陷下去的痕迹——那是戒指留下的印记。这个男人的这根指头上，曾经套过一枚结婚戒指。不过这并不重要，重要的是这个男人这一刻已经摘下了戒指。

艾米那晚吊马克的膀子吊得相当精彩，三杯马提尼之后马克已经躺在了她公寓的床上，而且一个周末都没有回去。不过他们的同居生活并不是那个时候开始的。他们后来做了很长一段时期的周末情人，单周在艾米的公寓，双周在马克的公寓。这样简单却绝对公平的轮值制度实施了一年之后，马克提出了搬到一起的建议。艾米之所以同意马克搬进来，是因为经过一年的考察，艾米看出来马克并无求婚的意思——这叫艾米放了心。

马克和艾米在对一纸婚约的排斥上相当志同道合，却是为着不同的缘由。马克为前一段婚姻付出了沉重的代价，赡养费几乎耗去了他月收入的一半。剩下的那一半只够他节衣缩食地过一份单身汉生活。如果那一半再被人分去一半，他只能睡公园的长凳了。而艾米却是从未结过婚的。艾米不想结婚的原因，用她自己的话来说，是源远流长的。

艾米家族的女性，似乎都与婚姻无缘。她的外祖母，一个没有名字，却把外号叫成了名字的女人，与她的外祖父同居了一辈子。虽然死后墓碑上写着"方公锦山之妻周氏"，那只是她外祖父老迈时的心血来潮之举。艾米从没见过那个叫猫眼的女人，对她的身世所知甚少，因为她的母亲方延龄很早就离家出走，等到延龄终于肯回家见父母的时候，猫眼已经去世了。

艾米的母亲延龄，也是一生没有结婚，不停地从一个男人流落到另一个男人。开始的时候，在某个男人身边逗留的时间还相对长一些。到后来，一段情缘和另一段情缘之间的距离越来越短，最短的从开始到结束只维持了两天。艾米的生命，就是在这样无数个流星一样闪烁而过的暗夜里毫无准备地孕育下来的，艾米至今也不知道生父是谁，只能从自己眼睛头发的颜色来推测，那个再也没有在母亲生活中出现过的男人，是一个白种人。延龄不想让女儿袭用一个中国姓，所以延龄用一个最普通的洋人姓氏史密斯，将艾米的身份固定在出生纸上。

基因，可能是我们家的基因。

艾米这样对马克解释她对婚姻的立场。

最先是无意识的，被动的，没有选择的，比如猫眼。到后来就渐渐演绎成了自由意志的抉择，比如自己。方家的女人连续三代与婚姻擦肩而过。

马克听了，无话，却拥住艾米，轻轻地叹了一口气。艾米期待着马克如释重负的叹息，可是马克的叹息里似乎另有一些蕴意，隐隐的，竟像有一两分的惋惜，倒叫艾米生出些意外来。

艾米原先和马克约定，一待学校放假就动身去阿拉斯加，是旅游，也为了考察爱斯基摩文化。没想到中间横生出了一趟中国之旅，而这趟中国之旅中间，又横生出一些意外的枝节，阿拉斯加的计划，只好延后了。

马克送机的时候，曾对满脸不情愿的艾米说也许这会成为你的寻根之旅。艾米冷冷一笑，说像我这样拥有零位父亲，零点五位母亲的人，根是生在岩石之上的半寸薄土里的，一眼就看清了，还需要寻吗？可是那日傍晚当她和欧阳云安在得贤居的楼梯脚里，意外地发现了那几十封书信，看见了她的外祖母抱着她的母亲站在无名河边微笑的照片时，根的感觉猝不及防地击中了她。

艾米把自己在开平的每一样新发现，都一一用电子邮件写下来寄给马克。马克是个懒散之人，平日除了学术研究上的事，极少给人写信，更不用说打电话聊天。艾米给马克写信，仅仅是为了找个人倾诉——马克当然是最现成的人选。艾米并不指望马克回应。没想到每一封信，每一件事，马克都有回应，尽管都是三言两语。

"理解。"

"还有呢？"

"耐心些，真相需要时间。"

"不可思议。"

"再挖得深一点。"

"为什么不？"

马克的每一句话，都如一个手指，在艾米被渐渐接近的真相搅动得高度兴奋起来的心尖上轻轻地挠了一挠，叫艾米不由得有些感动。同居三年多了，艾米第一次觉出了马克的懒散其实不是那种一条缝隙都找不着的懒散。马克对她的生活，仿佛还是有着那么一点刨根问底的兴趣的。

在去敬老院的路上，欧阳再次对艾米解释了谢阿元和她的关系。

"这个人是你的姑公。你姑婆死后，他一生没有再娶过。"欧阳说。

艾米没有听懂这个古怪的称呼。艾米听不懂的原因不完全是因为她的中文程度。她的中文其实不是纸老虎，穿帮是有的，却不经常。她学中文既非出于兴趣，也非出于感情。当年她在美国伯克利大学念博士学位的时候，需要选一门外语课。她在斯瓦西里语和汉语中间徘徊了很久——她的论文方向是非洲族群的社会演变。最后她终于忍痛丢弃了学斯瓦西里语的梦想而选修了汉语，是因为她多少有一点汉语基础，可以较为轻松地拿到学分。

她当时那点有限的汉语基础，并不来自她的母亲——母亲在她年青的时候从来只对她说英文。她念中学的时候，暑期里常常去餐馆打工挣零花钱。有好几个假期她都在一家中餐馆端盘子，就是在那里，她捡拾了一些零星的汉语知识。

艾米不懂姑公这个称呼的真正原因，是因为在艾米的人生辞典里，属于亲属的那一个章节出乎寻常地贫瘠单薄——只有母亲和外公这两个词。艾米没有父亲，也就没有了父亲这一大族系的亲属。艾米虽有母亲，可是母亲并无兄弟姐妹，所以艾米的旁系亲属概念几乎是一片空白。

欧阳就掏出纸笔，草草地画了一棵树，树上长着些层层叠叠的枝桠，枝桠上写了些字。欧阳说这是你们家简缩版的族谱，最上面的那些人，太老了，你肯定不认识，就不说他了。还是从你太外公说起吧。

"你太外公，就是建得贤居的那个人，有两个儿子，一个女儿。他的大儿子就是你的外公方锦山。你外公和他的弟弟妹妹，都已经去世。那一代人里，如今只有你外公的妹夫谢阿元还活着。你外公兄妹三个虽然都各有子女，可是子女里头最后幸存下来的，只有你母亲一个人。而你母亲只有你一个孩子，所以在方氏家族方得法这一支派里，就只剩了你、你妈和谢阿元三个人了。谢阿元论辈分是你妈的姑父，所以你应该叫他姑公。"

艾米拿过那张纸，反反复复看了几遍，才说我回去把它打印出来，给我妈也留一份。这种东西在英文里叫 family tree，家族树，其实和中文都是一个意思。

两人到了敬老院，老远就看见院长站在门口等候他们。院长跟艾米握过手，就轻轻扯了扯欧阳的袖口。欧阳知道院长有话要跟他说，便叫艾米在门口等一等，自己跟院长进了办公室。

院长关起门，面有难色，"侨办打过几个电话，我们当然要配合。可是谢阿元就是不肯见这个人，说'半唐番'（混血儿）来了，就要打出门去。"

欧阳笑笑，说一个九十岁的老头了，还剩几两气力呢？你不用怕。院长说有你这个领导做主就好，好歹是件涉外的事呢。你没看见谢阿元早上闹得什么样子呢，中午吃过镇静剂，又睡过一阵午觉，现在好些了。

欧阳走出办公室，艾米就问："是不是不肯见我，我的那个'姑公'？"欧阳嘿嘿地笑，说到底是教授，脑子好使。艾米哼了一声，说那天在宾馆，他就恨不得撕了我呢。欧阳说其实撕了你也不是大过错。谢阿元一家人都死于非命。你太外公原先答应带他们一家去金山的，后来一直也没带走。若走了，哪会有后来的事？你说他不找你算账，还能找谁呢？你要是怕，我们现在就回去。

艾米遭这一激，就激出些斗志来，握了两个拳头，踢出一只脚来，说谁怕谁呢？我是练跆拳道的，蓝带段，不信你试试？欧阳忙说不敢不敢，两人就进了阿元的房间。

阿元午睡刚醒，还躺在床上，睁着两只大眼睛瞪着天花板，眼神浑浊如大雨之后的泥潭。欧阳在床边坐下来，捻去他嘴边几颗铁砂般的饭粒，问阿元公今天中饭吃几碗？阿元的眼睛动了动，有了几分活气，说吃了一碗米饭，屙了一碗石子。阿元的牙齿早掉光了，装了一口的假牙，一说话格拉格拉地响，像含了一嘴的玻璃球。

欧阳大笑，从兜里掏出一个瓶子来，说老人家便秘最伤身。这个药是外国货，一天舀一勺，放在凉开水里和开了，喝起来像橘子水，治便秘最有效果。阿元也不接瓶子，却抓了欧阳的手，说阿安啊听你说话我就想起你阿爷年青时候的样子啊。欧阳说阿元公我都五十几岁的人了，还年青啊？阿元把欧阳的手捏出了青紫，说当年我要跟了你阿爷走就好了。

欧阳扶阿元坐起来，阿元眼睛一斜，就看见了站在门口的艾米。阿元摔了欧阳的手，说你还是把这个半唐番带来了？欧阳说阿元公她是锦绣阿婆的亲侄孙女，方家的后代，就剩了这么一个了。人家从加拿大千里万里飞过来看你，你可不能撒野。

阿元呸了一声，说你不要提方家一个字，那家人没有一个守信用的。阿元一激动，额上就鼓出一个馒头大的包来。欧阳拍了拍阿元的背，说阿元公你也学会胡说八道了，当年金山封了埠不让唐人进去，他们有什么法子？后来解禁了，你大舅子锦山不是写信来，问锦绣阿婆要不要过埠的？你那时候一整个脑子全装着革命进步，打死不肯去的，怨不得别人。

阿元还不得嘴，只靠在床上牛似的喘着气，额上的包却渐渐地低软了下去。

"你叫她把锦绣怀乡还给我。"半晌，阿元才有气无力地说。

欧阳指了指艾米，说她还真把他俩带回来了。艾米从手提包里拿出一个布包，在床前蹲了下来，恭恭敬敬地叫了声姑公，说这是临行前我妈叫我带来的。其实也不是我妈的东西，是我外公临死前交给我妈的，说将来有人回开平，一定要带回去的。

艾米打开布包，里头有两样东西，一样是几张颜色泛黄的老照片，另一样是一个手掌大小的铁皮盒子。盒子上印着一个西洋女人的头像，头像底下有几个英文字，是某某公司杏仁朱古力。铁皮盒上的油漆剥落了好些，女人的头脸上便露出星星点点的污斑。

艾米打开铁皮盒，里头垫着一块布。掀开布，底下是一绺用红头绳扎起来的头发。红在这里只是一种由习俗而产生的猜测，其实颜色早已被岁月洗成一种不明不白的灰褐。头发边上有一张小纸条，墨水虽然褪了，却勉强辨得出是"怀国周岁纪念"几个字。

照片统共是三张。一张是锦绣和阿元的结婚照，右角上印着"广州开和影楼，民国二十二年"的字样。还有一张是怀乡穿绣花袄的大头脸照，背面写着"怀乡周岁宴客"几个字。另外的一张是全家福，六指坐在正中间，锦绣抱着怀乡站在左首，阿元牵着怀国站在右首。正面和背面都没有题字，怀乡看起来还很小，似乎才几个月的样子。

阿元的手颤颤地抖了起来，照片纸蛾子似的飞落到床单上，他却没去捡。他已经多少年没见过妻儿的样子了。锦绣和孩子的照片，还有照片背后所有的记忆，都在那场大灾祸中焚为灰烬了。在时光隧道的尽头上，隔着六七十年的光阴，他猝不及防地撞到了年青时的自己和妻儿，仿佛是一个赶路的人猛一回头撞见了鬼。他扯起一角被子蒙在脸上，像一条剁了尾巴的狗一样呜呜地哭了起来。

欧阳和艾米走出敬老院，天色已经暗了。欧阳掏出手机，要打电话给司机小吴，艾米说你能陪我走一走吗？欧阳就挂了电话。两人穿过渐渐热闹起来的街市，看着霓虹灯将夜空剪开一个一个五彩斑斓的洞眼，一路无话地走到了宾馆。

"你和我姑公，很熟吗？"艾米站下来，问欧阳。

欧阳点了点头。

"我们家几代人，都是教书先生。我高祖父教过你太外公。我爷爷教过你姑婆和姑公。你姑公年青的时候，差一点跟我爷爷去从军。"

那晚艾米给马克的电子邮件很短，只有两句话：

"今天跟欧阳去看了我的姑公。我相信我杀了这位九十岁的老人。"

马克的回信更短，只有一句话：

"隧道那头就是光亮。"

民国二十八年（公元1939年），广东开平和安乡自勉村

六指坐在天井里篦头。

中秋刚过，日头像一把秃了刃的刀，照在身上不再是尖刺的疼，却是一种酥麻的惬意。六指的头发很长，拆了髻子散下来，盛了满满一个脸盆。六指的头发虽有些花白，却依旧厚实，洗完是满满一把的纠结，梳通起来很是费劲——六指却都是自己梳。从前六指也曾叫儿媳妇区氏梳过，区氏手重，扯得六指的头皮疼了好几天，从那以后六指就再也不肯叫别人帮忙了。

终于梳通了，六指就把板凳移到风口，等着风把头发吹干。插头的物什早就挑好了——今天六指选的是一支玛瑙簪子，簪尾上有一个雕着花的坠子。簪子是阿法托人从南洋买回来的，在头油里浸过了许多年，渐渐浸成了一柄

沉红。沉红是一个六十二岁女人的颜色，露足了脸，却又没有过头。

梳过了头，六指拿了一面镜子照脸。脸是今天早上阿彩刚刚替她铰过的，白生生地很是光亮。六指这几年发福了，脸像一块绷扯紧的布，饱饱地看不出几个褶皱。今天不是年也不是节，六指不出门也不会客。可是六指即使不出门不会客，一个人在家里坐上一整天，她也还是想把自己收拾得干净利索。她跟儿媳妇区氏说过很多遍，即使男人不在家，女人也得有自己的门面——那当然是对牛弹琴。

天井的那一角坐着邻舍阿莲婆，正在绣鞋面。阿莲的男人很多年前在金山过世了。阿莲男人在世的时候，阿莲过三两个月还能收到一封金山来的银信。男人死后，阿莲的家境就渐渐潦倒起来。如今阿莲家里早已将田产变卖尽了，现租种了人家的几亩薄田度日。六指时时叫她过来，帮忙家里的针线活计——也是周济她的意思。阿莲虽然比六指大几岁，眼神和针脚的功夫，却还是一等一的。

阿莲手里的活计，是一双小孩鞋面。阿莲已经在黑直贡呢的布上画好了粉底，正在挑选彩线绣牡丹花——这是给锦绣的女儿怀乡做的鞋。这些年六指的三个儿女都添了人丁。锦山的女儿延龄最大，今年十六。锦河的儿子耀锴居二，今年九岁。锦绣的两个儿女最小，儿子怀国五岁，女儿怀乡刚会走路。

六指如今孙儿孙女外孙儿外孙女四样俱全。除了延龄在金山，其余三个都在她身边。耀锴生下来就跟着区氏住在碉楼里，锦绣和阿元在乡里的学堂教书，怀国和怀乡就留在自勉村里养。耀锴已经到了上学的年龄，六指执意不肯送去锦绣和阿元的学堂念书，而是聘了一个先生在家授课。六指说学堂太远，路上来回不太平。这几年劫持金山客家人的事情虽然比从前少了许多，可是六指还是不放心。

当然，这只是六指的借口。真正的理由，六指并没有说。其实六指是听惯了三个孩子在碉楼里跑来跑去的声响，耀锴要是去了住宿学校，她的耳根一下子清闲了，心也就闲得没了着落。

阿莲一边在头发上抿针，一边问六指："关婆，你家锦绣她阿爸，多少年没回家了？"六指过了六十，村里人就不再叫她六指了。无论男女老小，似乎都约好了，一起改口叫她关婆。

六指淡淡一笑，说多年了，不记得了。其实六指记得很清楚，阿法最后一次离家，是她怀锦绣的那一年。锦绣今年二十六岁，阿法就是二十六年没回家了。她十七岁嫁入方家，至今四十多年了。阿法在洞房里就对她起过誓，一定要带她去金山，她却阴差一步阳错一脚始终没能去成。

这些年阿法把叶落归根的话说了许多个来回，却哪一回也没能说实。阿法说一回，六指盼一回。从端午开始盼，一盼盼到中秋。刚吃了月饼，就开始盼腊月。等到元宵的灯笼取下来时，六指就知道一年又落了空。渐渐地，六指的指望就淡薄了下来。六指知道自己男人是把脸面看得山一样重的人，破了产无颜回乡，天天想的就是怎样再把运气扳回来。这一想，就想去了十几年。

"男人这么久不回家，你不怕他在外头有了人？"阿莲问六指。

阿莲这话像一根针在六指心里杵了一杵，突然把她杵得警醒起来。金山的男人在金山嫖妓，不是什么新鲜事。金山的男人在金山娶个妾侍，也是常听人讲起的。年青的时候，就怕阿法娶个小的，不管是在乡里娶，还是在金山娶。怕了几十年，也就把这个事渐渐淡忘了。心里的那点烦恼，像是结了多年的痂，叫阿莲碰了一碰，又碰出一点血丝来，这才想起阿法这阵子的家书倒真是越来越稀少了。

便勉强笑了笑，说他七十多的人了，没你家男人那点花头经。原本说好旧年回来过老，再也不走的，是我看日本人闹得太凶，叫他过了战乱再回来的。

阿莲把嘴里的线头咬断了，挪了挪凳子在六指身边坐下，看了六指一眼，才犹犹豫豫地说："关婆这事你就随便当个笑话听着，别太当真。我娘家表侄，是永安里人，也在温哥华。上个月回来探亲，我去他家见了他一面。他说阿法，阿法……"

六指见不得阿莲欲言又止的样子，就呸了一口，说有屁就放。是不是我家阿法娶了小的，在外头又孵了一窝鸡？

阿莲被六指逗得扑哧一声笑了，说那倒没有。只是听说常常跟一个女人在一道，是个过了气的戏子，都是阿法接济的。

六指只觉得天上的日头咚的一声砸到了地上，砸得地颤颤地抖，也砸得她的心碎成了许许多多个瓣。阿莲见六指手里捏着一个簪子，在头上戳来戳去也找不着一个去处，就扔了鞋面，抓住六指的膝盖，使劲地摇晃起来。

"这话传来传去，难免有传错的时候，关婆你可不能都信。你是个通文墨的人，自己给阿法写封信问一问，不就问清楚了？"阿莲劝道。

六指拨开阿莲的手，微微一笑，说其实，他也就是一个戏痴，没有别的。

六指站起来，耳朵嗡地响了起来，仿佛有一窝黄蜂正在里头筑巢。她拔下发簪，伸进耳洞里掏了起来。深些。再深些。终于掏着了。她把簪子在衣服上抹了一抹，抹出一团腥红。

那条当年给婆婆麦氏剜过肉的腿，突然又短了起来，一扯一扯的，竟走不得路。六指扶着墙靠了一靠，才歪歪斜斜地朝屋里走去。屋里格外安静，只有墙上的自鸣钟在嚯啦嚯啦地拨动着。六指在半明不暗的天光中呆立了半晌，才看清她的儿媳妇区氏，正坐在楼梯口上打盹。区氏的脸埋在膝盖上，鼻孔里发出一串闷屁一样的鼾声，髻子上的那朵白绒花，刀似的割着六指的眼睛——区氏的阿妈旧年在圩市上被日本人的飞机炸死了，区氏至今还给阿妈戴着孝。

"耀锴呢，阿燕？"

六指有气无力地问。

此刻六指的孙子耀锴，正领着锦绣的儿子怀国，走在通往村口无名河的路上。

平日这个时候，正是教书先生在书房里授课的时间。可是先生前日回乡过中秋去了，就给耀锴放了三天假。六指一早起来，就吩咐区氏去请村里的剃头匠阿松来家里，把男丁的头发统统理一遍。上回阿松来，是端午节的事了，三个月的工夫，人人头上都是一蓬乱草。偏偏阿松头天晚上多喝了一杯黄汤，早上没能起得来，就叫方家多等了一会儿。阿松一晚，就把区氏等得眼困起来，抵不住坐在楼梯上，睡了一个回笼觉。

耀锴就是趁着这个空子，带了怀国从碉楼里溜出去的。

这年春天苦旱，入秋的时候倒狠狠地下了几场雨。路面上的泥叫日头晒干了，是白花花的一层，水却是藏在底下的。一脚踩上去，吱溜吱溜的，冒上一个湿脚印。六指管得紧，方家的孩子平日很少自己出门玩。耀锴和怀国走在路上，样样物件都新鲜。不多远，就看见芭蕉林边上围了一圈泥孩子，都撅着屁股趴在地上看热闹。耀锴挤过去，才知道众人是在看蚂蚁搬家。

蚂蚁搬的是一只死蝇子，红头绿身，个头极大。蚂蚁如一粒一粒的细芝麻，黑黑地围了蝇子一身——却搬不动。后来有一只带头的，领了一群小蚂蚁，钻进了蝇子肚腹底下，蝇子就浮动了起来。孩子们便尖声呼叫起来。耀锴说有什么大惊小怪的，教书先生说了，只要心齐，蚂蚁还搬得动山呢。孩子们叫耀锴扫了兴，就小白脸小白脸地叫了几声，四下散了。

耀锴站在那里，就有几分讪讪的。

耀锴从来没有下田插过秧割过稻子，也没有下水摇过橹摸过鱼虾。耀锴的脸，没有被日头晒过雨水打过，所以就比别人的白。可是耀锴最怕的，就是听见别人管他叫小白脸。有一回他问过阿人，怎么样才能不做小白脸？阿人听了笑得直颤，说你不想当白脸还不容易？到无名河打上几个滚，摸上两天鱼，就不是白脸了。可是黑脸的要当白脸，就不是一天两天的事了。他们得修上几辈子，才能修到做白脸的命。

可是耀锴不信阿人的话。耀锴宁愿和村子里其他孩子一样，一脸一身黑皮，光脚在田埂上翻跟斗，一个猛子扎进水里，一刻钟才露头，光着屁股爬上岸，追着别人叫小白脸。

怀国见日头渐渐地高了，就有些害怕起来，说阿哥我们回家吧，阿婆要骂的。耀锴说还早，阿哥带你去摸鱼。怀国说阿哥你会摸鱼？耀锴说这有什么？傻子都会。两人便将鞋子脱了提在手里，踩着一路的湿脚印去了河边。

天还早，水有几分冷，下河的人要到中午才会出动，这会儿河滩上静得能听见鱼在水里打嗝的声响。下过了几场雨，河水胖得把石阶吃进了一半。往下走去，人越走越矮，水越走越高，高得仿佛要从头顶上浇过来。耀锴觉得怀国的手在他的手里抽了一抽。

"回家吧，阿哥。"怀国说话的声音打着颤儿。

"不回。"耀锴回话的声音也打着颤儿。

耀锴不过咬着牙说了一句硬话而已，其实耀锴已经想着要回去的。只是这时，风和水打了一个照面，水突然就活了。水一下一下软软地挠着耀锴的脚心，轻轻地贴着耀锴的耳根说：

"下来吧，啊？"

耀锴禁不住这样的央求。耀锴松开了怀国的手，耀锴走下了石阶。

耀锴的尸体，是在一个时辰之后抬进了方家碉楼的。当时碉楼的人看见村夫抬进来一个泥包——耀锴的身子被厚厚一层淤泥裹住了，放在地上，流了满地的黑汤。

六指把耀锴抱起来，横放在膝盖上，脸贴着脸，却是不哭。

区氏一路哭哭啼啼地跑过来也要抱耀锴，六指拔下头上的发簪，猛地朝区氏脸上戳去。"你怎么就不困死过去呢？"六指狠狠地说。

区氏不防，被六指戳倒在地上，捂着脸，剁了尾巴的狼似的嚎了起来。墨斗叫了几个家丁，死命地架到屋里去了。

六指打了一木盆水，给耀锴揩身子。六指把手巾的边角捻成一根布绳，仔仔细细地掏着耀锴的七孔和指甲里的淤泥。六指的水换了一盆又一盆，渐渐地，就清澄了起来。可是耀锴的脸，却再也擦洗不干净了。河泥仿佛已经钻进了耀锴的皮肤，耀锴的脸黑里透紫，像是一个和日头风雨做了一辈子对头的农夫。

可是六指只是不肯歇手。

墨斗就来劝。

"他阿人，区氏还年青，将来再给你生一屋子，也不难。只是这孩子，总不能赤身露体躺在这里。再不换衣服，身子硬了，就换不成了。"

墨斗来抽六指手里的手巾。六指抗了几抗，就抗不动了，由着墨斗把手巾抽走，扶到树荫底下坐了。

"木头人哪？知不知道找套衣服啊，你？"墨斗冲老婆阿月吼了一声。

阿月就进屋找了一套衣服出来，是一套深蓝卡叽立领学生装，崭新的，还没上过身——今年耀锴的身量长了许多，先前的衣服都捉襟见肘地小了，六指请了区裁缝过来，做了一批新衣。

墨斗和阿月就给耀锴穿衣。六指擦洗得太久，耀锴的皮已经给擦得薄如蝉翼了。阿月手重，又留着指甲，系扣子的时候划着了耀锴的脸，右边颊上渗出隐隐一丝血来。墨斗骂了一声蠢猪，一脚把阿月踹到边上，自己来给耀锴穿着停当。新衣还没缩过水，略略地有些长。墨斗把袖子裤腿卷了一卷，又找了把梳子将耀锴的湿头发梳出一个中分的头型。脸色虽还是青紫的，却是干净利落的样子了。

"他再也不用怕，别人叫他，小白脸了。"

六指这才撕心裂肺地哭了出来。

民国三十年— 三十一年（公元 1941—1942 年），卑诗省温哥华市及阿尔伯塔省红鹿镇

延龄放学回家，一进门就觉出了家里气氛的不同。

阿爷那架唱了几十年的旧唱机在吱扭吱扭地转，不过唱的不是阿爷平日爱听的旧戏，却是阿爷新近在胜利债券筹款会上买的广东民歌金曲。饭菜已经准备妥帖，桌上摆的还是四样菜，却都是新做的菜，而不是阿妈平素从茶楼里带回来的剩菜。这四样菜式里，有一样是一年也吃不上一回的姜葱龙虾。锅里还咕嘟咕嘟地炖着一锅汤。延龄掀开锅盖，是一锅浓郁的鸭架豆腐汤。今天阿妈不上班。可是阿妈即使歇班，也难得下功夫做这样精致的饭食——阿妈一周做六天的工，剩下的那一天，阿妈是再也不肯在家事上操心的。

"你阿叔来信了。"

阿爷递给延龄一个盖满了各式邮戳的信封。

阿叔锦河是在去年年底参军走的。当时本省政府不允许外籍侨民入伍，阿叔是到明尼托巴省才报上名的。阿叔一走多月，却一直没有音信。阿爸从来不敢在阿爷面前提阿叔——都觉得凶多吉少，却没指望竟来信了。

延龄打开信，还没看，就被阿爷抢了回去，"你那点学问，哪里看得懂你阿叔的中文天书？还是阿爷给你念吧。"

阿爷掏出信肉来，戴上老花镜，一字一顿地念了起来。阿爷大概已经把这封信念过多回了，阿爷念完上一句，不看信也能把下一句背出来。

父亲大人敬禀：

　　儿随军来到法兰西已近半载，一直居无定所。且所行之事乃军机，不得随意与家人联络。今日偶得一差至巴黎，才得以邮寄家书。所幸儿身体健壮平安，望父亲大人稍安勿念。儿在法兰西，见德占区百姓生活之窘迫，时时念及家乡父老受日寇之鱼肉，却恨未能亲赴战场为父兄战。据闻香港屡遭日军侵袭，汇款通信皆受阻碍，阿妈和锦绣妹妹生计，想必万分艰难。不孝儿离家之后，家中诸事只得阿嫂一只肩膀负担，实是愧疚难当。望阿哥多多体谅阿嫂之难处，阖家和睦彼此善待。

　　延龄扫了阿妈一眼，阿妈正背着身子舀汤。延龄看见阿妈的肩膀轻轻地抽了一抽，就猜到阿妈哭了——平生头一回，阿妈听见阿叔称她为"阿嫂"。

　　阿哥阿嫂身体是否安康？延龄贤侄女今年中学毕业，有否计划上大学？我和阿哥来金山时尚年幼，因家计所迫未能上得西洋学堂。延龄乃我方家在金山之第三代，阿叔殷切盼望汝能考入大学，为我方家争得头脸。此信之后，儿仍回法兰西南部小镇，无固定住址，不知何时能再寄家书。吾当小心行事勿念。

不孝儿锦河叩首

民国三十年四月初十于法兰西巴黎城

　　阿爸用筷子敲了敲延龄跟前的饭碗，说你阿叔的话，听清楚了吗？好好读书上大学，都学明白了，洋番就欺负不了咱们方家了。

　　阿妈转身哼了一声，说女人就是读通了天书，还不是嫁人生仔？紧要的是快快找工揾钱，总不能让我一个肩脖头扛到死吧？

　　阿爸的嘴角撇了一撇，挤出半句"妇人之……"，又噎了回去。延龄知道阿爸是想发火的，可是阿爸忍住了。

　　终于太太平平地吃完了一顿夜饭。阿妈破天荒居然跟着阿爷和阿爸喝了一杯花雕。阿妈喝了酒，脸色倒不见变，只是呵呵地咳嗽了起来。阿妈越咳越大声，后来就趴到水池子上，呕呕地吐了起来。阿妈最近常常犯呕，吃没吃饱肚皮都一样。阿爸从绳子上抽下一条毛巾，递给阿妈擦嘴，说不会喝就不喝，又没有人拿刀逼你喝。延龄只觉得阿爸今天对阿妈也是破天荒地软绵。

放下碗，延龄就想回房间，却被阿妈从背后叫住了。

"吃完现成的，也不会洗个碗？十八岁的人，除了会跟男仔吊膀子，你还会做什么？骨头都懒出水。我八岁的时候，就煮一家人的饭了……"

阿妈的话如同一只蝇子，在延龄的耳道里撞来撞去，发出嘤嘤嗡嗡的回声。

一。二。三。四。

延龄开始数数。要是数到十阿妈还不住嘴，她就要举起手里的盘子，摔它一个稀巴烂。幸好，数到八的时候，阿妈就回屋去了。

阿爷和阿爸点起了烟，屋里瞬间弥漫开一股劣质纸烟的辛辣。

阿妈在屋里又呵呵地干咳了起来。阿妈的干咳正要演化成一场湿呕的时候，却戛然而止。阿妈提着一个手袋从屋里走了出来——已经换了出门的衣服。

"下雨天，还要出去？"阿爸的脸黑了下来。

阿妈嗯了一声，算是回答。阿妈坐在板凳上穿鞋的时候，阿爸的脸已经黑得能拧出水来了。

"那几个钱不输在麻将桌上，你是死不安生哪？"阿爸嘭地拍了一巴掌，桌上的茶杯蹦了一蹦，茶水从杯盖里漏出来，爬出细细一条黑线。

"许你抽烟喝酒，不许我玩几把麻将？"阿妈头也不回地出了门。

厨房里是一片长久的沉默。

"妇道人家撮钱养一家人，总不是常理。"半晌，阿爷才说。

阿爷的烧腊铺关张已经两三年了。阿爷开烧腊铺的时候，兜里至少还有几个买烟的铜板。阿爷的烧腊铺一关，现在连花几个毫子到广东街看场戏也看不得了。

"阿山你的照相营生是一天比一天清冷了，如今兵荒马乱，谁有心思照相？要照也去大照相馆。你是不是出去找个事做，坐着干活的，一天做几个钟点，也好过没有。"阿爷说。

阿爸摇头，说又不是没找过。如今招人的，就是军工厂了。那个活，一天站到尾，我也没法做。

"要不，我们也去买点豆子，在家发豆芽菜，往洋番菜市送？三五个小钱的成本，卖得了就卖，卖不了自己家吃。街尾的阿唐家，做的就是这个营生，好像还有几个钱挣。"阿爷对阿爸说。

"也好，菜发完了，等延龄下学，就帮着送货——她英文好，洋番听得明白。"

屋里重新静了下来。

"我方得法命衰，老来落到这个地步。想当年，在二埠的农场，叫多少番仔眼红啊。也不知，你阿妈在乡下的日子，是怎么过法。"阿爷叹了一口气。

阿爸说乡下至少还有田产好卖，这一两年，总还能对付得下去。不像我们，月头吃月尾的工饷，顶得死死的，连转身放个屁的空隙都没有。

延龄把最后一个盘子放到碗柜里，解下围裙，飞也似的跑回了自己的房间。关上门，闩上横闩，才牛似的呼出了一口憋了很久的气。这个家像个装朱古力的铁罐，她就是一粒朱古力糖豆，黑黑地死死地憋在这个罐子里，找不见针眼大小的一个透气孔。想象着自己拎着一个汁水淋漓的芽菜篮，在一家一家菜市里穿行，"一毫不行，八分行不"地兜售的情形，延龄的冷汗流了下来。

楼下阿爷还在长一声短一声地叹气。接着是一阵叮咚的水声——像是阿爸在给阿爷的杯里续茶。

"狗都不出门的天，也不肯在家待着。"

延龄听见阿爸恨恨地说。

延龄知道阿爸在说阿妈。每逢周一茶楼歇息，阿妈总是要出去和姐妹队打几圈麻将的——风雨无阻。

"阿山，你对她别总是黑着一张脸。"阿爷说，"她肚子里，说不定就是个男仔。那是老天不叫我方得法绝后啊。"阿爷说这话的时候，声音里隐隐有了几分喜气。

延龄的脑子嘎嗒一声停顿了下来，一片空白。半晌才渐渐清醒过来。

原来，她的阿妈，她那个老得可以做阿婆的阿妈，怀了仔了。

家里本来四个人分的地盘，马上就要变成五个人了。不，不是均衡的五份。如果阿妈肚子里是个弟弟，这个弟弟是要占一半地盘的。剩下的，才是阿爷阿爸阿妈和她一起分。在那个四个人分的一半里，也不是均衡的四份。她的那一份，是那四份中最小的。延龄的数学虽然学得很是懵糟，这样简单的算法，她还是算得清的。

死了算了。

延龄把手捏成一个拳头，在胸腔上捶了一捶，却捶着了她衣服内兜里藏着的一张硬纸片——那是她这个学期大考的成绩单。纸片在她身上藏了两天了，已经藏得有了汗味。

英文	62 分
数学	58 分
科学	47 分
历史	55 分
社会研究	62 分
体育	78 分

教导主任沙列文太太是把她叫到办公室里，亲自交给她这张成绩单的。

"我们必须约定一个时间，和你的父母开一次会，谈一谈你的补考和学习计划。"沙列文太太说。沙列文太太肤色很白，白得脖子上额上都是隐隐的青筋。沙列文太太说话的时候，那些青筋蚯蚓似的爬动起来，"假如你希望今年毕业的话。"

父母？她那个瘸了一条腿，牙齿被烟熏得焦黄，英文烂得跟淘米的箩筐似的父亲？她那个衣裳头发上沾满了餐馆油烟气味的母亲？让这两个人在众目睽睽之下走进沙列文太太的办公室？

"看哪，这就是方延龄的爹妈，中国佬。"

"瞧瞧，这个年纪还让男人睡大了肚子。"

延龄似乎已经感觉到了那些叽喳的议论声如跳蚤，掸也掸不清地爬满了她的颈背。

洞，哪里能有一个洞，可以让她藏进去，一生一世不用再听阿妈的牢骚阿爸阿爷的叹息，再看沙列文太太爬满青筋的脖子，再做在菜市上兜售芽菜的噩梦？

庄尼。

延龄突然想到了一个名字。

其实这个名字已经在她心里种下很久了，只是今天才长出了一片明芽。

五年级的礼仪课上，没想到华生小姐果真把她和庄尼搭成了对子跳探戈。庄尼似乎没有注意到她磨秃了的袖口，她也没有晕倒在庄尼的臂弯里。只是从那以后，他和她倒是真的说上了话。庄尼的阿爸是个酒鬼，很少在家。庄尼的阿妈一共生了三个子女，庄尼是不上不下的那个老二，所以庄尼在家是没人疼没人怜的。等到他阿妈想到要管他的时候，他已经管不住了。庄尼在十年级下半学期就停了学，跟着高年级的几个同学组成一个叫"坏男孩"的乐队，跑到东部的蒙特利尔当歌手去了。

庄尼走后，班里有几个女生疯狂地给他写信，延龄也是其中之一。不过随着时间流逝，大部分的女生都已经有了新的目标，渐渐把庄尼淡忘了，只有延龄还一直和庄尼通着信——当然是延龄写得勤些，延龄写三两封，庄尼会回上一封。

庄尼只在蒙特利尔待了三个月，就离开了，因为那里的人说法文，英文歌没人听。庄尼离开蒙特利尔之后，沿着圣劳伦斯河走，在东部大西洋沿岸的几个小镇卖唱，后来又辗转来到了安大略省的雷湾。在雷湾他和乐队的其他成员吵翻了，一个人来到了中部草原。最近的一封来信里，庄尼说他已经离开草原，到了西部的洛基山一带。现在在阿尔伯塔省一个叫红鹿的小镇里，给一家俱乐部唱歌。

庄尼就是那个洞，那个可以让她藏进去，永远也不用见到阿妈阿爸阿爷沙列文太太和豆芽菜的洞。

从一个小镇流浪到另一个小镇，用不着知道街道的名字，用不着认识邻居，还没有把地皮踩热的时候，已经在另一个省的地界了。每天都是在不同的屋檐下入睡，醒来时看见的是另一片天。"穿着溜冰鞋过日子"。这是庄尼的话。是的，穿溜冰鞋过的日子，也是她想要的日子。

主意定了，身上的跳蚤纷纷坠地，心就静了下来。

延龄已经打听过了，红鹿镇在卡尔加里城边上，通火车。从温哥华坐一早的火车，下午就能到。行装很简单，只有几件换洗的衣服一双雨天的鞋子，还有一把雨伞。幸好不是在冬天，冬天她就得动用家里的箱子——那就太醒目了。

钱。最重要的是钱。

延龄拿出桌上那个陶土罐，从猪嘴里倒出那些钱来。都是零钱，数了半天，才数清是八块九毫七。这是阿爷给她攒的零花钱。阿爷说是他的烟钱。可是阿爷一直也没戒得了烟。所以阿爷的猪养了六七年也养不胖。不过，这些钱足够买一张火车票了。剩下的，大概还能吃上几顿饱饭。

下个星期，等阿妈发工饷的时候，再从阿妈的皮包里拿个两元三元，就走了。阿妈的钱放在哪里，她知道得很清楚。她心动了很多次，可这一次才是动真的。

这些钱用完了以后呢？以后的事只能以后再说了，现在管不了。

早上延龄起床时，阿妈和阿爸都还在睡觉。她知道阿爷已经起了，因为黑洞洞的过道里，有一个红点在一明一灭——那是阿爷在抽烟。延龄从阿爷身后穿过去，在门口穿鞋。

"阿龄，喝一口豆浆，新鲜的。"

延龄听见阿爷在身后叫她。

延龄说不要。走到门外的时候，顿了一顿，又转回身来，接过阿爷手里的杯子，一滴不剩地喝完了。

"阿爷。"延龄叫了一声，嗓子有些喑哑。

不知道还能见着阿爷不？延龄想。

红鹿镇离大洋远，靠北。夏天的暑气爬到这种地方，就有些力不从心了。

延龄背着一个鼓鼓涨涨的书包跳下火车的时候，天已经黑了。街灯如老人嘴里残缺不全的牙齿，东一盏西一盏地亮了起来，照出一个冷冷清清的街市。风吹进延龄的袖口，叫延龄打了一个寒噤——便一下子觉出了不同。温哥华的风是一只细皮嫩肉的手，蘸着大洋来的湿气擦到人身上，更像是抚摩和挠痒的意思。而红鹿镇的风却是一只长了厚茧的手，摸到脸上有些毛糙。

不过这样的清冷这样的毛糙只够叫延龄惊诧，却不够叫延龄害怕——害怕还是很后来的事。此刻延龄有太多的新奇，没有一样事情能打湿她的好心情。

红鹿镇很小，只有几条街。延龄问了两个行人，转过三条短街，就找到了那家俱乐部。俱乐部在街尾，远远望过去，一簇灯火映出一块大招牌"淘金汉"。延龄走过去，在街对面的一张条凳上坐了下来——那是给镇上遛狗的人歇息读报喝咖啡的地方。在这样一个陌生的街市里，坐在这样一条陌生的凳子上，感受着陌生的目光在身上烙下一个个的印记，延龄觉得每一根骨头每一根筋都活了起来。

隔着大玻璃窗望进去，看见了一屋子的人，一片云里雾里的朦胧——是雪茄的烟雾。"淘金汉"是附近的煤矿工人和农场雇工下班聚集的地方，男人在这里喝酒抽烟玩扑克牌，当然偶尔也有女人加入。走进这个地方的女人，是一些特殊的女人，这些女人能轻而易举地把男人身上带着汗臭的几个铜板哄进自己的衣袋。延龄知道自己是不能走进这个门的，延龄准备在这张凳子上坐到天亮。从未独自在外过夜的延龄，被一样期盼熊熊地燃烧着，竟不知害怕。等得越久，那期盼烧得越猛，烤得她的心如热锅里的花生仁一蹦一蹦地生疼——却是那种舒服的疼。

那一屋的男人，只有一个是和她相关的。那个男人，她用不着看见，凭着声音，她就把他认出来了。

　　　　到西部去，那里有金子。
　　　　到西部去，那里有土地。
　　　　你的马停在哪里，
　　　　哦，淘金的汉子，
　　　　就在哪里插下你的标志。

吉他的拨弦声如指尖撒出的铁弹子，疯狂地飞溅到街上，将暗夜砸出一个个窟窿。那歌是吼出来的，歌声经过喉咙的时候，刮出了一丝丝的血。屋里那群带着浓重汗腥味的男人，举着酒杯吹着口哨，用沾满煤屑泥土的厚底鞋，跟着吉他在地板上踏出一个又一个喧嚣的节拍。延龄的脚，禁不住跟着这节拍一颠一颠地动了起来。她开始怀疑，世界的另一些角落里，是否真的在打着一场惨烈的战争。就在她逃学之前，她班级里有几个同学的哥哥刚参军去了前线。此刻他们的家人，正在战战兢兢地等待着邮差带来的信息。

吉他和酒真是好东西啊，叫人忘了战争，忘了邮差，忘了死亡。

延龄被吉他的疯狂颠簸得累了，终于趴在凳子上睡了过去。

后来延龄是被清道夫推醒的。

"小姐，这个时候，还不回家？"

清道夫是个慈眉善目的老人，延龄最怕这样的人——她是怕他叫警察。

"我在等我哥哥，他马上来接我回家。"延龄对清道夫说。

清道夫终于犹犹豫豫地走了。

延龄揉了揉眼睛，发觉天色是灰蒙蒙的，像是尚未黑透，又像是渐渐曙明。一摸身上，竟有一层水汽——原来是晨露。再看街对过的"淘金汉"，灯火不知什么时候已经灭了，只剩了小小一盏门灯，照着一个锁门的人影。延龄慌慌地抓了书包狂奔过街，就在门口，撞上了一个背着大布袋的男人。

"庄尼。"

延龄叫了一声，眼泪就流了下来。

一年多未见，庄尼变了许多，少年人原本圆柔的脸庞，已经被居无定所的途程磨砺得粗糙而具有内容了。这样的变化让延龄飞蛾扑火似的着迷。

庄尼被太多的意外击中，脸上的筋肉刹那间凝固在一个惊诧的表情中。

"你，怎么来了？"

"找你。"延龄一字一顿地说。

"你爸妈知道吗？"

"你出走的时候，告诉过你的爸妈吗？"延龄反问。

庄尼怔了一怔，忍不住哈哈大笑起来。沉睡的石子路被这样的笑声震醒了，发出嘤嗡的回音。

"你，真的不像，那些中国人。"庄尼用手指擦去了延龄颊上的泪水。

延龄的心咚的一声落到了实处，因为她看见了他亚麻色的眼睛里，隐隐闪烁着一丝感动和欢愉。

当然，当时延龄并不知道，这一丝的感动和欢愉，就像夏天划过天边的一个萤火虫，是熬不过秋，也熬不过冬的。

她不知道。

也不想知道。

庄尼住的地方是一幢两层的花园洋房，离他卖唱的俱乐部只有十分钟路程。不过庄尼不住在一楼，也不住在二楼。庄尼住的是地下室。

洋房的主人是一对从荷兰来的夫妻，男人是律师，女人是个住家太太。两口子原本是有儿女住在身边的，后来都走了。几个大的是成家之后搬出去的，小的那个参了军，如今在欧洲打仗。两人成了空巢之鸟，就决定把地下室租给当时刚到红鹿镇急需住处的庄尼。原本是找个伴的意思，后来才发现庄尼与他们几乎不照面——庄尼每天下午背着吉他出门，到凌晨才回家。主人起床的时候，庄尼刚刚睡下。

地下室有一扇单独出入的门，钥匙归庄尼所有。走到门口的时候，庄尼把延龄挟在腋下，像提溜着一只猫似的悄无声息地闪进了地下室的门。延龄在黑暗中忍不住咕地笑了一声，就被立刻捂住了嘴。

"小心，那两副耳朵灵过猎犬——幸好他俩住在顶楼。"

庄尼把延龄放在地上，贴着延龄的耳根说。

庄尼带着雪茄和酒味的气息暖风似的痒着延龄的耳朵垂子和颈脖，她的身子里突然就涌出一股擦也擦不干的湿润。她知道，这就是阿妈从小就骂过她的那个"贱"。可是阿妈现在管不了她，就像她也管不了自己那样。她扭过脸来，把嘴送给了庄尼。庄尼叼过去，鸭子吮水似的吮了起来。延龄觉得自己的心，被庄尼呼的一声吮了过去。没了心的腔子，空落落地颤动起来，颤得她几乎别过了气。

庄尼把延龄放倒在床上。床是张旧木床，在两人的重压下发出吱吱扭扭的抗议。庄尼顾不得床，庄尼伸手就来解延龄的衣服。庄尼没耐心对付那些扣子，干脆将衬衫一把翻过去，盖住了延龄的脸。延龄看不见庄尼，只觉得有两只滚热的手，在她两只坚果一样瘦小的奶子上揉面团似的揉搓起来。

揉了几下，便来脱延龄的裤子。延龄以为那手也会在她两腿之间的那个地方揉搓，没想到有一样坚硬如铁棍的东西，突然直直地捅进了她的身子。她被那样的巨疼毫无防备地击中了，怔了一怔，才发出唔啊一声的呻吟。突然想起楼上的人，又赶紧噤了声。那声被剪去了一个尾巴的呻吟，在她的喉咙口上下蠕动了几个来回，终于被她吞咽了下去。

那根棍子在她的身体里捅了几下，才渐渐变软了。

"第一回，都这样。等后来，你快活都来不及。"

庄尼把延龄的衬衫翻回来，擦着延龄额上的汗珠子。

天色渐渐地有些亮了。天光从地下室的小窗户里透进来，照出了庄尼裸露的胳膊上凹凹凸凸的肌腱。延龄用手指头刮着庄尼的胳膊，疑疑惑惑地问："这样的事，你做过很多回了？"

庄尼不说话。挡不住延龄又问了一遍，才说都是人找我的。你知道，做我们这行的，难免有人找上门的。

延龄的心咯噔了一下，暗想自己也不过是那些找上门来的女人中的一个。可是，那些人找庄尼，是找一回两回，找新鲜的。她不是。她找庄尼，是一生一世的。她已经没了阿爸，没了阿妈，没了阿爷。在世上她已经一无所有了。她现在只有庄尼。

延龄翻过身来，紧紧地拥住了庄尼。

从此延龄就在庄尼那里住了下来。

住在这里只是一个笼统模糊的说法，更精确的说法是蛰居——老鼠那样的蛰居。每天延龄和庄尼昏睡至午后，然后庄尼去"淘金汉"上班，延龄靠啃庄尼从外边买来的面包度日。延龄把每一个动作每一个声响都压缩到最小的幅度，以免楼上的人听见。楼上人的脚步声咚咚地响着，仿佛就踩在延龄的头顶，有几次延龄还看见一角衣裙在地下室的窗口来回扫抚——那是女主人在侍弄花园，延龄每日胆战心惊。

到天黑了，延龄才偷偷地从屋里摸出来，到"淘金汉"去找庄尼。延龄穿过前台，和台上唱歌的庄尼打个照面，却不停留，直接去了厨房。庄尼和老板讨了个人情，给延龄在"淘金汉"找了一份差事，在厨房里做三文治和洗碗。

"我的朋友，漂亮吗？她爸爸是法国人，她妈妈是越南人。"

延龄听见庄尼这样对别人介绍着自己。

现在延龄已经把长头发剪短了，烫成了一头波浪卷。延龄也学会了把眉毛刮成细细一条，涂上青蓝色的眼影和桃红的唇膏。对着镜子映照的时候，她开始想象她身上是否真的流动着几滴法国血液。这些装扮她是照着"淘金汉"里头扔着的几本杂志上的插页女郎学的，庄尼见了，说你终于，不再像女学生了。她猜想这大概是一句好话。

她太平无事地在红鹿镇上住了一阵子，渐渐地，把紧张的神经放松了，就露出了她的老鼠尾巴。

有一天，她和庄尼在凌晨回家。庄尼掏出钥匙，却怎么也打不开地下室的门。后来门自己开了，房东夫妻从里边走了出来。

"她，在这里，住了多久了？"房东太太指着延龄问庄尼。

庄尼嗫嚅着，回不出话来。

"我的儿子在欧洲为自由而战，你带着这个中国垃圾，在我的眼皮底下做这样下作的事。"房东太太说。

"滚！"房东先生戳着庄尼的鼻子吼道。有一团东西，咚的一声飞到了街上——那是庄尼的行装。

门咣地关上了，夹断了庄尼还没来得及说完的半截话：

"她的父亲是法国……"

天亮的时候，庄尼和延龄就开始沿街寻找住处，每一幢挂着招租牌子的房子，他们都去敲过门。庄尼的开场白一路上修改了几次，从最初"你有一间屋子租给一对夫妻吗"，到后来"你有两间屋子分租给我们两个人吗"，到最后"你有一间屋子租给这位女士吗"？在使用第一种开场白的时候，房东的目光落在了他们光秃秃的无名指上。在使用第二和第三种开场白的时候，房东的目光通常就凝固在延龄的脸上。房东的回答是跳过了询问的阶段直接到来的，简单而明了。

没有。没有。没有。没有。

还是没有。

还没走到中午，他们就知道了，这个世界没有一方空间，会留给一对没有婚约的男女，和一个中国人的。

庄尼像一个被人扎了一个洞眼的皮球，一路走着，就把气势渐渐走瘪了。肚子擂鼓似的响了起来，便把行装丢在马路牙子上，一屁股坐了上去，点了一根烟抽着。延龄看着他把一根烟闷闷地抽完了，才小心翼翼地问："要不，我去街对过问一声？"

延龄说的那个地方，是一家叫"温阿春杂货"的店铺。那铺子上面，有一间小小的阁楼，玻璃窗上贴了一张纸，歪歪扭扭地写着"靓屋招租"——是中文。

庄尼不说要，也不说不要，只是从口袋里掏出第二根烟，按在第一根烟的屁股上点着了，接着抽。

延龄就自己走了过去。站柜台的是一个四五十岁的中国女人，正端着一碗粥呼噜呼噜地喝。延龄开门见山地问："屋租多少？"女人从碗里抬起头来，盯着延龄看了几眼，问："哪里来的？是学生仔吗？这个镇里的唐人，我个个认得，怎么没见过你啊？"

延龄没有回答。在今天一路叩门的经历中，她已经明白，没有一种回答能让她和庄尼得到一把房门钥匙。所以她干脆选择了沉默。

"三十块月租，不包吃。"

女人说这话的时候，心有些虚——这个价格是灌了许多水分的，她期待着延龄开始一轮激烈的讨价还价。

可是延龄没有。

延龄只是说："三十就三十，我带个把朋友进来，你不要管。"

女人怔了一怔，脸上就有了几分犹豫。

延龄从兜里摸出几张纸币，啪的一声拍在柜台上，"我给三十五。今天先交一半，下周再交一半。这个价，你走到天边也没有第二家了。"

女人不说话，却进了后屋。延龄听见后屋里传出一阵喊喊嚓嚓的低语声，似乎是女人在和她的男人商量。过了一会儿，女人出来了，收起了延龄放在柜台上的钱。

"你不要嫌我家冬天暖气开得不够。"

延龄转身往外走的时候，听见女人在她身后轻轻地说了一句话："我家要是有女儿，就不会租给你了。"

过了一会儿，延龄才回味过来，女人那句话实际上是两句话，一句浮在表里，另一句埋在底下。埋在底下的那一句是：

"我若是有女儿，决不能跟你的样子学。"

延龄走了很远，还感觉到女人的目光像两片被日头晒得发烫的树叶子，紧紧地贴在她的脊背上。她知道，女人把她当做卖肉的女子了。

这个女人不是第一个把她当成卖肉女子的人，这个女人也不是最后一个把她当成卖肉女子的人。延龄知道，无论她走在这个镇子的哪条街上，只要她和庄尼走在一起，所有的人都会把她当成卖肉女子。不过她不在乎。十八年里爹娘给的薄脸皮，已经在这个短暂的红鹿镇夏天里打磨得起了一层厚茧。现在她需要的是一爿屋顶，一爿遮得住她和庄尼两个人的屋顶。和这爿屋顶相比，误解只是一件芝麻粒大小的琐事。

现在她刀枪不入。

从这天起延龄和庄尼就在温阿春杂货铺的阁楼上住了下来，只是事情的次序有了一些变换。现在是庄尼需要轻手轻脚地进门，偷偷摸摸地出门。他们把每一个声音每一个动作都压到了最低极限，低得几乎和呼吸混淆在一道，因为这次，他们住在房东的头顶而不是脚底。

红鹿镇的秋天极短，短得只有一场雨。就在这场雨里，夏天和冬天匆匆完成了交接的仪式。九月底的第一场雪后，延龄才终于醒悟，房东太太说的"别嫌我家暖气不够"是什么意思。房东家的司汀（水暖片），一天里只开两回，一回是入睡之前，一回是起床的时候。当然，这里说的入睡和起床都是指房东的时间。

庄尼和延龄凌晨回家，走进冰窟一样的屋子，脸也不洗，就直接钻进了被窝。褥子和被子像是两层冰，庄尼和延龄像是两条夹裹在冰块里的鱼，连眼珠子都冻得转不动了。庄尼索性掀了被子坐起来，发疯似的做延龄——那是他新近发明的取暖方式。延龄自然抗不过庄尼，延龄只能一遍又一遍地说："轻点，楼下。"庄尼却越发地大声起来。

"就是要做给那中国佬看，叫他再把那几个铜板捏成两半。"

延龄扑哧地笑了一声，说别忘了，整个红鹿镇，也只有这家中国佬，肯把房子租给我们。

庄尼一下子泄了气，软软地从延龄身上爬了下来，任凭延龄如何撩拨，却再也硬不起来了。延龄扯过被子将两人盖住了，伸出一条蛇一样的腿，紧紧地将庄尼缠住。

"要不，我们走，到别的镇上看看？"

庄尼不说话，两个眼睛死鱼一样地在半明不暗的曙色里发了很久的亮。

后来那亮终于灭了，延龄以为他睡着了，却听见他动了一动身子。

"走到哪里，也走不出别人的眼睛。"庄尼说。

这年的十二月真是一个阴郁的月份。

战事越来越吃紧，收音机里传来的，没有一样叫人松心的消息。珍珠港美国海军几乎全军覆没。基辅被攻克。列宁格勒告急。香港沦陷。总以为坏消息已经坏到了头，没想到早上起来却还有比昨天更坏的消息。红鹿镇的男人一批一批地上了前线，剩下的女人只好顶替上来，做了男人的事。前方吃紧，后方也吃紧。粮吃紧，水吃紧。电吃紧。煤油吃紧。一应的物价都金贵，只有命贱。

这年最后一批阵亡将士名单送到镇里的时候，离圣诞节只有六天了。一个小镇，却有五个家庭在欧洲战场上丢失了他们的儿子。这个圣诞节是个有气无力的圣诞，家家门前的圣诞树上，都缠了黄丝带。教堂唱诗班的"普世欢腾"，听起来竟像是出殡的哀调。就连"淘金汉"这样没廉没耻的地方，也宣布在圣诞节禁酒一天，悼念阵亡士兵。

延龄远远看见"淘金汉"门口的那条黄丝带，不知怎的，就想起了在法国打仗的阿叔锦河。阿叔走后，不知还有没有信来？阿爷和阿爸，每天大概也是战战兢兢地盼着邮差又怕着邮差吧？

自记事起，延龄就知道阿叔锦河在亨德森先生家里做用人。阿叔周六晚上才回家，周一一大早就赶回东主那里。每逢周六，阿爷就吩咐阿爸早早地备好酒菜，等候阿叔回家。阿叔是个腼腆沉默的人，喝了酒也是一样，一点也不像阿爸的多话和癫狂。酒桌上阿爷总爱问亨德森家里的事，阿爷问三句，阿叔回一句——都是不痛不痒的。阿叔是一家人里对她最和善的。有一回过年，阿叔把她架在肩脖头，去唐人街买炮仗。阿爷追出来，说河仔你快把她放下来，一个女仔骑到你头上，衰了你的运。阿叔笑笑，说阿龄是福星，撒一泡尿最好，把我的衰运全冲没了。

延龄和庄尼一前一后地走进了"淘金汉"，见几个帮工正在排桌椅扫地。近来到"淘金汉"喝酒的人越来越少了，生意很是冷清。庄尼进门，就把吉他从包里取出来，咚咚地开始调弦。延龄坐在通往厨房的过道上换工作服，扭脸就看见老板正和庄尼说话。老板像是在赔笑脸，倒是庄尼，嘴巴张得露出两排大牙齿。延龄正想竖起耳朵听个真切，突然觉得有一只小手，在她的肠胃里搅了一搅，搅得一股腥味一路涌到了喉咙口。还没来得及蹲下来，就哇地吐了一身——那是中午吃的那一碗虾面。虾是从楼下温阿春杂货铺里买的干虾，也不知是放了多久的陈货。

延龄跑到水房里，正要擦洗衣服鞋子上的秽物，谁知那只小手又开始在她的肚子里搅动起来。这回肚腹已经空了，只剩了几口黄水。终于连黄水也吐尽了，人才好受些。心想庄尼说的没错，中国佬店里的东西，没有一样是干净新鲜的。

便开始帮大厨做三文治。今天客少，一应点心都不敢多做。延龄熟门熟路地把三文治做完了，肚子饿得擂鼓似的响。拿起一块三文治咬了一口，觉得寡味得很，又放了回去。只听见前台吉他弦声响了起来，庄尼开唱了。庄尼唱的还是平日唱过的那几首歌，只是那些个歌都仿佛被剔了骨抽了筋，蔫蔫地全没了往常的疯狂。

旧年年底换黄历的时候，阿爷就说过今年流年不利，阖家宜静不宜动。今年有太多的灾祸，太多的不幸，太多的眼泪，太多的沟沟坎坎。今年把像狗尾草一样皮实生猛的庄尼也磨得没了精神头。幸好，再过三天今年就算熬过了头。再有三天，就是明年了。但愿明年，一切都会换个样子。

下班的时候天下起了雪，是那种湿布片一样肥厚的雪。风很大，雪片斜斜地砸过来，砸得脸生疼。延龄一路跟风斗着法，走到家也没想起来问庄尼，今天晚上老板跟他说了什么话。两人躺下了，延龄才把这事想了起来。延龄推了推庄尼，问老板跟你说什么了？庄尼不说话，却将身子翻了开去，延龄只得着了一扇脊背。延龄就涎皮涎脸地爬到庄尼的身上来，说问你话呢？庄尼霍地一声坐了起来，一把把延龄撸了下来，说烦不烦啊，你？

延龄从没见过庄尼如此粗鲁过，一时怔住了，竟不知如何回应。庄尼也不理，只摸摸索索地从大衣口袋里摸出烟盒来。烟被雪打湿了，费了好几根火柴才点着。点着了，就没灭过，一根接一根地抽了三根。抽到第三根尾的时候，延龄说话了。延龄说你要把房子点着啊？庄尼不吭声，却从烟盒里又掏了两根烟。一根接在先头一根的屁股上点着了，依旧含在自己嘴里。另一根也点着了，却塞给了延龄。

"试一试，你。"庄尼说。

延龄学着庄尼的样子把烟含在嘴里，第一口像把刀子，把喉咙割了一个口子。第二口还像刀子，却没有先前那把锋利了。轮到第三口的时候，就是一把钝刀了，至多是个挠痒痒的意思。

庄尼看着，就说延龄你做什么都有这个本事，明明是第一回，却像是做过十回百回的样子。延龄看着一个个烟圈细细小小地从两片嘴唇里喷出来，慢慢地变肥变大了，最后撞在天花板上，肥皂泡似的撞瘪了。

"比如？"延龄问。

"比如抽烟。再比如离家出逃。"

延龄哼了一声，说庄尼我听得出你是在取笑我。庄尼转过身来，盯着延龄，一字一顿地说："方延龄你听好了，我从来没有取笑过你。你是我遇见过的，最有意思的女人。"延龄说是因为我有一个法国爸爸吗？两人不约而同地笑了起来。

庄尼揽过延龄的肩膀，说我知道你想家了。延龄狠命地摇了摇头，眼泪却毫无防备地流了下来。再过两夜这一年就算完了。往年过新年，家里是五张椅子五个人，围着一张圆桌吃年夜饭。今年的椅子空出了两张，阿妈的牢骚是填不满那两张空椅子的。当然，妈妈生的那个仔也许能。

那个夜晚庄尼没有做延龄。庄尼只是把延龄搂在胸前，像搂着一个吃奶的娃仔，紧紧地。这样的姿势庄尼保持了很久，久得他身上的骨头开始发出吱扭的声响。延龄睡得很实，一个梦也没有。醒来的时候屋里亮得晃眼，分不出是日头还是雪。细尘在光亮处飞来飞去，像是无数点金粉银粉。延龄伸手摸了摸庄尼的枕头，没摸着庄尼，却摸着了一个信封。

打开信封，里边有一张十元的纸币和一张潦草的纸条：

> 我被老板解雇了，原因是顾客不愿看见我们，因为我们败坏了这个小镇的风气——他们说。我还要上路，却不知道下一站在哪里。这点钱，你去买一张火车票回温哥华，动作快的话，兴许还能赶上回家过年。穿溜冰鞋过日子的生活方式，不适合你。抱歉，真的。

香港沦陷之后，家书就断了。怀国被日本飞机炸死的消息，是冒险回乡探亲的人传回来的。阿法听了，在床上躺了两天，无论锦山和猫眼怎么劝，只是不吃不喝。

到了第三天，阿法自己起来了，从锅里盛了满满一碗的饭，就着几块腌黄瓜，一粒不剩地吃完了。把碗咣当一放，对猫眼说："你拿出十块钱来，叫锦山送到中华会馆。"

猫眼听了，面有难色："我们家上回捐过了，也是十块。"

阿法两个眼睛一瞪，眼眶就撕裂了，"等日本人把开平都炸没了，你才肯割肉吗？"

阿法老来，脾气软绵了些，好久没看见他这样动性子了。锦山丢了个眼色给猫眼，猫眼不接。锦山又扯了扯猫眼的衣袖，却叫猫眼给甩了回去。

"我把自己卖了，也变不出十块钱。家里剩的那几个钱，花去了哪里，你又不是不知道。"

猫眼做女招待的那个茶楼，新近又开了一处分号，猫眼给派去了分号，依旧是做女招待。分号离家远，猫眼怀着身孕，走不得远路，就花十二块钱买了一辆破汽车。

阿法指了指桌上的饭碗，说以后我每天就吃一碗饭，总有钱省下来了吧？

华埠这几年已经送走了两批青壮人马回国打仗。最近国军派了一队飞行员来三藩市华埠，专门培训美洲回去参战的士兵，温哥华也有人去。马要钱。鞍要钱。粮草也要钱。中华会馆已经募了好几回的捐，一回比一回难了。就有人在华埠的报纸上写文章，号召大家一日省一碗饭，省下钱来救国灾。

锦山说阿爸那是叫你一日省一碗饭，可不是叫你一日就吃一碗饭。都饿死了，谁去打鬼子？阿法哼了一声，说商女啊，商女，就拂袖上了楼。

锦山读过书，知道阿爸说的是商女不知亡国恨的诗句，便瞪了猫眼一眼，说乡下人生仔，猪圈里就生，有你这般金贵吗？

猫眼知道锦山是指她买了车的事，正想说那是我一个人的仔吗？锦山早已摔门而去。

锦山这天到晚饭的时辰才回来。进屋的时候，猫眼早已上班去了，屋里的灯开得雪亮，阿爸正在厨房的饭桌上铺开宣纸写字。

阿爸已经好些时候不动笔了，阿爸写字的手颤得厉害，墨汁在狼毫的尖上拖出一丝丝犹犹豫豫的尾巴。锦山看见阿爸在纸上横七竖八地写满了字：

方耀武，方耀国，方耀强，方耀邦，方耀东

锦山知道阿爸在给猫眼肚里的那个仔起名字。锦字辈之后，就是耀字辈。方家唯一的一个耀字辈男孙耀锴，两年前在村里的无名河里淹死了。如今猫眼肚腹中的那团肉，就是阿爸唯一的指望。

阿爸看见锦山进来，就丢了笔，点了一根烟抽上。阿爸拿烟的手也颤得厉害，烟灰抖落在宣纸上，烧出一个一个细芝麻似的洞眼。

"你看哪个名字好？武道强了才能耀邦耀国，我看就叫耀武。"

锦山说了声尿紧，就进了茅厕。掏出裤子里那个物什站了半天，才勉强抖出了几滴黄水。听见阿爸在外边一声一声地叫他，锦山捂了耳朵，心里却突然钻出了个蛇蝎一样的想法来：或许，等猫眼足月临盆的时候，阿爸已经走了？乡下的老人，活到六十都是个稀罕，阿爸却已经七十八，到走的时候了。

猫眼半夜下班，开着那辆老掉牙的福特汽车，轰隆轰隆地回到家的时候，发现锦山竟没有像平常那样在门口堵她。锦山已经上了床。

锦山上了床，却还没有睡着。见猫眼进来，就挪了挪身子，腾出半张床的地方。猫眼钻进去，一身的筋骨给暖得散开了架，散成了一堆棉花——跟了锦山几十年，这是第一回，锦山给她暖了被窝。

猫眼刚躺稳了，却突然跳了起来，拉过锦山的手说："你摸摸，这个衰仔，踢我呢。"

锦山的手放在猫眼白亮的肚腹上，觉得那里头仿佛藏了一个木偶公仔，正在跟着一条看不见的绳子，一抽一抽地踢着腿。

"昨天发记中药铺的郎中看见我，说我的肚子大在上面，十有八九是男胎。"猫眼说。

锦山不说话。锦山的手，只是一颤一颤地抖，抖得像得了寒热症。猫眼心想难怪古人说老来得子是喜中之喜，就摸了摸锦山的手背，说哪天延龄回来了，我们一家人也就全了。

那天锦山翻来覆去地贴了一夜的烧饼，到天亮也没睡着。早上起来，在玻璃窗上照见了一个人影，吓了一跳——那厚厚一脑袋的头发，竟在一夜之间花白了。

中午猫眼上班，刚刚启动了车，锦山从屋里跑出来敲猫眼的车窗。猫眼摇下车窗，见锦山严严实实地戴了一顶帽子，忍不住笑，说又不出门戴什么帽子，怪样子。锦山愣愣地看着猫眼，却不说话。猫眼正要走，锦山突然问："这个周一歇班，你能不出去吗？"

猫眼听这样的问话，听了很多年了，耳朵都听出了茧子。不过这回她觉得，他问的虽然还是同一句话，意思却不是同一个意思了。猫眼的心一下子软了。猫眼说你想我在家陪你吗？锦山点点头，说温哥华大酒店边上那家鱼排店，我想请你吃饭。猫眼扑哧一声笑了，说你走路踢着银纸了？那是我们这种人吃饭的地方吗？锦山说我有钱。锦山还想说我有话同你说，可是猫眼已经轰隆轰隆地开车上了路。

那顿饭到底也没有吃成，因为还没有等到周一歇班，猫眼就小产了。

猫眼是大出血昏倒在"荔枝阁"被人抬到医院去的。五个月的胎儿，没保住。

是个男胎。

锦山听到这个消息的时候，蹲在地上放声大哭。阿法一辈子没见过这个儿子淌眼泪，更别说是这种哭法。阿法觉得儿子若再这样哭下去，天要被他哭碎成一片瓦砾，地要被他哭塌成一个无底大洞。可是阿法又觉得儿子的哭法有点怪。是悲苦，却又不完全是悲苦。似乎隐隐的，还有一两分如释重负。

第二天，锦山找了一个无人之处，把贴身藏着的一张纸烧了。

纸是一张契纸。

> 立约人方锦山，广东开平和安乡自勉村人，现居阜诗省温哥华市。方锦山与妻周氏同意将腹中胎儿（无论男女）以七十元卖与台山人郑裕楠夫妻，所得乳金悉数捐入抗日筹赈会。以此立据，永远存照。
>
> 民国三十年八月初三

阿法在这一天之前从未真正觉得自己老了。

　　阿法的头发早就白了，眼力也不如从前，可是戴上花镜，还是看得见书和报纸的。牙齿虽然松动了几个，却依旧嚼得动米饭和花生仁。膝盖有些弯曲了，却仍然载得动身子走得动路。手捏笔的时候有些发颤，可是颤归颤，总还是写得成字的。锦山说他老了。锦河说他老了。猫眼说他老了。金山云也说他老了。他都笑一笑，算是认了。其实他心里是不服的。老不老，别人说了是不算的，要他自己说了才算——他只是懒得和他们较真而已。

　　可是看完瑞克·亨德森回来，他心里就有些吃不准了。

　　自从锦河离开瑞克家之后，他已经有些时日不曾见过瑞克了。前几天偶然路过瑞克住的那条街，突然发现瑞克门前的草地上插了个房屋出售的牌子，就吃了一惊。忍不住上去敲门，没人答应。倒是有个邻居听见了，出来告诉他瑞克死了。

　　瑞克死了大概有一个月了，谁也不知道到底是哪一天死的。邻居说。瑞克已经好久不出门遛狗了。街上有人听见瑞克家的狗叫得邪门，叫了两天又没了声音，就起了疑心。敲他家的门，也没人应门。后来叫了警察，开了他家的锁，才发现瑞克躺在厨房的地板上，死了好多天了，眼睛都叫老鼠给叼走了。狗也死了，是趴在瑞克身上死的。

　　第二天阿法就买了一束花去山上祭瑞克。

　　阿法不是第一次上山。

　　先前瑞克的女儿珍妮死的时候，他上过一回山。后来瑞克的老婆菲丽丝死的时候，阿法又上过一回山。这回看瑞克，已经是第三回上山。阿法把那束冻蔫了的白菊放在瑞克的墓前，又从兜里掏出烟盒来，捻出两支，一支放在墓碑上，一支点着了，蹲在地上抽了起来。

　　瑞克你真他娘的命衰。当年买下这墓地，是想叫她两个送你上山的。没想到你送完了她们，自己倒没人送了。

　　阿法呢喃道。

　　你他娘的走了，就剩我最后一个了。

　　阿法说的最后一个，是指当年修铁路的人。

当年修铁路，阿法那一组的苦力加上工头瑞克，统共是三十一个人。炸石头开山的时候，死了好几个——红毛就是那时丧的命。后来铁路修完了，遣散回乡的路上又走散了好几个。到了域多利，大饥荒里饿死了一拨人。挨不过饥荒的，就回了广东乡下。真正活着留在温哥华的，只有四个人。阿林三十年前就病故了，另外一个是大前年死的。如今瑞克一死，就只剩下阿法一个了。

修铁路的时候，有多少故事啊，怎么就没想着写下来呢？如今是想得起也写不动了，只好带进棺材了。阿法感叹着。

下山的时候，阿法觉得腿上突然短了一根筋，站不直了，身子凭空矮了一截。

我果真，老了吗？阿法开始疑惑起来。

怎么能不老呢？七十往八十走的人了，若还不老，那就是妖怪山神了。

阿法高一脚低一脚地下了山，一路颠簸地朝家走来。远远望过去，只见唐人街的灯笼已经三三两两地亮了，将一片阴冷灰暗的暮色，掏出几块斑驳隐约的喜庆来。心想日子再凄惶，年还是要过的。今天回家，就要爬上阁楼，把那两盏旧宫灯找出来，掸一掸灰挂上。

又想起了开平乡下的那个家，自从日本人进了香港，好久不通家书了。这个年，六指该怎么过呢？二十多年没见着六指了，若不比着照片，六指的模样在他脑子里都有些模糊了。

走到门口，刚想掏钥匙，却被脚下一样东西绊了一跤，便嘟囔了一句骨头懒出水了，垃圾也不知道往外边送一送。话没说完，那团东西动了一动，站起来，叫了一声阿爷。阿法以为见着了鬼，腿一颤，几乎跌了一跤。再看那团东西，鼻孔里白白地冒着两团热气，不像是鬼。便钥匙也顾不得掏，咚咚地擂起门来，大喊阿，阿龄回来了。

一阵叮咣之后，是猫眼来开的门，锦山跟在后头。开了灯，就看见门外滚进来一团灰球——是一个穿着大衣的人。那件大衣吃饱了灰尘，早已看不出原先的颜色了。那人在半明不暗的灯影里站定了，掀动了一下裹在灰土里的嘴唇，露出一丝干净的肉红，叫了一声阿爸阿妈。猫眼身子一软，就坐到了地上。

"你还认我们做阿爸阿妈？这几个月，电台报纸，什么地方没登过寻人广告啊？你非把家里那几个铜板都糟践干净，才肯回家啊？"

锦山把猫眼拉起来，说你口水多过茶，快去烧水，让仔洗个澡。

延龄洗过澡，换上一套猫眼的干净衣裳，身上冒着腾腾的一股热气，才有了点人样。饭菜已经摆置妥当了——自然还是昨天猫眼从"荔枝阁"带回来的剩菜。坐下来，延龄就问阿仔呢，在哪里？延龄走时，阿妈怀着身孕，现在阿妈的肚子瘪了，却没看见仔。

众人都不说话。

半晌，阿法才问阿龄你到底去了哪里？你阿爸阿妈愁得头发都掉光了。延龄说了一句好多地方，就不言语了，只是埋头拨饭，却不肯夹菜——是省着给大人吃的样式。阿法心想，经过了这一遭，这女子兴许就懂事些了。

猫眼冷眼看延龄，只见两个颧骨高得如同刀劈过似的，那刀刃两边都是星星点点的雀斑。又看延龄起身添饭，走路的样子有几分古怪，心里就生出几分疑惑来。也顾不得把碗里的饭吃完，一把拉了延龄就往屋里走。

进了屋，反手关了门，猫眼一把揪住延龄的领子，问你上一回身上来，是什么时候？延龄垂了眼睛看着自己的脚，不回话。猫眼又问了一遍，这遍就把延龄的衣领子收紧了。延龄像一尾鳃上拴了根绳子被人提在手里的鱼，憋得两个眼珠子都红了，嘴巴一张一合的，嚅嚅地吐出几个字："十，十月……"

猫眼松开了延龄的衣领，呆呆地站在那里，眼睛突然就凹了进去，凹成了两口枯井。"我早知道……我早知道……"猫眼一遍又一遍地说。延龄被猫眼的样子吓了一跳，就扯着猫眼的衣袖，一声一声地叫着阿妈。猫眼一把搡开了延龄的手，转身下了楼，身子轻得仿佛让人斩去了腿脚。

楼下的两个男人刚把饭碗放下，点着了饭后的第一根烟。烟价金贵，男人又不能不抽，所以烟质就越来越差。猫眼刀似的切进那团烟雾里，一把夺下锦山嘴里的那根烟，扔进水池子里。锦山抢了回来，却早已湿了，便把烟纸撕了，将烟丝散在一张报纸上晾着，嘴里就骂："犯的是哪门子的癫狂？"

猫眼呸的一声吐出了一口绿痰，"看你宠出来个什么贱货，三四个月的胎了，也不知是谁的种。"

锦山怔了一怔，手里的报纸颤颤地抖了起来，烟丝洒了一地。

猫眼将一根手指直直地戳到锦山的鼻子上，"平日我说得了她一个字吗？

就你这样的爹，能教出什么样的仔来？这回我是再也不管了。"

锦山一把捏住猫眼的指头，狠狠一掰，猫眼杀猪也似的叫了起来。

"什么样的娘，才养出来什么样的女。要贱也是你贱在她前边。"

猫眼觉得被人当心捅了一刀子，两只手捂在胸前，想拔那刀子，可心尖上的肉却把刀子吃得紧紧的，死活也拔不出来。就把牙齿咬得格格的，说我是来春院出来的，全城的人都知道我贱。可我也没满街找男人，是你来找我的。要贱，也是你贱在先。

阿法忍无可忍，嘭地在桌子上擂了一拳，擂得虎口裂出了血丝。

"要吵你两个开了门出去吵，叫全城都知道最好，阿龄最多不要嫁人就是了。"

两人被阿法这一拳擂醒了，都住了嘴。

阿法说猫眼你包几块桃酥豆饼赶紧去广东街的发记药铺，去找阿发的老母，要服药来趁早做了。就推在自己身上，说岁数大了，就是生下了也养不动了。阿发是个孝子，他老母说的话，他没有不听的。

猫眼过了一会儿才明白了家公的意思，脸上就现出了一丝忸怩的神情。阿法说都什么时候了，还推三做四的。要是晚了，做不下来，将来还有谁娶她？

猫眼这才翻箱倒柜地找包点心的黄纸。

发记药铺的药很管用，两帖下去，延龄就开始出血，淅淅沥沥地出了好几个星期。

终于把身子将息过来，锦山就催延龄回学堂把书念完。延龄这回铁了心，说你要我回学堂我就撞死给你看。锦山怕把她逼急了，只好由着她跟着猫眼去"荔枝阁"做了女招待。

延龄的女招待也没有做长。刚刚把酒牌上的酒名和菜单上的菜名记熟了，延龄就走了。延龄这回是跟一个叫约翰的洋番走的。约翰是"荔枝阁"的常客，见延龄的第一回，就和延龄吊上了膀子。延龄在猫眼的眼皮底下，猫眼却没有看住。延龄回家四个月后，又再次离家出走。

这次出走，一走就是十多年。等延龄再度归来的时候，她的阿爷和阿妈都已经不在世上了。延龄只见着了她的阿爸。

这次延龄带回了一个叫艾米·史密斯的女儿。

公元2004年初夏，一个叫艾米·史密斯的加拿大女人在一个叫欧阳云安的政府官员陪同下，参拜了广东开平和安乡的方氏家族宗祠，发现族谱里关于方得法家族的记载里，有这样一段话：

> 方得法次子方锦河，民国十八年娶惠阳人区氏为妻，得一子方耀锴，九岁折。民国二十九年方锦河向广东国民政府捐赠四千加元用于购置抗日飞机，获爱国纪念勋章。同年方锦河加入加拿大军队，以特工身份在法兰西南部一镇收集情报并培训地下抵抗组织。民国三十四年盟军胜利前夕身份暴露，为国捐躯。为纪念方锦河之故，法兰西政府将该镇一桥梁命名为吉米·方桥（吉米乃锦河之英文名字）。

第八章

金山怨

民国三十年（公元1941年），广东开平和安乡

六指和墨斗是在接了怀国往家走的路上看见飞机的。

前一天锦绣托人捎信回自勉村，说怀国得了寒热症，看过了西医，虽然烧退了，人却还是倦怠，想叫人把怀国带回村里歇养几天——怀国今年刚刚上了学堂，平日住宿在学堂。

六指上路时带了一个包袱，里头是一摞温热的芽菜春卷——是六指一早起来包的。一半留下给锦绣和阿元，另一半带在路上吃。

如今全世界都在打仗，兵荒马乱的年月，金山寄来的银信五封就有四封耽搁在路上。六指指望不了银信，六指就只好卖田。幸好前几年日子顺畅的时候，六指用好价钱买下了些田产，如今饿死的骆驼比马大，一亩一亩地卖着，总还能吃上几顿饱饭。只是六指把手指头越发地捏紧了。

碉楼里的下人，除了墨斗和阿月，其余的都遣散了，连在方家待了多年的阿彩，也送回了老家养老。如今楼里住的人也少了，阿法的阿叔和阿婶早过世了，那一房的女儿早就都嫁人出了门，剩下一个儿子，也在几年前分家出去了。得贤居里，如今只有锦绣阿元墨斗一家，再加上锦河的妻子区氏。六指嫌区氏愚笨，除了粗活，都懒得支使她。一家人的饭食，常常是自己下厨打点。

一路来的时候，墨斗是空手的。墨斗的物什不提在手里，墨斗的物什掖在裤腰上。墨斗的物什是一把左轮手枪。墨斗现在走路睡觉都掖着枪。墨斗说乱世道里枪就是命。墨斗的腰里掖的不仅是他自己的命，墨斗还掖着一个碉楼的命。

今天原本是墨斗一个人上路的，可是六指惦记怀国心切，死活要一路跟着墨斗来。临出门的时候，墨斗找出一件老婆阿月做粗活时穿的旧布褂，让六指换上，叫六指把头发打乱了，拔了玉簪，胡乱地挽了个髻子。又从厨房耙出一碗灶灰，要六指扑在脸上颈脖上。六指一边扑着灰，一边说墨斗你以为我是十八花容哪？谁还看我一眼？墨斗嘿嘿一笑，说锦绣她阿妈，你就是活到一百岁还是改不了一个面嫩。六指呸了一口，说你活到一百岁，也改不了一个油嘴滑舌——心里却暗暗地受用。

走到门口，六指突然停了下来，说墨斗你答应我一件事。墨斗问什么事？六指说你答应了我才说。墨斗说你不说什么事我怎么答应？六指说你不答应我就不说了。两人绕来绕去绕了半天的弯，六指才说墨斗路上遇到什么事，你若救得了我，就救。救不了我，就给我一枪。

墨斗怔了一怔，半晌，才说你放心，我若救不得你，这第一枪是给你的，第二枪就是给我自己的。我墨斗无论如何，都不会丢下你不管的。六指听了，眼圈热了一热，心里却是凄惶。心想这世道如此之大，病痛患难的时候，愿意守着她跟她一道死的，竟不是那个跟她换过龙凤帖拜过天地神明的人。

接了怀国，六指就"瘦了黄了"的一阵心疼。才走了几步路，怀国就走不动了，三人只好歇下来，吃了些春卷。墨斗背了怀国继续赶路。怀国在墨斗背上一颠一颠地睡着了，身子一路往下坠，坠得死沉，墨斗的背就虾米似的弯了下去。

六指说墨斗你也老了。墨斗说我孙子都这么大了，不老就是精怪了。墨斗掉了两颗牙齿，说起话来咝咝地漏风。六指想起当年墨斗刚来方家的时候，一笑一口白牙照得一个庭院雪亮的情形，暗想再强再壮的人，也是经不得老的。

"你还好，有个孙子。我呢，那个蠢货。"六指把牙齿咬得格格的。

墨斗知道六指又想起夭折的耀锴来了。六指每回想起耀锴，就要骂区氏。墨斗说你骂没骂腻味呢？都让你骂了两三年了。也亏得人家是个木头脾气由得你骂由得你作贱。要我说耀锴前生就不是你家的人，今生不过借了你家的地盘另找投生的路。你放他走，他来世报答你呢。你不是还有怀国吗？我的孙就是你的孙，怀国将来是给两家人养老送终的。他敢不，我给他一个枪子。

六指的心里，刚刚飘过一张大阴云，就叫墨斗三言两语拨散了，开出一朵灿灿的太阳花来。

三人赶着路，天却渐渐地起了风。这天是个小圩日，路上来往的都是挑着箩筐的赶圩人。风把赶圩人的箬笠吹跑了，就有人放了担子去追箬笠。人跑多快，那箬笠总比人跑快一步。人追得一头一脸的汗，追不动了，就扑通一声坐在地上骂丢你老母。六指和墨斗见了忍不住笑。

正笑着，风突然就变了个声音，呜呜的，像有人拿了把天大的铁扇，在头顶扇着。墨斗仰脸望天，只见天与地衔接的地方，突然出现了几个黑点。那黑点越来越大，生出两个鸟似的翅翼来。有人大喊了一声："飞机，日本人！"赶圩的人就丢了箩筐，发疯似的狂跑起来。

数年前日本飞机炸过惠阳那一带，也是个圩日，区氏娘家，就是在那回给炸死了好几口人。这都是六指听区氏说的。而六指自己，却从来没有逃过飞机，便一时手足无措，不知如何是好。

正是早春的时节，路两边的田里，庄稼刚刚长出一个头角来，尚是开阔的一片，并无藏身之地。再一抬头，鸟已经很近了，近得隐隐看清了尾巴上的那一块颜色肮脏的膏药。墨斗飞奔着把怀国放到路边一棵大树下，说躺下别动。又跑过来一把将六指脸朝下按倒在地上，自己也卧在了六指边上。

六指卧的那个地方，有一堆刚屙下的狗屎，熏得六指几乎别过气去。六指顾不得了，六指只是将眼睛紧紧闭了，心里一遍又一遍地默念着南无阿弥陀佛。只听着轰轰轰轰四声闷响，仿佛是从地心里发出来的，地就给掏空了，嗡嗡地颤动起来。这是六指数得清的响声。后来六指就数不过来了，一声一声是交叠着的，这声尚未死过去，那声就已经在这声的喘息声里生出来了。六指觉得有些东西，铁弹子似的咚咚飞落到她的脊背上——猜想是泥块。身子越来越沉，沉得好似盖了十八二十层的棉被，渐渐地，眼前就全黑了。她知道她给埋下去了。

后来所有的声音都死了，地也颤累了，平息了下来。六指喘不过气来，只觉得肚子憋得要炸出一个大洞，两个眼睛要从额上暴出来了。想喊墨斗，却发不出声来。这时耳边有了一些喊嚓的声响，像是有一尾蛇在泥土里蜿蜒钻洞。

来不及了，今天我，要死在这儿了。六指想。

后来六指觉得眼前突然一亮，睁眼的时候，看见了一个长着手的泥球。

那泥球只剩了两个眼睛是白的，双手像是在染坊里泡过的，滴着红水。

"墨斗，你伤，伤哪儿了？"六指的声音裂了一条缝。

泥球一咧嘴，露出一丝粉红的牙龈："没事，刨土刨的。"

怀国。

两人同时想起了怀国。

树呢？树在哪里？

树还在，却矮了大半截，长着枝桠的那个大顶不见了，只剩了一人高的一截树桩。树桩一面依旧是绿的，另一面却焦黑如炭。焦黑的那一面，还在呼呼地吐着火。

两人发疯似的绕着那截树桩找人。找了一圈，没有。再找了一圈，还是没有。到第三圈的时候，六指在一堆乱石里找见了一只鞋子。

青直贡呢面子，白千层鞋底，鞋面上绣了一个虎头。那是六指亲手做的，让怀国穿着去上学堂的第一堂课的。

墨斗轻轻一拽，就把鞋子拽了出来，连带着拽出一条腿来。腿上带着半截膝盖，断了的地方浮着一片猩红的肉沫子，肉沫中间戳出一根拇指粗的骨头。

六指只看了一眼就仰面朝天昏了过去。

锦绣和阿元的学堂名为"百姓学堂"，建在一个叫三河里的地方，是邻近四五个村落的中心点。校舍借了当地一个乡绅的地皮，盖了两幢土楼，一幢做课堂用，一幢供住得远的学生住宿用。学堂分初小高小，阿元是校长，锦绣是教学主任。两人也教课，锦绣教国文和手工，阿元教算学体育操行。还有两位老师，分别教历史地理艺文和自然。

学堂不固定收费，视学生家境而定，一元五元不等。若家境实在窘迫者，也可学费全免。住校者自带干粮即可，不另收住宿费用。学堂尤其鼓励女生就读，学费一概全免，若出全勤者，每月还补贴大米五斤。初始时只有十数个男孩，几年之后人数一番一番加增，已有男生两百余名，女生三十余名。

为了办学，锦绣把阿妈给自己做嫁妆的首饰银元全数用上了——那还是小头。大头是借地皮的那位乡绅出的。乡绅的儿子，是锦绣和阿元在师范学堂念书时的同学，三人都是欧阳玉山先生的得意门生。乡绅家族，在东洋南洋都有实业，家境十分殷实。儿子师范毕业后便投笔从戎，虽未能亲历办学之道，却怂恿父亲捐了大笔钱财，供锦绣和阿元办学之用。学堂开课那日，欧阳先生亲临开学大典，并手书"百姓学堂，明日之光"的校匾致贺。

锦绣和阿元深知，寻常人家若把儿女送去全日制学堂，家中不仅要加添费用，且少了田里水里的一把手，实属殷切盼子成龙的意思，便格外上心教授学生。锦绣每每见到女生一顿也舍不得吃那五斤补贴的大米，粒粒省下来在月尾背回家去的情景，越发感叹身为女子在乱世里的不易，便时时省下阿妈带来的饭食，分给几个面泛菜色的女生吃。

怀国炸死后，锦绣在学堂里就教不得书了。见到班里的学生，就想起怀国。上课上到一半，无缘无故地便会哭出声来。也不顾三个月的身孕，不食不眠，整夜睁着两个大眼睛瞪着天花板，直到曙色舔白窗帘。渐渐地，人瘦得只剩了一把骨头几根筋。阿元无奈，只好把她送回自勉村，在六指身边将息。

欧阳先生听说了，便赶来探望。欧阳见了锦绣，并不劝慰，只是冷笑，说皮之不存，毛将焉附？危巢之下，岂有完卵？你若拿哭家难的劲头来哭国难，中国怕就有救了。锦绣不服，说不是为国，我为何办学？我若不办学，怀国岂用得着跟我上这个穷学堂？怀国若上的是华侨子弟学堂，他恐怕就躲过那场灾祸了。

欧阳先生见锦绣两颊涨得通红，说话音调打着颤，便对阿元眨了眨眼睛，说还好，心没死，有救。又叹了一口气，说怀国躲过了，别人也躲不过。今天躲过了，明天也躲不过。日本人从山海关一路杀到广东，弱国无强兵，国门持守不住了，门里的人迟早是个死。

锦绣说别人我管不了，可怀国 …… 话说了半截，眼圈呼地一热。哽咽了半响，终于把一汪眼泪吞忍了下去，说我知道先生你要说什么，我不是兵也不是将，我守不了国门。我不过是个一无用场的教书匠。

欧阳先生拿指头叩了叩桌子，说谁说你无用？锦绣你教出来的学生就是明天守国门的人。这一代人完了，国家就指望下一代了。你该振作起来，好好教你的书，教出几个血气英雄来，那才叫真正奠祭怀国呢。

锦绣不说话，脸色却渐渐地平和了。

六指端上来一碗冰糖莲子汤，欧阳先生也不客气，一口不剩地喝完了，说从今往后，不知什么时候才能再喝到这样好的甜汤呢。阿元吃了一惊，问先生要出远门？欧阳先生说我正是来和你们道别的。阿元问先生去哪里？欧阳不答，只放下了随身带来的包袱，说这几本书是我读过的，有些意思，就留给你们了。等我安顿下来，再和你们联系。

阿元顿了一顿，忍不住问："从前在师范读书的时候，就有人说过先生你是 C. P.（共产党），你这回，是投奔 C. P. 吗？"

欧阳先生看了阿元一眼，说是不是都不紧要，只是你对 C. P. 的主张，有什么了解？

阿元说那本《共产党宣言》，倒是从头到尾读过的，只是那些个主张，是欧罗巴人的主张，在亚细亚，行不行得通呢？

欧阳笑了一笑，说美好的社会理想是没有国界的，就像罪恶没有国界一样。不能每个人都坐享其成，总有一些人，是要为实现理想做一些实际的牺牲的。

阿元送欧阳先生上路，发觉欧阳先生比前次见面时，又清瘦了些，两个眼睛如同两盏小灯笼，在渐渐浓起的暮色中炯炯生光。脑后一缕没有梳顺的头发，随着他说话的调子一颤一颤地抖着，嘴里发出一股熬夜的人特有的馊味。蓝布长衫的下摆，被风衔起来又丢下去，生出些哗啦哗啦的声响。

"先生……"阿元哽咽了。

阿元哽咽，不仅仅是因为惜别，还因为他在犹豫，他是否要说出那句在他的喉咙口梗了多时的话。

那句话是："先生，你带我走吧。"

可是阿元最终还是没有把这句话说出口来，因为阿元想起了锦绣、怀乡，还有锦绣肚子里的那个孩子。一边是家，一边是国。丢了这边是疼，丢了那边也是疼。阿元被夹在中间，磨得体无完肤。

欧阳先生从此音信渺茫。再一次见到他，是在十几年后的事了。那次阿元带着学生参观广东英烈纪念馆，在那里发现了一张欧阳先生骑马挎枪的戎装相。

在那以后的很多年里，阿元一遍又一遍地问过自己：如果在1941年那个蕴藏了无数可能性的春夜里，他不顾一切地跟欧阳先生走了，他的人生会拐入一条什么样的路？那条路上会出现什么样的风景？他是不是可以避免，后来发生在他家中的那场大灾祸？

他不知道。

他真的不知道。

敲门声响起的时候，锦绣正在给初小的女生教手工。

锦绣今天教的，是怎么样做年节的灯笼。

锦绣学堂里，初小的女生比高小的多。锦绣知道，肯送这些女孩来读书的家庭，多半是为了那五斤大米，捎带着想让孩子学点算账的本事，将来好在婆家管钱。这些孩子没有几个会上初中，有的甚至不会接着上高小——等到这些孩子到了高小的年纪，家里就要来领人回去做田里水里的活了。锦绣计划手工课的时候，就把这些都想进去了。所以锦绣的手工课，教的都是将来日常生活中用得着的手艺。针线女红的事，家里有阿妈阿婶教，锦绣用不着操心。锦绣教的，是阿妈和阿婶不会的东西，比如剪窗花，做灯笼，写春联，包礼盒等等。

竹架是上堂课就绷好了的，这堂课要学在竹架上糊纸。纸是镇上买来的红绵纸，很长的一幅，锦绣叫了两个女孩来帮忙，一个扶纸头，一个抬纸尾。锦绣正要开裁的时候，突然听见了笃笃的敲门声。

敲门声很细气，声和声之间带着些犹豫和羞涩，听上去和劫难灾祸之类的字眼毫无关联。锦绣随口就支使那个坐在最门口的女孩去开门。门开之后锦绣甚至都没有立即抬头张望，因为锦绣手里的剪子正在剪着事关紧要的一刀。锦绣是听见门口那个女孩咬断在舌尖上的那声惊呼才抬起头来的。

那天的日头极好，锦绣抬头的时候眼前一片雪亮。门框里有几团黑影，将那一爿碧蓝的天剪出一些参差不齐的边角。黑影上方有几根亮闪闪的棍子——过了一会儿锦绣才明白过来那是刺刀。

"有，吃的吗？"

黑影说。黑影的中国话说得有些蹩脚，像含了一嘴的米饭。

当锦绣的眼睛适应了光亮之后，锦绣渐渐看清了黑影身上被尘土染成黄色的军服，军服腰间一左一右的两个子弹盒，还有步枪刺刀头上一些形迹可疑的斑记。

锦绣的脑子里轰的一声飞起一群蝇子,日头哗地暗了下去,满天都是嘤嘤嗡嗡的声响。

孩子,那些孩子。

坡那边的空场上,有几十个练操的学生。今天本该是阿元带操,可是阿元去镇上参加"教师抗战同志会"的周会去了,现在是另一位老师在代课。

有什么办法,可以给那群孩子送个信呢?

"我,去灶房,给你取饭。"锦绣结结巴巴地说。

可是晚了,那几条黑影已经进了屋。他们直直地站在了锦绣跟前,站得很严实,没有一丝缝。

"她,去。"黑影指了指锦绣身边的一个女孩说。

"灶房的碗柜里,还有一锅剩饭。"锦绣捏了捏小女孩的手,锦绣的手指在说着话。女孩的手在锦绣的手里动了一动,女孩的手指也在说话。锦绣明白,女孩听懂了她的话。

黑影有三条,是三个分别叫佐佐木、龟田和小林的日本人。他们是在单水口随团队进军的路途中掉了队,迷失在三河里一带的。他们在陌生的树林河泽上行走了大半天,直到饥饿把他们带到了坡上的这座土楼跟前。

尽管他们身上的武器足够他们杀死一个村庄的人,可是他们也知道,三个荷枪实弹的日本人,极有可能被一群手无寸铁的支那人捏为齑粉——因为仇恨就是最凶猛的枪弹。他们无意制造事端。在敲门的那一刻,他们其实就想太太平平地讨一口饭吃,如果幸运,再讨上一根烟抽,然后尽快赶路,希望在天黑尽之前追上部队的。

可是他们最初的想法在进入土楼之后突然改变了。

确切地说,是他们在见到土楼里的这个女人之后。

他们是在初春的时候借着飞机猛烈的炮火掩护进入开平和台山两地的。一路上他们见过了许多女人,是那种被中国南方的太阳晒得焦黑,颧骨高耸嘴唇肥厚,头发上沾满了灰尘草秆的乡野女人。他们疯狂地进入她们的身体,用他们的身体,或者用刺刀。他们做她们的时候,就像是一个被尿憋急了的人急需找茅厕的感觉,简单,直接,鲁莽。他们从来没有感觉到她们是女人。

可是眼前的这个女人和任何一个他们见过的女人都不同。

这个女人的脸蛋白皙洁净，仿佛从来没有被太阳和风雨触摸过。金丝绒一样平滑的皮肤叫人忍不住想伸出手来抚摸一下，看会不会钩起一丝细细的线头。女人的两个眸子黑深如海，有一股忧伤在水面上隐约闪烁。女人穿的是一件极为普通的蓝色斜襟布衫，可是女人丰盈的身体让那件布衫充满了内容。女人的下腹微微地隆起，将衣衫的下摆撑开小小一个口子。女人突然叫那三个在枪弹的缝隙里追着命跑的日本人意识到，除了军人以外，他们也是男人。

他们一步一步地朝着女人走来。女人不说话，女人只是定定地看着他们。女人的目光一点儿也不犀利，惊恐明明白白地写在上边。可是女人目光里有一些东西，却绳子似的绊住了他们的腿。

佐佐木是走在最前面的一个。佐佐木和女人的目光较了一会儿的劲，佐佐木知道再较下去他也许会败下阵来。于是他干脆不再看女人，他只是把他的目光移到了女人身后的土墙上。墙老旧了，抹上去的石灰水裂了几条缝，上面沾满了前一个夏天或是更早的时候留下的蚊血。

佐佐木一把撕开了锦绣的布衫，前襟搭拉下来，露出里头一个白细布的肚兜。给锦绣扶纸的那个女孩惊叫了一声，佐佐木伸出一根手指杵在女孩的脸上，说你，住嘴。可是女孩没有住嘴，女孩却尖厉地哭了起来。佐佐木有些害怕起来——害怕这样的哭声会招引村人来。佐佐木朝小林做了个手势，小林把肩上的枪取了下来。小林的刺刀只轻轻一挑，噗的一声女孩的肚子像一颗鱼卵一样地裂开了，有一串白色的东西，蛇似的爬了一地。

支那人的身体，真是不堪一击。小林想。

锦绣听见自己的牙齿，上上下下地撞击起来。在格格的声响中，锦绣勉强挤出了一句话。"闭上眼睛。"锦绣说。锦绣的话是说给女孩们听的。女孩都鸦雀无声地闭上了眼睛，屋里只剩下一阵淅淅沥沥的水声——那是尿液顺着单薄的裤子滴淌在地上的声响。

锦绣自己也闭上了眼睛。哐的一声，门被关上了。太阳的感觉没有立刻消失，紧闭的眼眶中还有一些明亮的记忆在跳动。锦绣觉得自己的脚离开了地面，她被人抬上了讲台。有人在脱她的肚兜，有人在脱她的裤子。春日的风在开裂的墙缝里挤进来，舔舐着她赤裸的身体。有许多手，开始在她身上碰触。那些手上有前一个冬天留下的裂口和被刀枪磨砺出来的糙皮，她觉出了砂纸擦磨般的疼痛。

可是那并不是最疼的。最疼的感觉来自后背。冰冷，坚硬。她知道她的后背压着的是那把裁纸的剪刀。

锦绣睁开了眼睛。佐佐木的脸离她很近，近得让她看清了他唇边一片淡淡的，还没有来得及坚硬起来的胡须，以及鼻翼上一粒冒着脓头的粉刺。

还是个孩子。锦绣想。

锦绣用眼睛丈量着她和佐佐木之间的距离。她在等待着一个时机，一个她可以挪动她的右手的时机。她在暗暗计算着她用这只手抽出背后的那把剪刀，刺入佐佐木的喉管，拔出来，再刺进自己喉管的时间。也许五秒，也许十秒，绝对不会超过半分钟，她就可以结果两条性命，他的和她的。

可是锦绣没有等来那个时机。

一阵尖锐的刺痛，从她两腿之间的地方生出。有一样东西，轰的一声拱捣在她的心上，将她的心捣成了碎片。黑暗如潮水涌上来，模糊了她的知觉。

等那个报信的女孩子带着一群举着刀棍扁担的人到来的时候，日本人已经走了。第一个冲进门来的男人，一脚绊在一样物件上，滑倒在地上。等他揉着膝盖站起身来，才发现那是一根肠子——一根人肠子。屋角落里蹲着一群女孩子，紧紧地闭着眼睛，无论大人怎样呼唤，都不肯睁眼。

讲台上躺着她们的女教书先生方锦绣。

锦绣的衣裳整整齐齐地扣着，身子直直地躺着，面如灰纸，仿佛是一具等待人殓的死尸。有一个女人上前去推了锦绣一把，却见了鬼似的抽回了手——原来锦绣是睁着眼的。锦绣的眼睛如两颗磨得铮亮的玻璃球，一动不动地瞪着天花板。半晌，女人定下些心来，才敢伸手去探锦绣的鼻息。还好，指头上有微微一丝的暖意。

锦绣的两只裤管，已经被血浆成了两坨石板。裤腿下边，压着一团气味和颜色都很污秽的肉。

"仔，她的仔……"女人惊叫了起来。

民国三十三年—三十四年（公元1944年—1945年），卑诗省温哥华市

> 桑丹丝：一个姓方的中国人，三十年前在你家里住过一段时间。请你原谅他年少时的鲁莽和无知。他已经寻你多年。如果你看见这则启事，请在任何一个周六上午，到本那比菜市场找他。
>
> 《温哥华太阳报》分类广告栏1944年6月5日

锦山夜里又做了那个梦。

梦很清晰，是有颜色有纹理的，甚至还有气味。

一片及腰的狗尾草丛，绒绒的草尖被太阳涂成银白的一团。一只秃毛狗在扒开草茎窸窸窣窣地探路。他跟在狗身后，紧追着前面的一个人。他看不见那个人的脸，只看见那人皮裙底下的双腿，如麋鹿一样敏捷，一头亚麻色的长发，被风吹得高高扬起，像是一朵愤怒的蒲公英。无论他跑得多快，那人总比他快半步。有一回他甚至已经拽住了她的头发，那头发却像水蛇一样从他指尖游走了。

他啊地叫了一声，惊醒过来。坐起来，一头是汗。

"闹什么呢，驴打滚似的。"猫眼咕哝了一句。天已经蒙蒙亮了，窗帘的颜色正在渐渐地变淡，街市已经有了初醒的响动。这是猫眼最渴睡的时候——她要睡到中午才起床。

"桑什么丝，谁啊？"猫眼问。

猫眼并不期待回答。猫眼翻了一个身，又睡了过去。

我叫了，桑丹丝？锦山疑疑惑惑地问自己。

这个梦，锦山已经做了好几个月了。同一片草地。同一片蓝天。同一个日头。同一只狗。同一个人。甚至连惊醒过来，都是在同一个瞬间。有时被夜尿憋醒，他起身去了一趟茅厕，再睡回去，竟能把梦境在打断了的那一刻重新续接回来。

也许，是桑丹丝的那个神明，在召唤他了？

这几年，锦山和阿爸一直在孵豆芽菜，送到菜市去卖。有时卖给超市，有时卖给菜贩子。菜贩子里，时时也会有红番。每逢见到红番女人，尤其是年青些的，锦山就会格外留意，看会不会是桑丹丝。过后他忍不住笑自己的傻——桑丹丝只比自己小一两岁，现在该是个中年妇人了。笑归笑，下一回他想起桑丹丝，依旧还是那个模样，因为他从来没见过她的另一种模样。

可是这些年来，尽管他和许多红番打过交道，却始终没有见到过桑丹丝。不仅没见过桑丹丝，就连她的家人，他也没有见到过一个。战前那一年，他给桑丹丝写过一封信。那封信在辗转了多处之后，又给退了回来。他知道从前住在领地里的红番，许多都已经离开领地，到城里找活路。或许，桑丹丝现在就住在温哥华。即便是擦肩而过，她恐怕也认不出他来了。谁还能从这个瘸了一条腿，走起路来一脚高一脚低的萎缩男人身上，看到那个生龙活虎的少年人的影子呢？

锦山擦了额上的汗，又躺了下来。听着猫眼的鼾声如风箱将他的耳膜震得酥麻，睡意烟消云散。

猫眼一年比一年肥胖，鼾声也一年比一年响亮，而锦山的睡意，却一年比一年轻薄。有时睡不着，看着猫眼半张着嘴，一条舌头随着鼾声在口里游来游去的样子，恨不得一把掐死这个女人。早几年实在睡不着，他还能到延龄的房间避一避。延龄第二回离家，转眼就是两三年了，一直没有消息。刚走的时候，还留着她的房间等着她回来。日子一久，猫眼就说留着也是白留，不如租出去，得几个钱是几个钱——就把那间房租给了餐馆里的帮厨。于是锦山睡不着的时候，再也没有躲避之处，只能干熬到天明。

猫眼让锦山熬不下去的地方，还不只是打鼾。

猫眼这几年月经不调，停三天来五天，淅淅沥沥的，身上就带了一股气味，一股肉放久了生了蛆的腐味。白天穿着厚重，尚能遮掩些。夜里脱了衣服，那气味竟叫锦山时时生出些呕意来。猫眼也去广东街的中药铺号过脉，只说辛劳过度，体虚，熬几锅乌鸡汤喝了就好。乌鸡倒是买过几只了，吃了却不见好。锦山催她看西医，她说不愿在洋番面前脱衣服。拖来拖去的，就拖到了无可救治的地步。

谁也没想到猫眼会死得那么早。猫眼是家里最皮实的一个人，一周做六天的工，是前台后台一路小跑的那种做法。剩下的那一天，也是非得在麻将桌上耗尽全部心神气血才罢休的。可是猫眼却死在了众人的前头。

先是月经的事，后来就是腿骨疼，疼到上不得班。锦山骂她找由头偷懒，猫眼只是傻笑，竟也不回嘴——自从猫眼得了病，性子突然就软蔫了下来。再到后来锦山看到猫眼连翻个身，也翻出一身汗来，才意识到事情的严重性——却已经晚了。

猫眼在床上昏昏迷迷地睡了几日。有一日突然醒了，便叫锦山去喊阿翠三多和六姐来——这几个都是平日的麻将搭子。锦山说你还有气力玩那个？阿法却对锦山使个眼色，悄悄说你看她那个样子，挨不了多久了，由她去吧。锦山这才去叫了人来，在猫眼的床前支起麻将台，四个人玩了一个通宵。众人都知道猫眼好不了了，便都让着她，这一夜猫眼竟赢了一手巾包的钱，端的十分开心。

到天明时猫眼的脸色败了下来，手抖抖地问锦山要烟抽。猫眼这几年也学会了抽烟，抽的自然都是最便宜的纸烟。锦山拿出自己的烟，拿了一半又收了回去，出门去街角的小店买了一包精装的三五牌，刚点上火塞到猫眼嘴里，猫眼的眼神就散了。

猫眼只来得及指了指阁楼，叫了声延龄，就咽了气。

后来锦山爬上阁楼，找了半天才在一个角落里翻出了一封信和一个破旧的手巾包。信是圣约瑟医院寄来的，里边是几张账单和一份诊断书。诊断书全是英文，锦山看不懂，就找了个精通医学的人来看，说是晚期子宫颈恶性肿瘤，是慢性子宫颈糜烂导致的，已经转移到肝和骨头了。诊断书上的日期是几个月以前的。

原来猫眼早就看过医生，知道了自己的病情的。猫眼一直怀了心病。猫眼知道自己若认下了这个病，就等于认下了年青时的低贱。猫眼宁愿糊里糊涂地去死，也不愿清清醒醒地认下这段耻辱。

手巾包里还有一卷泛着霉味的纸币，有几张纸边上，已经被老鼠咬缺了。锦山猜想这是猫眼暗地里攒的私房钱，是给延龄攒的嫁妆。想起猫眼这一辈子都是在给方家的老少做牛做马，方家却没有一个人给过她一个好眼色。连她自己的亲生女儿，也没在她跟前替她送个终。

锦山捧着那个手巾包，不禁悲从中来。

第二天，锦山去殡仪馆给猫眼定墓碑。到刻字的时候，锦山方想起自己只知道猫眼娘家姓周，却是不知道猫眼的名字的，只好写了个"方公锦山之妻周氏"了事。猫眼绝对没想到,她暗暗图了一辈子的那个名分,却是在她死后,才以一块石碑的形式,固定在后世的叙述中的。

　　阿法和锦山一个星期去菜市场卖一两回豆芽。

　　卖完豆芽,父子俩就去上海街或广东街的铺子,要上一碗热气腾腾的豆腐脑和一客生煎包,翻开店主摆在桌子上的报纸,有时是《新民国报》,有时是《大汉公报》,一边吃,一边看。卖豆芽的日子得起早,赶不上吃早饭,这顿饭算早饭也算午饭,慢悠悠地吃,一吃就吃到了午后。

　　这天阿法和锦山进了上海街的丽晶茶楼,各要了一碗豆奶,阿法就对招待说来一客莲蓉包,一客叉烧包,四条春卷,两客生煎包,一盘虾肠,再加上一碗猪脚姜。锦山说阿爸你是什么肚子啊?装得下吗?阿法说装不下就打包。

　　虽是暮夏了,天却还是热,一碗豆奶才喝了几口,两人都喝出了一脸一颈的汗。阿法掏出手巾来擦脸,却摸出了兜里的一封信。信是六指写来的。自从香港沦陷,邮路阻隔,乡里的来信就少了——这几年里统共就收到了两封信。

　　信是写给锦山的,只有几句话:

> 　　锦山吾儿:烽火连天,家书抵千金。自儿前次来信至今,已逾一载。乡里战乱,断肠之事不可一一胜数,唯待来日团聚再细道来。所幸汝妹锦绣遇大难而不死,但愿后福齐天。不知儿在金山是否平安?汝弟锦河有否讯息?延龄已大,恐见面不识。吾日日烧香磕头,祈求菩萨保佑吾儿安康,战乱之后阖家早日相聚。

　　这封信阿法在兜里已经放了几天了,阿法一天掏出来看几遍,早把一张信纸摸得起了毛边。阿法把这封信看了又看,不仅是因为长久没有收到六指的信了,还因为这封信有些奇怪。信虽短,该问的人都问到了,唯一遗漏的,是猫眼和自己。六指从前的来信,向来是不问猫眼的,仿佛方家并没有这么一个人。猫眼的死讯和延龄的出走，这头也没有告诉过六指。只是六指的这封信，一句也没有提到自己，想起来，未免有些纳闷。只想着哪天坐下来，写一封信问一问六指是什么意思——却不知这信寄不寄得通。

锦山饿狠了，一口吞下一个生煎包，汤水流得下颌油光生亮。阿法见锦山身上的一件衬衫，袖口已经磨得挂下线丝来，暗想家里没有一个女人，日子就是不一样。猫眼活着的时候，再不济，男人出门还是平头齐脸的。猫眼一死没多久，锦山就露出这副颓败相来了。便叹气，说阿山等日子太平了，你跟阿爸回开平去，再给你讨一房。锦山翻报纸，翻了一手油墨，又去抠鼻孔，就抠出了两个黑洞。嘿嘿地笑，说阿爸我娶了也带不回来，倒不如一个人过，省好多牵挂。

阿法眉头一蹙，说你不想回去过老了？锦山说有我在，温哥华还有个家。我走了，延龄回来找谁呢？阿法的眉头便又多了几道褶子，说几年都没消息了，谁知人还在不在呢？锦山拿茶水咕嘟咕嘟地漱过了嘴，呸的一声吐在地上，说谁不在了延龄也得在。我的仔像我，皮实得很呢。哪一天浪荡腻味了，就得回家。

阿法把一碗豆奶喝了，放下碗，将各样糕点都挑了些出来，打了包，说要带回家，便留了锦山一个人在店里结账。

阿法出了店门，并没有回家，却拐了个弯，去广东街找金山云去了。

金山云依旧住在剧社的地下室，那地方统共只有一扇一尺见方的小窗子，大白天也得点灯。阿法熟门熟路地走过一个黑洞洞的小过道，推门进去，金山云正在卷毛线。金山云把自己的一件毛衣拆了，将拆下的毛线在水里洗过，放在锅里蒸平了，晒干，再绕在椅背上绷着。这件毛衣是当年唱戏唱到澳洲的时候买的，是纯澳洲羊毛，虽然有些年岁了，却没穿过几回，还算有几成新。

阿法从大太阳地里走进这个冰冷的洞穴，颈上背上的汗刷的一声就干了，上下牙齿咯噔地相撞了一下。便恨恨地说这地方是住老鼠的，怎么住人？金山云说怎么进门就骂人呢。阿法回味过来，就呵呵地笑，说有你这么靓的老鼠吗？有我就娶了，做个老鼠姑爷也不坏。金山云咦了一声，说你这话下回当着你儿子说，也算有个证人。阿法脸色讪讪的，却接不得话。

金山云接了阿法手里的包，就拿过一根裁缝用的软尺，来量阿法的腰身，嘴里一五一十地数着数。阿法说你做什么呢？金山云说给你织一件背心，天说凉就凉了，你那件背心，多少个洞眼呢，都在背上，现不现眼的，反正你也看不见。

金山云今日穿了一件银灰色的布衫，旧是旧了，领口上也补过一个小洞，却是干净平整的。头发虽是花白了，却还密实，在脑后低低地挽了个髻，鬓边插了一朵茉莉。一说话，脸上的褶子水波纹似的流淌开来，一圈一圈的都是潋滟的笑。

阿法看得呆呆的，说阿云你真是。金山云说我怎么啦？阿法顿了顿，才说，你这样大红大紫过的人，还真能，把一份苦日子过得有滋有味。金山云笑笑，说我算什么？还有饿肚皮的，连片屋檐也没有的呢。阿法说那倒也是，我明天去给你买只小炭炉来，你这几片司汀，怎么过得了冬？

阿法把包子点心都拿出来——依旧是温热的，叫金山云拿了碗筷来一起吃。两人刚刚坐定，就听见街上噼噼啪啪的一阵声响。金山云说是枪子，阿法站起来，听了一听，说是炮仗。金山云就笑，说这个时辰，不年不节的，谁放炮仗？阿法踮着脚贴在小窗户上往外看了一眼，只见对过街角上，果然有人提了一根细竹竿，竿头上绑了一串百子炮，正轰轰烈烈地放着，尖利的爆响声中纸屑红蛾子似的飞了半个天。两边的店铺里呼地涌出一堆人，昏昏欲睡的街面刹那间醒了过来，醒得很是抖擞。

阿法光着脚就要跑出去看热闹，金山云追了几步，啪地把鞋扔过去，嘴里说道："到老了也是个孩子。"

阿法出去了一小会儿就回来了，靠在墙上，风箱似的喘气，却说不出话来。金山云见阿法的眼中，有些泪水渐渐地流了出来。那泪水虫蛆似的沿着阿法高高的颧骨爬下来，在那条已经渐渐平伏褪色了的疤上聚集起来，莹莹地闪着亮。金山云从来没见阿法哭过，一时慌了，只是一遍又一遍地问怎么啦怎么啦怎么啦？半晌，阿法才说日，日本人，投降了。

两人在小饭桌上重又坐了下来，接着吃那顿被打断了的午饭。阿法抓了一个莲蓉包，咬了一口，扔在碗里。又抓了一条春卷，咬了一口，依旧扔在碗里——终是吃不下去。

"阿云，我终于可以，回家了。我的女仔锦绣，生下来我就没见过。我女婿外孙女仔，我都没见过呢。我家阿贤，怕是不认我了，写信来，提都不提我，许是真生气了。"

阿法叨叨絮絮地说着话，却是他一个人的话。金山云不说话，金山云只是用筷子轻轻地扒着碗底。碗底剩了几条豆芽菜，是从春卷里漏出来的，被金山云扒了又扒，却总也没有扒到嘴里去。阿法才突然想起，金山云的亲人里，原只剩了一个哥哥金山影。金山影前些年在蒙特利尔过世了，金山云在广东老家，其实没有一个亲人了。

"阿云，我带你回开平乡下跟我过，你可愿意？"阿法看了金山云一眼，小心翼翼地问。

金山云的筷子停住了，豆芽抖了一抖，掉在地上。

"我，算是你什么人呢，跟你回去？"金山云问。

阿法觉得嘴里含着的那一口春卷，像砂石一样粗砺，在他的喉咙里上上下下地磨蹭了很久，才最终咕噜一声落到了肚子里。

"阿贤是好人，不会容不下你，只要你不在乎。"

金山云嗤地笑了一声，说我这个岁数，一只脚都踩在棺材里了，倒做了你的小。我这张面皮，也就撕了给你当抹布算了。

阿法不吱声，却点着一根烟抽了起来。脸上蒙着烟雾的地方，是一丝一缕的灰白，那没蒙着的地方，却是大块大块的青紫。斑斑驳驳的，都是为难。

半晌，阿法才嗞的一声把烟头掐死在碗里，嗵啷地站起来，说阿云你比我家阿贤大三岁，阿贤总是可以认你做个阿姐的。我方得法带我阿妹回家养老，谁能放个屁。你收拾收拾东西，我叫锦山去问船期。

阿法转身就走。等金山云追出去的时候，阿法已经走出了半条街。夏日只剩了一个尾巴，日头却依旧生猛，照得阿法身后一条影子，一蹦一蹦地紧咬着阿法的脚跟不放。金山云喊了一声喂，你站住。阿法回过头来，只见金山云双手在嘴边拢了一个喇叭筒，喊出了一句话：

"你问问，阿贤的意思。"

阿法草草地答应了一声，就一路飞跑回家，找纸找笔。又是一阵子不曾写过字了，当年开字纸铺时用的东西，在猫眼死后收拾屋子的时候，卷了一个卷塞到阁楼去了。阿法爬上阁楼，把那卷东西取下来，掸了掸灰尘，只见砚台已经裂了一条细缝，纸已经黄得生脆——倒还能用。

研了墨，铺开纸，歪歪扭扭地写了"阿贤吾妻"四个字，就停住了。把一个脑瓜仁子想出了筛眼，也不知说些什么。后来突然想起了杜工部《闻官军收河南河北》的诗，便写下了：

剑外忽传收蓟北，初闻涕泪满衣裳。
却看妻子愁何在，漫卷诗书喜欲狂。

写完这几行字，手突然就顺了，脑子也开了，一路挥洒地写了一满篇纸。扭着头上上下下地看了几遍，心中生出些龙飞凤舞的得意，便又在信尾加了一行字：

廉颇老矣，尚能饭也。吾之笔墨，阿贤以为如何？

写完了，封上口，去街角的杂货店买了邮票，扔在邮筒里寄走了。回家来，就叫锦山。无人回应，便进了锦山的屋子——锦山还没有回来。阿法在锦山的床头坐了下来，只觉得天大的一副担子卸下来了，一身空乏得连脚指头都懒得动一动，就在锦山的床上躺了下来。一股油垢味柴火棍似的杵进他的鼻子，叫他啊啊地打了两个喷嚏。赶紧把枕头翻了个面，暗想男人没有女人，真是那个……还没容他把这句话想全，他就咚的一声坠入了黑甜乡。

等他醒来，天已经大黑了，锦山还没回家，满屋只有墙上的一个旧挂钟，在豁啦豁啦地走着针。阿法翻了个身，突然觉得有样物件硌着他的脖子。就坐起来，摸了摸枕头，里头像是藏了张硬纸片。阿法掏进枕头芯子里，就掏出了一封信。信壳上方印了一个方块，方块左上首有个米字，右首有块盾牌。阿法知道那是加拿大的旗子。收信人是法兰克·方——那是阿法的英文名字。邮戳是一个月以前的。阿法心里就骂这个锦山，怎么这么糊涂，竟忘了把信给他。

信全是英文写的，带着打字机特有的工整。阿法的英文是半桶子水，看不全，便前前后后地看了好几遍。看不懂的地方，再看几遍依旧看不懂。看得懂的地方，却渐渐生出些意思来了：

尊敬的法兰克·方先生：我们很遗憾……你的儿子吉

米·方先生，在法兰西共和国······ 战死。我们永远······保
卫自由 ······勇敢······荣誉······

看到第五遍的时候，纸上的字眼突然都如小鱼游走了，捧在他手里的，
只是一片漆黑的海。

灯呢，灯啊。

阿法嘟囔了一声，世界就彻底地暗了下去。

民国三十四年（公元1945年），广东开平和安乡自勉村

六指醒来的时候，一眼就看见了墙上的那个蜘蛛。

蜘蛛拖着一个肥大得泛出青绿颜色的肚皮，走走停停，最后停在了阿法
那张穿白西装叼着烟斗的放大照片上。

喜蛛。

六指模模糊糊地想。

这张照片是上一次阿法回来的时候，在广州的珠海影楼拍的。是生锦绣
的那年。今年锦绣三十二岁，阿法那年应该是 ······

早晨的阳光很是沉腻，抹在眼皮上黏黏的，六指抗不了那样的重量，六
指没把那句话想完，就又睡了过去。

再醒来的时候，那个蜘蛛还在，趴在阿法的鼻孔上，远远看上去，就像
阿法的鼻孔破出了一个大洞。

六指心里咯噔一声，就去找床那头的怀乡。

怀乡已经到了读书的年龄，六指这一回打死也不肯让怀乡去学堂读书。
六指不仅不让怀乡出门读书，六指甚至连教书先生都不肯请。六指把怀乡留
在身边，自己教她读书识字。六指说起码要等过了初小，才能让怀乡跟班读
书。锦绣和阿元都拗不过六指，只好由她去了。

耀锴和怀国都是短命夭折,延龄远在金山。锦山老了,不能再生了。锦河不知哪年才能回来和区氏团圆。锦绣遭日本人糟践之后,再也怀不上孩子了。如今六指身边,只有怀乡一个孙辈了。怀乡是六指的命根子,六指把这个命根子含在嘴里,捏在手心,揣在怀里,团在肚脐眼里,放在哪里也是一个不放心,连睡觉,也是跟她睡在一张床上。

怀乡已经醒了,正坐在床头梳辫子。怀乡的头发粗得像麻绳,编了两根辫子,根根都有甘蔗粗。怀乡没有镜子,辫子梳得一根高,一根矮,看得六指忍不住笑。就夺了怀乡手里的牛角梳,说辫子也不会梳,将来谁娶你呢?怀乡咧了嘴,嘿嘿地笑。怀乡是个憨实的孩子,怎么宠也宠不坏。

六指帮怀乡梳好了辫子,就挎了个小竹篮,拉着怀乡出了门,说你跟阿婆去田里摘青瓜,顺便给你摘朵花戴。方家的田都租给了佃户,只剩了一小片专门种菜蔬瓜果,给自己家人吃。六指刚走到门口,就听见树上有鸟嘎地叫了一声。那叫声甚是尖利,像是老鸦。六指一抬头,却看见一只花身大喜鹊,正站在枝梢上乌溜溜地瞅着她看。心里一喜,脸上就炸开了一朵笑。

先是喜蛛。又是喜鹊。兴许今天真有好事呢。

夜里下过了雨,空气清新得如同在河里淘过了一遍。路旁的扶桑花,大朵大朵地开得正欢。地沟里有田蛙,在呱咕呱咕地斗着嘴。六指摘了一朵扶桑,把露水甩干了,别在怀乡的耳朵上,说我阿乡什么时候做新娘呢?

怀乡咕咕地笑,嘴里哼道:“月光光,照河滩,阿妈嫁女到金山。”六指吃了一惊,问你哪里学的这歪调调?怀乡见阿婆的脸色突然变了,有些骇怕,就嗫嗫地说是二舅母教的。六指呸了一口,说这个蠢货,能教你什么好东西。阿乡哪里也不去,就守在阿婆身边。怀乡懵懵懂懂地点了头,六指的脸才渐渐地有了些笑意。

两人走到了田边,远远望过去,二季的稻谷也收过了,田里光秃秃的,只剩了几个女人细仔,在弯腰捡拾没割干净的稻穗——都是佃户的老婆孩子。六指和婆婆麦氏是天差地别的习性,却在一样事情上严丝合缝地相似,就是对田产的痴迷。六指觉得金子银子钱币都不牢靠,风一吹雨一淋就没了。牢靠的只有那一亩一亩的田地,老鼠咬不烂,老鹰叼不走,贼人偷不去。六指心里有张图,方家的每一亩田产都标在上面。六指闭上眼,也能把图上的那些田一块一块地数出来。可是这张图现在有了许多缺口——那都是东洋人在的几年里从六指手里卖出去的田。六指一想到图上边的这些缺口，心就一揪一扯地疼。

总有一天，我关淑贤要把这些缺口一块一块地补回来。六指咬牙切齿地想。

青瓜快要落季了，只剩了一堆肥大的叶子。六指和怀乡钻进湿漉漉的叶子里找，找来找去找不见，才发现夜里的一场雨，把几个剩瓜都打到地上了。六指弯了腰，从泥潭里挑拣出几个略微平整些的，放到篮子里。却远远地听见有人在叫唤："锦绣她阿妈，你在哪里？"怀乡听见了，就对六指说是我阿爷来了。

六指直起身来，只见墨斗一脚高一脚低上气不接下气地跑了过来，手里高高地举着两样物件。

"信。金山来的！"墨斗喊道。

"两封。一封是锦绣阿爸的，还有一封是锦山的。"

六指吃了一惊。这些年阿法已经很少动笔给自己写信了，阿法有话，通常也都是锦山代笔的。

"你拆了给我念念，我一手的泥。"六指说。

"先拆哪封，她阿爸的，还是山仔的？"墨斗望着六指，一脸坏笑。

六指啐了一口，说口水多过茶，随便。

墨斗依旧嬉皮笑脸，说随便我就知道是什么意思了。便拆了阿法的信，摇头晃脑地念了起来，却念出了一头的汗。墨斗年青时虽然跟着锦山锦河的先生读过一阵子书，却是半桶水的。阿法的信开首的那几句话，他看得半懂不懂。

　　　剑外忽传收，那个什么北，初闻什么泪满衣裳。却看
　妻子秋何在，什么卷诗书喜谷狂。

六指忍不住哈哈大笑，拿篮子顶着肚子，依旧笑得直不起腰来。半晌，终于把那一肚子的笑意放完了，才说那些酸诗文，就不念了，你接着念下边的。

下面是浅显直白的，墨斗就念得顺畅了许多：

听闻东洋人败走，吾最迟明日便去寻问船期准备买舟回乡，夫妻团圆指日可待。离别数十载，归心似箭自不待言。只是有一事须告贤妻：吾在金山结识一女子名金山云，多年来彼此看顾情同手足。阿云无儿无女孤身一人，吾实不忍将其弃在金山。故将……（携）阿云一同返乡，盼贤妻待阿云若亲阿姐，一家和……（睦）相处。

信念完了，六指半晌没说话，只是脸拉得紧紧的，如同是一块绷在绣花架上的布，看不见一丝纹理。墨斗想说话，却打不定主意挑哪一句话来说，一时竟不知如何是好，便只好拆了锦山的信来看。

墨斗看着信，手突然颤颤地抖了起来，抖得信纸抓不住了，轻软地飘落到地上，像一只折了翼的白鹇。

六指问说了些什么？墨斗的嘴唇动了一动，却没有声音。六指就不耐烦起来，说有屁你就放出来，见不得这副衰样子。

"锦绣她阿爸，走了。"墨斗说，"中风，没有救回来。"

六指脸上的肉如吊了根绳子似的抽了一抽。墨斗以为她要哭，可是她没有。那根线渐渐地松弛了下来，脸平得如同一汪没有被风搅过的水。

墨斗慌了，扯了六指的袖子，说锦绣她阿妈，你若想哭，就哭出来，也好受一些。

六指看着墨斗，又没看见墨斗。六指的眼睛穿过墨斗，落到不知是哪里的远处。

"人老了，总是要死的。"

过了很久，六指才喃喃地说。

民国三十五年（公元1946年），卑诗省温哥华市

当三十六名神情疲惫而激动的士兵跨出船舱的时候，军乐队和欢呼声瞬间将他们淹没。 这是从战场上归来与家人团聚的无数士兵中的一批。 只是和我们从前看到的退伍士兵不同，这些人是清一色的中国人。 他们的军装上沾着异国的尘土，裸露的皮肤上带着明显的亚热带阳光印记。 这群父辈曾被我们以嘲讽的口吻称为"天朝子民"的年青人，是被委派去印度缅甸和马来丛林从事反日特工任务的，他们在入伍前就明确知道生返的机会极低——虽然他们还没来得及施展拳脚，美国人的原子弹就提前结束了这场战争。 不过这丝毫没有妨碍他们在这个国旗高扬的中午，得到和欧洲战场归来的士兵一样的英雄式欢迎。 有史以来第一次，温哥华的市民把他们当作了自己的一员。 只是，很多人并没有意识到，欢呼喝彩声之后，一些噪音在开始慢慢形成：这些自愿以加拿大的名义在欧亚战场参战的中国士兵，至今还没有被允许成为加拿大公民。 这批已经向国家预付了公民义务的人，将向渥太华索取他们迟到的公民权利。 这对于参加制定1923年排华法案的人来说，是一个迟早要应对的尴尬局面。

《温哥华太阳报》1945年12月15日

锦山吃过午饭就开始翻箱倒柜地找衣服，其实不用找他也知道，他统共只有一件西装，是三十年前他还在霍普港开照相铺的时候买的。

衣服收在一只樟木箱子的最底层，翻出来，浓烈的樟脑丸味熏得他几乎打了个喷嚏。当然，樟脑也是多年前的樟脑了。锦山拧了一条热毛巾来擦平衣服上的折痕，可是折痕比他想象的固执了很多，他擦得衣服的面料开始走色，便只好作罢。他把胳膊伸进衣服，三十年前的衣服和三十年后的身体较了很久的劲，最后还是衣服输了，哧啦一声，裂了一个口子。还好，在腋下，看不出来，只是扣子无论如何扣不上去了。

他穿着这件敞着怀的西装，对着墙上那面生满黄锈的镜子一照，忍不住咧嘴笑了：再不合身的洋装，也还是洋装。却立刻觉出了头发的不配。便去厨房，倒了几滴花生油在手上，抹过了头发，又拿梳子梳顺了。再看镜子，

油亮的头发带着梳齿的痕迹平平顺顺地向后倒去。这回，是衣服配不上头发了。可是他动得起头发，却动不起衣服。

也只能这样了。锦山轻轻地对自己说。

锦山看了看屋里的那个老挂钟，才五点半。电影是八点钟的，他还有一大把时间。可是他并不是直接去影院的，他得先去中华会馆。中华会馆的集合时间是七点一刻，可是他等不到七点一刻。他的鞋子里生了一窝的蚂蚁，催咬得他快点，再快点上路。于是他拿起昨晚就准备好的那个布包，急急地出了门。

1946 年的那个初春傍晚，当方锦山走进樱花盛开的温哥华街景时，很快就吸引了人们的目光。不是因为他身上那件明显不合身的西服，不是因为他一高一低的瘸步，也不是因为他手上那个样式古怪的布包，而是因为他一路的喃喃自语。

每过一个路口，他都要对手里的布包说上一两句话。

"下一个路口，就要往东拐了。"

"过了这个路口，走六七步路，就是延龄从前的学堂了。"

"这条路是斜的，顺着路走，走到邮电局，就该左拐了。"

"回家也是这条路，原路走，原路回，就走不丢。"

锦山走到中华会馆的时候，还不到六点一刻。隔着一条街他就看见那群中国后生了。

一个。两个。三个 …… 十个。十一个。

加上他是十二个，都早早地到了。

除了他，那十一个都是军人——退伍的。穿着军装，戴着军帽。军装那东西真是提人哪，生生愣愣的，就把一个人拔高了，押直了，脸上生出光来。得意是压都压不住的，从眉眼里渗出来，流满了一个身子。

就没见过锦河穿军装的样子啊，连相片都没有留下一张。锦河参军的时候，已经四十岁了，论年纪，该是这群后生的阿叔阿爸了。不知道这军装也能把锦河抬举起来，和这伙后生一样精神呢？

这些活着回来的军人，已经成了温哥华埠的大新闻。每天的报纸上，都有他们的照片。每天的电台里，都有他们的声音。从一场演讲，到另一场演讲；从一次采访，到另一次采访，他们从登岸到现在，都还踩在云里，没过过一天踏实的日子呢。

丢你老母，能活下来就是好呀。锦山暗暗地感叹着。

在这群人面前，他觉得他是一堆被雨打湿的烂泥，扶都扶不起来的窝囊和蔫软。

他们今天是要去葛兰威大街上那个有名的奥菲姆剧院看电影的。奥菲姆的电影三个毫子一张票，还是后面靠边的位置。要在平常，就是花两个毫子在广东剧社看一场戏，他也舍不得。可是今天，别说是三个毫子，就是三个加元，他也豁得出去。况且，他花的是锦河的钱。

锦河的抚恤金，他分了一大半寄给了开平乡下。当然，他瞒过了锦河的死讯。至今阿妈还不知道，她花的是锦河的性命钱。锦河走了，猫眼走了，家里一下走了两个揾钱的人，阿妈恐怕在以后很长的日子里，都不会收到金山来的银票了。

锦河的抚恤金，他留起了一小份。阿爸死后，他把阿爸住过的那个房间，也出租给别人住。那份租金，再加上他卖豆芽的零星进账，虽然少，却是够他吃饱一碗饭的。锦河的钱，他牢牢地揣在兜里，是防着有病有痛的时候救急用的。当然，他心里还有一个连他自己都不敢承认的念想，他是不会说给人听的。

其实，他是想留着这笔钱等延龄回来。延龄今年应该二十三岁。若还活着，在外头浪荡腻味了，也该回来了。这个年纪的女仔，不管心有多野，也该操心嫁人的事了。这钱，或许够他给女儿操办一个简单的婚礼。

十二个人，他们和他，排成一个队走到了街上。他们在前，他押尾。嚓。嚓。嚓。嚓。走步的声响像切猪草一样整齐利索。

街是水，他们是船，他们走过的地方水就自动切开了。只是，有船的水和没有船的水是不一样的。有船的水就有了热闹。他们走过去，路上的汽车都会摇下窗来，对他们揿上一记喇叭。走路的人也是。不过走路的人的喇叭，就是他们的手掌。

锦山知道，这些喇叭，这些掌声，都是响给他前头那十一个人的。他只是他们随意丢在地上的一个影子，他的步子不过是他们步子中的一声杂响。

天渐渐地暗了，葛兰威大街的灯一盏一盏地亮了起来。远远望过去，奥菲姆剧院的霓虹灯把所有的灯都比下去了，它们是星，它是月，月在星中间一目了然。霓虹灯里打出来的，不仅是剧院的名字，还有今晚上演的电影名。电影叫《幸运女神》，他不知道是讲什么的，也不知道是谁主演的。就是别人告诉他了，他也未必记得住。今晚他只是想进去坐一坐。

离电影开演的时间还早，剧院的街边上，已经排起了长长的队——都是等着买票的。战争把世界撕成了碎片，战争把许多张全家福照片掏出了大洞眼，可是即使飞机贴着头顶在飞，也不能叫好莱坞闭嘴。好莱坞源源不断地制造着歌舞升平，叫人觉得生活一如既往没有破绽。只要好莱坞没被炸弹炸死，奥菲姆剧院的生意就永远兴隆。

其实，锦山很早就知道葛兰威大街上的奥菲姆剧院——他是听锦河说的。

很多年前，当锦河还在亨德森家当仆人的时候，亨德森先生和太太曾经带锦河去过那里。那时的奥菲姆剧院还没有被改成烂俗的电影院，那时的奥菲姆是上演交响乐和歌剧的上流地方。锦河不记得那天听的是什么音乐。也许亨德森夫妇早就告诉过他了，可是他的心，完全没在那上面，因为他一整个晚上都在生气。

那天当亨德森夫妇带着锦河走进奥菲姆剧院的大门时，他们被一个穿着深红呢制服的人拦住了。

"中国人，只能坐在边上的位置。"

那个人尽量压低声音对亨德森夫妇解释着，却没有看锦河一眼，仿佛改座的是他们，而不是他。

那十二个人终于走到了等票的队伍里。等票的队伍仿佛被他们踩着了尾巴，呼地惊叫了一声，裂开了一个大缝，把他们生生地吞了进去。"前边，前边，请。"有无数只手在他们的脊背上推搡着。还没有等他们明白过来，他们已经被推到了队首。

可是，站在队首的人里边，却没有锦山。锦山像一颗吃完了果子还留在嘴里的核一样，被推搡的人群吐了出来。锦山知道那是因为他没有穿军装。

等到那十一个人在众人的推让中买到了票子走进剧院之后，他们才意识到他们把锦山丢了。

锦山提着那个大布包站在长蛇般的队伍中等着买票。等了很久，终于从队尾熬到了队首。锦山从兜里掏出一张一块钱的纸币递给那个卖票的，说最贵的最中间的那个位置。那人抬起头来斜了锦山一眼，从玻璃窗的缺口里塞出三个毫子和一张票。锦山接了票，却没有接那三个毫子。"给你的，小费。"锦山看到那人一脸惊诧的样子，忍不住笑出了声。一直到走进剧院入口的时候，那朵笑还没有在脸上开败。

这时走过来一个穿了一套黑西装颔下系了一个黑领结的人，挡住了锦山的路。他伸出手来，却不是给锦山握的。他只是把手伸出来，做了一个引路的姿势。

"这边，请。"

那人引的是边门。

锦山的脑子转了起来，在记忆的底层飞快地搜索着那个应急的英文字。那个用得滚瓜烂熟的骚利（sorry）在即将出口的时候被他吞了回去，说出来的却是"决不"（never）。这是一个他一辈子从未用过的新字，在肚子里生成的时候是一种生涩，从舌尖脱落的时候是另外一种生涩。因为缺乏操练，他拿捏不好用什么语气，结果是惊天动地的一声吼叫，把他自己和那个带座的同时吓了一跳。

"骚利。"锦山开始结结巴巴地对那个带座的解释起来。尽管锦山已经在金山生活了三十多年，锦山的英文依旧烂得像一块破布。慌张的时候，破布就变成了碎布。后来他不得不掏出布袋里的东西——是一个木匣子。那个带座的虽然听不懂锦山的英文，却一眼就看懂了那个木匣子，还有匣子上那两行英文字：

吉米·方（1900—1945），二等兵
为自由的缘故倒在法兰西的土地上

那人脸上的表情在经历了数种变化之后，渐渐凝固在一个接近于温和的微笑中。

"跟我来。"他说。

锦山捧着那个木匣子在自己的位置上坐下的时候，电影就要开场了，灯光渐渐暗淡了下去。在灯光彻底暗下之前，他终于有机会看了一眼剧院天花板上那个巨大的圆顶，圆顶上那群赤身裸体长着翅翼的天使，还有正中心那盏比天上所有星星加起来还要璀璨的水晶灯。

阿河，你终于坐上，最好的位置了。

锦山对手里的那个木匣子说。

木匣里是一套军装和一顶军帽。

民国三十八年（公元1949年），广东开平和安乡

阿元摸进三河里的时候，已经四更天了——是同盟的人骑着脚踏车把他一路带到村口的。

天墨黑，狗也睡得沉，竟然没有一声吠。四野里只有他的竹棍在草间窸窣穿行的声音——那是他的打蛇棍。乡野里行夜路，遭蛇咬是常有的事。不过阿元的竹棍不仅是打草用的，也是在打拍子。阿元在竹棍的节奏里，荒腔走板地哼着一首歌：

> 向前，向前，向前，
> 我们的队伍向太阳。
> 脚踏着祖国的大地，
> 背负着民族的希望，
> 我们是一支不可战胜的力量。

这是阿元在教师进步同盟里学会的新歌。这几天他在同盟里看到了听到了学到了他一辈子都没有看到过听到过学到过的东西。后来他才知道，同盟的几个头，都是地下党的成员。

广州像个汪洋啊，跟广州一比，三河里和自勉村不过是两口小井，而他谢阿元，只是这井底的一只小草蛙。他看得越多，听得越多，学得越多，就越想多看，多听，多学。他不想回家，他一点儿也不想回家。可是他不得不连夜赶回三河里——那是同盟派下的任务。

今天他差点儿把命丢在了广州。

这几天同盟召集了各县的成员开会，准备迎接解放。吃夜饭的光景，他和白沙的一位老师一同去买螺蛳炒饭给大家吃。路过江边时，突然听见了惊天动地的一声巨响。他只觉得脑门被人用棍子敲了一记，就不省人事了。醒来时，拿手摸了摸额头，黏糊糊地摸了一手的血。再抬头看江，海珠大桥只剩了一半，那一半淹在水里，也是一身的血——是落江的太阳。桥底下有许多条木船，都像纸船一样给压瘪了。树上挂满了各样物件，阿元走近了，才看清是死人的手脚衣帽。一江都是尖利的哭声——是遭了难的人家在哭人哭船。

路边的行人告诉他，国军打不过共军，国军要溃逃了。国军不想叫共军追着，所以国军把海珠桥炸了。

他听了，心跳得咚咚的，震得头上的伤口一扯一扯地疼。国军炸了桥，说明解放大军已经近在咫尺了。每天都在传大军进城的消息，可是谁也没想到，大军来得这么快。他顾不得包扎伤口，也顾不得买螺蛳炒饭，甚至顾不得找那个失散了的同行。他一路飞跑着，把这个消息告诉给了在同盟开会的人，跑到门口他才发觉他是光着脚的——什么时候跑丢的鞋，他竟然一点也不知道。

那天晚上他包扎了伤口，吃完夜饭，就是半夜了。睡下了，却睡不着，却听见电台里报告广州解放的消息。他掀开被子跑到街上，看见满街都已经是解放大军了。连小巷里，也坐满了军人。大军像一片沙土随着风悄悄地吹到了广州的街头，却没有人听见响动。

阿元站在路边呆呆地看着那些靠在墙根上入睡了的士兵。路灯把他们的脸照得消瘦蜡黄，仿佛很久没有吃过一顿饱饭睡过一个好觉了。他们的绑腿和皮带都是五花八门的，有的新有的旧，有的深有的浅，像是随意从战场的某一处捡拾而来的。只是脸上都带着一式一样的笑——是心里揣了一个好梦的那种笑法。靠他最近的那个兵，脸上刚刚生出胡须，唇边流出一条口涎，还是个嫩仔。他的怀国如果还活着，差不多就是这个年纪。

阿元在路灯底下看了很久，怎么看也看不够。他想那年他如果跟欧阳玉山先生走了，今天说不定他就是他们中间的一员了。他会和他们一样，靠在发散着阴沟水臭味的墙根，美美地睡上一觉，明天一早抖抖擞擞地醒过来，对着全广州大叫一声：我们把好日子，给你们送过来了！

同盟紧急决定，让在广州开会的成员都连夜赶回自己的学校，召集老师学生赶制国旗，明天早上一起举行升旗仪式。

学校的大门早就关了，阿元不想吵醒看门的阿伯，就翻墙进了院子。走到锦绣那间屋，轻轻叩了一下窗，叫了声阿绣开门。还没容他把这句话说完，屋里就亮起了灯。这几天锦绣在等阿元的消息，等来等去等得心惊胆战，所以锦绣的觉很轻，轻得一片树叶儿也能把她砸醒。

锦绣开了门，一眼就看见阿元头上缠的那一圈厚纱布，两脚一软，差点瘫倒在地上。"你你你……"地抖了半天嘴唇，却没有抖出一句整话来。

阿元说了声石子崩的，没事，就开了屋里的那只藤箱，东翻西找起来。

"家里有红布吗？"阿元问。

"这个时候要红布做什么？"

"做旗子，新中国的旗子。广州解放了。"

"这么快?!"锦绣的两个眼睛瞪得如两盏灯笼，惊喜明明白白地烧在里头。

"不用翻了，这里哪有红布？碉楼里倒是有，我们结婚时用过的，阿妈都收起来了。"

"来不及了，明天早上八点，我们要升旗，好多家学校一起升。"

锦绣坐在床上，寻思着要不要把其他几名老师叫醒，问问谁家能借到红布。阿元突然看见那床被锦绣匆匆掀开了一半的被子，就对锦绣说你快找剪子来，这个被面就行——被面倒是红色的，只是绣了几朵隐花，粗粗一看，是看不出来的。

锦绣找了剪子，两人就拆被子。一边拆，锦绣就告诉阿元："大哥来信了，说那边的报纸都讲这边局势混乱，杀人如麻。他问我们要不要偷渡到香港，再去加拿大？那边的政府，已经准许华人入埠了。"

阿元哼了一声，说："帝国主义的宣传工具，你叫大哥不要信他们的话。"

两人终于把被面拆出来了，是大大一块的红，铺在桌上，照得一屋生暖。阿元拿出掖在腰里的那份《华商报》，上面有国旗的样式，是上个月教师同盟的人从香港偷偷带过来的。黄布没有，却有手工课剩下的黄纸。两人比照着报上的样式，一个剪，一个贴。等到终于把旗子打造出来，鸡已经叫成了一片。

八点差五分，阿元掏出兜里的哨子，狠狠地吹了三响——那是学校的集合号。操场上已经站了黑压压一片的人，老师，学生，还有附近的乡人。阿元和锦绣把绑旗子的绳子松了，风立时就把旗子扯起来，猎猎生响。日头刚刚出来，厚厚重重的一坨，照得那坡，那楼，那旗，那人，一片猩红。

阿元站在土台上，喊了一声同学们，嗓子突然就裂了，一腔的话断在喉咙里，只剩下一句："好日子，终于来了！"

操场上响起了百子炮一样噼噼啪啪的掌声。阿元回头看锦绣，锦绣没有鼓掌。锦绣的脸埋在两只手里，肩膀一颤一颤——锦绣在哭。

阿爸，你就没有等上，这边的好日子。锦绣说。

第二天是个礼拜天，锦绣和阿元带了女儿怀乡回自勉村。怀乡现在在百姓学堂里住宿读高小，六指舍不得，每个礼拜日必定要见怀乡。阿元和锦绣若不回家，六指就要自己来三河里接怀乡。锦绣见阿妈年事渐高，腿脚不如从前灵便，不放心让阿妈走远路，便个个礼拜日都带怀乡回家。

到了家，六指和墨斗见到阿元头上的伤，自然又大惊小怪了一通。阿元轻描淡写地讲了几句，总算把两个老人安抚了下来。一家人便坐下来吃饭。

六指搂了怀乡，一口一个宝啊仔啊的，问学堂里都学了些什么？怀乡说学跳舞。六指说学堂不教读书，倒教什么跳舞呢？跳舞是我们这种人家学的吗？怀乡说阿爸教我们土风舞，进城式上要跳。六指越听越糊涂，问什么进城式？锦绣瞟了阿元一眼，忍不住抿嘴一笑："阿妈你没听说广州解放？过几天就是解放大军进城式。我们学校的学生都要参加的。"

六指吃了一惊，说这么快，又换皇上啦？锦绣说阿妈你怎么还翻老黄历？共产党是人民政府，百姓当家的，不是皇上。六指哼了一声，说国民党也是这么说的，你还真信？锦绣急了眼，声调就高了起来："阿妈你怎么说这么落后的话。共产党真是不一样的，你就等着享福吧。"

六指说共产党好不好，还得等着看。不过我家阿乡，是决不能参加那个进城式的——这么多人，她一个女仔要是走丢了，叫人拐走了怎么办？

怀乡这两天为参加进城式排练节目都排出疯魔来了，这会儿一听不让她去了，一下子就白了脸，扯着六指的衣袖说："阿婆，我跟着阿爸阿妈，一步不落，保证不会走丢的。"

墨斗心软，见不得怀乡伤心的样子，就对六指说由她去吧，又不是一个人出门，走不丢的。六指的脸一下子紧了起来："这个家，我说的话还算不算数？"

阿元就在桌子底下轻轻地踢了怀乡一脚，叫怀乡住嘴。怀乡啪的一声扔了饭碗，跑进屋去关起门来就呜呜地哭了起来。锦绣追进来，千哄万哄的，也哄不定。最后说你阿爸叫你别声张，到时候你去就是了，不用告诉阿婆的。怀乡听了才破涕为笑。

这晚阿元和锦绣在碉楼里睡下了，却睡不着。阿元突然就有了做那件事的兴致。自从锦绣被东洋人糟践之后，身上落下了大伤，平日别说碰，就是看，也不愿叫阿元看一眼的。这天阿元爬过去，锦绣推了几下，竟不再推，却只叫把灯关了。屋里黑了，也不是全黑，有一片月光，白白亮亮地从窗棂格里钻进来，在地上掷下一团迷乱的树影。阿元的手摸过锦绣的身子，摸到了两腿之间那一团蜥蜴一样凹凸不平的伤疤，锦绣的身子簌簌地抖了起来，抖出一片久违了的潮湿。

阿元搂紧了锦绣，说天亮了，你再也不用害怕了。

完了事，两人依旧睡不着。阿元就对锦绣说，明天你给大哥写封回信，告诉他风水轮番转，如今的好日子在这边。你叫他回来吧，在这边过老。

锦绣就笑，说新政府用的是新币，阿哥寄回来的那些美金，咱们再也用不着了。阿元说怎么没用？那绿纸糊墙壁还好看呢。糊在墙上天天看着，也算是个提醒，知道金山还有咱们中国人在受苦。

公元 1952 年，广东开平和安乡自勉村

锦绣在县城里开完会，顺便接了女儿怀乡，两人一起回自勉村看六指。

母女两个已经两三个礼拜没回家了，各人忙各人的事。锦绣是因为百姓

学堂要和一家公立学校合并，这阵子常常在县里开会商议此事——阿元今天还留在县城。而怀乡今年夏天高小毕业，如今在县中读中学，离家远了，便不能每个礼拜都回家。

一阵子不见，怀乡又长高了一截。十五岁的女子，身架已经几乎和锦绣一般高了。瘦虽然还是瘦，该长肉的地方却已经有了动静。白布衬衫蓝布裤子，干干净净的，是一朵要开没开的花样式。

锦绣见了，心里只是欢喜，就问中学的功课比小学难不？怀乡说功课容易，倒是背台词难——下周全班同学都要跟工作队去乡下宣传土改政策。

锦绣吃了一惊，说你懂什么是土改政策吗？怀乡说我懂，毛主席批示的，清匪清霸，退租退押。锦绣见怀乡绷着一张小脸，一副小大人似的认真样子，就忍不住笑，说你是背书呢，还是真懂？怀乡说我懂，就是打倒剥削阶级的意思。

两人紧赶慢赶，赶出了一身的汗，就在路边坐下来，拧开随身带的军用水壶，喝了几口水。怀乡掏出手绢擦汗，犹犹豫豫地问锦绣："阿妈，我们家是剥削阶级吗？"锦绣说当然不是。怀乡说可是我们家有田，还有佃农雇工。锦绣说那也不是剥削阶级。你阿公到金山做苦力，咱们家的田，是用你阿公和两个舅舅一分一厘的血汗钱买的。

怀乡松了一口气，仿佛放了心。锦绣倒有了疑惑，问谁跟你说了这些闲话的？怀乡说是二舅妈说的。锦绣哦了一声，说难怪。

这些日子家里那个老实木讷的二嫂区燕云开始变了，话多了起来，对各样的事情都有了自己的看法。

比如阿妈六指叫她煮饭多放点水，区氏就会说那是从前穷人为了省几粒米才多放水的，如今解放了，人人能放开肚子吃饱饭，用不着省米。

再比如谭公寿辰的时候，阿妈叫区氏带了供果去给谭公烧几炷香。区氏去是去了，却是讲了一通道理之后才去的。区氏说有钱人用不着出海，所以也用不着拜谭公。穷人才用得着谭公，可是谭公又不认穷人，所以拜和不拜，其实都一样。

就连衣着，也有了些变化。现在区氏虽然也还穿旧式布袄，可是身上却多了一样时髦物件——是一根旧皮带，跟工作队的王大姐讨来的。区氏每天起床，穿上衣裳之后，第一件事就是在腰里束上那根皮带。阿妈见了，就骂什么样子呢？还不如系根草绳直接扮乞讨婆好了。区氏不回嘴，却也不换下那根皮带。阿妈竟奈何她不得。

听阿妈说，区氏的这些变化，都是从一个多月前那次开会开始的。那天自勉村来了工作队，省里派下来的，三男一女。工作队住下来，就召集全村开会。阿妈近来精神头不如从前，坐不住，就支了区氏和阿月两个做代表。会一开就是一个晚上，半夜才散。回来的时候六指问区氏会上说了些什么？区氏说要成立贫协和妇协。六指没听明白，说一个贫，一个富，不打架吗？区氏说不是这个富，是妇女的妇，妇协是替受欺负的女人做主的。

从那以后，区氏便三天两头出去开会。开完会回来，就和阿月挤在一堆，叽叽咕咕地说话——也不知说些什么。开口闭口，就有了新名词。平时竟学工作队王大姐的样子，不说土话，说起普通话来。王大姐是南下干部，说起普通话来有板有眼。可是区氏学起来，舌头卷得比春卷还厚，只是一味地拗口。众人笑她，说天不怕地不怕，就怕阿燕说普通话。区氏却不笑。只是家里的活，便不怎么肯做了——六指也管不住她。

锦绣和怀乡是晌午时分走进自勉村的。远远望过去，芭蕉林旁边黑压压地聚了一群人，像是在看什么热闹。锦绣挤进去，原来众人是围着看一堆家俬，有梨木雕花茶几和太师椅，镶着玻璃镜的梳妆台，有酸枝木大床，有夏天歇凉用的软榻，有吃饭的桌椅，林林总总的，小山似的堆了一堆——全是自己家里的东西。那张床，还是锦绣和阿元结婚的床。

还有一队人马，正蚂蚁驮蝇子似的，从碉楼里往外搬物什。走在最前头的是区裁缝的侄子区大头。区大头生下来的时候，家里也找先生取过学名，叫区顺风。不过区顺风这个名字，恐怕连他老母也不记得了，村人只管他叫大头。区大头正用一个箩筐抬着阿爸从金山带回来的那个旧唱机。唱机上的喇叭一头沉，区大头一边抬，一边骂："丢佢老母，这算什么东西呢？做不得锅，做不得碗，分给谁家谁还得找地方摆它。"

和区大头一起抬筐的，不是别人，正是自己的亲嫂子区燕云。

自勉村里，方姓是本宗本土的大姓，区姓是外来的小姓。从来方姓就是一只大巴掌，牢牢地按在地上，区姓不过是在手指头的缝隙里隐隐忍忍地长着的一丛小草。同是佃农，方姓人家租的是近田好田，而区姓人家租的，却是远田荒田。同样是嫁女，若是方家的女儿实在没路了嫁进了区家，这个儿媳妇十有八九是掌管家里账本钥匙的那个人。而如果区家的女儿嫁进了方家，连方家的鸡鸭猪狗，都敢给脸色看。

可是这个情景维持了一两百年，却没能永远维持下去。工作队一进村，事情就渐渐地拧了过来。一评贫雇农，区姓的就占了多数。成立贫协的时候，委员大多是区姓的人，一选就把区顺风选上了贫协主席。如今区大头在自勉村里是个呼风唤雨的人。这株在方姓的指头缝里钻出来的草苗，如今已经成了一棵参天大树。方姓的大手掌，却是动它不得了。

锦绣跑过去，一把拦住了区大头。

"你搬我家的东西，是上级批准的吗？工作队队长呢？"

区大头愣了一愣。叫区大头一愣的，不是锦绣的话，却是锦绣的衣服。那天锦绣穿的是一件双排扣的列宁装。区大头虽然不识字，区大头的眼睛却很尖。区大头当了贫协主席后，跟着工作队到县里开过几次会。区大头看见县城里的干部，穿的就是这个样子的衣服。

后边的人等得不耐烦了，就喊了起来："大头见了个女人就走不动路了？那是地主的仔。"

区大头的脸就有些搁不下了。区大头一把搡开锦绣，说你家是大地主，不分你家的浮财分谁家的？

锦绣一个踉跄，几乎跌倒。站起来，便拽住了区氏的衣襟，说阿嫂，你最清楚，我们家的财产是怎么来的。你是妇协的人，你告诉他们，我阿爸是怎样去的金山？我二哥是怎样得的爱国奖章？

在方家所有的人里头，区氏最怕的，其实是这个小姑子。小姑子是一家人里书读得最高的，小姑子平日说话和颜悦色，可是小姑子说的都是道理。小姑子的道理，叫区氏觉得严严实实的，插不进去一根针。区氏怕六指，怕在皮里。怕锦绣，却是怕在骨头里。

可是今天有这么多人站在她身后，区氏突然觉得小姑子的道理，也不是那么无懈可击了。区氏哼了一声，说我不是你阿嫂，我是你家拿钱买的丫鬟。你们家的事，哪一样告诉过我？你二哥写信回来，问过我一句吗？

众人就七嘴八舌地说阿燕不要理地主的仔，你叫她滚开。

锦绣跌跌撞撞地走进碉楼，进了阿妈的房间。六指仰脸靠墙坐在一张凳子上，嘴边有一线干涸了的血。墨斗拿了一条湿毛巾，敷在六指的额头上。

怀乡扑过去，叫了一声阿婆。六指闭了眼，有两行眼泪，冰凉地爬到了六指的耳朵里。碉楼几乎搬空了，只剩了六指屋里的一张床，一个裂了一条缝的梳妆台，还有六指身下坐的那张木凳。

"阿妈，谁打你了？"锦绣问。

六指不说话。说话的是墨斗。墨斗的话说得很艰难，舌头仿佛拴了根绳子。

"我家那头，蠢猪。"

又有一拨人从楼上走下来，抬着两杆从楼顶拿下来的来复枪，边走边比试着。墨斗吓得脸色煞白，说上了膛的，别走火。

"走火先打死你这个奴才。"众人骂骂咧咧地走远了。

最后一个离开碉楼的是区氏。区氏收拾了自己屋里的细软，揣着一个包袱走了出来。

"阿燕，你站下，我有话说。"

六指叫住区氏，又让墨斗把门关了。

区氏犹犹豫豫地站住了，脸扭来扭去的，却不看六指。

"你好歹还算我的儿媳妇，又没有另立门户，他们得了再多的浮财，也分不到你名下。你是白折腾。"

区氏被戳着了痛处，嘴还是硬。

"我分不到，你也没有，咱俩就扯平了。"

"区大头是有老婆的人，要娶你也是做小，新社会又不兴娶小。你和他混在一处，是竹篮打水。"

区氏的脸开始变了颜色，一阵红一阵白起来。

"我知道你恨我，你嫁到我们家，我没给过你好脸色。可是你总算是替我家锦河，守了这么些年的活寡。"

六指拆散脑后的发髻，从扎髻子的黑布里，摸出两个滚瓜溜圆的金戒指来，递给区氏。

"不用告诉人。将来找个正经人嫁了，过一份安生日子，别再折腾了。"

区氏接过戒指，眼圈红了一红。想说话，却找不出一句话。踌躇了半晌，最后只点了个头，便走了。

区氏一走，六指就像抽了筋剔了骨一样地软在了凳子上。

"你阿爸一生打下的家业，我没守住啊……"

六指的声音在空空的四壁撞来撞去，发出嘤嗡的回声。

"将来你的两个阿哥若回来了，阿妈没有任何东西留给他们了，只有从前的几封家书，还有照片，就算是念想了。"

锦绣听阿妈说这话的意思，竟是交代后事的样子，心就慌了，牢牢地拽住六指的手说阿妈放宽心，我和阿元在县里开会，见过几次刘县长，极好的一个人，很和气。我们明天就去县里找刘县长反映情况。刘县长说句话，事情兴许就有转机了。

六指摇摇头，说世道变了，谁也挡不了。你不要等明天了，马上带上怀乡走，省得又生出事来。

六指说这话的时候，心里已经有了谱。给区氏的金戒指，不是她手里的最后一批金器。她的鞋子里，还藏着几样东西。那是她等锦绣和怀乡走后用的。她听说邻村两个划了地主成分的妇人，都自尽了。一个是投井的，捞起来肚子胀得如同足月的孕妇，一碰肚脐眼里就冒黄水。另一个是拿菜刀抹了脖子的，后来收尸的人鞋底都被血粘掉了。她不要这样肮脏瘆人的死法。小时候她跟阿姐来到红毛家的时候，听龙仔的教书先生讲过尤二姐吞金自尽的故事。她喜欢那种干干净净的死法。

墨斗也催着锦绣赶紧走，说怀乡还小，禁不起惊吓。锦绣想着明日要一大早动身去县城找刘县长，便又嘱咐了一声阿妈你放宽心，听我的信，就拉着怀乡走了。

走到门口，听见有人在敲门，怯怯地叫阿绣你开门——是区氏的声音。

锦绣开了门，没想到区氏身后跟了一片潮水一样的人群，愤怒把他们的脸都拧歪了。锦绣和怀乡被堵在了门里，众人推着区氏走进了六指的屋。

区大头用一根手指狠狠地顶在六指的脑门上，说好你个黑心的关婆子，竟藏了这么贵重的东西。区氏不敢看六指，嚅嚅地说，不是我告诉的，是他们，看，看见的。

六指的额头，揭去了一层皮，有一滴血，慢慢地变大变黑，乌豆似的粘在两眉中间。

"还有什么金器，你说。"区大头问。

六指摇了摇头，说最后两个戒指，也给了你们的人，再要是没有了。

众人哄哄地嚷了起来，有人说拿美钞糊墙的人家，怎么说也不只两个金戒指。又有人说，田多得拿去换枪，怎么就这几样金器？

"你去，搜她一搜，我不信搜不出个水落石出。"区大头指着区氏说。

区氏的脚步有些犹豫。身后的人就说这女人家，一到阶级的事情上，就手软。

区氏说你老母才手软，就走到了六指跟前，来解六指裋褂上的纽扣。区氏一边解，一边贴着六指的耳根说："还有什么你交出来吧，今天他们不会放过你了。"

六指想了一想，就把脚上的鞋蹭了下来。

众人拿来剪子，把鞋子剪成了碎片，终于在鞋帮的隔层里，找到了四个金戒指和两对金晃晃的耳钳，便都跳手跳脚地欢呼了起来。

"还有什么？你要不说就接着搜。"区大头喝道。

六指这回咬紧了牙关，说只剩了这座楼，要劈要砍随你怎么分。

"好，你不松口我就再搜，哪个也不放过，从小的搜起。"区大头指了指怀乡对区氏说。

区氏说她一个学堂生，又不在家住，她知道个啥？便不肯动手。

区大头推开区氏，"你不搜我搜，她就是藏在屎里我也给她搜出来。"

区氏尖叫了一声大头她还是个孩子啊，你个挨天杀的。大头不理，就来解怀乡的衬衫。

怀乡想喊，却喊不出声来，身子抖得如同雨里的芭蕉叶子——却是狠命地挣扎了起来。区大头的脸上被抓出了两条血痕，就有几分气急败坏的样子，干脆不解了，直接来撕怀乡的衣裳。嗤的一声，半边衬衫给撕了下来，露出一个瘦骨嶙峋的肩膀。

"放开她，金器在我这里。"

墨斗大吼了一声，眼眶裂了，眼白流了一脸。

众人给吓了一跳，就都围过来看墨斗。墨斗便开始掏裤腰带，一边掏，一边对六指说："锦绣她阿妈，我也是不得已。这辈子对不住你的事，下辈子再补了。"

墨斗从裤腰带里掏出来的，不是金戒指，而是一把手枪。墨斗把枪抵在区大头的头上，指头轻轻一扣，那颗头就开出了一朵红花。众人惊叫了一声，飞快地闪了开来，却是来不及了——早溅着了一身的血。

墨斗搂过还在簌簌发抖的怀乡，说仔你别怕，闭上眼睛，一会儿就好受了。他把枪抵在怀乡的心头，扣了扳机。怀乡的身子在他怀里抽搐了几下，便渐渐地软了下来。

第三枪他给了锦绣。

第四枪给了六指。

最后一枪是给自己的。他算好了，这把枪里有五发子弹。可是他没想到，第五发子弹卡了壳。

他把枪扔了，推开人群飞快地朝楼上跑去。

震惊的人群渐渐醒了，开始追墨斗。墨斗老了，墨斗再快，也快不过人群。人群越来越近了，近得几乎踩着了墨斗的鞋跟。墨斗转身狠狠地踹了身后那个人一脚，然后飞身从窗户里跳了出去。

在这以后很长的年月中，无论是方姓还是区姓的后人，都不愿再提起1952年的这个日子。连不小心在田埂上踩死一只鸡都要在菩萨面前跪拜半天的自勉村人，在那一天里竟一下子杀死了五口人，逼疯了两口——疯的是区氏和阿月。

那天人们把死尸抬出来，草草地掩埋了。从此以后，再也没有人进去过这座碉楼。因为在刮风下雨的日子里，村人曾听见楼里有人哭泣。夜深人静时，也有人看见楼里突然亮起灯来。

"鬼屋"。

自勉村的人开始用这个新名字来称呼这座空楼。

不仅没有人敢进出鬼屋，就连鬼屋旁边的地，也没有人敢租种。一年复一年，鬼屋和邻近的田，就渐渐变成了一片杂草丛生的荒地。

公元1961年，卑诗省温哥华市

艾米坐在车后座，听着妈妈把那辆蓝色的福特开得轰隆轰隆的，一路向比尔叔叔家狂奔而去。

车老了，颠得厉害，颠得艾米的屁股上如同爬了一层虫蚁，麻痒难熬。

这部车是别人送的。送车的人也许是比尔叔叔，也许是比尔叔叔前面的山姆叔叔，也许是和山姆叔叔一起的那个约瑟叔叔。妈妈的叔叔很多，换来换去，艾米记不住。

艾米是个五岁的女孩，高鼻梁，深眼窝，栗色头发，棕色眼睛，皮肤白得几乎接近于贫血孩童。假若不仔细看，很难在那张脸上看出任何黄种人的特征——这正是延龄要的样子。有时候延龄会定定地盯着艾米看，喃喃地说不要啊，千万不要变。妈妈的眼光扎得艾米遍体鳞伤，艾米疼得颤颤地想哭，妈妈却笑了，说没什么，妈咪就是喜欢你长的样子。

延龄回到温哥华已经三年了，却从来没有跟任何人说起过去的十几年她到底去了哪里。回温哥华后她走马灯似的换了很多份工作，这几个月才在城外一个赌场当上了发牌员。赌场的工作是做一天长日班，再做一天长夜班，然后第三天休息。延龄做日班的时候，就把艾米带到赌场员工的托儿班。延龄上夜班的时候，艾米通常被放在某一个叔叔家里过夜，第二天妈妈下班后再来带她回家。艾米在很多叔叔家里住过，有时早上醒来，喊山姆叔叔，来的却是比尔叔叔。有时明明是约瑟叔叔给她煮的早饭，她却稀里糊涂地谢了路加叔叔。不过和所有的叔叔相比，比尔叔叔就算是待在妈妈生活里最长久的一个了。

车越来越颠，艾米屁股上的虫蚁爬得越来越凶。艾米看见前座里妈妈在放下镜子涂口红，她就忍不住把手伸进裙子里抓起了虫蚁。一下。两下。三下。第三下才抓了一半的时候，她就被发现了。

艾米·史密斯!

艾米知道但凡妈妈连名带姓地叫她的时候，麻烦就来了。果真，妈妈把口红盖子往后座一扔，不偏不倚地打在了她的手上。

"你记不记得，我跟你说过的，有教养的女孩不该做哪几件事?"

妈妈的英文，一着急的时候，就变得滑稽起来。当然，艾米还要过几年，

墨斗从裤腰带里掏出来的，不是金戒指，而是一把手枪。

才会懂得，"滑稽"是个模糊说法。真正准确的说法是"有口音"。艾米还要过更多年，才会明白，妈妈的"口音"和一段她宁愿永远忘记的童年记忆有关。

"记，记得。"艾米嚅嚅地说。

"那你自己说说。"延龄喝道。

"不能在人前，抠鼻子，挠痒痒。不能在人前，放屁。不能在人前，不掩嘴巴打喷嚏 ……"

"你都知道，为什么还要做?"

"可是，我没有，在人前 ……"

"闭嘴!"延龄厉声打断了艾米的辩解，"坏习惯就是在人后养成的。"

艾米闭了嘴。其实艾米还有话要说。艾米想问妈妈有教养的女孩，痒了怎么办? 可是她不敢。因为她知道妈妈今天心情很坏。妈妈心情坏的时候，任何一句话都能叫她脸上的云下起雨来。

艾米知道妈妈心情这么坏，是因为比尔叔叔。

比尔叔叔原先说要在女王节的时候带妈妈去渥太华看荷兰空运过来的郁金香，可是女王节的前一天他却突然变卦不去了。而且，比尔叔叔已经三天没有给妈妈打电话了。

"你比尔叔叔一定是病了。前次我们见他的时候，他就一直打喷嚏，对吗?"

妈妈一次又一次地问她。第一次的时候，她说不对，比尔叔叔一点儿也没感冒。妈妈气得半天没有理她。后来她学乖了，妈妈再问她的时候，她就说比尔叔叔肯定是感冒了。妈妈的脸色一下子就亮了，开出一朵灿灿的太阳花。只是，艾米不知道，为什么对妈妈来说，比尔叔叔生病是一件那么值得庆幸的事情。

今天是比尔叔叔的生日，妈妈早就准备了一样礼物，要送给比尔叔叔。妈妈的礼物是一个打火机，做成一只鹰的样子。把鹰腿往两边轻轻一掰，鹰嘴里就会喷出一团火来。比尔叔叔抽的是古巴雪茄，满屋都是浓烈的烟味，熏得她几乎背过气去。妈妈把打火机放在一个镀银的盒子里，很考究地用金纸包装起来。

"我们不要告诉比尔叔叔，给他一个惊喜。"妈妈说。

可是艾米觉得妈妈说这话的时候，不像是给人惊喜的样子——妈妈的脸上隐隐地有些担忧。

"行了，行了，说你几句就哭丧着脸。待会儿见到比尔叔叔，记得要说什么？"妈妈从前座硬邦邦地甩过来一句话。

"生日，快乐。"艾米咽回了堆在喉咙口的半团哭意。

"还有呢？"

"我们很，很想念你。"

"还有呢？"

"你穿这件衣服，真好看。"

妈妈突然不说话了，却把车开到路边停了下来，从皮包里摸出一支烟来。妈妈的手抖得厉害，哆哆嗦嗦地半天也点不着火。

妈妈终于把一根烟抽完了。妈妈又用了一根烟的时间，用指甲刀剪指甲。哔剥。哔剥。哔剥。妈妈的碎指甲蚱蜢似的四下乱飞乱跳。从后座看过去，妈妈趴在方向盘上的身子很瘦，单薄的夏装底下两个肩胛骨高高鼓起如两把尖锐的刀。

"艾米，你说，叫比尔叔叔做你爸爸，好不好？"妈妈问。

妈妈的这个问题像一块飞石毫无防备地打中了艾米。艾米猜想妈妈希望她回答"好"，可是这个"好"字在她的舌尖上停留了很久，却迟迟未能滚下来。幸好妈妈并没有期待她的回答，妈妈径自把车发动起来，又轰隆轰隆地开回到了路上。

妈妈牵着她走下车的时候，手还在颤颤地抖。妈妈把她推到门前，自己却靠着车门站着，又点起了一根烟。妈妈抽了第一口，就咳嗽了起来。妈妈咳嗽得很大声。咯。咯。咯。像啄木鸟在敲树干。

妈妈忘了掩嘴。艾米想。

艾米走上台阶，咚咚地敲门。敲了半天，门才开了，出来的却不是比尔叔叔。

开门的是一位金发碧眼的年青女人，穿着一件真丝睡袍，像是刚刚从浴室里出来，头发湿湿地滴着水。

"蜜糖，有人找你。"女人懒洋洋地喊道。

妈妈没有等到比尔叔叔出来，就扯着艾米上了车。当妈妈的车坦克似的从比尔叔叔的车道上轰隆外退时，艾米从后视镜里看到比尔叔叔穿着一件短裤追了出来。比尔叔叔甩着两只手，喊着一句什么话，可是这句话还没来得及送到妈妈耳边，就已经被风刮跑了。

"你穿这件衣服，真好……"艾米的话才说了一半，就看见一道白光从车里飞出，咚的一声撞到比尔叔叔家门前的邮筒上——是那个包在金纸里的打火机。

"狗屎，狗屎，狗屎！"

妈妈的头发，一根一根针似的竖了起来。妈妈的手握成了拳头，一下一下地捶着方向盘。妈妈的车歪歪扭扭地在马路上飞着，一路都是朝她摁响的喇叭。

"我知道，我就知道，他要的还是白妞。"

艾米想说一句安慰的话，可是艾米不知道说哪一句。想了很久很久，艾米终于趴到妈妈的椅背上，轻轻地说：

"妈妈，其实，我们可以不要爸爸的。"

妈妈怔了一怔，突然笑了起来。妈妈的笑声很尖利，刮得艾米身上起了一层细密的鸡皮疙瘩。过了一会儿，艾米才发现，原来妈妈是在哭。妈妈把鼻涕一把一把地抹了下来，随手甩在车窗上，车玻璃上便爬满了一条一条的鼻涕虫。

妈妈忘了做，有教养的女人。艾米想。

妈妈终于哭够了，平静了下来，继续开车。妈妈的车在路上开了十几分钟，就拐进了一条破旧的街。艾米知道妈妈是在朝外公家走——每当陷落在前一个叔叔和后一个叔叔之间的空当里时，妈妈就会把她丢在外公家里。

车果真停在了外公家门口。

天很热，知了一声一声叫得很是聒噪。大老远的，就看见外公穿着汗衫短裤，跷着一条腿，摇着一把大蒲扇，坐在门前的雨檐下乘凉。

"为了上帝的缘故，你能把腿放下来吗？"妈妈冲外公吼道。

妈妈把艾米放下来，像放下了一件她提了很久已经提累了的物什。

"明天早上我来接她。"

妈妈连屋门也没进，就开车去了赌场。妈妈其实用不着那么早去上班，可是妈妈不想听外公问那些已经问过了许多遍的话。

"艾米乖宝贝，晚上外公给你煮什么吃？"

外公的英文很滑稽，比妈妈生气的时候说的英文还要滑稽。艾米刚见到外公的时候，一个字也听不懂。现在艾米听惯了，听不懂的地方她多少也能猜懂。

"烤鸡翼。"艾米说。

艾米知道如果她不赶快说出来，外公十有八九会给她喝皮蛋粥。她不明白外公为什么总是吃那种黑糊糊像在土里埋了很多年的蛋。她第一次看到外公把那样一块东西塞进嘴里的时候，她以为外公马上会倒在地上死去。可是外公没有。外公不仅没有死，外公还张开两排黑糊糊的牙齿对她笑。

"那好，外公给你切鸡翼。"外公就进了屋。

其实艾米一直在暗暗盼望外公能快点走开，因为外公坐过的椅子上，常常能找到几个散钱——那是从外公的裤兜里滚落出来的。

可是今天艾米的运气不佳，艾米只找到了两分钱。不过她还是小心翼翼地把那两个铜板放进了她贴身的衣兜。

天还很亮，日头照得街上的树发白，冰淇淋的车奏着叮咚的音乐从远处开过，却没有在这条街停下。从现在到太阳落山，再到上床睡觉，中间还有很长的时间。她该拿什么来填满那些数也数不清的钟点？她为什么不能有一个姐姐，或是一个妹妹，或是一个哥哥，最不济，一个弟弟也行，和她一起把这些无聊的时光，打成一小片一小片她可以数得过来的碎片呢？她为什么不能和别人一样有一个固定的住处，认识几个邻居的孩子，在这个太阳迟迟不肯落山的傍晚，到街上一起骑自行车，跳绳，或者疯跑呢？

"艾米乖宝贝，快来吃叉烧包。"

外公在屋里叫她。

又是叉烧包。每一次来，外公都给她吃叉烧包。那种黏糊糊的红色肉块，还没落到肚子里，就已经开始往上泛了。有一次她问过妈妈，为什么外公家里总是有些奇奇怪怪的食物呢？妈妈说因为外公是中国人。艾米说外公是中国人，那我们也是中国人吗？艾米不懂这样一个简单的问题，竟叫妈妈傻了很久。半晌，妈妈才说："你不是中国人。"艾米想问那妈妈你呢？你是中国人吗？可是艾米没敢问，因为妈妈的脸色很难看。

艾米走进屋里，外公在叮咣叮咣地切鸡。外公切鸡的声音惊天动地，砧板在他的刀下哭哭啼啼。艾米的脸上溅着了一样湿乎乎的东西，拿手一抹，抹下一块血淋淋的碎骨头。外公把手在汗衫上擦了擦，撕了半个叉烧包给艾米：

"先垫个底，吃饭还得一会儿。"

艾米差一点要呕吐出来，摇摇头，说不饿，外公也不勉强她，却将半个叉烧包一口塞进了自己的嘴里，挥挥手，说玩去吧，鸡熟了叫你。

玩？什么？哪里？艾米看着窗外依旧白亮的太阳，心里涌上一阵哀伤。

泰迪熊。

艾米突然想起了自己的那个绒毛熊。这是她唯一的一样玩具，是妈妈的某一个叔叔在某一个圣诞节的时候送给她的，上回落在外公家里，还一直没有找回来。

艾米在楼下翻遍了每个角落，没有找着，就上楼去了。楼上的两个租客都上班，锁着门，只有外公的屋开着门。艾米进了外公的屋，把外公的被子枕头都掀开来找了一遍，还是没有。这时艾米看见屋尽里的那个角落里，摆着一张梯子。她知道这是一张通往阁楼的梯子。也许，外公把她的泰迪熊，放到阁楼去了。

于是艾米爬着梯子上了阁楼。

阁楼上边有个小天窗，太阳透过天窗扔下一个四四方方的斑块，一切比她想象的明亮了很多。阁楼大概很久没有人上去过了，一股霉味钻进她的鼻子，让她打了个响亮的喷嚏——却忘了掩嘴。幸好妈妈没在，艾米想。艾米用手撕裂了一张又一张的蜘蛛网，终于爬进了阁楼的纵深之处。

阁楼里其实没有几样东西。靠天窗的角落里有一卷纸，纸旁边有一个布包。艾米打开布包，太阳的光斑里就飞扬起许多闪闪烁烁的金粉——那是尘粒。布包里是一沓照片。照片很旧了，所有的颜色已经被年岁吃尽，只留下一片朦朦胧胧的黄。有几张已经相互粘连了，艾米轻轻一揭，就揭下了半张脸。

最上头的一张，是在室内照的。两个中年男女，女的穿着一件绣满了花朵的斜襟布袄，男的穿了一件有些像女人的连衣裙的长衫，左手抱着一个礼帽，右手挂着一根手杖。第二张是一大一小两个男孩，各人骑着一辆样式古旧的自行车。第三张是一个年青女人，抱着一个很小的孩子站在河边，背景是一丛枝叶阔大的树。阳光很强烈，女人的脸在阳光里一片雪白，看得清的只是一个灿烂的笑。

这些人，这些衣装，这些景物，都是艾米从来没有见过的。艾米一张一张地看下去，渐渐地，就忘了她的泰迪熊。

翻到中间的时候，艾米终于在一张照片里认出了两个人，是她的外公和妈妈。

外公叫了好几回吃饭，艾米才下了楼。外公看见她一脸都是灰尘，吓了一跳，说你上哪儿淘气去了？外公给艾米擦了脸，便给艾米舀饭。艾米咬了一块鸡腿，就不吃了，怔怔的，问外公那些人是谁？外公没听明白，说谁是谁？艾米说照片，阁楼上那些照片。外公听了就笑，说你原来上那儿翻腾去了。那都是你的长辈，你太外公，太外婆，你外婆，你姑婆，还有你小外公，小外婆。

艾米问太外公是谁？外公说太外公就是外公的爸爸。艾米又问外公为什么还分大小？外公说小外公就是外公的弟弟。

外公见艾米听得一头雾水，就去拿了一张纸，一杆笔，在纸上画了一棵树。外公在树底下写了几个字"中国，广东"。又指着树干说，这就是外公的爸爸妈妈。然后又在树干上画出了三个枝头，说这条枝是外公我，这条枝是外公的弟弟，你的小外公。这条枝是外公的妹妹，你的姑婆。然后又在第一条枝上画出了另外一条小枝，说这是外公的女儿，你的妈妈。艾米接过笔，在那条小枝上又画了一条更小的枝，说这是我，艾米。外公一脸的皱纹水一样地游动起来，说谁比得上我家艾米聪明？

艾米得意起来，又生出了许多新问题。"他们在哪里，这些树枝？"艾米问。

外公说有的死了，有的住在中国，我们很久没有联系了。艾米问中国在哪里？外公说很远，隔着一个很大的洋。艾米说"维多利亚女王号"开得过去吗？维多利亚女王号是一艘渡轮，是从温哥华开往维多利亚岛的，艾米跟着妈妈坐过一回。外公听了哈哈大笑起来，说十个维多利亚女王号也开不到。

艾米丧了气，就继续咬她那块才咬了几口的鸡腿。还没把鸡腿吃完，她又有了新的问题：

"外公为什么你是中国人，我不是？"

外公说谁说你不是？你起码有一半是中国人。艾米说为什么你说我是，妈妈却说我不是？为什么我只有一半是？另外一半呢？

外公还没来得及回答，门就被撞开了，妈妈拎着两包食品进了屋。

"停电，不上班，都打发回家了。"妈妈对外公说。

外公赶紧找了副干净的碗筷，舀了碗鸡汤给妈妈，"你坐下来，陪艾米吃——她也没吃多少。"

妈妈在饭桌上坐下来吃饭，顺便把那张纸扯过来放鸡骨头，就看见了纸上的画和画上的字。妈妈的脸上哗地扯过一片大阴云，把碗嚯啷一声扔了，饭粒溅了一桌。

"阿爸我说了多少回，不要跟艾米说那些破事。"

外公也扔了碗，说你骗她还能骗多久？她迟早得知道她祖宗是谁。你不认你祖宗，到时候看谁保佑你吧。

延龄扯过艾米就往外走，哆哆嗦嗦地开了车门，把艾米塞了进去。

"我的祖宗哪天也没保佑过我。我做中国人，吃了一辈子亏。总不能让艾米，还接着吃亏。"

延龄从车窗里探出头来，恶狠狠地说。

公元1971年，卑诗省温哥华市

"雨，都是这雨搅的。"

锦山坐在窗前看雨。这是早春的第二场雨，落在地上，发出嗤嗤的声响。其实发出声响的不是雨，也不是地，而是草——是草在疯长。雨不成点，也不成条，朦朦胧胧地下了一整个星期了。草吃进了这样的水，就东一丛西一簇地长到了腿肚子。草长得高，可是蒲公英长得比草更高，在斑驳的草丛里歪歪扭扭地扬着一颗颗白花花的头。

随它去了。锦山想。

除草，割草，那都是很久以前的事了。去年一年，他都没有碰过草地，任野草长得几乎盖住了窗户。最后是行人看见了告到了市政府，市政府的大割草机才轰隆轰隆地开到了他家门前。当然，事后他收到了一张大大的账单。

再好的草地，也是要有人气滋养的。而他的家，两个租客加上他，都是垂老的人了。那片草地，已经多久没沾过年青人的气血了。艾米被延龄送去了天主教私立学校住宿，一年只有在复活节、感恩节和圣诞节来看他三两次。延龄来得比艾米勤一些，那也得看他叫得有多勤快。

"延龄，我煲多了乌鸡汤，你来盛一些带走。"

"延龄，昨天河湾百货公司大减价，我买了一件大衣你来试试。"

"延龄，这个月我多剩了几个钱，你先拿着花。"

有时他觉得自己很贱，贱到得拿甜头来买女儿的时光。一次又一次，他恨恨地对自己说，我什么也不给了，看她还会不会来。可是他永远也找不到这个问题的答案，因为还没等到该有答案的时候，他已经再次拨打了她的电话。

笃。笃。

有人敲门。

该不是邮差吧？邮差多久没来敲过他家的门了？自从大洋那边变了颜色，他就失去了家里的消息。传闻倒是有的，华埠的报章上每天都有叫人胆战心惊的故事。那些故事年年有不同的叫法，先叫土改，后来叫镇反，再后来叫反右。最近的叫法又变了，叫文化大革命。名字变来变去，情节却都是一样的，无非是有些人上台，有些人下台。下台的人，有的活着，有的死了。活着是一种活法，都是一个苦字。死的花样就多了。几年前有乡人传过话来，说他阿妈阿妹一家都死了，死得很惨。不信啊，他不肯信。只要不是妹夫阿元的亲笔信，他什么都不肯信。只要他不信，他就还有一个家，他就还能存着一份念想。

笃。笃。

门还在敲。

兴许，真是邮差。

锦山趿着鞋子跑出去开门，不是邮差，却是一个身穿黄色塑料雨衣的女人。

女人见着他，哇的一声嚷了起来，说天爷，方？你老成这样了？还瘸了一条腿。

锦山怔了一怔，疑疑惑惑地问："你，认得我？"

女人推开锦山，挤进了门里，一边脱雨衣，一边说："让客人站在门外说话，可不是你们中国人的待客之道。"

女人脱了雨衣，露出里头一件黑色呢子大衣。大衣很瘦，也很旧，女人的身体在纽扣之间的缝隙里炸出一团一团的肉瘤。女人很老了，头发花白，脸上的皱褶深如核桃，只是腰板依旧硬挺，大衣底下的两只脚，踩在地板上依然结实有力。

锦山端着肩，依旧问着同一句话："你认得，我？"

女人扑哧一声笑了出来，说上帝啊，你不认得我了吗？我是桑丹丝。

咣的一声，锦山觉得心里有一样东西碎了。是一张画——一个少女在芦苇草丛中飞跑着追蝴蝶，她的头发和她的脸上涂满了蜂蜜一样的阳光。这是一张他在心里刻了一年又一年的画，他以为已经像铁塑木雕一样牢不可破。没想到这个女人轻轻一句话，就把它敲碎了，一地都是碎片。他就是捡拾起每一个碎片，他却再也拼不回去那一幅画了。

锦山握住了桑丹丝的手，那手如锉刀锉得他掌心生疼。

"桑丹丝我找了你这么多年，你非得要等到我快死了才来见我吗？"

桑丹丝说还好，总算在你下地狱之前见了一面。锦山说你那么肯定是我下地狱？桑丹丝哈哈大笑起来，说如果我也和你一起下地狱，那地狱就成天堂了。

锦山听着桑丹丝洪钟一样的笑声，心想如果我的眼睛没有看见她，兴许我的耳朵就相信了，她还是她。

桑丹丝看了看壁炉上的照片，问这是你女儿吗？锦山说是的，就这一个孩子。桑丹丝又问这是你外孙女吗？锦山又点了点头，说也就这一个。桑丹丝你呢？桑丹丝说我有三个儿子，两个女儿，八个孙儿孙女，一个曾孙。锦山说你可真能生。桑丹丝从皮夹子里抽出一张照片递给锦山，说这是我的大儿子保罗和他的孙子伊恩。

照片上的那个孩子，大约是四五岁的样子，黑眼睛，黑头发，扁平脸。锦山看了一笑，说怎么像个中国仔呢？桑丹丝说什么"像个中国仔"，伊恩本来就是中国仔。伊恩的妈妈是个中国人，叫梅。

桑丹丝又问怎么没看见你太太的照片？锦山说她死了很多年了。怎么也没见着你先生的照片呢？桑丹丝从皮包里拿出一张剪报，指着上面一则小小的讣告，说他刚走，上个月。锦山脱口就把那句用得烂熟的骚利说了出来，桑丹丝依旧是笑，说走了也好，病了很多年了。锦山想问，这是为什么你一直没来找我的原因吗？可是锦山最终没有问。

两人突然就没了话说。

寒暄浮在熟稔的表层，底里却是五六十年的陌生。寒暄只打了一个飘就陷下去了，陷入了谁也推不动的茫然。桑丹丝站起来，说我走了，要接曾孙放学。锦山问你现在住在哪里？桑丹丝说了一条街名，原来只隔了十几分钟的路程。在过去的几十年里，他们也许有过一千个一万个应该碰面的机缘，可是他们偏偏没有。

天意啊，天意。锦山暗想。

锦山送桑丹丝走到门口，桑丹丝说了一声再见，眼里分明有着期盼。他知道她期盼的是什么，可是他却偏偏不能给她期盼的理由。他想她想了几十年，而在终于见到她的时候，他情愿他们一生没有再见过。

他关门回到屋里，突然发现桑丹丝忘了拿走那张照片。他把那张照片翻过来，看到背面题了一行字：

"保罗五十七岁生日与伊恩合影，1970 年 3 月 22 日。"

锦山掐着指头算了算，保罗若旧年五十七岁，那他就是 1913 年出世的——前一年的秋天他离开了红番部落，而保罗是第二年春天生的。

电闪雷鸣之间，锦山的脑子突然一片光亮。他追出门去，大喊了一声桑丹丝！桑丹丝已经把车开到了街上，却在后视镜里看见了一个神情疯狂的老头。桑丹丝摇下车窗，说你最终，还是决定约会我了，是吗？

锦山走到桑丹丝的车窗前，把那张照片举到了桑丹丝眼前。

"保罗，是谁的孩子？"锦山一字一顿地问。

桑丹丝怔了一怔，笑容渐渐凝固成蒺藜一样的皱纹。

回答是很久之后才来的。

"我的。"桑丹丝说。

锦山是在这天夜里洗澡的时候倒下的。一切都像是好莱坞电影里的慢镜头——他慢慢地从浴盆里走出来，慢慢地穿上衣服，慢慢地坐下来穿拖鞋，然后慢慢地从椅子上滑落了下来。

不是任何急症引起的。

也许，仅仅是也许，是多年操劳引发的心力交瘁，使人体功能整体衰竭。

医生是这样对匆匆赶到的延龄解释着她父亲的病情的。

延龄不敢抬头看医生。

如果操劳可以用斤两计算的话，她不知道这一辈子她加给父亲的到底有多重。

今晚她值夜班——现在她是赌场的值班经理。当医院的第一个电话打来时，她正在吃晚饭。她对接电话的同事说，不要理他，老头子想我过去，什么话都编得出来。直到医院打来第三通电话的时候，她才意识到了事情的严重性。当她驾着飞车赶到病房时，父亲的心跳已经异常衰弱。

"阿爸，艾米在路上。你等一等，等一等啊。"延龄带着哭腔说。

她看见阿爸的嘴唇突然抖了一抖，监视器上出现了一个尖峰。延龄把耳朵紧紧地贴在阿爸的嘴边，可是阿爸的这句话却没有说完。

阿爸只说了两个字。

阿爸说的是"…… 木棉 ……"。

1971 年 2 月 1 日晚 11 时 27 分。

这是医生在死亡记录这一栏里写下的时间。

延龄看着护士把一幅白床单盖上了阿爸的脸。她切切地呼唤着眼泪，眼泪却一次又一次地在唾手可得的地方弃她而去。沙漠啊，她想她的心是沙漠，存不下一点一滴的水。

在她紧紧地攥成拳头的手里，还捏着一份剪报——她原想带过来给阿爸看的。

报上说：

> 今天是加拿大国家铁路公司的红色车厢日，因为来自红色中国的一支九人队伍乘坐头等厢，从蒙特利尔抵达首都渥太华。车厢外边的零下气温并没有丝毫减低这些人的热情，因为他们正穿透二十多年冷战期的坚冰，在渥太华

的土地上寻找一个可以作为中国使馆的地点。面对跟中国建交的种种批评意见，特鲁多总理和他的内阁始终坚持己见。渥太华的市民很快将意识到，这批因为一个叫诺尔曼·白求恩的医生而对加拿大产生了朦胧友情的共产党人，不是明晨就要离开的观光客，他们将在这里长久地居住下来，成为渥太华一道永久的街景。

尾　声

公元2004年，广东开平和安乡

一张塑料布。一篮瓜果。一把铁铲。一炷檀香。

"开挖吗？"欧阳云安问艾米。

"不，我不能隔着这层人造的东西，和我太外婆的灵魂交谈。"

艾米掀开塑料布，在地上跪了下来。早晨的太阳还没来得及把晨露扬干，膝盖的皮肤上有一些湿黏的感觉。

艾米深深地拜了一拜。

碑是昨天刚立的，洁白的一块大理石，却刻了许多的字。

　　　　方得法　　（1863—1945）
　　　　关淑贤　　（1877—1952）
　　　　方锦绣　　（1913—1952）
　　　　方耀锴　　（1930—1939）
　　　　谢怀国　　（1934—1941）
　　　　谢怀乡　　（1937—1952）
　　　　金山后人2004年立碑以志先祖

坟在山上，路在层层叠叠的竹林之中，有些窄。地势高，就有风，一路上都是些被风刮散了的白花，大约都是扫墓的人留下的——清明不过一个月前的事。山不大，其实也就是一个丘。坟墓很是凌乱，彼此遥遥相隔着。艾米问这里埋葬的都是金山客的家人吗？欧阳说这个乡家家都有海外亲属。要这么算，也可以说这里葬的都是金山客的家人。

　　碑石和碑文都是欧阳帮助艾米一起选定的。碑里关于方得法的那部分内容，还捏在艾米的手心。艾米手心是一个红色的布包，里头是用绵纸包着的几片指甲——那是当年阿法入殓的时候，锦山从阿爸的手指上铰下来的。这个布包从锦山手里传到了延龄手里，延龄搬了这么多次家，这包东西居然还在。艾米临行前，延龄才把它交给了艾米。

　　艾米用那把铁铲，在墓碑前挖出了一个小坑。这片土的颜色形迹可疑，让人产生一些胆战心惊的联想。艾米把那个布包放在坑里，埋上了土，又踩实了。一个人一生的无数秘密，就这样被一捧红土悄无声息地吞没了。

　　欧阳叹了一口气："遗憾啊，一个终于没能守住的金山之约。"

　　"不，不是的，有些没有守住的约，却比有些守住的约，还要……"

　　艾米的中文，在这里遇上了一块路障。她搜索了很久，终于放弃了，使用了一个英文字眼："profound"。

　　欧阳听懂了这个英文字，却找不出一个相应的中文字。勉强翻出来，大概是深沉的意思。又觉得深沉用在这里，反倒是一种肤浅。

　　"方家的历史，我还有一个大洞需要填补。作为方得法第四代唯一的后裔，我对你成人以后的故事所知甚少。你能帮我，把这个洞填补起来吗？"欧阳问。

　　艾米就笑，说又是一个有窥探欲的人。其实，方家的故事一代不如一代精彩，到了我这一代，几乎有些落俗套了。无非是一个遭够了白人白眼的单身中国母亲，想把她的女儿从地上拔起来，送到天上的故事。这个妈妈在赌场一直工作到退休，一生用她并不丰厚的收入，来孜孜不倦地打造女儿成为一个上等社会的白人。钢琴课，美术课，芭蕾课，所有上等白人的孩子该学的东西，这个女孩都学过。后来这个女孩去了全城最好的天主教私立学校。这个妈妈希望她将来能成为医生，律师，最不济，也做一个会计师。没想到，这个女孩用她妈妈的血汗钱做学费，偷偷地跑去伯克利学了社会学——因为除此以外她对任何学科都不感兴趣。

　　这个女孩走的路，与她母亲期待的正好相反。她母亲期待她好好读书，她却参加了伯克利因此闻名的一切运动——所有的示威游行她都在其中。她母亲期待她好好地找个体面的人嫁了——当然是白人，可是她一辈子都在和一个又一个的无赖鬼混。她母亲期待她永远离开中国人的圈子，可是她却在大学里阴差阳错地选修了中文。现在，她又被一个中国人诱惑得几乎要对全世界承认，她身上具有一半的中国血统。

欧阳听了忍不住笑，说我不过是引发了一个人与生俱来的向善本能罢了。

艾米说我的故事还没有完呢，至少这个女孩，或者说，这个女人，在一样事情上满足了她母亲的虚荣——她后来成为一所名校的名教授。

欧阳说谢谢你，方家的故事，终于，完整了。

艾米咦了一声，说你的故事完整了，我的故事还有疑问呢。你是谁？你为什么对我家的历史比我的家人还要熟悉？

欧阳说我知道这个问题是迟早要来的。其实答案很简单——我的太爷爷和我的爷爷，都碰巧教过你的太外公和姑婆姑公。不过这不是我对你的家族感兴趣的原因。我的故事另有出处。三十年前，有一个叫欧阳云安的读书仔，在阅读他的爷爷，革命烈士欧阳玉山留下的日记时，偶然发现了方得法家族的一些往事。于是，在70年代中期政治权力交接的真空时段里，他借着探望自勉村一个远亲的时机，偷偷撬开得贤居的门，潜伏在楼里神不知鬼不觉地探索着关于这座碉楼的许多隐秘。后来时髦的学术人管这种行为叫社会调查。其实在当时，这仅仅是一个无所事事的少年人，为满足自己骚动的好奇心而做的许多傻事中的一件。

当然，他在碉楼里的隐秘行踪，使得村人更加相信楼里有超自然力量存在。

欧阳把手里的一个牛皮纸信封递给艾米，说你给他们，烧一烧。艾米打开口袋，原来是一沓纸钱。艾米从欧阳那里借了打火机点着了火，眼看着纸钱在火里渐渐变小变轻，最后变成一团黑蝇子，在晨风里四下飞散。又看见压在底下的几张纸钱，和上面的很有些不同。下面的几张纸钱上没有面值，却用毛笔写着"芥子园图谱"、"楷书字帖"、"唐诗三百"、"乐府"，等等。

"你太外婆是读书识字的人，一辈子都不肯让脑袋闲着。"欧阳说。

渐渐地，艾米就把纸袋里的东西掏空了，最后掏出来的是一艘纸船。船压得扁扁的，展开来，却出乎意料地大。做工极是细致，有甲板风帆缆绳，船头上还画着一只抖擞的龙睛。

"早年这里的人去金山，坐的就是这样的木船，乡下人叫'大眼鸡'。"

艾米将纸船托在手心，细细地看了几眼，才放到了那块新立的墓碑上。船是用厚纸板做的，烧得很慢。风帆上涂过几层胶水，火舔上去便生出些哔剥的声响。船身渐渐烧尽了，只有风帆一直没有烧透，在余烬中一明一灭地闪着亮。

"太外婆你终于可以，坐船去金山，见太外公了。"艾米喃喃地说。

艾米觉得脸上有些痒，以为是虫子，就拿手去拂——方知是眼泪。

两人下了山，欧阳就吩咐司机把艾米送回宾馆，略事洗漱之后去参加侨办的送行宴席。这时艾米的手机响了——是国际信息。艾米看了，只是抿嘴笑。笑过了，便又正经起来。说欧阳先生这个宴会我不能去。欧阳说早就说好的，怎么变卦了？艾米说第一，我今天不走了，你用不着送我。第二，我若去了那个宴会，免不了就得签那个字——吃人家的嘴软，是你告诉我的。我改变主意了，我暂时不想签署那份托管合同。

欧阳听了，一时愣住了，说你怎么，你怎么，你怎么……

艾米说你不好交代了吧？白赔了这么多时间和口水。随你怎么跟你的领导交差，我只告诉你，我现在不签合同，是因为我要趁碉楼还完全属于方家的时候，在里面举办一场婚礼。

"谁的？"欧阳又吃了一惊。

"我的。"艾米说。

"我只请你，做我的证婚人。"

"什，什么时候？"欧阳被太多的意外击中，竟有些口吃起来。

"马克已经上了加航的飞机，明天中午到。"

"天哪，你总得给人，一个时间，准备啊。"

艾米哈哈大笑。

"那是你的事，我不管。"

加拿大近代华侨历史大事记

1848　温哥华岛成为英属领地，定名为英属哥伦比亚（British Columbia）

1858　继美国加州淘金热之后，菲沙河谷（Fraser Valley）发现金矿，大批淘金者从旧金山涌入英属哥伦比亚

1860　大批中国淘金者通过香港进入英属哥伦比亚，有人提出对华人征收 10 元人头税的议案——未获通过

1865　领地再次讨论人头税法案

1867　安大略，魁北克，纽布朗斯维克和纽瓦思科舍诸省结成加拿大联邦

1871　英属哥伦比亚加入加拿大联邦，成为英属哥伦比亚省

1872　在第一届英属哥伦比亚省议会上，对华人征收 50 元人头税的法案未获通过

1873　反华会（Anti – Chinese Society）在英属哥伦比亚省首府维多利亚市成立

1880　太平洋铁路动工，大批华工从旧金山和香港抵达英属哥伦比亚省，加入铁路修筑队

1883　联邦议会提出对华人征收 50 元人头税法案——未获通过

1884　太平洋铁路接近尾声，华工陷入失业和饥荒的困境。英属哥伦比亚省政府通过限制华工就业法案，后被联邦政府推翻

1885　太平洋铁路完工。国会首次通过人头税法案（50 元），并剥夺华人选举权

1886　温哥华市成立

1888　美国国会突然通过绝对排华法案，导致大量华人涌入英属哥伦比亚省

1890　英属哥伦比亚省议会提议将人头税提高至 100 元——未获通过

1892　将人头税提至 500 元的提议在国会遭到否决

1893　将人头税提至 500 元的提议在国会再次遭到否决

1896　李鸿章结束欧美之旅取道温哥华回国

1897　孙中山到加拿大各城了解侨情，鼓吹共和理想

1900　国会通过决议将人头税提高至 100 元

1903　梁启超访问温哥华，发表演说，发展保皇会组织

1903　国会通过决议将人头税提高至 500 元

1904　康有为访问英属哥伦比亚省

1907　温哥华发生排亚大暴乱，唐人街商铺遭到大面积毁损

1908　联邦政府通过禁烟（鸦片）法

1910　孙中山由旧金山抵达温哥华，并转往加拿大各城鼓吹共和，筹募起义军饷

1911　孙中山再次抵加，借助洪门势力为革命军筹募军饷

1912　清政府被推翻，民国政府成立

1916　数万中国劳工途经加拿大奔赴法国，支援第一次世界大战

1923　排华法公布，禁止华人入境，大批华人家庭被分隔在大洋两岸

1924—1947　二十三年间总共只有八位华人被准许以移民身份入境

1939　华人自愿入伍代表加拿大参加二战

1944　加拿大政府开始在华人中征兵

1947　鉴于华人在二战中的杰出贡献，国会废除排华法案，华人妻子和未婚子女允许入境与家人团聚

1949　英属哥伦比亚省华人获得公民选举权

1956　郑天华（Douglas Jung）在温哥华选区当选为加拿大历史上第一位华裔国会议员

1970　中加建交

研究参考书目

中文部分

◎ 邓钧等编著：《开平方言》，湖南电子音像出版社，2000

◎ 葛逸凡：《金山华工沧桑录》，金萍企业有限公司，2004 年版

◎ 黄安年编著：《沉默的道钉》，北京五洲传播出版社，2006

◎ 蒋建国：《青楼旧影——旧广州的妓院与妓女》，南方日报出版社，2006

◎ 李东海：《加拿大华侨史》，加拿大自由出版社，1967

◎ 李宁玉编著：《枫骨中华魂》，云南人民出版社，2000

◎ 廖就胜主编：《梁启超史话》（新会地方史志丛书），广东江门市新会区文化广电
新闻出版局，2005（网络发布时间）

◎ 刘进：《台山银信——台山历史文化集第三编》，中国华侨出版社，2007

◎ 梅伟强：《"金山伯"的故乡——台山历史文化集第一编》，中国华侨出版社，
2007

◎ 谭思哲等编：《开平百科全书》，中国大百科全书出版社，2001

◎ 张国雄：《口供纸——台山历史文化集第二编》，中国华侨出版社，2007

◎ 张国雄，梅伟强编著：《开平碉楼与村落：田野调查》，中国华侨出版社，2006

◎ 张哲瑞等编著：《百年沧桑——移民美国史画》，中央编译出版社，2004

◎ 郑曦原编著：《帝国的回忆》，当代中国出版社，2001

◎ 郑永康：《加拿大华裔移民史》，原载《星岛日报》，1993—1995

英文部分

• Jennifer S. H. Brown, *Strangers in Blood: Fur Trade Company Families in Indian Country*. The University of British Columbia, 1980

- Anthony B. Chan, *Gold Mountain - the Chinese in the New World.* Vancouver: New Star Books, 1983

- Denise Chong, *The Concubibe's Children: Portrait of a Family Divided.* Viking, 1994

- Harry Con et al., *From China to Canada: A History of Chinese Communities in Canada.* Mc-Clelland & Stewart, 1982

- Robin Fisher, *Contact and Conflict: Indian-European Relations in British Columbia,* 1774 - 1890. UBC Press, 1992

- Evelyn Huang, *Chinese Canadians - Voices from a Community.* Douglas & McIntyre Ltd., 1996

- David Chuenyan Lai, *Chinatowns: Towns within Cities in Canada.* University of British Columbia Press, 1988

- David Chuenyan Lai, *"The Chinese Cemetery in Victoria".* B. C. Studies, No. 75, Autumn, 1987

- David Chuenyan Lai, *"A 'Prison' for Chinese Immigrants".* The Asiandian, Vol. 2, No. 4, Spring, 1980

- Peter S. Li, *The Chinese In Canada.* Toronto: Oxford University Press, 1988

- Huping Ling, *Surviving on the Gold Mountain.* State University of New York Press, 1998

- Dennis McLaughlin & Leslie McLaughlin, *Fighting for Canada - Chinese and Japanese Canadians in Military Service.* Minister of National Defence of Canada, 2003

- Geoffrey Molyneux, *British Columbia: an Illustrated History.* Vancouver: Raincoast Books, 2002

- Faith Moonsang, *First Son: Portraits by C. D. Hoy.* Arsenal Pulp Press, 1999

- James Morton, *In the Sea of Sterile Mountains.* Vancouver: J. J. Douglas Ltd., 1974

- Stan Steiner, *Fusang: The Chinese Who Built America.* Harper & Row Publishers, 1979

- Christine Welldon, *Canadian Pacific Railway: Pon Git Cheng (Heritage Series).* Grolier Limited, 1991

- Brandy Lien Worrall (editor), *Finding Memories, Tracing Routes - Chinese Canadian Family Stories.* Chinese Canadian Historical Society of British Columbia, 2006

- Paul Yee, *Ghost Train.* A Groundwood Book, 1996

- Liping Zhu, *A Chinaman's Chance: the Chinese on the Rocky Mountain Mining Frontier.* University Press of Colorado, 1997

影视部分 （Video）:

- Eunhee Cha, *A Tribe of One*. National Film Board of Canada, 2003
- Karen Cho, *In the Shadow of Gold Mountian*. National Film Board of Canada, 2004
- Jari Osborne & Karen King, *Unwanted Soldiers*. National Film Board of Canada, 1999